LES ARTEFACTS DU POUVOIR **3**

L'épée de feu

Du même auteur
aux Éditions J'ai lu

Les Artefacts du pouvoir :
1. Aurian, *J'ai lu* 8858
2. La harpe des vents, *J'ai lu* 9021

MAGGIE FUREY

LES ARTEFACTS DU POUVOIR **3**

L'épée de feu

Traduit de l'anglais
par Isabelle Pernot

J'AI LU

Titre original :
THE SWORD OF FLAME

Pour Jean, dont la personnalité indomptable aurait fait pâlir d'envie n'importe quel Mage

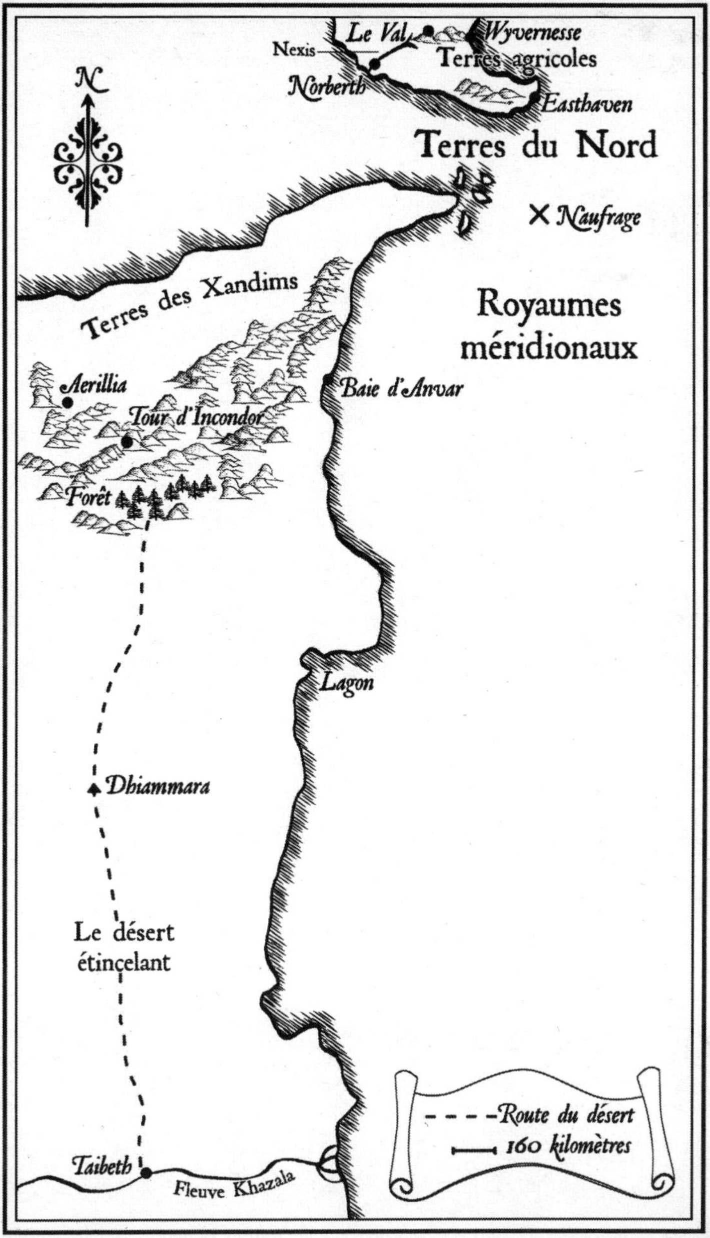

Le Val
Wyvernesse
Nexis
Terres agricoles
Norberth
Easthaven
Terres du Nord
Naufrage
Terres des Xandims
Royaumes méridionaux
Aerillia
Baie d'Anvar
Tour d'Incondor
Forêt
Lagon
Dhiammara
Le désert étincelant
Route du désert
160 kilomètres
Taibeth
Fleuve Khazala

1

UN PRINTEMPS MIRACULEUX

Parric n'oublierait jamais cet incroyable lever de soleil, lorsque l'hiver avait enfin desserré ses griffes maléfiques pour permettre au printemps dans toute sa gloire d'étendre ses douces ailes sur le monde. Glacé jusqu'aux os en dépit de sa cape et de la couverture jetée en travers de ses épaules, le maître de cavalerie avait passé les longues heures de la nuit près du haut parapet de la tour d'Incondor. Trop préoccupé par ses nouvelles et pesantes responsabilités de chef, il avait abandonné tout espoir de dormir et s'était porté volontaire pour monter la garde tandis que les autres se reposaient. Il avait grimpé en haut de la tour afin de pouvoir être seul avec ses pensées.

L'ancien maître de cavalerie de Nexis, désormais seigneur de la Horde des Xandims, avait beaucoup à prévoir concernant le retour de la tribu sur ses terres. De plus, il était désormais responsable également du bien-être des nouveaux compagnons étranges qu'Aurian avait trouvés dans le Sud. Mais, ce matin-là, il avait du mal à se concentrer sur des détails triviaux. Son regard ne cessait de se tourner vers le nord-ouest, en direction des imposantes montagnes au-delà desquelles se situait la haute Aerillia, la citadelle du Ciel. La veille, Aurian, la jeune Mage têtue que Parric avait poursuivie presque jusqu'à l'autre bout du monde, s'était rendue là-bas en hâte, portée dans les airs par des guerriers ailés. Elle avait de nouveau abandonné Parric en lui offrant à peine un mot d'explication, alors qu'il avait affronté de nombreux périls pour la retrouver, ce qu'il venait tout juste de faire.

Le maître de cavalerie nourrissait donc de noires pensées en contemplant la sinistre étendue de pentes enneigées qui se dévoilait peu à peu sous le ciel pâlissant derrière ses nuages maussades. La faible lueur d'une nouvelle aube étouffée de brume se répandait à contrecœur au-dessus du paysage rude et accidenté. Que fichait donc Aurian ? Qu'est-ce qui pouvait être suffisamment important pour la pousser à laisser son fils nouveau-né à la tour d'Incondor ? Parric ne savait qu'une chose : elle était partie à la recherche d'Anvar, le serviteur qui avait fui Nexis avec elle après la mort de Forral. Parric fronça les sourcils. Que pouvait bien représenter Anvar aux yeux de la jeune femme pour qu'elle s'en aille comme ça, aussi précipitamment ? D'accord, elle avait toujours bien aimé ce gamin, mais... *Oh, bon sang, arrête tes bêtises, Parric,* se dit-il. Il perdait son temps à s'inquiéter pour Aurian. Elle n'avait eu que quelques minutes à elle, trop peu pour lui raconter toutes ses aventures, mais, d'après les bribes d'informations qu'il avait réussi à lui soutirer, la Mage était de toute évidence capable d'affronter bien pire qu'un groupe de monstres volants tels que les Ailés d'Aerillia.

Quelque peu rassuré, Parric décida de s'en aller chercher à boire afin de chasser le froid de ses os. Comme il s'apprêtait à tourner le dos au parapet, il surprit un mouvement au-dessus de lui, à la périphérie de sa vision. Avant même de comprendre ce qui se passait, ses réflexes de guerrier le poussèrent à s'accroupir dans un coin défensif, l'épée à la main. Lorsque ses pensées finirent par rattraper son instinct, le maître de cavalerie sortit de son refuge d'un air un peu penaud et remit son épée au fourreau en marmonnant une imprécation. Heureusement que personne ne l'avait vu. Sinon, il serait sacrément passé pour un idiot !

Parric fronça les sourcils en direction du ciel changeant. Des putains de nuages, voilà ce qui l'avait surpris.

— Je dois commencer à me faire vieux..., grommela-t-il à voix haute.

Puis il s'interrompit brusquement et leva de nouveau la tête en plissant les yeux face à la luminosité grandissante. Il se produisait quelque chose de peu naturel. Les nuages avançaient de plus en plus vite, filant à toute allure en direction du nord. D'impressionnants bancs de vapeur noire traversaient quant à eux pesamment les cieux et ils se désintégrèrent, sous les yeux de Parric, en lambeaux ruisselants et fumants, comme déchirés par les mâchoires d'un vent puissant. Mais, à l'endroit où se tenait le maître de cavalerie, il ne soufflait pas la moindre brise. Des morceaux de ciel bleu commencèrent à apparaître tandis que la couverture nuageuse se dissipait. Parric se retrouva à contempler des cieux d'un bleu époustouflant, tel qu'il n'en avait plus vu depuis bien longtemps. Surpris, il siffla tout bas et s'attarda pour contempler l'horizon qui se dégageait. La beauté de cette vision inattendue améliora son humeur bien mieux qu'aucun alcool n'aurait su le faire.

Le dernier cumulus vaincu venait de fuir à l'est lorsque le soleil apparut dans toute sa gloire et répandit l'éclat de sa chaleur dorée sur le monde, telle une bénédiction. Sous le regard incrédule de Parric, la neige qui emprisonnait la terre depuis si longtemps dans ses chaînes glacées commença à fondre et à disparaître à une vitesse incroyable. Sur les murs de la tour se formèrent des glaçons qui se mirent aussitôt à dégouliner, tandis que des gouttes d'eau tambourinaient dans les fourrés voisins à mesure que les branches et les brindilles se débarrassaient de leur manteau de neige. Parric eut l'impression qu'en quelques minutes seulement, la froide couverture blanche qui recouvrait les montagnes depuis si longtemps disparut complètement, laissant derrière elle de grandes étendues d'eau qui commencèrent à s'écouler peu à peu. Bientôt retentit un son familier que le maître de cavalerie n'avait plus entendu depuis des mois : le joyeux murmure des ruisseaux enfin libérés de leur prison de glace.

Ce miracle devait être l'œuvre d'Aurian ! Endurcie par le chagrin et les épreuves, la jeune femme inexpérimentée qui avait fui la cité septentrionale de Nexis, tant de mois auparavant, avait mûri. Impressionné, Parric frissonna, persuadé qu'elle avait trouvé le moyen et la puissance nécessaire pour briser le sort hivernal qu'Eliseth, la maléfique Mage du Climat, avait jeté sur le monde pour le paralyser. Enfin, Aurian commençait à rendre coup pour coup aux ennemis qui étaient sa chair et son sang ; bientôt, elle rentrerait chez elle se battre directement contre ceux qui avaient tué son bien-aimé Forral et réduit en esclavage les Mortels de Nexis.

Parric se serait bien rué dans la tour pour partager cette bonne nouvelle, mais ce n'était pas encore fini. Signalant le réveil de la terre, une légère brume se répandit telle une vague verdoyante à travers les collines brunes et dévastées par le gel, et la végétation, qui dormait depuis si longtemps sous forme de bulbes et de graines, commença à s'agiter et à pousser. Bruyères, genévriers, herbes, mousses et fougères firent jaillir leur feuillage et leurs frondes dans une explosion de vie nouvelle. Dans le hallier sous la tour, de nouvelles feuilles jaillirent, comme de minuscules drapeaux de fête, tandis que les dernières gouttes de neige fondue imbibaient le sol entre les racines déployées. L'air humide et piquant embaumait le renouveau. Le printemps s'était abattu d'un seul coup sur les montagnes, effaçant toute trace de ce long hiver comme s'il n'avait jamais eu lieu. Quelque part dans les profondeurs du fourré, un oiseau solitaire, minuscule mais vaillant survivant des terribles grands froids, commença à chanter.

Les cris de joie de Parric éveillèrent les dormeurs dans la tour. Un par un, ils franchirent d'un pas hésitant l'étroite porte d'entrée en se frottant les yeux, encore à moitié endormis. Puis ils s'immobilisèrent pour contempler, bouche bée, les changements qui s'étaient produits autour d'eux pendant leur sommeil. Il y avait là les Khazalims à la peau basanée, des soldats du Sud lointain, qui n'avaient plus de chef à présent que leur prince, le traître Harihn, avait été tué. À leurs côtés se trouvaient les troupes de Parric, cette petite bande de guerriers xandims qu'il avait amenée avec lui pour porter secours à Aurian. Parmi eux se tenaient les deux bannis xandims, Schiannath et sa sœur, Iscalda, qui étaient devenus amis avec Aurian au cours de l'emprisonnement de cette dernière dans la tour. Leur exil avait été annulé, et ils avaient retrouvé leur peuple à présent. Une telle joie brillait sur leur visage que Parric se surprit à sourire lui aussi, en réponse à leur bonheur.

Sortirent enfin, avec plus d'hésitation encore, comme s'ils continuaient à redouter les Xandims, leurs ennemis de toujours, les compagnons qu'Aurian avait réunis autour d'elle au cours de son périple à travers les royaumes méridionaux. Comment s'appelaient-ils déjà ? Parric fronça les sourcils en essayant de s'en souvenir. Ah oui, Eliizar, pour commencer. C'était le grand borgne chauve et élancé qui exerçait le métier de maître d'armes. Quant à la petite femme grassouillette qui le suivait, il s'agissait de son épouse, Nereni. À son grand amusement, Parric constata qu'elle babillait sans arrêt, comme toujours, sans doute pour exprimer son étonnement face à l'arrivée soudaine du printemps. Nul besoin de comprendre sa langue pour deviner ce qu'elle disait.

Derrière Eliizar et Nereni venait Bohan, qui dominait tous les autres. L'eunuque portait, tendrement niché au creux de ses énormes bras, le corps minuscule de Wolf, le fils d'Aurian, né au cœur d'un tourbillon de violence et de sang à peine deux jours auparavant. (Deux jours seulement, était-ce possible ? Parric avait du mal à le croire.) Le pauvre enfant portait bien son nom, songea le maître de cavalerie en frissonnant. Le maléfique Archimage Miathan lui avait lancé une malédiction avant sa naissance, le condamnant à prendre la forme du premier animal qu'Aurian verrait après son accouchement. Lorsque la jeune femme avait appelé la meute de loups qui vivait dans la région pour l'aider à s'échapper de la tour, elle avait scellé le sort du petit Wolf. Parric contempla tristement le minuscule louveteau dans les bras de Bohan. Heureusement que l'enfant pouvait compter sur un garde du corps aussi protecteur et loyal, car il avait droit à un bien triste départ dans la vie. Quand sa mère allait-elle revenir le chercher ? Pourquoi était-elle partie aussi précipitamment ? En bref, que faisait-elle au juste au pays des Ailés ?

Le printemps était arrivé à Nexis. Le soleil baignait la ville d'une lueur mielleuse, couvrant d'or les flèches et le sommet des tours, déversant sa chaleur sur le chaume croulant et la chaux décrépite et adoucissant les vieilles façades rugueuses en briques friables ou en pierres vénérables. Les arbres qui masquaient les demeures des marchands sur la rive sud du fleuve se paraient d'un voile de feuilles nouvelles reflétant toutes les différentes teintes de vert qui existaient au monde. De l'autre côté, sur la rive nord, de délicats rubans de fumée, très vite happés par la brise parfumée, s'échappaient de chaque cheminée, indiquant que l'eau bouillait dans les marmites en cuivre des cuisines afin que les ménagères puissent se livrer à un nettoyage de printemps comme on n'en avait jamais vu. Des vêtements frais lavés, suspendus dans les cours et aux balcons, partout où il y avait de l'espace, décoraient la cité d'un patchwork multicolore aux allures de fête.

Les chants d'oiseaux vibraient dans l'air, et, des fenêtres de la ville, ouvertes en grand afin de laisser entrer le soleil et l'air sec, s'échappaient le grincement des scies et le bruit sourd et rythmique des marteaux, car tous les habitants de Nexis s'étaient mis au travail de bon cœur afin de réparer les ravages de l'hiver. Les femmes chantaient en maniant la brosse à récurer, le seau et le balai ; de leur côté, les enfants, fous de joie d'être enfin libres après avoir passé des journées interminables dans des pièces noires et humides, couraient en criant leur excitation dans la boue des ruelles qui séchaient peu à peu.

L'allégresse régnait dans tous les cœurs, ou presque. Miathan, Archimage de Nexis, se tenait près du parapet qui entourait le temple à ciel ouvert au sommet de la tour des Mages. À ses côtés se trouvait Eliseth, la Mage du Climat, pour qui la disparition de l'hiver constituait un terrible revers. Elle avait créé cette interminable saison froide, elle en avait la responsabilité, c'est pourquoi une expression de dégoût et de colère tordait ses traits à la beauté parfaite. Quant à ses yeux gris, ils ressemblaient à ceux d'un faucon qui aurait frappé – et manqué – sa proie. L'Archimage ravala un sourire ironique. Même si ses propres plans gisaient à présent en ruine, il était suffisamment vieux et rusé pour savoir que de tels revers pouvaient être surmontés, avec le temps. En attendant, il se consolait un peu en profitant de l'irrésistible occasion qui lui était donnée de s'amuser aux dépens d'Eliseth, même si lui non plus n'était pas sorti indemne de sa dernière confrontation avec son apprentie en fuite – Aurian.

Visiblement, Miathan n'avait pas suffisamment protégé le secret de ses pensées – ou alors, l'esprit d'Eliseth suivait le même chemin que le sien. Se tournant vers l'Archimage, elle lui lança un regard brûlant de haine.

— Eh bien ? aboya-t-elle. Tu es fier de ton élève, j'imagine ? Regarde autour de toi – tout ça parce que tu as laissé Aurian et son amant Anvar t'échapper ! (Elle couvrit d'un regard noir le panorama ensoleillé qui s'étendait à leurs pieds, comme s'il s'agissait d'un affront personnel.) Au nom des dieux, qu'allons-nous faire maintenant ?

— Je n'en ai pas la moindre idée. (D'un geste abrupt, Miathan fit taire la protestation qui vint aux lèvres de la Mage.) Pas encore, en tout cas. Mais sois tranquille, Eliseth, cette guerre n'est pas terminée, et de loin. Plus que jamais, nous devons rester calmes, et réfléchir, et planifier... Mais aussi, et c'est là notre priorité, renforcer nos défenses.

Traversant à grandes enjambées le toit plat, il tourna vers le sud le regard étincelant des gemmes qui remplaçaient ses yeux, comme pour franchir la longue distance qui le séparait d'Aurian.

— Une chose est sûre, marmonna-t-il. En supposant qu'on ne fasse rien, ce n'est plus qu'une question de temps, désormais, avant qu'Aurian nous rejoigne.

Aurian nettoyait la rouille qui tachait son épée.

— Dois-tu vraiment faire ça au lit ? protesta Anvar d'une voix ensommeillée.

— J'attendais que tu te réveilles. Maintenant que c'est le cas, je suis sûre qu'on peut trouver une meilleure occupation, répondit Aurian, les yeux pétillants de malice, en contemplant son compagnon.

Il avait changé depuis qu'il avait obtenu la Harpe des Vents, exactement comme elle lorsqu'elle avait recréé le Bâton de la Terre et qu'elle en avait pris possession. D'une certaine façon, Anvar avait quelque chose en plus, quelque chose qui n'était pas là auparavant. Ses yeux bleus brillaient avec plus d'intensité, l'éclat doré de sa chevelure paraissait plus prononcé. Un halo de pouvoir vibrant l'entourait et transformait tout son être, le faisant paraître plus qu'humain. Cependant, Aurian avait subi une transformation similaire et savait combien les apparences pouvaient être trompeuses. Ce qui comptait, c'était qu'au fond de son cœur, le Mage n'avait pas changé.

Anvar s'étira et étouffa un bâillement.

— Quelle heure est-il ?

Aurian haussa les épaules.

— Je n'en ai pas la moindre idée. (Elle jeta un coup d'œil par la fenêtre.) Mais il fait nuit à nouveau, donc on a dû dormir toute la journée. (Elle soupira.) J'imagine qu'ils viendront bientôt nous chercher pour assister au banquet organisé par Raven. Mais il ne faut pas s'attendre à un festin. Cet hiver a laissé les Ailés à court de provisions.

— Ce ne sera pas trop mal quand même, la consola Anvar. Pendant que tu parlais avec Shia, ce matin, Raven s'est souvenue de toute la nourriture que nous avons laissée cachée dans la forêt en bordure du désert de joyaux. Elle est immédiatement partie la chercher à la tête d'une escadrille de guerriers ailés. J'imagine qu'elle voulait aussi tester ses ailes et sa capacité à voler, ajouta-t-il en fronçant les sourcils.

— Que le diable l'emporte ! Je viens juste de les soigner, ces maudites ailes – et c'était tout sauf facile, ajouta Aurian. Elle n'avait pas le droit de les soumettre à un tel effort si vite !

Anvar continuait à faire la moue.

— Je ne comprends pas pourquoi tu l'as guérie, de toute façon, s'exclama-t-il avec colère. Après nous avoir trahis comme elle l'a fait, elle ne méritait pas…

— Allons, mon amour. (Aurian posa une main apaisante sur le bras du Mage.) Tu avais encore des ennuis, ici, en Aerillia, et Shia était coincée aussi, tu te rappelles ? Je savais que vous étiez tous les deux en danger, et il fallait que je vous rejoigne rapidement – mais pour ça, j'avais besoin de la coopération de Raven.

Elle contempla Shia, qui dormait profondément, roulée en boule, et occupait tout l'espace restant dans cet étrange écrin circulaire qui servait de lit aux Ailés. La grande panthère était encore épuisée après son héroïque et presque impossible escalade des versants escarpés d'Aerillia afin d'apporter le Bâton de la Terre à Anvar. Il ne fallait pas oublier non plus le rôle qu'elle avait joué dans la bataille à l'intérieur du temple de Yinze et qui s'était soldée par la mort de Serre-Noire, le vil et corrompu

Haut-Prêtre des Ailés. Shia était également laminée par le chagrin que lui inspirait le sort de son amie Hreeza, la brave et vaillante panthère à la langue acérée qui avait connu une fin brutale aux mains d'une foule d'Ailés assoiffés de sang. Aurian soupira. On n'avait toujours pas retrouvé le corps du pauvre vieux félin.

— Je suis désolé. (La voix d'Anvar sortit la Mage de ses tristes pensées.) Je sais que tu avais de bonnes raisons de guérir Raven. C'est juste que… ça m'énerve, c'est tout. Tout ce qu'on a subi, c'est parce qu'elle nous a trahis… (Non sans effort, il changea de sujet.) Quoi qu'il en soit, Raven peut attendre. Tu attendais que je me réveille pour trouver mieux à faire. Tu pensais à quelque chose de précis ? demanda-t-il avec un grand sourire et une lueur malicieuse dans le regard.

— Oui. Permets-moi de t'en faire la démonstration.

Aurian fut submergée par une vague de pur bonheur en remettant dans son fourreau la désormais étincelante Coronach, sa précieuse épée longtemps inutilisée qu'elle avait récupérée dans la tour d'Incondor. Puis la jeune femme se pencha vers son amant et glissa ses doigts dans la soie dorée de sa chevelure avant de se perdre dans les profondeurs bleutées de ses yeux. Elle l'entoura de ses bras et trouva sa peau douce au toucher, même si les privations de leur quête avaient endurci le corps d'Anvar au point qu'il n'était plus qu'os, muscles et tendons. Mais il lui ouvrit volontiers les bras…

Au même moment, ils entendirent le battement de grandes ailes sur la plate-forme d'atterrissage à l'extérieur de leurs appartements, suivi par des coups bruyants frappés à la porte et par le tintement de l'acier lorsque Yazour et Chiamh prirent leurs épées dans la pièce voisine où ils dormaient en compagnie de Khanu, le compagnon félin de Shia.

Aurian jura et chercha à tâtons ses vêtements éparpillés par terre au bord du lit.

— Quoi encore ? marmonna-t-elle d'un ton aigre.

Ils firent entrer un messager ailé dans un état d'agitation considérable.

— Venez vite, venez vite, s'écria-t-il. Il se passe quelque chose de terrible dans les ruines du temple. On a entendu des hurlements…

— C'est pas juste ! marmonna Linotte.

Boudeuse, l'enfant ailée couvrit d'un regard noir les ruines à présent désertes du temple de Yinze, puis donna un coup de pied dans une pile de débris vacillante, délogeant une pierre à son sommet. La pierre s'en alla rouler plus loin, provoquant au passage la chute de plusieurs autres petits gravats qui s'effondrèrent dans un bruit de staccato. Surprise, Linotte recula d'un bond en déployant ses ailes, prête à prendre son envol. Elle s'attendait presque à entendre un adulte élever la voix pour la réprimander (Père des Cieux, le temple était déjà suffisamment endommagé sans qu'elle en rajoute), mais rien ne bougea en dehors des derniers échos bruyants de la chute de pierres. Il n'y avait personne pour gronder Linotte. En fait, les grandes personnes n'avaient même pas remarqué sa disparition, se dit la petite Ailée qui s'apitoya sur son sort en reniflant. Ils étaient tous en face, au palais, pour fêter l'arrivée inattendue du printemps, l'avènement de la nouvelle reine et la redécouverte de la Harpe des Vents par un étranger, un Sorcier dépourvu d'ailes. Le rôle – petit, mais essentiel – que Linotte avait joué dans ces événements miraculeux semblait avoir été oublié.

— C'est vraiment pas juste ! marmonna de nouveau la petite. Par Yinze, j'étais censée devenir une héroïne !

Cygnus, l'homme du Ciel aux ailes blanches, ne le lui avait-il pas promis ? C'est vrai, quoi, n'avait-elle pas livré toute seule le message que la reine était retenue prisonnière par Serre-Noire, le Haut-Prêtre maléfique ? Tout ça au risque de se faire sévèrement gronder par sa mère pour avoir joué dans un endroit où elle n'avait même pas le droit d'aller ! Linotte s'assit sur une poutre tombée du plafond et appuya son menton dans sa main d'un air inconsolable.

— Ce Cygnus m'a promis une récompense en plus, soupira-t-elle. Mais, avec toute cette agitation et cette excitation, je parie qu'il ne s'en souvient même pas.

Beaucoup de choses avaient été oubliées depuis que l'étrange Sorcier sans ailes, avec des yeux de la couleur du ciel, avait surgi de nulle part au beau milieu du temple en ruine avec la Harpe des Vents dans les mains. Linotte ne comprenait pas pourquoi tout le monde en faisait tout un plat. Une harpe, et alors, la belle affaire ? C'est vrai, le vieux Martin, qui fabriquait des instruments de musique, était capable de produire des harpes par dizaines ! Oh, ce machin-là était joli, bien sûr, il scintillait et brillait comme s'il avait été taillé dans le plus pur des rayons de lune et il avait l'éclat des étoiles – enfin, c'est ce qu'il lui avait semblé, parce qu'elle n'en avait eu qu'un tout petit aperçu avant qu'Alouette, sa mère, lui ordonne de rentrer surveiller son petit frère Moineau pendant qu'elle-même s'en allait au palais avec tous les autres adultes.

— Et maintenant, tout le monde s'amuse sauf moi, grommela la petite d'un ton chagrin.

Frissonnante, elle se recroquevilla et replia ses ailes autour d'elle pour se protéger. Le printemps était certes revenu, mais la nuit remplie d'étoiles scintillantes restait encore fraîche, comme si l'hiver, bien que vaincu par le pouvoir de la Harpe, rechignait à s'en aller. Linotte essaya de se réchauffer au feu de sa juste indignation.

— Je devrais être là-bas, au palais ! On devrait me donner une récompense pour avoir sauvé la reine ! Au lieu de quoi, on m'oblige à rester à la maison avec ce petit démon !

Mais en vérité sa conscience la tourmentait car, bien sûr, elle n'était pas à la maison en train de s'occuper de Moineau. Dès que son frère s'était endormi, Linotte était sortie en douce afin de se rendre au palais, dans l'espoir qu'elle pourrait s'en approcher comme elle l'avait fait en ce jour mémorable (était-ce seulement hier ?) où elle avait trouvé la reine captive. Elle aurait aimé avoir un petit aperçu des festivités à travers une fenêtre. Si seulement elle avait pu attirer l'attention du compagnon aux ailes blanches de la reine Raven sans que sa mère l'attrape, elle l'aurait peut-être obtenue, sa récompense, après tout.

Mais les plans de Linotte avaient vite été réduits à néant. À mi-chemin du palais, son courage l'avait abandonnée. La dernière fois, c'était différent, car le gigantesque édifice était pratiquement désert à cause de la mort de la reine Aile-de-Feu. Ce soir, au contraire, les tours et les flèches brillaient à la lueur des torches au point de rivaliser avec la gloire rouge et or du soleil couchant, et de bruyants essaims d'Ailés excités tournaient autour des tourelles et entraient ou sortaient à toute allure de chaque pas de porte afin de préparer le meilleur festin possible à partir des maigres provisions qui leur restaient. L'enfant ailée n'aurait pas pu s'approcher du bâtiment sans se faire remarquer – et si sa mère l'avait surprise, elle ne lui aurait certainement pas donné de récompense, bien au contraire ! Amèrement déçue, Linotte avait fait demi-tour pour rentrer à la maison lorsqu'elle avait aperçu du coin de l'œil la coquille noire et brisée du temple de Yinze.

La nature contrariante et rebelle de l'enfant l'avait guidée vers la carcasse menaçante des ruines. Elle avait si désespérément souhaité être honorée au palais par les gens importants que, déjà, elle s'était imprudemment vantée auprès de ses amis au sujet de ses aventures et de la récompense qu'on lui avait promise. Elle n'osait imaginer les railleries qu'on allait lui infliger le lendemain, quand les autres enfants apprendraient qu'on lui avait ordonné de rester sagement à la maison avec Moineau. Au moins, les ruines recelaient l'espoir d'une autre aventure, ou lui fourniraient en tout cas, avec un peu d'imagination, une histoire incroyable et palpitante qui impressionnerait les autres et, avec un peu de chance, lui éviterait leurs moqueries.

Cependant, son indignation et sa déception s'étaient calmées à présent, et Linotte commençait à regretter son initiative. Tant que le rougeoiement du couchant avait baigné le ciel d'une lumière rose et ambrée, les ruines n'étaient apparues que comme un vulgaire tas de vieilles pierres inoffensives. Mais, à présent que la nuit avait jeté une coiffe d'ombre sur sa façade ravagée et brisée, le temple semblait bien plus sinistre.

Un frisson remonta le long de la colonne vertébrale de l'enfant. Dans la pénombre trompeuse, de sinistres transformations se produisaient autour d'elle. Un pan de pierre encore debout, souvenir de l'une des arcades décoratives, était devenu une haute silhouette encapuchonnée qui dissimulait ses traits dans les profondeurs insondables d'une coiffe d'un noir profond. Des bouts d'argent votif tordu brillaient de l'éclat sinistre des fantômes. Les débris de cristal éparpillés provenant de l'imposant vitrail dépeignant la chute d'Incondor scintillaient comme autant d'yeux inconnus. Une pile de gravats avait adopté les contours souples et sinistres d'une bête à l'affût. Partout, les ombres avançaient en silence, formes noires et obscures qui se découpaient sur l'obscurité grandissante. On aurait dit qu'elles se dirigeaient vers Linotte. Et puis, que dissimulaient-elles en leur sein ? Était-ce le fantôme de Serre-Noire qui se mouvait parmi les ruines désolées de sa forteresse ? Allait-il surgir furtivement des ténèbres en serrant entre ses doigts le sanglant trophée de sa tête tranchée ?

— Oh, pour l'amour de Yinze, ne sois pas stupide ! s'exclama l'enfant ailée à voix haute pour se donner du courage. Les fantômes n'existent pas ! C'est une invention !

Néanmoins, à ce stade, un repli stratégique lui paraissait une bonne idée. *Après tout,* se dit-elle, *Moineau pourrait se réveiller et prendre peur en s'apercevant qu'il est tout seul…* Linotte avait juste besoin de trouver un souvenir, quelque chose de distinctif, qui lui permettrait de prouver à ses amis qu'elle était bel et bien venue là…

Linotte se pencha et plissa les yeux pour scruter la pénombre grandissante en regrettant de ne pas avoir eu la bonne idée d'apporter une torche. Alors, tandis qu'elle fouillait parmi les pierres froides, râpeuses et acérées, elle entendit un bruit qui la fit frissonner et lui glaça le sang, un gémissement sourd accompagné de gargouillis qui résonnèrent à travers les pierres sous ses pieds et s'élevèrent en un effroyable crescendo plaintif. Le souffle court, la fillette laissa échapper un petit cri de terreur et déploya ses ailes pour s'enfuir… Mais elle ne réussit qu'à tomber à quatre pattes lorsque son pied gauche glissa entre deux gravats de maçonnerie et se tordit. Dans sa panique, Linotte en oublia la douleur et tira de toutes ses forces, galvanisée par la peur. Mais son pied resta obstinément coincé. Elle était prise au piège.

Linotte se mordit les lèvres pour s'empêcher de crier à nouveau. Un sursaut de bon sens lui rappela que la dernière chose dont elle avait besoin, c'était d'attirer l'attention sur elle. Au même moment, la plainte se fit entendre à nouveau, plus douce cette fois, comme si la créature qui émettait ce son angoissé était à bout de forces. Alors Linotte fit pipi sous elle. Le liquide chaud qui se répandit sous ses fesses était une humiliation terrible qu'elle enregistra confusément dans la partie de son cerveau qui régissait les événements normaux du quotidien. Pour le reste, la terreur avait pris le contrôle. La fillette ailée tira de nouveau de toutes ses forces sur son pied, trop effrayée pour pousser un nouveau cri lorsqu'une douleur brûlante traversa sa jambe. Tout à coup, le temps parut ralentir, tandis que son esprit se mettait à réfléchir à la vitesse du désespoir. Linotte analysa son épreuve dans un éclair de lucidité et d'inspiration dû au caractère extrême de la situation. Elle vit que les deux grands blocs de pierre qui emprisonnaient son pied étaient trop lourds pour que ses bras d'enfant puissent les bouger. Mais ils reposaient sur un lit de petits débris. Si elle arrivait à déloger ceux-là en creusant, elle parviendrait peut-être à déséquilibrer l'un des rocs et à se libérer…

Sanglotant de peur, Linotte gratta frénétiquement les cailloux environnants jusqu'à s'en faire saigner les doigts, dans l'espoir de déséquilibrer un des grands pans de pierre. Puis, alors qu'elle venait de dégager un espace, ses doigts piquants et écorchés rencontrèrent quelque chose de chaud, doux et mou. Quelque chose qui bougeait. Le faible murmure d'une vieille voix bourrue résonna dans l'esprit de la petite Ailée :

— *Aide-moi… Je sais que tu peux m'entendre – aide-moi…*

L'un des fêtards du palais qui était brièvement sorti prendre l'air pour s'éclaircir les idées et chasser les brumes de l'alcool entendit un hurlement de terreur déchirer la nuit. Cela provenait du temple voisin. Livide, l'homme vola à l'intérieur, les ailes tremblantes, pour donner l'alerte.

— Eh bien, que je sois pendue.

Aurian, à genoux dans le trou hâtivement creusé pour ôter les gravats, posa une main légère sur la grosse tête de Shia.

— Voici donc ta vieille amie Hreeza que tu croyais morte ! (Elle posa ensuite les mains sur le corps froid et martyrisé qui gisait devant elle et secoua la tête d'un air stupéfait.) C'est incroyable qu'elle soit encore en vie, voilà tout ce que je peux dire !

— *Ça reste à voir.* (Shia donna un petit coup de museau dans le corps de Hreeza, tandis que Khanu regardait anxieusement par-dessus l'épaule de la panthère.) *Va-t-elle survivre, à ton avis ?*

Aurian perçut de l'angoisse dans le ton de la grande panthère. Même dans les situations les plus difficiles, même en proie à la plus vive inquiétude, Shia n'avait jamais parlé de cette façon de la Mage, ou d'Anvar, ni d'aucun de leurs compagnons. Mais cette fois c'était différent. La victime était l'une de ses congénères. Aurian aurait aimé pouvoir la réconforter, mais elle ne pouvait se résoudre à mentir à Shia. Un lien trop profond les unissait.

Elle examina Hreeza avec son sens de guérisseuse, mais la réponse de la vieille panthère n'était guère encourageante. Néanmoins, Aurian s'efforça de rester positive.

— Puisque cette vieille guerrière têtue s'accroche à ce point à la vie, je dirais qu'elle a toutes les chances de s'en sortir, à condition que nous agissions rapidement. (La Mage secoua la tête d'un air à la fois stupéfait et incrédule.) Il n'y a pas un os de son corps qui ne soit pas brisé, marmonna-t-elle. Hreeza a dû rester inconsciente tout ce temps, sinon tu l'aurais entendue, Shia. J'imagine que l'enfant a dû la déranger, lui faire reprendre connaissance, d'une certaine manière. Dans les tréfonds de son être, Hreeza a dû s'apercevoir que c'était sa seule chance d'être secourue. Mais cette dernière tentative désespérée pour trouver de l'aide a bien failli l'achever…

Tout en parlant, Aurian invoqua ses pouvoirs de guérison, qu'augmentait la puissance du Bâton, afin d'arracher la panthère aux griffes de la mort. Rapidement, elle entreprit de ressouder les os fragiles et de réparer les tissus déchirés. Elle s'immergea complètement dans la difficulté de sa mission, sans jamais perdre conscience, toutefois, de la présence d'Anvar à ses côtés. Il avait posé la main sur le Bâton pour lui fournir régulièrement de l'énergie supplémentaire afin qu'elle ne soit pas trop épuisée lorsqu'elle en aurait fini. À genoux près de la tête de la grande panthère, Chiamh utilisait ses propres sortilèges pour faire circuler l'air dans les poumons de Hreeza et l'aider à continuer à respirer pendant qu'Aurian travaillait. Elster et Cygnus, les médecins ailés, voletaient derrière la Mage en contemplant son œuvre avec fascination et en s'émerveillant de ses pouvoirs de guérison.

Aurian effectua un travail de réparation basique et fit aussi vite que possible pour minimiser les risques que sa vieille et fragile patiente décède de froid ou d'un choc. Au bout d'un moment, elle se leva d'un bond.

— Bien, fit-elle d'un ton brusque, cela va la maintenir en vie pour l'instant, mais nous devons rapidement l'emmener au chaud et à l'abri sans toucher au reste de ses blessures ni mettre en danger ce qui vient d'être réparé. (Aurian se tourna vers son compagnon.) Anvar, j'ai besoin que tu me donnes un coup de main. Veux-tu bien tenir le Bâton avec moi, comme tu l'as fait dans le désert, et augmenter mes pouvoirs ? Il faut que je transporte Hreeza hors du temps pendant quelques minutes et que j'emploie ensuite le vieux sortilège de téléportation de ma mère pour envoyer notre amie en toute sécurité dans nos appartements.

Anvar écarquilla les yeux.

— Quoi… simultanément ? Tu ne trouves pas ça un petit peu draconien comme mesure ?

Aurian secoua la tête.

— Pas vraiment. Mais ce sera fatigant. J'ai récupéré mes pouvoirs si récemment que je manque un peu de pratique. C'est pour ça que j'apprécierai ton aide.

Anvar fit une profonde révérence.

— Tout ce que ma Dame voudra.

— *Oh, finissez-en !* gronda Shia.

Percevant son angoisse, les Mages retournèrent aussitôt à leur patiente.

Il leur fut facile de lancer le sortilège temporel, et Aurian en profita pour adresser un bref remerciement posthume à son vieil ami Finbarr, qui le lui avait appris lorsqu'elle était encore toute jeune. Puis, dès que Hreeza fut figée en toute sécurité, Aurian se prépara à lancer le sort d'apparition. Elle agrippa fermement le Bâton et sentit les mains d'Anvar, chaudes et sûres d'elles à côté des siennes, tandis qu'elle s'ouvrait à la puissance de l'Artefact. Avec toute la force de sa concentration, elle enveloppa la vieille panthère dans ses pouvoirs et l'enferma dans un cocon de magie qui scintillait de la lueur verte surnaturelle du Bâton. Puis, visualisant la destination désirée, Aurian rassembla sa volonté et poussa.

Dans un éclair émeraude, Hreeza disparut. Avec un bruit de tonnerre, l'air se précipita pour emplir l'espace qu'occupait jusqu'alors la vieille panthère, et les Ailés qui assistaient à la scène reculèrent d'un bond en poussant des jurons et des cris de surprise avant de frotter leurs yeux éblouis. Aurian s'affaissa contre Anvar car elle avait l'impression, en dépit de l'aide qu'il lui avait fournie, d'avoir porté Hreeza sur son dos tout le long du chemin parcouru. C'était le problème avec les sorts d'apparition, songea la Mage chagrinée. Ils avaient beau déplacer des objets rapidement, ils disposaient d'une portée limitée et demandaient autant d'énergie que les méthodes beaucoup plus conventionnelles.

Chiamh, l'Œil-du-Vent des Xandims, se laissa mollement aller contre un pan de maçonnerie brisé, les yeux dans le vague, recouverts d'un voile d'argent. Aurian comprit qu'il usait de son talent spécial – chevaucher les vents – pour vérifier si la vieille panthère était bien arrivée à destination. Alors même qu'Aurian l'observait, il secoua brusquement la tête et se redressa. L'argent liquide se retira de ses yeux, leur rendant leur habituelle et chaleureuse couleur ambrée.

— Elle est arrivée là-bas sans problème, confia-t-il à la Mage d'un air impressionné. Par la lumière de la déesse, dame – quel sortilège ! Pouvez-vous vous déplacer de cette façon, vous aussi ?

Aurian sourit en secouant la tête.

— Pouvez-vous vous soulever tout seul dans les airs ? (Elle se tourna vers Anvar.) Viens, allons-y, il faut finir de soigner Hreeza. (Fronçant brusquement les sourcils en se rappelant un détail, elle regarda autour d'elle.) Au fait, qu'est-il arrivé à la petite fille qui l'a découverte ? Avec toute cette excitation, nous avons oublié de la remercier.

— J'attendrais un peu, si j'étais toi.

Anvar désigna quelque chose par-dessus son épaule. Aurian se ressaisit en dépit de la fatigue et prit alors conscience d'une querelle qui se déroulait non loin de là dans l'obscurité. Une voix furieuse et une série de gifles, suivies par un cri plaintif, apprirent à la Mage que la mère de la petite Ailée avait dépassé le stade du soulagement pour atteindre celui de la colère. Aurian, compatissante, fit la grimace.

— Pauvre gosse, murmura-t-elle.

— *Attends, ton tour viendra,* objecta Shia d'un ton doucereux. *Pense à toutes ces joies de la maternité qui s'offrent à toi.*

Aurian leva les yeux vers le ciel.

— Que les dieux me viennent en aide, marmonna-t-elle.

Lorsque Aurian se rapprocha du jeune prêtre-médecin en appelant ses porteurs ailés afin qu'ils la remmènent à ses appartements, Cygnus détourna hâtivement le visage pour éviter de dévoiler à la Mage ses pensées les plus secrètes. Dans un accès d'amertume et d'envie, il l'avait regardée utiliser ses pouvoirs de guérison et lui en avait voulu de posséder un don aussi miraculeux, même s'il savait au fond de lui que c'était mal. Mais il ne pouvait s'en empêcher. Comment les dieux pouvaient-ils se montrer si injustes ? s'était demandé le médecin aux ailes blanches en repensant aux épreuves de ce terrible hiver et à son incapacité à venir en aide à son peuple souffrant. Pourquoi ces monstres dépourvus d'ailes possédaient-ils de tels pouvoirs quand sa race, qui faisait autrefois partie des Mages elle aussi, demeurait impotente et privée de magie ?

Au-delà des ombres, Cygnus regarda Anvar grimper à bord d'un filet pour regagner la tour où il logeait. Le Mage écarta un pan de son manteau qui le gênait et l'Ailé aperçut l'éclat surnaturel de la Harpe des Vents, solidement attachée au dos d'Anvar. Le médecin serra les dents tout en fulminant intérieurement. Pourquoi cet étranger, cet intrus, avait-il en sa possession l'héritage le plus précieux des Ailés ? Quel droit avait-il de le conserver, quand en vérité il appartenait à ses créateurs ? Peut-être – ce n'était qu'une possibilité, mais enfin... – le précieux Artefact était-il capable de rendre au peuple du Ciel les pouvoirs qu'on lui avait volés.

— Et si je possédais la Harpe, murmura Cygnus à part lui, je pourrais enfin devenir un vrai guérisseur...

Eliizar se tenait sur le seuil de la tour d'Incondor, aveugle à la beauté du splendide paysage printanier semblable à une tapisserie colorée et sourd aux chants renouvelés des oiseaux et aux joyeux bavardages des guerriers qui le frôlaient en entrant ou en sortant de la tour afin de préparer leur départ vers des destinations diverses. Le maître d'armes borgne avait l'impression d'être le seul à ne pas s'occuper en ce deuxième jour du printemps miraculeux. De plus, à l'exception peut-être de Parric, le chef de la troupe xandim qui semblait, de par son attitude, nourrir pas mal d'inquiétudes lui aussi, Eliizar était sans doute le seul à ne pas se réjouir.

Le maître d'armes soupira. Il se sentait déprimé et très seul. Un peu plus tôt, Nereni était partie vers le cours d'eau voisin en chantonnant joyeusement, une pile de linge sale en équilibre précaire dans les bras. Bohan était assis au soleil, dans un coin abrité à l'un des angles de la tour, avec, étendus devant lui, les deux grands loups qu'Aurian avait choisis pour s'occuper de son fils en son absence. On aurait dit deux grands chiens gris hirsutes. Dans le giron de l'eunuque, sur une couverture, dormait le minuscule louveteau qui était en réalité l'enfant de la Mage. Eliizar frémit, écœuré à la seule vue de cette créature maudite. Comment Aurian pouvait-elle le supporter ? Comment pouvait-elle seulement aimer une telle abomination ? Comment pouvait-elle se montrer aussi calme au sujet de toute cette terrible histoire ?

Si seulement Yazour voulait bien revenir d'Aerillia ! Mis à part les difficultés pratiques que rencontrait le petit groupe d'Eliizar à cause du départ de tous leurs traducteurs pour le royaume des Ailés, le guerrier borgne avait désespérément besoin de parler à quelqu'un susceptible de le comprendre. Il était resté éveillé toute la nuit à cause du dilemme qui le tourmentait et, dans les heures les plus noires et les plus solitaires, il avait enfin pris sa décision – la seule qui paraissait logique, se répéta-t-il fermement. Le problème, c'est que ça n'allait pas faire plaisir à Aurian – et Nereni non plus n'allait pas du tout aimer ça. Néanmoins, tôt ou tard, il lui faudrait aborder cette question, et il ne servait à rien de remettre la discussion à plus tard. Redressant les épaules, l'ancien maître d'armes du cirque khazalim s'en alla à la recherche de sa femme.

Guidé par un chant lointain et la bonne odeur du feu de bois portée par la brise, il la trouva bientôt à l'endroit où le ruisseau sortait du hallier au pied de la tour. Elle faisait bouillir de l'eau au-dessus d'un feu crépitant, dans un vieux et large chaudron qui avait passé des années suspendu à un crochet dans l'âtre de la tour avant qu'elle le récupère pour le débarrasser de sa rouille et de sa saleté. Des couvertures et divers vêtements étaient étendus sur les buissons pour sécher. Nereni se trouvait au bord de l'eau, à genoux sur une cape soigneusement pliée, et battait une tunique en lin sur les rochers en chantonnant doucement.

Eliizar hésita et resta un moment à la lisière du boqueteau, dissimulé à la vue de sa femme par une couverture grise rapiécée et un écran de toutes jeunes feuilles vertes. Cela faisait bien longtemps qu'il n'avait pas vu Nereni aussi heureuse. Or, il allait devoir lui gâcher ce moment. Alors qu'il sortait à contrecœur pour la rejoindre, elle se releva tant bien que mal, la tunique dégoulinante entre les mains, et son visage s'illumina plus encore en le voyant.

— Eliizar ! Je me demandais où tu étais. Je...

Sa voix s'éteignit. Le maître d'armes comprit qu'il avait été trahi par l'expression de son visage.

— Eh bien, Eliizar, qu'est-ce qui te tourmente ? (Nereni fronçait les sourcils à présent.) Comment peux-tu être d'humeur aussi sombre un jour magnifique comme celui-ci ?

— Il faut que je te parle. (Eliizar espéra et pria même pour que sa femme lui pardonne ce qu'il était sur le point de lui dire.) Nereni, nos compatriotes s'en vont demain, expliqua-t-il en se jetant rapidement à l'eau. Ils retournent dans la forêt qui borde le désert pour y construire des maisons et se faire une nouvelle vie, loin des rois cruels et des batailles de magie, et je... je crois sincèrement qu'on devrait les accompagner.

— Comment ? (L'expression de Nereni devenait de plus en plus orageuse.) Et laisser Aurian ? Et Anvar ? Absolument pas, Eliizar ! Au nom du Faucheur, comment oses-tu seulement suggérer une chose pareille ?

Comme pour souligner son discours, elle jeta au loin la tunique qu'elle venait de laver. Celle-ci fit un plat retentissant à la surface du ruisseau et s'éloigna en flottant, portée par le courant, tandis que la petite bonne femme faisait face à son mari, les poings serrés.

Eliizar se hâta de faire un pas en arrière. Il n'avait jamais vu sa douce épouse aussi furieuse.

— Ma chérie, si tu voulais bien m'écouter ne serait-ce qu'un instant…, la supplia-t-il.

— Si je veux t'écouter ? Pourquoi salirais-je mes oreilles à t'écouter parler de trahison et d'ingratitude ? cria Nereni. Aurian est notre amie, Eliizar ! Comment peux-tu envisager de l'abandonner ? Qui prendra soin d'elle si je pars ? Ces Mages ont beau être puissants, ils n'ont aucun sens pratique ! C'est vrai, aucun d'eux ne sait faire bouillir une marmite d'eau sans la faire cramer…

Eliizar soupira. Il savait avant même d'ouvrir la discussion que ce serait difficile.

— Ils possèdent d'autres pouvoirs qui compensent largement ces failles, insista-t-il, et ils ont d'autres compagnons qui les aideront bien mieux que nous quand ils repartiront pour le Nord. Comprends-moi, Nereni, je t'en supplie. Ce ne sont pas nos affaires, nous ne devrions pas nous compromettre dans toute cette sorcellerie, et nous tenons là notre dernière chance de partir, avant d'être trop impliqués dans leur combat contre les autres Mages.

Eliizar parlait rapidement, sans donner à sa femme une chance de l'interrompre.

— Nous ne pouvons traverser seuls les montagnes, poursuivit-il. Soit nous partons maintenant, avec notre peuple – des gens de notre race, Nereni –, soit nous choisissons un chemin qui ne nous permettra pas de revenir en arrière. Mais, dis-moi, que nous réservera l'avenir dans un pays étranger, un pays assailli par la plus noire des magies ?

Une lueur inconnue, froide et troublante, apparut dans les yeux de Nereni.

— Tu as peur, murmura-t-elle doucement.

Rouge de honte, incapable de soutenir le regard de sa femme, le maître d'armes enfouit son visage dans ses mains.

— Oui, chuchota-t-il. Face à la sorcellerie, j'ai peur, comme jamais encore ça ne m'était arrivé.

— Et donc tu me demandes de choisir, maintenant, entre toi et Aurian qui est devenue notre amie, qui nous a pardonné de lui avoir fait subir l'épreuve du cirque et qui nous a libérés du joug du tyran Xiang…

— Nereni, arrête ! C'est insupportable !

Les paroles de la petite femme transpercèrent le cœur d'Eliizar comme une lance et lui glacèrent le sang d'horreur. Nereni pensait qu'il lui demandait de choisir ? Mais l'idée ne l'avait même jamais effleuré – ça ne se passait pas ainsi chez les Khazalims. L'homme décidait des allées et venues du couple et la femme se devait de partir ou de rester, selon ce qu'il lui dictait. Pour la première fois depuis leur départ de Taibeth, il comprit à quel point les choses avaient changé entre Nereni et lui. Pourtant…

Eliizar regarda sa petite épouse, autrefois timide, placide et tout sauf aventureuse, et découvrit dans ses yeux une étincelle et une énergie nouvelles. Il s'aperçut alors, brusquement, que son courage et son bon sens n'avaient cessé de croître – et d'être de plus en plus appréciés par leurs autres compagnons – tout au long de leur périple. Comment avait-il pu rester aveugle aussi longtemps ? De fait, Nereni avait bien mieux géré la plupart des chocs et des surprises que lui, Eliizar, maître d'armes et guerrier vétéran !

Alors même que ces pensées traversaient l'esprit d'Eliizar, il resta conscient du regard impitoyable que Nereni continuait à fixer sur lui dans l'attente d'une réponse. Il se sentait humilié et vaincu par le courage de son épouse, et cela n'avait rien d'agréable. Le maître d'armes rougit de colère.

— Non, femme, gronda-t-il. Je ne te demande pas de choisir. J'ai décidé que nous allons retourner dans la forêt avec notre peuple et je t'informe que tu vas venir avec moi.

Sur ce, il tourna les talons et remonta la colline à la recherche de Jharav, l'officier vétéran qui avait à présent la charge du contingent de Khazalims. Eliizar s'en alla sans se retourner, et ce fut bien dommage, car l'expression de colère et de dégoût sur le visage de Nereni l'aurait peut-être fait changer d'avis.

2

DÉBUT DE VOYAGE

Au clair de lune, les pierres grises et couvertes de lichen de la tour d'Incondor semblaient avoir été trempées dans de l'argent. Sur la pente qui séparait l'antique tas de pierres croulant et les ombres du fourré semblables à des doigts tendus, chaque brin d'herbe de la pelouse jonchée de fleurs se découpait nettement dans un mélange d'obscurité bien définie et de lumière froide, comme si l'hiver était revenu furtivement, sur la pointe des pieds. Mais l'air vibrant embaumait le printemps, promesse rassurante que les interminables jours de froid avaient disparu pour de bon, même si la brise nocturne restait fraîche. Les deux messagers du Ciel n'en appréciaient que mieux la chaleur de leurs ailes étroitement repliées autour de leur corps.

Les deux Ailés, postés là à la demande de la reine Raven et des Mages, étaient perchés telles deux gargouilles sur une haute extension de maçonnerie usée, à l'arrière de la tour, aussi loin que possible des terriens avec lesquels ils avaient été forcés de s'associer. Suite à leur refus de dormir avec des inconnus à l'intérieur de la tour, on leur avait aménagé un espace sur le toit en leur construisant un abri de fortune contre les pierres chaudes de la cheminée. Mais la ronde constante de la sentinelle perturbait leur sommeil et la luminosité cette nuit les empêchait de dormir, car la pleine lune était passée depuis un jour ou deux à peine. En fin de compte, ils étaient venus se percher là, sur ce promontoire vertigineux entre ciel et terre, afin de réfléchir en paix et de parler à voix basse, en privé, des changements cruciaux qui s'étaient produits dans leur cité au cours des deux derniers jours.

En dehors des bruits de pas monotones de la sentinelle qui faisait sa ronde sur le toit au-dessus des Ailés, rien ne bougeait dans le paysage baigné de lune. Au bout d'un moment, la conversation étouffée des deux messagers se ralentit, puis prit fin. Alors, brisant le profond silence de la nuit, survint un tout petit bruit – un faible grincement aigu annonçant l'ouverture de la porte de la tour.

Les deux Ailés se raidirent, aussitôt sur leurs gardes, et échangèrent un regard inquiet, les yeux écarquillés. Ils ne faisaient pas entièrement confiance à ces terriens, et quiconque s'esquivant furtivement au beau milieu de la nuit ne devait sûrement pas avoir de bonnes intentions. Un signal muet fut échangé entre les deux hommes du Ciel. En silence, furtivement, ils sortirent leurs longs poignards de leurs fourreaux et attendirent, les ailes fléchies, prêts à s'envoler. De petits bruits de pas étouffés se firent entendre... Quelqu'un contournait discrètement la tour.

Heureusement pour le rôdeur que la lune brillait avec tant d'éclat. Dès que les Ailés découvrirent la silhouette de l'intrus, ils rengainèrent leurs armes et se détendirent, tandis que leur inquiétude laissait place à un amusement étonné. Ça alors, mais c'était la petite bonne femme qui semblait éprouver le besoin de materner tout le monde et qui ne cessait de leur apporter de délicieux repas ! Elle était la seule parmi toutes ces créatures sans ailes à qui ils faisaient réellement confiance.

— Que peut-elle bien faire là, au nom de Yinze ? s'interrogea l'un des messagers dans un souffle.

La femme l'entendit, leva les yeux, porta un doigt à ses lèvres pour leur demander le silence et leur fit signe de la rejoindre sur le sol.

— Aerillia, Aerillia, chuchota-t-elle d'un ton pressant en tirant sur le bras de l'Ailé le plus proche.

Elle se montra du doigt avant de désigner la masse sombre du filet, sagement replié au pied de la tour, qui leur servait à transporter des marchandises.

Pendant quelques instants, les messagers du Ciel eurent du mal à croire ce que ses gestes impatients pouvaient bien signifier. Puis, enfin, l'un regarda son compagnon.

— Je crois qu'elle veut qu'on aille chercher le filet et qu'on l'emmène en Aerillia.

L'autre haussa les épaules.

— Oui, je ne vois pas ce qu'elle pourrait vouloir d'autre.

Le premier contempla d'un air chagrin les formes grassouillettes de Nereni et fit jouer les muscles de ses bras.

— Pourquoi elle ? soupira-t-il. Ils ne pouvaient pas envoyer quelqu'un d'autre, pour l'amour de Yinze ?

Aurian scrutait la pénombre trompeuse, les yeux plissés par la concentration. Une fois de plus, elle bénit les dieux de lui avoir octroyé la nyctalopie des Mages.

— Déplacez un peu la torche, voulez-vous ? demanda-t-elle par-dessus son épaule à Cygnus. Je travaille dans ma propre ombre à cet endroit.

La Mage sentit l'épaule d'Anvar effleurer la sienne lorsqu'il avança en rampant pour jeter un coup d'œil dans l'étroite fissure entre l'éboulis de pierres.

— C'est l'endroit que nous cherchons, dit-il. Tu vois, là où le grand pan de roche a glissé en angle aigu. Si on pouvait le redresser, ça devrait soutenir le reste…

— Attention !

Le cri vif d'Aurian faillit se perdre parmi les grincements menaçants qui résonnèrent au-dessus de leurs têtes. Lorsque son âme sœur s'était penchée pour lui montrer le pan, ce seul mouvement avait suffi à défaire le fragile équilibre des pierres. Comme un seul homme, les Mages firent apparaître leur bouclier magique et étendirent le champ de force tout autour d'eux afin de soutenir les rocs branlants. Au bout d'un moment qui leur parut interminable, les grincements s'estompèrent pour laisser la place au bruit presque liquide de la poussière et des cailloux qui cascadaient dans les fissures.

La torche crachotante s'éteignit dans une dernière étincelle. Légèrement essoufflés par le fait de devoir soutenir le plafond croulant, les Mages s'appuyèrent l'un contre l'autre dans des ténèbres que seuls leurs yeux parvenaient à percer.

— Merde alors ! marmonna Anvar. Il s'en est fallu de peu.

— C'est visiblement ce que s'est dit notre ami.

D'un signe de tête, Aurian indiqua la section de tunnel dégagée qui se trouvait derrière eux. Elle était déserte. Leur compagnon ailé avait pris la fuite, sans surprise.

— Ah, ces hommes du Ciel !

Anvar grimaça de dégoût, mais Aurian savait qu'il ne blâmait pas plus qu'elle leur compagnon apeuré. Mais avaient-ils raison sur ce point ? Aurian fronça les sourcils. C'était Cygnus qui leur avait soufflé la folle idée de s'en aller explorer les ruines des archives religieuses, sous le temple de Yinze, à la recherche d'indices permettant de les conduire à l'Épée de Feu. La veille, ça leur avait semblé une bonne idée, sur le moment, quand ils en avaient discuté en détail avec le médecin ailé autour d'une carafe de vin, mais, dans la pratique, le fait de creuser à travers ces tunnels instables s'était avéré une entreprise bien périlleuse. Cependant, Cygnus savait sûrement quels dangers ils encouraient, non ? En tout cas, il n'avait pas perdu de temps pour sauver sa peau quand le plafond avait commencé à s'écrouler. Aurian secoua la tête. *Je me méfie de tout et de tout le monde ces jours-ci. Pourquoi Cygnus nous voudrait-il du mal alors que nous avons mis fin au règne de Serre-Noire et sauvé sa reine ? C'est sûrement la peur qui l'a fait réagir comme ça.* Son compagnon et elle protégeaient le groupe depuis le départ avec leur bouclier, mais elle savait que les Ailés avaient du mal à placer leur confiance en quelque chose qu'ils ne voyaient pas.

L'effort qu'elle devait fournir pour empêcher le plafond de s'écrouler mit fin à sa réflexion. Aurian regarda son compagnon, et tous deux échangèrent un sourire ironique.

— Tu crois qu'on peut y arriver tout seuls ? demanda Anvar d'un air de défi.

— Pourquoi pas ? (Aurian haussa les épaules.) En plus, les Ailés seront bientôt de retour – ne serait-ce que pour ériger un mémorial !

Anvar gloussa.

— Allons-y, dans ce cas. Qu'est-ce que tu préfères ? Maintenir le bouclier ou déplacer les pierres ?

— Le bouclier, répondit Aurian d'un ton décisif. Grâce au Bâton de la Terre, j'aurai davantage de puissance pour alléger le poids des rochers au-dessus de nos têtes. (Elle leva les yeux d'un air dubitatif vers les tonnes de pierres qui reposaient en équilibre précaire au-dessus de leurs têtes.) La dernière chose dont nous avons besoin, c'est de voir toute cette satanée montagne s'effondrer sur nous. Qu'est-ce qui ne va pas ? demanda-t-elle en surprenant un éclair de panique sur le visage d'Anvar.

— Rien, marmonna son compagnon. Je viens juste de me rappeler la dernière fois où je me suis retrouvé là-dessous… (Il frissonna.) Heureusement pour nous, la Moldan est morte.

— Attends… Encore un tout petit instant…

Anvar avait la voix rauque de tension. Aurian, qui avait l'impression de porter le poids de la montagne tout entière sur ses épaules, savait exactement ce qu'il ressentait. Le grand pan de roche incliné qu'Anvar avait réussi à libérer de l'éboulis environnant trembla sur sa base et commença doucement à se relever, mû par la puissante volonté du Mage. Sous les yeux d'Aurian, son compagnon entama alors la partie la plus dangereuse de l'opération, à savoir déplacer la pierre et l'ajuster afin de soutenir la voûte croulante du tunnel. Il y était presque, il ne restait plus qu'à...

— Monseigneur ! Ma dame !

Des bruits de pas précipités résonnèrent en écho dans la galerie, coupant telle une lame à travers la concentration d'Aurian et réduisant à néant le délicat équilibre entre les forces contradictoires qu'Anvar utilisait pour déplacer la pierre. Le grand pan de roche s'écrasa par terre, et Aurian n'eut que le temps de raviver la force de son bouclier avant que la voûte leur tombe sur la tête. Elle sentit Anvar ajouter la force de ses pouvoirs aux siens. Ils échangèrent un rapide coup d'œil et tournèrent les talons pour s'enfuir dans le tunnel qu'ils avaient rouvert au prix de tant d'efforts. Ils heurtèrent au passage le messager, quel qu'il fût. Aurian attrapa le bras de l'Ailé et l'entraîna dans sa course éperdue. Tous trois jaillirent au grand jour en même temps. Derrière eux retentit un fracas de tonnerre au sein du tunnel ; les murs du temple achevèrent de s'écrouler tandis que le sol tremblait sous leurs pieds. Puis il n'y eut plus rien à entendre que le silence, et plus rien à voir que le nuage de poussière qui sortit de la gueule béante du tunnel pour éclipser les pâles lueurs de l'aube.

— Espèce d'imbécile ! gronda Aurian à l'adresse du pauvre messager tremblant. Vous avez bien failli nous faire tuer là-dedans !

Ignorant les excuses balbutiantes de l'Ailé, elle chercha Cygnus du regard, car le médecin aurait dû avoir le bon sens de ne pas laisser entrer quiconque dans le tunnel quand il y avait de la magie à l'œuvre. Elle était sûre de l'avoir aperçu quand ils étaient sortis précipitamment, mais il avait disparu à présent – sans doute pour laisser à la colère des deux Mages le temps de s'apaiser.

Anvar, ses yeux brillant d'un éclat glacé à cause de la fureur, contemplait l'entrée du tunnel en débitant un chapelet de jurons. Il passa un bras autour des épaules de sa compagne en poussant un soupir amer.

— Voilà qui met fin à nos espoirs, marmonna-t-il. On ne trouvera rien là-dessous sans excaver le pic tout entier.

Le cœur d'Aurian sombra dans sa poitrine.

— Mais il est vrai que l'espoir de découvrir une information susceptible de nous conduire à l'Épée était bien mince dans tous les cas, reconnut-elle. On y arrivera, mon amour, d'une façon ou d'une autre.

— Il le faudra bien, approuva Anvar d'un air sinistre. On n'a pas le choix.

Tous deux restèrent là, main dans la main, à contempler d'un air maussade l'ouverture obscure du tunnel effondré. Au bout d'un moment, Aurian s'aperçut que le messager ailé traînait toujours avec nervosité dans les parages en essayant visiblement de rassembler son courage pour attirer l'attention (et probablement la colère) des deux Mages. Aurian se tourna vers lui en soupirant.

— Eh bien ? aboya-t-elle. Crachez-le, bon sang ! Qu'est-ce qui était si désespérément important que vous aviez besoin de risquer notre vie à tous pour nous le dire ?

Le messager pâlit sous son regard méprisant.

— Dame, quelqu'un de la tour d'Incondor est venu vous rendre visite. Elle demande à vous voir au plus vite.

— Elle ? répéta Anvar en fronçant les sourcils d'un air perplexe. Il ne reste plus qu'une femme dans la tour à présent, si on omet les Xandims, et c'est Nereni. Mais elle n'oserait jamais…

— Ça ne peut être qu'elle, l'interrompit Aurian. Qui d'autre, sinon ? J'imagine qu'il pourrait s'agir d'une Xandim, mais je doute que Parric enverrait une étrangère nous parler quand les messagers du Ciel peuvent aussi bien faire l'affaire. Par contre, si c'est bien Nereni et qu'elle a fait tout ce chemin toute seule, c'est que l'affaire doit être pressante, en effet. On ferait mieux d'aller voir ce qu'elle veut.

Nereni drapa ses doigts gourds autour du verre en métal fin et but une autre gorgée de vin chaud et épicé dans l'espoir que ses mains s'arrêteraient de trembler. Le courage désespéré qui l'avait amenée jusque-là menaçait à présent de lui faire faux bond. Le voyage aérien dans le fragile filet qui ne cessait de se balancer avait été pire que tout ce qu'elle aurait pu imaginer. Pourtant, ça ne lui avait pas semblé si terrible, au début, tant que les ténèbres recouvraient le paysage et que la colère vis-à-vis de sa tête de mule de mari enflammait son esprit déjà agité par la peur qu'Eliizar la force bel et bien à choisir entre Aurian et lui – les deux personnes qu'elle aimait le plus au monde. Mais au bout du compte la température glaciale à cette altitude et le simple inconfort de son périple avaient fini par la distraire de ses inquiétudes. Au même moment, le soleil s'était levé, rattrapant son escorte ailée, et Nereni, baissant imprudemment les yeux, avait eu une vision plongeante et vertigineuse du paysage en contrebas. Les pics déchiquetés paraissaient si loin en dessous d'elle que c'en était terrifiant. Dès lors, elle avait oublié l'inconfort et ses soucis et avait simplement fermé les yeux bien fort en se mettant à prier.

Le cauchemar avait brusquement pris fin lorsqu'elle avait été larguée sans aucune cérémonie sur une surface dure. Marmonnant des imprécations, Nereni avait ouvert les yeux et s'était aperçue qu'elle se trouvait sur un balcon étroit dépourvu de la moindre rambarde. D'un côté se trouvait une masse imposante en pierre avec des sculptures tarabiscotées – la paroi d'une tour. De l'autre... Nereni avait étouffé une exclamation et rapidement détourné les yeux de l'abîme apparemment sans fond.

Une haute porte voûtée en cuivre martelé permettait d'entrer dans la tour. Ce détail d'architecture intrigua Nereni qui pensait que les portes en métal devaient sûrement être lourdes, peu pratiques et très froides. Mais elle s'aperçut aussitôt que le bois devait être rare sur ces hauteurs stériles, tandis que le métal était certainement extrait des entrailles de la montagne. L'un des membres de son escorte ailée lui adressa un petit salut moqueur et désigna la porte avec un sourire suffisant – Nereni aurait aimé le frapper pour effacer cette expression de son visage. Elle était ennuyée d'avoir laissé transparaître à quel point le vol l'avait effrayée. L'autre homme du Ciel, cependant, s'avéra un peu plus prévenant. Il lui tapota le bras d'un air réconfortant et s'interposa entre Nereni et le bord du gouffre pour l'aider à sortir des mailles du filet emmêlées et se lever en dépit de ses pieds gelés qui lui faisaient l'effet de deux blocs de glace. Tout en s'appuyant lourdement sur le bras de l'Ailé, la petite bonne femme entra en clopinant aussi vite qu'elle le put dans la pièce qui s'étendait au-delà de la porte en cuivre. Puis elle trébucha, car son guide lui lâcha le bras et s'enfuit à la vue de l'énorme silhouette noire qui jaillit des ombres.

— Shia ! cria Nereni avec ravissement.

Cela faisait si longtemps qu'elle n'avait pas vu la grande panthère – depuis cette nuit terrible où le prince Harihn, possédé par le sorcier maléfique qui était l'ennemi d'Aurian, avait lancé ses troupes à l'assaut de la tour d'Incondor. En toute franchise, quand Shia s'était échappée en emportant le précieux Bâton de la Terre en sécurité, Nereni avait douté de jamais revoir le félin. Mais à présent elle avait honte d'avoir réagi ainsi et elle se pencha pour étreindre Shia. Celle-ci, en retour, frotta son énorme tête contre la petite bonne femme et faillit bien la faire tomber à la renverse.

— Tu as réussi ! s'écria Nereni. Merveilleuse, courageuse créature ! Comment as-tu fait ? Traverser toutes ces lieues en dépit du froid, de la faim et du poids du Bâton…

Sa voix s'éteignit brusquement lorsqu'elle découvrit, sous le choc, la pièce qui l'environnait – et les deux autres grands félins qui semblaient remplir la majeure partie de l'espace. L'un dormait, roulé en boule sur l'espèce de grand bac circulaire qui devait servir de lit aux Ailés, tandis que l'autre se tenait tout près et observait Nereni, ses grands yeux d'or flamboyants remplis de curiosité.

La petite femme se figea, le cœur battant à tout rompre. Puis Shia lui lança un regard interrogateur et quelque peu dégoûté et s'en alla frotter sa tête contre celle de l'autre panthère. Penaude, Nereni comprit alors que, si ces bêtes effrayantes étaient amies avec Shia, elle n'avait rien à craindre d'elles. Néanmoins, elle préférait garder ses distances. Shia était une vieille compagne familière, tandis que ces étranges bêtes sauvages et imprévisibles ne lui disaient rien de bon, d'autant qu'elle était seule avec elles dans la pièce. Il n'y avait trace d'Aurian et d'Anvar nulle part.

Brusquement perdue, Nereni se demanda ce qu'elle allait faire. Ses porteurs ailés, visiblement terrifiés, avaient hâtivement battu en retraite, et il n'y avait personne pour l'aider. Mais de toute façon, même en supposant que l'un des hommes du Ciel soit resté à proximité, elle ne parlait pas leur langue. Le courage brut de Nereni avait suffi à l'amener jusque-là, mais il commençait à lui faire défaut. Elle regarda Shia d'un air impuissant en regrettant de ne pouvoir communiquer avec la panthère comme le faisaient Aurian et Anvar.

— Qu'est-ce que je vais faire, maintenant ? murmura-t-elle.

Nereni n'eut pas longtemps à attendre – juste le temps de se préparer un verre de vin chaud avec les ingrédients qu'elle trouva près du brasero, l'unique source de chaleur dans la pièce. Assise là, à s'efforcer de ranimer son courage vacillant, Nereni entendit un battement d'ailes à l'extérieur et comprit que quelqu'un venait d'atterrir sur la plateforme. Shia, les yeux brillant d'une lueur menaçante, gronda, longuement et bruyamment, lorsque la porte s'ouvrit et que Raven entra.

La jeune Ailée avait beaucoup changé, comparée à la femme-enfant misérable, en tunique rapiécée, dont Nereni avait gardé le souvenir. Raven portait à présent une somptueuse robe cramoisie, savamment étudiée pour laisser libres ses ailes et ses membres. Un diadème en or martelé brillait chaudement parmi les vagues de sa chevelure noire. Des rides de chagrin ajoutaient une note de maturité inattendue à son visage, et l'écho d'une amère tristesse qui ne se dissiperait jamais hantait son regard.

Pendant un instant, Nereni, toujours aussi maternelle, sentit son cœur se serrer en voyant la douleur inscrite sur le visage de la jeune fille. Puis elle se souvint d'Eliizar, blessé et emprisonné dans le cachot noir et humide sous la tour d'Incondor. Elle se souvint des souffrances de Bohan, dont les poignets n'étaient plus qu'une masse de plaies purulentes sous les menottes qui l'enchaînaient au mur. Elle songea à la pauvre Aurian, qui avait été forcée d'accoucher dans la terreur et le tumulte, et frissonna au souvenir de cet instant d'horreur pure où la réalité avait été modifiée et où l'enfant de la Mage avait changé de forme entre ses mains. Nereni pinça les lèvres. Lorsque Raven fit un pas hésitant, visiblement incertaine de l'accueil qu'elle allait recevoir, Nereni leva la main et gifla la jeune Ailée de toutes ses forces.

Raven reçut la gifle sans broncher, même si ses immenses yeux noirs se remplirent de larmes.

— Si seulement tu pouvais me frapper cent fois, Nereni, plutôt que de me dévisager avec un tel mépris.

La voix de la jeune fille tremblait, chargée d'une telle angoisse que la petite femme faillit se laisser attendrir – sauf que les événements des mois précédents l'avaient tellement transformée qu'elle se reconnaissait à peine.

— Crois-tu mériter autre chose que du mépris ? répliqua-t-elle de but en blanc. Je t'aimais comme ma propre fille, Raven, mais tu m'as trahie et abandonnée à une mort certaine sans te retourner. Tu n'as pas non plus pensé à Eliizar, ni à Bohan.

— Non ! protesta Raven, suffoquée. Harihn m'avait promis ! Je ne savais pas…

— Si, tu le savais, poursuivit Nereni d'un ton inexorable. Tu aurais dû le deviner – et en réalité, tu t'en doutais, au fond de ton cœur – plutôt que de t'en remettre à la parole d'Harihn, un étranger, et lui livrer les personnes qui t'ont aimée et qui ont pris soin de toi quand tu étais seule et effrayée. Si le prince ne nous avait pas trouvé une utilité, à Bohan, à Eliizar et à moi, nous aurions été tués sur-le-champ. Mais, quoi qu'il en soit, tu n'avais pas le droit non plus de trahir les Mages en les livrant à leurs ennemis. En ce qui les concerne, tu savais très bien quel sort on leur réserverait !

Raven se tortilla sous le regard accusateur de Nereni.

— Mais mon peuple souffrait, et les Mages refusaient de m'aider…

— Stupide enfant ! ricana Nereni. Bien sûr que si, ils t'auraient aidée – dès qu'Aurian aurait retrouvé ses pouvoirs. Tu n'étais pas la seule en difficulté, à l'époque, tu te rappelles ? Si tu avais fait appel au bon sens, plutôt que d'agir comme une petite fille gâ…

Elle s'interrompit, le flot de sa colère noyé dans les pleurs orageux de Raven.

— Pardonne-moi…, sanglota la jeune fille.

— Pourquoi le ferais-je ? répliqua sèchement Nereni.

Raven reprit son souffle en tremblant.

— Parce que tu es la seule mère qui me reste…

En entendant cette réponse angoissée et suppliante, Nereni s'aperçut, dans un élan de culpabilité, qu'elle avait laissé la douleur et la terreur des derniers mois prendre le dessus sur elle. Elle se souvint, un peu tardivement certes, que Raven avait souffert des conséquences de ses folles actions, car non seulement la jeune fille avait été terriblement et horriblement blessée par le maléfique Haut-Prêtre, mais elle avait également perdu sa mère.

L'instinct maternel de Nereni finit par triompher de sa colère – mais aussi de son bon sens, se dit-elle avec une pointe de regret. Elle soupira et prit la jeune fille en pleurs dans ses bras.

— Allons, allons, murmura-t-elle d'un ton brusque, il ne sied pas à la reine du peuple du Ciel de brailler comme un veau ! Allons, sèche tes larmes, petite. Mais n'oublie jamais que tu n'as pas été la seule à souffrir des conséquences de ta folie ! Fais de ton mieux pour réparer tes erreurs et tu verras que les gens finiront par te pardonner avec le temps – jusqu'à ce qu'en fin de compte tu sois capable de te pardonner à toi-même.

— Ce sont là de belles paroles, Nereni, quoiqu'un peu optimistes !

La petite bonne femme sursauta en reconnaissant la voix d'Anvar. Elle n'avait pas entendu les Mages arriver et elle vit qu'ils se tenaient sur le seuil. Elle vit aussi Raven frémir sous le regard glacial que lui lança Anvar et ne put s'empêcher de frissonner à son tour. En voilà un qui n'était pas près de pardonner à la jeune Ailée ! Raven, sentant l'hostilité d'Anvar, balbutia un rapide au revoir et s'en fut.

— Nereni !

La froideur déserta le regard d'Anvar qui avança pour serrer la petite femme dans ses bras. Nereni poussa un soupir de soulagement en voyant réapparaître son large sourire si familier. Elle se réjouissait tant de le voir sain et sauf ! Au moins, l'épreuve qu'il avait subie ne l'avait pas complètement aigri. *Non,* songea Nereni, *il ne hait que Raven, et encore, sans doute plus à cause de ce qu'Aurian et son enfant ont traversé que des souffrances qu'il a lui-même endurées.*

— Mais par tous les dieux, qu'est-ce qui peut bien t'amener ici ? demanda Aurian d'un ton angoissé en prenant à son tour Nereni dans ses bras.

Se rappelant la gravité de sa mission, celle-ci se sentit étrangement réconfortée par le sentiment de sécurité que lui inspirait la Mage.

— C'est à cause d'Eliizar, lâcha-t-elle. Aurian, il veut qu'on vous abandonne !

Petit à petit, toute l'histoire sortit de sa bouche. Aurian, assise main dans la main avec Anvar dont le visage était empreint de gravité, fronça les sourcils.

— Comment ? Il voulait s'en aller aujourd'hui ? Sans même te laisser nous dire au revoir ?

Nereni acquiesça.

— Jharav et les siens se préparaient à partir pour la forêt ce matin. Ils doivent tous être à ma recherche, à l'heure qu'il est…

Elle essaya de réprimer la note de panique aiguë qui perçait dans sa voix. Voyant une lueur de colère s'allumer dans le regard d'Aurian, elle remua avec gêne sur le tabouret peu solide des Ailés et lutta contre l'impression de se montrer déloyale envers son mari.

— Eliizar est terrifié, essaya-t-elle d'expliquer. Les combats et les privations, il peut les affronter sans problème, mais la sorcellerie… (Elle secoua tristement la tête.) La magie le prive de tous ses moyens – surtout après ce qui est arrivé à ton bébé –, alors il dissimule sa peur derrière des éclats de colère. Que vais-je faire, Aurian ? J'aime Eliizar, je suis incapable de le quitter, même pour tout l'or du monde, mais comment puis-je vous abandonner, Anvar et toi, alors que j'ai appris à vous aimer si fort ? Je me sens tellement déchirée…

Aurian s'agenouilla à côté de Nereni et lui prit les mains.

— Que veux-tu faire ?

— Je veux qu'on reste tous ensemble, répondit simplement celle-ci. Je voudrais que tu reviennes avec moi et que tu convainques Eliizar de renoncer à cette folie.

De son côté, Anvar écoutait la conversation avec une consternation grandissante. Il ne voulait pas perdre la compagnie d'Eliizar et de Nereni, mais plus il réfléchissait aux autres possibilités…

— Nereni, en es-tu sûre ? (Il fronça les sourcils.) Sur certains points, Eliizar a raison. Vous seriez bien plus en sécurité en retournant dans la forêt avec vos compatriotes. Là où nous allons, il y aura des combats, c'est certain. Et, connaissant Eliizar, il se jettera au beau milieu de la mêlée. Veux-tu courir ce risque ? S'il lui arrivait malheur, que deviendrais-tu, seule en terre étrangère ?

— Voyons, nous prendrions soin d'elle, bien sûr ! s'exclama Aurian avec indignation.

— À condition que nous soyons en mesure de le faire, rétorqua Anvar d'un air sombre. Rien ne garantit que nous survivrions nous-mêmes à la bataille. Et que faites-vous de la peur qu'Eliizar a de la magie ? Quand nous rentrerons à Nexis, il ne sera plus question que de ça.

— Es-tu en train de dire que tu veux qu'on s'en aille ? lui demanda Nereni, au bord des larmes, d'une petite voix tremblante.

Anvar détestait l'idée d'étouffer la lueur d'espoir que son âme sœur avait ravivée dans les yeux de Nereni. Mais c'était mieux ainsi.

— Oui, lui répondit-il brutalement. C'est exactement ce que je veux.

— Anvar, pourquoi ? souffla Nereni d'un air peiné.

Mais ce fut tout ce qu'elle parvint à dire, car le choc la laissait visiblement sans voix. Anvar frémit à la vue de l'expression blessée qui se peignit sur son visage. Quant à Aurian, elle le dévisageait avec un regard qui l'aurait écorché vif si cela avait été possible. La voix mentale de la Mage résonna avec brutalité dans l'esprit de son compagnon.

— *Putain, Anvar, mais qu'est-ce que tu dis ?*

Le jeune homme soupira.

— *Ce qui est juste pour Eliizar et Nereni,* répondit-il de la même manière d'une voix étouffée par le chagrin. *Ce n'est peut-être pas ce que nous voulons, Nereni, toi et moi, mais songe aux autres possibilités, Aurian. C'est de loin leur meilleure chance de survie.*

Aurian se mordit la lèvre. Anvar vit combien elle avait envie de réfuter la logique de son raisonnement, mais...

— *Sois maudit, tu as raison*, reconnut-elle à contrecœur.

Elle détourna la tête, mais pas avant qu'il ait surpris des larmes dans ses yeux. Cependant, quand elle se tourna de nouveau vers Nereni, elle avait repris le contrôle de ses émotions.

— Anvar et Eliizar ont raison, expliqua-t-elle d'un ton ferme. Tu me manqueras énormément, mon amie, mais nous devons penser à ton avenir. Quand notre quête sera terminée...

— Ne me mens pas, Aurian ! riposta Nereni. On ne se reverra jamais. (Ses yeux étincelèrent de colère.) Que le Faucheur te maudisse, je viens te demander ton soutien, pas l'inverse ! Tu ne tiens donc plus à nous ? Eliizar et moi étions suffisamment bien pour t'aider à traverser le désert, et les montagnes au-delà, et dans la forêt nous avions une utilité, tant qu'il fallait réunir des provisions et coudre des vêtements. (L'amertume donnait un accent rauque à la voix de la petite femme.) Mais, maintenant que tes autres amis t'ont rejointe, tu ne veux plus de nous !

Elle éclata en sanglots.

— Nereni, ce n'est pas vrai ! s'écria Aurian.

— En aucun cas, renchérit Anvar en se levant d'un bond pour passer un bras autour des épaules de la Khazalim, quand bien même elle essaya de le repousser. Nereni, écoute-moi. Aurian et moi, nous allons partir dans le Nord, très loin, de l'autre côté de l'océan, et nous affronterons des dangers bien plus grands que ceux que nous avons rencontrés jusqu'ici. Franchement, si ça ne dépendait que de moi… (Il sourit d'un air contrit.) Enfin, si c'était possible, Aurian et moi nous retournerions dans la forêt avec Eliizar et toi pour nous construire une nouvelle vie en paix. Mais c'est impossible. Nous devons poursuivre notre quête, surmonter davantage d'épreuves et de dangers. Mais ça nous aidera, de savoir qu'au moins certains de nos compagnons sont en sécurité.

— Mais vous avez besoin de moi, protesta Nereni. Qui s'occupera de vous, et du bébé ? Je vais être malade d'inquiétude.

— Wolf est une autre bonne raison de ne pas venir avec nous, lui rappela gentiment Aurian. Tu sais qu'Eliizar a cet enfant en horreur. (Cette idée fit s'embraser son regard, mais elle réussit à se contrôler en prenant une profonde inspiration.) Ce n'est pas la faute d'Eliizar, en réalité. Toi, tu sais que

Wolf est né humain, tu étais là. Mais Eliizar ne l'a jamais vu tel qu'il est vraiment. Il ne veut pas que tu aies quelque chose à voir avec ce bébé, et je ne veux pas que ça devienne un problème entre vous. En plus, ajouta la Mage d'un ton persuasif, tu devras t'occuper de tellement de gens que tu n'auras pas le temps de t'inquiéter pour Anvar ou pour moi. N'oublie pas que les gens d'Harihn sont restés dans la forêt, eux aussi. Il y aura suffisamment de monde pour fonder une jolie petite colonie, mais il lui faudra un chef, Nereni. Si Anvar et moi vainquons nos ennemis, nous ramènerons la paix en ce monde, et ce sera une grande aide pour nous que d'avoir des alliés dans le Sud. (Elle sourit.) Imagine, la prochaine fois qu'on se verra, vous serez peut-être devenus le roi et la reine de la forêt !

— Oui, à condition de survivre jusque-là, répliqua Nereni d'un ton aigre.

Mais la colère avait déserté sa voix, et Anvar commençait à espérer qu'elle se faisait à l'idée d'aller dans la forêt.

— Alors tu le feras ? lui demanda-t-il d'un ton cajoleur. Pour nous ?

— Ai-je le choix ? rétorqua sèchement Nereni.

Aurian posa la main sur son épaule.

— Bien sûr. Si tu veux vraiment venir avec nous, je l'accepterai, mais j'ai le sentiment que ça sera sans Eliizar. Est-ce vraiment ce que tu veux ?

Vaincue, Nereni enfouit son visage dans ses mains.

— Non, répondit-elle d'une voix étouffée.

Anvar vit une larme glisser entre les doigts de Nereni. De son côté, Aurian, les yeux humides, s'agenouilla pour étreindre la femme qui était restée une amie si fidèle en dépit de tant d'épreuves.

— Tout ira bien, murmura-t-elle. C'est pour le mieux, tu verras. Et, la prochaine fois qu'on se rencontrera, toute cette histoire sera terminée et Wolf sera de nouveau un petit garçon humain. (Elle se tourna vers Anvar.) Est-ce que ça te dérange de nous laisser un petit moment ? Si tu voulais bien envoyer quelqu'un chercher Raven, nous pourrions tous nous dire adieu et faire en sorte de ramener Nereni à la tour.

— Je vais organiser tout ça, approuva Anvar. Mais on ferait mieux de se dépêcher. Eliizar va...

— Eliizar ne fera rien du tout, répliqua sèchement Aurian. Encore moins dès que j'aurai eu une petite conversation avec lui !

— Tu y vas aussi ?

— Oui, pour parler à Parric. J'aimerais aussi dire au revoir à Eliizar et ramener Wolf avec moi. Tu veux venir ?

— Et comment !

En sortant de la pièce, le Mage veilla à dissimuler ses pensées à son âme sœur. Il ne voulait pas inquiéter Aurian, mais lui aussi éprouvait le besoin de parler à Eliizar – pour lui transmettre un avertissement.

Le fait d'entrer en possession de la Harpe des Vents avait donné à Anvar une perception surnaturelle des phénomènes climatiques, qu'il était capable de percevoir sur une très vaste distance. Quand les Mages avaient ramené le printemps en ce monde, cela avait eu une conséquence malheureuse dont Aurian n'était pas consciente. Les terribles tempêtes de sable avaient complètement cessé dans le désert de Joyaux. Avec un frisson, Anvar se souvint de Xiang, le roi cruel et tyrannique des Khazalims. Quand les Mages lui avaient échappé en compagnie de son fils Harihn, il était trop terrifié par les menaces d'Aurian pour les empêcher de partir. Mais à présent Anvar avait le sentiment que cette peur avait dû se dissiper. Xiang était un homme vengeur, il paraissait impossible qu'il n'essaie pas de les poursuivre, tôt ou tard. Or, à présent que la traversée du désert ne présentait à nouveau plus de dangers, la route du Nord lui était grande ouverte – et passait directement à travers la grande vallée boisée qu'Eliizar voulait coloniser. Si Xiang venait à la traverser… Anvar frissonna de nouveau. Il fallait prévenir Eliizar.

La brume matinale s'enroulait en boucles tendres au pied de la tour d'Incondor. Le tintement des mors et les piétinements impatients des chevaux résonnaient avec clarté dans l'air frais et humide tandis que des silhouettes encapuchonnées, qui parlaient à voix basse dans le silence précédant l'aube, faisaient des allées et venues rapides entre les bêtes et la tour afin d'achever les préparatifs de dernière minute. D'autres, comme Jharav, le capitaine vétéran des Khazalims, s'étaient organisés de manière plus efficace que leurs compagnons retardataires et se trouvaient déjà en selle, impatients que l'on donne le signal du départ. À la lisière du hallier, loin de l'agitation de la tour, se déroulaient des adieux larmoyants.

— Je suis désolé que tu ne puisses pas nous suivre, mais je comprends tes raisons. (Anvar serra la main d'Eliizar.) Bon voyage, mon ami. Prends soin de toi – et de Nereni. (Il jeta un coup d'œil en direction de la petite femme, qui se tenait juste à côté, plongée dans sa conversation avec Aurian.) Tu as là une épouse très spéciale, Eliizar. Si tu venais à t'apercevoir, dans les jours à venir, qu'elle est pleine de surprises, essaie de comprendre à quel point elle a évolué et mûri ces derniers mois. (Le Mage sourit avec ironie.) C'est bizarre, mais la compagnie d'Aurian a tendance à faire cet effet-là aux gens.

Eliizar secoua la tête d'un air de regret.

— Il va vraiment falloir que je m'habitue à tous ces changements en elle. La façon dont elle est partie comme ça, toute seule, pour Aerillia – ma timide Nereni, qui l'aurait cru ? Mais comment pourrais-je lui en vouloir ? (Il écarta les mains en signe d'impuissance.) J'avais si peur que quelque chose de terrible lui soit arrivé ou alors qu'elle… (Anvar lut sur le visage de son compagnon combien il était difficile pour lui de terminer cette phrase.) J'avais peur qu'elle m'ait quitté à cause de ma lâcheté, conclut le maître d'armes à voix basse.

Anvar posa une main sur son épaule.

— Tu n'es pas un lâche, Eliizar, dit-il pour rassurer l'homme plus âgé. Il faut beaucoup de courage pour affronter tes peurs comme tu l'as fait. Et, malheureusement, je suis convaincu que tu auras encore un rôle à jouer dans les combats à venir.

Dès qu'il en avait eu l'occasion, le Mage avait pris Eliizar à part pour le prévenir d'une possible attaque du roi khazalim assoiffé de vengeance.

Eliizar hocha la tête d'un air grave, mais une lueur malicieuse brillait dans son unique œil, si bien qu'Anvar comprit que le guerrier vieillissant envisageait la possibilité d'une bataille avec impatience.

— Ton avertissement a été entendu, assura-t-il. Mais, à la sortie du désert, Xiang devra traverser notre vallée avec son armée. Il s'apercevra à ses dépens qu'il s'agit d'un goulot très étroit. (Il dévoila ses dents dans un sourire sans joie.) Nous sommes peut-être en sous-effectif, mais notre forêt est l'endroit idéal pour monter une embuscade, quel que soit le nombre de nos ennemis. Quand Xiang viendra, il recevra un accueil qu'il ne sera pas près d'oublier !

— Brave Eliizar ! (Anvar lui donna une tape dans le dos.) Mais n'oublie pas que deux messagers ailés vont vous accompagner. Si vous vous retrouvez en difficulté, n'hésitez pas à demander de l'aide en Aerillia.

— Nous n'aurons pas besoin de l'aide de ces traîtres avec des ailes, répliqua fièrement le maître d'armes.

Tout comme Anvar, il avait énormément de mal à pardonner la trahison de Raven. Mais le Mage ne voulait pas que l'antagonisme d'Eliizar finisse par lui coûter la vie.

— Non, écoute-moi, insista-t-il fermement. Vous serez vraiment en sous-effectif par rapport à vos ennemis, Eliizar. Ne laisse pas la fierté te…

Il s'interrompit brusquement en voyant Aurian approcher. Il ne souhaitait surtout pas commencer à l'inquiéter avec cette histoire. Heureusement, Nereni ne cessait d'abreuver Aurian avec des instructions de dernière minute, si bien que la Mage n'avait rien entendu des dernières paroles de son compagnon.

— Et ne laisse pas le petit se faire mouiller, disait la petite femme. Souviens-toi de le garder au chaud, Aurian, et dis à Bohan de le protéger des courants d'air, et...

— Ne t'inquiète pas, Nereni, protesta la Mage avec un sourire. C'est un loup, n'oublie pas, un vrai petit costaud ! Mais ne crains rien, nous lui donnerons les meilleurs soins. (Elle se tourna vers Eliizar.) Prêt à partir ?

Le maître d'armes acquiesça. Les adieux furent brefs et malhabiles. Nereni serra d'abord Anvar dans ses bras, puis Aurian, comme si elle ne les lâcherait jamais, en versant des larmes amères. Puis elle s'arracha à leur étreinte en prononçant le premier juron qu'Anvar ait jamais entendu dans sa bouche et elle s'en fut d'un pas rapide, suivie de près par Eliizar, vers le groupe de cavaliers qui les attendait.

Lorsque le couple arriva près des chevaux, Anvar vit une mince silhouette, encore affligée d'une très légère claudication, se détacher des personnes venues assister au départ et poser les mains sur les épaules d'Eliizar dans une accolade de guerrier. Le Mage entendit Aurian soupirer de soulagement à ses côtés.

— Yazour ne lui en veut plus, en fin de compte, murmura-t-elle. Je m'en réjouis.

Anvar aussi. Au début, Yazour avait été horrifié par le souhait d'Eliizar, qu'il considérait comme une véritable défection. Il avait toujours tenu le vieux guerrier en très haute estime, si bien que la faiblesse du maître d'armes ne l'en avait que plus déçu. Tandis que le groupe de Khazalims descendait la colline, le jeune guerrier s'en vint rejoindre les Mages.

— C'est donc bien fini, soupira-t-il.

— Yazour, tu es sûr que tu ne te sentiras pas trop seul, sans eux ? s'inquiéta Aurian. Maintenant qu'Eliizar et Nereni sont partis, Bohan est le seul compatriote qui te reste. Si tu changes d'avis et préfères te joindre à eux, Anvar et moi comprendrons, même si nous détestons l'idée de te perdre.

— Dame, me prendriez-vous pour un lâche ? (Yazour parut offensé.) Vous êtes mes compagnons d'armes, je vais où vous allez !

Sur ce, il s'éloigna avec raideur. Aurian soupira et posa la tête sur l'épaule d'Anvar.

— Il fallait que je le dise, n'est-ce pas ?

— Je crois bien que oui, la réconforta Anvar. (Il resserra son étreinte autour d'elle, savourant leur complicité.) Yazour est à cran parce qu'Eliizar est parti. Il s'en remettra.

Brusquement troublé par une vague sensation de malaise, il leva les yeux et regarda par-dessus l'épaule d'Aurian. Non loin de là, au bord du hallier, Parric les observait avec froideur, le visage de marbre. Croisant le regard d'Anvar, il se détourna brusquement et s'enfonça sous la végétation. Le Mage fut saisi d'un frisson, comme si un doigt glacé lui avait caressé l'échine.

Trois jours après son sauvetage miraculeux, Hreeza demanda à voir l'enfant qui lui avait sauvé la vie, à la grande surprise de Shia et d'Aurian.

— *Tu es sûre ?* demanda la Mage d'un air dubitatif.

Elle était assise en compagnie de Shia près de la litière de la vieille panthère. La déclaration abrupte de cette dernière l'avait fait sursauter, car jusque-là Aurian n'avait prêté qu'une attention très limitée à l'échange mental entre les deux félins. Elle était trop occupée à ressasser les événements de la veille, lorsque Anvar, Nereni et elle étaient retournés à la tour d'Incondor grâce aux porteurs ailés de Raven.

De nombreux problèmes importants avaient été réglés dans un très court laps de temps. En dépit de leurs protestations amères, la Mage avait assigné Chiamh et Yazour à la troupe de Parric, car ce dernier avait désespérément besoin de traducteurs au sein du groupe extrêmement dépareillé qu'il aurait sous ses ordres lors du voyage de retour à la forteresse xandim. Aurian gloussa avec ironie. Il n'y avait que Parric pour se retrouver brusquement à la tête d'une race dont il ne savait même pas parler la langue !

Après avoir tristement dit au revoir à Eliizar et Nereni, les Mages les avaient accompagnés durant la première heure de leur voyage à travers les montagnes et s'étaient arrangés pour que deux Ailés les accompagnent afin de transmettre des messages en cas d'urgence. Ensuite seulement, Aurian avait pu récupérer son fils et le couple de loups qui lui servaient de parents nourriciers. Elle avait alors dû affronter Bohan, bien déterminé à ne pas quitter le louveteau, même pour quelques jours. Mais en fin de compte l'eunuque n'avait pas eu le choix, car les porteurs étaient incapables de transporter un homme de sa taille et de son poids et ils avaient sagement refusé d'effectuer ne serait-ce qu'un essai. L'eunuque devait donc accompagner Parric sur le dos du solide cheval qui l'avait porté à travers tout le désert. Il retrouverait les Mages à la forteresse des Xandims.

Pendant que le maître de cavalerie effectuerait le lent trajet à cheval qui lui permettrait de regagner les terres xandims, la Mage avait l'intention de retourner en Aerillia et d'utiliser la magie de la Terre afin d'accélérer la maturation des champs actuellement ensemencés par les Ailés. De plus, Raven et elle avaient encore de nombreux problèmes à résoudre, sans compter l'hostilité qu'Anvar éprouvait envers la nouvelle reine du peuple du Ciel – une question qu'Aurian avait bien envie de régler aussi, avec le temps. Sur le moment, elle s'était surtout inquiétée de convaincre les parents nourriciers de Wolf de quitter leur meute et de voyager par la voie des airs jusqu'en Aerillia. Plus difficile encore, il avait fallu persuader les porteurs de les emmener. Le temps que tout soit arrangé et que les derniers détails de leur retour dans la cité du Ciel soient réglés, Aurian avait été sur le point de hurler sa frustration et de s'arracher les cheveux.

Cependant, les paroles de Hreeza renvoyèrent tous ces problèmes au second plan. La vieille panthère semblait bien partie pour guérir, même si elle continuait à dormir la plupart du temps. Mais peut-être cette épreuve lui avait-elle fait perdre l'esprit. Aurian regarda Shia en haussant les sourcils d'un air interrogateur, et son amie lui répondit par l'équivalent mental d'un haussement d'épaules.

— *J'aurais cru,* suggéra la Mage avec prudence, *qu'après ça tu ne voudrais plus jamais voir d'Ailés.*

À cause de ce que lui avaient fait subir les ennemis jurés de son peuple, Hreeza agissait avec une hostilité non voilée envers tous les Ailés qui entraient dans sa chambre.

Shia, de son côté, se montra plus directe, comme à son habitude.

— *Qu'est-ce que tu lui veux, à la petite ?* voulut-elle savoir. *Calme-toi, vieille folle, et repose-toi. As-tu oublié que nous avons failli te perdre ?*

— *Non, je n'ai pas oublié.* (La voix mentale de Hreeza, bien que faible et fatiguée, reflétait encore son vieil esprit acerbe.) *C'est pour ça que je souhaite voir l'enfant. Sans cette petite, j'aurais péri, et tu sais, Shia, qu'il n'est pas dans ma nature de laisser courir mes dettes. Il faut que je la remercie. Mais, comme ça me hérisse le poil de devoir quelque chose à l'un de ces mécréants pourvus d'ailes, je souhaite en finir au plus tôt.*

— *Peuh ! Ça ne prend pas avec moi !* répliqua Shia. *Je te connais trop bien, Hreeza. Tu nous caches quelque chose, foi de panthère ! Allez, crache ton histoire !* (Comme Hreeza demeurait obstinément silencieuse, la plus jeune panthère ajouta :) *Je n'enverrai pas Aurian chercher l'enfant tant que tu ne m'auras pas tout dit.*

Hreeza grommela dans sa moustache, mais comprit qu'elle était vaincue.

— *Très bien,* concéda-t-elle à contrecœur. *Mais tu ne me croiras pas.* (Elle lança à sa congénère un regard brûlant de défi.) *Les Ailés peuvent nous entendre, Shia. Ils ont la capacité de comprendre notre langage mental, tout comme les Mages !*

Aurian laissa échapper une exclamation de surprise, tandis que Shia demeurait silencieuse, trop stupéfaite pour répondre. Au bout d'un moment, elle se ressaisit.

— *Sottises !* répliqua-t-elle sèchement. *C'est du délire, voilà tout. Tu as rêvé !*

— *Non, c'est la vérité !* gronda Hreeza. *Je te dis que j'ai appelé à l'aide et que cette petite Ailée a entendu !*

Aurian, qui contrairement à Shia n'avait pas été élevée dans la haine et le ressentiment vis-à-vis du peuple du Ciel, fut plus rapide à envisager toutes les possibilités que cela impliquait.

— *Mais si les deux races peuvent communiquer, alors il doit sûrement exister un moyen de faire la paix entre vous,* suggéra-t-elle avec prudence.

— *Jamais !* cracha Shia avant de se tourner vers Aurian, les yeux flamboyants de colère. *Et qu'en est-il du massacre de mon peuple ? Aurais-tu déjà oublié les peaux que les Ailés vous ont données, à Anvar et à toi, pour vous réchauffer ? Oublierais-tu aussi la trahison de Raven, qui a bien failli nous coûter la vie à tous, y compris ton enfant ? On ne peut pas faire confiance au peuple du Ciel. Ce sont des êtres primaires, traîtres et assassins…*

— *Chut.* (La voix mentale de Hreeza mit fermement un terme à cette tirade pleine de grondements. Elle dévisagea Shia avec compassion et soupira.) *Au fond de mon cœur, je suis d'accord avec toi, mon amie. Mais ma tête me dit que cette guerre entre notre peuple et celui du Ciel doit cesser.*

Le massacre de notre race dure depuis trop longtemps, et je ne souhaite à aucune autre panthère de subir le même sort que moi. Quelqu'un doit mettre un terme à ces hostilités insensées, et, si la petite Ailée représente l'espoir d'un meilleur avenir, alors saisissons cette chance ! (Épuisée, elle laissa retomber sa tête sur ses pattes étendues.) *Assez, maintenant, Shia. Je suis fatiguée. Pendant que je dors, réfléchis à ce que je viens de dire, et trouve Khanu aussi pour en discuter avec lui. Mais, quand je me réveillerai, tu devras envoyer quelqu'un chercher l'enfant.*

3

D'ÉTRANGES REFUGES

Emmie dormait presque tout debout lorsqu'elle entra dans la cuisine. Les ombres avaient envahi la pièce déserte, car la plupart des lampes qui éclairaient le réseau de grottes des contrebandiers avaient été éteintes longtemps auparavant. Emmie s'en moquait. La lueur rougeoyante qui émanait des feux dormants lui fournissait suffisamment de lumière pour ses besoins. Elle s'avança jusqu'à la longue table marquée de rayures au couteau, tira l'une des extrémités du robuste banc rangé en dessous et s'assit lourdement. Elle avait une faim de loup, mais ne possédait plus l'énergie de se faire quelque chose à manger. La nuit était tombée depuis longtemps et les personnes affectées à la cuisine avaient rejoint leur lit depuis belle lurette. Tout le monde avait travaillé si dur ces deux derniers jours, et ce sans prendre le moindre repos, qu'Emmie n'avait pas le cœur de les réveiller maintenant. Ce n'aurait pas été juste. Elle appuya ses coudes sur la table, passa ses doigts dans ses boucles blondes emmêlées et se perdit dans ses pensées inquiètes.

Comme si elle sentait sa fatigue, la chienne blanche, rebaptisée Tempête, posa la tête sur les genoux de sa maîtresse et gémit doucement en levant des yeux noirs remplis de confiance et d'intelligence aussi. Emmie déglutit péniblement, et sa vue se brouilla à cause de larmes inattendues. Elle marmonna un juron et s'essuya le visage d'une main impatiente. *Dieux, tu as sombré bien bas si tu te mets à brailler comme un bébé parce qu'un chien te regarde avec compassion !*

— Bonté divine, ma fille, tu es si fatiguée qu'on dirait une ombre ! Tiens, mange, ça te fera du bien.

Emmie sursauta. Elle avait réellement dû se perdre dans ses pensées parce qu'elle n'avait entendu personne entrer. Une main robuste et rugueuse, rougie par le travail, apparut dans son champ de vision en tenant un bol de soupe qui fut déposé sans cérémonie sur la table devant elle. Emmie leva les yeux et découvrit Remana, la mère de Yanis, le chef des Nightrunners. La femme plus âgée tira le banc opposé et s'assit d'un air épuisé sur le dur siège en bois. Elle aussi devait se sentir prête à tomber de fatigue, et pourtant elle réussit à adresser un sourire réconfortant à la jeune femme.

— Alors, ça y est, c'est réglé ? demanda-t-elle en goûtant prudemment le chaud breuvage dont elle s'était également servi un bol. Pourquoi ce n'est pas Jarvas qui s'en est occupé ?

Emmie haussa les épaules.

— Ce n'était rien, juste une nouvelle querelle au sujet du logement, soupira-t-elle. Jarvas dormait. J'ai fini par le trouver assis dans un coin, et on aurait dit qu'il venait juste de s'écrouler de fatigue, alors je n'ai pas eu le cœur de le réveiller. La perte de son sanctuaire l'a durement touché. J'ai réussi à m'occuper moi-même de ces imbéciles ingrats sans qu'ils fassent couler plus de sang. (Quelque part en elle, elle réussit à trouver l'ombre d'un sourire.) Heureusement, ils ont tous très peur de Tempête ici présente.

La chienne gémit en entendant son nom, et Remana tendit la main pour caresser la grosse tête blanche. La bête leva brusquement les yeux au contact d'une main étrangère, mais elle avait déjà adopté la Nightrunner, puisqu'il s'agissait d'une amie de sa maîtresse. Lentement, la queue blanche commença à remuer, puis une grosse truffe noire apparut par-dessus le rebord de la table pour renifler le bol de Remana d'un air plein d'espoir.

— Tu peux toujours rêver ! gloussa Remana. C'est le premier repas que je fais de la journée ! (Elle se tourna de nouveau vers Emmie.) Ma parole, cette chienne sera de toute beauté ! Elle a juste besoin de se remplumer…

Emmie vit l'ombre d'un froncement de sourcils passer fugitivement sur le front de Remana.

— Le problème, c'est qu'il n'y aura pas assez à manger pour tout le monde, n'est-ce pas ? devina-t-elle.

— Oh, on y arrivera toujours, ne t'inquiète pas.

Cette gaieté de façade ne réussit pas le moins du monde à tromper Emmie.

— Comment ? demanda-t-elle brutalement.

Depuis l'arrivée, deux nuits plus tôt, des fugitifs en haillons de Nexis, la situation n'avait cessé d'empirer au sein du repaire des contrebandiers.

Le réseau secret de cavernes était d'abord apparu comme un havre de paix aux yeux des réfugiés affamés et épuisés, surtout après l'horrible attaque contre leur sanctuaire, le périple infernal à travers les égouts de la cité et le périlleux voyage dans le froid à bord d'un navire tellement plein à craquer que les plats-bords menaçaient de s'enfoncer sous la surface à chaque vague. Cependant, le soulagement des Nexiens avait été de courte durée.

Une soixantaine de personnes avaient réussi à s'échapper de la cité, et les cavernes des contrebandiers étaient loin de pouvoir accueillir autant de monde. Résultat, c'était le chaos. Emmie, Remana et Jarvas, le chef des réfugiés, avaient eu bien du mal à trouver suffisamment d'espace pour y entasser les Nexiens, tandis que les familles de contrebandiers avaient été horrifiées par cette invasion. En toute honnêteté, Emmie ne les en blâmait guère. Les fugitifs ne possédaient rien d'autre que les guenilles qu'ils avaient sur le dos, et tous sans exception puaient à cause de leur traversée des égouts. Il avait fallu s'organiser pour les nourrir et leur permettre de prendre un bain, et le système de sanitaires, qui dépendait des deux marées quotidiennes lorsque l'eau s'élevait suffisamment pour passer dans la roche des parois, était rapidement devenu insuffisant. Le pire de tout, c'étaient les maladies.

Emmie soupira, regrettant pour la énième fois qu'ils aient été obligés de fuir par les égouts. Au vu de leur état de froid et de faim, il était inévitable, supposait-elle, que ses compagnons aient facilement contracté les maladies qui proliféraient dans ces souterrains étroits et puants. La plupart des

Nexiens étaient déjà assaillis par le chagrin et les épreuves, car il n'était pas une famille qui n'ait perdu des êtres chers au cours du terrible massacre perpétré par les gardes de la cité. En plus, nombre des réfugiés de Jarvas comptaient déjà parmi les habitants les plus vulnérables de la cité, incapables de subvenir à leurs besoins : les vieux, les très jeunes, les handicapés, les estropiés ou ceux qui ne pouvaient travailler – sans oublier ceux qui étaient déjà malades avant même leur fuite.

— Bon sang !

Emmie tapa du poing sur la table et se mordit la lèvre pour ne pas verser des larmes de fatigue et de frustration. Depuis la disparition de Benziorn, le médecin, dans l'attaque contre le sanctuaire des réfugiés, Emmie était la seule Nexienne qui possédait quelques connaissances en médecine. Toute la responsabilité de leur guérison reposait sur ses épaules, à présent. Avec l'aide des herboristes de Remana, elle avait passé les dernières trente-six heures debout, s'occupant des malades, conseillant les autres sur les quelques précautions à suivre pour éviter que les maladies se répandent et prenant des dispositions pour l'évacuation des morts. Les quatorze cadavres, dont trois petits et pathétiques, étaient partis ce soir-là à bord d'un navire pour être inhumés en haute mer. Ils étaient l'ultime preuve de son échec, et c'était ce qui lui faisait le plus mal.

— Arrête. (La main forte de Remana se referma sur la sienne.) Tu ne peux pas prendre les fardeaux de chacun sur tes épaules, petite. Au bout du compte, nous arriverons à sortir de la crise.

— Les survivants seulement, répliqua Emmie d'une voix terne et défaitiste qu'elle eut du mal à reconnaître comme la sienne.

— Et la plupart y survivront, tu verras, riposta Remana d'un ton brusque. La grande majorité de ceux qui sont morts était vieux, chérie, et déjà presque à la fin de leurs jours. Quant aux petits, quelles chances auraient-ils eues de grandir à Nexis, quand on voit ce qui se passe là-bas en ce moment ? Au moins, Jarvas et toi, vous leur avez donné une chance, Emmie. En ce qui concerne les autres, on dirait que le pire est passé, grâce à tes soins. Ne t'appesantis pas trop sur ceux que tu as perdus. Pense plutôt à tous ceux que tu as sauvés.

— Merci, Remana. (Emmie serra la main de sa compagne avec reconnaissance.) Ça m'aide énormément. Mais que va-t-on faire pour les survivants ? On n'arrivera jamais à tous les nourrir et les habiller, et je sais que tes propres gens te font des ennuis au sujet de l'espace attribué à chacun…

— Je me suis déjà occupée des miens, merci, répondit Remana d'un air sombre, et je suis persuadée que c'est la dernière fois que nous entendons parler de ça. J'ai envoyé en mer des bateaux de pêche supplémentaires pour régler le problème de la nourriture… (Pendant quelques instants, son visage s'éclaira.) Quelle bénédiction, vraiment, que ce brusque changement de temps ! Par tous les dieux, revoir le soleil m'a redonné du cœur à l'ouvrage !

— Quel changement de temps ? demanda Emmie, perplexe.

— Comment ? Tu veux dire que tu n'as même pas mis le nez dehors depuis deux jours ? Tu n'es pas au courant ? s'écria Remana. Eh bien, un miracle s'est produit, ma fille. Le printemps est revenu !

Emmie secoua la tête d'un air incrédule. Elle avait l'impression que ça faisait si longtemps... Après tous ces mois de neige, de froid et d'obscurité, elle avait presque du mal à se rappeler le printemps.

— Attends demain, lui dit Remana. Attends de voir ça par toi-même. Je t'emmènerai faire un tour en bateau, ça te fera du bien.

— Mais je ne peux pas ! protesta Emmie. Il faut que...

— Rien du tout, oui ! répliqua Remana. Demain, ma fille, tu te reposes ! Tout est sous contrôle, ajouta-t-elle sur un ton plus tranquille, ou ça le sera bientôt, en tout cas. Fais-moi confiance. Demain, j'ai prévu d'envoyer des messagers chez ma sœur Dulsina, qui vit avec les rebelles dans le Val de dame Eilin. Ils sont bien mieux approvisionnés que nous, ils nous aideront quant au problème de nourriture. Je pensais y envoyer les Nexiens valides, ceux capables de manier une arme, et tous les autres qui voudront s'en aller aussi, afin de se joindre aux rebelles. Cela devrait libérer suffisamment d'espace ici pour ceux qui resteront. Qu'en penses-tu ?

— Oh, Remana, merci ! s'écria Emmie. (Que quelqu'un s'empare ainsi de l'inquiétude et du fardeau qui pesaient sur ses épaules lui fit presque tourner la tête de soulagement.) Qu'est-ce qu'on aurait fait sans toi ?

— Je ne sais pas ce que tu aurais fait sans moi, mais je sais ce que tu vas pouvoir faire pour moi, répliqua la Nightrunner d'un ton vif. Tu vas commencer par manger quelque chose de plus consistant que de la soupe, puis tu vas prendre un bain, et ensuite tu iras dormir dans ma chambre où personne ne viendra te déranger jusqu'à ce que tu aies eu ton compte de sommeil. Est-ce que c'est clair ?

Emmie acquiesça avec gratitude.

— Oui, je crois que j'aurais bien besoin de dormir à présent.

Mais, lorsqu'elle se retrouva bien au chaud sous d'épais édredons dans le lit de Remana, avec la chienne blanche roulée en boule à ses côtés, la jeune femme s'aperçut que le sommeil avait du mal à venir. Maintenant que son esprit n'avait plus à s'occuper des détails pratiques de l'installation des réfugiés, elle ne cessait de repenser à ceux qui n'avaient pas survécu à l'attaque. Tant de monde avait péri, des gens qu'elle connaissait et qu'elle appréciait. Le pauvre Benziorn, son mentor et son professeur en médecine, manquait à l'appel et avait probablement été tué. Quant à la malheureuse Tilda... Emmie frissonna au souvenir de l'épée qui avait transpercé le ventre de la prostituée, répandant ses entrailles sur le sol taché de sang. Qu'était-il advenu du jeune fils de Tilda, Grince ? Il s'était précipité à l'intérieur de l'entrepôt pour sauver la portée de Tempête sans savoir que les chiots étaient déjà morts... Emmie ravala un sanglot. Il n'avait pas fallu longtemps pour qu'elle s'attache au garçon, mais il n'existait guère d'espoir de le retrouver en vie. Même s'il avait survécu à l'incendie de l'entrepôt, il était peu probable qu'un garçon de dix ans soit sorti indemne du massacre perpétré devant ses portes.

Après la tombée de la nuit, les Grandes Arcades de Nexis devenaient un endroit sinistre. Les vastes halles délimitées par des piliers symbolisaient autrefois le cœur battant du commerce nexien, mais elles n'offraient plus à présent qu'un écho de leur ancienne gloire. La plupart des innombrables boutiques et étals étaient barricadés ou vides en ces jours noirs du règne de Miathan, et les interminables rangées de globes en cristal autrefois remplis de lumière dorée n'éclairaient plus que chichement, quand elles n'étaient pas carrément éteintes. Les allées et les bas-côtés, parcourus en des temps plus heureux par des multitudes de chalands, baignaient à présent dans le silence et l'obscurité. Les araignées tissaient leur toile soyeuse sans être dérangées, et l'on n'entendait plus que les petits trottinements ou bruissements des cafards et des rats qui effectuaient leur ronde de nuit sans encombre ni compétition – ou presque. Un nouveau charognard commençait à hanter les Grandes Arcades. Une nouvelle silhouette, silencieuse comme une ombre, voletait de pilier en pilier dans les allées désertes, faisant grincer un volet de ci, de là, testant les poignées pour voir si les portes étaient fermées, inquiétant la vermine avec son odeur et ses bruits d'humain. Les rongeurs couraient à l'abri lorsque l'intrus arrivait, incapables de comprendre que la menace n'était pas aussi grande qu'ils le croyaient, car il ne s'agissait que d'un enfant.

Il fallait sauver le chiot – c'était la seule chose qui faisait avancer Grince depuis la veille, ou depuis deux jours, ou trois. Il ne se rappelait pas depuis combien de temps il fuyait et se cachait, de peur d'être tué, en serrant le petit chien abrité dans les lambeaux noircis de sa chemise. Terrorisé, il s'était échappé après que les soldats avaient attaqué le sanctuaire de Jarvas le bourru, dont la laideur était légendaire. Il avait cherché Emmie, sa meilleure amie, celle qui lui avait donné la portée tout entière de son énorme chienne blanche, cinq chiots, rien que ça, lui qui ne possédait rien au monde. Quatre de ces petites boules de poils gisaient mortes à présent dans la coquille noircie de l'entrepôt qui avait abrité tant de familles pauvres. Grince n'avait plus qu'une envie, sauver l'unique survivant, car, pour autant qu'il le sache, le chiot était la seule créature vivante qui restait de son ancienne vie. Emmie, si elle avait survécu, était introuvable.

Après les épées, le sang et les flammes, l'enfant avait pour premier souvenir cohérent celui de la lumière du jour, d'une porte de cuisine ouverte, d'une petite miche de pain laissée à refroidir sur une table et d'une terrible sensation de faim et de soif dévorantes. Il était entré et sorti de cette maison, en serrant son butin dans son poing sale, avant même que la ménagère qui s'occupait de son feu ait le temps de se retourner. Elle était trop corpulente pour le rattraper, mais ses cris et ses injures l'avaient poursuivi longtemps, jusqu'à ce qu'il tourne au coin de la rue et tombe sur une grille d'aération de cave trouée dans laquelle il avait pu glisser son corps maigrichon.

Grince se rappela combien il avait été difficile de nourrir le chiot la première fois. La petite créature n'était pas encore prête à avaler autre chose que le lait de sa mère et commençait déjà à donner des signes de faiblesse à cause de la faim. Il n'avait montré aucun intérêt pour le morceau de pain que Grince lui avait présenté. Le garçon frémit, car il avait bien failli perdre son précieux animal. S'il ne s'était pas rappelé ce que lui avait dit Emmie au sujet des chiennes qui mâchaient la nourriture pour leurs petits... Quand il avait essayé, il avait la bouche si sèche à cause de l'appréhension qu'il avait du mal à mâcher le pain. Mais, au bout du compte, il y était arrivé et avait glissé de force les boulettes qui en résultaient dans la minuscule gueule du chiot. Au bout de deux ou trois boulettes, l'animal avait paru comprendre l'idée. Comme l'enfant, c'était un survivant.

Cette soirée dans la cave marqua un tournant pour tous les deux. Grince, encore sous le choc de la vision du cadavre éviscéré de sa mère, venait de trouver un nouveau sens à sa vie : prendre soin de ce chien minuscule. Les chiots avaient besoin de lait, il le savait, mais c'était une denrée rare à Nexis, et il avait eu beau chercher longtemps et désespérément, il n'en avait pas trouvé. Alors il pensa au fromage – est-ce que ça ferait l'affaire ? Ses recherches le conduisirent dans les quartiers résidentiels du nord de la ville, un peu moins frappés par la pauvreté. Il trouva du fromage dans un garde-manger non surveillé, dans lequel il entra après s'être glissé comme une ombre par la fenêtre ouverte d'une cuisine. Il y avait aussi une casserole de porridge qui chauffait près du feu, prête pour le petit déjeuner. Grince l'avait volée aussi, prenant soin d'envelopper la poignée chaude dans un chiffon avant de la soulever. Il avait été surpris par la facilité de la chose.

Cherchant un abri pour savourer sa victoire, le garçon avait découvert sur l'arrière des Arcades une haute fenêtre dont le volet de bois était légèrement entrouvert. Il n'avait pas été facile de grimper avec le chiot toujours fourré dans sa chemise, sans compter la difficulté de porter la casserole de porridge jusque là-haut sans en renverser le contenu. Mais Grince, aiguillonné par la nécessité, avait fini par réussir et par se hisser, grognant et jurant, sur le rebord de la fenêtre. L'ouverture était protégée par une rangée de barreaux en métal, mais l'espace qui les séparait était suffisant pour permettre à un petit garçon squelettique de se glisser entre eux.

Grince avait atterri durement de l'autre côté du mur parce qu'il essayait de protéger à la fois son précieux chiot et le contenu de la casserole. Heureusement, les dalles en pierre étaient recouvertes d'une couche de paille poussiéreuse et piquante qui avait un peu amorti sa chute. Cependant, malgré toutes ses précautions, l'atterrissage lui avait coupé le souffle et avait renversé un peu des céréales figées par-dessus le rebord de la casserole. Poussant un nouveau juron, Grince avait essuyé de son doigt sale le porridge qui s'accrochait encore au rebord et l'avait fourré dans sa bouche. À ce moment seulement, il avait réalisé combien il avait faim. Il aurait pu manger le tout, mais il se retint, non sans effort. Le porridge devait être mis de côté pour le chiot.

Le chiot ! Avait-il souffert de la chute ? Les mains tremblantes, Grince avait ouvert sa chemise et vérifié l'état de la petite créature en se tournant vers la faible lueur qui filtrait de la fenêtre au-dessus de lui. Plissant les yeux pour essayer de percer l'obscurité qui régnait à l'intérieur du bâtiment, il avait entendu le petit chien gémir plaintivement en sentant l'air froid contre son corps. Mais, en dehors de ça, tout paraissait aller bien. Grince était prêt à parier qu'il avait faim lui aussi. Il devait trouver une cachette sûre pour tous les deux…

Le gamin avait entendu les petits bruissements et grattements dans la paille qui trahissaient la présence des rats. Grince n'avait aucun mal à imaginer leurs petits yeux noirs et brillants qui l'observaient dans le noir. Il n'avait pas peur d'eux, s'était-il dit vaillamment. Mais le chiot était en danger de mort, et les bêtes auraient vite fait de venir à bout de sa maigre réserve de nourriture. Grince abandonna l'idée de laisser la casserole de porridge dans un coin pendant qu'il explorait les lieux. Ce ne serait pas pratique, mais il lui faudrait la garder à la main. Ce dont il avait vraiment besoin, pour commencer, c'était d'un bout de chandelle – et un bon gros bâton ne serait pas de refus non plus !

— Viens, mon chien, avait dit le garçon à son petit compagnon.

Empoignant fermement la casserole, il s'était mis en route dans les ténèbres.

Mais il faisait trop sombre à l'intérieur du bâtiment pour jouer les explorateurs. Il n'avait pas fait trois pas que déjà il avait heurté une paroi en bois. Bougeant alors sur sa gauche, il avait bien failli tomber par-dessus une pile de tonneaux et de caisses rangés là. Grince avait ravalé un juron, puis il avait eu une idée et son visage s'était brusquement éclairé. Il s'était baissé pour se frayer un chemin au sein de la pile désordonnée. Là, juste au centre, il avait fini par trouver sa cachette, dans un vieux baril de farine, où les rats ne pouvaient attaquer que d'une seule direction et où il suffisait de les repousser à l'aide d'une latte en bois qu'il avait arrachée à une caisse. Pour la première fois depuis une éternité, Grince possédait un abri où il se sentait presque en sécurité, un endroit où il allait pouvoir commencer à envisager sa survie.

Cependant, passé le premier soulagement, le sentiment de sécurité du garçon n'avait pas tenu longtemps. Il était épuisé, affamé et tout seul dans cet énorme bâtiment sinistre, froid et sombre, et il ne restait personne dans tout son petit monde vers qui il puisse se tourner.

Ils étaient tous morts. Grince avait fermé les yeux en frissonnant. Son esprit essayait encore désespérément d'échapper à la vérité brutale. Une fois de plus, il avait voulu s'enfuir, comme il l'avait fait depuis que sa jeune vie avait basculé dans le sang et les flammes. Mais le garçon avait fui la vérité trop longtemps. Il venait de trouver une bonne cachette et il eut le bon sens de reconnaître qu'il devait rester là. Les halles étaient un refuge qui le protégeait des dangers et de la violence régnant sur les quais. Elles l'abritaient également du climat et des gardes brutaux dont les épées avaient bu le sang de ses protecteurs. Ici, avec un peu de chance, il trouverait quelque nourriture à récupérer et une paix relative qui lui permettrait de prendre soin de son seul compagnon.

Grince décida que le meilleur moyen de combattre ces larmes tenaces était de s'occuper de son chiot, qui tremblait sous sa chemise et gémissait de faim. Ce fut terriblement difficile de faire avaler le porridge à la petite bête dans le noir, et, lorsqu'il eut fini, le garçon avait l'impression que la plus grande partie des céréales étaient sur lui, ou collées dans la fourrure blanche du petit chien. Malgré tout, le chiot paraissait satisfait. Grince l'entendit pousser un doux soupir en s'endormant. Il le remit alors dans sa chemise, tout au fond du baril, là où les rats ne pourraient pas l'atteindre sans avoir d'abord affaire à lui, Grince. Se préoccupant alors de sa propre faim, il sortit de sa poche le morceau de fromage écrasé et malmené pour se redonner de l'énergie. Puis il se tortilla comme il put pour essayer de trouver une position confortable dans l'espace étriqué et incurvé du baril, prit le bâton dans sa main et s'enroula de façon protectrice autour de la petite boule de fourrure blanche en se disant qu'il fallait dormir. Cet endroit était aussi sûr qu'un autre. Au matin, dès qu'il ferait jour, il pourrait explorer les environs…

Grince se réveilla en hurlant à cause d'un cauchemar. Le portail du refuge avait été brisé et un mur de feu rugissant consumait l'entrepôt. Les gens couraient en hurlant… Les soldats étaient partout, et leurs longues lames acérées, qui scintillaient d'un éclat cramoisi à la lueur des flammes, ne cessaient de boire du sang avec avidité. Il y avait des corps partout, jonchant la boue comme des jouets brisés. La mère de Grince gisait là également, les bras en croix, ouverte comme un animal à l'abattoir, tandis que les soldats au visage sinistre continuaient de passer, toujours plus nombreux... Grince gémit, les larmes dévalant ses joues, l'esprit plein d'images d'épées, d'incendie et de mort... Il se recroquevilla au sein du baril comme pour se cacher des gardes aux lames acérées – et entendit le chiot pousser un petit cri de douleur aigu à l'intérieur de sa chemise.

Grince sortit de son cauchemar en sursaut. Le chiot, il avait presque failli lui faire du mal ! Se traitant d'idiot, le garçon glissa une main tremblante dans sa chemise. Un corps recouvert d'une douce fourrure remua sous ses doigts en poussant un gémissement joyeux, et une langue minuscule lui lécha la main. Cela réchauffa le cœur de Grince et aida à chasser les derniers frissons de son cauchemar. Ça alors, la bête l'avait reconnu ! Vraiment, il faudrait lui donner un nom... Recroquevillé dans les ténèbres sans cesser de caresser la fourrure chaude et réconfortante de son petit chien, Grince envisagea différentes possibilités. Il fallait que ce soit un nom spécial. C'était son chien et il ne méritait pas moins. Blotti seul dans le noir, le garçon se tritura les méninges à la recherche d'un nom adéquat, le nom idéal, mais en vain. Il rejeta toutes les possibilités les unes après les autres car elles ne lui paraissaient pas assez bonnes. Malgré tout, cela l'aidait à oublier le froid, la faim, la solitude et les terreurs nocturnes...

Plongé dans ses pensées, Grince continua à caresser le corps maigre et nerveux du chiot. Il n'était pas si petit que ça, en fin de compte, enfin si, bien sûr, comparé à la taille gigantesque de sa mère. Mais il était le plus gros de toute la portée, se rappela Grince avec fierté, et il possédait des pattes et des oreilles énormes. Emmie lui avait dit qu'elles donnaient une bonne indication de la taille qu'aurait le chiot un jour. Il deviendrait aussi grand que sa mère, la chienne blanche. Où se trouvait Emmie à présent ? Sans s'en apercevoir, le garçon renoua avec les terribles visions du refuge de Jarvas. Les soldats étaient de nouveau là avec leurs épées brutales – sauf que, cette fois, Grince n'était pas seul. À ses côtés se trouvait un énorme chien blanc – son chien à lui, parvenu à l'âge adulte. En grondant, il bondit sur les soldats et les mit en pièces avec des crocs propres à rivaliser avec n'importe quelle épée. Tremblants de peur, les soldats s'enfuirent en courant…

Grince revint à lui, inconfortablement recroquevillé dans le baril qui sentait le moisi. Son grand chien blanc n'était qu'un petit chiot sans défense enfoui dans sa chemise en lambeaux. Mais il ne resterait pas aussi petit toute sa vie, songea le garçon ravi. *Si je prends soin de lui, il deviendra aussi gros que sa mère et il veillera sur moi. Et il se battra mieux que n'importe lequel de ces soldats pourris…*

Grince se redressa brusquement et se cogna la tête sur l'arrondi du baril. La douleur de cette bosse ne fit même pas vaciller son sourire ravi. Mais bien sûr. C'était évident. Parfait même ! Le garçon étreignit son chiot.

— Tu sais quoi ? Je vais t'appeler Guerrier.

Souriant toujours, Grince s'endormit enfin, sûr que son chien blanc allait le protéger de ses rêves.

Au-dessus de Nexis endormie, depuis le promontoire rocheux qui surplombait les restes d'une cité autrefois si belle, les murs blancs de l'Académie capturaient le clair de lune et brillaient d'un éclat sinistre. De loin, si l'un des humbles habitants de la ville avait levé les yeux, il aurait eu l'impression que la résidence des Mages était toujours aussi parfaite et immaculée, sauf à l'endroit où l'imposant dôme du climat avait été brisé comme une vulgaire coquille d'œuf. Mais à l'intérieur de ces mêmes murs, cependant, la vérité était tout autre.

Est-ce toujours ainsi ? se demanda Miathan en traversant prudemment, d'un pas traînant, les dalles fissurées de la cour. *Est-ce que tout a toujours l'air différent, vu de l'autre côté ?* Ces derniers temps, l'Archimage se fatiguait encore rapidement parce qu'il avait occupé trop longtemps un autre corps, sans parler de l'effort surhumain qu'il avait fourni pour revenir dans sa propre enveloppe charnelle lorsque son pion, Harihn, avait été tué. Au milieu de la cour baignée de lune, Miathan dut s'arrêter pour se reposer et il s'assit sur le rebord froid de la fontaine centrale, dont les jets d'eau et le chant cristallin s'étaient depuis longtemps éteints. Un rire amer jaillit spontanément des lèvres de l'Archimage. Quel trône approprié il s'était trouvé là ! Au moins, il avait atteint son ambition. Il régnait en maître absolu sur les Mortels de la cité, comme il l'avait toujours souhaité. Mais sa victoire était aussi creuse et délabrée que la coquille vide du dôme du climat autrefois grandiose.

C'était si beau ici, avant, songea l'Archimage. À une époque, l'Académie était remplie de vie et de mouvement, et les Mages ne cessaient d'aller et venir, l'esprit occupé à perfectionner l'utilité de leurs pouvoirs. Les serviteurs couraient dans tous les sens, nettoyant et réparant les lieux sous le regard sévère d'Elewin, garant de la splendeur de l'endroit… Tous éprouvaient un sentiment de fierté et de détermination à cette époque, non pas celles d'un seul Mage ambitieux, mais celles de nombreuses personnes qui s'occupaient des tâches qu'on leur avait confiées… Tout ce travail, toutes ces personnalités, ces espoirs et ces rêves se mélangeaient alors pour donner à l'Académie une vie et un esprit propres. Mais, en voulant s'emparer du monde, lui, l'Archimage, avait détruit l'endroit sur lequel il régnait de plein droit, comme s'il avait essayé de prendre un arc-en-ciel et n'avait récolté qu'une poignée de pluie qui lui avait glissé entre les doigts avant de disparaître sans laisser de traces.

L'Archimage balaya la cour du regard à l'aide de la vision multiple et prismatique des gemmes qui remplaçaient ses yeux. Les bâtiments à la blancheur de perle autrefois immaculés et en parfait état étaient à présent marbrés de taches noires de mousse et de moisi visqueux. Le verre et la structure métallique de la serre avaient fondu et s'étaient racornis dans la chaleur de l'explosion du dôme du climat, et des herbes folles avaient jailli dans les fissures des dalles de la cour. Les fenêtres du réfectoire et de la tour des Mages étaient elles aussi fissurées et sales, et des tuiles étaient tombées du toit de la bibliothèque, laissant derrière elles des trous béants qui exposaient les œuvres inestimables aux ravages de la poussière et de l'humidité.

Miathan frémit.

— Je ne voulais pas en arriver là, murmura-t-il.

Puis son expression se durcit. Il avait tant sacrifié pour s'emparer du pouvoir qu'à présent il allait le garder, quel qu'en soit le prix. Néanmoins, il fut incapable de supporter plus longtemps la vue de la cour dévastée et hantée de souvenirs. Rabattant le capuchon de son manteau sur ses traits comme pour ne plus rien voir, il se leva brusquement et se dirigea vers son sanctuaire à lui – son jardin.

Depuis sa fenêtre de la tour des Mages, Eliseth regarda la silhouette courbée traverser la cour en clopinant comme le vieil homme qu'il était. Alors elle sourit. Miathan desserrait enfin son étreinte sur les rênes du pouvoir. Bientôt, très bientôt, son tour à elle viendrait. Il était donc temps de mettre certains de ses plans à exécution. Dès que Miathan eut disparu dans son jardin, elle délaissa la fenêtre pour s'emparer de sa boule de cristal. La Mage du Climat savait qu'elle pouvait gérer ce nouveau Miathan, si diminué. Aurian lui avait mâché le travail. Mais, en premier lieu, Eliseth voulait surtout savoir ce que fabriquait sa véritable ennemie.

La Mage s'immobilisa au centre de la pièce, la boule en équilibre sur sa paume, les sourcils froncés, l'air songeur. Ne faisant pas partie de ses talents naturels, l'exercice allait lui demander beaucoup de concentration et d'efforts si elle voulait réussir à espionner Aurian sans que celle-ci – ou ce maudit Anvar qui fourrait son nez partout – détecte sa présence. Se posait aussi la question de sa propre sécurité. Miathan y avait perdu les yeux quand Aurian avait riposté à travers une boule de cristal, et il s'agissait d'une leçon que la Mage du Climat avait retenue.

— J'ai besoin de plus de puissance, marmonna la Mage. Une puissance suffisante pour trouver Aurian, d'abord, et ensuite me protéger. (Ses lèvres s'étirèrent en un sourire carnassier.) Par chance, il se trouve que l'on dispose justement d'une source d'énergie magique, ici, dans la tour des Mages.

Elle quitta son repaire d'un pas vif et s'engagea dans l'escalier pour se rendre dans les appartements de Vannor.

4

UN TAS DE RUINES CARBONISÉES

— C'est sans espoir, grommela Yanis. Au train où vont les choses, je crois pas qu'on arrivera un jour à retrouver Vannor. (Il but une gorgée de bière et la recracha presque aussitôt.) Dieux, on dirait que ce truc sort tout droit du petit coin !

— C'est sûrement le cas. La pénurie est si grande en ville que plus rien ne peut me surprendre, répliqua Tarnal dans l'espoir de faire oublier au chef des Nightrunners son premier grief pour se concentrer sur le second.

Même s'il commençait à s'habituer, depuis le temps, au caractère maussade de son compagnon, l'inquiétude du jeune homme ne cessait de grandir ces derniers jours face aux commentaires de plus en plus fréquents de Yanis concernant le caractère désespéré de leur mission. Tarnal était persuadé que son chef ignorait tout de la dévotion qu'il portait à Zanna, mais, en tout cas, il était pour lui impossible de rentrer à Wyvernesse avant de l'avoir retrouvée.

Le jeune contrebandier blond soupira et couvrit d'un regard dégoûté la salle commune de *La Licorne invisible*. Ce n'était pas un endroit propre à encourager l'optimisme, reconnut-il en plissant le nez de dégoût. La paille sale qui recouvrait le sol empestait et pullulait de vermine ; quant aux murs autrefois blancs, ils étaient à présent tachés de suie, de graisse et de traces couleur rouille qui ressemblaient de façon suspecte à du sang séché.

— Quand Parric a séjourné chez nous à Wyvernesse, il a dit qu'il s'agissait de sa taverne favorite, commenta le jeune homme. Heureusement qu'il n'est pas là pour voir ce qu'elle est devenue.

— Tais-toi, idiot ! (Yanis regarda tout autour de lui d'un air méfiant, mais seule une poignée d'autres buveurs paraissait à portée de voix.) Ne va pas mentionner des noms comme ça ! Cet endroit est rempli de putains de mercenaires à la solde de tu-sais-qui, alors ferme ta grande gueule…

Tarnal, embarrassé, se sentit rougir.

— Eh, c'est toi qui as voulu venir ici, pas moi, protesta-t-il. Je t'ai dit que c'était une idée stupide. Et c'est toi qui as commencé aussi en mentionnant Va…

— Vas-tu te taire !

— Mais tu…

— Oh, d'accord, d'accord. Je n'ai pas fait attention. Je suis désolé, ajouta hâtivement Yanis.

Tarnal remarqua que plusieurs têtes se tournèrent dans leur direction, ce qui le fit frissonner.

— Viens, sortons d'ici. Quoi que tu en penses, Yanis, c'était stupide de vouloir venir dans cette taverne en particulier.

Les deux Nightrunners sortirent furtivement dans les rues sombres en direction du nord de la ville.

Ils suivirent un chemin détourné en empruntant des ruelles, en grimpant par-dessus des murs et des clôtures de jardins et en coupant à travers des bâtiments abandonnés, jusqu'à ce qu'ils soient sûrs que personne ne les avait suivis. Enfin, le labyrinthe de maisons croulantes en pierre tachée de suie et entassées les unes contre les autres laissa la place à de nettes rangées de résidences plus récentes aux façades de brique enduite de chaux.

— Ces saloperies de rues se ressemblent toutes à mes yeux, grogna Yanis.

Mais son jeune compagnon avait mémorisé les quelques repères existants et était sûr du chemin à suivre.

— Par là.

Tarnal tourna à droite, en direction de la porte nord de la cité, puis coupa en traversant une ruelle sur sa gauche. Un autre tournant les amena devant le pas de porte à la propreté impeccable de la maison d'Hebba.

— Je ne sais pas comment tu fais, s'émerveilla Yanis en secouant la tête.

Tarnal ouvrit la porte en retenant une réplique insultante. Il ne pouvait que remercier les dieux du fait que le jeune chef des contrebandiers se sentait davantage chez lui en mer que dans une ville – sinon les Nightrunners auraient été dans une situation désespérée. *Au moins Yanis a-t-il eu l'idée de venir demander refuge à Hebba*, se rappela Tarnal, anxieux de reconnaître au moins ça à son chef. *Sans elle, je ne sais pas comment on s'en serait sorti !*

Quand les deux jeunes hommes étaient venus à Nexis, ils avaient dû demander discrètement à droite et à gauche pendant plusieurs jours avant de retrouver l'ancienne cuisinière de Vannor. Ils avaient commencé par une visite nocturne et clandestine dans le logement des domestiques de l'ancienne demeure du marchand et ils avaient été horrifiés d'apprendre que celle-ci était à présent occupée par le cupide et corrompu Pendral. D'après la rumeur, ce dernier était dans les petits papiers de l'Archimage et se faisait déjà passer pour le président de la guilde des marchands. La plupart des anciens serviteurs de Vannor avaient déjà quitté les lieux, mais le fils du jardinier se souvenait d'Hebba et leur avait dit qu'une des filles de cuisine – une bonne amie à lui, avait-il ajouté avec un clin d'œil appuyé – savait peut-être où elle habitait. La jeune fille travaillait comme serveuse dans une taverne, désormais, et elle y serait le lendemain. Si elle n'avait pas l'adresse d'Hebba, elle connaissait sûrement quelqu'un qui l'aurait... De contact en contact, ils avaient suivi la piste jusqu'à découvrir que l'ancienne cuisinière habitait dans le nord de la cité, dans la maison de sa sœur, qui avait été massacrée avec son mari et ses enfants lors de la Nuit des Spectres.

Hebba se rappelait que Yanis était le neveu de Dulsina, la gouvernante de Vannor. Heureusement, elle ignorait tout de son appartenance à la bande des légendaires contrebandiers, car elle avait les nerfs fragiles. Lorsqu'ils lui avaient expliqué qu'ils étaient à la recherche de sa bien-aimée Zanna, elle leur avait volontiers offert le gîte et le couvert, sans compter qu'elle avait désespérément envie de s'occuper à nouveau de quelqu'un et qu'elle avait peur de vivre seule en ces temps troublés et violents. Elle avait accueilli les deux jeunes hommes à bras ouverts et avait partagé avec eux le peu qu'elle possédait, sans aucune réserve.

Hebba était déjà couchée lorsque Yanis et Tarnal rentrèrent, mais elle leur avait laissé de quoi manger dans la confortable petite cuisine avec ses tapis colorés sur le sol, son étincelante batterie de cuisine en cuivre accrochée aux poutres du plafond bas et ses étagères couvertes de tasses et d'assiettes vernissées qu'elle avait prises sans autorisation dans la demeure de Vannor quand celle-ci avait changé de propriétaire. Une casserole de bouillon clair les attendait au chaud au bord de l'âtre. Elle contenait les restes du maigre poulet qu'ils avaient volé trois jours plus tôt, lors d'une expédition dans les dépendances de Pendral à la recherche d'un peu de nourriture.

Pleins de gratitude, les Nightrunners enlevèrent leur cape et leur épée et s'assirent près du feu avec des bols remplis à ras bord. Un court moment s'écoula dans un silence affamé et appréciateur. Même s'il n'était pas vraiment consistant, le bouillon était chaud et surtout délicieux grâce au talent d'Hebba. Le fait d'avoir spolié le précédent propriétaire du volatile en question ne fit qu'ajouter un peu de piment à ce repas.

Finalement, Yanis racla le fond du bol avec sa cuillère avant de reposer le tout sur la table. Pendant un moment, il resta assis là, les sourcils froncés, à contempler le feu en donnant des signes de nervosité.

— Écoute, s'exclama-t-il brusquement, pour en revenir à ce que je disais tout à l'heure dans la taverne, j'ai beaucoup réfléchi ces derniers jours, et je ne crois pas qu'on devrait rester ici plus longtemps. Il faut que je rentre à la maison, Tarnal. En tant que chef des Nightrunners, j'ai des responsabilités envers les miens. En plus, à quoi ça sert de rester ? On ne retrouvera jamais Vannor – ou Zanna. Ça fait des jours maintenant qu'on passe la cité au peigne fin et on n'a pas trouvé la moindre trace ni la moindre rumeur. Soit ils sont déjà partis, soit… (Brusquement, il baissa les yeux, incapable de croiser le regard de son compagnon.) Soit ils sont morts.

Horrifié, Tarnal sentit son cœur se serrer, puis il éprouva soudain une bouffée d'indignation. Il se leva d'un bond, et sa chaise se renversa bruyamment.

— Espèce de bâtard ! Zanna n'est pas morte ! s'écria-t-il. Espèce de misérable, satané lâche, tu as juste peur de te faire prendre. Et tu n'as qu'une envie, c'est de rentrer pour pouvoir coucher avec la fille blonde qu'on a sauvée, celle que tu apprécies tant. Tu te fous complètement de Zanna. Et tu prétends être notre chef ? Sans ta mère, tu…

Au même moment, un poing s'écrasa sur son visage, et sa vision explosa en une myriade de points noirs étincelants. Il tituba, et Yanis le frappa de nouveau. Mais le jeune homme était prêt. Déséquilibré, il rebondit sur le mur, dont il se servit comme d'un tremplin pour s'élancer vers son adversaire. Son coup de poing fit jaillir une fontaine de sang du nez de Yanis, lequel répliqua par un vicieux coup de pied dans le genou de Tarnal. Le combat se poursuivit ainsi à travers toute la cuisine dans une cacophonie de casseroles qui tombent et de vaisselle qui se brise, jusqu'à ce que Tarnal aperçoive une ouverture et donne un coup de tête dans le ventre de Yanis. Ce dernier tomba à la renverse sur la table branlante qui s'effondra en un tas de petit bois, emportant le contrebandier avec elle. Tarnal se jeta aussitôt sur son adversaire à coups de poing et réussit à lui décocher trois ou quatre frappes importantes avant que Yanis récupère à la fois son souffle et ses esprits et lui donne un coup de genou dans le bas-ventre. Le souffle coupé, Tarnal se plia en deux sous l'effet d'une douleur atroce et paralysante, puis s'étrangla en prenant un déluge d'eau froide en plein visage. Dégoulinant, il leva les yeux et aperçut Hebba qui se tenait juste à côté d'eux, un seau en bois dans les mains. La colère enflammait son visage rond et grassouillet.

— Qu'est-ce que ça veut dire, jeunes gredins ingrats et bons à rien ? Regardez ce que vous avez fait à ma jolie cuisine !

Abandonnant son seau au profit de son balai, elle commença à frapper les deux jeunes gens sur la tête et les épaules jusqu'à ce qu'ils demandent grâce en criant, le tout sans jamais cesser de leur expliquer sa façon de penser.

— Je n'en reviens pas… C'est comme ça que vous me remerciez de vous avoir accueillis, par gentillesse, par bonté d'âme ? Que dirait votre pauvre tante Dulsina si elle voyait ça… Vous vouliez attirer les gardes de la cité jusqu'ici, avec tout ce tintamarre ? Ma pauvre table n'est plus qu'un tas de petit bois et ma belle vaisselle est en miettes... Ah vraiment, où va-t-on quand deux jeunes hommes en bonne santé comme vous se mettent à traiter une pauvre veuve de façon aussi cruelle...

Hebba poursuivit longtemps sa tirade, même après que sa colère se fut éteinte et que les larmes eurent rendu sa voix grincheuse. Elle continua à les réprimander tout en fouillant son placard à la recherche d'hamamélis et d'écorce de saule pour nettoyer leurs blessures à l'eau froide. Tarnal aurait presque préféré qu'elle continue à le frapper avec son balai, même si, en découvrant sous ses paupières qui enflaient rapidement les dégâts que Yanis et lui avaient faits dans la cuisine, il eut honte et sentit la culpabilité lui retourner l'estomac.

— Oh, femme, taisez-vous, bon sang ! rugit Yanis.

Horrifié, Tarnal leva les yeux dans le silence qui s'ensuivit et vit Hebba rester bouche bée d'indignation. Le chef des contrebandiers avait la mine renfrognée et l'œil mauvais.

— Je suis désolé pour votre cuisine, Hebba, marmonna-t-il d'une voix étouffée à cause de ses lèvres gonflées. Je me ferai pardonner, un jour, je vous le promets. À présent, je m'en vais, ajouta-t-il à l'adresse de Tarnal. Tu peux rester ici si tu veux, ou aller au diable, pour ce que j'en ai à faire. En ce qui me concerne, tu n'es plus un Nightrunner !

Sur ce, il attrapa son épée et sortit de la maison en claquant la porte. Le bruit parut résonner pendant une éternité dans la cuisine dévastée. Tarnal, encore en état de choc après cette déclaration, eut l'impression que cela sonnait le glas de la seule vie qu'il ait jamais connue. Ce fut finalement Hebba qui brisa le silence après le départ du contrebandier.

— Est-ce qu'il a vraiment parlé de Nightrunner ?

C'en fut trop pour Tarnal qui ne put qu'acquiescer d'un air misérable.

— Et Dulsina le savait ? (Hebba avait les yeux ronds d'étonnement.) Eh bien ! s'exclama-t-elle d'un air indigné. Qu'est-ce qu'on fait maintenant ?

Si seulement je le savais, se dit Tarnal.

Il avait commencé à pleuvoir. Le ciel plombé et ruisselant s'harmonisait parfaitement à l'humeur de Yanis qui pataugeait en tremblant, complètement perdu, dans les rues désertes et boueuses. Déjà sa colère se dissipait, comme douchée par la pluie battante. Mais la culpabilité suffisait à le pousser à continuer sa route. Il ne pouvait revenir sur ses pas et faire face à Hebba après ce qu'il avait fait. Quant à son ancien compagnon...

Yanis effleura doucement les ecchymoses lancinantes sur son visage et sentit le fantôme de sa colère se réveiller un instant.

— Maudit Tarnal ! marmonna-t-il. Tout ça, c'est de sa faute. Comment a-t-il pu mettre en question mon autorité ?

L'orgueil de Yanis continua à l'aiguillonner. Comment ? Retourner là-bas et présenter ses excuses à ce petit crapaud ? *Pourquoi devrais-je le faire ?* se demanda-t-il. *Je n'étais pas en tort. Je suis le chef des Nightrunners. Je devrais être chez moi avec les miens, surtout en cette période particulièrement troublée et dangereuse.*

Mais Tarnal n'est pas le seul à douter de toi, lui répondit une méchante petite voix à l'intérieur de lui. *Il y a plein de gens à Wyvernesse qui remettent en cause tes capacités de chef. Si tu veux conserver ton autorité, tu ferais mieux de rentrer la défendre.*

— L'ennui, c'est que ma mère va m'écorcher vif quand elle verra que je suis rentré sans Zanna, gémit Yanis.

Cependant, il n'y avait rien qu'il puisse faire, se répéta-t-il. Ne l'avait-il pas cherchée partout ? Qu'attendait-on de plus de sa part ?

— Non, je rentre à la maison, point final.

Le dire à haute voix l'aida quelque peu à renforcer son courage vacillant. Maintenant, tout ce qu'il avait à faire, c'était retrouver son chemin.

Pour la première fois depuis son départ de chez Hebba, Yanis commença à prêter attention à ce qui l'entourait. Il n'y avait dans cette rue étroite que ces maudites maisons de brique et de plâtre. Pourtant, s'aperçut-il aussitôt, après tout ce temps, il aurait dû se retrouver dans la partie la plus ancienne de la ville.

— Satanées maisons qui se ressemblent toutes, maugréa-t-il d'un air dégoûté. J'ai dû tourner en rond.

Il s'arrêta quelques instants et balaya les alentours du regard pour essayer, mais en vain, de trouver un repère familier. Son cœur sombra lorsqu'il comprit que, pour le moment, le long voyage de retour qui l'attendait était le cadet de ses soucis. Dans sa colère, il était sorti en coup de vent sans même une cape sur le dos et il claquait déjà des dents tellement il avait froid. Il avait désespérément besoin d'un abri et de chaleur, mais, puisqu'il s'était bel et bien perdu, il ne pouvait même plus retourner chez Hebba. Les portes closes et les volets aux fenêtres des maisons voisines lui présentaient une façade complètement indifférente à ses déboires. Compte tenu de l'anarchie qui régnait dans Nexis ces temps-ci, les gens n'ouvriraient pas leur porte à un étranger après la tombée de la nuit. Yanis grommela un juron. Il ne servait à rien de rester là à se faire tremper comme une soupe – non pas que ça fasse une différence puisque, trempé, il l'était déjà, se dit-il avec aigreur. Haussant les épaules, il se remit en route, car il n'avait pas d'autre choix.

Au bout de quelque temps, cependant, il retrouva un peu d'espoir en arrivant au bout d'une rue qui débouchait sur sa gauche sur une autre voie, laquelle descendait en pente raide à flanc de colline. Les dieux soient loués ! Yanis poussa un soupir de soulagement. Tout ce qu'il avait à faire, à présent, c'était continuer à descendre jusqu'à atteindre la partie la plus ancienne de la ville. Peut-être qu'il parviendrait à se repérer. En plus, il était sûr de trouver un abri parmi les entrepôts vides et les bâtiments en ruine près des quais.

Yanis pressa le pas dans les rues désertes, la tête baissée, les yeux fixés sur les pavés boueux et glissants pour ne pas perdre l'équilibre tant la pente escarpée l'entraînait vers l'avant. Le seul éclairage provenait des interstices entre les volets ou des rares lanternes suspendues sous les porches ainsi que des lampes à l'éclat atténué par la pluie qui étaient accrochées au coin des bâtiments pour marquer l'intersection des rues. Cependant, le contrebandier n'était pas aussi vigilant qu'il aurait dû, à cause de l'inconfort de sa situation et des dégâts que lui avaient infligés les pieds et les poings de Tarnal au cours de leur bagarre. Parce qu'il avait l'esprit engourdi par le froid, la fatigue et les idées noires, il n'avait pas vraiment l'instinct de conservation en éveil.

Yanis essayait surtout d'avoir l'air d'un simple citoyen pris dans le déluge pendant qu'il vaquait à ses honnêtes affaires et qui rentrait chez lui aussi vite que possible. C'était oublier qu'il n'était pas le seul criminel de sortie dans les rues de Nexis après la tombée de la nuit. Seul et sans méfiance, plus il s'aventurait loin dans le labyrinthe de la vieille ville et plus il risquait de se faire attaquer par les déchets désespérés de l'humanité qui hantaient les rues obscures la nuit. Tout en avançant d'un pas pressé, il ne sentit pas les regards qui le suivaient au sein des ombres. Le rideau de pluie masqua les silhouettes agiles qui sortirent de leur cachette derrière lui, et le tambourinement du déluge noya les bruits de pas furtifs.

Yanis marchait, les pensées et le regard tournés vers l'intérieur. En un instant, tout bascula, et un objet dur et lourd le frappa. Le contrebandier trébucha, heurta violemment un mur et tomba tête la première sur le sol humide, le crâne bourdonnant et la bouche pleine de boue. D'instinct, il roula sur le dos tout en s'étranglant, mais un feu glacial envahit son bras droit et lui fit comprendre qu'il avait réagi trop tard. Le couteau s'était enfoncé à travers le muscle de son avant-bras juste avant que la pointe heurte les pavés en dessous. Yanis hurla et tira sur son bras, emmenant la lame avec lui et l'arrachant des mains de son agresseur. Bien qu'en proie à une douleur atroce, le contrebandier vit une ombre se pencher sur lui, une silhouette sombre qui se découpait sur la lueur d'une lanterne accrochée sous un porche voisin. Deux autres silhouettes se tenaient en retrait, prêtes à fondre sur lui comme des loups.

De la main gauche, Yanis ramassa une poignée de boue et la jeta au visage de son agresseur. Celui-ci proféra une obscénité et recula en se griffant les yeux. Yanis se mit à genoux, tant bien que mal, et empoigna le couteau, mais ses doigts boueux eurent du mal à se saisir de la poignée que le sang rendait poisseuse. Malgré tout, au moment où son assaillant revenait à la charge, il arracha l'arme de son bras dans un geyser de sang et l'enfonça dans le ventre du voleur en remontant la lame vers le haut avant de la faire ressortir. Le type s'effondra en hurlant et fit tomber l'un de ses camarades au passage. Se servant du mur comme appui, Yanis se releva comme il put et donna un bon coup de pied au visage du bandit étalé par terre.

Le troisième gredin, un petit maigre qui jusqu'ici n'avait guère fait preuve de cran, s'approcha en brandissant un long et robuste gourdin. Yanis vit ce petit rat baisser les yeux vers son compagnon à terre et hésiter, si bien qu'il comprit qu'il avait affaire à un lâche. Il retourna le couteau taché de sang et le lança maladroitement de la main gauche. La lame n'était pas destinée au lancer, mais la proximité de la cible compensa ce manque. Le petit homme hurla et laissa tomber son arme lorsque le couteau l'atteignit à la poitrine, même si Yanis savait que le tir manquait de puissance pour infliger davantage qu'une égratignure. À tâtons, il dégaina son épée, si bien qu'à la vue de l'acier étincelant le petit maigre prit ses jambes à son cou. Le Nightrunner, le bras toujours dégoulinant de sang, s'éloigna en titubant dans la direction opposée afin de mettre autant de distance que possible entre lui et ses agresseurs.

Heureusement, il s'était suffisamment rapproché du fleuve pour apercevoir les toits des entrepôts qui se dressaient au-dessus des bâtiments plus petits. Bien que sa main gauche soit encore étroitement serrée autour de la poignée de son épée, Yanis utilisa son avant-bras pour chasser de ses yeux la pluie et ses cheveux boueux et emmêlés. Il serra les dents pour contenir la douleur dans son bras droit, lequel pendait inutile contre son torse, et il essaya d'ignorer le fait que, même s'il parvenait à trouver l'abri dont il avait désespérément besoin, il n'avait aucune chance d'arriver à panser efficacement sa blessure de la main gauche. Il ne servait à rien de s'inquiéter de cela maintenant. Il perdait trop de sang, et le froid et l'humidité ne cessaient de l'affaiblir davantage. Il fallait ajouter à cela le fait que, plus il traînerait dans les rues exposées et plus il risquerait de faire une deuxième mauvaise rencontre. À moins de trouver rapidement un abri sec où il pourrait allumer un feu, il n'aurait peut-être jamais l'occasion de soigner sa blessure. Yanis regarda autour de lui et, ne voyant personne, posa à contrecœur son épée contre un mur pendant quelques instants. Serrant les dents à cause de la souffrance, il arracha une bande de tissu à la manche de sa chemise et la noua aussi fort qu'il le put au-dessus de sa blessure en faisant un nœud maladroit avec ses dents et ses doigts engourdis par le froid. Puis, reprenant l'épée, il se remit péniblement en route.

Tandis que la faible lueur d'une aube de plomb commençait à envahir le ciel, le déluge laissa finalement la place à un petit crachin avant de s'arrêter complètement. Dans un état d'hébétude avancée dû à la douleur et l'épuisement, le Nightrunner descendit en chancelant la dernière ruelle tortueuse en direction de l'étendue plate et presque en ruine des quais. Il avait dépassé le stade de l'inquiétude à présent et n'avait plus qu'une idée fixe, trouver un abri. C'était la seule chose qui le poussait encore à avancer. Sous la surface brouillée de sa conscience, cependant, la partie instinctive de son esprit fonctionnait encore et reconnaissait des repères familiers. Il était bien plus à l'aise dans cette partie de la ville que sur les hauteurs. En des temps meilleurs, les siens avaient réalisé la majeure partie de leurs affaires sur ces quais et, ces derniers jours, Tarnal et lui y avaient passé de longs moments, fouillant les entrepôts et les bâtiments en ruine à la recherche de Vannor. Le besoin de trouver un abri dominait tellement ses pensées que l'esprit du jeune homme dirigea automatiquement ses pas vers l'endroit qui, il s'en souvenait, avait servi de refuge à tant de citadins désespérés et miséreux.

Stupéfait, Yanis battit des paupières en découvrant la silhouette familière du bâtiment en pierre croulant et maculé de suie qui se découpait sur le ciel gris ardoise. *Comment suis-je arrivé ici ?* se demanda-t-il, le regard trouble. *Est-ce que je rêve ?*

Les souvenirs jaillirent alors, ceux de la nuit où il était venu en compagnie de sa mère et de Tarnal à la recherche de Zanna. Au sortir de leur route souterraine secrète à travers les égouts, ils avaient émergé dans un cauchemar de sang et de feu, animé par le son déchirant des hurlements. Il se souvenait de l'immense vieil entrepôt dont le toit s'était effondré dans un déluge d'étincelles et de flammes, et des soldats de Pendral avec leurs épées assoiffées qui buvaient le sang des femmes, des enfants et des vieux infirmes avec une impartialité brutale. Il se rappelait la tentative désespérée de Remana pour emmener les survivants en sécurité dans la vieille conduite d'évacuation qui passait sous la teinturerie, pendant que Jarvas, l'improbable fondateur de ce sanctuaire pour indigents, assistait à la destruction de son rêve avec des larmes d'angoisse sur son visage si laid. Mais surtout, surtout, Yanis se souvenait d'Emmie, la jeune femme blonde qui possédait à la fois une beauté irréelle qui avait fait bondir le cœur du contrebandier dans sa poitrine et un sens pratique qui l'avait impressionné et l'avait laissé bouche bée.

Non sans réticence, Yanis s'arracha à ses souvenirs pour revenir au présent. Mais à quoi pensait-il en restant planté là bouche bée à rêvasser comme un idiot quand il y avait un abri tout près ? Inutile de chercher le portail de la palissade – les poteaux noircis de la clôture gisaient à terre, en ruine. L'entrepôt n'était plus qu'une coquille carbonisée, mais la teinturerie se dressait encore intacte. Or elle abritait également un point d'eau et un chemin sûr pour quitter la ville. Bénissant les dieux de sa bonne fortune, Yanis tituba vers le grand et vieux bâtiment.

La lumière grise de ce matin-là n'allait pas plus loin que les portes de bois pourrissant qui étaient restées entrebâillées. Il faisait si noir à l'intérieur de la teinturerie que Yanis se demanda, avec un frisson de peur, si sa vision ne commençait pas à lui jouer des tours à cause de tout le sang qu'il avait perdu. Cependant, lorsque ses yeux se furent habitués à la pénombre, il crut discerner une faible lueur, comme l'éclat chaud, ambré et dansant d'un feu de camp, tout au bout de la vaste salle poussiéreuse envahie par l'écho. Si son esprit n'était pas en train de le berner, la lumière provenait de derrière la rangée de grandes cuves de teinture. Comme il était sur le point d'avancer, le Nightrunner hésita. S'il s'agissait bien d'un feu de camp, qui l'avait allumé ? Amis ou ennemis ? Au même moment, une voix pâteuse et nasillarde entonna une chanson, et Yanis décida d'aller voir. Il ne savait pas qui se trouvait là-bas, mais l'une de ces personnes au moins paraissait trop ivre pour lui faire le moindre mal. Au contraire, il espérait que, s'ils avaient du vin ou de la liqueur forte, ils seraient d'humeur à partager. Néanmoins, une certaine dose de précaution semblait de mise. Progressant aussi furtivement que possible sur ses jambes incertaines dans la salle étroite tout en longueur, Yanis fit le tour de la cuve et risqua un coup d'œil de l'autre côté.

Le chanteur, vêtu d'une douteuse collection de chiffons crasseux et drapé dans une vieille couverture tout abîmée et usée jusqu'à la corde, était assis le dos contre la paroi incurvée de la vaste cuve en pierre, avec un petit feu de camp devant lui. Il semblait avoir oublié le décor qui l'entourait et battait la mesure avec la flasque presque vide qu'il serrait dans sa main. Il s'agissait d'un homme d'un âge impossible à déterminer. Yanis eut l'impression que les profondes rides qui marquaient son visage émacié tenaient plus du chagrin que de la vieillesse, même si des fils d'argent couraient dans sa chevelure raide et graisseuse, d'un blond terne. Son visage paraissait vaguement et étrangement familier, mais Yanis n'eut pas le temps de s'attarder là-dessus. Arrivant au bout de ses forces, il vacilla, en proie au vertige, tenta vainement d'agripper le rebord en pierre lisse de la cuve et s'effondra comme un arbre coupé au point qu'il faillit atterrir au beau milieu du feu de camp de l'étranger.

— Même si elle aurait pu être plus jeune, faut bien le reconnaître, j'avais d'yeux que pour ses... (Benziorn s'interrompit brusquement en voyant quelqu'un tomber sur son feu de camp.) Que diable...

Il se leva tant bien que mal, le cœur battant à tout rompre, et loucha en direction du type brusquement tombé du ciel.

— Sauf qu'y a pas de ciel, Benziorn, espèce d'imbécile, marmonna-t-il avec une implacable logique d'ivrogne. Y a juste un toit, et il a pas pu tomber de là...

Tout cela devenait décidément trop compliqué. Tout en titubant dangereusement, il décida qu'il ferait mieux de sortir le type de là avant qu'il commence à cramer...

Benziorn tira le corps inerte à l'écart des flammes menaçantes et s'accroupit auprès de son mystérieux visiteur. En le retournant, il laissa échapper une exclamation de surprise. Comment, mais ce ne serait pas le contrebandier ? Il s'était mis dans de beaux draps, à en juger par son apparence. Quelqu'un lui avait réduit le visage en bouillie, mais le plus inquiétant restait encore sa blessure au bras, à l'endroit où un couteau avait entaillé la chair et le muscle avant de ressortir de l'autre côté en déchirant tout sur son passage. Fronçant les sourcils, le médecin examina avec des doigts tremblants le nœud du garrot de fortune qui avait été placé au-dessus de la plaie. Il fallait commencer par l'enlever, car il était là depuis bien trop longtemps. En dessous, le bras était déjà blanc, avec une vilaine teinte bleutée, et la chair était enflée autour du bout de chiffon, ce qui l'avait resserré et le rendait plus difficile à enlever avec des doigts d'ivrogne.

— Emmie ? s'écria instinctivement Benziorn en continuant à essayer de défaire le nœud. Viens m'aider et apporte ma…

Sa voix s'éteignit lorsque les souvenirs qu'il essayait justement de noyer dans le vin lui revinrent comme un coup de couteau en plein cœur. Emmie avait disparu, Jarvas aussi, et toutes les vieilles gens, et les petits enfants… Pendant un moment, sa vision s'obscurcit, envahie par les images des corps brûlés et démembrés qui jonchaient la cour tachée de sang après l'attaque.

— Sois maudit, grommela sauvagement Benziorn à l'adresse de l'étranger inconscient. Pourquoi fallait-il que tu reviennes ici me le rappeler ? Je suis plus un médecin, alors à quoi bon ? J'ai renoncé à la médecine, moi je te le dis…

— Dans ce cas, vous feriez mieux de vous y remettre, et vite.

Benziorn fit volte-face et se retrouva nez à nez avec la pointe d'une épée. Ses yeux remontèrent le long de la lame étincelante jusqu'à croiser le regard froid de l'autre jeune contrebandier, le plus petit, le blond, qu'il se souvenait d'avoir également aperçu cette terrible nuit, lors de l'attaque de Pendral.

Tarnal contempla avec une irritation grandissante la silhouette titubante du médecin et son regard de chouette. Bon sang, mais qu'est-ce qui n'allait pas chez ce type ? Puis il sentit son haleine chargée d'alcool, et son agacement fit place à l'inquiétude.

— Ne restez pas assis là bouche bée, espèce de stupide poivrot. Faites quelque chose. Aidez-le, ordonna Tarnal d'un ton dur qui était également dû, il le savait, à la culpabilité qu'il éprouvait.

Le jeune contrebandier était resté éveillé toute la nuit, regrettant la bagarre et s'inquiétant au sujet du chef des Nightrunners qui se trouvait seul en ville, dans le noir et dans la tempête, alors qu'il n'avait même pas pris sa cape. Et puis, si seulement il avait persuadé son compagnon de rester, au lieu de s'énerver comme ça… Tarnal ne parvenait pas non plus à supporter le souvenir des dernières paroles furieuses de Yanis. Allons, à présent qu'il avait eu le temps de se calmer, il voyait sûrement les choses différemment, non ? Dès que le jour s'était levé, Tarnal était parti à la recherche de son chef, en supposant judicieusement que son ancien ami avait pris la direction du port fluvial pour y trouver un abri. Dès qu'il était arrivé sur les quais, il avait vite découvert les empreintes distinctives des bottes à semelles souples qu'utilisaient les contrebandiers pour garder l'équilibre sur les ponts glissants des navires, ainsi qu'une coulée de sang noir dans la boue qui séchait, ce qui lui avait retourné le cœur avant de le conduire jusqu'à cet endroit.

— D'accord, d'accord. (La voix de Benziorn arracha Tarnal à sa rêverie et le ramena au présent.) Range-moi ce satané bout d'acier, jeune homme, et viens m'aider.

Tarnal rengaina aussitôt son épée et se laissa tomber à genoux aux côtés du médecin.

— Qu'est-ce que vous voulez que je fasse ?

— Tu vois ça ?

Benziorn désigna le bout de chiffon taché de sang. Le contrebandier sentit de la bile remonter dans sa gorge à la vue de la blessure au couteau béante sur la chair rouge et enflée. Il déglutit péniblement et détacha les yeux de cette effroyable vision. Il n'avait jamais été très doué pour supporter ce genre de choses.

— Oui, répondit-il d'une voix étouffée.

— Ben, prends ton couteau et enlève-le.

— Quoi, son bras ?

— Mais non, imbécile ! Le garrot ! rugit le médecin.

— Oh. Comment je pouvais le savoir ? marmonna Tarnal d'un air penaud.

Mais il rougit comme une pivoine en cherchant son couteau à tâtons.

— Tu croyais vraiment pouvoir couper le bras de ce pauvre diable avec un simple couteau ? Que Melisanda vienne nous sauver ! (Benziorn leva les yeux au ciel.) Allez, dépêche-toi. C'est ça, glisse ta lame tout doucement sous le garrot – et ne va pas couper ton copain au passage, hein ! Je le ferais bien moi-même si j'avais pas les mains qui tremblent. Je crois que j'ai un peu de fièvre…

La fièvre, tu parles, pensa Tarnal avec aigreur. Le bout de la langue pincée entre les dents, il glissa la pointe de son couteau sous le chiffon taché de sang en essayant de ne pas regarder les chairs blessées qui s'étendaient au-delà. Retenant son souffle, il tourna très légèrement la lame pour orienter le tranchant vers le haut et poussa un soupir de soulagement lorsque le tissu céda et que le garrot se défit.

— Oh, merci beaucoup, commenta Benziorn d'un ton sarcastique.

Tarnal se rappela que cet odieux personnage avec une langue de vipère était le seul à pouvoir aider Yanis, il s'obligea donc à desserrer les poings.

— Remets du bois dans le feu, je vois pas ce que je fais.

Le médecin se pencha sur le corps inerte du Nightrunner pour examiner la blessure qui commençait à suinter du sang.

— Eh bien, on dirait que la circulation fonctionne toujours, murmura-t-il. Ton ami a de la chance de ce côté-là, même s'il aura vraiment du bol d'éviter une infection. Il y a de la boue et toutes sortes d'autres saletés dans la plaie. Fiston, tu trouveras une casserole d'eau, là-bas, juste à côté de ma couverture. Mets-la à chauffer sur le feu, tu veux ?

Et passe-moi la sacoche en cuir qui se trouve là-bas également. Je vais essayer de nettoyer ça de mon mieux, mais…

Tandis que Tarnal s'empressait de faire ce qu'on lui demandait, Benziorn continua à palper la blessure de Yanis en formulant ses pensées à voix haute :

— Ça servirait pas à grand-chose de le recoudre maintenant, la chair est trop enflée, et je parie que la plaie aura besoin d'être drainée sous peu.

Il leva les yeux et regarda le jeune contrebandier d'un air si grave que Tarnal sentit son cœur se transformer en plomb.

— Évidemment, je vais faire de mon mieux, fiston, mais mieux vaut te préparer au pire. (Le médecin secoua la tête.) Ton copain va être très malade pendant un moment. Si on réussit pas à venir à bout de l'infection, il faudra peut-être l'amputer du bras pour lui sauver la vie.

5

L'AVERTISSEMENT

— Majesté, vous ne croyez pas que vous avez déjà perdu assez de temps avec ces Sorciers sans ailes ?

Les yeux noirs de la reine étincelèrent de colère, et Elster fit la grimace en maudissant intérieurement sa propre témérité. *Il fallait encore que j'ouvre mon clapet*, songea-t-elle.

— Comment osez-vous suggérer une chose pareille, après tout ce qu'Aurian et Anvar ont fait pour nous ? (Furieuse, les sourcils froncés, Raven quitta son siège d'un bond et commença à faire les cent pas dans la chambre richement décorée.) Vous êtes peut-être assez vieille pour être ma grand-mère, Elster, et vous m'avez sauvé la vie, mais ça ne vous donne pas le droit de me dire comment je dois gouverner mon royaume !

Elster hésita, puis décida que, puisqu'elle était déjà allée très loin, autant aller jusqu'au bout.

— Si je ne le fais pas, qui le fera ? répliqua-t-elle. Vous avez raison, Majesté, je ne connais pas grand-chose à l'art de gouverner, mais j'ai passé beaucoup d'années en ce monde. Parce que je suis médecin, les gens se confient à moi, et je sais garder les yeux et les oreilles aux aguets. Vous êtes jeune et, en dépit de l'éducation que vous a donnée votre mère, vous n'avez guère plus d'expérience que moi. À cause de l'isolement royal dans lequel vous avez grandi, vous avez peu ou pas d'amis au sein du palais. Les conseillers de la reine Aile-de-Feu sont tous morts sous le règne de Serre-Noire, et vous n'en avez pour votre part désigné aucun. Il ne s'agit là que de l'une des nombreuses tâches essentielles que vous n'avez cessé de repousser au lendemain pendant que les terriens retiennent toute votre attention et occupent tout votre temps. C'est vrai, vous n'êtes même pas encore officiellement couronnée et vous ne le serez pas tant qu'un nouveau Haut-Prêtre n'aura pas été nommé – encore une question que vous n'avez pas réglée. Mais méfiez-vous : si vous ne participez pas à la sélection, les prêtres la feront pour vous, et leur choix ne sera pas forcément le même que le vôtre ni même à votre avantage.

— Laissez-moi une chance de faire mes preuves, bon sang ! protesta sèchement la reine.

— Je ne demande que ça. Mais vous avez des ennemis en Aerillia qui ne sont pas du même avis. (Voyant le visage de Raven se rembrunir de nouveau, le médecin ailé tempéra ses reproches d'un sourire.) Allons, ne voulez-vous pas au moins m'écouter, moi qui veux être votre amie ? Je ne fais qu'offrir mes informations et mes conseils. Vous pouvez utiliser les premières, vous savez, même si vous choisissez de rejeter les seconds.

— Quelles informations ? Et qu'entendez-vous par ennemis ? Qui ose s'opposer à moi ? voulut savoir la reine.

La guérisseuse, soulagée de voir la jeune fille retrouver enfin ses esprits, s'installa plus confortablement sur la chaise aux pieds grêles et ébouriffa ses plumes noires et blanches. Puis elle balaya du regard la confortable chambre de Raven, éclairée par des lampes, avec des tapisseries brodées d'or au mur, et songea avec nostalgie à la paix et à l'anonymat de ses petits appartements étriqués et pleins de courants d'air situés dans la partie inférieure de la ville. Mais il ne servait à rien de les regretter, car la tourelle avait été détruite, ainsi que toute cette partie d'Aerillia, dans la chute de la tour de Serre-Noire. La reine, pour remercier Elster de lui avoir sauvé la vie, lui avait décerné le titre de médecin royal et lui avait donné des appartements au sein même du palais, pour la plus grande consternation de la guérisseuse. Certes, son logement était désormais bien plus spacieux et confortable, mais elle avait du mal à accepter que Raven puisse avoir un droit de regard sur ses allées et venues et exercer un tel monopole sur son activité de médecin. De plus, d'après son expérience, une telle proximité avec un monarque en exercice n'était jamais confortable ni paisible, et encore moins sans danger.

— Eh bien ? (La voix sèche de Raven la tira de ses pensées.) Vous semblez bien lente à répondre, vous qui aviez plein de conseils à m'offrir voilà encore quelques instants. Mais peut-être essayiez-vous seulement de me faire peur ?

Elster soupira.

— Si seulement je connaissais le nom de vos ennemis, reconnut-elle. Mais je vous recommande la plus grande prudence, Majesté. Serre-Noire a laissé derrière lui de nombreux admirateurs secrets. Méfiez-vous des gens à qui vous accordez votre confiance.

— Voilà qui ne m'apprend rien, vieille folle inutile ! Si l'identité des partisans de Serre-Noire demeure un tel secret, comment savoir à qui faire confiance, au nom de Yinze ? répliqua Raven d'un ton boudeur.

Elster prit une profonde inspiration et se rappela qu'en dépit de tous les apparats du pouvoir, la reine n'était encore qu'une enfant.

— Habituellement, expliqua-t-elle avec ironie, vous pouvez faire confiance à ceux qui sont prêts à encourir votre colère en vous disant la pénible vérité.

— Comme c'est commode. Dans ce cas, je suppose que je devrais faire de vous mon premier conseiller, ricana la jeune Ailée.

— Vous pourriez faire pire. Au moins, je ne prétends pas que c'est Serre-Noire qui a mis fin à l'hiver, et non les Mages. Et je ne répands pas non de plus de rumeurs selon lesquelles, pour un certain nombre de raisons, vous n'êtes pas faite pour gouverner.

Raven en resta bouche bée.

— Quelles raisons ? réussit-elle à dire d'une petite voix étranglée.

Pour la première fois depuis le début de leur conversation, Elster sentit qu'elle avait l'entière attention de la reine. Elle commença à énumérer en repliant les doigts.

— D'abord, on dit que le sort de guérison d'Aurian disparaîtra dès qu'elle s'en ira et que vos blessures aux ailes reviendront, vous laissant estropiée une fois encore...

— C'est ridicule ! répliqua sèchement Raven. Les gens se rendront compte que c'est faux dès que les Mages s'en iront.

— C'est vrai. Mais, pour se protéger, ceux qui répandent ces rumeurs ajoutent que vous êtes de mèche avec les ennemis jurés des Ailés : les Sorciers, les Mortels et les grands félins. À cause de ce qui s'est passé avec le prince khazalim, l'allié de Serre-Noire... (Elster hocha la tête en guise d'excuse muette en voyant l'expression de chagrin qui apparut sur le visage de Raven.) Je suis désolée de vous blesser, Majesté, mais, d'une façon ou d'une autre, cette regrettable histoire a été portée à la connaissance de tous, et il vaut mieux que vous le sachiez. On raconte que vous avez été dupée par les étrangers et que vous nous trahirez au profit de vos ennemis. La reine, dit-on, est trop jeune et trop inexpérimentée pour gouverner le peuple du Ciel.

— Que Yinze les emporte, comment peuvent-ils répandre des mensonges aussi odieux ? (Raven frappa le mur avec son poing, mais les lourdes tapisseries amortirent la force du coup.) Ce n'est pas vrai, rien de tout cela n'est vrai !

La guérisseuse ressentit le besoin impérieux de réconforter la jeune fille aux abois, mais dorloter la reine ne résoudrait rien. C'était dur, mais elle allait devoir apprendre à gérer des crises telles que celle-là, et vite.

— Dans ce cas, qu'allez-vous faire pour y remédier ? demanda Elster posément.

— Je ne sais pas, gémit Raven. Je les ferais bien arrêter pour trahison, mais puisque nous ne savons pas qui ils sont… Et comment répondre à leurs viles calomnies ? Si je commence à protester en public, cela ne fera qu'ajouter foi aux rumeurs et aggraver les choses. (Elle se tordit les mains.) Je n'avais jamais envisagé à quel point le fait d'être reine s'avérerait si difficile…

— Ça ne l'est pas forcément, répliqua sèchement Elster. Tout ce dont vous avez besoin, c'est de l'appui de l'armée et du clergé. Ensuite seulement vient le reste de la populace. (Elle sourit à la jeune fille affligée et tapota le siège à côté d'elle.) Allons, petite, asseyez-vous et arrêtez de paniquer. Prenez un peu de vin. Maintenant, réfléchissons à tout cela ensemble, voulez-vous ?

Raven s'assit docilement et accepta le verre que l'autre femme lui fourra dans les mains. Elster la laissa boire une longue gorgée avant d'ajouter :

— Avant toute chose, je vous suggère d'engager un goûteur. En tant que médecin, je possède une grande connaissance des poisons…

Le visage de la reine perdit toute couleur, et elle s'étrangla.

— Tout va bien, je n'ai rien fait de la sorte, s'écria Elster d'une voix forte pour couvrir les toussotements de la jeune fille en espérant que la leçon avait porté ses fruits. Mais j'aurais très bien pu le faire.

En un instant, Raven passa d'une pâleur extrême au cramoisi.

— Sorcière ! Harpie ! cria-t-elle en se jetant toutes griffes dehors sur le médecin.

Les vieux os d'Elster redécouvrirent une souplesse enfuie depuis des années et lui permirent d'attraper les poignets de la jeune fille dans ses mains fortes et noueuses. Elle les serra ainsi fermement jusqu'à ce que Raven cesse de se débattre.

— Assez ! haleta la vieille femme. Pardonnez-moi, Majesté, mais c'est une leçon qu'il vous fallait retenir.

Incapable de parler sous le coup de la colère, Raven lui lança un regard noir. Puis, au bout d'un moment, elle retrouva sa voix.

— Si jamais vous me refaites ce coup-là, gronda-t-elle, je vous conseille de m'empoisonner pour de bon, sinon cela vous coûtera votre tête !

— Si vous me donnez une nouvelle occasion de le faire, répliqua Elster d'un air imperturbable, alors je vous suggère de demander aux gardes de vous ôter votre propre tête. Au bout du compte, tout le monde gagnera du temps.

La reine se mordit la lèvre, comme pour ravaler une réplique furieuse. Puis, brusquement, elle éclata de rire.

— Vous savez, Elster, parfois vous me faites penser à dame Aurian. Elle est aussi directe que vous et ne supporte guère les imbéciles non plus. (Son visage redevint brusquement sérieux.) Et je me suis conduite comme telle, n'est-ce pas ? En gardant à l'esprit le sort de ma mère, j'aurais dû me montrer plus prudente… (Elle fronça les sourcils.) Mais, dites-moi, qui accepterait d'occuper un poste aussi dangereux que goûteur de la reine ? Comment puis-je condamner un ami à un danger de tous les instants ? Cependant, comment confier une mission pareille à un ennemi ? Qui devrais-je choisir pour ce rôle ?

— Cygnus.

Le nom s'échappa de ses lèvres avant même qu'Elster ait conscience qu'elle allait le prononcer. Raven écarquilla les yeux, surprise.

— Mais pourquoi ? Il a été votre étudiant. Il vous a aidée à me sauver. Cygnus est un ami, non ?

Comment le lui dire ? se demanda Elster. *La reine ne sait pas que c'est Cygnus qui a empoisonné sa mère. En plus, il s'est repenti et a fait amende honorable. Mais est-ce bien sincère ?* Tout cela ne sentait pas bon. Le médecin avait beau se traiter elle-même de vieille femme superstitieuse et se reprocher sa trop grande méfiance, elle ne pouvait s'empêcher d'éprouver un sentiment de suspicion tenace. La personne qui avait répandu ces rumeurs en savait beaucoup trop. Or, personne n'en connaissait davantage au sujet de la reine qu'elle-même et Cygnus. Cependant, elle ne pouvait pas l'accuser sans preuves. La meilleure chose à faire pour empêcher le jeune guérisseur de faire davantage de dégâts, c'était de l'obliger à rester aux côtés de la reine – *là où je pourrai garder un œil sur lui*, songea Elster. *Et je vais le surveiller comme un faucon.*

— Vous devez vous montrer patients envers la reine, mes amis, elle n'est guère plus qu'une enfant encore.

Cygnus dévisagea chacune des trois personnes assises avec lui autour de la table. Aguila, le capitaine de la garde royale, serait le plus difficile à convaincre. Le jeune médecin allait devoir se montrer très prudent vis-à-vis de lui, car il avait juré de protéger la reine. Les deux autres posaient moins de problèmes : Skua, qui faisait office de Haut-Prêtre depuis la chute de Serre-Noire, était également à la tête de la garde du temple et ferait tout pour que son poste temporaire devienne officiel et permanent. Quant au chef de la Syntagma, l'élite guerrière d'Aerillia, ce n'était autre que Plume-de-Soleil, le meilleur ami de Cygnus depuis l'enfance. Après l'accident qui avait presque coûté la vie au jeune, beau et brillant guerrier et qui avait amené Cygnus à renoncer à l'épée en faveur de la médecine, Plume-de-Soleil avait grimpé au sein de la Syntagma à une vitesse stupéfiante. Le guérisseur se disait souvent que le fait d'avoir frôlé la mort poussait son ami à saisir avec avidité tout ce que la vie pouvait lui offrir. Quand le Maréchal-Ailé avait péri dans un mystérieux accident après s'être opposé à Serre-Noire, Plume-de-Soleil n'avait été que trop pressé de le remplacer.

Mais il était bon, songea Cygnus, d'avoir des amis haut placés. Après l'échec de sa première tentative pour se débarrasser d'Aurian et d'Anvar et récupérer la Harpe des Vents, il s'était creusé les méninges pour trouver une autre solution. Même si aucun autre plan ne lui était encore venu à l'esprit, il avait décidé que le premier pas consistait à creuser un fossé entre la reine Raven et les Mages. Diviser pour régner, telle était la devise de son ancien instructeur de la Syntagma. S'éclaircissant la gorge pour combattre sa nervosité, il s'adressa à ses compagnons :

— J'ai organisé cette réunion afin que nous puissions tous les quatre envisager ce qui doit être fait pour le bien de notre peuple – et de la reine, bien entendu, ajouta-t-il en lançant un regard en coin à Aguila.

Le capitaine au visage tanné et aux cheveux mordorés ne parut guère impressionné.

— Je l'espère, répondit-il avec une franchise brutale. Le sort tragique de la reine Aile-de-Feu a couvert d'opprobre la garde royale, et j'ai moi-même juré solennellement que rien de tel n'arriverait à son héritière. Cette rencontre clandestine pue la trahison, Cygnus, et il vaudrait mieux que vous arriviez à me convaincre qu'il n'en est rien.

Cygnus jura intérieurement. À la mort de Serre-Noire, de nombreux destins avaient basculé, et le commandement de toutes les forces armées d'Aerillia avait subi des modifications très rapides. Et il avait fallu que ce soit ce soldat borné, de basse extraction, loyal et consciencieux par-dessus le marché, qui s'empare de la garde royale.

— Vous vous méprenez, capitaine, protesta le médecin d'un ton blessé. Vous devriez savoir que je suis fidèle à la reine, plus encore que quiconque. N'ai-je pas tout tenté en compagnie d'Elster pour lui sauver la vie après la répréhensible attaque dont elle a été victime ? Serre-Noire ne voulait-il pas me tuer, moi aussi ? Chaque jour, je remercie Yinze que Sa Majesté soit saine et sauve et qu'elle se trouve enfin assise sur le trône qui lui revient de droit. (Il dévisagea chacun de ses compagnons pour juger de l'effet de ses paroles et poursuivit, encouragé par ce qu'il vit :) Je parle simplement au nom de ce qui est bon pour la reine et pour ses sujets. Aerillia peut-elle vraiment profiter du fait que sa souveraine s'est amourachée de Sorciers étrangers et sans ailes ? Avez-vous tous oublié les amères leçons du Cataclysme ?

— Moi, je ne sais pas, mais on dirait que vous faites exprès de fermer les yeux sur un ou deux détails, grogna Aguila. Pour commencer, nous devons remercier les étrangers de nous avoir débarrassés de Serre-Noire et d'avoir installé la reine sur son trône. Ils ont travaillé dur et sans compter depuis leur arrivée pour faire pousser de nouveau nos récoltes et sauver Aerillia de la famine. (Il se pencha par-dessus la table et dévisagea fixement un Cygnus irrité.) De plus, si mon souvenir est bon, c'est Incondor, l'un des Ailés, qui a mis en marche les événements catastrophiques du Cataclysme. Il était autant à blâmer que la Sorcière sans ailes Chiannala.

— Allons, allons, ami Aguila, intervint Plume-de-Soleil d'un ton doucereux. Personne ne vous conteste cela, mais je pense que vous avez mal compris notre compagnon. Il n'a à cœur que les intérêts de tous. Les terriens ont joué leur rôle, certes, mais quel prix exigeront-ils en échange de leur aide ? Voilà maintenant qu'ils poussent Sa Majesté à négliger ses devoirs les plus essentiels. Elle parle d'amoindrir nos forces armées, au moment où nous pouvons le moins nous le permettre, en envoyant les nôtres prendre part à une guerre de magie qui nous est étrangère.

— Tout à fait, renchérit Skua. Allons-nous oublier ce qui s'est passé durant le Cataclysme ? Après avoir perdu notre magie, nous, le peuple du Ciel, nous avons juré de ne plus jamais fréquenter les Sorciers. (Posant les paumes à plat sur la table, il regarda chacun d'entre eux d'un air grave.) Mes amis, je crois que Cygnus a raison. La reine n'est qu'une jeune fille vulnérable qui a grandement besoin de guidance. Il est de notre devoir et de notre responsabilité de la conseiller – en commençant par l'éloigner de ses amis magiciens et par purifier nos terres de cette infection étrangère.

— Je suis d'accord, acquiesça Plume-de-Soleil. Aguila, inutile d'être aussi méfiant. Le règne de Serre-Noire a pris fin et…

— C'est vrai, mais j'ai l'impression qu'il y en a encore qui le regrettent.

À ces mots, Plume-de-Soleil étendit à moitié ses ailes cuivrées en portant la main à son épée.

— Je vous suggère de vous expliquer et de vous excuser, siffla-t-il, sinon préparez-vous à défendre vos viles accusations dans l'arène des cieux !

Aguila ne paraissait guère troublé, mais lui aussi avait posé la main sur son arme.

— Il m'apparaît, répondit-il avec une douceur trompeuse, que le Haut-Prêtre est à l'origine de votre position actuelle, laquelle est proéminente dans notre société. Je voudrais simplement savoir, une fois pour toutes, quelle est l'étendue de votre loyauté envers la reine.

Cygnus comprit, un peu tard, que le contrôle de la réunion lui avait échappé. Il s'efforça de dissiper la tension ambiante.

— Je vous en prie, mes amis, il n'est nul besoin d'autant de méfiance entre nous. Aguila, vous vous méprenez au sujet du Maréchal-Ailé. Comme vous le savez, Plume-de-Soleil est mon compagnon d'enfance et nous sommes restés proches au fil des ans. Je sais pourquoi il a accepté ce poste, car il s'est confié à moi dès le début. C'est moi qui lui ai conseillé d'accepter cette promotion, en sachant que cela lui permettrait d'avoir suffisamment d'autorité pour aider clandestinement notre peuple et contrebalancer les pires décisions du Haut-Prêtre. Il a agi avec les meilleures intentions, comme nous tous.

— Je vois. Eh bien, si c'est vraiment le cas, je lui demande pardon, répondit Aguila. (Mais Cygnus eut l'impression que la prudence, plutôt que la conviction, lui dictait ces paroles.) Vous devez cependant comprendre qu'en tant que protecteur de la reine, il est de mon devoir de poser ces questions. Malgré tout, je reconnais qu'il y a du vrai dans ce que vous dites. Je ne vois pas non plus ce que nous aurions à gagner en envoyant nos guerriers prendre part à une guerre étrangère alors que nous devrions consolider notre position, ici, en Aerillia. Je me joindrai à vous afin de conseiller la reine Raven en ce sens.

Seul un grand contrôle de lui-même parvint à empêcher Cygnus de réprimer un soupir de soulagement.

— Tant mieux, dit-il. Je vous suis reconnaissant de votre coopération à tous les trois. Je suggère que nous présentions nos doléances à la reine dès demain.

Ça ne peut pas durer, c'est impossible, songea Raven. *Mais par Yinze, tant que ça dure, quelle merveille à contempler !* La jeune Ailée, désormais reine du peuple du Ciel, quitta le courant ascendant au sein duquel elle tournoyait et descendit en direction des pentes inférieures du pic d'Aerillia. *Les gens peuvent dire ce qu'ils veulent, j'aurai au moins accompli un miracle pendant mon règne, aussi court soit-il.*

Là, sur les terrasses creusées à la main sous la citadelle du peuple du Ciel, de grands travaux agricoles étaient en cours, et tous les Ailés capables d'y participer avaient été mobilisés, depuis les anciens au plumage dépenaillé jusqu'aux plus petits oisillons. Raven contempla avec fierté son peuple occupé à nettoyer, labourer et planter, et elle sentit son regard de rapace se brouiller de larmes de reconnaissance et de soulagement. *Ce sont les Mages qu'il faut remercier pour ça,* se dit-elle. *Aurian et Anvar. Même si je les ai trahis, ils sont quand même venus m'aider avec tant de générosité !*

Raven frémit intérieurement au souvenir de ses folles actions récentes. Elle avait bien failli provoquer leur perte à tous. *Comment ai-je pu me laisser duper à ce point par les ennemis d'Aurian, et les miens ?* se demanda-t-elle. *Comme j'ai été crédule.* Aurian lui avait peut-être pardonné, mais la jeune reine du peuple du Ciel ne pourrait jamais se le pardonner à elle-même, ce qui la culpabilisait plus encore quant à la nouvelle qu'elle devait à présent annoncer aux Mages.

— Ohé, Raven !

La jeune Ailée décrivit un brusque virage en direction du cri et aperçut Aurian en contrebas, Anvar à ses côtés. La Mage agitait la main, perchée sur un talus au bout d'une rangée de vigne. Raven se mordit la lèvre, et son estomac se noua à cause de l'anxiété. Ils n'allaient pas du tout aimer la nouvelle, mais il fallait bien qu'elle la leur annonce. Repliant ses ailes, elle atterrit près des Mages et s'empressa de s'excuser à cause du nuage de poussière qu'elle leur envoya au visage.

Aurian toussa et s'essuya les yeux sur sa manche.

— Je vois que tu atterris toujours en douceur, fit-elle remarquer sèchement.

— Tu as raison, reconnut Raven. Ma mère disait toujours...

Ses traits se tordirent en une grimace de douleur.

— N'y pense plus. (Aurian posa ses mains sur les épaules de la jeune Ailée.) Tu ne peux pas changer le passé, Raven. Tu t'es repentie et, mieux encore, tu as appris de tes erreurs. Maintenant, tu fais de ton mieux pour réparer les choses. Tu as promis de nous aider dans notre combat, et tes guerriers ailés feront la différence, même si je sais combien il est difficile pour toi de t'en séparer maintenant, juste au moment où tu as tant à faire dans ton propre royaume.

Raven fut incapable de regarder les Mages dans les yeux.

— C'est justement ça, le problème, marmonna-t-elle. Je... (Il n'y avait aucun moyen d'annoncer ça avec douceur.) Aurian, ils ne viendront pas, lâcha-t-elle. J'ai passé la matinée enfermée avec ce qui reste de la garde du temple et les officiers de la garde royale et de la Syntagma, notre armée. Tous disent la même chose, que c'est insensé de laisser nos terres sans protection quand nous n'avons jamais été si vulnérables. Ils prétendent aussi que, depuis l'époque du Cataclysme, les Sorciers n'ont rien fait pour gagner notre amitié.

— Ils ont dit ça ? s'écria Anvar, son regard bleu devenu glacial sous le coup de la colère. (Il balaya de la main les terrasses verdoyantes accrochées à flanc de montagne.) Et ça, ce n'est rien pour eux ? s'exclama-t-il, furieux. Tout le travail qu'a fourni Aurian pour empêcher ces salopards ingrats de mourir de faim ? Et Serre-Noire, alors ? Sans moi, tu n'aurais même pas de royaume…

— Mais je n'en ai pas non plus sans l'appui des guerriers ! protesta Raven. Ils se sont montrés très clairs à ce sujet, ajouta-t-elle plus bas dans le silence choqué qui s'ensuivit. C'est Elster qui m'a prévenue. En dépit de sa cruauté, Serre-Noire avait de nombreux partisans, surtout parmi les militaires, parce qu'il leur faisait croire qu'il allait rendre aux Ailés leur ancienne suprématie et le respect des autres peuples. Comment aurait-il pu réussir comme il l'a fait, sinon ? (Sa voix se teinta d'amertume.) Sa seule erreur fut de tuer ma mère. Même pour ceux dont la loyauté lui était acquise, c'en fut trop. Pourtant, encore maintenant, il y en a en Aerillia qui disent que le retour du printemps n'a rien à voir avec Anvar, que c'est Serre-Noire qui a mis fin à l'hiver comme il l'avait promis, au prix de sa propre vie.

— Mais c'est scandaleux ! (Aurian avait l'air renfrogné.) Tu sais, j'avais bien cru déceler de l'hostilité chez certains en travaillant sur les terrasses. Mais je mettais simplement ça sur le compte de la méfiance que leur inspire forcément un Sorcier. Qui a répandu ces rumeurs ridicules ? Comment les gens peuvent-ils y croire ?

— Si seulement je connaissais le responsable, soupira Raven. À cause de ce qui s'est passé avec Harihn, mon emprise sur le peuple du Ciel est pour le moins ténue, et ça me met très mal à l'aise d'avoir un ennemi secret qui répand un tel poison derrière mon dos. Votre travail désintéressé sur nos récoltes a renforcé ma position, mais...

— Mais ça ne suffit pas, conclut Anvar d'un air sombre.

Raven acquiesça.

— Et il n'y a pas que ça... (Elle leva les yeux vers Anvar en implorant sa compréhension du regard.) La découverte de la Harpe a provoqué un grand ressentiment. Les gens croient qu'Anvar n'avait pas le droit de se l'approprier. Ce matin encore, Plume-de-Soleil, le Maréchal-Ailé de la Syntagma, a dit qu'elle devait être rendue à ses gardiens légitimes : les hommes du Ciel. L'espoir de retrouver nos pouvoirs magiques depuis longtemps perdus est un appât dangereux et puissant. Avec tout ce ressentiment qui grandit, il n'est peut-être plus très sûr pour vous de rester ici...

— Bon sang, Raven, si nous sommes restés si longtemps en Aerillia, c'est uniquement pour aider ton peuple, protesta Anvar avec emportement.

Mais Aurian le fit taire d'un signe de tête.

— Il est temps qu'on s'en aille, de toute façon, dit-elle calmement. (Seule la froide lueur grise au fond de son regard trahissait sa colère.) Loin de t'aider à établir ton autorité, Raven, je crois que notre présence ne fait qu'aggraver les choses. En plus, il nous faut vraiment reprendre la route du Nord. Peux-tu encore t'arranger pour nous faire transporter jusqu'à la forteresse des Xandims ?

— Je vous dois bien ça – et plus encore. (Les larmes brouillèrent la vue de Raven.) Tu m'as rendu la capacité de voler… (Elle prit une profonde inspiration en s'efforçant de retrouver le contrôle de ses émotions.) Mon peuple me fait honte, Aurian, mais je me ferai pardonner ma trahison, je te le promets. Je ferai tout ce qui est en mon pouvoir pour arranger les choses. Certains Ailés me sont encore fidèles, ils serviront de porteurs et de messagers jusqu'à ce que vous retraversiez l'océan. Je vais tout de suite m'en occuper.

Trop honteuse pour en dire davantage, elle s'élança de nouveau dans les airs en direction des flèches ensoleillées de la citadelle.

D'un air froid et indéchiffrable, Anvar regarda Raven s'éloigner. Il ne pouvait contenir plus longtemps l'immense colère qui lui tordait les entrailles. Remarquant son expression, Aurian haussa les sourcils d'un air interrogateur.

— Elle te trouble toujours autant ? Après tout, tu ne peux guère lui en vouloir cette fois-ci, ce n'est pas sa faute.

Anvar inspira profondément pour se calmer.

— Je ne comprends toujours pas comment tu as réussi à lui pardonner, répondit-il d'un ton dur et sans compromission. Après ce qu'elle nous a fait, après ce qui est arrivé à Wolf, comment peux-tu faire comme s'il ne s'était rien passé ? Comment peux-tu être aussi calme ?

La Harpe des Vents, attachée comme toujours dans le dos du Mage, commença à résonner de manière discordante, s'accordant à son humeur coléreuse, et Anvar s'empressa de la faire taire, non sans effort. Comme Aurian lors des premiers jours où elle avait recréé le Bâton de la Terre, il ne maîtrisait pas encore parfaitement le puissant Artefact.

Sa compagne, qui jusque-là avait les coudes appuyés sur le muret en pierres sèches et croulantes, le menton dans les mains, se retourna pour le regarder.

— Anvar, ne sois donc pas aussi prompt à la juger. Raven, au moins, n'a tué personne. Oh, elle a certes précipité des événements qui ont causé des morts, mais c'est parce qu'elle s'est fait manipuler. Sa jeunesse et son inexpérience l'ont poussée à faire confiance à de mauvaises personnes, et c'est là son plus grand crime.

Anvar secoua la tête en signe de dénégation.

— D'accord, elle s'est fait berner. Mais ça ne change rien au fait qu'elle nous a trahis !

— C'est vrai. (Aurian détourna le regard.) Mais je me souviens d'une jeune fille, il n'y a pas si longtemps, qui faisait confiance à l'Archimage, et qui…

— Aurian, ce n'est pas la même chose !

— Oh, vraiment ? répliqua la Mage, les lèvres pincées. Vu comme il méprisait les Mortels de Nexis, n'aurais-je pas dû comprendre qui il était ? Vu comme il t'a traité, n'aurais-je pas dû reconnaître qu'il était maléfique ? Quand il a essayé de me forcer à coucher avec lui, n'aurais-je pas dû regarder la vérité en face ?

Dans le silence de son esprit, Anvar compléta ce discours par les paroles qu'elle ne voulut pas prononcer : *Et si j'avais ouvert les yeux, Forral ne serait peut-être pas mort...*

— Ce n'était pas ta faute, répondit-il d'un air obstiné.

— Exactement ! s'exclama Aurian d'un air triomphant. C'est toi qui me l'as fait comprendre, et pourtant il n'y a guère de différence entre l'histoire de Raven et la mienne – sans parler de la tienne.

— Comment ? souffla Anvar, choqué.

Aurian lui prit la main.

— Réfléchis, mon amour. Repense au jeune homme qui aimait tant une jeune fille qu'il était prêt à tout lui sacrifier, même si elle voulait sa mort et l'a abandonné pour épouser, d'abord un riche marchand, et ensuite un roi puissant.

Anvar recula comme si elle l'avait giflé. Le fol aveuglement de son amour pour Sara n'était pas un sujet sur lequel il aimait s'attarder.

— Je..., commença-t-il à protester.

Mais il n'existait aucune riposte à cette attaque. Anvar sentit ses joues s'empourprer. Elle avait raison, même si ça lui faisait mal de l'admettre. Brusquement, il commença à voir la jeune Ailée sous un nouveau jour. De son côté, Aurian lui serra la main pour s'excuser.

— Raven a changé, ajouta-t-elle doucement. Elle a grandi – tout comme nous. Elle sait à quoi s'en tenir à présent. Elle a appris à ses dépens, comme nous deux. Ne mérite-t-elle pas une chance de se racheter ?

Anvar soupira.

— Je comprends. Mais, Aurian, tu arrives à lui faire confiance ? Comment être sûr qu'elle n'a pas elle-même lancé ces rumeurs afin de se débarrasser de nous ? T'es-tu jamais demandé si elle ne voulait pas la Harpe pour elle ?

Aurian haussa les épaules.

— Je ne lui fais pas entièrement confiance, ce serait stupide de ma part de la croire sur parole. Mais, pour le moment, je suis prête à lui laisser le bénéfice du doute. Si la situation est aussi précaire qu'elle le prétend, alors Raven a plus que sa part d'ennuis.

Anvar enfonça le bout de sa botte dans la terre fraîchement retournée.

— Eh bien, qu'elle les garde. En ce qui me concerne, je trouve les Ailés aussi arrogants, ingrats et peu dignes de confiance que le prétendent les légendes. Ils n'ont qu'à rester ici à se chamailler entre eux jusqu'à ce que le soleil devienne froid, pour ce que j'en ai à faire… (Puis ses yeux se mirent à lancer des éclairs.) Mais, si l'un d'entre eux essaie de me prendre la Harpe, il regrettera d'être né.

Aurian le serra contre elle.

— S'ils sont assez stupides pour tenter quelque chose, il leur faudra également m'affronter ! (Fronçant les sourcils, elle chassa les Ailés de ses pensées avec un haussement d'épaules.) Nous avons fait tout ce que nous pouvons pour les citoyens d'Aerillia. Il est temps de se préparer au départ. Nos alliés ne doivent plus être très loin de la forteresse des Xandims désormais.

Raven, qui se délectait dans le battement puissant de ses ailes récemment guéries, approcha de son palais perché en haut du pic et contempla la forêt étincelante de tours, de dômes et de flèches avec un mélange de fierté et de tristesse. Elle était reine à présent ; tout cela lui appartenait, tout comme les fardeaux et les responsabilités qui allaient avec, se rappela-t-elle avec sévérité. De nouveau, elle eut honte de son peuple. Le règne maléfique de Serre-Noire avait pris fin, et l'hiver surnaturel qui avait tué tant de gens en Aerillia avait été chassé, mais à quel prix ? Tristement, Raven regarda en direction de la coquille détruite du temple de Yinze. Certes, l'édifice avait toujours été hideux, mais combien de connaissances irremplaçables avaient été perdues, enfouies sous ces gravats ?

La jeune Ailée porta son regard en contrebas, vers la grande cicatrice qui s'ouvrait à flanc de montagne, à l'endroit où la tour du Haut-Prêtre s'était effondrée en emportant avec elle dans les ténèbres tant de vies et d'habitations. Raven regarda ensuite en direction de la tour de la Reine, sa destination – et l'endroit où sa mère avait trouvé une mort douloureuse et tourmentée. L'influence de Serre-Noire se faisait encore sentir et il faudrait longtemps avant que cet héritage maléfique se dissipe, si jamais il se dissipait un jour. Raven soupira puis, prenant exemple sur l'inflexible Aurian, redressa fièrement le menton. Qu'il en soit ainsi. Rien ne pourrait annuler ces sacrifices – or, Aile-de-Feu, sa mère, lui avait souvent dit qu'aucun sacrifice n'était vain s'il servait en fin de compte à assurer le bien-être du peuple. En tant que reine, Raven savait qu'il était de sa seule responsabilité de faire en sorte que ce soit le cas. Par Yinze, elle avait bien l'intention de relever le défi.

— Votre Majesté, Votre Majesté ! Je vous en prie… !

La voix aiguë et flûtée qui sortit la reine du peuple du Ciel de ses augustes pensées laissa place à un petit cri d'effroi et aux vociférations enragées d'un garde du palais. Raven décrocha pour sortir du courant qui la portait et fit un virage sur l'aile pour découvrir la cause de tout ce tapage. Surprise, elle écarquilla les yeux en découvrant, sur le balcon d'une tour voisine, une enfant mince aux ailes brunes fermement tenue par un garde renfrogné. La petite se débattait en criant des injures qu'aucun enfant ne devrait connaître. Raven sourit malgré elle au souvenir de sa propre enfance rebelle. Mettant momentanément de côté ses propres ennuis, Raven se composa un masque de dignité royale et fondit sur la tour pour interroger la petite intruse.

— Lâche-moi ! Sale charognard tout juste bon à dévorer la chair d'un cadavre en putréfaction ! Lâche…

Ces paroles indignées se terminèrent par des pleurs lorsque le garde gifla sa prisonnière. Raven jugea bon d'intervenir avant que les choses se gâtent encore davantage.

— Bonté divine, qui t'a appris un langage pareil ?

L'enfant, trop occupée à crier pour remarquer l'arrivée de la reine, tourna brusquement la tête et arrondit la bouche en un oh de surprise qui laissa rapidement la place à une expression horrifiée.

— Votre Majesté ! souffla-t-elle avant de se débattre désespérément entre les mains de son geôlier pour essayer de faire une révérence.

Raven réprima la tendre envie de remettre de l'ordre dans les boucles brunes emmêlées de la petite et demanda d'une voix sévère :

— Que signifie ceci ? Pourquoi t'es-tu introduite dans l'enceinte du palais ?

— Je l'ai déjà attrapée tout à l'heure, Votre Majesté, intervint le garde. Cette petite misérable essayait de se glisser en douce dans la salle du trône. Elle a voulu me faire gober un tas de sornettes au sujet d'un message urgent qu'elle devait vous délivrer. Je l'ai chassée, mais elle a dû revenir sournoisement…

— Silence ! ordonna sèchement Raven. Sommes-nous encore sous le joug du tyran pour que vous traitiez une enfant de manière aussi brutale ? Lâchez-la, pour l'amour de Yinze. Si elle a un message pour moi, elle ne risque guère de s'envoler. (Elle se tourna à nouveau vers la petite.) Dis-moi, enfant, comment tu t'appelles ? Et quel message apportes-tu à la reine ?

L'enfant, libérée de la poigne du garde, lissa sa tunique dans un effort désespéré pour retrouver sa dignité, puis elle baissa une nouvelle fois les ailes pour saluer sa reine.

— Merci, Votre Majesté, dit-elle d'une voix haut perchée. Je m'appelle Linotte. Et je vous apporte un message – très important – de la panthère Hreeza.

— Tu es donc la courageuse fillette qui lui a sauvé la vie ! s'exclama Raven.

Elle avait été stupéfaite d'apprendre qu'un des siens – et un enfant, qui plus est – savait communiquer mentalement avec les grands félins. Elle avait certes eu l'intention de se renseigner davantage à ce sujet, mais… Raven chassa ces pensées avec un haussement d'épaules impatient. Au moins, l'enfant se trouvait devant elle à présent.

— Quel est donc ce message ?

Linotte lança un regard noir au garde.

— Elle a dit que c'était une affaire privée.

La reine éclata de rire.

— Dans ce cas, suis-moi, petite. Nous allons nous retirer dans mes appartements et voir si nous pouvons y trouver des rafraîchissements dignes d'un messager.

— Elle a dit quoi ?

Linotte frémit devant la violence du ton de la reine. Cette maudite panthère lui avait-elle attiré de nouveaux ennuis ? Allait-elle être chassée hors de ces confortables appartements royaux et plongée dans la disgrâce ? *J'ai dit à Hreeza que c'était une idée complètement loufoque,* pensa-t-elle avec un certain ressentiment. Linotte prit alors une énorme bouchée du délicieux gâteau qu'elle tenait dans la main – il était si bon, autant en profiter avant qu'on la jette dehors. Mais, bien entendu, elle ne réussit qu'à s'étouffer avec.

Le temps que la reine finisse de lui taper dans le dos et lui donne un verre d'eau, Linotte oublia la question d'origine. Elle rougit de honte lorsque la reine Raven répéta :

— Maintenant, répète-moi encore une fois tout ce que Hreeza a dit exactement.

— Elle a dit qu'elle avait une demande urgente à vous faire. (Concentrée, Linotte plissa le front en s'efforçant de se rappeler les termes exacts.) Elle demande si vous voulez bien attendre que les autres s'en aillent, les Mages et les félins, et ensuite lui fournir des porteurs pour la ramener chez elle sur les terres de son peuple.

— Mais, au nom de Yinze, pourquoi ? (La reine, les sourcils froncés, semblait avoir oublié, dans sa consternation, qu'elle s'adressait à une enfant.) Shia m'a dit qu'elle et son amie avaient été bannies de leurs terres et qu'elles ne pouvaient y retourner sous peine d'y être exécutées...

— C'est pourquoi il faut que ça reste secret, expliqua Linotte. Si les autres le découvrent, ils s'inquiéteront et ils ne la laisseront pas s'en aller. Hreeza a dit que sa reine était mauvaise, pas comme vous, s'empressa d'ajouter l'enfant en rougissant de cette bévue, et que, si personne ne fait rien, elle restera toujours une ennemie dans le dos d'Aurian. Mais Hreeza a un plan, un plan merveilleux, et, si elle peut juste retourner là-bas rapidement...

— Attends, attends ! (La reine leva la main pour réclamer le silence.) Linotte, tu ferais bien de m'accompagner pour parler à Hreeza. Si tu peux traduire pour nous deux, j'aimerais bien l'entendre parler de ce plan. Que diraient les Mages, s'ils savaient...

Linotte sentit un poids quitter ses épaules. Oubliant, dans son soulagement, le rang de sa compagne, elle fit aussitôt le tour de la table pour prendre la main de Raven.

— Allons-y maintenant, dit-elle d'un air excité. Moi, je n'ai pas tout compris, mais je suis sûre que vous, ça vous paraîtra limpide. Et Hreeza est très sage, alors c'est sûrement un superplan.

Tandis que la fillette excitée l'entraînait hors de la pièce, Raven leva les yeux au ciel.

— Cela vaudrait mieux, marmonna-t-elle pour elle-même, sinon Aurian et Shia me tueront.

6

L'ORAGE ÉCLATE

Le petit groupe de cavaliers xandims n'était plus qu'à quelques jours de sa destination, et l'excitation montait parmi eux à mesure qu'ils se rapprochaient de leur territoire. Ils se trouvaient assez haut à présent dans la grande chaîne de montagnes et attendaient avec impatience le moment où ils pourraient balayer du regard le toit du monde et apercevoir la silhouette familière de leur sommet sacré, le pic du Wyndveil, scintillant comme une promesse dans le lointain.

Tout le monde était de bonne humeur autour du feu de camp ce soir-là, et l'on devisait et riait bruyamment tandis que la bouteille d'hydromel passait de main en main et faisait plusieurs fois le tour du groupe. La jeune fille xandim s'éloigna furtivement de la foule des guerriers qui s'étaient tous entassés dans le cercle illuminé par le feu. Après tant de mois de quasi-solitude, Iscalda se sentait parfois presque agressée par la présence de tous ces gens, et elle désirait être seule un moment, en paix dans l'immensité silencieuse de la nuit. À petits pas furtifs, elle passa à côté des sentinelles et s'aventura un peu au-delà de la lueur des flammes, jusqu'à ce que le doux bourdonnement des voix s'éteigne et que les étoiles au-dessus d'elle retrouvent tout leur éclat.

Iscalda défit la tresse qui retenait ses cheveux de lin et écarta les pans de sa cape afin de laisser le vent qui descendait en tourbillonnant des pics enneigés lui caresser les bras de ses doigts de glace et lui donner la chair de poule. Elle frissonna de plaisir en savourant la sensation d'être à nouveau faite de chair humaine. Pour elle, ce voyage à travers les montagnes jusqu'à sa terre natale s'était transformé en une merveilleuse expérience de redécouverte. Elle avait été si longtemps piégée sous sa forme équine qu'elle en avait presque oublié des sensations aussi simples que la douce caresse du lin et le contact rêche de la laine sur sa peau, ou la saveur des plats chauds dans sa bouche et le poids subtil d'une cape en cuir sur ses épaules, sans oublier la chaleur réjouissante de bras forts autour d'elle et le ravissement d'un éclat de rire partagé entre amis. Les visions, les sons, les odeurs, les émotions, tout ressemblait à de nouvelles expériences exaltantes, vécues comme pour la première fois. Ces derniers jours, Iscalda avait eu l'impression d'être à nouveau une enfant, courant partout, pleine d'attentes et d'excitation à l'aube du monde.

— Dame, ne souffrez-vous pas du froid ?

Iscalda sursauta en entendant cette voix douce s'élever derrière elle. Faisant volte-face, elle se retrouva nez à nez avec Yazour. Il était la dernière personne qu'elle s'attendait à voir, d'autant qu'il s'exprimait dans la langue des Xandims. Au cours du voyage, elle s'était surtout occupée de renouveler de vieilles amitiés parmi son propre peuple, si bien qu'elle en avait oublié que Chiamh l'Œil-du-Vent avait tissé un sortilège de communication autour des étrangers afin qu'ils puissent tous se comprendre. Poussant une exclamation de surprise, elle s'empressa de reculer d'un pas et ramena les pans de sa cape sur sa poitrine.

Le jeune guerrier inclina la tête pour s'excuser.

— Je ne voulais pas vous faire peur.

— Vraiment ? fit Iscalda d'une voix douce. Vous vous êtes approché à pas de velours comme un Noir Fantôme des montagnes, et votre voix a soudain surgi des ténèbres. À quoi vous attendiez-vous donc ?

Yazour éclata de rire.

— Vous marquez un point. Je voulais simplement expliquer que je ne suis pas venu ici dans l'intention de vous surprendre. En fait, j'ai quitté le feu de camp pour satisfaire un besoin pressant des plus triviaux et je m'apprêtais à retourner auprès des autres quand je vous ai aperçue ici, seule dans l'obscurité. (Il hésita.) Dame, je dois avouer que c'est la curiosité qui m'a poussé vers vous. Depuis notre sauvetage, nous n'avons pas eu l'occasion de parler en privé tous les deux et…

— Et ? insista Iscalda d'une voix tendue, car elle savait déjà où cette conversation allait les mener. (D'ailleurs, voyant qu'il ne répondait pas, elle poursuivit pour lui :) Vous vous êtes rappelé ce que j'étais lors de notre première rencontre et vous vouliez savoir si, en tant que femme, je possède toujours les instincts d'un vulgaire animal, à savoir si je suis à la disposition du premier homme qui passe...

— Non ! protesta Yazour. Dame, vous vous méprenez. Je me demandais simplement comment il est possible que le plus beau cheval que j'aie jamais contemplé ait pu se métamorphoser, comme par magie, en une aussi belle jeune femme. Je souhaite comprendre la nature de votre race, mais, lorsque vos guerriers bavardent entre eux autour du feu de camp, quelque chose – la peur de les offenser, peut-être – me retient toujours de poser la question, d'autant que nos deux peuples sont ennemis depuis longtemps. Malgré tout, j'ai l'impression que, à cause de ces longues journées que nous avons passées ensemble enfermés dans la grotte, il existe une certaine camaraderie entre vous et moi. Je sais que vos pensées, alors, n'étaient pas celles d'un simple animal. La nuit où vous m'avez conduit à la tour, vous compreniez l'urgence de la situation, et, quand je vous ai vue ce soir, je me suis dit que vous, entre tous, pourriez de nouveau me comprendre et pardonner l'offense qu'un étranger, ancien ennemi de votre peuple, pourrait causer avec ses questions curieuses.

Ces paroles adoucirent et surprirent Iscalda.

— Dans un certain sens, vous avez eu raison de ne pas demander aux guerriers, reconnut-elle. Autrefois, vos questions, et même votre seule présence sur nos terres, auraient amené votre exécution immédiate. Cependant, vous n'êtes pas un ennemi à mes yeux, Yazour. Et, si ce que raconte Chiamh est vrai, si notre peuple va bientôt s'en aller à la guerre, alors le secret de notre double nature, que les Xandims protègent si jalousement depuis longtemps, n'en sera bientôt plus un pour personne. (Elle lui sourit.) Demandez donc, Yazour, je vais essayer de satisfaire votre curiosité.

Le jeune guerrier écarta les mains en signe d'impuissance.

— Je ne sais guère par où commencer, avoua-t-il. Je... En fait, il y a une chose qui m'intrigue...

Iscalda rit à son tour.

— Vous voulez savoir ce que deviennent nos vêtements lorsqu'on se métamorphose ? (Malgré la pénombre, elle vit qu'il rougissait, si bien qu'elle poursuivit rapidement, pour le tirer d'embarras :) Les habits semblent simplement faire partie de nous et se modifient comme nous – peut-être en crin de cheval, qui sait ? Vous devriez essayer de poser la question à l'Œil-du-Vent. Le cuir, la laine, le lin, les lanières, les boutons en corne ou en os, tout ce qui était autrefois matière vivante se métamorphose en même temps que nous. Les armes, les boucles de ceinture et les bijoux en métal ou en pierre polie demeurent les mêmes, quant à eux. Si nous souhaitons les emporter avec nous, nous devons les confier à l'un des nôtres qui reste sous sa forme humaine. Ce n'est pas toujours très pratique, mais au moins les vêtements sont toujours là quand nous reprenons notre forme humaine, et c'est le plus important.

Yazour sourit.

— Compte tenu du climat barbare des montagnes, dame, je ne peux qu'être d'accord avec vous.

Iscalda avait de fait remarqué que le jeune homme semblait avoir besoin de davantage d'habits que son peuple pour se protéger du froid, et pourtant il semblait constamment frissonner. Chiamh lui avait dit que le soleil était plus chaud à l'endroit d'où venait Yazour, mais elle avait du mal à l'imaginer. Cependant, elle n'eut pas l'occasion de satisfaire sa curiosité à ce sujet, car il se remit à parler :

— Comment votre peuple a-t-il acquis ce don, dame ? Quelle est son histoire ?

Ce fut au tour d'Iscalda de hausser les épaules.

— Cela, je ne peux vous le dire. Personne ne sait d'où nous venons, ni comment ça se fait que nous soyons tels que nous sommes. Même l'Œil-du-Vent l'ignore. On dirait que nous avons toujours été ainsi et que nous le resterons.

— Et cependant, vous saviez que vous étiez différents des autres peuples, fit remarquer Yazour d'un air songeur.

— Je le crois, acquiesça la jeune femme. C'est pourquoi nous avons tenu secrète notre capacité à changer de forme. Pardonnez-moi, Yazour, mais votre peuple, les Khazalims, a toujours été connu pour sa tendance à réduire les autres races en esclavage. Imaginez quels esclaves utiles nous ferions, nous les Xandims, si la vérité venait à être connue !

— Personne ne vous réduira en esclavage, dame ! (La véhémence de cette réponse surprit Iscalda.) Le secret des Xandims sera toujours en sécurité avec moi, ajouta Yazour d'un ton plus calme. Même si je voulais qu'il en soit autrement, j'ai été banni des terres des Khazalims et ne puis y retourner sous peine de mort. Je ne dois plus rien au Khisu, mon serment d'allégeance ne tient plus.

Iscalda sentit son cœur se serrer par pitié pour le jeune guerrier. Elle aussi avait connu l'exil et elle n'imaginait que trop bien l'amertume et le sentiment de perte qu'il devait éprouver. Elle se mordit la lèvre.

— Vous savez, n'est-ce pas, dit-elle presque à voix basse, que, même si vous le souhaitiez, vous ne pourrez jamais retourner dans votre royaume à présent que vous connaissez notre secret ? On ne vous le permettra pas.

Yazour acquiesça d'un air grave.

— Je m'en doutais. Mais ça ne fait aucune différence. Mes pas me guident vers le nord à présent. Là où Aurian et Anvar s'en iront, j'irai aussi, et, si je survis à ce conflit qui s'annonce, eh bien… (Il haussa les épaules.) Nous verrons. Mais je peux vous promettre une chose. Je ne reverrai jamais le pays de ma naissance.

— Jamais ? (Iscalda soupira par compassion pour le jeune guerrier.) Cela semble bien cruel comme destin…

— Iscalda ! Que fais-tu là, hors de la zone surveillée par les sentinelles ?

La jeune femme reconnut la silhouette familière de Schiannath qui se découpait sur la lointaine lueur des flammes.

— Au moins, tu as eu le bon sens de ne pas t'éloigner toute seule, ajouta-t-il.

Mais, lorsqu'il se rapprocha et découvrit l'identité de son compagnon, Iscalda entendit le doute se glisser dans la voix de son frère. Elle s'empressa de défendre Yazour.

— Ne me traite pas comme une enfant, Schiannath, répliqua-t-elle d'une voix plus dure qu'elle ne souhaitait, si bien qu'elle s'efforça d'adopter un ton plus conciliant. Je sais que personne ne devrait rester seul et sans protection, cher frère, mais, après notre longue période d'isolement, je me sens parfois agressée par la présence de tous ces gens. Je suis partie en douce pour être seule sous les étoiles, mais Yazour m'a vue et il est du même avis que toi. Quand il m'a trouvée seule ici, il a gentiment accepté de me tenir compagnie.

— C'est vrai, renchérit Yazour. Mais en vérité, Schiannath, j'étais également ravi d'avoir enfin l'occasion de faire connaissance avec ta sœur sous sa forme humaine.

Schiannath se glissa entre eux et passa un bras en travers de leurs épaules. Il avait l'haleine chargée de l'odeur de miel de l'hydromel et, lorsqu'il fit peser tout son poids sur les épaules de sa sœur, celle-ci comprit qu'il avait dû beaucoup boire de ces flasques que portait – ostensiblement – chaque guerrier xandim en cas d'urgence.

— Tu m'as mal compris, ma sœur, lui dit-il d'une voix légèrement pâteuse. En ce qui me concerne, Yazour n'est pas un ennemi. Il reste un étranger, certes, mais n'est-ce pas la déesse elle-même qui m'a ordonné de devenir son ami ?

— Comment ?

C'était la première fois qu'Iscalda entendait parler d'une chose pareille. Elle se rappelait vaguement avoir rencontré le grand félin dans le col – la jument en elle se souvenait de la terreur, du sang et de la rage, ainsi que du besoin enfoui mais instinctif de défendre à tout prix son frère chéri contre les griffes du prédateur. Elle se rappelait également Yazour sous forme d'un corps sombre, immobile et recroquevillé dont la vie en s'échappant tachait de rouge la neige glacée.

Son frère lui expliqua alors comment, dans le col au-delà de la tour d'Incondor, la déesse Iriana elle-même, sous la forme d'un des grands Fantômes Noirs de leurs montagnes natales, lui avait ordonné de secourir le guerrier blessé et de devenir son ami. Iscalda écouta cette histoire avec une incrédulité grandissante, jusqu'à ce qu'elle aperçoive du coin de l'œil la bouche de Yazour qui tremblait comme pour réprimer un sourire. La déesse, tu parles ! Le jeune guerrier en savait plus qu'il ne voulait bien le dire – ou en tout cas il soupçonnait quelque chose – et Iscalda avait bien l'intention de découvrir le fin mot de l'affaire, mais pas maintenant.

— Alors, tu vois, conclut Schiannath, je fais entièrement confiance à Yazour. Au début, je me suis approché de lui parce qu'on me l'avait demandé, mais ensuite il a fini par gagner mon respect. Seulement, il en va autrement pour les autres Xandims.

Sur ce, Iscalda accorda de nouveau toute son attention à son frère.

— Qu'ont-ils à voir là-dedans ?

— Ils me considèrent comme un étranger et, par conséquent, se méfient de moi, répondit Yazour d'une voix que l'hostilité rendait agressive.

— Exactement, Yazour. (Schiannath hocha la tête.) Ils ne savent pas ce qui t'a amené à faire partie de notre groupe. Or, pourquoi iraient-ils nous croire, moi et ma sœur, alors que nous venons seulement d'être réintégrés parmi les Xandims, et ce en des circonstances extrêmement inhabituelles ?

Iscalda dévisagea son frère avec les yeux plissés. De toute évidence, il n'était pas si ivre qu'elle l'avait cru. En dépit de l'absence de lumière, il la regarda au fond des yeux.

— Cependant, il existe une autre complication, Iscalda, que tu n'as pas encore envisagée.

— Laquelle ? s'inquiéta brusquement la jeune Xandim.

Schiannath soupira.

— Tes fiançailles avec Phalihas.

— Sornettes ! répliqua sèchement Iscalda. (Mais sa colère n'était pas dirigée contre son frère chéri. Elle provenait plutôt d'une peur soudaine et paralysante.) Le seigneur de la Horde a été vaincu, protesta-t-elle encore. Schiannath, tu sais que je n'ai accepté ces fiançailles que dans l'espoir que j'aurais suffisamment d'influence pour te protéger. Mais regarde où cela nous a menés tous les deux. Heureusement, Phalihas a été vaincu. Son règne a pris fin, et sa puissance avec. L'Œil-du-Vent ne lui permettrait pas…

— L'Œil-du-Vent ne peut l'en empêcher, l'interrompit Schiannath d'un ton lourd. Je viens juste d'en parler avec Chiamh et je voulais t'annoncer moi-même la triste nouvelle. Iscalda, selon la loi xandim, tu étais fiancée à Phalihas. Ces fiançailles étaient nulles et non avenues à cause de ton exil, mais, maintenant que tu as été réintégrée au sein de la tribu, l'accord tient toujours. Si l'Œil-du-Vent venait à lui rendre sa forme humaine – et comment pourrait-il le lui refuser ? Tu sais mieux que quiconque ce qu'il en coûte d'être condamné à rester prisonnier de sa forme animale –, alors tu appartiendrais de nouveau à Phalihas, comme avant.

— *Ne viendra-t-il donc jamais ?* marmonna Basileus avec irritation.

Ne parvenant pas à trouver la paix de l'esprit au sein du grand pic montagneux qui enfermait son corps, le Moldan montait la garde dans l'attente du retour de Chiamh, l'Œil-du-Vent des Xandims. Pour la première fois depuis une éternité, le gigantesque élémentaire de la Terre avait du mal à garder patience, car cela faisait plusieurs siècles qu'il n'avait pas vécu des moments aussi importants.

Le monde s'apprêtait à changer et l'histoire suivait inlassablement son cours vers l'avènement d'un nouvel âge. Les anciens Artefacts du Pouvoir se réveillaient peu à peu, et trois d'entre eux avaient déjà refait surface en ce monde. Les Mages étaient de nouveau en guerre, et l'avenir restait suspendu dans la balance en attendant la découverte du dernier Artefact, l'Épée de Feu, l'arme surpuissante forgée voilà si longtemps par le peuple dragon, qui avait le don de prévoir l'avenir et avait laissé l'épée au monde en gage d'espoir pour le futur. Entre quelles mains l'Épée était-elle destinée à tomber ? se demanda Basileus. La réponse pouvait soit donner un espoir de liberté à Basileus et à tous les autres élémentaires, soit signifier le début de l'esclavage et de l'annihilation ainsi que l'avènement d'un nouvel Âge des Ténèbres.

Les Mages ! Basileus sentit se réveiller en son sein la sourde brûlure de la colère. Bien des âges auparavant, les Sorciers les avaient emprisonnés, lui et les siens, dans ces gangues de roche figée afin de les empêcher d'utiliser les immenses pouvoirs mystérieux et imprévisibles de la Magie Antique pour influencer le destin du monde. Tout espoir de liberté pour les Moldaï et les autres races élémentaires telles que les Phées dépendait des Artefacts du Pouvoir ou, plus précisément, des intentions de ceux qui les brandiraient. Très haut sur les pentes du Wyndveil, les pierres s'entrechoquèrent et les flancs de la montagne tremblèrent tandis que le Moldan laissait libre cours à sa frustration. Tant de choses étaient en jeu, et il ne pouvait quasiment rien faire pour influencer le conflit à venir. Il n'était donc guère surprenant, songea Basileus avec aigreur, qu'il n'arrive pas à trouver le repos.

Le Moldan n'était pas le seul à monter la garde sur le Wyndveil. Si Basileus avait moins écouté ses propres pensées et prêté plus d'attention à ce qui se passait à l'extérieur de son corps, il aurait pu remarquer la présence de la rôdeuse sur ses pentes. Nuit après nuit, tandis que la lune traversait ses phases successives, la folle avait attendu, espionnant la forteresse des Xandims depuis sa cachette dans les rochers qui la surplombaient. Elle savait qu'ils reviendraient, ceux qu'elle cherchait, et de cette position stratégique elle en serait avertie au plus tôt. Le regard fou, le corps ravagé par la faim et transpercé par le froid, Meiriel poursuivait sa veille solitaire, dissimulée dans une faille entre les rochers fissurés par le froid, bien à l'abri des regards curieux des Xandims. Elle ne se nourrissait quasiment que de sa haine et de ce désir de vengeance qui la soutenait depuis si longtemps. Elle s'était trouvé de nouveaux et puissants amis qui l'aideraient à accomplir cette même vengeance. Celle qui avait causé la mort de Finbarr, son âme sœur, serait bientôt là, ainsi que ce satané monstre, cette abomination à moitié mortelle qu'elle avait mise au monde. Aurian était en route et quand elle arriverait... Meiriel fit courir sa langue sur les pointes acérées de ses dents cassées.

— Je lui arracherai le cœur et je boirai son sang, chuchota-t-elle.

Parric était en proie à des sentiments contradictoires lorsque sa petite bande de guerriers xandims s'engagea, sous un mince rideau de pluie, sur la dernière corniche saillante du Wyndveil avant d'atteindre la piste qui menait à leur forteresse. *Qu'est-ce qui ne va pas chez moi, bon sang ?* se demanda le petit maître de cavalerie. Il aurait dû se réjouir de son succès et éprouver un sentiment de triomphe. N'avait-il pas accompli ce pour quoi il avait quitté les terres du Nord ? Son voyage dans les royaumes méridionaux hostiles avait été un pari presque impossible à remporter, et pourtant, contre toute attente, il avait réussi à trouver Aurian...

— Mieux encore, je vais la ramener à la maison avec moi, pour qu'elle se joigne à notre combat contre l'Archimage, marmonna-t-il.

En entendant la voix du maître de cavalerie, le puissant étalon noir qu'il chevauchait pencha les oreilles en avant et tourna la tête pour lancer un regard noir à son ennemi conquérant. Le ressentiment brûlait au fond des yeux bordés de blanc, mais Parric devait reconnaître que cette haine n'était pas totalement injustifiée de la part d'un roi autrefois plein de fierté et désormais soumis à l'humiliation de la captivité et de la servitude. Le petit homme n'oubliait pas, même pour un instant, que sa monture s'appelait Phalihas et qu'il s'agissait d'un métamorphe qui, non seulement avait autrefois forme humaine, mais avait été seigneur de la Horde, le chef des Xandims, avant que, lui, Parric le défie et le vainque, et que Chiamh le piège ainsi sous sa forme équine.

Percevant la distraction de son cavalier, Phalihas essaya de désarçonner Parric avec une série de ruades. Avec force jurons, le maître de cavalerie renforça son assiette et éperonna brutalement le cheval pour l'obliger à aller plus vite. Tant que la bête serait occupée à se choisir un chemin sûr au sein de ce terrain plein d'embûches, elle n'aurait pas l'occasion de lui poser de problème.

Les problèmes. On en revenait toujours à ça.

— Pourquoi est-ce qu'il faut que tout soit aussi compliqué, bon sang ? se lamenta Parric.

Lorsqu'il exerçait son métier à la garnison de Nexis, le maître de cavalerie avait réponse à tout. À l'époque, on ne pouvait guère rivaliser avec ses compétences de soldat. Mais depuis la mort de Forral, son ami et commandant qui avait été tué par l'Archimage corrompu, les fondations de son monde n'avaient cessé de s'écrouler peu à peu. Même Aurian, qu'il était venu secourir de si loin, semblait tellement changée…

Le maître de cavalerie secoua la tête avec consternation, puis s'en voulut de se montrer injuste. *Imbécile,* se dit-il. *Évidemment qu'elle a changé. Après ce que cette pauvre fille a traversé...* Mais il avait justement du mal à se l'imaginer. Il comprenait la trahison, la bataille et la mort, mais, en ce qui concernait la magie, il était complètement perdu. Encore maintenant, il avait du mal à accepter le sort réservé au premier-né d'Aurian – le fils de Forral. Maudit par l'Archimage, il avait pris la forme du premier animal sur lequel sa mère avait posé les yeux après sa naissance, si bien qu'il avait été transformé en bébé loup.

Parric serra les dents pour contenir sa colère et regretta de ne pas avoir Miathan sous la main, à portée de son épée, pour lui faire payer cette atrocité commise contre un enfant innocent, d'autant que ce petit garçon était tout ce qui restait de Forral. Au fond de lui, le maître de cavalerie avait bâti un plan pour prendre soin d'Aurian. Cela aurait été un plaisir, et non un devoir, d'élever le fils de son ami et commandant, et, même s'il n'espérait pas réellement prendre la place du père du garçon, il était en tout cas déterminé à faire de son mieux. Le petit aurait remplacé le fils que, lui, Parric, n'avait jamais eu (du moins à sa connaissance). Mais comment, au nom de tous les dieux, un homme pouvait-il servir de père à un louveteau ? De plus, lors de ses retrouvailles avec Aurian, le maître de cavalerie avait, dès le premier coup d'œil, oublié toutes ces notions irréalistes.

Parric soupira. C'était sa faute, reconnut-il avec sincérité. Il avait toujours considéré Aurian comme une jeune fille inexpérimentée lorsqu'elle était en présence de Forral. Le bretteur paraissait toujours si sûr de lui et de ses capacités que les gens autour de lui pâlissaient par comparaison. Mais la Aurian résolue, au regard d'acier, que Parric avait retrouvée dans la tour d'Incondor l'avait empli de stupeur et l'avait secoué jusqu'au plus profond de son être. Certes, elle avait mûri, mais cela, il fallait s'y attendre. Ce que Parric n'avait pas prévu, c'était l'aura de pouvoir qui l'entourait, un peu comme une cape d'énergie sacrée. Il ne s'attendait pas non plus à tant de dureté dans son regard, ni à tant d'amertume gravée sur les traits de son visage et encore moins à ce pragmatisme qui l'avait poussée à laisser son fils nouveau-né aux bons soins de quelqu'un d'autre pendant qu'elle s'en allait poursuivre une mission plus urgente. Ce n'était pas juste, d'une certaine façon, même s'il reconnaissait que ce départ avait été nécessaire.

Parric se maudit de nourrir des pensées aussi injustes. N'avait-il pas servi et combattu aux côtés de femmes pragmatiques comme Sangra et Maya ? Aurian n'était-elle pas meilleure épéiste que ces deux-là réunies, et une Mage par-dessus le marché ? Alors pourquoi était-il envahi par ce besoin irrationnel de la protéger ? C'était presque comme si l'ombre de Forral le hantait. Ridicule, se dit Parric en essayant de chasser ses doutes. Bientôt, il serait de retour dans la forteresse des Xandims, où l'attendaient des problèmes plus urgents. Il y reverrait Aurian, également, et sûrement, une fois qu'ils auraient passé plus de temps ensemble, il se sentirait de nouveau à l'aise en sa compagnie, comme autrefois ?

Aurian et Anvar arrivèrent à la forteresse xandim à bord de filets portés par plusieurs Ailés et atterrirent, trempés et frissonnants, sous un crachin de printemps qui commençait à se transformer en véritable averse.

— Beurk !

Aurian sortit avec précaution du tas de mailles emmêlées et essaya de ramener sur sa poitrine les pans de sa cape mouillée qui s'accrochaient à son corps. Mais ce n'était pas facile, d'autant qu'elle portait Wolf sur un bras, et que le petit dormait, confortablement blotti dans la chaleur du corps de sa mère. Au-dessus de la Mage, d'autres Ailés décrivaient des cercles dans les airs en attendant d'atterrir à leur tour avec le filet qui contenait le couple de loups qui avait accepté de servir de parents nourriciers au petit. Ils offraient un spectacle pitoyable avec leur fourrure trempée et hérissée, et Aurian lut dans leurs pensées qu'ils seraient tous deux infiniment soulagés de pouvoir à nouveau poser les pattes sur la terre ferme. La Mage ne cessait jamais de s'étonner de l'étendue de leur patience et de leur loyauté envers elle et son enfant. Il s'agissait là d'une grande leçon d'humilité.

Anvar, conscient des marmonnements impatients de leur escorte ailée, plissa les yeux pour scruter le paysage en dépit du rideau de pluie.

— Où diable sont-ils tous passés ? grommela-t-il d'un air irrité. Même s'ils n'ont pas posté de gardes, ils auraient au moins pu laisser quelqu'un pour attendre notre arrivée. D'après notre escorte, Parric et les siens sont certainement arrivés à destination à présent.

— *Quelle bande d'humains incapables,* gronda Shia en se secouant pour chasser l'eau de sa fourrure. *Anvar, tu veux bien nous aider, s'il te plaît ?*

La panthère semblait particulièrement revêche. Elle et Khanu avaient été rapidement déposés à terre, et ce en raison, sans doute, de la grande nervosité de leur escadrille de porteurs ailés. Ces derniers avaient laissé tomber le filet sans cérémonie avant de battre en retraite à une distance prudente, si bien que Khanu et Shia, qui n'avaient pas de mains pour démêler les nœuds du filet, étaient bel et bien prisonniers. Anvar, essuyant la pluie qui coulait dans ses yeux, s'en alla libérer ses amis.

— *Je viens juste de parler à Chiamh,* les rassura Aurian. *Il dormait, comme tous les autres d'ailleurs. Ils ne s'attendaient pas à nous voir arriver si tôt. Il m'a expliqué que la dernière partie du voyage, sur le Wyndveil, a été très pénible, ils étaient tous épuisés en arrivant à la forteresse. Il est en train de réveiller tout le monde afin qu'on nous envoie une escorte.*

— *Enfin,* marmonna Shia. *Paresseux deux-pattes...* (Elle tourna brusquement la tête.) *C'était quoi, ça ?*

— *Quoi donc ?* demanda Anvar en fronçant les sourcils, car il s'était concentré jusqu'à présent sur le fait de démêler les mailles du filet.

— *Je crois avoir entendu quelque...*

Ils n'eurent pas d'autre avertissement que celui-là. Brusquement, une silhouette noire jaillit des ténèbres en direction d'Aurian. Handicapée par la présence de l'enfant dans ses bras, la Mage n'eut ni le temps ni l'occasion de réagir. Alors même qu'il se levait d'un bond, Anvar vit la silhouette se jeter sur sa compagne qui s'effondra tandis que le louveteau glapissait, terrifié. Puis la silhouette disparut.

— Suivez-la ! rugit Anvar à l'intention des Ailés qui se tenaient non loin de là, paralysés par le choc.

Deux d'entre eux s'élancèrent à la poursuite de l'agresseur. Shia et Khanu s'échappèrent du filet et les suivirent en bondissant en compagnie des loups qui avaient atterri trop tard pour aider la Mage.

— Aurian !

Anvar se pencha sur la jeune femme qui gisait immobile, le visage dans l'herbe saturée d'eau. Glissant ses bras sous sa compagne, le Mage la retourna en douceur, mais fut incapable de distinguer le moindre détail dans la pénombre. Une chose était sûre en tout cas, elle avait la peau terriblement froide. Quelque part derrière lui, il entendit des gens courir. Puis les Xandims apparurent et se pressèrent inutilement autour de lui, incapables de garder leurs torches allumées sous cette pluie et bloquant le peu de lumière dont Anvar disposait avec sa nyctalopie. Furieux, il rassembla toute sa rage et sa peur et les projeta dans un bref et vif éclat de Magilumière. Les Xandims reculèrent en se couvrant les yeux et en poussant des hurlements de panique.

— Par Chathak, mais qu'est-ce qui se passe ici ? Dégagez le passage, idiots ! Laissez-moi voir !

À son grand soulagement, Anvar reconnut la voix du maître de cavalerie.

— Aurian a été attaquée, s'écria le Mage. Vite, Parric, aide-moi à la transporter à l'intérieur.

Il entendit le maître de cavalerie jurer, puis le petit homme surgit à ses côtés.

— Est-elle grièvement blessée, Anvar ?

— Je le pense.

Il souleva Aurian et suivit rapidement Parric qui leur ouvrit un chemin dans la foule se pressant alentour. Il n'osait envisager à quel point cela pouvait être grave. Mais, durant ce bref éclair de Magilumière, il avait vu que la tunique d'Aurian était inondée de sang noir qui jaillissait autour de la lame déchiquetée d'un couteau enfoncé profondément dans sa poitrine.

7

LE ROI DE LA MONTAGNE

Aurian dérivait, quelque part, hors de son enveloppe charnelle. En contrebas, elle pouvait voir son corps, pâle et immobile, étendu sur des manteaux dans l'immense entrée de la forteresse xandim. *Est-ce que c'est vraiment moi, ça ?* se demanda-t-elle. *Est-ce que c'est possible ?* Elle se sentait comme dans un rêve, étrangement détachée. Elle savait qu'elle avait été grièvement blessée et que son fils avait été enlevé. Mais, curieusement, tout cela n'avait aucune importance maintenant. Elle voyait tout de l'extérieur, du dessus, de l'au-delà…

De là où elle se tenait, la Mage pouvait voir Parric, l'un de ses plus vieux amis mortels, agenouillé près de son corps, le visage tordu par le chagrin. Elle voyait également Chiamh, le devin xandim, adossé au mur dans un coin de la pièce, le visage vide de toute expression tandis qu'il chevauchait les vents à la recherche de l'enfant perdu. Mais Aurian savait qu'il ne consacrait pas toute son attention à sa tâche. Toujours, un brin de conscience restait avec elle, dans le grand hall d'entrée, et s'inquiétait de son sort. Enfin, la vision la plus douloureuse de toutes – si tant est que la douleur puisse l'atteindre dans ces limbes apaisants – était celle d'Anvar. Plutôt que de perdre son temps à pleurer, son amant, penché au-dessus de sa dépouille sans vie, s'efforçait avec tout son amour et ses pouvoirs de ramener son esprit en fuite à l'intérieur de son corps.

Pauvre Anvar. Comment aurait-il pu y parvenir ? Aurian comprenait à présent ce que Forral avait dû ressentir lorsque les Spectres l'avaient tué et qu'il l'avait vue, elle, bien plus jeune et naïve alors, essayer d'empêcher l'inévitable. Dieux ! Que de souffrances elle se serait épargnées si elle avait pu comprendre la réalité. Il était facile de dire adieu à la vie mortelle. Il suffisait de lâcher prise et de…

Un souvenir fugace traversa l'esprit d'Aurian, celui d'une petite embarcation, d'un fleuve baigné de lune et de l'écume blanche qui scintillait sur les eaux bouillonnantes d'un barrage extrêmement dangereux… Le tout suivi d'un plongeon glacé et d'une seule pensée : *Ce serait si facile de lâcher prise, tout simplement, et de laisser tout ça derrière moi…*

Le choc suffit à arracher la Mage à sa rêverie. *Mais à quoi diable pensais-tu ?* se réprimanda Aurian avec colère. *Tu ne peux pas mourir maintenant !* Mais comment l'éviter ? La terreur lui étreignit le cœur. Un spectre à l'image de Forral se tenait devant elle, voilé par des écharpes de brume qui dérivaient. Cependant, même à travers ce voile obscurcissant, elle pouvait voir la douleur gravée sur son visage et les larmes qui scintillaient sous ses paupières. Résolument, Aurian se détourna de lui en réprimant la nostalgie qui criait en elle.

— Va-t'en, lui dit-elle, les dents serrées. Je ne peux pas abandonner maintenant.

— Il ne peut pas s'en aller – pas cette fois. Il est venu pour toi, à ta rencontre, afin de t'escorter en mon royaume.

L'horrible voix transperça Aurian jusqu'au plus profond de son être, comme des serres de glace qui se seraient refermées sur elle. La Mage frémit. Elle avait déjà entendu cette voix, un jour, voilà bien longtemps, dans une cour poussiéreuse et écrasée de soleil, au beau milieu des terres khazalims.

— Que voulez-vous de moi ? chuchota la Mage.

La Mort éclata de rire.

— Tu me demandes ce que je veux, petite idiote ? Tu as poussé ton pari trop loin et tu as excédé la durée de ton séjour dans ton monde. Une fois déjà, tu m'as défiée – mais aujourd'hui, tu es à moi !

L'immense silhouette noire, imposante et encapuchonnée, dansait devant ses yeux, mais, avec la force du désespoir et un hurlement d'agonie qui fut arraché à son âme lacérée, Aurian échappa à l'étreinte de ses griffes glacées.

— Non ! hurla-t-elle en lui jetant son défi au visage. Je manipule le pouvoir du Bâton de la Terre à présent. Nimbé comme il l'est de Haute-Magie, il me donne la puissance nécessaire pour vous résister, y compris dans votre propre royaume. Si vous me voulez, vous allez devoir vous battre.

Aurian s'efforça de dissimuler son étonnement. Elle ignorait jusqu'alors cette propriété du Bâton. Comment avait-elle su ce qu'il fallait dire ?

La Mort proféra un effroyable juron d'une voix sifflante. Elle se tourna vers Forral et lui fit signe d'avancer en grondant.

— Effrontée, comme toujours ! marmonna-t-elle. Elle était ton amour, bretteur, prends-la, toi ! Fais-le, et elle sera à toi de toute éternité.

Forral regarda tristement le Spectre et secoua la tête.

— Pas maintenant, pas comme ça. Pas si elle ne veut pas de moi.

— Mais bien sûr que je te veux, espèce d'idiot ! (Aurian se réfugia dans la réprimande pour lutter contre ses larmes.) Mais souviens-toi de ce que tu m'as dit un jour : que je devais vivre ma vie dans le monde réel. Et qu'en est-il de notre enfant ? (Même si la culpabilité lui faisait mal, comme une lance en plein cœur, comme une véritable force physique dans cette dimension non terrestre, Aurian s'obligea à continuer :) J'aime Wolf aussi, expliqua-t-elle d'une voix douce. Et je dois retourner là-bas pour le sauver. Il est tout ce qui reste de nous deux.

Forral sourit avec tristesse.

— Non, pas tout. Ne crois jamais ça. Mais c'est un enfant, perdu, menacé et apeuré. Si je pouvais vous protéger tous les deux, je le ferais, mais cela m'est impossible. Tu as raison, mon amour. Tu dois y retourner.

— Je le peux, vraiment ?

Forral s'obligea à sourire, et la Mage prit toute la mesure du courage de ce grand homme.

— J'ai toujours dit que tu pouvais faire tout ce que tu voulais, lui dit-il avant de se tourner vers l'imposante image de la Mort. Vous l'avez entendue. Si vous la voulez, vous n'avez qu'à vous emparer d'elle vous-même, saleté !

Alors elle le vit, ce vieux sourire malicieux, insatiable et fugace qu'elle avait toujours adoré. Aurian lui rendit son sourire, partageant un dernier instant de communion… Puis elle s'arracha à la scène et redescendit en piqué vers son corps. Elle était sur le point de l'atteindre lorsqu'elle sentit, à sa grande horreur, son élan diminuer. La Mort la ramenait en arrière, vers la brume.

— Le choix n'appartient à aucun d'entre vous, déclara le Spectre d'une voix implacable comme le couvercle d'une tombe qui se referme. Ton heure est venue, Aurian. Tu dois passer dans l'au-delà…

— Vous ne pouvez pas m'y obliger. (La Mage en était sûre à présent.) Je dois retourner auprès d'Anvar afin de combattre l'Archimage et, surtout, de sauver mon enfant…

— Vraiment, je ne peux pas ? siffla la Mort. (De nouveau, des griffes d'acier glacé lacérèrent l'âme d'Aurian tandis que le Spectre ajoutait d'une voix grinçante :) Tu possèdes peut-être le Bâton, ô Mage, mais tu oublies un détail. Nous avons passé un marché autrefois, et tu me dois toujours une vie. Cette dette doit être payée…

Ces mots se terminèrent dans un cri de surprise. Une fois de plus, Aurian se sentit libérée.

— Magicienne, retourne dans ton corps !

Cette voix n'avait rien à faire là, elle était étrangère à cette dimension, tout cela ne la concernait en rien. Au sein des limbes qui l'environnaient, Aurian éprouva de la peur et se surprit à porter la main vers la poignée d'une épée absente.

La Mort paraissait tout aussi surprise.

— Ce ne sont pas tes affaires ! rugit le Spectre avec fureur.

— C'est vrai, sauf que je sais ce qui est important et ce qui ne l'est pas, répliqua la voix. Ce n'est pas encore l'heure de réclamer ton dû, ô Grand Être Gris, et tu le sais très bien. Tes soucis diffèrent peut-être de ceux des vivants, mais l'avidité que t'inspire cette seule âme lumineuse pourrait provoquer notre perte à tous. Je ne peux te permettre une chose pareille pour l'heure. Pourquoi vouloir t'emparer d'elle maintenant ? Tôt ou tard, elle viendra à toi dans tous les cas.

À la périphérie de sa conscience, Aurian parvint à distinguer une forme immense et incroyablement ancienne, puissante et totalement étrangère, qui planait entre elle et le Faucheur des Âmes. Pendant un instant terrifiant, la Mort parut hésiter, puis :

— Très bien, gronda-t-elle avec rage. Je vais l'épargner – pour l'instant.

Le sinistre Spectre disparut, laissant Aurian seule dans le néant avec cette présence inconnue.

— Je suis Basileus, expliqua l'ombre. Je suis le corps et l'âme de cette forteresse. Je parlerai avec toi plus tard, mais pour le moment tu dois retourner là d'où tu viens. Fuis, petite magicienne, fuis vers celui que tu aimes – il t'aidera.

Quoi, retourner auprès de Forral ? Pendant un instant, Aurian resta perplexe. Puis tout devint clair.

— Anvar ! s'écria-t-elle gaiement avant de diriger sa conscience telle une flèche pointée vers l'esprit de son amant qui la cherchait.

Elle se lança à sa rencontre dans le grand néant gris de l'au-delà. Et brusquement, à son grand étonnement mais aussi à sa grande joie, une brillante lumière verte apparut devant elle, tel un phare clair et puissant, pour la guider à travers les voiles qui la séparaient de son amour.

— Bon sang, je suis en train de la perdre ! s'écria Anvar avec angoisse.

Aurian avait le teint grisâtre. Du sang et d'horribles bulles d'air jaillissaient de sa blessure à chaque inspiration creuse et douloureuse qu'elle tentait de prendre. Son cœur trébuchait et chancelait comme un coureur à la toute fin d'une course, et seule l'implacable volonté d'Anvar, ainsi que la sienne peut-être, l'obligeait à continuer à se battre.

Comme dans un brouillard, il sentit quelqu'un près de lui, derrière son épaule – Chiamh.

— Je chercherai l'enfant plus tard, expliqua l'Œil-du-Vent. Pour le moment, on a besoin de moi ici. (Les yeux couleur argent, comme toujours lorsqu'il faisait appel à son Autre Vue, il se pencha au-dessus du corps immobile d'Aurian en modelant et en nouant l'air avec ses mains.) Ça ne va pas du tout, marmonna-t-il. Je peux l'obliger à continuer à respirer quelque temps, mais… (Il regarda Anvar, son regard argent acéré et perçant.) Sors de ton corps et cherche-la avec ton esprit, au-delà du Voile, ordonna-t-il. Utilise son Bâton, que tu as sculpté autrefois et qu'elle a imprégné de puissance. Il vous aidera peut-être à vous relier. Je… je vais essayer de nous trouver de l'aide, si j'y arrive.

Sur ce, il inclina la tête et entra dans une transe profonde. Alors même qu'Anvar tendait la main pour prendre le Bâton dans les affaires éparses d'Aurian, il entendit l'Œil-du-Vent murmurer un seul mot : Basileus.

Anvar referma les mains froides et sans vie d'Aurian autour du Bâton et les y maintint avec les siennes. Puis il projeta son esprit, sa volonté et son amour dans l'Artefact et il s'en alla chercher son amour dans le néant, avec tout son cœur.

Et il la trouva. Déjà, elle venait à lui, se précipitant vers la lumière du Bâton en emportant dans son sillage des lambeaux de gris. Son apparence spectrale était horriblement défigurée, comme si elle avait été lacérée encore et encore par des serres géantes. Anvar cria son nom et entendit la voix de la Mage répondre en écho dans sa tête. Percevant de la joie et de l'angoisse dans ce cri, il la serra très fort, et elle s'accrocha à lui tandis que la lueur émeraude du Bâton les entourait comme une bénédiction.

Mais ce n'était pas l'heure des retrouvailles. Il n'y avait pas assez de temps pour l'amour ou la peur.

— Aurian, lui dit-il d'une voix pressante, j'ai besoin de ton aide. Je ne peux te guérir, je n'en ai pas le pouvoir. Tu dois revenir avec moi maintenant et t'unir à moi par l'intermédiaire du Bâton, comme nous l'avons fait dans le désert, afin que je puisse me servir de tes pouvoirs de guérison pour te soigner.

Elle écarquilla les yeux.

— Est-ce possible ? souffla-t-elle. (Puis Anvar vit sa mâchoire se durcir.) Il vaudrait mieux, ajouta-t-elle.

Le monde se mit à tourbillonner et…

Anvar se retrouva de nouveau dans son corps, agenouillé au-dessus de la Mage, mais cette fois il sentait son esprit, en profonde et intime communion avec le sien. Il perçut le choc qu'elle reçut en découvrant les dégâts infligés à sa poitrine par le couteau de Meiriel et il l'entendit jurer. Puis sa voix se fit de nouveau entendre.

— *Mieux vaut se dépêcher. Je ne savais pas qu'il y avait tant à faire.*

Sans le Bâton de la Terre, ils n'y seraient jamais arrivés. Sans le talent d'Aurian, qui, ultime ironie, lui avait été transmis par la même femme qui avait tenté de la tuer, la Mage n'aurait eu aucune chance de s'en tirer. Confiant, Anvar remit simplement ses pouvoirs entre les mains d'Aurian et la laissa faire le nécessaire grâce à l'alliance de sa force à lui et de ses connaissances à elle. Alors, à l'issue d'un moment terrible, sanglant et incroyablement épuisant pendant lequel elle reconstruisit les muscles tranchés et les chairs abîmées, Anvar sentit l'esprit d'Aurian délaisser le sien. Pendant un instant, il eut un accès de panique, puis la Mage ouvrit les yeux.

— Je t'aime, chuchota-t-elle. Tu as fait du bon travail, partenaire en médecine – et en toutes choses.

Allongée sur son lit de manteaux, Aurian vit Anvar sourire comme un idiot tant il était heureux de la voir saine et sauve. Un flot d'amour envahit la Mage qui sourit à son tour.

— C'est grâce à tes talents, lui dit-il. Et moi aussi, je t'aime. (Il lui serra la main.) Mais est-ce que tu… ça va aller maintenant ?

Brièvement, le regard d'Aurian se perdit dans le vide tandis qu'elle scannait l'intérieur de son corps avec sa magie. Puis elle leva les yeux et acquiesça, avec un petit sourire épuisé.

— Tout est réparé. J'ai juste mal partout et je me sens vraiment, vraiment fatiguée. Il faut que je dorme un peu, pour récupérer mes forces et ne pas endommager la guérison. Ensuite… (Elle serra plus fort la main d'Anvar.) Ensuite, nous nous lancerons à la poursuite de cette garce de Meiriel – et de mon pauvre bébé.

Anvar parut comme frappé par la foudre.

— C'était Meiriel ? Mais Parric la croyait morte…

— Si seulement, gronda Aurian. Mais c'est une erreur à laquelle nous pouvons remédier. Quelles sont les nouvelles ? Quelque chose a-t-il été fait pour la rattraper ?

Anvar lui serra la main pour la réconforter et secoua la tête.

— Mais nous…

— *Tu es vivante !*

La voix de Shia résonna gaiement dans l'esprit de la Mage lorsque les deux grands félins, leur fourrure aplatie et trempée de pluie, jaillirent en bondissant dans le hall. Shia frotta doucement son museau contre le visage de la Mage et ronronna de bonheur tandis que ses longues moustaches noires déposaient des gouttes glacées sur la peau de son amie.

Aurian, en dépit de ses inquiétudes, réussit malgré tout à sourire à son amie.

— *Je suis vivante*, reconnut-elle, *même si les dieux seuls savent par quel miracle. Mais…* (La peur vint assombrir sa voix mentale.) *Que t'est-il arrivé, Shia ? Quelles nouvelles de mon fils ?*

La grande panthère baissa la tête.

— *Nous avons échoué*, confessa-t-elle d'un air misérable. *Notre ennemie a dressé une barrière magique que nous n'avons pas pu traverser, si bien que nous avons perdu sa trace. Les Ailés semblent eux aussi perplexes. Je crois que la magie lui a permis de se cacher d'eux. Puis nous avons senti que ta vie était en danger. Même de loin, nous pouvions sentir ton esprit s'en aller...* (Pendant un instant, la voix mentale de Shia se mit à trembler.) *Khanu et moi sommes revenus, pendant que les loups continuaient à explorer la montagne pour voir s'ils pouvaient retrouver la personne qui a enlevé Wolf.* (Elle détourna le regard.) *Aurian, je crois que notre ennemie a reçu de l'aide. On peut très bien s'être trompés, mais Khanu et moi nous sommes convaincus d'avoir flairé l'odeur de félins étranges – notre propre race. J'ai honte...*

— *Chut,* l'interrompit une voix. (Levant la tête, Aurian aperçut l'Œil-du-Vent.) *Arrête de te blâmer pour ça,* lui dit-il en incluant les Mages dans cette conversation mentale. *Les choses ne vont pas si mal. Nous savons par où est partie la folle. Elle est peut-être capable de se protéger d'une vision normale, mais, avec mon Autre Vue, je l'ai poursuivie en chevauchant les vents. J'ai été obligé de revenir aider Aurian quand j'ai senti sa vie menacée. Mais, la dernière fois que j'ai aperçu la sorcière, elle n'avait fait aucun mal à l'enfant.*

Il parlait d'une voix douce, rassurante – beaucoup trop rassurante, en fait, étant donné les circonstances. Les cheveux d'Aurian se dressèrent sur sa tête.

— *Et la mauvaise nouvelle ?* voulut-elle savoir. *Allons, Chiamh, qu'est-ce que tu ne nous dis pas ?*

Chiamh soupira.

— *La folle a emmené le bébé sur les hautes pentes du Wyndveil et se dirige droit vers la crête de la Queue du Dragon. Shia a raison. Deux étranges félins la suivaient comme son ombre. Elle emmène ton fils au redoutable pic des Griffes d'Acier, Aurian. Même s'ils réussissent à retrouver sa trace, les loups seront incapables de la suivre. Seuls les Noirs Fantômes parviennent à arpenter les pentes des Griffes d'Acier sans en mourir.*

Le grondement de Shia vint briser le silence horrifié des Mages.

— *Seuls les Fantômes, dis-tu ? Chiamh, je suis un de tes Noirs Fantômes ! Ne crains rien, Aurian, Khanu et moi irons au pic des Griffes d'Acier. D'ailleurs, j'ai quelque chose à finir là-bas, surtout si Gristheena et son peuple sont venus en aide à ton ennemie. Sois tranquille, je te ramènerai Wolf.*

Meiriel traversa péniblement le Champ de Pierres en direction des saillies brisées de la Queue du Dragon. Elle ne cessait de bénir sa vision de Mage, qui lui permettait d'avancer en sécurité dans les ténèbres, tout en maudissant le vent qui ramenait des mèches de cheveux sur son visage et rabattait la pluie cinglante dans ses yeux, obscurcissant cette même vision dont elle avait si désespérément besoin.

En dépit de la tempête, en dépit de cette pénible escalade, le cœur de Meiriel brûlait d'une joie sauvage. Enfin, elle avait abattu son ennemie, celle-là même qui avait tué son âme sœur ! Son bouclier magique avait découragé ses poursuivants et, à présent, elle tenait l'enfant d'Aurian, ce monstre maudit et contre nature, dont elle allait pouvoir disposer à sa guise. Dans le lointain, Meiriel entendit des loups hurler et chassa cet effroyable son de ses pensées avec un haussement d'épaules. Puis elle baissa les yeux en cherchant de son regard acéré le chemin secret qui descendait du plateau jusqu'à la crête brisée. Dès qu'elle arriverait aux Griffes d'Acier et qu'elle aurait la certitude d'avoir semé tous ses poursuivants, l'enfant serait…

— *Je ne crois pas, espèce de sale sorcière venimeuse !*

— Qui est là ?

Meiriel fit volte-face, une note de panique dans la voix. Bien que prononcés doucement, les mots avaient été clairement audibles par-dessus les gémissements de la tempête.

— *Tu te trompes, espèce de folle. Ton attaque en traître n'était pas aussi précise qu'elle y paraissait. Aurian vivra – et si tu n'as pas perdu les derniers grains de sagesse qu'il te reste, tu ferais bien de garder son enfant en vie, en guise d'otage – ou d'appât.*

— Qui êtes-vous ? hurla Meiriel.

Sanglotant de terreur, sa joie envolée, la Mage dégringola plus qu'elle ne descendit le plateau en pente et rampa sur la crête brisée qui menait aux Griffes d'Acier. Dès qu'elle eut laissé le Wyndveil derrière elle, la voix cessa de la tourmenter.

La traversée de la Queue du Dragon fut un cauchemar. Meiriel fut obligée de ramper à quatre pattes centimètre par centimètre, les paumes et les tibias déchiquetés par les rebords de roche brisée, coupants comme des rasoirs. Elle laissa derrière elle des traînées de sang que l'impitoyable averse venait aussitôt nettoyer. La tempête hurla de dérision en souffletant le corps gelé de la Mage exposé à tous les vents et en s'agrippant à elle avec des doigts puissants, menaçant à chaque instant de la faire tomber de son perchoir précaire et de la précipiter dans les profondeurs noires qui béaient de part et d'autre de la crête. À cause de l'énergie et de la concentration dont elle avait besoin pour garder l'équilibre, elle avait été obligée de renoncer à son bouclier magique, mais cela n'avait plus d'importance à présent.

Meiriel serra les dents et poursuivit son chemin avec obstination, même si la tête lui tournait encore à cause du mystérieux message reçu sur le Wyndveil. D'où était venue cette voix ? Quelqu'un voulait-il lui jouer un tour ? Mais qui ? Qu'est-ce que cela signifiait ? Aurian pouvait-elle vraiment être encore en vie ? Brusquement, le doute l'assaillit car elle se rendit compte qu'elle n'avait pas senti la jeune femme trépasser. Mais ce n'était sûrement qu'une question de temps avant que la Mage succombe à une blessure pareille, pas vrai ? Meiriel poussa un cri de douleur et de rage et cracha sur les pierres glissantes de la crête. Elle devait supposer que ce message disait la vérité. Quelque chose dans cette voix l'avait convaincue. De plus, elle n'osait prendre de risque. La voix avait raison. Si Aurian était toujours en vie, Meiriel allait avoir besoin de ce bébé – dans un sens ou dans l'autre.

Le temps d'atteindre l'autre côté de la crête, la Mage réussit à reprendre ses esprits. Même si Aurian se lançait à sa poursuite, Meiriel gardait encore un ou deux tours en réserve, et non des moindres, comme sa nouvelle amitié avec les sauvages résidants de ce pic dévasté. Quand cet imbécile de Parric était parti pour le Sud avec sa piètre armée, Meiriel était venue se réfugier sur les Griffes d'Acier, pour ne pas traîner dans les jambes des Xandims et de leurs sentinelles au regard perçant lorsqu'ils traverseraient le Wyndveil.

La Mage ne connaissait pas la légende xandim qui prétendait la Queue du Dragon infranchissable. De plus, la crête instable ne cessait de se modifier, sans cesse sculptée et remodelée par le vent et le climat. Avec difficulté, elle avait réussi la traversée et avait rencontré les Noirs Fantômes de la montagne lors de ses errances de l'autre côté de la crête. Il y en avait tant qu'elle avait été obligée de faire appel à ses pouvoirs pour se défendre. Ce faisant, elle avait découvert qu'elle pouvait communiquer avec eux. Puis elle avait rencontré leur Première Femelle et avait appris que Gristheena et elle ressentaient la même chose. La grande panthère était blessée et fulminait encore de la récente défaite que lui avait infligée une hors-la-loi. Sa position de chef semblait actuellement menacée, et la panthère avait volontiers fait appel aux pouvoirs de la Mage pour asseoir son autorité. Quant à Meiriel, elle avait ses propres besoins.

Ce soir-là, la Mage n'aurait pu réussir sans l'aide de Gristheena. Meiriel regarda les deux grands félins qui marchaient à ses côtés, l'un pour la protéger et l'autre qui portait délicatement entre ses mâchoires puissantes un petit paquet enveloppé de tissu. Meiriel sourit d'un air sinistre devant ce spectacle. Heureusement qu'elle n'avait pas eu à porter ce fardeau pour traverser la crête brisée ! Sans l'aide de ses mains, aussi bien que de ses pieds, elle serait certainement tombée.

Ordonnant à la panthère de s'arrêter, la Mage s'approcha et toucha le paquet d'un doigt taché de sang. Un petit gémissement étouffé se fit entendre au sein du tissu. Meiriel hocha la tête avec satisfaction et se remit en route sur la piste inégale qui menait au cœur dévasté des Griffes d'Acier. Elle devait retourner auprès de Gristheena aussi vite que possible et ensuite… Eh bien, elle improviserait.

— Maudite pluie – je n'y vois rien du tout ! marmonna Anvar.

— Nous non plus, répliqua amèrement l'un de ses porteurs ailés, et c'est nous qui volons et risquons notre vie, nos ailes et nos membres au-dessus de ces dangereux sommets.

— Oh, arrêtez de geindre ! riposta Anvar que l'inquiétude rendait agressif.

Mais Chiamh répondit plus rapidement et d'une voix plus forte :

— Nous louons le courage des guerriers ailés qui se sont portés volontaires pour cette mission périlleuse. Vous méritez l'éternelle gratitude des alliés de votre reine.

Anvar sentit le coude de l'Œil-du-Vent s'enfoncer douloureusement dans ses côtes, si bien qu'il s'empressa de joindre ses remerciements à ceux de

Chiamh. Bien vu d'avoir rappelé aux Ailés, mine de rien, que les Mages avaient sauvé leur reine, se dit-il avec reconnaissance. Si seulement l'Œil-du-Vent pouvait intervenir sur cette maudite tempête.

— As-tu la moindre idée de l'endroit où nous sommes ? chuchota-t-il.

Un éclat d'argent passa dans les yeux de Chiamh qui se retourna pour scanner le paysage obscur avec son Autre Vue.

— *Nous sommes perchés sur l'un des pics brisés qui surplombent le cœur des Griffes d'Acier,* répondit-il mentalement. *Le cœur de la montagne est sous bonne garde, ce qui n'est pas le cas de ces hauteurs, car nos amis ailés nous ont déposés à un endroit où les grands félins ne peuvent accéder. La tempête les empêchera de repérer notre odeur ou nos bruits, mais essaie quand même de rester aussi silencieux que possible. Et fais attention où tu mets les pieds dans le noir. En tout cas, nous avons trouvé un bon poste d'observation. La dernière fois que j'ai vérifié, notre ennemie venait dans cette direction. Les Griffes d'Acier sont sûrement sa destination si les félins sont ses alliés. Dès qu'elle arrivera, les Ailés nous descendront rapidement, et le piège se refermera sur elle.*

— *Et alors, Gristheena sera à moi !*

Même si Shia s'était exprimée par télépathie, son exclamation ressemblait à un feulement sauvage.

— *Et à moi !* renchérit Khanu.

Anvar eut la vision de cet étrange petit symbole mental qui correspondait chez Shia au fait de lever les yeux au ciel chez un humain. Le Mage sourit dans le noir.

— *Je ne sourirais pas si j'étais toi,* le rabroua Shia. *Aurian vous tuera tous les deux quand elle se réveillera et qu'elle s'apercevra que Chiamh a glissé ce somnifère dans son vin.*

— *Je m'en moque,* répliqua l'Œil-du-Vent. *Si je ne l'avais pas fait, elle aurait insisté pour nous suivre, alors qu'elle n'était pas en état. En plus, si nous ramenons Wolf sain et sauf, elle sera trop heureuse pour nous massacrer.*

— *Tu as raison,* lui dit Anvar. *Elle ne fera que nous abîmer un peu.*

Même s'il n'était guère d'humeur à plaisanter, il s'aperçut que cet échange de taquineries était le bienvenu. Cela apaisa ses nerfs, plus tendus que la corde d'une arbalète.

— *Chut !* les interrompit Khanu. *J'entends quelque chose.*

Anvar ne voyait rien à travers l'épais rideau de pluie et d'obscurité, mais Chiamh, grâce à son Autre Vue, était aux premières loges et distinguait parfaitement le cratère noir et brisé des Griffes d'Acier, ainsi que la grande corniche d'obsidienne saillante qui étincelait çà et là de lumières semblables à des lucioles : la force de vie des félins qui se réunissaient et se déplaçaient sans cesse d'un endroit à un autre. Au-delà de l'éperon noir et luisant de la crête béait l'entrée obscure d'un tunnel. Une faible lueur fantomatique en surgit, rouge et bouillonnante, à moitié voilée et transpercée par d'épouvantables points noirs. La folle ! Chiamh retint son souffle et regarda cette non-lumière écœurante s'avancer à découvert pour traverser l'éperon.

— Maintenant ! chuchota-t-il.

Les filets, sur lesquels les compagnons se tenaient toujours, furent soulevés autour d'eux et étroitement resserrés. Puis les Ailés s'envolèrent et fondirent sur le cratère.

Hreeza, frissonnant sous la pluie battante, commençait à regretter d'être venue. Ce n'était pas une mission pour une vieille panthère ! Elle avait dû penser cela à voix haute, car une voix s'éleva, toute proche, pour la réprimander :

— *Pour une vieille panthère, peut-être, mais nous sommes nombreux. C'est toi qui voulais ça, Hreeza, c'est toi qui nous as rendu l'espoir et qui as redonné un sens à notre vie. Ta grande vision est sur le point de se réaliser. Puise ton courage dans le miracle que tu as créé !*

Hreeza laissa échapper un petit gloussement sec.

— *Tu parles d'un miracle – je ne vois qu'un tas de vieux vagabonds maigres à faire peur avec une fourrure miteuse !* ricana-t-elle. (Cependant, la chaleur du courage envahit de nouveau ses veines, et son vieux cœur se gonfla de fierté.) *Idiote sentimentale !* se dit-elle.

Mais cela faisait du bien, malgré tout. Maintenant, si seulement ils parvenaient à mettre leurs plans à exécution…

En Aerillia, Hreeza avait cru que la partie la plus difficile de son plan consisterait à convaincre ce petit bout de bonne femme qui se faisait appeler reine de lui fournir des porteurs ailés et de la laisser s'en aller secrètement. Cependant, dès que cette partie du plan avait été achevée, et que Hreeza s'était retrouvée suspendue au-dessus des nuages dans un filet qui ne cessait de tanguer, elle avait brusquement changé d'avis. La vieille panthère s'était alors convaincue que le plus difficile serait de survivre à cette expédition dans les airs. Mais, une fois encore, elle avait eu tort. Après avoir passé plusieurs jours à se faufiler sous la pluie et dans le froid, en ayant constamment faim et peur d'être attrapée, Hreeza aurait volontiers grimpé de nouveau à bord du filet, pourvu qu'on lui promette un bon feu et un repas chaud à l'arrivée. Sa convalescence dans la citadelle du peuple du Ciel l'avait ramollie, s'était-elle dit avec dégoût, et ça n'était pas digne d'une panthère.

Néanmoins, Hreeza avait persévéré. Elle avait traversé et retraversé les zones situées en bordure des terres de son peuple, à la poursuite des insaisissables Chuevah, les exclus solitaires expulsés du clan à cause de leur âge, de la maladie ou de leur incapacité à chasser. Depuis le début du règne de Gristheena la brute, les Chuevah n'avaient jamais été aussi nombreux. Un par un, Hreeza les avait trouvées, ces créatures timides, traquées et brisées dont certaines avaient à peine encore un souffle de vie en elles. Elle les avait cajolées, convaincues, tentées, harcelées, titillées et intimidées. Elle avait chassé pour elles, elle leur avait trouvé un abri et avait fini par faire d'elles l'armée la plus improbable qui ait jamais existé. Et voilà qu'à présent elle les avait conduites au cœur des Griffes d'Acier, afin de défier la puissance de Gristheena ou de mourir en essayant.

Tandis qu'elle rassemblait ses pauvres troupes et s'efforçait de les convaincre de faire valoir leurs droits, la vieille panthère s'était à nouveau dit qu'il s'agissait bel et bien de la partie la plus difficile de sa mission. Mais, lorsqu'elle regarda au fond du cratère des Griffes d'Acier et qu'elle aperçut, rassemblés à cet endroit, les membres de son propre peuple, Hreeza comprit, avec un frisson d'horreur, à quel point elle s'était trompée.

— *Vieille folle !* marmonna-t-elle pour elle-même.

Qu'est-ce qui lui avait pris ? Convaincue qu'elle ne réussirait pas à maintenir très longtemps l'union au sein de sa petite bande de Chuevah – soit on les découvrirait, à cause de leur nombre, soit ils perdraient courage et s'en iraient en douce, les uns après les autres, la tête basse et la queue entre les jambes –, Hreeza avait décidé qu'elle devait attaquer le plus vite possible. Dès que ses espions lui avaient parlé d'un grand rassemblement de félins dans le cratère, elle avait béni sa bonne fortune. Mais, en contemplant ses adversaires, toutes des panthères dans leur prime jeunesse, bien musclées et bien nourries, le courage de Hreeza s'envola, et elle commença à se dire que ce voyage dans les airs avait dû lui détraquer l'esprit. Si elle attaquait, elle conduirait sa petite bande à une mort certaine.

Hreeza soupira. Peut-être que ceux qu'elle avait traités de lâches avaient raison. Peut-être vaudrait-il mieux s'en aller furtivement, tête basse, et disparaître simplement dans la nuit. Peut-être qu'elle devrait emmener ses compagnons et leur trouver un nouveau foyer, ailleurs. Il y avait de la place, dans les montagnes près d'Aerillia, et, puisque désormais elle pouvait parler avec les Ailés, ensemble, ils parviendraient peut-être à un accord…

Au même moment, dans l'arène en contrebas, surgit, escortée par deux grands félins, une silhouette sur deux pattes, qui avançait en traînant les pieds, le dos courbé, et qui empestait le mal et la folie. Les moustaches de Hreeza tressaillirent en signe de curiosité, et la panthère ouvrit la gueule pour mieux renifler l'air. Que diable… Puis son ouïe fine entendit un faible gémissement aigu et pitoyable. Une nouvelle odeur monta jusqu'à son museau, une odeur si particulière et chargée de souvenirs que le cœur de Hreeza fit un bond dans sa poitrine. En Aerillia, elle avait joué avec le fils enchanté d'Aurian et l'avait même surveillé, comme elle l'aurait fait avec le petit d'un autre félin, lorsque la Mage était occupée ailleurs.

Toutes pensées de fuite ou de reddition s'évanouirent dans l'esprit de Hreeza. Bondissant sur ses pattes, la vieille guerrière laissa échapper un tel rugissement d'indignation et de défi que la montagne elle-même en trembla. Comme si elle était jeune et leste à nouveau, elle descendit d'un bond de sa cachette située dans les hauteurs. Alors, telle une rivière noire en crue, ses Chuevah la suivirent, la fourrure hérissée sur leur échine osseuse, les yeux étincelants et la tête fièrement levée, en entonnant un chant de guerre.

8

LA REINE DE LA MONTAGNE

Anvar descendait à une vitesse vertigineuse au sein des ténèbres en s'accrochant de ses doigts gourds aux mailles rêches du filet qui le soutenait. Sa peau le picotait à cause de la pluie cinglante. Les hurlements de la tempête se firent plus forts à son oreille, avant de se transformer brusquement en un autre bruit. Le ventre d'Anvar se noua de peur pour le pauvre Wolf en entendant les feulements monter crescendo et couvrir les cris du vent. Les grands félins se battaient en contrebas.

Alors, à son grand étonnement, le Mage entendit une vieille voix rauque et familière dans son esprit, une voix qui crachait le venin et le défi. Et il n'était pas le seul à l'avoir entendue.

— *Hreeza !* (Le cri de Shia résonna en écho dans l'esprit d'Anvar.) *Ne sois pas stupide !*

Puis ils se retrouvèrent tous en bas au milieu d'un bain de sang. Les Ailés, guidés par Chiamh, les avaient déposés près de l'entrée du tunnel, au bord du cratère, à la fois pour couper toute retraite à Meiriel dans cette direction et pour leur donner une chance de s'abriter de la foule des félins qui se battaient au fond de la cuvette. À la grande fureur d'Anvar, leur escorte ailée jeta un regard stupéfait en direction du carnage qui se déroulait autour d'eux, avant de s'envoler en flèche comme une volée d'oiseaux apeurés. Le Mage jura sauvagement, puis les chassa de son esprit, tout en se promettant d'y revenir plus tard. Un problème à la fois. Or, des problèmes, il n'en manquait pas.

La pluie commençait à diminuer, ce qui permit à sa nyctalopie de fonctionner à nouveau. Horrifié, il contempla les combats sanglants qui l'entouraient, en essayant de trouver un sens à tout cela – et surtout de découvrir où se cachait Meiriel. Chiamh, de son côté, avait un avantage sur le Mage. Avec son Autre Vue, l'Œil-du-Vent percevait l'énergie de vie plutôt que la forme physique, et la lueur cadavérique de l'horrible aura maladive de Meiriel était facile à repérer.

De son côté, Shia, avec ses sens de félin, n'eut aucun mal à repérer sa propre ennemie.

— *Gristheena !*

Son feulement à glacer le sang monta en crescendo avant qu'elle s'élance au sein de la mêlée, Khanu sur les talons. Chiamh réalisa, un peu tard, que la panthère suivait la même direction qu'Anvar et lui voulaient prendre, celle de l'éperon d'obsidienne, vers lequel Meiriel se dirigeait d'un air déterminé comme si les félins qui se battaient autour d'elle n'existaient pas.

— Viens ! dit l'Œil-du-Vent en tirant sur le bras d'Anvar de manière pressante. Par ici !

Chiamh, son Autre Vue fixée sur sa proie, ouvrit la voie tandis qu'Anvar, l'épée au clair, le protégeait d'une attaque des panthères qui s'entassaient au fond du cratère. Épaule contre épaule, le Mage et l'Œil-du-Vent se frayèrent un chemin ensemble en profitant des ravages que Shia et son compagnon provoquaient à coups de crocs et de griffes dans les rangs de leurs congénères. Anvar frémit à la vue de toute cette férocité aveugle qui se déchaînait dans les confins des Griffes d'Acier. Il était difficile, dans un moment comme celui-là, de se rappeler qu'il s'agissait de créatures intelligentes et non de simples bêtes sauvages. Il ne pouvait qu'espérer que les congénères de Shia, trop occupés à se battre amèrement entre eux, continueraient à ignorer les deux frêles humains qui avaient envahi leur domaine.

Hreeza avait déjà atteint l'éperon. Ignorant les batailles individuelles qui faisaient rage depuis que sa bande de Chuevah dépenaillés s'était jetée sur les grands félins stupéfaits, elle avait réuni autour d'elle une avant-garde de proches compagnons, choisis parce qu'ils étaient en moins mauvais état que les autres, et s'était taillé un chemin à coups de griffes et de morsures en suivant une ligne aussi droite que possible jusqu'à son ennemie jurée.

La soif de sang s'était emparée de Hreeza. Elle n'avait pas conscience des nombreuses blessures mineures qui suintaient dans sa fourrure abîmée et elle ignorait de même la brûlure des longues entailles ouvertes dans ses flancs par des griffes hostiles. Le brouillard rouge de la bataille embrumait son esprit et luisait dans son regard, et son vieux cœur fatigué était prêt à éclater d'un orgueil farouche mêlé de colère et de chagrin pour ses pauvres et vaillants compagnons déjà tombés au combat. Leurs cris d'agonie résonnaient encore – et résonneraient toujours – dans son esprit.

Si la vieille panthère avait été humaine et avait cru en de telles choses, elle se serait dit que les dieux étaient avec elle cette nuit-là. Mais en réalité, c'était à son ennemie qu'elle devait sa bonne fortune. Gristheena l'impitoyable, la brutale, la fanfaronne, était certes la femelle dominante, mais personne ne l'aimait. Déjà, sans que Hreeza le sache, le cours de la bataille était en train de tourner en sa faveur. La plupart des panthères, reconnaissant d'anciens amis et d'anciens compagnons de tanière parmi les Chuevah, les avaient accueillis avec joie et avaient renoncé à défendre leur chef, à laquelle elles n'obéissaient que par peur d'être exclues à leur tour. En découvrant que la très respectée Hreeza était Première Femelle des Chuevah, les félins du cratère changèrent de camp à une vitesse stupéfiante. Hreeza ne rencontra guère de résistance en escaladant le flanc de l'éperon rocheux de corniche en corniche. Si elle avait eu l'esprit fixé davantage sur son environnement, et un peu moins sur sa proie, elle aurait remarqué que de nombreuses panthères reculaient respectueusement pour la laisser passer.

Gristheena se tenait à la pointe de l'éperon, entourée par son cénacle de brutes favorites. Les grosses panthères formaient une masse solide et grondante qui bloquait le chemin de Hreeza. Pendant un instant de démence, la vieille panthère assoiffée de sang eut envie de les attaquer de front et de se tailler un chemin jusqu'à son ennemie à coups de griffes et de crocs. Mais elle était sage et rusée et n'avait pas vécu si longtemps pour rien. Elle retrouva son sang-froid juste à temps, s'arrêta et poussa, de sa vieille voix grinçante, un feulement de défi discordant et propre à glacer le sang :

— *Sors de là, espèce de lâche, et viens te battre !*

Perchée sur son trône d'obsidienne, la Première Femelle baissa les yeux sur sa rivale et éclata de rire.

— *Quoi, tu veux que je me batte avec toi, vieux sac d'os édenté ? Tes griffes sont tout émoussées et le voile de l'âge recouvre tes yeux !* ricana-t-elle. *Pourquoi devrais-je me salir les pattes sur ta fourrure infestée de puces ? Ô, mes partisans, débarrassez-moi de cette vermine de Chuevah !*

— *Attendez !* s'écria Hreeza dans un grondement sourd et menaçant qui suffit à immobiliser toutes les panthères dans le cratère. *Tu ferais mieux de te battre contre moi, espèce d'ordure,* siffla-t-elle. *Sinon, toutes les panthères du clan sauront que Gristheena n'a plus le feu sacré en elle et que leur Première Femelle ne sait même plus se défendre contre une vieille Chuevah chancelante et à moitié affamée – tout ça parce qu'elle a peur !* (Cette fois, ce fut au tour de Hreeza de rire, et ses moqueries hérissèrent le poil de tous les félins qui l'entendirent.) *Tu parles d'une Première Femelle ! Après ça, même le plus petit chaton n'aura pas peur de venir te défier ! Les femelles feront la queue pour prendre ta place !*

Les oreilles de Gristheena s'aplatirent sur son crâne. Sa queue fouetta l'air et de la bave dégoulina de ses mâchoires lorsqu'elle dévoila ses crocs en un grondement terrifiant. Sans autre avertissement, elle passa à l'attaque.

— Par ici ! s'écria Chiamh.

Si l'Œil-du-Vent n'avait pas renforcé sa voix grâce à la télépathie, il est peu probable qu'Anvar l'aurait entendu par-dessus le vacarme des cris stridents et des crachotements des félins. Le Mage était soulagé que Chiamh ait réussi, grâce à son Autre Vue, à ne pas perdre la trace de Wolf et de Meiriel, car Shia et Khanu, capables de s'insinuer entre les corps félins qui se pressaient tout autour, avaient déjà disparu loin devant les deux hommes. Pour sa part, Anvar avait depuis longtemps perdu la Mage de vue dans la confusion qui faisait rage au fond du cratère.

— Par là ! s'exclama l'Œil-du-Vent en pointant du doigt.

Anvar aperçut la Mage, vêtue d'un improbable patchwork de haillons et de bouts de cuir et de fourrure, qui serrait contre elle un paquet qui devait être Wolf. Sous les yeux des deux hommes, elle atteignit le bas de l'éperon rocheux et commença à l'escalader telle une araignée.

— Viens ! fit Anvar en tirant Chiamh par le bras.

De sa main libre, il serra plus fortement la poignée de son épée. Bien que profondément réticent à l'idée de blesser l'un des congénères de Shia, le Mage s'inquiétait tant pour la sécurité de Wolf qu'il était prêt à se tailler un chemin dans la masse à coups d'épée si nécessaire. Heureusement, ce ne fut pas le cas. Les panthères paraissaient s'effacer devant les deux hommes, comme si elles aussi se dirigeaient vers la corniche d'obsidienne. Anvar et Chiamh parvinrent sans encombre au pied de l'escarpement, et le Mage s'élança rapidement à l'assaut de la paroi inégale en laissant l'Œil-du-Vent faire de son mieux pour mener à bien l'escalade.

Gristheena bondit sans effort par-dessus ses partisans pour atterrir de tout son poids sur la vieille panthère – tout ça pour découvrir que Hreeza n'était plus là. Les griffes de Gristheena crissèrent en heurtant la roche immuable et ses mâchoires se refermèrent uniquement sur sa propre langue. Du sang éclaboussa son museau tandis qu'elle hurlait son humiliation et sa rage – puis elle hurla de nouveau lorsque des mâchoires en acier se refermèrent sur les os délicats de sa queue. Gristheena fit volte-face en feulant, mais son cri de guerre se noya dans les insupportables rires des panthères qui observaient le spectacle. Hreeza tira une dernière fois sur la queue de Gristheena, provoquant une douleur atroce, avant de sauter sur le côté avec légèreté.

La bataille continua à faire rage au sommet de l'éperon tandis que les deux panthères virevoltaient chacune autour de l'autre en s'attaquant avec leurs grandes griffes incurvées. Plusieurs fois, la Première Femelle tenta à nouveau de fondre sur Hreeza en comptant sur sa force et son poids supérieurs afin de clouer la vieille panthère au sol. Mais, chaque fois, Hreeza esquiva, en portant de temps à autre un coup efficace sur le museau ou les flancs de son ennemie. Mais la vieille panthère se fatiguait, ses mouvements se faisaient moins fluides, ses flancs se soulevaient avec effort et elle avait du mal à reprendre son souffle qui devenait de plus en plus rauque.

L'espoir retrouvé poussa Gristheena à faire preuve d'une démonstration inattendue de vitesse et d'agilité. Les muscles puissants de ses hanches l'aidèrent à réaliser un saut impossible, en avant puis de côté, afin de prendre la vieille panthère par surprise. Cette fois, impossible de lui échapper. Le poids de Gristheena fit rouler Hreeza sur elle-même encore et encore. La vieille panthère entendit une côte se briser et sentit une douleur au fer rouge envahir son flanc, une douleur qui l'étranglait chaque fois qu'elle essayait de respirer. Les lourdes pattes de Gristheena la renversèrent et la traînèrent sur toute la surface de l'éperon, en la frappant chaque fois avec une force stupéfiante. Ses griffes ouvraient de longues éraflures dans la fourrure de Hreeza.

Celle-ci donna un coup de patte à l'aveuglette, avec l'énergie du désespoir, et devina qu'elle avait atteint sa cible. Elle sentit même l'odeur du sang ennemi. De son côté, Gristheena referma ses crocs sur l'oreille de son adversaire et la tailla en pièces. Hreeza ravala un cri de douleur et essaya de lui échapper, mais ses muscles fatigués n'avaient plus assez de force. Encore un instant, et tout serait terminé. Gristheena avait cloué la vieille femelle contre la roche et s'efforçait de la retourner sur le dos, dans une position où elle ne pourrait plus se défendre contre les grandes griffes qui l'éventreraient et les terribles crocs blancs qui s'enfonceraient dans sa gorge pour permettre à son ennemie de boire son sang.

Meiriel se tenait près du bord de la pointe rocheuse noire. Lorsqu'elle se retourna pour lui faire face, Anvar vit le choc et la stupéfaction se peindre sur les traits de la Mage. Puis, dans la seconde qui suivit, il fut pratiquement jeté à la renverse par une grosse boule de muscles et de fourrure noire qui grondait. Au sommet de l'escarpement, deux grandes panthères luttaient à mort.

Anvar retrouva son équilibre et bondit en direction de Meiriel qui l'esquiva, glissant comme du vif-argent hors de portée de sa lame. Levant son épée, il voulut de nouveau se jeter sur elle, mais la Mage s'éloigna de lui en décrivant un tour sur elle-même et se retrouva tout au bord de l'éperon.

— Arrête ! cria-t-elle en levant au-dessus de sa tête le louveteau gémissant qui se tortillait entre ses mains. (Anvar se figea, horrifié.) Si tu fais encore un pas, siffla la Mage, je le jette dans le vide.

Un frisson glacé parcourut l'échine d'Anvar. La vie de Wolf ne tenait plus qu'à un fil. Qu'allait-il faire maintenant ? Et où diable pouvait bien se trouver Chiamh ?

— Recule, Anvar, ordonna Meiriel d'une voix douce et menaçante. Éloigne-toi de moi, mécréant mortel, ou je te ferai regretter de t'être un jour mêlé des affaires des Mages !

Anvar mit un moment à comprendre ce que ces paroles impliquaient. Puis il laissa échapper un hoquet de stupeur. Meiriel ne savait pas ! Elle le considérait toujours comme le simple serviteur mortel d'Aurian. Elle ignorait totalement qu'il possédait du sang de Mage – et les pouvoirs qui allaient avec. Anvar sourit intérieurement et rassembla la force magique qui se trouvait en lui tout en se triturant les méninges à la recherche d'un sort qui lui permettrait de vaincre Meiriel en mettant Wolf à l'abri du danger. Peut-être que, s'il parvenait à les figer hors du temps…

Derrière le Mage retentirent le feulement furieux d'un grand félin et le bruit sourd d'un corps qui tombe. Involontairement, Anvar sursauta, et Meiriel profita de cette demi-seconde de distraction pour disparaître. Anvar regarda éperdument autour de lui en crachant une insanité, mais cela ne servait à rien. La Mage n'était plus là.

Hreeza, ses griffes fermement plantées dans une petite crevasse, se tapit au ras du sol tout en tenant sa position, les membres tremblants sous l'effet de la tension et un nœud glacé de stupéfaction tout au fond d'elle. La mort ne lui faisait plus vraiment peur à présent ; c'était la deuxième fois en autant de mois qu'elle s'en approchait. Mais son échec la dégoûtait.

Gristheena, quant à elle, avait le cœur gonflé d'orgueil et de triomphe. Déjà, elle sentait le goût de la victoire. Afin d'avoir une meilleure prise, elle enfonça ses griffes acérées et redoutablement incurvées dans la roche noire de la corniche et poussa la vieille panthère de toutes ses forces. La Première Femelle laissa échapper un grondement sourd qui venait de la gorge. Elle avait peine à croire que ce vieux sac d'os tout maigre avait encore la force de résister à un tel assaut. Mais ce n'était qu'une question de temps, de toute façon…

Soudain, quelque chose d'énorme et de lourd heurta Gristheena de côté et lui coupa le souffle. Elle perdit sa prise sur Hreeza et s'étala de tout son long, clouée au sol contre la pierre noire et froide par le poids d'un autre félin. À moitié sonnée, Gristheena secoua la tête, ouvrit les yeux et battit des paupières, stupéfaite et incrédule. Au-dessus d'elle, se découpant sur la pâleur de l'aube, se dressait la silhouette de son ennemie jurée.

— J'aurais dû te tuer quand j'en avais l'occasion ! gronda Gristheena.

— Mais tu ne l'as pas fait, répliqua Shia d'une voix aussi froide et inexorable qu'un glacier. *Tu as échoué, Gristheena. Ton règne est terminé.*

La dernière chose que vit Gristheena, ce fut l'or brûlant des yeux de Shia qui reflétaient l'éclat du soleil levant. Puis les mâchoires puissantes de la panthère se refermèrent sur sa gorge, et tout devint obscur.

Meiriel rit doucement de son triomphe en se faufilant, invisible, à l'autre bout de l'éperon. Au cours de sa longue et fastidieuse attente, la Mage s'était occupée en perfectionnant un sort d'illusion qui repliait l'air autour d'elle, lui permettant de se dissimuler alors qu'elle se tenait au vu et au su de tous. Cela avait marché – mieux encore qu'elle l'aurait imaginé.

La satisfaction d'avoir réussi sa ruse l'aida à encaisser le choc qu'elle avait reçu lorsque, à son retour sur les Griffes d'Acier, elle avait trouvé son alliée, Gristheena, et ses sujets en état de siège. La Mage n'était pas contente. Comment cela avait-il pu arriver ? Cette soudaine attaque contre Gristheena avait-elle quelque chose à voir avec son adversaire à elle ? Un frisson remonta le long de l'échine de Meiriel. Pendant tous ces longs mois, elle avait continué à considérer Aurian comme l'élève impulsive et inexpérimentée qu'elle était autrefois à l'Académie. Mais, de toute évidence, elle avait sous-estimé la puissance de la jeune Mage.

Non sans effort, Meiriel maîtrisa la panique qui menaçait de s'emparer d'elle et se ressaisit. Tant qu'elle détenait l'enfant d'Aurian, la mère de ce dernier ne pourrait pas lui faire de mal. Meiriel resserra son étreinte sur l'abomination illégitime qu'Aurian avait mise au monde, même si le simple fait de toucher cette satanée créature suffisait à la rendre malade. Le louveteau protesta en gémissant. Il se débattait de moins en moins à présent, mais cela n'avait aucune importance. Il suffisait de le garder en vie jusqu'à ce que la Mage soit certaine qu'Aurian était morte – ou du moins jusqu'à ce qu'elle ait trouvé un moyen de s'occuper d'elle une fois pour toutes.

Le ciel avait pâli, passant de l'obscurité nocturne à un bleu riche et profond qui commençait à s'illuminer derrière les pics déchiquetés des Griffes d'Acier. Le petit vent froid qui avait finalement réussi à bannir les nuages serpentait à travers le sol de roche noire du canyon. Toutes les panthères avaient disparu à présent, attirées vers l'éperon rocheux afin d'assister à la bataille des reines. Meiriel ouvrit son esprit pour essayer d'entendre les pensées de Gristheena, mais elle ne rencontra qu'un néant absolu. La peur lui noua l'estomac. Gristheena était morte ? Impossible ! Mais, si son alliée avait été tuée, alors elle-même ferait mieux de sortir d'ici – et vite ! Accélérant le pas, Meiriel se dirigea vers la gueule béante du tunnel qui permettait de sortir du cratère et se précipita à l'intérieur.

Il s'agissait d'un boyau inégal, étroit et si long qu'elle dut se courber. Même sa nyctalopie de Mage ne parvenait pas à percer entièrement les ténèbres. Néanmoins, l'obscurité et les solides parois de roche autour d'elle donnaient à la Mage le sentiment qu'elle avait enfin trouvé une certaine sécurité, même si elle savait que c'était illusoire. Elle abandonna donc son sortilège d'illusion qui puisait inutilement dans ses énergies. Lorsqu'un cercle de pâle lumière diurne apparut devant elle, Meiriel s'en approcha presque avec réticence. Mais elle ne pouvait rester cachée dans l'ombre éternellement. Lorsqu'elle sortit prudemment de la galerie et qu'elle s'avança sur une vaste corniche en pente accrochée au flanc de la montagne, elle fut agressée par le bruit tonitruant de battements d'ailes dans le ciel au-dessus de sa tête. Une bourrasque de vent lui projeta des graviers et de la poussière au visage et faillit la faire tomber à la renverse. Luttant pour retrouver son souffle, Meiriel essuya ses yeux larmoyants… et s'étrangla de nouveau, terrorisée à la vue d'Aurian.

Une sueur froide inonda le corps de la Mage. Le temps lui parut s'étirer et se ralentir tandis qu'elle contemplait le visage implacable de son adversaire et que son esprit hurlait son incrédulité. Elle avait souhaité si fort la mort d'Aurian qu'elle n'avait jamais vraiment cru la voix mystérieuse entendue sur le Wyndveil. Elle se souvenait d'avoir plongé son couteau vers le cœur d'Aurian et d'avoir senti une secousse quand la pointe avait heurté une côte. Elle se souvenait également du sang noir qui avait jailli autour de la terrible lame. Aurian aurait dû être morte !

L'intéressée se débarrassa d'un coup de pied du tas de mailles emmêlées sous ses semelles. Son épée glissa en sifflant hors du fourreau, cette même épée dont Meiriel se souvenait parfaitement. Dans son autre main, la Mage tenait un bâton surmonté d'une grande gemme verte incrustée entre les mâchoires de deux serpents. L'objet irradiait une puissance qui tordait l'air autour de lui et inondait la pâle lueur de l'aube d'un feu émeraude rayonnant. En le voyant, la terreur envahit le cœur de Meiriel qui recula d'un pas, malgré elle, en tremblant. Par réflexe, elle érigea un bouclier magique autour d'elle, même si elle doutait qu'il tiendrait longtemps face au pouvoir du bâton. En attendant, il lui donnerait peut-être le temps dont elle avait besoin pour réagir.

— Tu es pâle, Meiriel. Aurais-tu vu un fantôme ? (La voix d'Aurian claquait comme un coup de fouet et ses yeux brillaient de l'éclat argenté et glacé de sa fureur.) Rends-moi mon enfant.

Le désespoir permit à Meiriel de retrouver un certain courage. Elle serra Wolf plus fort encore sur sa poitrine et referma sa main autour de la gorge du petit.

— Oblige-moi à te le rendre, ricana-t-elle. Frappe-moi et ton bâtard mourra avec moi. Et, si tu essaies d'appeler mentalement tes compagnons à l'aide, je le tuerai.

Aurian se sentait encore faible et vidée à cause de l'effroyable blessure qu'elle avait reçue et de l'énergie que lui avait coûtée sa guérison. Elle tremblait tant elle avait du mal à contenir sa rage. Mais elle devait absolument, plus que jamais, garder les idées claires, même si la vue de son enfant avec la main de Meiriel autour du cou lui déchirait le cœur. Intérieurement, elle maudit les Ailés, trop lâches pour s'aventurer au cœur du territoire de leurs ennemis félins ou pour prendre le risque d'attaquer une Mage. Leur réticence lui avait fait perdre de précieuses secondes pendant qu'elle s'extrayait de leur filet. Si elle avait été en mesure de frapper son ennemie pendant que celle-ci était encore aveuglée par la poussière, tout serait terminé à présent et Wolf serait en sécurité.

Différentes possibilités traversèrent l'esprit d'Aurian qui les rejeta toutes rapidement. Pas question non plus de figer Wolf et son ennemie hors du temps jusqu'à ce qu'elle puisse recevoir de l'aide. Protégée par son bouclier, Meiriel serait capable de tuer l'enfant avant que le sort puisse faire effet. Tout ce que pouvait faire la jeune femme, c'était gagner du temps et espérer que ses compagnons penseraient à fouiller le tunnel avant qu'il soit trop tard.

Aurian contempla les traits ravagés et la chevelure emmêlée de la femme au regard fou. Elle se rappela alors avec tristesse la guérisseuse toujours impeccable, vive et efficace qui lui avait sauvé la vie et enseigné les précieuses connaissances qui l'avaient bien souvent sortie d'un mauvais pas.

— Meiriel, pourquoi ? l'implora-t-elle. À quoi bon tout ça ? Tu ne vois donc pas que ton ennemi devrait être Miathan, et pas moi ? Et je ne peux pas croire que toi, entre tous, tu voudrais faire du mal à un enfant innocent…

— Quel enfant ? s'écria Meiriel. C'est une abomination !

Aurian serra les dents et ravala sa colère afin de ne pas s'aliéner davantage cette folle.

— Wolf est un enfant normal, Meiriel, sauf que Miathan lui a lancé une malédiction. Je suis sûre que, si tu joignais tes pouvoirs aux miens, tu pourrais m'aider à lever la malédiction.

La haine tordit le visage de l'autre Mage.

— Tu veux que je t'aide ? Sans toi et ton sale amant mortel, et ce monstre au sang mêlé que tu as mis au monde, mon Finbarr serait toujours en vie.

C'était donc ça. Aurian n'avait nourri jusqu'alors qu'un espoir bien mince, mais elle comprit avec une certitude absolue que Meiriel ne pourrait être raisonnée.

— Dans ce cas, il semblerait que nous soyons dans une impasse, répliqua-t-elle d'une voix tendue. Je ne peux attaquer tant que tu détiens Wolf, mais, si tu le tues, il ne restera plus rien à négocier – et la mort sera alors la plus agréable des options qui se présenteront à toi.

— Ce serait vrai si tu pouvais me garder ici, répliqua Meiriel.

Aurian vit le front de la Mage se plisser en signe de concentration. Puis la folle fit un geste sec et l'air autour d'elle se mit à miroiter tandis qu'elle commençait à disparaître. Mais Aurian, grâce aux pouvoirs du Bâton de la Terre, vit à travers l'illusion, et son esprit vif entrevit aussitôt les débuts d'un plan. Tant qu'elle lançait son sortilège d'invisibilité, son ennemie ne pouvait maintenir en même temps son bouclier magique. Aurian poussa un juron et regarda éperdument autour d'elle en feignant la consternation. Puis, tandis que Meiriel, persuadée d'être invisible, tournait les talons pour s'éloigner furtivement, Aurian attaqua, laissant tomber le Bâton de la Terre pour agripper son épée à deux mains. Coronach décrivit en sifflant un arc de cercle étincelant et terrible qui s'acheva sur la nuque de Meiriel. La folle s'effondra sans un bruit, mais, alors même que sa vie s'échappait, elle chuchota dans son esprit un dernier mot qu'Aurian entendit par télépathie :

Finbarr...

Puis la jeune femme tomba à genoux en hurlant, dévastée par le passage de vie à trépas de Meiriel. Malgré tout, malgré la douleur et ses tempes bourdonnantes, elle se mit à ramper sur les rochers glissants et couverts de sang chaud. Dans un effort déchirant, elle retourna le corps de Meiriel sur le dos et vit la tête ballotter, à moitié détachée du tronc. Mais la Mage se moquait de cette horrible vision. La douleur liée à l'agonie de son ennemie s'atténuait à présent, lui permettant de recouvrer sa vision. Wolf était pris sous un pli de la cape de Meiriel et gémissait sa terreur de façon pitoyable. Aurian déchira le lourd tissu trempé, l'écarta et prit dans ses bras son enfant taché de sang et gémissant.

Un rapide examen à l'aide de son sens de guérisseuse confirma que Wolf n'avait pas été physiquement maltraité, à l'exception du froid, de la faim et d'une ou deux ecchymoses. Cependant, même si le lien mental qui existait entre la mère et le fils s'était affaibli depuis la naissance de ce dernier, Aurian sentit combien il était choqué et affecté. Puisqu'il partageait son héritage, il était probable qu'il avait ressenti, lui aussi, le trépas de la femme qui l'avait enlevé. Aurian lutta pour reprendre le contrôle de ses émotions afin de pouvoir le calmer et le rassurer. Trop soulagée pour seulement songer à se lever, elle resta à genoux dans le sang de Meiriel en berçant son fils contre elle et en remerciant les dieux qu'il soit indemne.

Anvar déboucha en courant du tunnel, Chiamh sur ses talons. Après avoir frénétiquement cherché Meiriel, il avait été assailli par les soubresauts de son agonie, ce qui lui avait permis de la localiser enfin. Lorsqu'il vit Aurian à genoux près du corps de la Mage avec Wolf serré contre sa poitrine, le cœur du jeune homme faillit s'arrêter. Il courut vers sa compagne avec un mélange déroutant de colère, d'anxiété et de soulagement et, lorsqu'il se laissa tomber à genoux à ses côtés, les questions se bousculèrent sur ses lèvres tant il avait hâte de savoir.

— Tu vas bien ? Et Wolf, comment il va ? Tu n'es pas un peu folle de venir ici te battre si tôt après qu'elle a failli te tuer ?

Pour la première fois, Aurian détacha son regard de son enfant, et une lueur de colère traversa son regard tandis qu'elle dévisageait d'abord Anvar, puis l'Œil-du-Vent, puis à nouveau Anvar.

— Il fallait que je vienne. Regardez comme vous avez failli tout gâcher, répliqua-t-elle sèchement. (Puis son expression s'adoucit, et la jeune femme posa la main sur le bras d'Anvar.) Je suis désolée, je ne pensais pas ce que je viens de dire, même si vous méritez plus que des paroles sévères pour avoir essayé de droguer mon vin. Bande d'idiots, vous pensiez vraiment que j'allais tomber dans le panneau ?

Anvar regarda Chiamh et vit la consternation se refléter sur le visage de son ami. Alors, à son propre étonnement, il éclata de rire. C'était par pur soulagement, il le savait, mais aussi en réaction aux événements éprouvants de ces dernières heures : l'enlèvement de Wolf, Aurian qui avait bien failli mourir, la sanglante bataille des félins et la déchirure mentale provoquée par la mort de Meiriel. Aurian croisa son regard et, brusquement, elle se mit à rire avec lui, de la même façon qu'ils avaient chassé leur terreur, voilà bien longtemps, dans les tunnels obscurs sous Dhiammara, lorsque tous deux avaient cru qu'il avait péri écrasé par une pierre. Même si leur hilarité échappa dangereusement à leur contrôle pendant un moment, Anvar sentit les peurs et les tourments de la nuit se dissiper, comme si, au fond de lui, une corde d'arc tendue à se rompre commençait enfin à se relâcher.

Finalement, les éclats de rire d'Aurian s'achevèrent par un bruit qui ressemblait étrangement à un sanglot. Maladroitement, elle serra Anvar contre elle, avec Wolf coincé entre eux deux. Anvar la serra en retour aussi fort qu'il le put tout en faisant attention au louveteau, puis les deux amants se séparèrent à contrecœur et se relevèrent péniblement avant de se tourner vers l'Œil-du-Vent perplexe. Aurian lui donna une tape sur l'épaule.

— Merci, Chiamh, mon ami, pour toute l'aide que tu nous as apportée cette nuit. Mais, la prochaine fois, n'essaie pas de glisser tes étranges décoctions de Xandim dans mon vin.

Chiamh sourit d'un air penaud.

— On dirait que ça n'a pas servi à grand-chose, dans tous les cas. Mais tu dois te reposer à présent, mon amie, avant de perdre tous les bénéfices de ta guérison.

— Tu as raison, je suis si fatiguée que je tiens à peine debout. (Aurian soupira et passa son bras sur ses yeux d'un air las. Elle grimaça en s'apercevant que le revers d'une de ses manches venait de laisser une trace de sang sur sa joue.) En plus, il faut ramener Wolf à la maison. Où sont Shia et Khanu ?

Anvar la vit froncer les sourcils d'un air inquiet.

— Encore dans le cratère. Je ne sais pas ce qui leur est arrivé. Chiamh et moi les avons perdus de vue pendant qu'on cherchait Meiriel…

Il s'interrompit. Aurian ne l'écoutait plus. Les yeux dans le vide, elle était en train d'appeler les félins. Puis elle revint brutalement à elle.

— Shia dit que Hreeza est ici et qu'elle est blessée.

— Hreeza ? s'exclama Anvar, stupéfait. Mais comment diable est-elle arrivée jusqu'ici ?

Aurian haussa les épaules.

— Allons le découvrir. Non – attends.

Fourrant Wolf dans les bras d'Anvar, elle se tourna de nouveau vers le corps de Meiriel. Anvar vit sa compagne serrer les mâchoires en se penchant sur l'horrible tête pour fermer les yeux vitreux. Pendant un moment, elle resta ainsi à lisser les cheveux emmêlés de la Mage. Anvar fut surpris de voir des larmes briller dans les yeux de sa compagne.

— Je suis désolée, Meiriel, chuchota-t-elle.

— Comment ? (Anvar ne réussit pas à se contenir.) Pourquoi devrais-tu être désolée ? Elle avait l'intention de tuer Wolf et elle a bien failli te tuer, toi, bon sang !

Aurian secoua la tête.

— Non, ce n'était pas Meiriel, expliqua-t-elle doucement. Je pleure la disparition de la guérisseuse que j'ai connue autrefois et qui était mon amie. Elle m'a sauvé la vie quand j'étais enfant et m'a enseigné l'art précieux de la médecine. (Puis son expression se durcit.) Quant à la folle qui a essayé de tuer mon fils, elle a eu ce qu'elle méritait.

Elle se releva d'un bond et essuya ses mains sanglantes sur sa cape avant de les lever dans les airs. Un trait de flammes jaillit de ses doigts et vint consumer le corps de Meiriel, étendu à l'endroit où il s'était effondré, sur la roche ensanglantée des Griffes d'Acier.

— Maintenant, on peut s'en aller.

Tournant le dos au bûcher, Aurian se baissa pour ramasser le Bâton de la Terre, qui gisait dans une mare de sang. Anvar, voyant l'Artefact maculé du sang d'un Mage, sentit un frisson de malaise s'insinuer le long de sa colonne vertébrale. Les pensées de sa compagne suivirent d'ailleurs le même chemin.

— Mince, marmonna Aurian. Couvert de sang, voilà qui n'est pas un bon présage.

Non sans réticence, elle prit le Bâton... et faillit le relâcher en criant de surprise. Lorsque ses doigts avaient touché et soulevé l'Artefact, celui-ci avait brillé pendant un instant d'un éclat émeraude aveuglant. Une fois la lueur éteinte, toute trace de sang avait disparu.

— Incroyable ! souffla Anvar.

Aurian tenait le Bâton comme si les serpents jumeaux allaient la mordre.

— Oui, approuva-t-elle, mais pourquoi ?

Chiamh s'avança pour examiner de près le Bâton à cause de sa myopie. Cependant, il prit garde à ne pas le toucher. Puis il regarda la Mage.

— Aurian, pourquoi as-tu choisi de tuer la folle avec ton épée et non avec ce puissant outil magique ?

— Je... (Aurian fronça les sourcils.) Eh bien, pour commencer, je dirais que le risque de blesser Wolf était trop important. Mais c'est surtout parce que cela ne me paraissait pas bien. (Pendant quelques instants, elle chercha ses mots.) Il s'agit de l'une des quatre Grandes Armes destinées à lutter contre la destruction. Si je l'avais utilisée pour tuer, alors... (Elle frémit.) Quelque chose de terrible se serait produit. Oh, ça aurait marché, j'en suis sûre, mais il y aurait eu une espèce de recul, ou de choc en retour. Je me souviens des paroles du Léviathan au sujet d'une arme à deux tranchants...

Elle haussa les épaules, incapable d'expliquer les choses mieux que cela. Chiamh frémit à son tour.

— Aurian, tu es pleine de sagesse – et pour cela, je remercie la déesse.

Anvar dévisagea Aurian avec inquiétude car il la trouvait bien pâle. Même si elle essayait de le cacher, il voyait bien qu'elle tremblait de fatigue. Glissant Wolf au creux de son bras, le Mage passa l'autre autour des épaules de sa compagne.

— Viens, allons chercher Shia. Ensuite, nous pourrons rentrer à la forteresse.

Aurian acquiesça.

— Je pourrais dormir pendant un mois, même si nous ne disposons pas d'un laps de temps pareil.

Presque après coup, elle se pencha pour ramasser Coronach qui gisait toujours sur le sol. Elle essuya la lame sur sa cape avant de la remettre au fourreau. Puis, coinçant le bâton à sa ceinture, elle ouvrit les bras pour prendre son fils.

Les rochers non loin du sommet du grand éperon noir étaient glissants à cause du sang dont ils étaient maculés. Celui-ci recouvrait également les bottes et les mains d'Aurian, qui avait dû les utiliser pour escalader péniblement la dernière partie jusqu'au sommet. Avec un frisson, elle essuya ses doigts poisseux sur le revers de sa cape déjà bien sale et se languit à la pensée d'une chope de bière bien forte qui l'aurait aidée à chasser de sa gorge l'odeur et l'arrière-goût métalliques qui ne la quittaient plus.

Aurian se retourna et aperçut Chiamh en contrebas, qui attendait avec Wolf au pied de l'escarpement pendant qu'Anvar suivait la Mage de près. Lui aussi avait le teint pâle et la bouche pincée. Dieux merci, il y avait moins de cadavres de félins que ne s'y attendait Aurian après le rapide exposé d'Anvar sur la bataille. Mais certaines des blessures qu'ils avaient aperçues en traversant le canyon étaient terribles. Ayant appris par Shia que la vie de Hreeza n'était pas en danger, Aurian s'était arrêtée ici et là pour prêter main-forte quand elle le pouvait. Cependant, même en puisant dans les forces d'Anvar, déjà rudement mises à l'épreuve, et dans la puissance du Bâton, sa contribution paraissait tristement limitée.

Khanu, son épaisse fourrure arrachée par endroits et une oreille déchirée, était venu à la rencontre des

Mages afin de les escorter auprès de Shia en toute sécurité. Lorsqu'ils arrivèrent au sommet, il les conduisit fièrement entre les rangs des nombreux félins qui attendaient là. Il s'agissait d'une vision à couper le souffle. Une seule grande panthère était déjà impressionnante de par sa taille et sa puissance, alors se retrouver face à une assemblée d'entre elles… Pensive, Aurian les balaya toutes du regard, les femelles souples et musclées, les mâles puissamment bâtis, resplendissants avec leur crinière ébouriffée, les vétérans grisonnants, les jeunes tout en longues pattes et les petits semblables à des peluches noires tachetées d'or, avec leurs pattes et leurs oreilles encore trop grandes pour eux – une vision qui la fit sourire. Une centaine de pupilles dorées étincelaient et brillaient comme une horde de dragons dans la lumière du soleil levant en regardant passer Aurian avec une curiosité muette et tendue. La jeune femme, en contemplant leurs grandes griffes incurvées et leurs crocs étincelants, se réjouit brusquement d'avoir le soutien de Shia en ces lieux, car elle était aux yeux des panthères une intruse qui faisait partie de ces humains tant haïs. Si elle avait été seule, elle n'aurait pas eu le temps de prendre une nouvelle inspiration. Avec un frisson de surprise, elle se souvint brusquement de sa première rencontre avec Shia dans le cirque des Khazalims. Le lien entre elles était si fort à présent qu'il devenait presque impossible de croire que sa précieuse amie avait bien failli la tuer.

Shia se trouvait près de la pointe de l'éperon et veillait sur Hreeza. La vieille panthère, bien qu'ensanglantée et ravagée par les coups, leva la tête avec une fierté têtue pour regarder la Mage se précipiter vers son amie et l'étreindre.

— Dieux merci, tu n'as rien, dit-elle à la panthère. Comment as-tu fait pour sortir de tous ces combats sans une égratignure ?

— *La plupart de mes congénères étaient ravis de me revoir,* répondit Shia avec suffisance. *Même s'il y en a une qui ne l'était pas.*

Aurian suivit son regard en direction de l'énorme panthère qui gisait à proximité, son corps lourdement musclé complètement affaissé dans la mort. Shia se tourna ensuite de nouveau vers les siens.

— *Gristheena a été vaincue !* (Sa voix mentale résonna comme un coup de tonnerre pour faire écho à son rugissement de défi, qui fit trembler la roche sous ses pattes.) *Qui est votre chef à présent ?*

— *Shia ! Shia !*

Le simple volume sonore de cette réponse fut presque suffisant pour projeter Aurian à terre. Elle dut se maîtriser pour ne pas plaquer ses mains sur ses oreilles bourdonnantes.

— *Non.*

La réponse de Shia arrêta tout le monde au beau milieu de leurs rugissements. Pendant un moment ne régna plus que le silence, puis une vieille Chuevah aux yeux caves prit la parole au sein des derniers rangs des félins.

— *Si tu ne veux pas nous diriger, alors qui le fera ?* (Il y eut un bref tumulte tandis que ses amies essayaient de la faire taire, puis la vieille voix rauque résonna de nouveau :) *Quoi, il faut bien que quelqu'un le dise ! Ne sois pas stupide, jeune Shia ! Tu dois prendre le commandement. Tiens-tu vraiment à ce que nous revivions une nuit comme celle-là ?* (D'un grand geste de sa patte osseuse, elle balaya le paysage pour indiquer les nombreux blessés gisant au fond du cratère.) *Notre peuple a cruellement souffert de l'hiver maléfique qui vient de s'achever, ainsi que de l'injustice du règne de Gristheena. Notre nombre a grandement diminué. Il est essentiel pour nous d'avoir une Première Femelle forte, ou la tribu mourra. Tiens-tu donc à nous affaiblir davantage en poussant les meilleures d'entre nous à se défier encore et encore jusqu'à ce qu'on trouve un nouveau chef ?*

Même si l'irascible vieille panthère s'était exprimée sans y avoir été invitée, des murmures d'approbation accueillirent son discours.

— *Silence !* les interrompit Shia. *Taheera parle avec sagesse, n'est-ce pas ? Pourtant, elle est vieille. Trop vieille, d'ailleurs, d'après Gristheena, pour être encore d'une quelconque utilité à la tribu. Trop vieille pour la défier. Seuls les plus forts ont été autorisés à rester au sein de notre peuple. Seules les femelles les plus fortes ont eu le droit de régner. Cependant, regardez jusqu'où notre vénération de la force brute nous a amenés.* (Cette fois, ce fut elle qui leur rappela les nombreux félins qui gisaient à l'agonie sous leurs pattes.)

» *Mon peuple, le temps est venu de changer tout cela. Bien sûr, nous devons continuer à valoriser notre prouesse, à encourager et instruire nos petits et veiller sur nos chasseresses et nos guerrières pour le bien de la tribu. Mais faisons en sorte que la sagesse nous guide à présent.* (Shia marqua une pause et balaya de son regard d'or en fusion l'assemblée de panthères.) *Selon nos lois, parce que j'ai remporté le défi, le commandement me revient. Mais je ne peux pas rester pour vous diriger tous et toutes. Je suis liée par l'amitié, et mon chemin m'emmène ailleurs, car il n'y a pas qu'ici, sur les Griffes d'Acier, que la sécurité de notre peuple est menacée. Avec votre accord, j'ai l'intention de nommer une autre panthère pour gouverner en mon absence. Je vais confier le bien-être de notre tribu à la brave et sage panthère qui a osé, contre tout espoir, défier Gristheena et ramener chez eux les anciens et les compagnons de tanière exilés, leur épargnant la famine dans les montagnes. Ô félins, avez-vous retenu la leçon du massacre et des souffrances ? Abandonnerez-vous le règne des griffes, des crocs et de la terreur pour placer votre confiance en la sagesse ? Accepterez-vous Hreeza pour chef ?*

— *Quoi ?* s'écria Hreeza. *Moi ?*

Aurian perçut dans les pensées de Shia une certaine chaleur qui ne manquait pas d'humour.

— *Bien sûr, ma vieille amie,* répondit la grande panthère. *Qui serait mieux placée que toi ?*

Les félins se regardèrent, comme frappés par la foudre. Le retour de Shia les avait mis en émoi. Au début, ils avaient été fous de joie de voir réapparaître leur chef depuis si longtemps perdu, puis horrifiés par son amitié avec – impensable ! – certains humains. Les soins qu'Aurian avait apportés à leurs blessés les avaient rassurés en leur montrant que toutes les créatures à deux pattes n'étaient pas forcément maléfiques. Mais, lorsque Shia les avait prévenus de son départ imminent, ils avaient été stupéfaits par sa décision de les abandonner une fois de plus. Cependant, même si l'amère leçon de la nuit précédente avait porté ses fruits et les avait préparés à écouter ce discours révolutionnaire, ils n'étaient pas forcément prêts à donner leur accord. Se passer du défi rituel allait à l'encontre de toutes les croyances de la tribu.

Il y eut un long moment de silence. Puis une voix solitaire s'éleva parmi les derniers rangs.

— *Eh bien, moi je dis que nous devrions accepter Hreeza pour chef.* (Il s'agissait de nouveau de l'indomptable Taheera.) *Qu'avons-nous à perdre ?* ajouta la vieille panthère. *Nous avons suivi l'autre loi pendant si longtemps et voyez où cela nous a menés. Nous, les vieilles panthères, avons vécu de nombreuses saisons. Nous avons chassé, à notre époque, et porté des petits. Nous avons survécu à la famine et aux maladies, aux batailles et aux conflits au sein et à l'extérieur de notre tribu. Nous nous rappelons ; nous sommes sages. Devrions-nous être rejetées parce que nous sommes trop vieilles pour combattre, chasser et mettre bas ? Pourquoi la tribu ne devrait-elle pas mettre à profit nos connaissances ? Moi, je dis, laissons Hreeza essayer. Nous, les vieilles Chuevah, nous l'aiderons. Donnons-lui une chance. Si elle échoue, nous pourrons toujours revenir à l'ancienne loi.*

Un rugissement d'approbation s'éleva lorsque les vieilles Chuevah élevèrent la voix pour la soutenir. Les jeunes panthères, quant à elles, chuchotèrent entre elles, indécises et peut-être réticentes à l'idée de renoncer à leur autorité.

— *Ce sont là de belles paroles,* répliqua l'une d'elles, *mais que se passera-t-il si nous avons besoin de nous défendre ? Comment une vieille panthère saura-t-elle nous mener à la bataille ?*

Shia décida de peser dans le débat.

— *Hreeza devra choisir un chef de guerre parmi les panthères dans la fleur de l'âge. Elle désignera aussi un chef de chasse parmi les chasseresses les plus douées. Donnez-lui un an et voyez comment ça se passe. Je suis certaine que la tribu prospérera sous le règne de Hreeza.*

— *Il vaudrait mieux,* marmonna une voix au sein de la foule.

Mais, en dehors de ça, il n'y eut plus d'autres objections.

— *Hreeza pour chef !* rugit Taheera, et les montagnes elles-mêmes se mirent à trembler lorsque les autres panthères se joignirent à elle : *Hreeza ! Hreeza !*

L'intéressée se tourna vers Shia, le regard brûlant de colère :

— *Regarde ce que tu as fait, jeune idiote,* déclara-t-elle sèchement.

Mais Aurian voyait bien qu'en réalité la vieille panthère était ravie.

— Là, laisse-moi regarder ces blessures, lui dit la Mage. Les dieux savent que tu vas avoir du pain sur la planche, alors autant commencer ton règne en parfaite santé.

Anvar sortit de sa poche le sifflet en os que les Ailés avaient donné aux Mages pour les appeler.

— Quand tu auras soigné Hreeza, nous devrons rentrer à la maison, lui dit-il d'un ton ferme.

Aurian contempla les imposantes montagnes qui l'environnaient sur cette terre étrangère et elle soupira.

— Rien ne me ferait plus plaisir – si seulement nous en avions une.

9

SUR LES AILES DU VENT

Le soleil arrivait au zénith lorsque Chiamh sortit de l'entrée obscure de la forteresse xandim. Il nota l'heure avec une certaine surprise. Avait-il vraiment dormi si longtemps ? La veille, à peu près à la même heure, des Ailés quelque peu réticents l'avaient ramené des Griffes d'Acier en compagnie de Shia, de Khanu et des Mages. Glacés jusqu'aux os, tous avaient la tête qui tournait à cause de la fatigue, si bien que personne n'avait vraiment eu l'énergie de répondre aux questions anxieuses de Parric, de Schiannath et de ceux qui attendaient avec eux. Malgré la frustration évidente du seigneur de la Horde, ils n'avaient répondu qu'à ses questions les plus urgentes en partageant les bols de ragoût et le vin chaud épicé préparés par Iscalda. Puis Anvar, inquiet de l'état d'épuisement d'Aurian, avait mis fin à la réunion avec une brusquerie qui avait amené un pli de mécontentement sur le front de Parric, déjà furieux d'avoir dû rester en arrière afin de trouver des logements pour le nouvel afflux d'étrangers et de calmer son peuple, choqué par l'attaque de Meiriel.

L'Œil-du-Vent, ravi de pouvoir enfin s'échapper, avait regagné ses appartements aussi vite que possible. Après les événements harassants de la nuit précédente, il s'était laissé tomber tout habillé sur son matelas de paille et s'était endormi comme ça, avant même de penser à ramener les couvertures en fourrure sur lui.

À son réveil, Chiamh avait encore les paupières lourdes de fatigue. Dans l'espoir de s'éclaircir les idées, il avait décidé d'aller prendre un bain dans la mare glacée au pied de la cascade voisine. Enveloppant ses vêtements propres dans une épaisse et chaude couverture qui lui servirait à se sécher, il entreprit de traverser le labyrinthe de couloirs jusqu'à l'entrée de la forteresse.

Il s'arrêta sur le côté de la grande porte voûtée pour bâiller et s'étirer en contemplant l'horizon par-delà la vaste prairie en pente raide qui s'étendait devant l'imposant édifice de pierre, à l'endroit où la terre descendait à la rencontre de la mer. Il faisait frais ce jour-là, avec un vent froid qui harcelait les nœuds épars de nuages gris et laissait apparaître des rayons de soleil pour éclairer le sol entre deux averses, illuminant de plaques d'émeraude et d'or le vert et le brun ternes de la prairie et des bois. Mais les couleurs chatoyantes des tentes qui parsemaient la prairie devant la forteresse étaient plus brillantes encore.

L'Œil-du-Vent poussa une exclamation de surprise en voyant le vaste campement de seigneurs du Cheval qui était apparu en son absence, en réponse aux messages que Parric et lui avaient envoyés avant de partir pour la tour d'Incondor. Il s'était passé tant de choses depuis qu'il avait complètement oublié qu'il avait appelé ses compatriotes à se rassembler. Deux nuits plus tôt, il n'avait pas non plus vu les tentes dans l'obscurité mêlée de pluie. De plus, il avait à ce moment-là des sujets d'inquiétude beaucoup plus pressants. Cependant, les Xandims avaient répondu à l'appel du seigneur de la Horde. À en juger par les différents emblèmes distinctifs sur les tentes en peau, Chiamh vit qu'ils étaient venus de toutes les régions alentour.

En voyant tant de gens rassemblés dans la prairie, l'Œil-du-Vent recula involontairement à l'abri de l'entrée. Il n'avait jamais vu autant de monde réuni en un seul lieu, et leur présence le perturbait un peu. Il avait vécu la majeure partie de sa vie dans une solitude forcée avant que l'arrivée des étrangers transforme son existence et, même s'il savourait la chaleur de ces nouvelles amitiés et le fait d'être enfin accepté, il se surprenait parfois à regretter la paix et la solitude de sa petite vallée, ainsi que la liberté aérée de sa Chambre des Vents, où il aurait pu réfléchir et méditer un moment sur les incroyables événements d'importance capitale qui s'étaient déroulés dernièrement.

Sur une impulsion, Chiamh décida de changer ses plans et de rentrer chez lui un moment. Il pouvait tout aussi bien se baigner dans le ruisseau de sa vallée, et il devrait réellement jeter un coup d'œil dans sa caverne pour voir si tout était en ordre. Du moins, ce fut ce qu'il se dit pour se convaincre. En vérité, l'Œil-du-Vent fuyait, mais ce n'était pas une chose à laquelle il avait envie de réfléchir.

Avant tout, il allait devoir traverser le camp bondé sans être vu, mais, pour un être comme lui, cela ne présentait aucune difficulté. Il mit le pied dans une flaque de ténèbres au sein de l'entrée, saisit les fils sans substance de l'obscurité et se tissa un manteau d'ombre. Ainsi dissimulé à la vue des curieux, il s'apprêta à franchir la porte avec un sourire de cachottier.

— Salut, Chiamh !

En entendant son nom, l'Œil-du-Vent s'immobilisa en poussant un petit cri de surprise. Il se retourna et aperçut Aurian, dont la silhouette se découpait dans l'encadrement de la porte voûtée de la grande salle éclairée par des torches.

— C'est un très bon tour, lui dit-elle en s'approchant, mais je dois te prévenir, ça ne marche pas sur un Mage. Pourquoi ce déguisement, mon ami ?

Elle lui sourit, et la consternation de Chiamh fondit comme neige au soleil.

— Tu devrais regarder dehors, expliqua-t-il. On dirait que la nation xandim tout entière campe dans la prairie. Mais j'ai besoin de solitude, alors…

— J'ai interrompu ton évasion, s'excusa Aurian.

— Je ne ressens pas le besoin de te fuir. Je voulais juste rentrer chez moi un moment…

— Cet endroit n'est pas ta maison ?

Chiamh secoua la tête.

— Je vis plus haut dans la montagne, d'habitude. C'est très beau là-bas. (Brusquement, il s'aperçut que la solitude n'était peut-être pas si attirante que ça après tout.) Tu voudrais voir ?

— C'est encore loin ?

Aurian, profondément soulagée d'avoir quitté le large chemin qui serpentait à flanc de falaise, se tenait au sommet des rochers escarpés derrière la forteresse et contemplait le plateau balayé par les vents qui s'étendait devant elle. Elle ne voyait pas d'autre vallée et elle ne voulait pas rester trop longtemps éloignée de Wolf. Il dormait comme un bienheureux lorsqu'elle l'avait laissé à la garde de Bohan et des deux loups, lesquels étaient finalement rentrés en boitant à la forteresse, vaincus, les pattes en sang, pendant qu'Anvar et elle se trouvaient sur les Griffes d'Acier. Ils avaient accueilli le retour du petit avec extase et s'étaient relayés depuis pour ne pas le quitter. Cependant, même si son fils n'avait en apparence pas souffert de son enlèvement, il avait eu très peur, et la Mage voulait se trouver auprès de lui au cas où il aurait besoin d'être rassuré – même si, en vérité, le louveteau semblait tout à fait ravi en présence de Bohan et de ses parents nourriciers. Néanmoins, Aurian avait passé toute la matinée à tourner autour de lui depuis qu'elle s'était réveillée, jusqu'à ce qu'Anvar et Shia la chassent de la chambre pour lui faire prendre l'air et trouver pour leur part un peu de paix et de répit.

Anvar avait éprouvé le besoin de passer un peu de temps avec le vieil Elewin, qui n'avait eu de cesse de revoir le jeune serviteur de l'Académie qu'il avait autrefois protégé. Il semblait à présent que leurs rôles avaient été inversés. L'ancien majordome, déjà affaibli par sa maladie, avait très mal pris la mort de Meiriel. Tout d'un coup, il paraissait ratatiné, d'une certaine façon, sans énergie, morose et surtout vieux, très vieux. Anvar, le front barré du pli de l'inquiétude, était allé voir s'il pouvait changer un peu les idées de son ancien mentor. Shia et

Khanu avaient également des projets pour la journée, car ils souhaitaient se rendre brièvement aux Griffes d'Acier – à pattes cette fois – pour voir comment Hreeza s'en sortait dans son nouveau rôle de Première Femelle.

Brusquement, Aurian s'aperçut que l'Œil-du-Vent parlait ; elle s'arracha à sa rêverie à temps pour l'entendre répondre à la question qu'elle avait déjà à moitié oubliée :

— Ma vallée se trouve encore à une bonne lieue d'ici à peu près, et, oui, il va encore falloir grimper pour y accéder, expliqua-t-il en repoussant une mèche de cheveux que le vent lui avait rabattue dans les yeux.

Il nota l'hésitation d'Aurian avec une pointe de déception. Il s'était tellement réjoui de lui montrer son foyer. D'ailleurs, il venait seulement de comprendre à quel point il y tenait. Puis il eut une idée. Mais en serait-il capable ? Brusquement, il prit sa décision et se tourna vers Aurian en souriant :

— À dos de cheval, ça se fait en un rien de temps.

— Mais nous n'avons pas de cheval, protesta Aurian.

L'Œil-du-Vent esquissa un large sourire.

— Ah non ? Écarte-toi, mon amie, que je puisse te montrer un miracle.

Aurian savait, de façon abstraite, que les Xandims pouvaient se métamorphoser. Mais, parce qu'elle se trouvait en Aerillia, elle n'avait de fait jamais assisté à l'une de ces métamorphoses. Les yeux écarquillés de stupeur, elle regarda les contours du corps de Chiamh se brouiller et s'étirer ; ses os s'épaissirent, sa tête et son cou s'allongèrent et s'alourdirent, tandis que sa posture devenait celle d'un animal à quatre pattes. Tout d'un coup, la transformation fut complète. À la place de l'Œil-du-Vent se tenait un cheval bai trapu à la crinière en bataille.

— Oh, Chiamh, souffla Aurian.

Elle avait du mal à en croire ses yeux. Elle approcha le cheval avec une certaine hésitation, car elle n'était pas sûre d'oser le toucher. Il ne s'agissait pas d'un véritable animal, après tout, mais d'un homme. *C'est aussi mon allié et mon ami,* se rappela Aurian avec fermeté. Rassemblant son courage, elle posa doucement la main sur son encolure chaude et puissamment musclée.

Surpris, Chiamh recula en s'ébrouant, incapable de se maîtriser. Son esprit fonctionnait un peu différemment quand il était sous sa forme équine, et le contact d'une main humaine peu familière lui mettait les nerfs à vif. Pendant un moment, il fut tenté de se métamorphoser à nouveau. Il doutait de pouvoir la laisser monter sur son dos, finalement. Un Xandim n'en chevauchait un autre sous sa forme animale qu'en cas de besoin extrême ou de grande intimité entre les deux personnes concernées. Aurian et lui étaient devenus amis en très peu de temps mais…

L'Œil-du-Vent remarqua qu'Aurian avait reculé, elle aussi, et qu'elle ne savait pas trop si elle devait l'approcher ou pas. Elle fronçait les sourcils, et de subtils changements dans son attitude et son odeur trahissaient son anxiété. Chiamh détestait la voir ainsi, tout ça parce qu'il avait voulu faire le malin, comprit-il avec une pointe de culpabilité. N'avait-elle pas suffisamment de sujets d'inquiétude sans se soucier en plus de l'humeur capricieuse d'un cheval à moitié sauvage ? Tout d'un coup, Chiamh se décida. N'avaient-ils pas chevauché les vents ensemble ? Était-ce vraiment si différent cette fois-ci ?

Prenant fermement le contrôle de son instinct animal, Chiamh s'avança. Aurian tendit la main, puis hésita, visiblement peu sûre d'elle, et l'Œil-du-Vent se maudit de ne pas lui avoir mieux expliqué les choses avant de se transformer, car ni son Autre Vue ni la télépathie ne lui étaient accessibles sous cette forme. Pendant un instant, il envisagea de se métamorphoser à nouveau, juste pour lui parler, mais il y renonça. Il ne retrouverait sans doute pas le courage de tout recommencer à zéro. Il avança donc d'un autre pas et frotta ses naseaux le long de la main tendue de la jeune femme.

Celle-ci se détendit grâce à ce geste et le caressa.

— Chiamh, c'est stupéfiant ! Je me demande comment tu fais ça, dit-elle doucement.

Chiamh s'ébroua, fit bouger ses oreilles et secoua sa longue crinière noire. Aurian se mit à rire, ravie. Mais, dans un coin de son esprit, elle n'oubliait pas que le temps pressait.

— Tu es sûr d'avoir envie que je monte sur ton dos ? Ça ne te dérange vraiment pas ?

L'Œil-du-Vent la regarda et hocha énergiquement la tête.

— Merci, lui dit Aurian. Mais je vais avoir besoin de prendre appui sur quelque chose, puisque tu n'as pas de selle. Tu es plus grand que je l'imaginais. (Elle regarda autour d'elle et repéra un petit affleurement rocheux qui dépassait de l'herbe au sommet de la crête.) Là, ça devrait faire l'affaire.

Chiamh suivit la direction qu'elle indiquait du doigt et s'immobilisa patiemment pendant qu'Aurian grimpait sur une grosse pierre couverte de lichen. Lorsqu'elle passa une jambe en travers du dos de Chiamh, celui-ci serra les dents et ferma les yeux pour résister à l'impulsion de s'en aller. Cependant, il se sentit mieux dès qu'elle fut installée sur son dos. Elle avait déjà fait ça avant, remarqua-t-il avec surprise. Elle serra fermement les jambes, mais pas trop, et elle connaissait la juste façon de répartir son poids afin de rendre les choses faciles et confortables pour lui. Brusquement, Chiamh commença à se détendre et à apprécier la situation. Dès qu'il la sentit glisser ses doigts dans sa longue crinière rêche, il comprit qu'elle était prête et s'élança d'un bond à travers l'herbe courte et sèche du plateau.

Aurian était assise avec aisance sur le dos du cheval bai au galop, et sa chevelure flottait derrière elle dans le vent tandis que ses yeux larmoyaient à cause de la vitesse exaltante de la course. Le monde défilait à toute vitesse autour d'eux, et les éclatantes fleurs de printemps qui jonchaient la prairie n'étaient plus qu'un arc-en-ciel de couleurs sous les sabots du cheval. C'était merveilleux ! Incapable de se retenir, elle poussa un cri de joie sauvage que les pics environnants lui renvoyèrent en écho.

Cette chevauchée prit fin trop tôt à leur goût. Devant eux, Aurian vit surgir deux pierres levées qui servaient de portail à une étroite vallée dont les flancs escarpés et rocheux étaient tapissés de pins. L'Œil-du-Vent ralentit, puis s'arrêta doucement à l'ombre des pierres imposantes. La Mage glissa à terre, à contrecœur, et il s'éloigna d'elle jusqu'à avoir suffisamment d'espace pour sa métamorphose. De nouveau, Aurian vit ses contours devenir flous et s'amoindrir, puis se redresser en position debout. Puis Chiamh, l'homme, apparut de nouveau devant elle, légèrement essoufflé mais le sourire jusqu'aux oreilles.

Pendant un moment, ils se regardèrent sans pouvoir parler, puis, comme s'ils avaient échangé un signal muet, tous deux se précipitèrent pour se serrer dans les bras l'un de l'autre.

— C'était merveilleux, Chiamh, dit Aurian lorsqu'ils se séparèrent. Je ne l'oublierai jamais, aussi longtemps que je vivrai.

— Moi non plus, assura l'Œil-du-Vent. (Il tendit la main et ajouta :) Viens, laisse-moi te montrer ma vallée.

Main dans la main, ils quittèrent le plateau ensoleillé pour entrer dans l'ombre rafraîchissante des pins.

— Wolf s'est-il remis de ses émotions ? demanda Chiamh.

Ils s'étaient baignés – très brièvement – dans la mare de montagne glacée et se trouvaient à présent assis autour d'un feu hâtivement allumé à l'entrée de la grotte de l'Œil-du-Vent, à boire de la tisane chaude tout en contemplant la vallée au-delà de l'ombre de la grande flèche de pierre qui se dressait au-dessus de l'habitation. Aurian, qui tissait distraitement une guirlande de fleurs blanches en forme d'étoiles, leva les yeux au son de cette voix et acquiesça.

— On dirait, mais il est encore nerveux. Je crois qu'il a eu des cauchemars la nuit dernière, si tant est qu'un loup puisse en faire. Mais il semble plus calme et plus joyeux aujourd'hui. Autrement, je ne l'aurais pas laissé.

Chiamh acquiesça.

— Mais tu as eu raison de sortir. En dehors du fait que j'apprécie ta compagnie, ajouta-t-il en souriant, tu avais besoin de mettre tes inquiétudes de côté pendant un moment. (Son visage se fit songeur.) Cela fait combien de temps, Aurian, que tu n'as pas eu l'occasion de penser seulement à toi ?

Aurian fut touchée par son inquiétude.

— Dieux, je ne m'en souviens pas, soupira-t-elle. Probablement pas depuis la mort de Forral.

Ce souvenir, encore douloureux après tout ce temps, jeta une ombre sur cet après-midi ensoleillé.

— Ah, Forral, fit Chiamh. L'ami de Parric et le père de Wolf.

— Parric t'en a parlé ?

— Brièvement, lors de notre première rencontre. (L'Œil-du-Vent lui prit la main.) Je suis désolé pour ton deuil, dit-il doucement. (Aurian savait qu'il ne s'agissait pas là de vaines paroles.) Que s'est-il passé quand Anvar et toi êtes arrivés dans le Sud ? Comment avez-vous trouvé le Bâton et la Harpe ?

La Mage se retrouva alors à narrer ses aventures et celles de son compagnon. Même si elle essaya de faire court, le temps qu'elle en arrive au moment présent, le soleil déclinait vers les montagnes sur sa gauche et l'air devenait de plus en plus frais dans la vallée ombragée.

— Maintenant, conclut-elle rapidement, nous avons le Bâton et la Harpe, et nous devons encore trouver l'Épée, mais elle est cachée et je n'ai pas la moindre idée de l'endroit où elle se trouve.

— Je pourrais peut-être t'aider, tu sais, lui dit Chiamh. Peut-être que, si j'essayais d'avoir une vision, je serais capable de trouver sa cachette.

— Une vision ? (Aurian se pencha en avant, une lueur d'espoir dans les yeux.) Comment ça ?

— C'est... Je... (Chiamh leva les mains en signe d'impuissance, car il ne savait comment l'expliquer.) Si Anvar et toi revenez ici avec moi ce soir, je vous montrerai.

— Bien sûr. (Aurian plissa les yeux pour regarder le soleil déclinant.) Mais je crois que nous devrions rentrer à présent, Chiamh. Il se fait tard, et Wolf a peut-être besoin de moi.

Elle se leva d'un bond, puis se retourna brusquement vers son ami en pensant soudain à quelque chose. Elle avait eu l'intention de le lui demander depuis son réveil...

— Chiamh, qui est Basileus ? Est-ce que tu le sais ? Quand j'ai failli mourir, il m'a aidée. Mais qu'est-ce qu'il est vraiment ?

L'Œil-du-Vent sourit d'un air énigmatique.

— Je crois qu'il expliquera ça mieux que moi. Maintenant que tu es rentrée des Griffes d'Acier, je suis sûr que tu rencontreras de nouveau Basileus bientôt. Il le faut d'ailleurs. Mais, si tu veux rejoindre ton fils avant la tombée de la nuit, nous n'avons pas le temps d'en discuter maintenant. Peux-tu patienter encore un peu ?

— Je suppose, marmonna Aurian de mauvaise grâce car la patience n'avait jamais été son fort.

Chiamh sourit.

— Dans ce cas… Tu veux monter à nouveau sur mon dos ?

Le visage d'Aurian s'illumina.

— Oh, oui !

Lorsque Aurian et l'Œil-du-Vent, de nouveau sous sa forme humaine, descendirent le chemin creux qui menait à la forteresse en serpentant à flanc de falaise, Chiamh fut le premier à comprendre qu'il y avait un problème. Le vertige qu'éprouvait la Mage s'étendait également à ce vaste sentier, si bien que la descente s'avérait bien plus éprouvante pour ses nerfs que l'ascension. Tout au long du chemin, elle n'avait cessé de se tenir à la paroi en maudissant l'insatiable curiosité de sa race qui l'avait poussée à grimper là-haut et elle regardait partout sauf dans une seule direction – en contrebas.

— Regarde là en bas !

Aurian lança un regard noir à l'Œil-du-Vent.

— Il le faut vraiment ?

Bizarrement, Chiamh ne sourit pas devant son air déconfit.

— Oui, je crois vraiment que tu devrais jeter un coup d'œil, répondit-il avec gravité.

— Très bien, mais nous allons devoir nous arrêter une minute, sinon, j'aurai la tête qui tourne.

S'appuyant contre la rassurante paroi rocheuse sur sa droite, la Mage regarda au-delà des nombreux toits crénelés de la forteresse qui s'échelonnaient sur plusieurs niveaux. Le chemin se nichait dans une courbe, ce qui lui permettait à peine d'entrevoir la grande entrée voûtée et la foule qui s'amassait devant. Le crépuscule tombait rapidement, mais Aurian distingua les silhouettes noires de nombreuses personnes, dont plusieurs portaient des torches. Maintenant qu'elle y prêtait attention, elle entendait, porté par le vent, le faible murmure de voix qui protestaient. Aurian jura. Parric se tenait au sommet des marches de l'entrée en compagnie d'Iscalda et de Schiannath – de toute évidence, c'étaient eux la cible de la foule en colère qui agitait des lances.

— Grande déesse, nous devons absolument descendre les rejoindre, et vite ! s'écria Chiamh.

Même Aurian voyait combien c'était nécessaire.

— Pars devant, lui dit-elle. Je te suivrai aussi vite que possible.

L'Œil-du-Vent venait tout juste d'arriver en bas du chemin quand il fut enfin capable d'identifier les voix au sein de la multitude. Comme toujours, Galdrus l'autoritaire était l'un de ceux qui vociféraient le plus.

— Aussi épais de corps que d'esprit, marmonna Chiamh en courant en direction de la foule.

Mais cela ne rendait pas le guerrier moins dangereux pour autant. Galdrus était depuis toujours le chef de file de ceux qui s'étaient moqués et qui avaient martyrisé le jeune Œil-du-Vent. Pendant un instant, Chiamh hésita, puis se remit à avancer à petites foulées rapides. Il ne craignait plus Galdrus et les autres à présent. Il était temps de consolider le respect que ses compagnons xandims lui accordaient à contrecœur depuis quelque temps.

— On nous avait promis un nouveau chef, étranger, beuglait Galdrus au visage d'un Parric aux abois. Pourtant, la nouvelle lune est dans trois jours déjà et vous n'avez encore rien décidé. On ne veut plus de vous !

De nombreuses voix s'unirent à la sienne.

— Vous avez introduit nos ennemis, les Noirs Fantômes et les Ailés, parmi nous !

— Vous profanez notre forteresse avec ces saletés de loups et de magiciens étrangers !

— Vous frayez avec des hors-la-loi et des exilés !

— Vous avez maudit notre véritable seigneur de la Horde !

— On veut Phalihas !

D'autres Xandims reprirent cette incantation à leur tour.

— On veut notre seigneur !

— Libérez Phalihas !

Parric essayait de leur répondre, mais ses cris se perdaient dans les rugissements de voix si nombreuses. L'humeur de la foule devenait de plus en plus sombre. Chiamh accéléra le pas. L'un des Xandims se retourna et l'aperçut. Aussitôt, l'Œil-du-Vent comprit son erreur.

— Le voilà, l'Œil-du-Vent !

— C'est lui qui s'est rangé du côté des étrangers !

— Tout est de sa faute !

Une partie de la foule continua à lancer des injures à Parric, mais un groupe important, mené par Galdrus, s'en détacha et courut en direction de l'Œil-du-Vent, le visage tordu par la colère et la menace.

Un nœud de terreur glacée se forma dans le ventre de Chiamh, qui s'arrêta et faillit faire demi-tour, son instinct lui hurlant de s'enfuir. Puis il changea d'avis. Sa communion avec Basileus et l'arrivée des étrangers avaient transformé sa vie. Le temps n'était plus à la fuite. Attrapant le courant d'air vif qui tourbillonnait devant la forteresse, il en rassembla une poignée et la modela sous forme d'un horrible démon lumineux. Mais il n'aurait pas pu commettre pire erreur. Galdrus et plusieurs de ses compagnons avaient déjà vu ce démon. Il les avait terrifiés et humiliés à l'époque, mais ce souvenir ne servit qu'à raviver leur colère. Pire encore, ils savaient à présent que, bien que terrifiante, il ne s'agissait que d'une apparition qui ne pouvait les blesser.

— Tout va bien ! s'écria Galdrus au milieu des cris de stupeur et de panique qui commençaient à s'élever. C'est juste un tour inoffensif ! Attrapez-le !

La foule s'élança, mais, en dépit des paroles rassurantes de leur chef, quelques-uns refusèrent d'approcher la forme démoniaque qui planait devant l'Œil-du-Vent. Même Galdrus, en dépit de ses fanfaronnades, semblait éprouver quelques réticences. Pendant un instant, Chiamh respira plus librement, soulagé. Puis quelqu'un se baissa, ramassa une pierre et la lança. Avant même de comprendre ce qui se passait, Chiamh se retrouva la cible de nombreux projectiles. Une petite pierre l'atteignit à l'épaule, assez violemment pour lui laisser un bleu, et Chiamh laissa échapper un cri de douleur. Son démon vacilla et commença à disparaître. C'était la seule chose qui les empêchait encore de l'écarteler, et il allait le perdre… Alors même qu'il s'efforçait de recréer l'apparition, une autre pierre passa en sifflant près de son visage et lui entailla la joue juste en dessous de l'œil. En jurant, Chiamh laissa son démon s'éparpiller aux vents et tourna les talons.

Alors qu'il remontait en direction du chemin à flanc de montagne, l'Œil-du-Vent entendit les hurlements de la foule se rapprocher – beaucoup trop – de lui. De nombreux projectiles le frappèrent dans le dos, lui faisant mal et lui coupant le souffle, mais, malgré la douleur et la brûlure qu'il éprouvait dans les poumons chaque fois qu'il respirait, la terreur lui donnait la force de continuer à avancer en priant la déesse pour ne pas trébucher dans l'obscurité naissante. Puis une pierre lui heurta la tête. Chiamh tomba, et le monde devint noir pendant sa chute. En sang, à moitié assommé, il essaya de se relever, mais il avait la nausée et la tête qui tournait, et ses membres refusèrent de lui obéir. Ses poursuivants l'avaient presque rattrapé... Il aperçut leurs visages tordus de façon bestiale comme celui de son démon... Leurs mains se tendirent avidement vers lui...

Et s'immobilisèrent brusquement, comme si elles s'étaient heurtées à une paroi solide mais invisible qui scintillait d'une lueur argentée chaque fois qu'on la touchait.

Puis Aurian apparut et s'agenouilla à côté de lui, les yeux brillants d'un éclat métallique à cause de la colère. Dans sa main, le Bâton de la Terre rayonnait de sa mystérieuse lueur verte, prouvant qu'elle utilisait ses pouvoirs comme une barrière pour protéger l'Œil-du-Vent de ses agresseurs. Le visage à peine éclairé par son bouclier scintillant, elle le retourna gentiment sur le dos, et Chiamh sentit d'étranges picotements parcourir son corps tandis qu'elle l'examinait avec son sens de guérisseuse à la recherche, il le savait, d'os brisés ou de blessures internes. Lorsqu'elle posa une main douce sur son front, toute douleur disparut, et il fut à nouveau capable de respirer librement, même s'il avait tout à coup très envie de dormir... Chiamh lutta pour rester conscient en se rappelant qu'ils n'étaient pas encore hors de danger.

— Tu as eu de la chance, murmura la Mage avec ironie, si on peut appeler ça de la chance quand on se fait pratiquement lapider par de stupides animaux assoiffés de sang. C'est sans doute parce qu'ils ne pouvaient pas très bien te voir que tu es encore en vie.

Elle leva les yeux vers la foule enragée qui les entourait et qui essayait vainement de franchir la barrière argentée et miroitante. Beaucoup avaient sorti leur épée, mais Chiamh fut ravi de constater que la plupart reculèrent face au regard sauvage qu'Aurian leur lança. Brusquement, ils parurent beaucoup moins enthousiastes.

— Bâtards ! marmonna Aurian, les sourcils froncés.

Elle leva la main et, brusquement, brièvement, la barrière devint cramoisie en raison d'un coup de chaleur – tout comme les épées d'ailleurs. Galdrus et ses acolytes reculèrent et laissèrent tomber leurs armes luisantes en hurlant et en serrant leurs mains brûlées.

— Ça leur apprendra, fit Aurian en gloussant.

À travers le trou que la retraite de leurs adversaires avait créé, Chiamh aperçut une autre lumière mystérieuse qui approchait. Il se demanda un instant si le coup qu'il avait reçu sur la tête ne lui jouait pas des tours. Puis il entendit une musique sauvage et céleste, si belle qu'elle lui fit monter les larmes aux yeux. Choqué, il s'aperçut qu'en dépit de sa myopie il distinguait clairement les notes qui dansaient dans l'air comme une brume d'étoiles. Lorsque le chant étoilé effleura Galdrus et ses partisans, un par un, ils s'effondrèrent sur le sol comme s'ils dormaient.

La lumière étrange se fit plus forte, et Parric, Sangra, Iscalda et Schiannath arrivèrent en vue de la barrière d'Aurian. Anvar se trouvait parmi eux et continuait à jouer de la Harpe des Vents, qu'il portait au creux de son bras.

— Anvar ! Oh, que je suis contente de te voir !

Aurian fit disparaître son bouclier et se précipita pour l'étreindre. Lorsque la Harpe et le Bâton se touchèrent, la nuit autour d'eux explosa en rayons scintillants qui jaillirent vers le ciel telle une aurore crépitante de vert et de bleu argenté.

Parric et les autres reculèrent en hâte.

— Faites attention avec ces saloperies-là ! glapit le maître de cavalerie. Vous allez tous nous réduire en cendres !

Les deux Mages se regardèrent avant d'éclater de rire, et ce fut le bruit de leur hilarité qui accompagna l'Œil-du-Vent dans les ténèbres, enfin.

— Que leur as-tu fait ? demanda Aurian en désignant les Xandims inconscients sur le sol.

— Je les ai figés hors du temps grâce à la Harpe. (Anvar sourit d'un air malicieux.) J'ignorais à quel point ça serait efficace. On dirait que la Harpe a des affinités avec ce genre de magie, sûrement à cause de l'éternité qu'elle a passée au bord du Lac Intemporel de la Cailleach. J'ai fait pareil avec le reste de la foule, ceux qui ne se sont pas lancés à la poursuite de Chiamh, mais il ne s'agit que d'une solution temporaire. Les Xandims qui n'ont pas participé à l'émeute sont loin d'être contents du sort de leurs compagnons. Nous devons résoudre le problème sous-jacent, et vite.

Parric lui lança un regard furieux.

— Ce problème est le mien. C'est moi, leur seigneur, après tout.

La réponse du maître de cavalerie lui ressemblait si peu qu'Aurian le dévisagea d'un air surpris.

— Qu'est-ce qui te prend ? lui demanda-t-elle. Ce problème nous concerne tous, car nous voulons conserver l'aide et le soutien des Xandims. Nous allons tous devoir réfléchir pour trouver la meilleure solution, et nous aurons surtout besoin de Chiamh. (Elle se pencha pour vérifier l'état de l'Œil-du-Vent inconscient.) Pauvre homme. Je ne savais pas qu'ils le détestaient à ce point.

— Les Xandims sont comme beaucoup de gens qui perdent la tête ou leur bon sens face à l'inconnu, intervint Anvar, et Aurian remarqua qu'il avait les yeux fixés sur Parric.

Elle soupira. Que s'était-il passé entre les deux hommes en son absence ? *Que la peste les emporte,* songea-t-elle avec ressentiment. *On dirait que je ne peux pas les quitter plus d'un après-midi sans que quelque chose dégénère.* Haussant les épaules, elle décida de remettre ce problème-là à plus tard.

— Allez-vous laisser ce pauvre Chiamh sur le sol humide toute la nuit ? demanda-t-elle brusquement. Aidez-moi à le ramener à la forteresse. Dès qu'il se sentira mieux, nous gérerons la crise et déciderons de ce que nous allons faire ensuite.

Anvar fit la grimace.

— Ce sera plus facile à dire qu'à faire, et ce n'est pas notre seul problème. (Son visage se fit plus grave.) Aurian, je venais justement te chercher quand tout ceci a commencé. (D'un grand geste du bras, il indiqua les Xandims inconscients.) Chiamh n'est pas le seul qui ait besoin de tes soins cette nuit. C'est Elewin… Je ne sais pas ce qui ne va pas, mais… Oh, laisse tomber. (Renonçant à lui expliquer, il la prit par le bras.) Tu ferais mieux de me suivre pour t'en rendre compte par toi-même.

Le vieux majordome se mourait. Aurian le comprit à la minute où elle entra dans sa chambre. Il gisait à bout de forces sur son matelas, son visage creusé brillant d'une pâleur translucide qui provoqua chez la Mage un frisson familier le long de sa colonne vertébrale. Le grincement irrégulier de son souffle rauque écorchait le silence surnaturel qui régnait dans la pièce. Le temps semblait suspendu, comme en attente. À cause de ses précédentes visites au royaume de la Mort, Aurian était extraordinairement consciente de la présence du Spectre qui rôdait dans l'ombre en attendant son heure. Non sans effort, elle s'arracha à cette atmosphère sinistre et tenace.

— Ranime le feu, ordonna-t-elle à Anvar d'un ton brusque. Et demande qu'on nous apporte des torches.

— Tu l'as entendue, gamin, alors exécution. Je n'arrive plus à voir ma main devant mon visage.

Les Mages firent tous deux volte-face au son de cette vieille voix fêlée, et Aurian entendit Anvar hoqueter de stupeur. Cela avait toujours été l'une des expressions favorites d'Elewin. Sans le vouloir,

Aurian se souvint des froides soirées d'automne à l'Académie, et du vieux majordome prononçant cette même phrase afin de réprimander les serviteurs qui avaient tant tardé à allumer les lampes. Elle se mordit les lèvres et secoua la tête. Ce n'était pas bon signe, si l'esprit d'Elewin vagabondait dans le passé.

Parric et Sangra avaient suivi les Mages à l'intérieur de la chambre.

— Que lui est-il arrivé ? demanda le maître de cavalerie. Il allait bien, hier, enfin, pas plus mal que d'habitude en tout cas.

— C'est vrai, il allait beaucoup mieux depuis que Chiamh l'avait guéri, renchérit Sangra.

Anvar jeta de nouvelles bûches dans le feu, et les deux guerriers s'approchèrent du pied du lit en échangeant des murmures inquiets tandis que la Mage s'agenouillait au chevet d'Elewin afin d'examiner son visage à la lueur des flammes. Le majordome se tourna vers elle pour la regarder.

— Dame, demandez-leur d'arrêter de chuchoter, demanda-t-il, agité. Je n'aime pas ça.

— D'accord, Elewin, ils ne recommenceront pas, promit-elle pour l'apaiser.

Tout en parlant, elle l'examina avec son sens de guérisseuse, mais celui-ci ne fit que confirmer ce que son instinct savait déjà. Elle pouvait combattre les maladies et les blessures, mais pas l'âge et le désespoir. Le corps du vieux majordome était en train de lâcher. Elle savait déjà que son patient s'était vaillamment battu au cours des derniers mois contre la maladie et les épreuves, mais quelque chose venait de lui porter le coup fatal. Il y avait comme une ombre qui recouvrait son esprit et qu'elle ne parvenait pas à percer. Elle se demanda donc ce qui le poussait ainsi à lâcher les rênes de sa vie.

— Elewin, pourquoi ? lui demanda-t-elle franchement. Après tout ce que vous avez traversé, pourquoi abandonner maintenant ?

— Dame, je vous en prie, ne m'accablez pas, lui répondit-il d'une voix à peine plus forte qu'un murmure. Je suis fatigué. J'en ai assez de me battre. Je veux me reposer.

Il détourna le visage pour contempler les ombres. Aurian sentit un frisson remonter le long de son dos en voyant les yeux du majordome se poser sur le Spectre qu'elle était la seule, parmi tous les occupants de la pièce, à apercevoir. Elle secoua la tête. Ça n'allait plus être long, à présent.

— La mort de Meiriel l'a durement atteint, expliqua une voix douce à l'oreille de la Mage. (Celle-ci se retourna et vit Anvar, les traits tirés par le chagrin.) Aurian, je t'en prie, n'y a-t-il donc rien que tu puisses faire pour l'aider ? ajouta-t-il d'un ton suppliant.

Elle se souvint alors de l'affection qui avait toujours existé entre les deux hommes, le jeune et le vieux, du temps où Anvar était serviteur à l'Académie. Il s'exprimait d'une voix tendue tant il s'efforçait, Aurian le savait, de nier l'inévitable.

— Tu étais avec Elewin cet après-midi. Était-il comme ça déjà ? Est-ce qu'il s'est passé quelque chose qui puisse expliquer pourquoi il s'enfonce aussi rapidement ? demanda-t-elle à son âme sœur.

Bien entendu, c'était sans espoir, mais, pour lui faire plaisir, elle ne voulait pas renoncer, pas tout de suite. Elle le vit prendre la main du vieil homme et la serrer entre les siennes.

— Il a beaucoup parlé de Meiriel… et puis, il a commencé à se taire, de plus en plus longtemps, et je voyais bien pendant ce temps que son esprit vagabondait. (Anvar fronça les sourcils pour mieux se souvenir.) Ensuite, il a commencé à se plaindre de la fatigue et, quand il s'est allongé, je n'ai pas réussi à le faire lever de nouveau… Aurian, j'ai déjà vu ça, avoua-t-il d'une voix étouffée par le chagrin. C'est arrivé à mon papi, l'hiver où tu es entrée à l'Académie. C'était comme s'il avait baissé les bras. Mais ça a pris des semaines, pas des heures…

Aurian sentit un courant d'air dans le dos lorsque la porte s'ouvrit et que Chiamh entra en boitant, toujours couvert de poussière et d'ecchymoses. Elle l'avait laissé endormi dans ses propres appartements sans achever sa guérison incomplète, afin de se précipiter au chevet d'Elewin.

— Pourquoi n'avez-vous pas envoyé quelqu'un me chercher ? demanda l'Œil-du-Vent en rejoignant les Mages près du lit et en lançant un regard noir à Aurian. Moi aussi, j'ai de l'affection pour le vieil homme.

Ses yeux suivirent le regard d'Aurian vers le coin plongé dans l'obscurité, et la Mage comprit que lui aussi savait ce qui se cachait là. Il frémit et se tut.

— Prends bien soin de ta maîtresse, Anvar. (Les personnes présentes à cette veillée se retournèrent, surprises par le son de la voix d'Elewin.) Tu as mieux tourné que ce à quoi tout le monde s'attendait, excepté moi. Tu m'as montré que j'ai eu raison de placer ma confiance en toi, fiston. Je suis fier de toi. (Il détourna de nouveau le visage, ses yeux gris assombris par la douleur.) Plus que je ne le suis de moi, ajouta-t-il dans un murmure. Meiriel était malade, ce n'était pas de sa faute. La mort de Finbarr lui avait détraqué l'esprit. J'étais censé veiller sur elle et prendre soin d'elle ; c'était le moins que je puisse faire, après avoir trahi Miathan... (Les larmes coulaient sur le visage du majordome.) Mais je l'ai laissée tomber, chuchota-t-il. Je les ai tous laissés tomber. Je suis trop vieux, trop faible. Désolé...

Dans un soupir, la vie le quitta.

— Espèce de vieux fou, cria sauvagement Anvar, la voix brisée par le chagrin, en frappant la literie de ses poings. Ils ne le méritaient pas.

Aurian lui attrapa les mains.

— Le devoir, c'était sa vie, expliqua-t-elle doucement. Il n'avait pas de famille, à l'exception des résidants de l'Académie. Le devoir et la loyauté comptaient plus que tout à ses yeux, et j'imagine que c'est ce qui lui a permis de tenir le coup pendant ces derniers mois si difficiles. Mais dès qu'il a été convaincu d'avoir échoué sur les deux plans... (Elle secoua tristement la tête.) Pauvre homme.

Chiamh enfouit son visage dans ses mains. Au pied du lit, Sangra sanglotait dans les bras de Parric. Les Mages, quant à eux, pleurèrent en se serrant l'un contre l'autre. Aurian regarda par-dessus l'épaule d'Anvar en direction des ombres au sein desquelles s'était tenue la Mort, mais le coin était désert à présent, le Spectre avait disparu. Cette fois, il avait obtenu son dû – mais son arrivée avait été accueillie avec soulagement par celui qu'il était venu chercher. Après de longues années de bons et loyaux services, Elewin avait enfin trouvé un repos bien mérité.

10

AU SEIN DU CRISTAL

Bien en évidence sur le mur de la cuisine de l'Académie se trouvait une étagère en bois sculpté sur laquelle s'alignaient huit globes en cristal étincelant. Autrefois, tous scintillaient doucement, chacun d'une couleur différente. On trouvait des étagères identiques dans les anciens dortoirs des serviteurs et dans les guérites situées en haut et en bas du chemin escarpé qui gravissait le promontoire en partant du fleuve. Cependant, cinq des huit cristaux étaient désormais obscurs et dépourvus de vie – les Mages auxquels ils appartenaient ne donneraient plus jamais d'ordre ni n'imposeraient leur volonté à travers eux. Seuls trois brillaient encore, le rouge, le blanc argenté et le vert.

Les cristaux attirèrent le regard de Janok, chef cuisinier de l'Académie, tandis qu'il faisait le tour de la cuisine pour s'assurer que ses aides travaillaient bien comme il fallait. Il se frotta le menton, couvert d'une courte barbe, en contemplant les globes d'un air songeur. Deux jours seulement s'étaient écoulés depuis que le cinquième, le cristal bleu-violet, s'était éteint. Dame Meiriel était morte elle aussi. Il ne restait plus beaucoup de Mages, songea Janok. Ses maîtres mouraient enfin, les uns après les autres.

Cependant, Janok, contrairement à la plupart des Nexiens, n'éprouvait aucune haine particulière vis-à-vis des Mages. Pourquoi aurait-il ressenti cela alors qu'ils lui avaient donné une existence aussi confortable ? Tant qu'ils avaient des repas appétissants, abondants et disponibles à la demande, ils laissaient le chef cuisinier diriger son petit domaine à sa guise – et puisqu'il avait la faveur des puissants maîtres des lieux, aucun autre domestique n'osait s'opposer à lui. Mais combien de temps cette situation satisfaisante allait-elle encore durer ? Tandis que le nombre de Mages diminuait graduellement, Janok avait commencé à éprouver une certaine inquiétude.

Il y avait deux raisons à cela : si un sort similaire attendait Miathan et Eliseth, serait-il capable de conserver son autorité et d'empêcher les autres serviteurs de s'en prendre à lui ? Enfin, les sortilèges temporels placés par les Mages sur les provisions continueraient-ils à fonctionner après leur mort ? Si seulement Janok pouvait mettre la main sur toute cette nourriture dont la ville avait tellement besoin, il obtiendrait ce qu'il voulait des Nexiens.

Bien sûr, ces préoccupations dépendaient essentiellement de sa troisième grande source d'inquiétude. Le chef cuisinier regarda le cristal vert et se rembrunit. L'étincelle de lumière en son sein restait petite et faible, indiquant que sa propriétaire se trouvait encore très loin de là, ce qui était aussi bien, en ce qui concernait Janok. Plus elle restait éloignée et mieux ça lui convenait. La dame Aurian – dans sa tête, il transformait son titre en épithète peu flatteur – l'avait privé du domestique Anvar, qu'il traitait comme une véritable bête de somme, pour donner à ce gamin un poste de mérite et de confiance. Même après tout ce temps, Janok frémissait encore au souvenir de la punition qu'il avait reçue pour avoir laissé s'échapper le jeune serviteur que Miathan haïssait tant. Tout ça à cause de cette garce rousse qui fourrait son nez partout !

Cependant, ces derniers temps, Janok avait remarqué que, peu à peu, la lueur verte du cristal d'Aurian se ravivait. Il ne savait pas où elle se trouvait depuis tout ce temps, mais apparemment elle avait pris le chemin du retour. Qu'allait-il se passer alors ? Janok avait appris à ses dépens que, chaque fois qu'elle entrait dans le jeu du pouvoir, les règles changeaient brusquement, ce qui ne manquait pas de le mettre extrêmement mal à l'aise.

Alors même que Janok réfléchissait à tout cela, l'un des autres globes s'illumina brusquement d'une lueur blanche argentée et commença à clignoter de façon régulière. Le chef cuisinier marmonna une imprécation et tendit la main pour prendre le cristal, non sans une certaine hésitation. La dame Eliseth n'avait jamais eu un caractère facile, mais dernièrement elle se montrait carrément menaçante, au point que le gros homme en arrivait à redouter ses appels. Que voulait-elle cette fois-ci ? Une chose était sûre en tout cas : s'il la faisait attendre, ça ne ferait qu'aggraver la situation. Janok haussa les épaules et referma les doigts sur le cristal pour l'activer, avant de le replacer sur l'étagère. Une fenêtre luminescente argentée, à moitié aussi grande que l'envergure des bras de Janok, s'ouvrit en miroitant au-dessus du globe et une image du visage d'Eliseth se matérialisa au centre de cette fenêtre.

Janok choisit d'adopter une posture servile.

— En quoi puis-je vous être utile, ma dame ? demanda-t-il d'un ton doucereux.

— En faisant preuve de plus d'empressement, gronda la Mage du Climat. Comment oses-tu me faire attendre, Mortel ?

— Je vous demande pardon, ma dame, répondit-il en s'inclinant. (Il avait déjà appris à ses dépens que, lorsqu'elle était d'une humeur aussi hargneuse, les excuses qu'il lui présentait ne faisaient que l'énerver davantage.) Comment puis-je me faire pardonner ma négligence ?

Eliseth plissa les yeux, comme si elle cherchait dans le ton ou le contenu de sa question une raison de s'offusquer davantage. Puis, au grand soulagement de Janok, elle balaya le sujet d'un haussement d'épaules.

— J'ai besoin d'Inella, expliqua-t-elle sèchement. Est-ce que la petite misérable se trouve en cuisine ?

— Hélas, ma dame, je ne l'ai pas vue de la matinée. Je la croyais dans vos appartements.

Janok s'efforça de dissimuler son triomphe à la vue du froncement de sourcils de la Mage. *Je savais que la môme finirait tôt ou tard par faire un faux pas*, songea-t-il avec satisfaction.

— Eh bien, ne reste pas là à ricaner, idiot ! Trouve-la et envoie-la dans mes appartements – et que ça ne te prenne pas la journée !

Avant que Janok ait eu le temps de répondre, l'image d'Eliseth disparut et les ombres envahirent de nouveau cette partie de la cuisine. Devinant l'humeur de leur maître, les aides-cuisiniers, qui s'étaient tous arrêtés pour écouter sa conversation avec la Mage, s'empressèrent de retourner bruyamment à leur tâche, si bien que les pensées de Janok se noyèrent dans le tintamarre des éponges à frotter, des couteaux à découper, des brosses à récurer et des cuillères pour mélanger.

— Silence ! beugla le chef cuisinier avant de marmonner une imprécation.

Comme s'il n'avait pas déjà assez à faire, sans perdre en plus la moitié de la journée à chercher la petite intrigante qui servait dame Eliseth. Puis son humeur s'améliora. Si la Mage du Climat était mécontente, non seulement elle punirait Inella – et il n'était que temps, de l'avis de Janok – mais en plus il pourrait sûrement lui donner lui aussi un ou deux coups de poing sans que la maîtresse de la petite proteste – ce qu'il mourait d'envie de faire depuis si longtemps. Janok sourit méchamment. Bénéficiant de la protection d'Eliseth, Inella l'avait toujours ouvertement défié, mettant en péril son autorité sur les autres domestiques. Cela faisait une éternité qu'il attendait que la môme tombe en disgrâce, mais visiblement il tenait enfin sa revanche. Son sourire s'élargit. Il n'existait pas beaucoup de cachettes au sein de l'Académie perchée sur son rocher. Il allait la trouver – en un rien de temps.

La plupart des celliers en pierre situés derrière et sous la cuisine de l'Académie étaient interdits d'accès aux domestiques, car la majeure partie des provisions stockées là en énorme quantité avait été figée hors du temps par les Mages. Ainsi, pendant que la cité à leurs pieds mourait de faim et souffrait des pénuries consécutives au long hiver sinistre d'Eliseth, l'Académie et ses occupants étaient totalement indépendants, bien approvisionnés et donc forcément en mesure de contrôler les choses. On ne pouvait pas leur dérober leurs vivres par ruse ou par la force, même si quelques Mortels avaient été suffisamment courageux ou audacieux pour tenter le coup. Le sortilège temporel ne servait pas qu'à préserver les provisions, il empêchait les serviteurs mortels de dérober la moindre nourriture et de la faire passer en douce à leurs familles et leurs amis affamés qui en avaient pourtant tellement besoin.

La cachette était petite et malaisée à atteindre, surtout dans le noir, mais au moins elle procurait un répit temporaire loin de la brutalité de Janok et de la cruauté des Mages. Zanna souffrait encore de la correction que le chef cuisinier lui avait administrée quand il l'avait découverte dans la grande bibliothèque. Mais ce n'était rien comparé à la découverte que, quand dame Eliseth était mécontente, elle pouvait infliger des souffrances pires que des coups sans même lever le petit doigt.

Les doigts tremblants, la jeune fille essuya une larme sur sa joue sale et se contorsionna au sein de l'espace étriqué en regrettant de ne pouvoir trouver une position plus confortable pour ses os douloureux. Après que sa maîtresse l'avait congédiée pour la nuit, elle était descendue dans l'un des rares celliers accessibles, afin de rester hors de portée de Janok – car, maintenant que la dame était mécontente de ses services, Zanna savait qu'il se sentait libre d'abuser d'elle comme bon lui semblait. Si seulement elle s'était montrée un peu plus circonspecte vis-à-vis de lui auparavant ! Elle allait en souffrir désormais, mais ici, au moins, elle serait en sécurité – pour un temps. Seulement, il faudrait bien qu'elle ressorte au petit matin. Qu'est-ce que Janok lui ferait à ce moment-là ? Brusquement, elle n'avait plus le temps d'attendre davantage, et son père non plus. Zanna regrettait que le recoin étriqué situé derrière de grandes jarres de farine, de miel et de haricots ne puisse lui fournir également un sanctuaire loin de ses inquiétudes, de ses peurs et du souvenir de son échec.

Récemment, elle avait espéré pendant un temps qu'il existait un moyen de libérer son père. Vannor avait réussi à lui faire passer un message, caché sous une assiette sale sur un plateau, pour lui parler de la route secrète à travers les catacombes qui couraient sous la bibliothèque et donnaient accès aux égouts. Mais ce jour-là Zanna s'était éloignée en douce pour aller vérifier par elle-même et s'était aperçue que la grille en fer forgé qui protégeait la partie la plus ancienne des archives était fermée à clé. Pire encore, elle avait été surprise par Janok. Déjà, il lui avait infligé une sévère correction, mais en plus elle pouvait être sûre qu'à partir de maintenant il allait la surveiller comme le lait sur le feu. Elle n'oserait plus s'approcher de la bibliothèque, du moins pas sans une sacrée bonne raison.

Je me suis convaincue de ma superintelligence, songea amèrement Zanna. *Quelle merveilleuse idée, devenir servante à l'Académie et espionner les Mages. Ensuite, papa s'est fait capturer...* Elle ravala un sanglot. *Je me suis dit que j'allais le libérer et qu'on s'échapperait tous les deux.* Un autre sanglot s'échappa de sa gorge. *Mais je ne peux pas le sauver. J'ai eu beau réfléchir, il n'y a aucun moyen de le faire sortir de l'Académie au nez et à la barbe des gardes. Et il a tellement mal... L'Archimage le tue à petit feu, et je ne peux rien faire pour l'en empêcher. Je ne peux que le regarder souffrir...*

Seulement, elle avait peur de ne plus pouvoir regarder Vannor souffrir – plus très longtemps en tout cas – en continuant à dissimuler ses sentiments à sa maîtresse. Zanna redoutait de se trahir devant Eliseth. Qu'adviendrait-il alors ? Déjà, elle prenait trop de risques et passait trop de temps loin de la tour à chercher un moyen d'évasion pour elle et son père. Les terribles événements de la journée étaient là pour le lui rappeler. Mais elle désespérait tellement de parvenir à s'enfuir... Si seulement elle pouvait trouver le moyen...

Tu es venue ici pour réfléchir ! se rappela Zanna, dégoûtée d'elle-même. *Mais tu ne fais rien de tout ça. Tu te caches dans la réserve pour pleurnicher...* D'un geste impatient, la jeune fille s'essuya les yeux. *Tout ça ne mène nulle part,* se dit-elle. *C'était ton idée, tu voulais le faire. Qu'est devenue ton audace ? Tu as toujours admiré Maya et dame Aurian. Tu as toujours souhaité avoir leur courage. Eh bien, ma petite, tu la tiens, ta chance. Tu as toujours été fière de ton intelligence, alors sers-t'en, c'est le moment.*

Penser aux deux femmes qu'elle admirait tant réchauffa le cœur de la fille de Vannor. Savoir qu'elles s'opposaient toujours à Miathan et à Eliseth – elle avait entendu la Mage du Climat dire qu'Aurian était toujours en vie, et elle s'accrochait obstinément à la conviction que Maya l'était aussi, même si elle avait disparu depuis très longtemps – cela lui donnait du courage. *Si dame Aurian était à ma place, que ferait-elle ? Oh, si seulement elle était là. Si seulement je pouvais lui demander conseil…*

Mais attends une minute – je peux peut-être le faire ! Zanna se redressa, le cœur battant. Mais serait-ce possible ? Pourrait-elle l'atteindre aussi loin ? *Tu ne sauras pas tant que tu n'auras pas essayé,* se dit-elle fermement en pensant à la rangée de cristaux sur l'étagère du mur de la cuisine. Le jour même, quand Janok l'avait attrapée, il avait pris le globe blanc argenté de dame Eliseth, avait attendu jusqu'à ce qu'il commence à miroiter, puis avait parlé dedans.

— Je la tiens, avait-il dit, et la Mage lui avait répondu.

Zanna savait que le cristal d'Aurian, c'était le vert, et que l'étincelle prouvant son activité brillait toujours. Si seulement elle pouvait l'utiliser pour communiquer… Mais pas celui de la cuisine. On s'apercevrait aussitôt de son absence. Dans les dortoirs déserts qui abritaient autrefois les domestiques sous les ordres d'Elewin, il existait une autre étagère, oubliée, sur laquelle s'amoncelait la poussière… Ce n'était qu'un espoir bien mince, mais il réchauffa le cœur de l'indomptable fille de Vannor.

Oubliant ses maux et son désespoir, elle commença à échafauder un plan.

— Demain, j'ai l'intention de distribuer un peu de nos provisions aux Mortels de Nexis.

— Tu veux faire quoi ? s'écria Eliseth. Miathan, aurais-tu perdu l'esprit ?

Cette remarque ne parut pas perturber l'Archimage, à la grande irritation de sa compagne.

— Tiens, lui dit-il en sortant de sous sa cape une carafe de vin pâle. Pendant que je vérifiais l'état de nos stocks, j'ai trouvé ton cru favori.

D'un geste négligent, il lui lança la carafe, et Eliseth laissa échapper un petit cri de frayeur en sentant ses doigts glisser sur le verre lisse qui faillit lui échapper.

— Sois maudit, Miathan, arrête de faire l'idiot, déclara-t-elle sèchement. Je sais très bien que le vin n'est qu'une ruse pour me distraire. (Elle déposa la carafe sur sa table sans lui en proposer le moindre verre.) Maintenant, dis-moi, qu'est-ce que c'est que ces bêtises ? Pourquoi vouloir distribuer notre précieuse nourriture à ces balourds de Mortels qui ne savent que se plaindre ?

Sans y avoir été invité, Miathan s'assit sur l'une des chaises d'Eliseth près du feu et se mit à caresser d'un air absent la fourrure blanche drapée sur le dossier.

— Ce ne sont pas des bêtises, la mort de Meiriel m'a fait réfléchir…

Son visage s'assombrit à ce souvenir, et Eliseth réprima elle aussi un frisson en se rappelant avoir été réveillée, deux nuits plus tôt, par la douleur atroce du trépas de la guérisseuse. Même si la distance avait atténué ses derniers soubresauts, les causes de la mort n'en étaient pas moins claires, ainsi que l'identité de son assassin.

— Prête attention à ce que je dis ! aboya Miathan, faisant sursauter la Mage du Climat. Il est important que tu comprennes ce que je fais, et pourquoi. Même si tes efforts pour localiser Aurian n'ont rien donné jusqu'ici, la mort de Meiriel vient nous rappeler de quoi elle est capable. Quand elle reviendra dans le Nord – et nous savons qu'elle le fera – il faudra que nous soyons prêts. Nous avons besoin des Mortels de cette ville de notre côté ; heureusement, la plupart d'entre eux ne sont pas très intelligents et ont la mémoire courte. Si nous prétendons que c'est Aurian qui a créé cet hiver et toi qui y as mis fin, puis si nous continuons en nourrissant la populace affamée, nous devrions gagner leur soutien.

— Je n'aime pas ça, répondit aussitôt Eliseth. Vraiment, je déteste l'idée de me mettre à plat ventre devant cette vermine de bas étage ! Et nous pourrions avoir besoin de ces vivres…

— Le printemps est de retour, idiote ! rugit l'Archimage. Les Mortels meurent de faim maintenant parce que rien n'a eu le temps de pousser. Mais, dans quelques mois, il y aura des vivres en abondance pour tout le monde, puisque tu n'as pas été fichue de garder le contrôle de ton hiver. Si nous attendons, nous ne pourrons plus nous servir de nos provisions comme outil de marchandage.

Eliseth se mordit la lèvre pour contenir sa colère.

— Très bien, répliqua-t-elle. Fais comme tu l'entends. Gaspille notre nourriture si tu es convaincu qu'il le faut, mais en retour, j'exige une faveur.

— Laquelle ? demanda Miathan en la regardant au fond des yeux, comme s'il pouvait voir à l'intérieur de sa tête.

La Mage du Climat avait l'impression qu'il exsudait littéralement la méfiance. Elle haussa les épaules.

— Une toute petite chose, répondit-elle d'un ton mielleux. Pendant que tu t'occupes de la situation en ville, ce serait bien pour nous deux si j'essayais encore de retrouver Aurian grâce à la boule de cristal…

— Regarde les choses en face, Eliseth, tes pouvoirs ne te le permettent pas, répliqua impatiemment l'Archimage. Combien de fois as-tu essayé et échoué ? Depuis qu'Aurian a atteint les montagnes, quelque chose fait écran pour la protéger.

— Et nous devons trouver de quoi il s'agit, insista Eliseth. Miathan, écoute. Tu m'as empêchée de torturer Vannor pour accroître mes pouvoirs, tu disais vouloir faire l'expérience toi-même. Laisse-moi essayer à mon tour, voilà la faveur que je te demande. Le marchand sera toujours en vie quand j'en aurai fini avec lui, je t'en donne ma parole.

— Te connaissant, il regrettera sûrement de ne pas être mort, rétorqua Miathan sèchement. Très bien, Eliseth. Je t'en donne la permission, si ça t'amuse. Fais le nécessaire pour obtenir des résultats – dans les limites du raisonnable. Mais n'oublie pas… (Il se pencha en lui lançant un regard féroce.) Je veux Vannor en vie pour un certain nombre de raisons. Si tu le tues, tu le paieras de ta vie – ou en tout cas de ta beauté. (Il sourit d'un air froid et cruel.) Il serait intéressant de voir quel impact vingt années supplémentaires auraient sur ce visage parfait…

Eliseth frémit.

— Je serai prudente, Archimage, je le jure.

— Tout dépend de toi. Tu sais ce qui t'attend si tu fais un faux pas.

Sur cette dernière réplique, l'Archimage se leva et sortit. Lorsque la porte se referma derrière lui, la Mage du Climat serra si fort les poings que ses ongles s'enfoncèrent dans la chair de ses paumes. *Un jour, Miathan,* pensa-t-elle, *je te tuerai.*

Elle drapa un mouchoir blanc autour de ses longs doigts pâles et s'en servit pour lever la carafe de vin à la lumière du feu. Elle étudia alors l'éclat ambré des flammes dansantes à travers le liquide clair et pâle et soupira. Même si Miathan possédait autrefois une cave à vin immense, c'était pratiquement tout ce qui restait du blanc. L'Archimage préférait les crus plus robustes et plus riches dans les profondeurs noires desquels couvaient des étincelles de feu et de rubis. Pour l'instant, elle ne pouvait rien y faire – pas encore.

— Quand je serai Archimage, murmura Eliseth, les choses seront différentes.

Un sourire apparut au coin de ses lèvres. Mais il y avait encore beaucoup à faire avant que ce jour arrive…

La Mage du Climat concentra ses pouvoirs sur les facettes de la carafe en verre et serra plus fort le long col gracile. La création de son hiver et les recherches qu'elle avait menées dans les archives à l'abandon de Finbarr lui avaient beaucoup appris sur les sortilèges oubliés et interdits de la Magie du

Froid. Sur son ordre, les flammes dans la cheminée se recroquevillèrent comme des chiens battus et virèrent au bleu, tandis que la lumière des bougies perdait en force et en éclat. Une volute de vapeur glacée apparut en ondulant dans l'air et se déposa sur la carafe, dissimulant le vin à l'intérieur sous une pellicule blanche étincelante de gel.

— Assez !

Eliseth chassa le sortilège avant que le breuvage ne puisse geler et se perdre. Puis, serrant toujours le flacon avec précaution à travers le tissu, elle versa le vin rafraîchi dans un verre en cristal. Enfin, elle alla s'asseoir sur sa chaise favorite près de l'âtre et but à petites gorgées, en savourant le vin et en songeant à l'ironie que constituait l'usage d'une magie aussi ancienne, puissante et terrible pour accomplir une tâche aussi triviale. Cependant, pourquoi s'en priver ? Elle éprouvait le besoin de se bichonner un peu ce soir-là. Elle avait envie d'alléger son humeur car, ces derniers temps, les choses n'allaient pas comme elle le voulait.

Elle avait commis une erreur, se dit-elle, en passant ses nerfs et sa frustration sur sa servante, même si cette petite souillon paresseuse méritait bel et bien une punition. Eliseth but délicatement une nouvelle gorgée de vin en revoyant la détresse de la jeune fille. Debout au centre de la pièce, paralysée, elle n'avait plus eu que son regard pour exprimer sa terreur tandis que la Mage du Climat se tenait penchée sur elle et fléchissait les doigts pour accentuer la douleur d'un froid glacial et brûlant autour de son corps. Ce n'est que plus tard, lorsqu'elle avait surpris l'expression de ressentiment voilé sur le visage d'Inella, qu'Eliseth avait compris son erreur. Même si le fait de tourmenter la domestique lui avait fourni un exutoire satisfaisant et terriblement nécessaire, cela avait peut-être causé des dommages irréparables concernant les loyautés de la petite. Or, ces jours-ci, la Mage savait qu'elle avait besoin de cultiver tout le soutien qu'elle pouvait trouver.

Eliseth se massa doucement le front pour effacer le pli causé par ses sourcils froncés. Depuis que le sortilège malveillant de Miathan avait ajouté dix ans d'âge à ses traits, elle était obligée de prendre grand soin de sa beauté. Mais tout n'était pas perdu, se rassura-t-elle. Elle n'avait pas manqué de remarquer les ecchymoses qui défiguraient le visage et les bras d'Inella, ainsi que sa posture raide et courbée et ses mouvements maladroits qui trahissaient d'autres dommages, invisibles ceux-là : un cadeau de Janok, sans aucun doute. Parfait ! Eliseth retrouva le sourire. Le chef cuisinier lui avait donné le moyen de se rattraper. Elle allait fermer les yeux quelque temps et le laisser brutaliser la petite. Puis elle le punirait et sauverait Inella de son tortionnaire, gagnant une nouvelle fois au passage la reconnaissance de la servante.

Les Mortels étaient si faciles à manipuler – à une exaspérante exception près. En songeant à Vannor, Eliseth se surprit à froncer de nouveau les sourcils. Se levant d'un bond, elle emplit de nouveau son verre à l'aide de la carafe froide et avala le breuvage parfumé d'un trait pour apaiser sa colère. Depuis plusieurs jours déjà, tandis que la lune accomplissait la moitié de son cycle, la Mage avait tenté de convaincre

Miathan de la laisser utiliser l'énergie noire de la peur et de la douleur du Mortel pour alimenter ses pouvoirs. La première nuit, quand elle s'était rendue dans la chambre du marchand pour tenter sa chance, l'Archimage lui en avait interdit l'accès et, depuis, il gardait jalousement Vannor pour lui. Visiblement, il ne se rendait pas compte à quel point il était essentiel qu'Eliseth parvienne à accroître ses dons de divination afin d'effacer les kilomètres de distance qui la séparaient d'Aurian. L'ancien chef des rebelles était la clé, la Mage du Climat en était persuadée.

Elle proféra une injure en grondant. Maudit Miathan ! Il avait insisté sur la nécessité de préserver les forces de Vannor et lui éviter la moindre blessure sévère ou handicapante qui risquait de le tuer à cause du choc. Sottises ! Le marchand était fort comme un bœuf, suffisamment en tout cas pour avoir appris à résister aux souffrances que Miathan choisissait de lui infliger. Cet idiot gâteux d'Archimage commençait à se radoucir. Mais était-ce vraiment le cas ? C'était toujours une erreur de sous-estimer la ruse de Miathan, elle l'avait appris à ses dépens. Le vieux renard avait-il un plan en ce qui concernait Vannor ? Ou essayait-il simplement de limiter les pouvoirs d'Eliseth ? Eh bien, quoi qu'il puisse manigancer, cela ne fonctionnerait pas. Elle en avait assez d'attendre et de ronger son frein. Renforcée par le vin, sa résolution grandit en elle comme un fer chauffé à blanc. En souriant, la Mage alla chercher son cristal, afin de pouvoir appeler le poste de garde et exiger la présence de deux mercenaires pour l'assister auprès du marchand. Que la peste emporte Miathan et ses maudites expériences.

Enfin, elle l'avait eu à l'usure. Tant qu'elle ne tuait pas Vannor, l'Archimage ne pourrait pas se plaindre de ce qu'elle faisait subir au Mortel, surtout si elle obtenait des résultats. Et ce soir, elle allait en avoir. Elle trouverait Aurian, à n'importe quel prix.

Vannor gisait recroquevillé en boule sur le lit d'Aurian lorsque Eliseth entra dans la chambre, flanquée des deux mercenaires au visage de marbre. En l'entendant arriver, le marchand se leva tant bien que mal et adopta une posture de défi et d'insolence, comme s'il n'avait rien à craindre d'elle. Mais la Mage du Climat avait vu, l'espace d'un instant, la façon dont son visage avait pâli à son approche, et elle avait également entraperçu dans son regard l'ombre d'une terreur à présent masquée.

— Toujours debout, Vannor ? se moqua-t-elle. Évidemment. L'Archimage se montre trop doux avec vous. Mais maintenant, c'est mon tour. (Sa voix se transforma en un grondement de bête.) Ce soir, c'est moi que vous assisterez.

— Je ne ferai rien du tout pour vous, répliqua violemment Vannor, comme je l'ai déjà dit à votre maître.

— Vraiment, fit Eliseth d'un ton que la colère rendait glaciale. Cela reste à voir.

Sur un geste d'elle, les deux gardes s'avancèrent et empoignèrent le marchand. Tournant le dos à Vannor, la Mage fit signe aux mercenaires de la suivre avec leur prisonnier et retourna dans le salon. Elle posa son cristal sur le rebord en bois poli de l'étroite fenêtre et l'entoura de deux chandelles afin que leur lumière se réfléchisse sur les carreaux en forme de diamant et se réfracte sur les facettes étincelantes de la gemme. Puis elle se tourna de nouveau vers Vannor, solidement maintenu par ses geôliers, et le dévisagea de la même façon qu'elle aurait regardé un insecte.

— Maintenant, Mortel, prenons un peu la mesure de ton insolence. (Elle tourna son regard dépassionné vers les gardes.) Commençons par quelque chose de petite envergure, réfléchit-elle à voix haute, aussi calme que si elle choisissait de la soie sur le marché. Mais quelque chose qui te rappellera constamment qu'il ne faut jamais défier les Mages. Une main, peut-être. La droite, afin que tu ne puisses plus jamais lever une épée en signe de rébellion.

— Non, hurla Vannor en se débattant avec l'énergie du désespoir pour échapper aux mercenaires qui l'obligèrent brutalement à poser sa main à plat sur la surface lisse de la table.

Il continua à résister jusqu'à ce que la Mage du Climat, avec une petite exclamation d'ennui, lève brusquement la main. Tout d'un coup, le marchand se retrouva incapable de bouger et de parler, les membres et la langue emprisonnés dans un linceul de froid glacial qui s'insinua douloureusement jusque dans ses os. Les paupières gelées, incapable de fermer les yeux, il ne pouvait que regarder sa main qui gisait mollement, impuissante, et dont la pâleur contrastait avec le bois sombre et luisant de la table. Il n'avait aucun moyen d'éviter de voir ce qu'ils allaient lui faire. Seul son esprit restait partiellement sous son contrôle, mais celui-ci ne pouvait que jurer avec impuissance pour exprimer la terreur et la fureur auxquelles il ne pouvait donner voix.

Eliseth, cependant, semblait capable d'entendre les pensées de Vannor, à présent que sa langue avait été immobilisée et que le marchand était prisonnier de sa magie.

— Voilà qui est beaucoup mieux, murmura-t-elle avec un petit sourire complaisant. Le pouvoir de tes émotions piégées augmente si elles n'ont aucun moyen de s'exprimer.

Le marchand réduit à l'impuissance et à l'angoisse essaya de détourner le cours de ses pensées tumultueuses en imaginant avec des détails froids et précis ce qu'il ferait à la Mage s'il était libre. Mais Eliseth se contenta d'en rire.

— La haine servira tout aussi bien ma cause, lui dit-elle, autant que ton désespoir. Tu ne peux plus m'échapper maintenant. Tu n'as pas d'autre choix que de trahir tes amis.

Du coin de l'œil, Vannor vit étinceler l'acier et entendit le raclement significatif d'une épée que l'on sort du fourreau. Le sang du marchand se transforma en glace. Les mercenaires allaient lui couper la main ? Non, impossible ! Ils…

Le garde retourna son épée, pointe vers le haut, et la leva très haut au-dessus de la table. Puis, tenant la poignée à deux mains, il l'abaissa violemment, à tel point que les tranchants acérés passèrent dans un brouillard argenté devant les yeux du marchand, dangereusement près de son visage. Le monde de Vannor explosa en une douleur atroce, comme la brûlure d'un fer chauffé à blanc. Son esprit se mit à hurler en silence lorsque le lourd pommeau d'acier de l'épée s'abattit une, deux, trois fois sur le dos de sa main, broyant la chair et les os fragiles et les réduisant à de la pulpe sanglante.

— Assez.

À cause du bourdonnement dans ses oreilles, Vannor entendit faiblement la voix froide d'Eliseth, comme si elle venait de très loin. Il aurait voulu lâcher prise, afin d'échapper à la douleur, au choc et à l'indignation et de s'enfoncer dans l'obscur refuge d'une inconscience bénie, mais le sortilège de la Mage l'emprisonnait comme des bandes de fer, lui refusant une évasion aussi facile. *Saloperie de garce maléfique*, enragea intérieurement Vannor. Mais non, elle avait dit qu'elle pouvait utiliser sa colère autant que sa souffrance. *Je ne le permettrai pas*, songea-t-il. *Que je sois pendu si je la laisse m'utiliser.*

Dans un effort déchirant, il éloigna ses pensées de la douleur et de la mutilation pour se concentrer sur des choses agréables : la richesse et le luxe des jours enfuis, quand il présidait la guilde des marchands ; la chaleur de l'amitié de Forral et d'Aurian, de Parric et de Maya. Il songea aux êtres aimés : Zanna (non – pas Zanna ! Vannor se souvint du danger juste à temps.) Au lieu de quoi, il pensa à sa jolie première épouse, et à Sara… Mais, à son grand étonnement, ce fut le souvenir de Dulsina, sa gouvernante pragmatique et intelligente, avec son cœur d'or et sa langue acerbe, qui lui donna le courage de défier celle qui le tourmentait.

Sans accorder d'autre regard à son prisonnier, la Mage du Climat se tourna vers son cristal et laissa ses énergies mentales se déverser dans la gemme, de la taille d'un poing, qui étincelait à la lueur des bougies, devant la fenêtre, sur fond de nuit de velours noir. Puis, rassemblant ses pouvoirs, Eliseth ouvrit son esprit à la douleur et à la terreur de Vannor, renforçant sa magie grâce aux violentes vagues d'énergie noire qui émanaient de sa victime en souffrance. Elle avait passé de nombreuses heures épuisantes et pénibles à s'entraîner en vue d'en arriver là, à cet instant où sa vision intérieure allait s'étendre pour voir au-delà de son environnement, mais à présent... Eliseth ferma à demi les paupières tandis que la fragile lueur arc-en-ciel du cristal se brouillait et se transformait en une brume opalescente au sein de laquelle...

— Ah ! (La Mage poussa un long soupir de satisfaction.) Enfin, je la tiens !

La première vision d'Eliseth, ce fut l'éclat chaud et dansant d'un feu. Puis l'image se précisa davantage, et elle vit Aurian et Anvar assis très près l'un de l'autre. Les Mages et deux Mortels, un homme et une femme, devisaient avec quelqu'un d'autre, une personne qui semblait rester constamment hors de portée de sa vision, pour la plus grande frustration de la Mage. Elle fronça les sourcils et plissa les yeux, dirigeant toute sa concentration sur le cristal dans un effort désespéré pour découvrir l'identité de la cinquième personne, mais tout ce qu'elle fut capable d'apercevoir, ce fut une silhouette encapuchonnée d'ombre, humaine sans l'être pourtant tout à fait, qui flottait et bougeait sans cesse au sein de sa vision, échappant à toutes ses tentatives de mieux la définir. Eliseth continua à se concentrer jusqu'à ce qu'elle puisse entendre la conversation. Elle s'aperçut alors qu'il y avait apparemment une sixième personne au sein de la pièce, ce qui ne fit qu'ajouter à son dépit. Aurian, Anvar et l'étrange être caché s'adressaient clairement à quelqu'un d'autre, quelqu'un dont la Mage du Climat n'entendait pas les réponses et qu'elle ne voyait absolument pas, malgré tous ses efforts.

Aurian avala une gorgée de l'hydromel sirupeux que contenait sa corne sculptée, et Chiamh la vit tenter de réprimer une grimace à cause de l'écœurante douceur du breuvage. Même si les Xandims brassaient une bière plus que potable, cet alcool, plus fort, était traditionnellement servi lors d'occasions très formelles, telles que des conseils tout à fait sérieux, bien que non officiels. Ce jour-là, ils avaient obtenu un répit de la part du peuple du Cheval afin de pouvoir enterrer Elewin. Le lendemain, cependant, il leur faudrait prendre des décisions difficiles concernant le futur commandement des Xandims et le rôle que ceux-ci joueraient dans le combat d'Aurian contre l'Archimage. Ce soir-là, Parric, Chiamh, les Mages et Sangra s'étaient réunis en privé, non seulement pour pleurer ensemble la mort du majordome, mais aussi pour discuter dans l'espoir de trouver un plan, ou une stratégie, qu'ils pourraient présenter aux seigneurs du Cheval réunis devant la forteresse.

Parric lampa lui aussi une gorgée d'hydromel et balaya du regard l'assemblée très solennelle.

— Je sais que personne a envie de prendre des décisions difficiles ce soir, dit-il d'un ton lourd, mais, après ce qui s'est passé hier, on ferait bien de trouver une solution, et vite. C'est la nouvelle lune, ce qui veut dire qu'ils peuvent me défier. Or, je veux plus être seigneur de la Horde, et d'ailleurs c'est pas nécessaire. En plus, ajouta-t-il non sans ironie, jamais je revivrai un duel comme celui-là, pour personne. Il doit sûrement y avoir quelqu'un parmi les Xandims qui peut prendre ma place, quelqu'un qui soit partisan de notre cause. Que se passe-t-il, selon la loi xandim, si le seigneur de la Horde ne souhaite pas défendre son titre ? Peut-il désigner quelqu'un à sa place ?

— Eh bien ? demanda Aurian à Chiamh, qui était plongé dans un silence pensif.

L'Œil-du-Vent se tourna pour répondre à la question de Parric.

— Oui, avec ton accord, une autre personne peut prendre ta place. Mais il devra se battre en duel quand même si on le défie. Qui choisirais-tu pour gouverner à ta place ?

— Schiannath, répondit Aurian d'un ton ferme. Mis à part toi, Chiamh – et de toute évidence, tu ne peux pas devenir le seigneur de la Horde – il est le seul Xandim sur le soutien duquel je peux compter.

— Attends un instant, l'interrompit Anvar. Je crois bien que Schiannath a déjà essayé de devenir seigneur de la Horde auparavant et qu'il a été vaincu. Peut-il relever de nouveau le défi ?

— Oui, si Parric le désigne comme son champion, répondit Chiamh. Cela voudrait dire qu'il se bat pour un autre et non pour lui-même. Je ne doute pas que Schiannath ordonne aux Xandims de vous aider s'il devient seigneur de la Horde. En ce moment, Aurian, il t'associe à sa récente bonne fortune. Il fera tout ce qui sera en son pouvoir pour t'aider.

— Mais je n'ai pas fait grand-chose pour lui, vraiment, protesta Aurian.

L'Œil-du-Vent haussa les épaules.

— Non ? Sans toi, Parric ne serait jamais venu chez nous. Je n'aurais pas été obligé de prendre des mesures contre le seigneur de la Horde et Phalihas aurait certainement, selon toute vraisemblance, continué à gouverner. Schiannath serait toujours en exil et sa sœur emprisonnée sous sa forme équine. Ne refuse pas sa dévotion, Aurian. Elle n'est pas imméritée et, en ce moment, c'est tout à ton avantage.

Chiamh s'était pourtant efforcé d'empêcher ses sentiments personnels d'apparaître dans le ton de sa voix, mais il dut y avoir quelque chose – une très légère hésitation ou un soupçon d'amertume – qui le trahit. Anvar regarda l'Œil-du-Vent en fronçant les sourcils.

— Tu as parlé de l'avantage d'Aurian. Essaies-tu de dire que ce ne sera pas à l'avantage de Schiannath ou des Xandims ?

Chiamh hésita. Ces derniers jours, des souvenirs vivaces de sa première vision, tant de semaines auparavant, avaient commencé à le hanter. Jusque-là, tout s'était déroulé comme il l'avait prévu. Il avait assisté Aurian et Anvar dans leur combat contre les Maléfiques, et Schiannath, lui aussi, avait joué son rôle. Une seule partie de la vision ne s'était pas encore réalisée, la prophétie glaçante selon laquelle l'arrivée d'Aurian signifiait la fin de la race xandim. Depuis des jours maintenant, il débattait avec sa conscience en se demandant s'il devait avouer aux Mages ce qu'il avait vu. Aurian n'avait-elle pas déjà assez de difficultés à affronter ? Était-ce juste de l'accabler davantage avec le sort d'une race qui n'était même pas la sienne ? D'un autre côté, ne devait-il pas la prévenir que ses actes pourraient avoir de graves conséquences ? S'il ne le faisait pas, et que le pire se produisait, ne serait-il pas à blâmer pour ça lui aussi ? Cependant, si sa vision était bel et bien exacte, comment éviter le désastre, qu'il parle ou non ? Chiamh sentit le regard d'Aurian posé sur lui. Elle aussi fronçait les sourcils à présent. De toute évidence, les Mages ne seraient pas satisfaits tant qu'ils n'auraient pas eu d'explications.

— Très bien, finit par dire l'Œil-du-Vent. Je devrais probablement vous le dire, même si ça ne fera aucune différence…

— *Non, tais-toi !*

Chiamh sursauta lorsque la voix de Basileus retentit brusquement à l'intérieur de son esprit. À en juger par le hoquet de stupeur d'Aurian et les yeux écarquillés d'Anvar, il comprit que les Mages avaient entendu le Moldan eux aussi. L'Œil-du-Vent surprit le regard acéré qu'ils échangèrent.

— Bon sang, c'était quoi, ça ? demanda Aurian. On aurait dit la même créature qui m'a défendue contre la Mort. Et pourquoi ne devrais-tu rien nous dire ? Si c'est quelque chose que nous devons savoir…

— *Non, ils n'ont pas besoin de savoir*, répliqua le Moldan d'un ton sévère et implacable. *Petit Œil-du-Vent, tu ne dois pas faire ça*, poursuivit-il.

À en juger par la mine renfrognée d'Anvar et les rides de colère autour des yeux d'Aurian, Chiamh comprit que Basileus ne s'adressait plus qu'à lui et que les Mages ne pouvaient plus l'entendre.

— *Nous savons tous les deux quel est l'avenir que tu as vu,* continua Basileus d'une voix radoucie. *Quand Aurian brandira l'Épée de Feu, cela mettra peut-être un terme à l'existence des Xandims – mais il y a plus en jeu que le sort d'une seule et unique race.*

— *Facile à dire pour toi,* répliqua Chiamh, tellement en colère qu'il faillit ne pas se rappeler qu'il ne devait pas parler à voix haute. *Ce ne sera pas ta race qui se fera éradiquer.*

Le Moldan soupira.

— *Jeune Œil-du-Vent, ma race a été incroyablement et irrémédiablement abîmée il y a bien longtemps par les Sorciers. Plus que n'importe quel autre peuple au monde, les Moldaï savent quels dommages ils peuvent commettre. Pour sauver le monde de cette nouvelle puissance maléfique qui est apparue en leur sein, je sacrifierais volontiers mon existence et celle des survivants de ma race. Nous serons peut-être obligés d'en arriver là, les Moldaï ou les Xandims, mais ce n'est pas sûr. Ta vision était peut-être obscure ou trompeuse. Espérons que c'est le cas. Mais que ton interprétation ait été juste ou non, tu n'as pas le droit d'accabler ces Mages avec tes peurs et tes doutes. Si tu révèles ce que tu sais, tu les handicaperas peut-être dans leur combat. Et si les Maléfiques venaient à l'emporter, alors on peut être sûr que la race xandim serait bel et bien en grand danger.*

Chiamh savait, à son grand chagrin, que Basileus avait raison. L'Œil-du-Vent avait pris cette même décision, terrible, en découvrant quelles effroyables nouvelles apportait le vent. Il avait vu le mal, puis il avait aperçu ces lumières vives qui brillaient dans le Sud, porteuses d'espoir : Aurian et Anvar. Il était désormais irrémédiablement lié à leur sort. Il inclina la tête pour reconnaître la sagesse du Moldan.

— *Je comprends,* répondit-il doucement en prenant grand soin de ne pas dévoiler ses pensées aux Mages. *Je dois porter seul ce fardeau.*

La Mage du Climat jura et jeta le cristal par terre. Tout cela ne la menait nulle part ! Que la peste emporte Aurian ! Comment cette garce avait-elle réussi à empêcher Eliseth de voir la totalité de la scène et des personnes présentes ? La mine renfrognée, elle se retourna et vit que les deux mercenaires la regardaient et attendaient ses ordres, de toute évidence. Entre eux, Vannor, le teint gris et l'air absent, était toujours immobilisé par le sortilège. Seule la magie d'Eliseth lui permettait de rester conscient mais, malgré tout, ses yeux brûlaient encore d'une inextinguible lueur de défi. Son obstination et sa résistance acharnée avaient-elles été les obstacles qui avaient empêché la Mage d'espionner son ennemie ? Quoi qu'il en soit, le marchand ne lui servirait plus à rien ce soir-là, c'était évident. Mais elle tenait à briser sa volonté et son entêtement avant d'essayer d'utiliser à nouveau ses énergies ! D'un geste de la main, elle fit disparaître son sortilège. Les genoux du marchand cédèrent sous son poids tandis que du sang commençait à jaillir de l'amas de chair broyée et d'os brisés qui avait été sa main. Les mercenaires l'attrapèrent rapidement par les bras pour le redresser.

— Lâchez-le ! ordonna Eliseth en grondant. Et bandez-lui la main, je ne veux pas qu'il se vide de son sang.

Ramassant le cristal, elle sortit de la chambre à grandes enjambées tandis que Vannor s'effondrait sur le sol.

En descendant l'escalier en colimaçon en direction de ses appartements, la Mage du Climat sentit sa mauvaise humeur se dissiper un peu. Après tout, ses efforts n'avaient pas été entièrement inutiles. Elle avait au moins réussi à découvrir qu'Aurian avait l'intention de revenir dans le Nord et qu'elle avait demandé aux Xandims de l'aider. Eliseth hocha la tête d'un air sombre tout en consommant promptement du vin et des fruits pour restaurer l'énergie perdue lors de l'utilisation du cristal. Très bien. Il était temps de mettre certains de ses plans à exécution. Elle ne pouvait pas faire grand-chose au sujet des mystérieux alliés méridionaux d'Aurian, mais elle pouvait veiller à ce que celle-ci ne reçoive pas beaucoup d'aide sur ses propres terres si elle osait y revenir. De plus, si Eliseth voulait lui tendre un piège, elle disposait du parfait appât : Vannor. Il ne lui manquait plus qu'un agent mortel pour infiltrer les rebelles et leur apprendre la triste nouvelle de la capture de leur ancien chef. Elle pensait connaître l'homme de la situation. Sans plus attendre, elle se drapa dans sa cape la plus noire et la plus chaude, prit son bâton et sortit de la tour.

Elle traversa la cour en évitant les flaques miroitantes de lumière lunaire, ombre invisible parmi celles des murs. Le garde solitaire dans la guérite du haut ne la vit même pas passer devant lui. Quant aux mercenaires armés qui gardaient le portail du bas, ils avaient pour mission d'empêcher les intrus d'entrer et non les gens de sortir. De plus, ils étaient profondément absorbés dans une partie de dés. Eliseth nota ce détail dans un coin de son esprit. Le lendemain, ces bouffons regretteraient cette faute d'inattention grossière alors qu'ils étaient au service des Mages. Puis, chassant le sujet d'un haussement d'épaules, elle traversa le pont en silence, tel un spectre à la dérive, et s'enfonça dans la cité obscure.

11

MEURTRES DANS LA NUIT

Son butin cette nuit-là était encore plus maigre que d'habitude. Poussé par la faim – et par les besoins plus pressants encore de son petit compagnon blanc – Grince fut obligé de quitter la sécurité de son refuge à l'intérieur des Grandes Arcades. Même si le froid et le danger régnaient dans les rues, un garçon vif et malin comme lui arrivait presque toujours à trouver quelque chose pour subsister une journée encore – surtout quand le garçon en question ne cessait de progresser dans son nouveau métier de voleur.

Cependant, ce fut dur de sortir de chez lui, même pour quelques heures très courtes. Le nid douillet que possédait Grince dans le labyrinthe de réserves au sein des halles désertes abritait d'abondantes preuves de ses nouveaux talents. Il avait trouvé une petite pièce située au bout d'un corridor poussiéreux et avait dissimulé la porte aux regards indiscrets derrière une pile de cartons, de planches, de caisses brisées, de tonneaux et de tout autre détritus qu'il avait pu trouver. Après avoir coincé la porte de façon à ce qu'un garçon maigre comme lui puisse se glisser dans l'entrebâillement, il s'était construit sa propre entrée au bas de son camouflage chancelant en utilisant deux tonneaux dont il avait ôté les extrémités et qu'il avait placés l'un derrière l'autre de façon à former un étroit tunnel au sein de la pile de débris. En plus de cet accès, la pièce possédait également une haute fenêtre à barreaux à travers laquelle le jeune voleur pouvait sortir quand il ne la bloquait pas par de vieux sacs punaisés au chambranle afin de protéger son intimité et éviter les courants d'air.

Sa cachette regorgeait de tout un bric-à-brac que Grince avait récupéré, trouvé ou chapardé. Dans une boîte étaient rangés ses ustensiles de cuisine : une chope cabossée, une casserole abîmée et réparée tant bien que mal ainsi que deux bols ébréchés désormais utilisés par le chiot. Tous avaient été récupérés dans le tas d'ordures derrière une taverne. Il y avait également une cuillère soigneusement redressée mais qui gardait encore une silhouette quelque peu tordue ; un couteau à viande au manche cassé et quatre tranchoirs en bois dont Grince était particulièrement fier – il s'agissait à l'origine des extrémités des tonneaux qui formaient son tunnel d'entrée. La casserole de porridge qui était à l'origine de sa carrière de voleur contenait à présent une réserve d'eau ramenée à grand-peine de la pompe située dans les Arcades, tout comme le gros pot en terre au couvercle soigneusement fermé, rempli à l'origine d'un miel sucré et collant qui n'avait hélas pas duré très longtemps.

Le lit du jeune voleur occupait tout un coin de la pièce. Il avait posé par terre une vieille porte afin de protéger son corps du froid qui imprégnait les dalles de pierre, puis avait recouvert le panneau en bois d'une épaisse couche de paille par-dessus laquelle il avait entassé un assortiment multicolore de chiffons et de bouts de tissus trouvés ou volés aux tailleurs et aux couturiers peu méfiants des arcades. Chaque jour, quand il avait terminé son travail de la nuit et assuré leur survie, le gamin épuisé se nichait avec son chien dans la chaleur douillette de ces guenilles comme un lapin disparaissant dans son terrier.

Grince avait réussi à chiper deux épaisses couvertures de laine couleur crème sur une corde à linge au nord de la cité, pour la plus grande perplexité de la ménagère qui les avait étendues là en croyant les murs de sa cour trop hauts pour être escaladés. Ces couvertures ajoutaient du poids et de la chaleur à son lit et empêchaient la structure vacillante de s'effondrer. Enfin, couronnant le tout, se trouvait son objet préféré : une épaisse peau de mouton qui avait disparu une nuit d'une tannerie près de la place du Marché vert.

Depuis qu'il s'était emparé de la peau de mouton et des couvertures, Grince avait pris tous les lambeaux de tissus plus fins qui lui servaient auparavant de literie – et qu'il avait chipés aux couturières des Arcades – pour les accrocher sur les murs de son repaire. Ils égayaient un peu la pièce de par leurs couleurs et permettaient d'éviter un peu mieux les courants d'air. Grince n'avait nul endroit pour faire un feu, d'autant que ça n'aurait pas été une bonne idée, question sécurité, mais il possédait une collection éclectique de lampes, à la fois des trésors brillamment polis qui faisaient l'orgueil de certains foyers et de vieilles reliques cabossées au verre fissuré ou taché de suie. Elles trônaient sur une boîte au centre de la pièce en compagnie de chandelles en cire d'abeille et en suif.

Dans un coin, Grince conservait un seau bosselé pour ses propres déjections et il s'était fabriqué une espèce de couvercle avec un morceau de bois maintenu en place par une pierre. Une autre boîte remplie de paille et de sciure se tenait à côté pour celles de son chien. Chaque nuit, le garçon était obligé d'accomplir deux voyages périlleux à l'extérieur pour vider la boîte et le seau dans une conduite d'égout voisine.

Ses trésors jonchaient le plancher quand ils n'étaient pas répartis sur des étagères de fortune en planches et en briques. Une vieille épée, dont la lame était brisée trente centimètres environ sous la garde, lui servait à forcer les fenêtres. On trouvait également divers vêtements chapardés sur des cordes à linge à travers toute la cité. Grince conservait une pile de vieux gants militaires, de mitaines en laine, de foulards et de mouchoirs car il était sûr qu'un jour il en aurait l'utilité – peut-être. En revanche, il se servait souvent de son assortiment d'aiguilles à coudre, de bobines de coton, d'écheveaux de laine et de ficelle, de ses bouts de bois aux formes étranges et de sa collection de clous rouillés. Parmi ses possessions les plus précieuses se trouvaient également un briquet à amadou et une bouteille d'huile pour les lampes. Venait ensuite sa collection de peignes, de pinces, de bagues et de colifichets clinquants dont il ne savait évaluer la valeur – sans oublier qu'il n'existait aucun moyen de les vendre. Grince les gardait parce qu'il aimait les voir scintiller et que ça lui donnait l'impression d'être un vrai voleur audacieux. Il les rangeait sur une étagère près de son lit en compagnie de son trésor le plus cher : une longue dague acérée avec une garde incrustée de joyaux qu'il avait récupérée sur le cadavre d'un noyé rejeté par le fleuve sur la rive boueuse. Encore maintenant, le garçon avait du mal à y repenser sans en avoir la nausée.

Grince conservait ses provisions – quand il en avait – dans un sac suspendu à un crochet enfoncé dans le plafond voûté. Il avait découvert que c'était le seul moyen de les protéger des rats en vadrouille qui refusaient de rester à l'écart en dépit de tous ses efforts. Mais ce soir-là, en dépit de son expédition dans les halles, le sac pendait, désespérément plat et vide, et Guerrier le chiot commençait à gémir de faim.

Grince soupira et couvrit sa cachette d'un dernier regard contrit. Il ne cessait d'être surpris par sa propre ingéniosité. Ce repaire constituait un bien meilleur foyer que la masure sordide qu'il avait partagée avec Tilda, d'autant qu'il n'appartenait qu'à lui. Il n'y avait personne pour l'insulter, lui filer des baffes ou le battre. Envolées, les brutes enivrées qui se bousculaient pour entrer ou sortir de chez sa mère. Quand Grince se sentait seul, il restait toujours Guerrier – le meilleur ami dont un petit garçon puisse rêver – pour lui tenir compagnie. Cependant, même s'il commençait à éprouver une certaine confiance mêlée de prudence vis-à-vis de ses propres capacités, il savait que la cité abritait une multitude de dangers, si bien qu'il quittait toujours son refuge à contrecœur. Et si quelque chose de terrible arrivait à Guerrier en son absence ? Et si quelqu'un trouvait sa cachette et le dénonçait ? Et si…

— Oh, sois pas si bête, putain, gronda Grince à haute voix.

Après tout, ce n'était pas comme s'il avait le choix. Soit il allait voler quelque chose, soit il mourait de faim. Il se fichait pas mal d'avoir le ventre vide, mais il était impensable pour lui de laisser Guerrier dans cet état. Le chien grandissait rapidement et avait besoin de toute la nourriture qu'on pouvait lui donner. Grince ramassa le chiot blanc qui se tortillait, le caressa et le serra contre lui avant de le déposer dans son panier spécial, chapardé à un marchand des Arcades et qui possédait un couvercle que l'on pouvait fermer au moyen d'une ficelle ainsi qu'une poignée qui permettait à Grince de le suspendre au plafond comme le sac à provisions. Le temps que Guerrier devienne trop grand pour y entrer, il serait suffisamment costaud pour se défendre des énormes rats maraudeurs. En attendant, son maître, angoissé, ne prenait aucun risque.

Fourrant sa dague et son épée cassée dans sa ceinture, Grince enfila sa « cape », un vêtement dont il était très fier car il l'avait fabriqué lui-même, après beaucoup de réflexion. L'un des clients réguliers de sa mère, un marin unijambiste forcé de rester à terre à cause de son handicap, s'était pris d'affection pour le gamin et lui avait appris à manier une aiguille, avec l'approbation enthousiaste de l'indolente Tilda. Même si Grince avait protesté en disant que c'était bon pour les filles, Tam le vieux marin lui avait rapidement ôté cette idée de la tête – non sans lui distribuer quelques taloches au passage. Mais, par les nuits glaciales de ce printemps nordique, le garçon se réjouissait d'avoir eu droit à cet apprentissage.

Grince avait assemblé cet étrange vêtement à partir de morceaux de cuir, de fourrure, de futaine, de velours, de brocart et de tout autre bout de tissu chaud qu'il avait été capable de trouver sur les étals et dans les réserves des Arcades. Son patchwork de couleurs et de textures variées contribuait à casser sa silhouette et l'aidait à se fondre au sein des ombres. La cape était suffisamment courte pour ne pas le gêner quand il courait et suffisamment large pour qu'il puisse l'enlever en un clin d'œil – ou la laisser aux mains d'une personne qui chercherait à l'attraper. Contrairement à une cape normale, celle-ci possédait des fentes sur les côtés, ce qui lui permettait de sortir les mains pour attraper une pâtisserie en train de refroidir ou couper les cordons d'une bourse. L'intérieur abritait une multitude de poches pour lui permettre de rapporter son butin chez lui.

Le vieux Tam, en plus d'être doué avec une aiguille, connaissait un tas de contes à dormir debout avec lesquels il avait amadoué le gamin pendant qu'ils travaillaient. Grince se souvenait en particulier de l'histoire d'une cape magique qui rendait son propriétaire invisible et il aimait à croire que sa cape possédait les mêmes pouvoirs, bien qu'il ait trop de bon sens pour mettre ceux-ci à l'épreuve. Néanmoins, c'était son manteau spécial, son habit de voleur, et cela lui donnait confiance. De jour, la cape aurait été trop voyante, mais Grince ne sortait jamais sans elle la nuit.

Ainsi équipé pour l'expédition qui l'attendait, le gamin empila quelques caisses en bois pour grimper jusqu'à la fenêtre de son repaire. Puis il souffla les bougies et toutes les lampes à l'exception d'une seule. Ensuite, il se tortilla pour passer entre les barreaux, se laissa tomber dans la ruelle en contrebas et s'enfonça dans le labyrinthe des rues obscures.

Grince se glissa au sein des ombres comme de l'eau noire dévalant la colline et partit en direction du fleuve, des quais et des entrepôts marchands dans l'espoir d'y trouver des vivres. Il faisait froid, mais il se sentait en sécurité sous sa cape. Les autres citoyens de la nuit étaient bien trop absorbés par leurs propres affaires pour lui prêter attention ; un petit garçon ne représentait pas une menace pour eux et ne pouvait rien avoir sur lui qu'ils puissent désirer.

Ce soir-là, le gamin n'eut pas besoin de descendre jusqu'au fleuve. Le cambriolage était sa spécialité, et les maisons imposantes du vieux quartier avec leurs étages qui avançaient sur la rue, leurs murs croulants et leurs fenêtres mal encastrées lui fournissaient toujours ses butins les plus faciles – à condition qu'elles abritent de la nourriture. Cette nuit-là, il eut de la chance. Lors de sa troisième exploration – la première n'ayant fourni qu'une vieille pomme ridée et quelques crustacés qu'il avait dévorés sur place et la seconde s'étant avérée un échec complet –, il avait trouvé un bout de chandelle, une douzaine de biscuits d'avoine et une petite tourte rassise fourrée d'une viande indéterminée. Glissant ses trouvailles dans une profonde poche à l'intérieur de son manteau, Grince bénit sa chance en se faufilant par la fenêtre qu'il avait forcée, puis reprit le chemin de son foyer.

Il se faisait tard à présent et les gens qui vivaient dans la rue devenaient de plus en plus désespérés. Sur le chemin du retour, Grince profita de la moindre protection qu'il put trouver et prit soin d'éviter les déchets humains affamés qui traînaient encore au-dehors. Quelques rares expériences malencontreuses dont il avait réchappé in extremis lui avaient appris à se montrer circonspect. Tant qu'il vivait avec Tilda, il n'avait jamais croisé de personne suffisamment désespérée pour se nourrir de chair humaine, mais ces temps-ci il n'aurait pas parié sa vie là-dessus. Il avait entendu parler de gangs qui hantaient les rues en se faisant passer pour des mendiants afin de pouvoir approcher leurs victimes – ensuite, c'était trop tard, plus moyen de leur échapper.

Cette heure périlleuse n'en présentait pas moins certains avantages, car les portes des tavernes commençaient à s'ouvrir et leurs clients se déversaient dans les rues. Avec un peu de chance, Grince rencontrerait un certain nombre d'ivrognes sur le chemin de son foyer. Or un individu éméché qui ne se méfiait pas, ne pensant qu'à rentrer chez lui comme il pouvait, offrait une cible bien plus facile qu'un homme sobre et prudent, pour un jeune pickpocket qui démarrait tout juste dans le métier. Malheureusement, la chance de Grince semblait s'arrêter là pour cette nuit. Les pauvres de la cité devenaient de plus en plus nombreux et désespérés en ce printemps de famine, et ils étaient de plus en plus nombreux à envahir les rues dans l'espoir de détrousser leurs frères plus fortunés. Les gens se méfiaient davantage désormais et avaient tendance à sortir en groupe pour se protéger. Quand une cible potentielle se présentait, la compétition était rude, et un petit garçon ne pouvait faire le poids face à des rufians mieux armés et plus costauds. Souvent, le gamin se glissait jusqu'à une victime potentielle, pour se faire coiffer au poteau par des gredins armés qui ne songeaient pas seulement à faire les poches de leur victime. Ceux-là avaient le meurtre à l'esprit.

Nourrissant des sentiments quelque peu contradictoires, Grince décida d'en rester là pour la nuit. En fin de compte, sa sécurité valait bien plus que quelques pièces de cuivre dans une bourse en cuir. Après tout, il avait des responsabilités. Il frémit en songeant à ce qui arriverait à son chiot s'il se faisait tuer dans la rue. La simple idée que Guerrier, enfermé dans son panier, puisse lentement mourir de faim, suffisait à rendre le gamin prudent. Le chiot blanc lui avait sûrement sauvé la vie à plusieurs reprises, même si le gamin n'en avait pas vraiment conscience.

Grince était impatient de revoir son petit compagnon. Comme son maître, Guerrier avait pris l'habitude de manger toutes sortes de choses. Il allait adorer la tourte à la viande. Ensuite, ils pourraient se fourrer ensemble dans le lit chaud et confortable, à l'abri de la violence de ces rues froides et humides. Cette joyeuse perspective donna des ailes à

Grince. Les raccourcis n'ayant plus de secrets pour lui, en un rien de temps, il se retrouva dans le labyrinthe de ruelles derrière les Grandes Arcades. Grince ralentit alors et recommença à se faufiler sur la pointe des pieds en se rappelant qu'il s'agissait de l'une des parties les plus dangereuses de son voyage. Il devait veiller à ce que personne ne le voie s'approcher ni grimper par la fenêtre, sinon sa cachette ne serait plus un secret.

Il lui restait une dernière voie assez large à traverser avant de plonger dans l'étroit passage qui se trouvait derrière son repaire. Il allait devoir se montrer particulièrement vigilant, car l'endroit abritait souvent des mendiants. Tandis qu'il s'apprêtait à avancer furtivement, Grince entendit des bruits de pas, étouffés mais rapides, dans la rue devant lui. Il s'immobilisa comme un lapin qui aurait senti un chasseur et s'aplatit contre le mur froid et humide avant de risquer prudemment un coup d'œil dans la rue. Dans le lointain apparut une haute silhouette emmitouflée dans un grand manteau à capuche d'un noir d'encre dont les pans flottaient dans la nuit. Il se dégageait de cette apparition une drôle d'impression qui fit frissonner le jeune garçon et le poussa à reculer davantage au sein des ombres, de peur que le néant noir dissimulé dans les plis du capuchon se tourne dans sa direction et le transperce de son regard vide et mystérieux.

Oh, grandis un peu, Grince, se dit-il avec dégoût tandis que l'apparition se rapprochait. *Ce n'est qu'une satanée cible qui est assez stupide pour se balader seule à cette heure de la nuit. T'as vraiment envie de laisser passer une occasion pareille ? Tu n'atteindras jamais une poche, avec une cape aussi large que celle-là, mais peut-être qu'en mendiant...* Peut-être, mais Grince ne le saurait jamais, parce qu'il n'était pas question, non, vraiment pas, de se forcer à sortir pour accoster le sinistre étranger. Le cœur du gamin battait à tout rompre et de la sueur glacée perlait à son front dans le froid de la nuit. Il avait l'impression d'avoir les pieds cloués au sol. Il avait été trop absorbé par la vision de ce cauchemar ambulant pour les voir partir, si bien qu'il remarqua brusquement que la rue s'était vidée de tous ses mendiants, à l'exception de lui-même.

Blotti dans les plis de sa cape en patchwork, le ventre noué par la terreur, Grince se recroquevilla à l'abri de la ruelle et regarda passer l'imposante silhouette. Lorsque celle-ci dépassa sa cachette, il se mit à trembler de soulagement. Néanmoins, il n'osa pas et surtout refusa de bouger tant que la silhouette encapuchonnée n'avait pas disparu de sa vue. Grince ferma les yeux et écouta les bruits de pas s'éloigner, en priant pour qu'ils disparaissent bientôt complètement.

Ils s'arrêtèrent brutalement, et le gamin sentit un frisson le traverser. L'étranger s'était-il retourné ? Savait-il que quelqu'un se trouvait là ? Même si Grince avait peur de regarder, l'angoisse de ne pas savoir si on l'avait vu était pire encore. À l'issue d'un bref combat avec son courage en lambeaux, il ouvrit les yeux et risqua un bref coup d'œil au coin du bâtiment qui l'abritait.

— La charité, grande dame ? Z'auriez pas une ou deux pièces de cuivre pour une pauvre vieille aveugle ?

Grince sursauta au son de cette voix chevrotante. À sa grande stupeur, il aperçut une mendiante, le dos courbé, se diriger d'un pas incertain vers la silhouette troublante. La vieille, peu méfiante, prétendait être aveugle. C'était sans doute la raison pour laquelle elle ne s'était pas enfuie, terrorisée, comme les autres mendiants. Mais comment savait-elle que l'étranger était une femme ? La vieille continua à avancer en traînant les pieds et entra dans le faible cercle lumineux de la lampe suspendue au coin du bâtiment à l'autre bout de la rue. La silhouette dans son grand manteau noir s'avança à son tour, le bras tendu, et Grince, surpris que la vieille aveugle soit tombée sur un succès aussi facile, s'en voulut. *Merde, mais de quoi avais-je peur ? J'ai laissé passer ma chance !* Puis toute pensée déserta l'esprit du jeune voleur. Un éclair blanc illumina la main tendue lorsque celle-ci toucha la vieille mendiante aveugle qui s'effondra sans un bruit, tel un tas de chiffons noirs sur les pavés. Grince entendit un petit rire étouffé, aussi froid et lugubre qu'une aube hivernale, puis la silhouette reprit sa route, tourna au coin de la rue et disparut.

Les minutes passèrent lentement, et le corps de la mendiante affaissé au milieu de la route ne bougea pas. Davantage de temps s'écoula encore avant que le garçon terrifié n'ose s'aventurer hors de sa cachette. Le froid et la faim l'obligèrent à sortir en fin de compte, tout comme la menace de l'aube imminente et la pensée de son pauvre chiot, toujours enfermé dans son panier. Lui aussi devait avoir froid et faim. Dans le but d'atteindre sa propre ruelle, Grince allait devoir traverser la rue et se rendre dans le coin le plus éloigné – beaucoup trop près à son goût du corps de la vieille. Mais, s'il voulait retrouver la sécurité de son repaire, dont il se languissait tant, il allait devoir y passer. *Je vais juste courir*, se dit-il. *Je vais passer à côté d'elle en courant et je ne regarderai pas, sinon…*

Mais, quand les choses en arrivèrent là, bien entendu, il ne put s'empêcher de regarder. Même s'il courut aussi vite que possible, surtout en approchant le monticule informe, il eut l'impression que ses yeux étaient comme attirés malgré eux vers le corps, comme si ce dernier était une canne à pêche qui l'aurait attrapé au bout de son hameçon. Par la suite, durant de nombreuses nuits, il eut des raisons de maudire sa curiosité. Il trébucha, et son souffle se bloqua dans sa gorge à la vue du sinistre spectacle. Le corps était tordu de façon grotesque, et les yeux laiteux et aveugles révulsés dans la mort. Dans la lumière de la lampe, Grince distingua la pâleur exsangue de sa peau ridée et distendue et l'expression de pure terreur figée sur ses traits au tout dernier instant de sa vie. Sur son front, la vieille femme portait, tel un stigmate, la marque d'une main imprimée en argent brûlant.

Brusquement, Grince retrouva ses esprits. Poussant un cri de terreur, il s'enfuit jusqu'à son refuge et franchit la fenêtre sans même penser à la chute qui l'attendait de l'autre côté. Sans prendre le temps d'une pause, il attrapa le panier de Guerrier et plongea dans la sécurité trompeuse de son lit où il se blottit, le regard fou et les membres tremblants, en serrant le chiot contre lui pour se réconforter et en se mordant la lèvre pour retenir ses larmes. Heureusement qu'il avait Guerrier, se dit-il. S'il n'avait pas eu à prendre soin du chien, il doutait de pouvoir retrouver un jour le courage de s'aventurer de nouveau dans les rues.

De nuit, les rues de Nexis étaient envahies par les habituels essaims de rebuts humains comme les mendiants, les putains et les tire-laine, mais Eliseth traversa les venelles obscures sans éprouver la moindre inquiétude. Bien qu'entièrement dissimulée dans les pans de son grand manteau à capuche, elle irradiait une aura, une présence, qui témoignait à la fois de sa puissance et du danger qu'elle représentait. Seule une femme avait osé l'approcher, et encore, elle était aveugle. D'un seul geste, presque avec mépris, Eliseth avait soufflé la flamme de vie vacillante de la vieille mendiante en absorbant son énergie pour l'ajouter à ses pouvoirs grandissants. À sa grande surprise, même une existence aussi usée et fanée que celle-là lui avait procuré une secousse énergétique et des picotements qui avaient parcouru ses veines comme du vin. Cette sensation avait été si agréable – oh oui, vraiment – qu'elle avait enfin compris pourquoi Miathan était devenu accro à ses sacrifices humains. *Bien, bien. Nous vivons pour apprendre. Je dois me pencher davantage sur la question – mais pas ce soir.* Ce soir-là, la Mage du Climat avait autre chose à faire, et ses pas pressés l'avaient pratiquement amenée à destination. Cet endroit, elle l'avait localisé grâce à sa boule de cristal. C'était la maison de celui qu'elle cherchait.

La boulangerie avait été repeinte à l'extérieur et blanchie à la chaux à l'intérieur, et les parquets et les fenêtres étincelaient. Les briques croulantes et le toit qui s'affaissait avaient été bien réparés. Bern avait travaillé dur pour effacer toutes les dégradations dues aux négligences de son père – à une exception près. Le commerce n'était toujours pas florissant, pour une seule et bonne raison : on ne trouvait plus la moindre farine à Nexis.

Comme c'était devenu son habitude au cours des longues nuits sans sommeil, Bern était assis dans la pièce du bas, à savoir la boulangerie elle-même, une bouteille près du coude et les pieds posés sur une corniche bien pratique dans la maçonnerie du vieux four, le plus petit. Presque comme un rituel, Bern continuait à allumer les fours, à la fois celui d'origine et le grand qu'il avait construit en des jours plus heureux, lorsque Torl venait juste de mourir et que lui, Bern, venait enfin d'hériter de l'affaire. Les feux réchauffaient la maison, mais ne pouvaient chasser la glaciale impression d'échec qui se nichait, furtive mais tenace, dans le cœur du boulanger. Il avait trahi les rebelles et assassiné son père afin d'avoir le commerce pour lui tout seul – mais à quoi bon ? La farine et la levure s'étaient épuisées durant cet hiver noir et interminable, et la jeune fille qu'il avait l'intention d'épouser, une brune aux yeux de feu, la fille d'une couturière veuve qui vivait à proximité, l'avait quitté lorsqu'elle n'avait plus réussi à supporter son humeur noire et ses accès de colère. Bern jura à voix haute. C'était si injuste, bon sang ! Il venait à peine de réaliser l'ambition de toute une vie que le rêve étincelant s'était transformé en cendres entre ses mains.

Bern avait dû s'assoupir en ruminant ces sombres pensées, car il fut réveillé en sursaut par le claquement de la porte qui se referma brutalement à cause du vent. Le juron qui lui vint spontanément mourut sur ses lèvres lorsque, en ouvrant les yeux, il découvrit une haute silhouette imposante, drapée dans une cape noire, le visage dissimulé dans l'ombre d'une capuche. Instinctivement, il tendit la main pour attraper le long tisonnier en fer, l'arme la plus proche à sa portée, mais il interrompit son geste. Alors, sans un mot, l'intrus fit apparaître de belles mains blanches bien dessinées et repoussa sa capuche.

— Vous ! s'exclama Bern, suffoqué.

Puis il se laissa tomber à genoux devant la Mage du Climat en bégayant des excuses. Eliseth éclata de rire.

— Oui, Mortel, c'est bien moi. Depuis la nuit où tu es venu en courant à l'Académie pour trahir ton père, n'as-tu donc jamais pensé que tu me reverrais ?

Bern, qui de fait n'avait jamais envisagé une chose pareille, continua à se prosterner dans un silence terrifié. La Mage rit de nouveau et passa pardessus son corps prostré pour prendre la meilleure chaise près du feu.

— Connais-tu donc un tel revers de fortune, boulanger, que tu n'offres pas à boire à ton invitée ? lui demanda-t-elle sèchement.

— Je vous demande pardon, ma dame.

Bern se leva d'un bond en dépit des tremblements qui lui parcouraient les jambes et il courut lui chercher un verre en cristal qui avait fait partie de la dot de sa mère, ainsi qu'une carafe de bon vin. Ce genre de breuvage ne se faisait que trop rare ces temps-ci, et Bern le gardait pour les grandes occasions – ou une situation d'urgence telle que celle-ci. Déposant le tout sur la table basse devant sa terrifiante invitée, il remplit le verre avec des mains tremblantes tandis qu'Eliseth repoussait son lourd manteau et tendait ses mains blanches effilées vers les flammes dansantes. Prenant son propre verre, qui contenait toujours l'alcool médiocre dans lequel il noyait sa misère avant l'arrivée de la Mage, il s'assit sur l'autre chaise en se retenant, non sans effort, de la pousser à l'écart de la femme au regard froid. Pendant tout ce temps, son esprit fonctionnait à plein régime. Que lui voulait-elle ? En quoi pouvait-il la satisfaire ?

Eliseth, qui lui lançait un regard oblique sous ses longs cils, laissa le boulanger se tortiller en silence pendant un moment avant de couper court au suspense. Lorsqu'elle jugea que la curiosité et la peur du Mortel avaient atteint leur point culminant, elle prit enfin la parole :

— Mortel, tu as un jour rendu un grand service aux Mages en nous indiquant la cachette des rebelles qui infestaient notre cité. Une telle loyauté est fort appréciable, mais voilà que je dois à nouveau y faire appel.

Rapidement, elle détailla son plan, qui consistait à lui demander de trahir les rebelles une fois de plus. Elle vit les yeux du jeune homme s'écarquiller de stupeur, puis s'étrécir d'un air calculateur et cupide. Eliseth sourit en son for intérieur. Elle avait parfaitement évalué la nature de son interlocuteur. Lorsqu'elle eut fini de parler, elle se renfonça dans son fauteuil en avalant une gorgée du vin qu'elle trouvait dégoûtant. Elle se demandait ce que ce vil Mortel allait oser exiger en échange.

Cependant, la requête de Bern la prit complètement au dépourvu.

— Comment ? s'exclama-t-elle, stupéfaite. Du grain ? Vous êtes sûr ?

Le boulanger acquiesça d'un air avide.

— Dame, on ne trouve plus la moindre farine à Nexis. Je suis un homme ruiné, je ne peux pas faire tourner mon commerce. Songez à ce que cela signifierait pour moi d'être le seul boulanger de la ville à pouvoir travailler. Et puis, j'ai entendu dire que les Mages possèdent toutes sortes de provisions là-haut, à l'Académie, ajouta-t-il d'un air entendu.

Mentalement, Eliseth prit note d'enquêter sur la source de ces rumeurs, puis elle accorda de nouveau son attention à Bern. Elle eut cependant du mal à réprimer un sourire en répondant :

— Bien sûr, vous aurez toutes les ressources que vous demandez, lui dit-elle de bonne grâce. Mais à une condition, que vous partiez cette nuit même.

Bern parut comme frappé par la foudre.

— C'est-à-dire que, euh, bien sûr, ma dame, mais… (Il déglutit péniblement.) Comment vais-je m'arranger pour aller chercher mon grain ? balbutia-t-il.

Eliseth s'émerveilla de la témérité de cet homme, même s'il n'avait pas tout à fait osé suggérer qu'elle pouvait ne pas tenir parole.

— C'est un problème que je peux régler tout de suite, répondit-elle sèchement. Possèdes-tu un endroit sûr pour l'entreposer en ton absence ?

Bern acquiesça et conduisit la Mage dans sa réserve, située dans la cave. La Mage hocha la tête d'un air satisfait.

— Bien. Maintenant, tais-toi, ordonna-t-elle.

Tendant son esprit vers l'emplacement des provisions de l'Académie, elle déversa ses pouvoirs dans un sort de téléportation. Il y eut un éclair, le rugissement de l'air qu'on déplace, puis la cave se retrouva remplie, du sol au plafond, de sacs desquels s'échappaient des grains dorés.

— Oh, ma dame ! (L'expression du boulanger était éloquente. Elle apprit à Eliseth tout ce qu'elle avait besoin de savoir.) Après ça, je ferai n'importe quoi pour vous, lui dit-il. N'importe quoi.

— Tu sais déjà ce que j'exige de toi.

La Mage en avait assez du Mortel. Elle voulait qu'il s'en aille, qu'il quitte Nexis avant l'aube. Elle le fit sortir de la cave et ferma la porte derrière eux avant de passer la main en travers du panneau de bois. Elle regarda le sort de protection s'installer en miroitant comme de la lumière sur de l'eau.

— Maintenant, écoute bien, dit-elle au boulanger. Afin de protéger tes précieuses provisions, j'ai ensorcelé la porte et le soupirail – ils tueront quiconque posera la main dessus.

Les yeux cupides du boulanger s'arrondirent sous l'effet de la consternation.

— Mais, ma dame..., protesta-t-il d'une voix balbutiante.

— Dès que tu reviendras après avoir rempli ta mission avec succès, poursuivit Eliseth d'un ton sans réplique, sans tenir compte de l'interruption, tu te présenteras devant moi à l'Académie et j'ôterai le sortilège. Voilà tout. Fais tes bagages, Mortel, et pars immédiatement si tu ne veux pas que je commence à regretter ma générosité.

Inutile d'en dire plus. Eliseth savait qu'elle le tenait. En quittant la boulangerie, elle fut incapable de retenir plus longtemps son sourire en songeant à la consternation de Bern quand il découvrirait, au retour de sa dangereuse mission, que Miathan avait distribué gratuitement des vivres le jour même de son départ. Elle se rengorgea également en pensant à la fureur et à la perplexité de Miathan quand il apprendrait la disparition de la majeure partie de ses provisions de céréales.

Les heures noires de la nuit s'égrenèrent lentement tandis que Zanna attendait. Maintenant qu'elle avait un plan, son humeur ne cessait de fluctuer violemment avec un mélange déroutant d'excitation et de vive inquiétude. Elle avait bien du mal à se retenir de quitter sa cachette dans la réserve pour agir de suite. Malheureusement, la dernière chose dont elle avait besoin à ce stade, c'était de croiser Janok. Zanna savait qu'elle allait devoir refréner son impatience du mieux qu'elle pouvait et attendre jusqu'à ce que tout le monde, et surtout cette brute de chef cuisinier, soit endormi.

Sortir de la réserve dans l'obscurité fut un cauchemar. Cependant, même si Zanna avait pensé à apporter une bougie, elle n'aurait pas osé l'allumer.

Elle fut obligée de se frayer un chemin à quatre pattes hors de son étroit repaire en cherchant à tâtons les obstacles tels que les tonneaux, les sacs et les jarres qui transformaient la pièce en un labyrinthe hasardeux. Elle eut l'impression que cela lui prenait une éternité. Elle avait mal et se sentait encore raide à cause de la correction que lui avait infligée Janok, surtout qu'après une si longue attente sans bouger ses muscles protestaient violemment à chaque mouvement. Mais, pour le moment, c'était le cadet de ses soucis. Zanna se sentait perdue, désorientée, elle avait la tête qui tournait comme si elle avait le vertige. La pièce était si petite, elle aurait sûrement dû atteindre le mur, à présent, non ?

Son cœur fit un bond dans sa poitrine lorsqu'elle sentit une pile de sacs vaciller puis commencer à tomber. Levant rapidement les bras, elle essaya de stabiliser l'ensemble, mais en vain. Plusieurs sacs lourds et volumineux tombèrent au-dessus d'elle et lui coupèrent le souffle. Il s'agissait de pommes de terre, à en juger par la forte et très nette odeur de terre. Pendant un instant, elle resta allongée là, figée, terrifiée, en attendant un vacarme qui ne vint pas. Puis elle entreprit de sortir de sous les sacs. Dieux merci, se dit Zanna en frottant ses bleus, aucune des jarres ne s'était renversée. Après un long moment passé à chercher de nouveau son chemin à tâtons, elle érafla les jointures de sa main sur une surface rêche et fraîche. Elle avait enfin atteint le mur. Elle fit de son mieux pour deviner dans quelle direction se trouvait la porte et eut de la chance. L'espace et le vide de l'air au-delà de ses mains lui firent l'effet d'une bénédiction. Que c'était bon de pouvoir se lever de nouveau et avancer sans encombre. Elle remonta lentement le couloir obscur en gardant la main posée sur le mur.

La cuisine, bien que plongée dans l'ombre, paraissait dangereusement éclairée après l'obscurité totale du corridor. De noires silhouettes se détachaient sur la faible lumière enfumée des feux qui couvaient, révélant ainsi la position des aide-cuisiniers endormis. Zanna songea que le refus de Janok de laisser ses quelques assistants prendre possession du dortoir des domestiques quasiment désert n'était qu'une preuve supplémentaire de sa cruauté. *Il ne cesse de tourner autour des Mages et de se prosterner devant eux*, songea-t-elle avec aigreur, *mais il nous traite bien plus mal que des animaux. Il veut qu'on ait peur de lui pour qu'on lui obéisse au doigt et à l'œil et aussi parce qu'il adore le pouvoir*... Zanna frémit et essaya de le chasser de son esprit. Le fait de penser à lui l'écœurait et l'effrayait au plus profond d'elle-même.

La porte qui permettait de passer de la cuisine à la grande salle se trouvait à l'autre bout de la pièce. Zanna n'aurait jamais cru qu'il lui faudrait autant de courage pour traverser ce vaste espace. Elle n'aurait jamais imaginé non plus qu'elle possédait autant de ressources. Seule la pensée de son père, emprisonné et souffrant, la poussa à faire ce premier pas, le pire, puis ceux qui suivirent. Se guidant à la faible lueur des feux, elle glissa d'ombre en ombre en direction de la porte tout en prenant soin de passer loin des dormeurs. Même si elle avançait en silence, elle était persuadée que quelqu'un devait bien entendre les battements de son cœur affolé.

En passant devant les éviers, une lueur rouge terne attira son regard, comme si une braise s'était échappée du feu pour rouler sous les profonds bacs en pierre et se mourait lentement sur le sol humide et froid. Que diable… ? Le cœur de Zanna fit un bond dans sa poitrine. C'était impossible, pas vrai ? Elle se baissa rapidement et s'écorcha les doigts sur la lame acérée d'un long couteau de cuisine à large manche. Elle le ramassa vite fait, ses doigts en sang glissant sur la poignée en os, et fut stupéfaite de constater à quel point tenir une arme faisait une différence. Son courage vacillant n'en fut que renforcé. L'esprit considérablement plus léger, la jeune fille finit par atteindre la porte et se glissa avec reconnaissance dans l'obscurité fraîche de la grande salle déserte qui sentait le renfermé.

Zanna courut s'accroupir à côté du mur lambrissé, sous la galerie des ménestrels. Elle resta là plusieurs minutes, jusqu'à ce que les battements de son cœur s'apaisent, que sa respiration se calme et que ses tremblements cessent. Même si un peu de lumière filtrait du dehors à travers les hautes fenêtres et venait éclairer la double rangée de colonnes noires qui parcourait la salle, l'immense pièce où tout résonnait en écho paraissait très sombre après la faible luminosité de la cuisine. En attendant que ses yeux s'ajustent à la différence, Zanna tourna et retourna son arme dans ses mains. Le couteau avait dû tomber de la table ou du banc et être accidentellement poussé par un pied sous l'évier, où il était resté perdu au sein des ombres jusqu'à ce qu'un rayon de lumière égaré attire le regard de Zanna. Janok devait vraiment être préoccupé ce jour-là s'il n'avait pas remarqué la disparition d'un couteau. D'habitude, il en tenait soigneusement le compte.

Il suffit à Zanna de penser à cette brute de chef cuisinier pour avoir envie de se remettre en route. S'éloignant du mur, elle prit à droite et se dirigea vers le coin dans lequel se trouvait un élégant escalier en bois et en colimaçon qui conduisait à la galerie des ménestrels. Impossible de gravir ces marches en silence, la grande salle possédait une trop bonne acoustique. Zanna se figea, surprise et horrifiée, lorsque le discret bruissement de ses pas fut magnifié en échos sifflants qui se répercutèrent en chuchotant à travers l'immense pièce. Il lui fallut se ressaisir et se rappeler avec une certaine sévérité qu'elle était seule en ces lieux, avant de trouver le courage de continuer.

Heureusement, la galerie était moquettée pour le confort des musiciens de passage. Zanna céda finalement à sa folle envie de courir. Tenant prudemment le couteau devant elle, le bras tendu, elle traversa la salle sur toute sa longueur en passant dans les flaques de lumière vacillante qui provenaient de la rangée de fenêtres. Puis, tournant à gauche tout au bout de la galerie, elle trouva la porte, dissimulée derrière un rideau, qui s'ouvrait sur un petit couloir. Celui-ci menait à une autre porte, beaucoup plus simple celle-là, qui permettait d'accéder au dortoir des gens de maison.

Zanna ne le savait pas, mais elle avait de la chance. Du temps d'Elewin, ces deux portes auraient été fermées à double tour pour empêcher les domestiques de passer par le réfectoire vide pour gagner du temps en se rendant de leurs appartements à la cuisine. Ces temps-ci, cependant, le quartier des domestiques abritait si peu de monde qu'une telle tradition tombait dans l'oubli. La seconde porte s'ouvrit devant Zanna qui laissa enfin échapper un soupir de soulagement. Plus rien ne pouvait l'arrêter à présent. Mais, à cause des deux portes fermées et du couloir qui les séparait, elle n'entendit pas la porte de la cuisine s'ouvrir sur le réfectoire puis se refermer doucement.

Sur une étagère à portée de main près de la porte, Zanna trouva une chandelle et un briquet à amadou. Posant son couteau sur l'étagère, elle réussit à allumer la bougie après plusieurs essais manqués à cause de ses doigts tremblants. Puis elle maudit sa propre bêtise. Et si quelqu'un, y compris l'Archimage, traversait la cour et apercevait la lueur de la bougie ? se dit-elle en frissonnant de terreur. Masquant la flamme derrière sa main en coupe, elle courut fermer les rideaux des trois fenêtres placées à intervalle régulier sur toute la longueur du dortoir. Lorsqu'elle eut fini, Zanna se sentit plus en sécurité. Levant bien haut sa chandelle, elle longea la rangée de lits déserts et non défaits pour revenir dans le coin près de la porte, à l'endroit où les cristaux sur leur étagère scintillaient d'un feu froid à la minuscule lueur de sa bougie. Rapprochant la flamme des gemmes, elle déplaça sa main le long de l'étagère jusqu'à apercevoir un éclat vert.

Enfin ! La fille de Vannor reposa la bougie sur l'étagère. Elle tendait la main pour prendre le cristal lorsque la porte s'ouvrit à la volée.

— Je te tiens, espèce de petite garce !

Des mains brutales lui firent faire volte-face et lui attrapèrent les bras avec violence, au point de lui arracher un cri de douleur. Il ne servait à rien de se débattre, son agresseur possédait une force gigantesque. La bougie allumait une lueur rouge au sein des pupilles de Janok, lui donnant l'apparence d'une bête sauvage enragée. Zanna, terrorisée, pensa que tout était fini à présent. Il l'avait coincée ici, dans cet endroit désert où personne ne l'entendrait hurler.

Janok gloussa, savourant la peur de la jeune fille. Il serra encore davantage les mains autour de la chair tendre de ses bras, lui arrachant un gémissement.

— Eh bien ? lui dit-il. Comment se fait-il que tu te glisses comme ça en douce dans le dortoir des gens de maison, je me le demande ? Essayais-tu de trouver un amant, par hasard ? Je parie qu'une petite chose quelconque comme toi n'en a jamais eu. Mais tu arrives un an trop tard, ma fille. Tous ces beaux jeunes hommes sont partis ou se sont fait tuer et il n'y a plus personne ici pour coucher avec toi – enfin, personne à part moi, bien sûr.

Qu'est-ce qui l'enragerait le plus ? Lui répondre ou se taire ? Zanna n'eut guère le temps d'y réfléchir car il la gifla violemment. Elle sentit un filet de sang chaud couler le long de son menton. Janok s'appuya contre elle de tout son poids pour mieux la clouer au mur. Elle était prisonnière de ses bras poilus et de son corps en sueur qui se pressait contre sa chair. Elle sentit cette même sueur, chaude et moite, imprégner le fin tissu de son corsage et déglutit péniblement, luttant contre la bile acide qui remontait dans sa gorge. L'haleine pestilentielle du cuisinier et la puanteur graisseuse de son corps mal lavé donnaient des haut-le-cœur à la jeune fille.

Dur et excité, Janok se pressa contre le bas-ventre de Zanna. Celle-ci libéra l'une de ses mains et tenta d'enfoncer ses doigts dans les yeux de son agresseur, mais il lui saisit le poignet d'une étreinte de fer et lui immobilisa la main au-dessus de la tête. Puis, tout en continuant à plaquer la jeune fille contre le mur avec son bras et son genou, il déchira ses vêtements et réduisit son corsage en lambeaux. Zanna sentit un courant d'air frais balayer ses seins et elle détourna la tête, horrifiée, lorsque Janok lui pétrit la poitrine avec ses doigts brutaux. Puis il descendit sa main, souleva sa jupe, glissa à tâtons sous le vêtement. La jeune fille savait ce qui allait lui arriver. N'avait-elle pas vu de nombreuses filles de cuisine subir le même sort en pleurant et en hurlant, impuissantes ?

Zanna se tortilla avec l'énergie du désespoir pour essayer de lui échapper. Compte tenu de la taille et de la force de Janok, ses efforts étaient vains, et pourtant cela le rendit fou furieux. Enragé et excité, il tapa la tête de Zanna contre le mur. Du coin de l'œil, elle vit les cristaux tomber de l'étagère. Leur éclat farouche à la lueur vacillante de la bougie ressemblait à la douleur noire éblouissante qui venait d'exploser dans son crâne. Aurian, pensa-t-elle avec désespoir – mais la Mage était trop loin pour l'aider. Zanna ne pouvait plus compter que sur elle-même. Mais que pouvait-elle faire face à un homme bien plus fort et corpulent qu'elle ?

De nouveau, Janok la gifla à toute volée puis, voyant que cela ne suffisait pour la soumettre, il lui donna deux ou trois coups de poing dans le ventre.

Ceux-là mirent fin à la résistance de Zanna qui s'affaissa contre le mur, le souffle court. L'étreinte puissante de Janok était tout ce qui l'empêchait de se plier en deux sous le coup de la douleur. Brièvement, elle fut sur le point de perdre conscience.

— Voilà qui est mieux !

Tout en lui tenant le bras d'une poigne de fer, Janok l'entraîna vers la rangée de lits la plus proche. Une pensée étrangement détachée traversa l'esprit innocent de Zanna. Après ce déluge de brutalité, pourquoi faire la fine bouche maintenant ? Il aurait aussi bien pu la jeter par terre, la prendre à même le sol et en finir. Mais Janok la jeta à plat ventre sur un lit où il la plaqua d'une main tout en essayant de se déshabiller de l'autre.

Zanna n'attendait que ça, cet instant de distraction momentanée. Elle était passée au-delà du raisonnement, son esprit ne fonctionnait plus qu'à l'instinct à présent, ce qui n'en fut que plus inattendu pour Janok, qui pensait l'avoir soumise. Se tortillant sous la paume qui la maintenait à plat ventre, elle réussit à se retourner à moitié et mordit de toutes ses forces le bras qui la retenait prisonnière. Janok hurla, proféra des insanités et la gifla de sa main libre. La vue de Zanna explosa en une myriade d'étoiles, mais elle tint bon. Des poils noirs et drus lui piquaient la gorge, et le goût salé et métallique du sang lui donnait la nausée, mais elle continua à enfoncer ses dents plus profondément encore. C'était sa seule chance de lui échapper. Qu'avait-elle à perdre ? En un laps de temps relativement court, Janok relâcha son étreinte, et Zanna se dégagea en passant sous lui.

Trébuchant sur les lambeaux de sa jupe, elle traversa la pièce en titubant tandis que les mains tendues du chef cuisinier se refermaient sur le vide un instant trop tard. Elle n'avait qu'une seule idée à l'esprit en se précipitant vers la porte – et l'étagère qui se trouvait à proximité. Le temps d'attraper le rebord lisse et glissant de celle-ci, elle sentit les mains de Janok se poser à nouveau sur elle. Mais Zanna venait, à tâtons, de renverser le briquet à amadou et de trouver le couteau qu'elle avait déposé là à peine quelques minutes auparavant.

Elle perçut la surprise de Janok – presque de la déception – lorsqu'elle cessa de lui résister.

— Ah ! marmonna-t-il en plaquant de nouveau le corps de la jeune fille contre le mur. Je savais que tu en avais envie. Évidemment. C'est ce qu'elles veulent toutes.

— C'est vrai, murmura-t-elle, mais je voudrais voir votre visage.

— Naturellement.

Zanna sentit les mains brutales du cuisinier se refermer sur elle lorsqu'il la retourna. Elle le sentit aussi se presser contre elle, alors même qu'elle serrait plus fort le couteau à demi dissimulé dans les plis déchirés de sa jupe. Puis elle enfonça la lame jusqu'à la garde dans le ventre de Janok. Celui-ci se plia en deux en hurlant pendant que son sang éclaboussait les mains de la jeune fille. En cet instant, elle n'éprouvait plus rien qu'une haine dévorante et brûlante. Se rappelant quelque chose que Parric lui avait dit voilà bien longtemps, elle agrippa fermement le manche glissant et appuya de toutes ses forces sur la lame pour trancher le plus loin possible dans les entrailles du chef cuisinier. Il tomba sur le sol en hurlant et en se tenant le ventre, agité de soubresauts dans la mare grandissante de son propre sang.

Il mit longtemps à mourir. Zanna, figée par le choc, éprouva un accès de panique. Et si quelqu'un l'entendait ? Elle devait sortir d'ici et vite. Pas le temps de chercher le bon cristal, elle se contenta de se mettre à quatre pattes et de les ramasser au fur et à mesure. Dès qu'elle les eut tous, elle les rassembla dans un bout de tissu arraché à sa jupe déjà bien abîmée et s'enfuit par la porte opposée à celle par laquelle elle était entrée.

Sans plus chercher à rester discrète, Zanna dévala bruyamment l'escalier de bois et traversa le réfectoire en contrebas. Puis elle s'arrêta, frissonnante, le dos appuyé à la porte de derrière comme une bête aux abois. Elle avait la tête qui tournait et les genoux en coton. Baissant les yeux, elle contempla le sang poisseux et puant qui maculait ses mains et le devant de son corps, puis elle se plia brusquement en deux pour vomir. Lorsqu'elle eut vidé son estomac, elle se redressa en tremblant et, par automatisme, s'essuya la bouche sur son bras taché de sang – un geste qui lui donna de nouveaux haut-le-cœur. Zanna avala de grandes goulées d'air en s'efforçant de retrouver son calme. D'accord, elle avait tué un homme, mais elle n'avait pas le temps d'y penser maintenant. Son papa avait besoin d'elle, et le temps pressait.

Les bruits avaient cessé à l'étage au-dessus. Peu à peu, Zanna comprit que, si quelqu'un avait entendu Janok hurler, alors il se serait montré depuis longtemps. L'isolement du quartier des domestiques, éloigné à la fois de la cuisine et du poste de garde à l'autre bout de la cour, lui sauvait la mise. Le soulagement l'envahit, et elle se laissa tomber à genoux dans une flaque de lumière lunaire, sous une fenêtre, en regrettant de ne pas avoir eu le bon sens d'emporter la chandelle. Mais ça ne servait à rien de se lamenter là-dessus. Même pour tout l'or du monde, il était hors de question qu'elle retourne là-haut et passe à côté du cadavre de Janok pour la récupérer.

Les cristaux s'entrechoquèrent sur le plancher lorsque Zanna renversa son sac de fortune. Tous scintillèrent de façon énigmatique dans la faible luminosité froide, mais seuls deux d'entre eux abritaient encore en leur sein une vive étincelle : le cramoisi et le bleu argenté. Cependant, quelque part parmi ces gemmes s'en trouvait une autre dans laquelle couvait une lueur verte. Un par un, Zanna les souleva dans le clair de lune et scruta les profondeurs des cristaux jusqu'à trouver celui qu'elle cherchait. Alors, à genoux telle une statue dans le rai de lumière, elle prit le cristal dans ses paumes et, après avoir adressé une prière à tous les dieux qu'elle connaissait, elle se concentra sur l'image de dame Aurian.

12

UN APPEL AU SECOURS

Ce qu'Aurian préférait dans la forteresse xandim, c'était la façon dont l'intérieur différait complètement de la façade. Alors que l'extérieur de l'imposante structure apparaissait carré et massif, tout en lignes droites et en angles aigus, l'intérieur ressemblait – pour ceux qui voulaient bien voir au-delà des apparences – à un être vivant et non pas à une construction inanimée créée de main d'homme. Les couloirs et les pièces possédaient des murs et des planchers reliés les uns aux autres sans jonction apparente, des plafonds voûtés et nervurés semblables à des os arqués. Tout, depuis les fenêtres jusqu'aux cheminées, depuis les linteaux jusqu'aux torchères et depuis les bancs qui jaillissaient des murs à une hauteur idéale pour s'y asseoir jusqu'aux larges pans de pierre que les Xandims recouvraient de bruyère et de peaux de moutons pour en faire des lits confortables, reflétait une fluidité et une homogénéité qui ne pouvaient être qu'organiques.

Chiamh logeait les Mages et leurs compagnons dans une série de pièces situées sur l'arrière de la forteresse, dans une tourelle carrée qui s'élevait au-dessus du corps principal du bâtiment et s'adossait à l'imposante montagne. La robuste tourelle se composait d'un étage et d'une série de petites chambres qui communiquaient entre elles et auxquelles on accédait par un escalier en colimaçon au bas duquel une lourde porte bloquait l'accès si besoin était. Les logements étaient étriqués mais confortables et plus faciles à chauffer que les vastes pièces du corps principal. Chacun éprouvait aussi un certain degré de sécurité à se regrouper ainsi avec ses amis. Même Parric, à la grande irritation des Anciens qui ne s'en cachaient d'ailleurs pas, avait abandonné les appartements officiels du seigneur de la Horde au profit de la tourelle.

Aurian et Anvar partageaient deux chambres à l'étage avec Shia, Khanu et les loups. Bohan et Yazour occupaient la pièce voisine et Chiamh dormait dans une annexe au-delà. Schiannath et Iscalda, qui n'étaient pas très sûrs du statut qu'ils occupaient au sein des Xandims après leur exil, avaient choisi de rester auprès des Mages et partageaient le rez-de-chaussée avec Parric, Sangra et Elewin avant la mort de ce dernier. Depuis la disparition du vieux majordome, Yazour avait décidé de déménager d'un étage pour se rapprocher de Schiannath et d'Iscalda, avec qui il était devenu très ami. Cela permit de libérer un peu de place au premier car, étonnamment, les grands félins occupaient un énorme espace, tandis que les loups préféraient s'approprier un petit territoire à eux, à l'écart des perturbations humaines. Ils s'étaient aménagé une tanière sous la table, où ils avaient gratté et mis en pièces une partie du tapis de laine pour se créer un lit auquel Aurian avait ajouté les restes de sa vieille cape usée jusqu'à la corde.

Chiamh avait choisi ces logements avec soin en réfléchissant aux besoins des animaux du groupe. La fenêtre de la chambre de Bohan était séparée de la paroi de la montagne par un abîme qui ne mesurait pas plus de deux empans de long. Pour combler le vide, l'Œil-du-Vent avait construit un pont rudimentaire mais fonctionnel avec une robuste planche en bois solidement attachée. Shia, Khanu et les loups pouvaient donc le traverser pour accéder à une série d'étroites corniches et de sentiers qui conduisaient aux vastes espaces du Wyndveil, où ils pouvaient chasser et vagabonder à loisir sans avoir à côtoyer les Xandims campés à l'extérieur et à l'intérieur de la forteresse.

Même si Aurian et Anvar n'habitaient pas leur appartement depuis longtemps, leur petite chambre encombrée montrait déjà les traces de leur occupation. S'en remettant à l'autorité de Parric en tant que seigneur de la Horde, ils avaient rassemblé un nouvel équipement pour leur voyage dans le Nord. Des piles de vêtements s'entassaient sur le lit et sur les bancs, parmi lesquelles on trouvait des culottes et des tuniques en cuir léger, des chemises en lin et en laine, des bottes en peau solide mais souple et de longs et épais manteaux de laine tissée, teints dans les verts et ors mêlés des prairies, avec en plus des capes en cuir fin et huilé qui ne prendraient pas de place dans une sacoche de selle et les protégeraient efficacement de la pluie.

Pour Aurian, la pièce paraissait chaleureuse et accueillante. Une casserole en cuivre tachée de suie et remplie d'eau fumait doucement au bord des braises dans la grande cheminée. Des assiettes et des gobelets en corne ou en métal étaient disséminés sur la table, où l'on trouvait également une carafe d'eau, un pichet de bière et une bouteille d'hydromel, de petites pochettes en cuir remplies de baies, de fleurs et de feuilles séchées pour préparer plusieurs sortes de tisanes et des provisions de pain, de fromage et de fruits pour les fringales, car une longue marche séparait la tourelle des réserves et des garde-manger.

Le Bâton de la Terre et la Harpe des Vents étaient appuyés contre le mur dans le coin opposé au lit des Mages, à l'écart des mains curieuses et des pieds étourdis. Leur éclat, un amalgame changeant de vert et d'argent miroitant, contrastait avec la lueur chaude et safranée des lampes et du feu et projetait une lumière fragmentée (comme le soleil à travers les feuilles d'un hêtre) sur les visages des personnes rassemblées dans la chambre.

Aurian et Anvar, assis sur le lit avec Wolf dans le giron de sa mère, écoutaient, les yeux écarquillés de stupeur, Basileus raconter l'histoire des Moldaï. Shia et Khanu n'étaient pas encore revenus de leur visite sur les Griffes d'Acier et Bohan dormait dans la pièce voisine. Parric et Sangra, incapables de participer à l'étrange conversation mentale qui se déroulait à quatre entre les Mages, le Moldan et l'Œil-du-Vent, étaient partis trinquer à la mémoire d'Elewin. Chiamh, qui avait déjà entendu l'histoire de Basileus, prêtait à peine attention aux paroles de l'Élémentaire. En revanche, il observait avec fascination le jeu que faisaient distraitement les Mages en écoutant parler le Moldan.

Aurian levait parfois la main pour matérialiser une petite boule de feu verte qui se déployait comme une fleur au-dessus de sa paume. Puis, d'un geste vif, elle la lançait. Obéissant à la volonté de la Mage, la balle se mettait alors à suivre à toute vitesse un chemin tortueux dans les airs en plongeant parfois pour mieux éviter les tapisseries, les torchères et les meubles. Anvar faisait de même avec un autre globe incandescent, bleu celui-là, qu'il envoyait à la poursuite de la balle d'Aurian qu'il essayait d'attraper alors même que la sphère étincelante ne cessait d'aller et venir dans la chambre. Toute la difficulté venait bien entendu du fait que les deux Mages prêtaient également attention aux paroles du Moldan. Aurian utilisait ce jeu pour entraîner son âme sœur à la pratique de la magie du Feu, laquelle n'avait jamais été son point fort et ne pouvait être démultipliée par la Harpe des Vents, qui appartenait à l'élément Air. Chiamh, contemplant d'un œil critique les piètres efforts vacillants d'Anvar, dont la balle avait tendance à plonger de manière erratique en laissant dans son sillage une série d'étincelles couleur cobalt, en conclut que le Mage avait bel et bien besoin de s'exercer.

Cependant, à mesure que le Moldan avançait dans son histoire, les participants oublièrent peu à peu leur jeu et laissèrent leurs boules de feu osciller sans but, à l'abandon, et se regrouper tel un essaim de lucioles contre la pierre nervurée du plafond. Il ne faisait aucun doute qu'Aurian et Anvar étaient tous deux captivés par le récit, si bien que Chiamh admira à la fois le pouvoir et la ruse de l'Élémentaire de la Terre qui réussit à distraire Aurian au point qu'elle ne pensa même pas aux questions très embarrassantes qu'elle aurait pu poser.

En revanche, elle avait quand même toute une série d'autres questions à poser à Basileus. Même si le Moldan refusait de lui dévoiler le contenu de sa conversation privée avec Chiamh, ce qui irritait beaucoup la Mage, elle faisait confiance à l'Œil-du-Vent et commençait à faire de même avec Basileus. Mieux encore, elle savait reconnaître quand elle avait affaire à quelqu'un de trop obstiné pour lui céder. Après tout, comme le lui avait fait remarquer Anvar, cette obstination faisait également partie de sa personnalité à elle. Il était dans sa nature de Mage d'être curieuse et de vouloir se mêler des affaires des autres, même si le Moldan l'avait assurée que sa conversation avec Chiamh ne concernait que les Xandims et qu'elle n'avait rien à voir là-dedans. Quoi qu'il en soit, c'était cette même curiosité qui l'avait poussée à mettre le sujet de côté pour le moment – elle était de toute façon persuadée d'avoir une meilleure chance de tirer les vers du nez à Chiamh plutôt qu'à Basileus. En effet, elle voulait profiter de l'incroyable occasion qui s'offrait à elle : discuter avec un être aussi vieux que les montagnes elles-mêmes.

— *Et vous dites que ce Moldan dément est emprisonné sous l'Académie ?* demanda-t-elle à Basileus d'un ton choqué.

— *En effet, depuis bien des éons. Ghabal était déjà fou avant, mais je n'ose imaginer son état d'esprit à présent.*

Anvar, qui avait eu la chance de survivre à une confrontation avec l'un des puissants Élémentaires de la Terre et avait également passé des centaines d'heures dans ces tunnels en compagnie de Finbarr, se sentait tout aussi horrifié.

— *Dieux, j'espère que Miathan ne découvrira pas sa présence,* dit-il en frissonnant. *Une telle découverte pourrait résoudre nos problèmes en ce qui concerne l'Archimage, mais cela risquerait de nous causer des difficultés bien pires encore – à condition que la cité soit encore debout après ça.*

Avec un nouveau frisson glacial, il se demanda si Basileus était au courant de son duel contre la Moldan du pic d'Aerillia et comment il réagirait s'il l'apprenait.

— *Inutile de courir au-devant des ennuis,* le prévint Aurian en faisant référence, non pas à la remarque qu'il avait faite à Basileus, mais à cette pensée effrayée qu'elle avait surprise dans l'esprit de son âme sœur.

Avant qu'Anvar puisse répondre, Aurian eut cependant la certitude d'entendre une autre voix mentale, un faible appel qui lui parut venir de très loin.

— *Est-ce que quelqu'un a entendu comme moi ?* demanda brusquement la Mage.

— *Entendu quoi ?* répondit Anvar d'un air perplexe.

— *Je jurerais avoir entendu très faiblement dans mon esprit une voix étrange qui appelait mon nom.*

— *Je n'ai rien entendu,* répondit le Moldan.

— *Moi non plus,* renchérit Chiamh en secouant la tête.

— *J'ai dû rêver.* (Aurian se frotta les yeux.) *Il est peut-être temps qu'on aille tous dormir. Une nouvelle journée difficile nous attend... Là, ça recommence !*

Elle fit signe aux autres de se taire et ferma les yeux pour attraper ce petit bout de pensée insaisissable, cet appel faible et distant. Pendant un moment, rien ne se produisit. Avait-elle tout imaginé ? Mais non. Brusquement, elle entendit de nouveau :

— *Dame... dame Aurian ? Oh, je vous en prie, faites que vous soyez là. Répondez-moi, je vous en supplie.*

— *Il y a bien quelqu'un, une femme, qui appelle à l'aide,* expliqua Aurian à ses compagnons. *J'entends à peine sa voix mais, grâce au Bâton, j'arriverai sûrement à la joindre.*

Rapidement la Mage se pencha en travers du lit pour attraper l'Artefact.

— Sois prudente, l'avertit Anvar. Et si c'était Eliseth ? Elle essaie peut-être de te tendre un piège comme elle l'a fait dans le désert.

Aurian se rembrunit, car elle n'aimait pas se rappeler le jour où la Mage du Climat avait bien failli la convaincre de se suicider en emportant Anvar avec elle dans la mort.

— J'espère presque que c'est Eliseth, répliqua-t-elle d'un air sinistre. Maintenant que j'ai récupéré mes pouvoirs, elle va vite s'apercevoir que c'est très différent de la dernière fois.

Lorsqu'elle referma les doigts autour du Bâton, la Mage sentit le pouvoir envahir ses veines comme du feu liquide. Sa propre magie jaillit en elle comme une flamme vive nourrie par la puissance de l'Artefact.

— Anvar, Chiamh, prenez le Bâton afin de relier votre esprit au mien. Je ne sais pas de quoi il s'agit, mais je veux que vous puissiez écouter vous aussi.

Lorsqu'elle sentit leurs pensées se mêler aux siennes, elle ferma les yeux et concentra tout son pouvoir sur le faible et lointain appel.

En étendant sa conscience vers ce cri distant, elle sentit la voix mentale inconnue bondir dans sa direction, comme si sa propriétaire se trouvait enfermée dans une autre pièce et qu'une porte s'était brusquement ouverte entre elles. La jeune femme qui l'avait appelée paraissait désespérée à présent, et au bord des larmes.

— *Je suis là,* dit Aurian en interrompant ses suppliques angoissées. *Qui êtes-vous ?*

— *Dame Aurian ? C'est bien vous ? Oh, les dieux soient loués ! Je ne croyais pas pouvoir vous trouver. Dame, c'est moi, Zanna, la fille de Vannor.*

— *Quoi ? Comment diable as-tu réussi à me joindre de cette façon ?*

— *Grâce à un cristal, dame, de ceux que vous utilisez pour joindre les serviteurs de l'Académie. Je me suis déguisée en domestique pour espionner les Mages, mais maintenant l'Archimage a capturé mon père et...*

Avec une horreur grandissante, Aurian écouta Zanna raconter son histoire. Depuis combien de temps n'avait-elle pas accordé une pensée à Vannor ? se demanda la Mage avec une pointe de culpabilité. Elle avait toujours beaucoup aimé le marchand, et l'idée de le savoir impuissant et souffrant entre les mains cruelles de Miathan et d'Eliseth lui glaçait le sang. Quant à Zanna... La Mage n'en revenait pas du courage et de l'audace dont avait fait preuve la jeune fille. Elle fut également horrifiée d'apprendre que la fille de Vannor essayait en réalité de suivre son exemple. *Mais enfin, ce n'est guère plus qu'une enfant,* songea la Mage avant de réviser rapidement cette opinion lorsque Zanna lui parla de la fin qu'avait connue Janok.

— *Mais quelqu'un peut découvrir sa disparition à tout moment,* conclut Zanna. *Il faut que je sorte papa de là cette nuit même, je n'aurai peut-être pas d'autre occasion. Mais comment le faire sortir de la Tour des Mages ? Et même si j'y arrive, que faire ensuite ? Papa m'a raconté qu'il existe une issue par les tunnels sous la bibliothèque, mais la porte des archives est toujours fermée à clé et je ne peux pas entrer.*

— *Si, tu le peux,* lui répondit rapidement Aurian, *et je vais t'expliquer comment faire. Mais garde le cristal avec toi, au cas où tu aurais à nouveau besoin de me parler. En plus,* ajouta-t-elle en souriant, *je veux connaître la fin de l'histoire. Maintenant, écoute bien, Zanna. Voilà ce que tu dois faire...*

Lorsqu'elle eut fini de transmettre ses instructions à la jeune fille, Aurian mit un terme à la conversation avec une certaine inquiétude. Elle avait essayé de rester positive et d'encourager Zanna, mais elle savait que beaucoup de choses pouvaient aller de travers et empêcher l'évasion de Vannor.

— Essaie de ne pas trop t'inquiéter, lui dit Anvar. Tu as fait tout ton possible, et Zanna ne manque pas de bon sens ni de courage. Imagine, une toute jeune fille comme elle a réussi à tuer Janok !

Une lueur de joie sauvage éclairait les yeux d'Anvar, et Aurian se souvint combien il avait souffert entre les mains du brutal chef cuisinier. Mais c'était cette même épreuve qui avait précipité leur rencontre.

Cependant, elle n'eut pas le temps de répondre, car son esprit fut assailli par un rugissement de stentor qui fit trembler son cerveau au sein de son crâne.

— *Aurian, vite ! Ces bâtards de Xandims nous tirent dessus !* feula Shia.

— Qu'ils soient maudits !

Les mots venaient à peine de franchir ses lèvres que déjà Aurian avait confié Wolf à ses parents nourriciers et qu'elle sortait de la chambre, Anvar sur ses talons. Chiamh s'élança à leur poursuite aussi vite qu'il le put, mais il savait qu'il était inutile de leur demander d'attendre. Il préféra au contraire tambouriner à la porte de Parric pour prévenir le seigneur de la Horde qu'ils avaient un problème. Fort heureusement, Parric et Sangra tenaient très bien la bière et ils sortirent immédiatement, suivis par une Iscalda échevelée qui se frottait les yeux d'un air endormi. Schiannath et Yazour, en revanche, n'étaient en vue nulle part.

Les Mages venaient à peine d'arriver au bas de l'escalier lorsqu'un message urgent du Moldan les obligea à s'arrêter :

— *Faites attention, Sorciers. Les Xandims ont pris les armes contre vous et le seigneur de la Horde. Ils tiennent déjà les portes extérieures et se dirigent vers vous en ce moment même.*

Anvar proféra un juron bien senti. Comme un seul homme, les deux Mages remontèrent en courant au premier étage et barricadèrent la porte derrière eux. Déjà, Aurian était en contact avec Shia. Grâce à leur nyctalopie, les félins avaient réussi jusqu'ici à éviter les flèches et s'étaient repliés à mi-hauteur sur le chemin de la montagne. Apparemment, les archers xandims essayaient de trouver suffisamment de courage pour se lancer à leur poursuite – une entreprise déjà périlleuse en plein jour, pour ne pas dire suicidaire en pleine nuit. La Mage expliqua rapidement à Shia ce qui se passait au sein de la forteresse et lui conseilla de ne pas approcher davantage.

— *S'ils vous pourchassent, fuyez dans la vallée de Chiamh. Une fois que vous serez passés au-delà des pierres levées, ils n'oseront pas aller plus loin.*

— *Seulement s'il n'y a pas d'autre solution*, insista Shia. *Je veux rester suffisamment près pour te porter secours si besoin est.*

Sur le palier, les Mages retrouvèrent Chiamh et les autres. Tous affichaient un air sinistre.

— Schiannath et Yazour se trouvent quelque part au sein de la forteresse, expliqua l'Œil-du-Vent. Il faut les retrouver et les prévenir, s'il n'est pas déjà trop tard.

— *Non, il est encore temps,* répondit le Moldan à ceux qui pouvaient l'entendre. *Ils se sont rendus dans les réserves par un chemin détourné. Pour l'instant, ils n'ont pas été découverts.*

Quand Chiamh transmit le message aux compagnons qui n'étaient pas télépathes, Iscalda s'avança.

— Je vais aller les chercher. Schiannath est mon frère.

— Attends. (Anvar la retint en lui prenant le bras.) Laisse-moi plutôt y aller. Basileus peut me guider jusqu'à eux. (Voyant Aurian ouvrir la bouche pour protester, il s'empressa de la devancer :) Non, amour. Je suis le mieux placé pour faire ça. Tu n'as pas encore récupéré toute ton énergie à la suite de ta blessure et du combat sur les Griffes d'Acier. Seul, j'irai plus vite.

Aurian se rembrunit.

— Sois maudit, maugréa-t-elle. Je déteste quand tu as raison. Fais bien attention et reviens-moi vite.

Elle descendit avec lui jusqu'au bas de l'escalier et le serra très fort contre elle avant de le laisser partir. Anvar l'entendit remettre la barre en place dans un bruit sourd et il fut pris d'un brusque frisson. Tout d'un coup, il se sentait très seul et très vulnérable.

— Toi et ton putain d'esprit chevaleresque, marmonna-t-il dans sa barbe.

Prenant à gauche, il s'élança en courant. Plus tôt il retrouverait la sécurité relative de la tour derrière l'épaisse porte en chêne et mieux il se porterait.

Schiannath avait emmené Yazour visiter les caves voûtées situées sous la forteresse, en particulier celles qui abritaient les réserves de bière et d'hydromel. Les cuisines de l'imposant bâtiment étaient très basiques, car les seigneurs du Cheval préféraient cuisiner – et prendre – la majeure partie de leurs repas en plein air. Mais chaque horde nomade avait pour mission de donner en guise d'impôts une partie des produits de leur chasse et de leur cueillette, lesquels étaient alors entreposés dans la forteresse pour nourrir ses résidants, tels que les personnes âgées et les malades. Ces derniers, qui ne pouvaient généralement pas chasser eux-mêmes, veillaient à préserver la nourriture, de sorte qu'on trouvait toujours des provisions en cas d'urgence, comme un siège ou un épisode de sécheresse.

Les vieilles gens faisaient également office de brasseurs pour le reste de la tribu et ils échangeaient le fruit de leur labeur contre d'autres produits de première nécessité fabriqués par les artisans. Leurs réserves d'alcool, même si elles n'étaient pas protégées, étaient soigneusement détaillées et réparties équitablement selon un système de troc que la plupart des Xandims respectaient volontiers. Néanmoins, lorsque Schiannath et Yazour, occupés à échanger des récits de glorieuses batailles jusque tard dans la nuit, étaient tombés à court de boisson, l'ancien hors-la-loi n'avait pas hésité une seconde à proposer une expédition dans les caveaux pour s'en procurer. Yazour ne le savait pas, mais c'était justement le genre de comportement qui avait valu à son ami des ennuis avec les Anciens et avec le seigneur de la Horde quand il était plus jeune.

En dépit de l'assurance désinvolte qu'affichait Schiannath – il ne cessait de répéter qu'il n'y avait pas de quoi s'inquiéter –, Yazour ne tarda pas à éprouver une insidieuse sensation de malaise qui ne fit que s'amplifier lorsqu'ils ouvrirent la grande trappe et qu'ils s'engagèrent dans l'escalier de pierre qui conduisait aux caves voûtées. Au début, le guerrier se dit que l'alcool qu'il avait déjà consommé enflammait son imagination. Il faisait froid dans cette partie souterraine et l'air paraissait lourd et sec, presque mort. Lorsqu'ils s'engagèrent dans le couloir voûté et bas de plafond qui partait de l'escalier, ils entendirent le bruit furtif de leurs pas se répercuter en échos entre les parois, jusqu'à ce qu'ils soient comme cernés par un son semblable au doux battement de centaines d'ailes. La flamme ambrée de la torche qui dansait dans la main levée de Schiannath projetait des éclats dorés sur les veinures argentées de la roche et faisait jaillir des ombres sur les murs incurvés. Celles-ci ressemblaient à des créatures douées d'une vie propre et rappelèrent à Yazour les histoires glaçantes et effroyables que racontait Aurian au sujet des Spectres de la Mort.

Plus il avançait et plus le jeune capitaine sentait grandir son malaise. Il mit cette impression sur le compte de l'inconfort et de la sensation d'enfermement que lui procurait le fait d'être sous terre en sachant qu'une énorme masse rocheuse se trouvait au-dessus de sa tête. Mais, lorsque son compagnon et lui arrivèrent à l'endroit où les caves voûtées s'ouvraient tout autour d'eux en un labyrinthe de celliers séparés par de grandes arches de pierre, son instinct de guerrier l'avertit d'un danger invisible. N'importe qui – ou n'importe quoi, se dit-il, oppressé – pouvait très bien se cacher dans cet endroit et se rapprocher furtivement de ses proies sans être vu.

— Il y a d'abord la nourriture, chuchota Schiannath, faisant sursauter Yazour comme un lapin effrayé. Ils entreposent la bière un peu plus loin, poursuivit le Xandim sans s'apercevoir de l'effet qu'il produisait sur les nerfs à vif de son compagnon. Ils espèrent toujours que nous, les nomades, on se perdra avant d'arriver jusque-là.

Tout en poursuivant son chemin dans les salles caverneuses envahies de toiles d'araignées et remplies de tonneaux, de coffres et de sacs qui s'entassaient au petit bonheur la chance, Yazour essaya de tourner son inquiétude en dérision. *Regarde Schiannath*, se dit-il. *Il n'a pas peur du noir, lui ! Tu te conduis comme une grand-mère effarouchée !* Mais, bizarrement, cette tentative de renforcer son courage échoua de manière spectaculaire. En dépit de tous ses efforts, il n'arrivait pas à se débarrasser de cette sensation bizarre entre ses omoplates qui lui laissait à penser qu'on l'observait. Cependant, ayant suivi son compagnon jusqu'ici, il ne pouvait pas battre en retraite maintenant, en tout cas pas sans passer pour un imbécile et un lâche. Plutôt mourir que de perdre la face devant Schiannath – et, plus important encore, devant la sœur de ce dernier, si elle venait à en entendre parler. Plus tôt ils trouveraient cette maudite bière et plus vite ils repartiraient. Yazour serra donc les dents, fit jouer son épée dans son fourreau et continua à suivre le Xandim.

Alors un souffle de vent surgi de nulle part éteignit la torche. Les ténèbres se refermèrent autour des deux humains, si épaisses et si lourdes qu'on aurait dit qu'un dieu quelconque avait tendu un drap de velours sur le monde.

— Que la peste l'emporte ! jura Schiannath en couvrant au passage le hoquet d'angoisse de son compagnon.

Yazour, luttant contre la panique, entendit le Xandim continuer à jurer à voix basse tout en cherchant à tâtons sa pierre et son briquet. Puis il y eut un tout petit fracas métallique lorsqu'un des objets ou les deux tombèrent par terre.

— Espèce d'idiot maladroit ! siffla Yazour dans un chuchotement féroce.

Il chercha à tâtons sous sa tunique ses propres outils pour faire du feu, mais sa main tremblait. Par le Faucheur, où avait-il mis ce satané briquet ? Il ne pouvait supporter la façon dont cette obscurité pesait sur lui, d'autant que, sans lumière, ils ne risquaient pas de retrouver leur chemin pour sortir des caves.

Visiblement, Schiannath pensait la même chose.

— Au moins, on ne risque pas de mourir de faim, marmonna-t-il.

Ce trait d'humour noir contribua à restaurer le courage vacillant de Yazour.

— Si seulement on pouvait mettre la main sur cette maudite bière, alors peu importe le temps qu'on serait obligés de passer ici. Heureusement d'ailleurs, ajouta-t-il d'un air penaud, puisque l'idiot qui t'a traité d'imbécile semble avoir laissé son briquet dans son autre tunique.

Schiannath éclata de rire. Yazour sentit une main effleurer sa manche dans le noir, puis les doigts puissants de son compagnon se refermer sur les siens.

— Mieux vaut ne pas se séparer, expliqua doucement le Xandim. Maintenant, je vais me déplacer sur la gauche jusqu'à ce que je trouve la paroi pour nous guider.

En se servant du mur comme point de repère, ils firent demi-tour et tentèrent de revenir sur leurs pas, une entreprise presque impossible.

Il était difficile de ne pas perdre la notion du temps, dans les ténèbres. Yazour avait l'impression que cela faisait des heures qu'ils avançaient ainsi à tâtons, même s'il savait aussi que ce n'était pas possible, puisqu'il n'avait encore ni faim ni soif et possédait toujours une grande réserve d'énergie. Néanmoins, lorsqu'il aperçut le premier une lointaine lueur de torche qui dansait devant lui dans les profondeurs des caves, il faillit tomber à genoux et pleurer de gratitude. Un cri de joie rauque s'échappa des lèvres de Schiannath, prouvant que ce dernier avait aperçu les lumières, lui aussi. Comme un seul homme, la main dans la main, les deux jeunes gens se précipitèrent en criant pour attirer l'attention. Ce ne fut qu'en se jetant tête la première dans un cercle d'acier étincelant qu'ils comprirent qu'il ne s'agissait peut-être pas de l'attention qu'ils souhaitaient.

Avec l'aide de Basileus, Anvar emprunta une série de corridors éclairés par des torches, qui bifurquaient un peu comme des artères au cœur de la forteresse. Plus il s'éloignait de la tourelle et plus les passages devinrent étroits, poussiéreux et moins bien éclairés, jusqu'à ce qu'il soit obligé de faire appel à sa nyctalopie de Mage et de ralentir le pas à cause du sol en pierre usé et fissuré. Tout comme il avait un jour guidé Chiamh à travers ses conduits d'aération, le Moldan utilisait un peu de vapeur scintillante pour marquer la route à suivre à chaque croisement. Malgré tout, Anvar se surprenait à penser, avec une certaine ingratitude, que l'Élémentaire de la Terre aurait pu rendre ses entrailles beaucoup moins complexes. Quant à celles du Mage, elles étaient nouées par la tension. Même si Basileus avait promis de l'avertir en cas de proximité de ses ennemis, Anvar s'attendait toujours plus ou moins à avoir des ennuis à chaque détour du chemin. Au bout de ce qui lui parut une éternité, il n'avait toujours pas atteint un tournant qu'il reconnaissait.

— *Vous êtes sûr que c'est bien par là ?* demanda-t-il à Basileus.

— *Je te fais passer par d'anciens passages détournés, c'est plus sûr,* répliqua le Moldan d'un ton irrité. *Mais peut-être préfères-tu le chemin le plus rapide ? Il grouille de guerriers xandims.*

— *Dans ce cas, je préfère cette route-là, merci bien – à condition qu'on arrive à temps.*

— *Il est trop tard pour empêcher la capture de tes compagnons, mais pour le moment il ne leur a été fait aucun mal. Ils ont été suivis dans les caves où on leur a tendu une embuscade, car je n'avais aucun moyen de les prévenir. J'ai essayé de les protéger en éteignant leur torche, mais hélas ils se sont précipités tête baissée dans les bras de leurs ennemis en croyant qu'on venait les sauver.* (Le Moldan soupira.) *Je suis désolé, c'est ma faute,* confessa-t-il. *Les voies des Mortels me paraissent encore bien étranges, même si je suis persuadé qu'en fin de compte mon interférence n'a pratiquement pas fait de différence. Yazour et Schiannath sont enfermés sous bonne garde dans les celliers jusqu'à ce que tous tes compagnons aient été capturés.*

— *Quoi ? Mais pourquoi diable ne m'avez-vous pas dit qu'ils ont été capturés ?* protesta Anvar.

— *Maintenant, tu le sais,* répondit Basileus d'un air imperturbable. *T'inquiéter plus tôt n'aurait servi à rien. Mais, à partir de maintenant, Sorcier, fais bien attention. Les deux prochains virages vont t'amener dans les celliers. Tu dois te préparer à combattre.*

Postés dans l'escalier de la tour, Aurian et ses compagnons se préparaient eux aussi à se battre. Parric et la Mage gardaient la porte en écoutant avec une consternation grandissante les clameurs des voix hostiles qui ne cessaient d'enfler de l'autre côté. Déjà, on avait exigé leur reddition, ce que bien sûr ils avaient refusé. Sangra et Iscalda attendaient, l'épée au clair, sur les marches supérieures, tandis que Bohan était resté dans la chambre des Mages pour garder Wolf. L'Œil-du-Vent était assis sur la première marche, affaissé comme une poupée de chiffon, car son esprit avait quitté son corps pour chevaucher le courant d'air qui s'infiltrait dans les interstices de la porte en chêne et observer leurs ennemis qui se rassemblaient au-dehors.

— *Aurian, ils sont armés d'épées, d'arcs et de haches.* (La voix de Chiamh sonnait presque creux dans l'esprit de la Mage.) *Ils ont des torches aussi. On ne pourra pas les retenir très longtemps, surtout s'ils recourent à la menace du feu. Nous devons nous préparer à fuir.*

Aurian serra les dents.

— Sois maudit, Chiamh, je ne vais nulle part, pas sans Anvar. (À côté d'elle, la Mage sentit le maître de cavalerie se raidir, mais elle gronda avant même qu'il ait eu le temps d'ouvrir la bouche :) Quoi que tu aies à dire, Parric, je ne veux rien entendre.

Chiamh ouvrit les yeux en réintégrant son corps.

— Je ne suggère pas d'abandonner Anvar. Néanmoins, nous devons nous préparer, insista-t-il d'un ton ferme. La seule issue à ce piège, c'est le chemin que prennent les animaux – la planche au-dessus du gouffre.

Le sang d'Aurian se glaça à l'idée de traverser ce fragile pont de fortune et de parcourir les étroites corniches et les sentiers de chèvre au-delà. Mais ses jurons furent couverts par la fin des explications de Chiamh, lesquelles se perdirent à leur tour dans le fracas d'une hache qui s'enfonça profondément dans la porte. Avant que quiconque ait eu le temps de réagir, les panneaux frémirent sous un nouveau coup puissant.

— Sors de là, espèce de monstre et de traître, sinon je vais venir vous chercher, toi et ces salopards d'étrangers qui sont devenus tes copains !

Une mince fissure apparut sur le battant en bois au troisième coup de hache. La colère fit étinceler les yeux noisette de Chiamh.

— Galdrus ! J'aurais dû le deviner, marmonna l'Œil-du-Vent. Ah, tu veux que je sorte ! Voyons ce que je peux faire pour toi.

Ses yeux prirent l'éclat de l'argent lorsqu'il se mit à manipuler le courant d'air sifflant pour former une illusion qu'il projeta de l'autre côté de la porte.

Pendant ce temps-là, la Mage étendit ses propres pensées à la recherche de l'esprit des loups à l'étage. Rapidement, elle leur transmit une image du danger, suivie par une série de visions qui les montraient en train de ramasser Wolf et de franchir le pont avec lui avant de gravir le sentier à flanc de montagne et de traverser le plateau pour mettre le petit à l'abri dans la vallée de Chiamh. Tout irait bien pour eux s'ils se montraient assez rapides pour échapper à l'eunuque. De plus, Aurian savait que Bohan, qui avait toujours jalousement disputé les faveurs de Wolf au couple de loups, suivrait ces derniers hors de danger – même si elle adressa une prière à tous les dieux qu'elle connaissait pour qu'il ne parvienne pas à les rattraper.

Puis elle établit brièvement le contact avec Shia qui, comme elle le pensait, attendait toujours avec Khanu au sommet du sentier.

— *Es-tu folle ?* marmonna la grande panthère lorsque la Mage eut fini d'expliquer son plan. *Enfin, non, laisse tomber. Je vais descendre les aider pour éviter que ce grand maladroit tombe de la paroi ou s'en aille couper la tête de quelqu'un par erreur. Khanu gardera le sentier, même si jusqu'ici ces poules mouillées mangeuses d'herbe ne font pas mine d'approcher.*

Shia et l'eunuque avaient toujours partagé un lien spécial. Aurian se sentit quelque peu apaisée de savoir la panthère à proximité pour aider et guider Bohan. Comme elle avait fait tout ce qu'elle pouvait pour lui et pour Wolf, elle réprima la peur qui montait en elle en pensant au pauvre eunuque obligé d'escalader la périlleuse paroi dans le noir et se tourna pour prêter main-forte à Chiamh, qui était de toute évidence en proie à d'autres difficultés.

Bohan, les nerfs à vif, se tenait près de la porte de la chambre des Mages et tendait vainement l'oreille pour essayer de savoir ce qui se passait deux étages plus bas. L'épée qu'il serrait dans son énorme main ressemblait à un jouet au vu de sa corpulence, mais il était bien déterminé à garder les loups qui protégeaient le fils d'Aurian.

Depuis leur tanière sous la table, deux paires d'yeux verts qui étincelaient en reflétant la lumière du feu épiaient l'eunuque. La louve était tapie légèrement en retrait du mâle et se dressait en rempart devant le petit dont elle avait la charge. Ce n'était pas une mission aussi facile qu'il y paraissait. Ces derniers jours, Wolf avait ouvert les yeux pour de bon et s'était transformé en une petite boule grise pleine de curiosité qui adorait explorer son environnement sur ses petites pattes mal assurées, avec la ferveur insatiable de toutes les jeunes créatures. D'ailleurs, comme toutes les jeunes créatures choyées et protégées depuis la naissance, il ignorait tout du danger qui le menaçait à présent. Il reconnaissait la silhouette et l'odeur familières de Bohan, qui se tenait non loin de là, et le louveteau voulait jouer avec lui. Plusieurs fois, il tenta d'échapper à sa gardienne pour rejoindre l'eunuque mais, chaque fois, la louve l'arrêta d'une patte ferme en poussant un grondement doux mais inflexible qui fit gémir de frustration le petit.

Bohan se raidit en voyant la détresse de Wolf. Il avait horreur de laisser la responsabilité du petit à ses parents nourriciers car, ne possédant pas la capacité qu'avait Aurian de communiquer avec les loups, il les considérait uniquement comme de dangereux animaux sauvages en qui il n'avait pas confiance. Il ne tenait pas compte de l'unique faille de son raisonnement – à savoir que Wolf était lui-même une bête. Le petit était le fils d'Aurian, on lui avait lancé un mauvais sort et, un jour, il redeviendrait humain. Si la dame que Bohan adorait le disait, alors ça lui suffisait.

Wolf gémit de nouveau, et l'eunuque se renfrogna en luttant contre le besoin de ramasser le petit et de le fourrer à l'abri dans la grande poche de sa tunique comme il l'avait fait si souvent. Il se pencha pour regarder sous la table, mais le loup accueillit ce geste avec un grondement d'avertissement qui fit prestement reculer Bohan, surpris. En général, les loups paraissaient reconnaître ceux avec qui ils partageaient la garde de Wolf et traitaient les compagnons d'Aurian comme s'il s'agissait de leur nouvelle meute.

En dévoilant brusquement ses crocs d'une blancheur immaculée, le loup sauta à la gorge de l'eunuque. Bohan, déjà déséquilibré, se jeta en arrière, son épée fendant inutilement l'air dans sa chute. Il connut un instant de terreur aveugle durant lequel il attendit que les crocs s'enfoncent dans sa chair, mais son agresseur n'était plus là. La louve venait de ramasser le petit par la peau du cou et courait en direction de la fenêtre ouverte, et son compagnon n'était plus qu'une ombre grise sur ses talons.

Le rugissement de rage et d'angoisse que Bohan ne pouvait exprimer en raison de son mutisme retentit en revanche dans son esprit. Aurian lui avait confié son fils et il n'avait pas réussi à le protéger. Sans prendre le temps de réfléchir aux conséquences, il courut à son tour jusqu'à la fenêtre et grimpa sur le mince pont de fortune.

Un voile de sueur perlait sur le front de Chiamh et reflétait l'éclat argenté de ses yeux tandis qu'il luttait pour maintenir son apparition de l'autre côté de la porte. Il avait renoncé à son démon, une image qui leur était à présent trop familière, pour le remplacer par une vision de Shia qui feulait en agitant sa longue queue noire, ses yeux brûlant d'un feu cramoisi au-dessus de ses terrifiants crocs dénudés. Au début, il avait réussi à duper la foule hostile. Il avait entendu leurs cris de peur et d'inquiétude à travers l'épais panneau de bois, et les coups de hache avaient cessé durant quelques minutes. Mais il ne pouvait maintenir très longtemps encore cette illusion car, pour ce faire, il devait rester dans son corps. Or, ne pouvant voir ce qui se passait de l'autre côté, il n'avait aucune idée de la ressemblance de l'image qu'il projetait ni de la façon dont celle-ci devait réagir à ce qui se passait là-dehors. Il était extrêmement difficile dans tous les cas de travailler seul à une échelle aussi ambitieuse avec pour uniques outils les minces courants d'air suffisamment petits pour se glisser entre la porte et son chambranle.

Trop tôt, ses ennemis comprirent qu'ils avaient été bernés. Un chœur de railleries et de jurons pleins de colère retentit de l'autre côté, et brusquement la hache vint de nouveau mordre dans le bois qui avait de plus en plus de mal à résister. Proférant un juron bien senti qu'il avait appris auprès de Parric, Chiamh rassembla ses forces et fit un nouvel essai. Cette fois, il fit apparaître Aurian elle-même, ses yeux verts étincelants de colère, le Bâton de la Terre dans sa main crachant des éclairs de feu émeraude. De nouveau, l'Œil-du-Vent entendit les bruits étouffés d'une retraite hâtive, mais son soulagement fut de courte durée. Il recula en jurant et son illusion disparut lorsque des coups se mirent à pleuvoir sur la porte, qui commençait à se fendiller sous ces assauts répétés. Qu'allaient-ils faire à présent ?

L'Œil-du-Vent sentit la pression d'une main fraîche sur son bras. Il se retourna et se retrouva nez à nez avec Aurian. Sa présence le fit sursauter – il s'était concentré si fort qu'il en avait oublié qu'elle était là.

— Attends, laisse-moi t'aider.

La Mage leva la main, les yeux plissés en signe de concentration, et les coups de hache sur la porte cessèrent. Un brusque silence lourd de sens s'abattit de l'autre côté.

— Qu'as-tu fait ? souffla Chiamh, stupéfait.

— J'ai figé ton apprenti bûcheron hors du temps. (Dans la pénombre, une lueur dangereuse fit briller son regard.) Voilà qui devrait leur donner matière à réfléchir pour un temps.

Chiamh s'affaissa contre le mur. Il s'apercevait seulement maintenant à quel point ses efforts l'avaient épuisé.

— Tu ne peux pas tous les figer comme ça ? demanda-t-il, plein d'espoir. Juste le temps qu'on s'échappe ?

— Si seulement je le pouvais. (Aurian secoua la tête d'un air de regret.) Je ne peux lancer le sort que sur une seule cible à la fois et sur une très courte distance. Dès que j'en aurai figé quelques-uns, les autres n'auront plus qu'à reculer hors de portée et à attendre pour nous tendre une embuscade à notre sortie. Nous avons besoin d'Anvar pour faire davantage. Avec la Harpe, il a le pouvoir de figer un grand nombre d'ennemis, comme il l'a fait l'autre soir. Il a laissé l'Artefact ici, mais elle s'est habituée à lui comme le Bâton à moi. Il existe des règles concernant l'usage des Artefacts. Je ne peux la manipuler seule sans en arracher le contrôle à Anvar, et ce n'est pas seulement dangereux, pour tout un tas de raisons, c'est la dernière chose que nous voulons…

Leurs agresseurs avaient retrouvé du courage. La Mage et l'Œil-du-Vent reculèrent d'un bond et remontèrent l'escalier en toute hâte tandis qu'une pluie de flèches s'abattait sur la porte.

— Qu'ils soient maudits ! s'écria Aurian en entendant le crépitement annonciateur d'un feu.

Déjà, l'odeur du bois brûlé montait dans la cage d'escalier. Des marques noires commençaient à apparaître en plusieurs endroits autour des pointes de flèches enflammées qui s'étaient fichées dans le bois, et de fines volutes de fumée s'infiltraient à travers les fissures dans le panneau. La Mage sentit son sang se glacer en pensant à Anvar, piégé ailleurs au sein de la forteresse alors qu'elle-même était incapable de défendre leur seul sanctuaire en attendant son retour ou de contourner les attaquants pour lui porter secours.

Parric lui attrapa le bras avec violence.

— Viens, lui dit-il. On ne peut plus rester ici maintenant que ces bâtards utilisent du feu ! Il faut qu'on sorte !

13

À TRAVERS LES ENTRAILLES DE LA TERRE

Ça ne va pas être facile, se dit Zanna en sortant furtivement des logements des domestiques par la porte de derrière et en courant sur les pavés brisés en direction de la cuisine.

Même si sa conversation avec dame Aurian lui avait redonné espoir et courage, Zanna avait toujours désespérément besoin de nourriture et de sommeil, deux choses que la Mage n'avait bien sûr pas pu lui fournir. Elle avait l'esprit et les membres engourdis par la fatigue, mais le repos n'était pas au programme des prochaines heures. La dame était trop loin pour venir en aide à la jeune fille si celle-ci faisait une erreur ou rencontrait un obstacle. Elle ne pouvait désormais compter que sur sa seule intelligence. Compte tenu de tout ce qu'elle avait à faire, les heures qui la séparaient de l'aube allaient être effectivement bien courtes, et il n'était pas du tout garanti que son projet réussisse.

Il fallut à Zanna un courage incroyable – qu'elle ignorait d'ailleurs posséder – pour retourner dans cette cuisine où se trouvaient tant de dormeurs agités et où, pire encore, demeurait le souvenir de Janok. Bien qu'elle ait suivi le conseil de la Mage et remplacé ses habits déchirés et tachés de sang par des vêtements plus chauds, trouvés dans les placards abandonnés du dortoir des servantes, elle ne put s'empêcher de frissonner en soulevant prudemment la clenche et en ouvrant juste assez la lourde porte pour glisser son corps mince dans l'entrebâillement.

La salle caverneuse paraissait plus sombre à présent, car les feux étaient éteints, mais, lorsque Zanna se faufila à l'intérieur et referma la porte derrière elle, elle entendit un grognement ensommeillé dans les ombres près de l'âtre. Il s'agissait d'un des aides-cuisiniers qui se retourna, dérangé par le brusque courant d'air. Sans réfléchir, Zanna se jeta dans l'espace noir et humide sous les éviers et s'immobilisa, le cœur battant, le poing serré contre la bouche pour atténuer le bruit de sa respiration. Au bout du compte, le silence qui s'ensuivit lui permit de comprendre que le dormeur était retourné à ses rêves. Néanmoins, elle attendit encore un peu, de peur de le déranger à nouveau en essayant de sortir de sa cachette.

Se rappelant l'heureuse trouvaille du couteau sous les éviers, Zanna fouilla prudemment à tâtons autour d'elle, mais il ne fallait pas s'attendre à une telle chance deux fois dans la même nuit. Elle ne trouva sous ses doigts que de la graisse et les restes rigides d'une ancienne serpillière. Lorsqu'elle finit par tomber sur une toile d'araignée collante dont la propriétaire courut sur le dos de sa main avant de se laisser tomber sur le sol, la jeune fille comprit qu'il valait mieux en rester là. Elle retira brusquement sa main en frissonnant et se mordit la lèvre pour réprimer un hurlement. Cette petite voix du bon sens qui nichait quelque part dans sa tête mit en avant l'ironie de la situation : elle qui avait eu le courage de planter un couteau dans le ventre d'un homme deux fois plus grand qu'elle, elle avait pourtant peur d'une petite araignée. Zanna décida qu'il était temps de se remettre en route.

Après être sortie furtivement de sa cachette, elle traversa la cuisine silencieuse sur la pointe des pieds en repassant dans sa mémoire les instructions de dame Aurian. Heureusement, la jeune fille connaissait suffisamment bien l'agencement et le contenu de la pièce pour pouvoir trouver ce dont elle avait besoin sans faire de bruit ni allumer de lumière. Néanmoins, elle prit une poignée de bougies et un briquet en sachant qu'elle en aurait besoin plus tard. Puis, en se déplaçant aussi rapidement que possible, elle ramassa l'un des paniers peu profonds que l'on utilisait souvent pour transporter des vivres et de la vaisselle jusqu'à la tour des Mages. Elle y déposa ses bougies et y ajouta trois verres qu'elle plaça soigneusement pour éviter qu'ils ne s'entrechoquent.

Retraverser la cuisine jusqu'au garde-manger où Janok entreposait les vivres et les ingrédients dont il avait besoin à court terme s'avéra au final la pire partie de son expédition. Avant même d'entrer dans la pièce, Zanna redoutait déjà le moment où elle serait obligée de passer à côté des dormeurs blottis les uns contre les autres près de l'âtre. Retenant son souffle, elle se glissa à côté d'eux sur la pointe des pieds en serrant si fort la poignée de son panier que les brins d'osier s'enfoncèrent dans ses paumes. Chaque fois qu'une des silhouettes étendues près du feu se retournait sous sa couverture ou poussait un soupir dans son sommeil, la jeune fille se figeait comme un animal traqué, si bien que le trajet fut lent et s'acheva dans une série de haltes et de petits pas rapides, un peu comme ces souris qui traversaient la cuisine la nuit, celles-là mêmes que Zanna entendit se précipiter à l'abri lorsqu'elle atteignit son but et retrouva une sécurité toute relative.

Il faisait nuit noire dans le garde-manger, si bien qu'elle referma la porte derrière elle et prit le risque d'allumer une bougie. Elle eut du mal pourtant à utiliser son briquet tellement ses doigts tremblaient. Enfin, elle fit tomber une goutte de cire sur une étagère et fixa la bougie dessus afin d'avoir ses deux mains libres. Puis elle fouilla rapidement les provisions à la recherche de pain, de viande froide et de fromage. Elle vérifia ensuite les râteliers en bois, sous les étagères, pour prendre du vin. Lorsqu'elle sentit sous ses doigts les contours lisses et frais d'une bouteille, elle la prit et la déposa dans le panier avec le reste de ses victuailles. Puis elle souffla la chandelle et laissa les souris à leur festin, en éprouvant pour ces petites bêtes une sympathie qu'elle ne soupçonnait même pas jusqu'alors. Aussi rapidement que possible, elle traversa la cuisine en sens inverse – un trajet aussi éprouvant pour ses nerfs qu'à l'aller –, puis elle se faufila à l'extérieur aussi silencieusement qu'elle était entrée et emprunta l'étroite allée qui conduisait à l'infirmerie, autrefois le domaine de la dame Meiriel.

Pendant un instant terrible, Zanna crut que la porte était fermée à clé. Mais cette dernière ne résista pas à une bonne poussée, prouvant par là que la poignée s'était simplement rouillée faute d'être utilisée. La porte s'ouvrit brusquement en grinçant et alla heurter le mur, ce qui fit bondir le cœur de Zanna dans sa poitrine. *Merde, oh merde !* Non, pas à cette heure de la nuit, quand le moindre bruit risquait de porter très loin... Pas quand elle était si proche du portail et de la guérite...

Les prières inarticulées de Zanna se noyèrent dans un bruit de pas précipités – quelqu'un traversait la cour en courant. Instinctivement, elle regarda autour d'elle à la recherche d'un endroit où se cacher, mais il n'y avait nulle part où aller, excepté l'infirmerie. Or cela lui attirerait plus d'ennuis qu'elle n'en avait déjà. Si elle essayait de s'enfuir, les gardes risquaient de lui tirer une flèche dans le dos sans sommations.

Puis il fut trop tard pour réfléchir. Une ombre imposante surgit devant elle, et la jeune fille se recroquevilla contre le chambranle de la porte en poussant un cri terrifié tandis que la pointe d'une épée se posait sur sa gorge.

— Ça alors, que je sois pendu, mais c'est une gamine ! Marek, arrête de te curer le nez et amène cette lanterne par ici !

Zanna battit des paupières lorsqu'une lumière éblouissante lui sauta au visage. Derrière la lanterne, les deux gardes apparaissaient comme des ombres anonymes et massives.

— Tu serais pas la petite servante de dame Eliseth, toi, des fois ? demanda la même voix. Par les tétons de Thara, petite ! J'ai bien failli t'éventrer en croyant avoir affaire à un rôdeur ! Par tous les enfers purulents, qu'est-ce que tu fais là au milieu de la nuit ?

Presque distraitement, le garde baissa son épée, ce qui soulagea Zanna au point qu'elle retrouva enfin sa voix et ses esprits.

— Ce n'était pas mon idée, marmonna-t-elle d'un ton juste assez boudeur et vindicatif. Dame Eliseth ne peut pas dormir, vous voyez ? Forcément, elle m'a tirée du lit, alors que je venais déjà de me tuer les yeux pendant la moitié de la nuit à faire ses satanés travaux d'aiguille, et elle m'a envoyée chercher quelque chose à manger.

Pour appuyer ses dires, elle leva son panier.

— Écoute, petite, je sais pas à quoi tu joues, mais les types qui étaient de garde avant nous ont dit que la dame était sortie juste après minuit. Elle est passée en douce devant le poste de garde sans dire un mot, mais le jeune Feddin l'a vue, et bien vue. Et nous, on l'a pas vue revenir depuis qu'on a pris la relève. Qu'est-ce que t'as à dire à ça ?

— Que vous avez dû vous endormir pendant votre garde, alors, répliqua vivement Zanna. C'est vrai, la dame est revenue voilà des heures. Vous avez envie de m'accompagner à la tour et de lui dire que vous ne l'avez pas vue ? (Elle se tenait très raide pour empêcher ses genoux de trembler et elle espérait de toutes ses forces que les gardes ne seraient pas assez courageux pour la prendre au mot.) Moi, à votre place, j'éviterais de le faire, ajouta-t-elle en les voyant hésiter. Elle devient plus folle qu'une belette ébouillantée quand elle ne peut pas dormir.

Pour faire bonne mesure, elle écarta ses cheveux de son visage pour leur montrer les bleus que lui avaient laissés les poings de Janok. Heureusement, comme elle l'avait deviné, ces mercenaires pourtant musclés redoutaient le mauvais caractère de la Mage du Climat.

— Tout ça, c'est bien beau, mais qu'est-ce que tu venais faire à l'infirmerie ? demanda l'autre garde en changeant brusquement de sujet.

Zanna poussa un soupir de soulagement. Là, au moins, elle allait pouvoir dire la vérité – ou presque.

— La dame veut des plantes pour se préparer une tisane de sommeil. Et je suis déjà en retard parce que j'ai laissé tomber ma lanterne dans la cour et que je n'ai pas osé aller en chercher une autre. Je vous en prie, vous ne voulez pas m'aider à trouver ce qu'elle veut, pour que je puisse le lui rapporter aussi rapidement que possible ? Vu comme elle s'est comportée tout à l'heure, j'ai peur de la faire attendre plus longtemps.

— Bien sûr qu'on va t'aider, fillette, lui dit gentiment le premier garde. Désolé de t'avoir retardée, mais tu vois, c'est notre boulot. Hé, Marek ! Donne-moi cette fichue lanterne. La pauvre petite a besoin de voir ce qu'elle fait.

Dame Aurian lui avait donné des instructions très explicites, si bien que Zanna n'eut guère de difficulté à trouver les plantes dont elle avait besoin. Après avoir dit au revoir aux gardes en leur témoignant sa gratitude, elle se hâta de retourner vers la tour des Mages et retraversa la cour sur des jambes flageolantes. Dieux, il s'en était fallu de peu, et le danger n'était pas encore écarté. Que diable fichait dame Eliseth dehors et pourquoi avoir choisi cette nuit entre toutes les autres ? À présent, Zanna espérait qu'elle allait avoir le temps de libérer son père avant que la Mage revienne pour de bon.

— Est-ce que deux beaux gentilshommes comme vous, qui travaillez si dur, apprécieraient un peu de vin pour égayer leur nuit ? Je l'ai apporté pour dame Eliseth, mais elle dort, et nous ne voudrions pas gâcher cette bouteille, n'est-ce pas ?

Zanna tendit son panier devant elle d'un air plein d'espoir. Mais, n'ayant jamais essayé de se montrer coquette, elle ne pouvait que s'appuyer sur l'attitude des filles de cuisine ou la façon dont sa sœur aînée se comportait avec les garçons et espérer que tout cela sonnait juste.

Mais la connaissance qu'elle avait des soldats était aussi limitée que son expérience des flirts, sinon Zanna aurait été moins surprise du succès de sa ruse. Puisqu'il s'agissait de boire un coup, il aurait fallu que la personne qui le proposait soit bien plus laide qu'elle pour qu'ils rejettent sa proposition. En l'état, le visage des soldats qui gardaient la porte de Vannor s'illumina comme un phare dans la nuit. Tous deux formaient un duo peu avenant. Le premier, bâti comme un ours, paraissait, pour autant qu'on puisse en juger, couvert d'un duvet de poils roux et bouclés de la tête aux pieds. Le second, plus petit, maigre et visiblement nerveux, avait dû être beau autrefois, mais une cicatrice rouge et irrégulière lui barrait le visage et lui tordait la bouche. En elle-même, cette marque n'était pas si terrible, songea Zanna, mais il avait les yeux étroits et froids et le regard sauvage et impitoyable d'un homme qui vivait pour tuer.

Au moins, le grand roux souriait.

— Ben ça, c'est drôlement gentil, petite demoiselle, lui dit-il en tendant avidement la main vers la bouteille.

— Attends une minute ! protesta l'autre, plus méfiant et surtout plus lent à comprendre. Par tous les dieux, pourquoi est-ce qu'une jupette comme elle nous apporterait de la nourriture et du vin à cette heure de la nuit ?

— Pas pour tes beaux yeux à toi, ça, c'est sûr, ricana son compagnon. Qu'est-ce tu crois, idiot ? (Il but une longue gorgée au goulot de la bouteille.) Tu te sentais seule dans le dortoir des domestiques, pas vrai, mon chou ? ajouta-t-il en lançant un clin d'œil lubrique à Zanna.

— Oh ! fit le petit homme en percutant enfin. Alors garde pas tout pour toi. (Il tendit la main vers la bouteille.) Je suis sûr que la p'tite mam'selle avait pas l'intention de tout donner à un vieux salopard moche comme toi.

— Vas-y, sers-toi. Il me paraît un peu aigre, mais j'imagine que c'est le genre de pisse de cheval qu'apprécient ces salopards de Mages. (Le grand costaud abandonna la bouteille et s'essuya la bouche.) Moi, je préfère la bière. (Juste au moment où Zanna commençait à se dire qu'elle n'aurait pas dû s'embêter à chercher des verres, elle fut soulevée de terre par deux bras musculeux et poilus.) Et j'suis un homme à femmes, ajouta-t-il en la couvrant d'un regard concupiscent.

Zanna serra les dents, s'efforça de ne pas lui résister et trouva quelque part en elle la force de sourire.

— Il va falloir vérifier ça, pas vrai ? répondit-elle en se demandant comment elle arrivait à garder un ton égal alors même qu'elle sentait la main du type se glisser sous ses jupes.

— Hé là, attends un peu ! (Une main brutale lui prit le bras et l'arracha à son admirateur.) Tu m'as pris mon tour, espèce de sac à merde puant ! (Le petit renfrogné fourra la bouteille de vin dans la main de son compagnon.) Tiens, prends, t'en as pas eu beaucoup, lui dit-il avec une générosité feinte. Finis-la pendant que je fais connaissance avec la p'tite dame.

Poussant Zanna contre le mur, il lui couvrit le visage de baisers baveux. La jeune fille, luttant contre la nausée, s'obligea à rester immobile et à supporter tout ça.

— Va te faire voir ! (Le premier garde vida la bouteille et la jeta contre le mur où elle se brisa.) Rends-la-moi, espèce de bâtard vérolé ! Je l'ai vue le premier !

D'une main charnue qui couvrait la majeure partie de l'épaule du petit homme, il repoussa son rival.

Le petit tueur grommela un juron et fit mine de prendre son couteau. Zanna saisit aussitôt l'occasion de se libérer.

— Silence ! siffla-t-elle. Vous avez envie de réveiller tous les Mages ?

Lorsque la menace fit son chemin jusqu'au peu de cervelle qu'ils possédaient, les deux gardes cessèrent de se battre et se retournèrent pour la dévisager d'un air penaud. Zanna s'obligea à sourire encore.

— Pas besoin de vous disputer comme ça, leur dit-elle d'un air engageant. C'est vrai, on a tout le reste de la nuit devant nous.

— Quelle petite maligne tu fais, lui dit le grand costaud, rayonnant. Viens, chérie, t'aurais pas un bisou à me donner ?

Il tendit les bras pour étreindre Zanna et, au même moment, il s'effondra en toussant, le couteau de son rival planté entre les omoplates.

L'homme au regard de tueur posa son pied botté sur le dos de son compagnon et arracha le poignard du cadavre.

— Maintenant, on a toute la nuit devant nous, mais rien que toi et moi, dit-il en avançant vers Zanna, sa lame ensanglantée à la main. (Il sourit d'un air mauvais en la voyant reculer.) Allons, sois pas timide, petite. Pour commencer, voyons voir à quoi tu ressembles sans tous ces vêtements. (Brusquement, son regard devint vitreux.) Dieux, qu'est-ce qui m'arrive ? Salope, tu m'as empoisonné…

Il tituba et s'effondra comme un arbre mort lorsque la poignée de poudre de plantes que Zanna avait ajoutée au vin fit enfin effet.

La jeune fille se laissa aller contre le mur en prenant de grandes respirations, jusqu'à ce que ses vertiges et ses nausées disparaissent. Puis, se baissant d'un geste vif, elle chercha à tâtons les clés du grand costaud roux, une tâche d'autant plus difficile qu'elle n'arrivait pas à le regarder. Il lui avait certes fait l'effet d'un idiot lubrique, mais il lui avait également paru inoffensif et il lui avait parlé gentiment. Après tout, c'était elle qui s'était conduite comme si elle l'invitait ouvertement à profiter de ses charmes. Maintenant, il était mort, et c'était sa faute à elle.

— Je ne voulais pas ça. Je comptais juste les droguer, murmura la jeune fille d'un air impuissant.

Mais cela ne fit rien pour effacer le sentiment de culpabilité qui l'étranglait. De plus, contrairement à ses attentes, il n'y avait aucun trousseau de clés accroché à la ceinture du garde. Après moult jurons et une fouille approfondie dans les poches du cadavre, Zanna finit par trouver ce qu'elle cherchait. En espérant qu'il s'agissait de la bonne clé, elle l'enfonça dans la serrure et sentit le soulagement l'envahir lorsque l'objet tourna en produisant un petit déclic. La jeune fille reprit la clé et se glissa en silence dans la pièce avant de refermer la porte derrière elle.

Il n'y avait pas de lumière dans la pièce principale, à l'exception d'un amas de rubis ternes – sans doute les braises qui se mouraient dans l'âtre. Zanna, qui connaissait bien l'emplacement du mobilier, se rendit jusqu'à la table et alluma une bougie, mais ce qu'elle découvrit dans le cercle de lumière grandissant la fit reculer en étouffant un cri d'horreur. Le bois autrefois lisse du plateau de la table était tout abîmé et fendillé, et sa surface couverte de taches et d'éclaboussures de sang, tout comme le sol en dessous.

— Non, murmura-t-elle d'un air accablé. Oh, dieux, non !

Après tout ce qui s'était passé, après tout ce qu'elle avait enduré, elle arrivait trop tard ?

À ce moment-là, Zanna livra le combat le plus difficile de sa vie pour ne pas s'enfuir sur-le-champ. Elle ne voulait pas savoir, ne pouvait supporter l'idée de découvrir ce qui l'attendait sûrement dans la pièce voisine. Pourtant, il fallait qu'elle sache, elle ne pouvait prendre le risque de ne jamais apprendre la vérité.

— Ne sois pas stupide ! gronda-t-elle, en colère contre elle-même. Crois-tu que la dame Aurian s'enfuirait comme une lâche ?

S'accrochant à la pensée de la Mage pour se donner du courage, Zanna saisit la chandelle sans prendre garde aux gouttes de cire chaude qui tombaient sur sa main tremblante et entra d'un air résolu dans la chambre.

Il gisait en travers du lit comme un jouet brisé, les membres de travers, le corps affaissé et immobile, les traits tirés et le visage couleur de cendres. Du sang maculait le couvre-lit vert en soie, sous un tas de chiffons maladroitement drapés autour de la main droite du marchand. Zanna ne voyait pas la poitrine de son père se soulever sous les lambeaux sanglants de sa chemise. Elle ne pouvait se résoudre à l'approcher.

— Papa, essaya-t-elle de chuchoter.

Mais le mot ne réussit pas à franchir sa gorge nouée. Zanna s'avança d'un pas hésitant, mais elle avait l'impression que l'air s'était comme solidifié pour former un mur qui lui résistait.

— Papa, oh, papa !

Sans savoir comment, elle se retrouva à genoux près du lit en pleurant à fendre l'âme dans la soie fraîche du couvre-lit. Dès qu'elle leur laissa libre cours, elle ne parvint plus à étancher ses larmes. Sans penser au danger qu'elle-même courait, Zanna s'abandonna à son chagrin, le corps secoué par des sanglots déchirants, pleurant le père qu'elle était venue sauver, mais trop tard.

— Qu'est-ce que… Qui… Zanna ?

Mais ce ne fut pas sa voix qui pénétra le chagrin de la jeune fille, ce fut cette main froide qui lui caressa faiblement les cheveux. Zanna recula d'un bond en poussant un cri, trébucha et se retrouva le derrière par terre. Elle leva les yeux et vit son père, tant bien que mal appuyé sur un coude, qui la dévisageait avec des yeux larmoyants.

— C'est bien toi. Que fais-tu ici ? protesta-t-il d'une voix rauque. J'ai cru que je rêvais…

— J'ai cru que tu étais mort ! s'écria Zanna, encore un peu effrayée à l'idée de l'approcher, car elle n'osait pas croire que son père était bien vivant et qu'il lui parlait.

L'ombre d'un sourire adoucit les traits hagards du marchand.

— Non, amour, je ne le suis pas, même si, vu mon état, ce serait sûrement mieux.

— Ne dis pas ça ! (Zanna sentit la colère l'envahir.) Bon sang, si seulement tu savais…

— Je suis désolé.

Il tendit les bras pour l'étreindre, mais retomba aussitôt, sans force, le visage livide sous l'effet de la douleur qui irradiait de sa main blessée.

Zanna vola à son chevet et fit appel à toute sa force pour le soulever et l'adosser aux oreillers. Elle vit de la sueur perler sur son front tandis qu'il serrait les dents pour ne pas crier. Sans doute pensait-il qu'ainsi elle ne comprendrait pas à quel point ce mouvement lui avait fait mal. Zanna le serra contre elle aussi fort qu'elle le put ; elle était si heureuse de le voir qu'elle aurait voulu pleurer à nouveau. Mais, maintenant qu'elle le savait vivant, il y avait des priorités plus importantes que le fait de se réjouir, et même plus importantes que de découvrir ce que les Mages lui avaient fait. Ils avaient si peu de temps à perdre ! Mais, blessé comme il l'était, comment diable allait-elle réussir à les faire sortir tous les deux de l'Académie ?

— Est-ce qu'il y a de l'eau dans le coin ? chuchota Vannor.

Zanna courut lui chercher un verre et y versa, après réflexion, une rasade de liqueur qu'elle trouva dans une flasque sur la table de nuit. Elle tint le verre pour permettre à son père de boire et s'aperçut avec un certain soulagement que son visage retrouvait un peu de couleur.

— Papa, écoute-moi bien, lui dit-elle d'une voix pressante. Je suis venue te chercher. C'est notre seule chance de nous évader, mais nous allons devoir nous dépêcher. Je…

Les mots s'étranglèrent dans sa gorge. Comment expliquer à son père, qui la considérait toujours comme sa petite fille, qu'elle avait tué deux hommes cette nuit-là et qu'ils devaient s'échapper avant qu'on découvre les cadavres ?

— Écoute, temporisa-t-elle, dame Eliseth est sortie en ville, mais elle pourrait revenir d'une minute à l'autre. Il n'y a pas de temps à perdre. Si je t'aide, tu crois que tu pourras marcher ?

La petite lueur familière s'alluma dans les yeux de son père.

— Pour quitter ce satané nid de vipères ? Je serais prêt à ramper sur les mains… (Il ravala ce dernier mot comme si cela lui faisait de la peine.) Enfin, je serais prêt à ramper, dans tous les cas, reprit-il sans conviction. Viens, fillette, aide-moi à me lever. Et emmène ce cognac avec toi, si tu peux. On en aura besoin avant la fin, ne serait-ce que pour m'aider à avancer. (Il lui sourit comme si elle était un homme, un frère d'armes, si bien que Zanna en eut le cœur gonflé de fierté.) J'imagine, ajouta-t-il, que, puisque tu es arrivée jusqu'ici, tu as un plan pour nous en faire sortir ?

— Oh, merde ! (Zanna se frappa le front avec la paume de la main.) J'ai bien failli oublier cette foutue clé.

— Zanna ! la réprimanda Vannor – la réaction instinctive d'un père. Ce n'est pas moi qui t'ai appris ce langage !

— En fait, si, pouffa la jeune fille.

Mais, comme elle avait la tête au fond du placard de dame Aurian, elle n'était pas sûre qu'il l'ait entendue. Elle fouilla rapidement les piles de vêtements jusqu'à trouver l'une de ces vieilles robes grises qu'affectionnaient les Mages. Elle la sortit du placard, plongea la main dans la poche comme dame Aurian le lui avait dit et poussa un soupir de soulagement lorsque ses doigts se refermèrent sur du métal froid comme de la glace. Elle le sortit et découvrit, étincelante à la lumière des bougies, une clé délicatement forgée dans ce qui ressemblait à de l'argent poli. Il s'agissait de la clé d'Aurian pour ouvrir les archives, mais, pour Zanna, c'était celle de la liberté.

Elle crut qu'elle n'arriverait jamais à amener son père en bas de l'escalier en colimaçon de la tour. Comme Zanna avait les nerfs à vif, cette descente lui parut durer une éternité. Bien qu'il s'accrochât à la rambarde de la main gauche et qu'il s'appuyât sur l'épaule de sa fille avec le bras droit, Vannor trébucha à plusieurs reprises. Surtout, il titubait comme un ivrogne. Plusieurs fois, elle crut qu'il allait les faire tomber tous les deux. Certes, les nombreux tournants les auraient empêchés de dégringoler jusqu'en bas, mais Zanna savait que la blessure de son père ne supporterait pas pareil traitement et elle ne voulait pas qu'il s'évanouisse à cause de la douleur. Enfin, le risque de rencontrer dame Eliseth de retour de son excursion nocturne venait s'ajouter à ce danger de chute.

Lorsqu'ils arrivèrent en bas de l'escalier, Zanna faillit pleurer de soulagement et de fatigue. En plus d'aider son père, elle était gênée par son panier et son précieux contenu de victuailles, qu'elle avait ramassé à l'endroit où elle l'avait laissé près des corps des gardes – l'un mort et l'autre endormi. Le panier était également utile pour transporter les bouteilles d'eau et de cognac trouvées dans la chambre de son père, mais il n'en restait pas moins encombrant et malaisé à porter, même en coinçant la poignée en osier dans le creux de son bras, car il monopolisait la main dont elle aurait eu besoin pour se retenir si Vannor était effectivement tombé. Déjà, elle tremblait sous l'effort qu'elle devait fournir pour supporter le poids de son père. Or, qui pouvait dire la distance qu'il leur restait encore à parcourir ?

Lorsqu'ils franchirent le seuil, l'air froid de la nuit parut la ranimer, sans parler du fait de laisser derrière elle l'atmosphère oppressante de la tour. Heureusement, une distance assez courte les séparait de la bibliothèque, car le trajet prit bien plus longtemps qu'il aurait dû, compte tenu du pas hésitant et lent de Vannor. La lune s'était couchée depuis bien longtemps, si bien qu'aucune lumière ne venait trahir les fugitifs. Aucun garde ne surgit pour les arrêter, pas plus que dame Eliseth, terrifiante dans sa colère, ne jaillit des ombres pour demander des comptes aux deux Mortels en fuite. C'était presque trop beau pour être vrai. Mais Zanna, frissonnant dans le froid qui précédait l'aube, avait la nette impression qu'elle avait déjà usé et abusé de sa chance. Elle ne pouvait compter dessus éternellement.

Dans le noir, la bibliothèque était un labyrinthe d'obstacles, et Zanna fut obligée d'ouvrir la voie jusqu'à la porte intérieure avec sa mémoire pour seul guide. À plusieurs reprises, elle entendit Vannor proférer un juron étouffé et le sentit trébucher en rencontrant des objets imprévisibles et imprévus – des tables, des chaises et les coins saillants de certaines étagères. Au moins, se consola la jeune fille, ils n'avaient pas à s'inquiéter des traces qu'ils laissaient. La studieuse dame Eliseth avait passé beaucoup de temps dans la bibliothèque dernièrement et avait lancé un sort d'Air pour se débarrasser des toiles d'araignée et de la poussière.

Lorsqu'ils atteignirent le mur du fond, Zanna fut obligée de laisser son père se reposer pendant qu'elle continuait à avancer à tâtons, les mains tendues, à la recherche de la grille en fer forgé qui donnait sur les archives. Lorsqu'elle l'eut enfin trouvée, elle chercha la serrure, toujours à l'aveuglette. Enfin, après des efforts désespérés pour introduire la clé dans la serrure, Zanna sentit la porte s'ouvrir sur ses gonds bien huilés, au point que pas un bruit ne vint perturber la paix profonde qui régnait dans ce temple de la connaissance. Rapidement, en gardant une main sur le mur, Zanna revint sur ses pas pour récupérer son père qu'elle trouva avachi près de la table où elle l'avait laissé.

— Papa, viens, tu ne peux pas dormir maintenant !

Elle eut beau le secouer aussi fort qu'elle put, il mit longtemps à se réveiller. Marmonnant un chapelet de jurons infâmes qu'il n'aurait jamais prononcés en présence de sa fille s'il avait été en pleine possession de ses moyens, il la suivit en titubant et en s'accrochant à la main de Zanna comme un naufragé s'accroche au dernier espar de son navire. Zanna le poussa devant elle dans les archives et, passant la main au travers de la grille en métal, la referma derrière elle et rempocha la clé avec un soupir de soulagement très net.

Cependant, c'était encore loin d'être terminé. En dépit du fait qu'ils avaient échappé aux Mages, pour le moment du moins, le pire était encore à venir, comme Zanna ne tarda pas à le découvrir. Traînant Vannor derrière elle, elle poursuivit sa route à l'aveuglette et franchit deux tournants avant de se risquer à allumer une lumière. Cependant, lorsqu'elle osa enfin utiliser l'une de ses bougies, elle se réjouit de ne pas avoir attendu plus longtemps, car la petite flamme fragile dévoila un corridor étroit et bas de plafond avec des murs en pierre brute et, à moins de dix pas devant elle, un escalier escarpé qui s'enfonçait dans les ténèbres – jusqu'à quelle profondeur, elle l'ignorait.

C'en était trop. Tremblant d'avoir réussi à s'échapper de justesse, Zanna décida que son père et elle ne sauraient aller plus loin sans se reposer auparavant, même si tous les chiens de l'enfer hurlaient sur leurs talons. Vannor, pour sa part, n'avait pas besoin qu'on le lui dise deux fois. Dans le simple laps de temps qu'il avait fallu à sa fille pour allumer la bougie, il s'était laissé glisser le long du mur pour s'affaler à ses pieds. Zanna jura à voix haute. Ce n'était pas juste, se dit-elle farouchement. Son père avait pris soin d'elle pendant la majeure partie de sa vie. Comment les rôles s'étaient-ils retrouvés brusquement inversés ?

Cela lui fit penser à dame Aurian. Avait-elle éprouvé, elle aussi, ce mélange de fureur désespérée et d'impuissance quand elle avait été obligée de fuir Nexis ? *En tout cas, elle s'en est sortie,* se dit Zanna d'un air résolu. *Alors, si elle y est arrivée, je peux le faire aussi.*

Néanmoins, il lui fallut un petit moment pour ranimer son père. Prenant dans son panier l'unique verre qu'elle avait trouvé, elle concocta un nouveau mélange d'eau et de cognac et le porta aux lèvres du marchand. Ce dernier en recracha une partie, ouvrit les yeux et regarda autour de lui d'un air hébété.

— Où diable est-on ?

— Dans les catacombes, sous la bibliothèque. Enfin, ce sera le cas quand on descendra cet escalier. (Zanna lutta contre l'envie de tirer sur la manche de son père.) Papa, tu m'as dit que les archives donnaient sur les égouts où tu te cachais avec les rebelles. Connais-tu le chemin à partir d'ici ?

— Non, fillette. (Vannor secoua la tête.) Il faut continuer à descendre, c'est tout ce que je sais, et nous rendre dans les parties les plus anciennes et les plus froides des catacombes, c'est ce qu'a dit Elewin, jusqu'à ce qu'on trouve une grotte, une fissure et un tunnel avec une échelle en fer rouillé. Elle conduit dans les égouts. Une fois qu'on y sera, on aura fait la moitié du chemin.

Merveilleux, pensa Zanna. *Voilà qui m'est d'un grand secours. Enfin, si on se perd, même les Mages ne réussiront sans doute pas à nous retrouver – et plutôt subir n'importe quel sort plutôt que de retomber entre les mains d'Eliseth.*

Ravalant un soupir, elle coinça le panier au creux de son bras et prit la chandelle dans la même main. Puis, glissant son autre épaule sous le bras de Vannor, Zanna aida son père à se relever tant bien que mal et le guida, en le portant à moitié, dans l'escalier qui s'enfonçait dans une obscurité insondable.

14

À L'ÉPREUVE DU FEU

— *Combien y a-t-il de gardes ?* demanda Anvar au Moldan.

— *Un au détour du couloir, là où tous les corridors se rejoignent*, répondit Basileus. *Deux sur le seuil et les autres à l'intérieur pour surveiller les prisonniers. En tout, ils sont une dizaine.*

— *Une dizaine ?* répéta Anvar, suffoqué.

Comment pourrait-il en affronter autant ? Ayant appris l'escrime auprès du plus grand bretteur que le monde ait connu, et pratiqué cet art pendant la majeure partie de sa vie, Aurian aurait peut-être envisagé de les battre, mais Anvar connaissait ses limites. Malgré tout, peut-être qu'en les figeant hors du temps… Alors même qu'il tendait la main pour prendre la Harpe d'ordinaire attachée dans son dos, il s'aperçut que, dans la confusion et la précipitation, il l'avait laissée dans sa chambre. Il jura amèrement. Comment avait-il pu être stupide à ce point ? Et qu'allait-il faire à présent ?

— *Ne crains rien, Sorcier*, lui dit le Moldan. *Je vais faire diversion. Tiens-toi prêt à agir quand je te le dirai.*

Anvar se plaqua contre le mur et déglutit pour soulager sa gorge asséchée par la nervosité. Tout en resserrant son étreinte sur la poignée de l'épée qui paraissait froide et glissante dans sa main, il perçut, grâce à ses sens de Mage, la vie qui pulsait à travers les veinures argentées de la roche lisse et noire contre laquelle il pressait ses épaules. Comment Basileus allait-il bien pouvoir distraire les gardes ? se demanda-t-il. Comment un être inanimé comme le Moldan saurait-il changer l'issue du combat à venir ? Anvar dut se retenir pour ne pas abandonner son corps sur place et projeter sa conscience dans le passage devant lui afin de voir ce qui s'y passait. Il savait que ça aurait été une erreur stupide. Et si d'autres rebelles xandims passaient par ici pendant que son corps était inoccupé ? Non, il allait devoir faire confiance à Basileus, rester patient et attendre.

Schiannath avait du mal à contenir la colère que lui inspirait la basse trahison de ses compatriotes. Bien qu'étendu impuissant, les mains et les pieds attachés, le long du mur de la pièce, il ne pouvait s'empêcher de se révolter contre son destin. Le sang de sa coupure au front dégoulinait dans ses yeux et il avait mal partout à cause des coups de poing et de pied qu'il avait reçus, car Yazour et lui avaient chèrement défendu leur liberté. Mais Schiannath s'inquiétait moins de ses bleus que du fait d'être à nouveau capturé et emprisonné par son propre peuple. La terreur lui nouait l'estomac. En rentrant d'exil, il avait eu l'impression de s'éveiller d'un mauvais rêve, mais voilà que le cauchemar recommençait depuis le début. Qu'allaient-ils lui faire cette fois-ci ?

Afin de maîtriser la panique qui montait en lui comme de la bile étouffante, Schiannath essaya de se changer les idées en tentant de trouver un sens à ces événements. Pourquoi les Xandims s'étaient-ils rebellés contre Parric à ce moment précis ? Même si le seigneur de la Horde était un étranger, il avait gagné son combat à la loyale. Qui plus est, il avait promis d'abandonner le pouvoir dès que ses compagnons seraient sauvés. Puisque la nouvelle lune leur donnait l'occasion d'avoir un nouveau chef le lendemain soir, qu'avaient-ils à gagner en se soulevant ainsi ? La tradition xandim qui voulait que tous les étrangers meurent était-elle si importante ? En ce qui le concernait, Schiannath avait trouvé parmi le groupe de Nordistes bizarrement assortis de meilleurs amis que chez les membres de sa propre race – à l'exception d'Iscalda, bien entendu.

Iscalda ! Que vivait sa sœur en ce moment même ? Il était logique de penser que Yazour et lui n'étaient pas les seules victimes de cette attaque de lâches. Qu'advenait-il d'Anvar et d'Aurian, qui méritaient sa reconnaissance éternelle pour l'avoir ramené – même aussi brièvement, semblait-il – dans les bonnes grâces de son peuple ? Avaient-ils été victimes d'une embuscade, comme Yazour et lui ? Avaient-ils été capturés ? Étaient-ils blessés – ou même morts ?

Pourquoi les Xandims en voulaient-ils à ces étrangers ? Pourquoi détestaient-ils tous ceux qui n'appartenaient pas à la tribu ? Alors Schiannath pensa à Chiamh, qui était un Xandim. Pourtant, avant d'apprendre à mieux le connaître, Schiannath avait craint l'Œil-du-Vent et s'était méfié de lui comme n'importe quel autre membre de la tribu. Schiannath dévisagea les gardes, qui riaient et plaisantaient entre eux pour raviver la flamme d'un courage uniquement feint. Il percevait leur peur sous le masque d'indifférence, ainsi qu'à travers leur refus de reconnaître leur présence, à Yazour et à lui. Il savait qu'il s'agissait de cette peur irrationnelle et viscérale qu'on éprouve face à une chose ou un être inconnu, imprévisible ou tout simplement différent.

Qu'ils aillent tous au diable ! Schiannath avait du mal à croire qu'une chose pareille lui arrivait de nouveau – une fois de plus – et si tôt après son retour d'exil. Il brûlait de colère devant l'injustice de la situation. À moitié aveuglé par la rage, il se débattit dans les cordes rêches qui l'emprisonnaient, mais il ne réussit qu'à s'arracher la peau tendre des poignets. Ils l'avaient trop bien attaché, ils connaissaient leur affaire.

Il surprit un mouvement à la périphérie de sa vision. Schiannath tourna la tête et vit que Yazour luttait également pour se libérer. Lorsque leurs regards se croisèrent, un espoir insensé traversa l'esprit du Xandim. S'ils pouvaient se rapprocher furtivement l'un de l'autre, peut-être arriveraient-ils à se détacher ? Mais il suffit d'un regard en direction du garde – un inconnu – pour réduire à néant cet espoir avant même qu'il prenne forme. L'homme se tenait trop près des prisonniers, l'épée au clair, et ne les quittait pas du regard. Schiannath serra les dents et jura à voix basse. Par la déesse, il y avait bien quelque chose à faire, non ?

Brusquement, un nuage de fumée noire et grasse surgit de l'âtre vide et emplit la pièce d'un brouillard âcre. Schiannath se raidit en entendant ses geôliers pousser des cris d'alarme. Existait-il un moyen de profiter de leur distraction ? Mais il oublia rapidement ce genre de considérations lorsque la fumée continua à se déverser du trou noir de la cheminée, obscurcissant la pièce sous un épais nuage étouffant qui s'accrochait à tout ce qu'il touchait. Même si Yazour et lui étaient plus proches du sol que leurs gardes, ce qui leur permettait de moins absorber la fumée toxique, il sentait cette dernière s'attaquer à ses poumons. Ses yeux commencèrent à picoter puis à larmoyer tandis qu'il s'efforçait, haletant et sifflant, de retrouver son souffle.

— *Maintenant !*

La voix du Moldan retentit bruyamment dans l'esprit d'Anvar. Raffermissant son emprise à la fois sur son épée et sur son courage, Anvar franchit le tournant en courant et découvrit que le couloir qui s'étendait au-delà était vide. La raison lui apparut clairement quelques instants plus tard quand il aperçut les nuages de fumée qui se déversaient de la réserve et qu'il entendit les jurons et les cris de panique à l'intérieur.

— *Vous avez mis le feu là-dedans ?* protesta-t-il, horrifié.

— *Non, Sorcier, ce n'est que de la fumée*, répondit le Moldan.

Anvar inspira profondément une dernière bouffée d'air pur, puis s'apprêta à s'élancer à l'assaut de la pièce.

— *Attends.*

Anvar revint sur ses pas en jurant. Juste au moment où il avait trouvé le courage d'y aller…

— *Quoi encore ?* demanda-t-il sur un ton irrité.

— *Souviens-toi, tu es un Sorcier doué dans le domaine de l'Air,* lui fit remarquer Basileus avec une pointe d'amusement. *Contrairement aux autres, tu n'as absolument pas besoin d'inhaler la fumée.*

— Que la peste m'emporte ! J'aurais dû y penser, marmonna Anvar.

Prudemment, il construisit autour de lui un bouclier d'énergie qui filtrerait la fumée toxique pour ne laisser entrer que l'air pur. Ainsi équipé, il se remit en route.

— *Je me dépêcherais si j'étais toi,* le prévint Basileus. *Je crois m'être montré un peu trop enthousiaste en ce qui concerne la quantité de fumée.*

Le Mage n'eut pas besoin de se le faire dire deux fois. Déjà, de grandes volutes noires obscurcissaient le passage. Plusieurs silhouettes surgirent du nuage noir en courant et faillirent renverser Anvar en passant à côté de lui. De toute évidence, les gardes xandims avaient renoncé à s'occuper de la fumée et battaient hâtivement en retraite. Anvar était content de ne plus les avoir dans les pattes, mais leur panique ne présageait rien de bon pour Yazour et Schiannath. Il se mit à courir.

Il était impossible de voir quoi que ce soit à l'intérieur de la pièce. Même sa nyctalopie de Mage ne parvint pas à percer la fumée noire. Anvar avait très envie d'appeler les prisonniers, mais il s'obligea à garder le silence. Il ne savait pas s'il restait des gardes dans la pièce et il n'avait surtout pas besoin d'attirer l'attention sur lui. Suivant les bruits de toux et de vomissements ainsi qu'un faible appel à l'aide (dont il ne reconnut pas la voix), il traversa la pièce à l'aveuglette en trébuchant contre des bancs et en se cognant dans des tables, jusqu'à ce qu'il manque de tomber littéralement sur les deux corps attachés qui gisaient près du mur.

Schiannath et Yazour n'étaient pas restés inactifs. Dès que l'attention des gardes avait été retenue ailleurs, ils avaient profité de l'occasion pour rouler sur eux-mêmes et ramper jusqu'à se rapprocher l'un de l'autre. Non sans difficultés, ils avaient manœuvré pour se retrouver dos à dos. Depuis, chacun essayait frénétiquement de défaire les liens de l'autre. Mais les nœuds étaient très serrés et difficiles à atteindre avec les mains liées, d'autant que les deux hommes tremblaient à cause de la panique. Ils avaient très vite compris qu'ils ne parviendraient jamais à s'échapper avant d'être étouffés par la fumée.

Schiannath avait si souvent regardé la mort en face au cours de l'année qui venait de s'écouler que la familiarité de ce moment émoussait une partie de sa terreur. Au lieu de céder à la peur, il n'en luttait que plus vivement pour se libérer, et libérer son ami. Mais il ne pouvait combattre l'insidieuse fumée. Brûlante, elle s'insinuait dans ses yeux, sa gorge et ses poumons, au point qu'il haletait et qu'il était aveuglé par les larmes. Il ne vit donc pas la silhouette noire qui surgit de nulle part pour se pencher sur lui.

— Tiens bon, Schiannath, je vais vite vous sortir de là.

— Anvar ! hoqueta le Xandim.

En reconnaissant la voix du Mage, il faillit pleurer de soulagement, mais la joie prédominait. Brusquement, Schiannath sentit des picotements déconcertants parcourir son corps. Puis la fumée qui l'entourait disparut. Pour la première fois depuis de longues minutes atroces, il put respirer facilement, et le choc de la transition lui parut très proche d'un frisson d'extase. Puis il sentit les cordes qui lui immobilisaient les poignets céder sous la pression d'une lame froide et acérée et il eut de nouveau les mains libres. Le Xandim s'essuya les yeux sur sa manche, puis il leva la tête. Il vit alors que le nuage noir butait contre les parois de ce qui ressemblait à une bulle d'air pur qui les englobait, Yazour, le Mage et lui.

Yazour paraissait en bien triste état, comparé à Schiannath. Lorsque Anvar avait surgi, il était à peine conscient. À présent, il avalait de grandes goulées d'air comme s'il s'agissait de gorgées d'un excellent cru et il commençait à retrouver un peu de couleurs, car il avait le visage terriblement pâle. Anvar s'agenouilla à côté de lui pour trancher ses liens avec un poignard.

— Libère tes pieds, si tu le peux, demanda-t-il à Schiannath sans lever les yeux. Mais dépêche-toi, on a très peu de temps.

Schiannath ne perdit pas son temps à poser des questions. Dès que les deux prisonniers furent à nouveau libres, ils se relevèrent tant bien que mal. Anvar fut obligé de soutenir Yazour en le prenant par les épaules tandis que Schiannath s'emparait de l'épée du Mage et ouvrait la marche. Aussi vite qu'ils le purent, ils avancèrent à l'aveuglette dans le brouillard en direction de la porte.

Sans prévenir, une silhouette jaillit de la fumée derrière eux et abattit son épée vers la tête d'Anvar. Sonné comme il l'était, Yazour n'en perdit pas pour autant ses réflexes de guerrier. Il entendit siffler la lame et plia les genoux, entraînant le Mage avec lui dans sa chute de côté. L'épée passa sans faire de dégâts à côté de l'épaule droite d'Anvar et rencontra une autre lame dans une pluie d'étincelles et un fracas retentissant ; Schiannath, alerté par le cri de son compagnon, avait immédiatement pivoté pour riposter. Déséquilibré par la force du coup, l'attaquant trébucha, laissant une ouverture à son adversaire. L'espace d'un instant, Anvar lut la terreur et le désespoir sur le visage de l'homme lorsqu'il comprit son erreur. Puis il tomba et s'empala sur la pointe de l'épée de Schiannath.

Le conflit avait commencé et pris fin presque avant qu'Anvar ait le temps de comprendre ce qui se passait. Il se releva, quelque peu tremblant, tandis que Schiannath arrachait son épée du corps de son adversaire, essuyait la lame ensanglantée sur la tunique du mourant et la rendait à Anvar pour prendre l'épée de l'assaillant pour lui.

— Merci, dit le Mage en prenant la lame des mains brunes et puissantes de Schiannath. Une chance que tu sois si rapide, et toi aussi, Yazour.

Il se tourna vers le capitaine khazalim pour l'aider à se lever, mais ce dernier était déjà debout.

— *Vous ne devez pas perdre de temps,* prévint Basileus. *Vos compagnons sont assiégés et le combat ne tourne pas à leur avantage.*

— Venez, dit Anvar à ses compagnons. Aurian a besoin de nous.

Bohan avait déjà perdu les loups de vue. Cela l'inquiétait davantage que d'avoir failli mourir sur la planche flexible et glissante qui avait ployé de façon alarmante sous son poids lorsqu'il avait traversé le pont à quatre pattes. Une courte distance séparait la fenêtre de la corniche rocheuse, mais l'eunuque avait dû prendre un luxe de précautions pour ne pas tomber, si bien que, le temps qu'il arrive de l'autre côté, les loups avaient disparu dans la nuit.

Il faisait encore bien noir, et l'aube ne se lèverait que dans une heure ou deux. L'eunuque se colla contre la paroi escarpée de la montagne. Rentrant en force ses doigts épais dans une étroite fissure oblique, il s'accrocha de toutes ses forces pour conserver son équilibre sur la corniche à peine plus large qu'une grande main humaine. Il avait déjà découvert, à sa grande consternation, que la mince fente à laquelle il s'accrochait se rétrécissait et finissait par disparaître dans la direction où il voulait aller. Or, en l'absence de prise, il lui paraissait impossible, à cause de sa corpulence, de ne pas tomber de la corniche. Bohan ferma les yeux avec angoisse. Qu'allait-il pouvoir faire ? Plus il s'attardait, effrayé à l'idée d'avancer mais refusant également de faire demi-tour, et plus ces maudits loups s'éloignaient en compagnie de l'enfant qu'il avait promis de protéger.

Il ne pleuvait plus, mais les rochers étaient encore glissants de la dernière averse, et un petit vent froid gémissait et grondait en serpentant sur les flancs nus du Wyndveil. Bohan, qui avait passé toute sa vie dans le brûlant climat désertique du Sud, se surprit à trembler de manière incontrôlable et sentit la panique l'envahir. Il eut beau se dire fermement qu'il pouvait supporter l'inconfort du froid, il savait que ses pieds et ses doigts s'engourdissaient de plus en plus, ce qui ne faisait qu'ajouter aux dangers d'une ascension déjà périlleuse. Plus il attendait et plus il courait le risque de faire une chute.

Il n'y avait rien à faire. Bohan ne pouvait supporter l'idée que sa chère Aurian apprenne qu'il avait perdu son enfant. Il savait que, d'une manière ou d'une autre, il devait se remettre en route et retrouver Wolf, même si pour cela il risquait la mort. Il se remit à cheminer lentement en tâtonnant de la main droite, toute sa concentration rivée sur l'étroite fissure qui offrait une prise de plus en plus réduite à ses doigts écorchés.

Puis, brusquement, la fente disparut. Lorsque ses doigts ne rencontrèrent plus que de la roche lisse, l'eunuque oscilla pendant un horrible instant jusqu'à ce que, de sa main gauche, toujours solidement accrochée, il réussisse à ramener son corps tremblant contre la froide paroi de la montagne. Mais cela l'obligea à faire porter trop de poids sur la fragile corniche. Dans un craquement déchirant, le pan de roche se détacha sous ses pieds.

Parric, qui avait déjà vu les Mages à l'œuvre, s'était écarté pour laisser le champ libre à Aurian et à Chiamh. Pendant qu'ils retenaient les agresseurs, le maître de cavalerie était monté rejoindre Sangra et Iscalda pour leur dire de fouiller les pièces et de rassembler chacune un ballot contenant des affaires de première nécessité : manteaux, armes et toutes les provisions qu'il y avait dans les chambres. Il savait qu'une retraite était inévitable et voulait être prêt. À présent, il lui semblait que le moment de partir était arrivé, justement.

Quand les flèches enflammées se fichèrent dans la porte avec un bruit sourd, il redescendit en courant et attrapa Aurian par le coude.

— Ça suffit ! lui dit-il. Ils essaient de nous enfumer. On doit s'en aller maintenant, avant qu'il soit trop tard.

— Non ! (La Mage s'arracha à la poigne du maître de cavalerie.) Pars devant avec les autres. Moi, je reste jusqu'au retour d'Anvar.

— As-tu perdu l'esprit ? rugit Parric. Tu ne sais pas où il est, quand il arrivera, ni même s'il est encore en vie…

— Il est en vie ! As-tu oublié qu'un Mage le sent lorsqu'un autre trépasse ? (Aurian se tourna vers le petit homme, les yeux flamboyants de colère.) Ne discute pas, Parric. Fais sortir les autres, moi, j'attends Anvar.

— Putain, Aurian, ne fais pas ça ! Regarde !

La porte était épaisse et le feu mettrait un moment avant de la traverser complètement, mais de petites flammes jaunes léchaient déjà le panneau de bois noirci. Chiamh se servit des réserves d'eau qu'ils avaient dans les chambres là-haut pour tenter d'éteindre le feu, mais celui-ci brûlait déjà bien fort de l'autre côté de la porte. Tremper le bois de ce côté ne ferait que retarder l'inévitable. Il commençait à faire de plus en plus chaud dans la cage d'escalier. La fumée épaississait l'air et le rendait âcre.

— Si tu me laissais tranquille, j'essaierais d'éteindre ces flammes par magie, répliqua sèchement Aurian. Maintenant, va-t'en de là et laisse-moi me concentrer.

Parric chercha désespérément un moyen de la faire revenir à la raison. Il n'était pas aidé par le ressentiment grandissant que lui inspirait Anvar et tout ce qu'impliquait le refus d'Aurian de l'abandonner. Réticent à l'idée de la blesser, il voyait bien cependant qu'il ne pourrait la raisonner et qu'il n'avait plus le temps d'argumenter.

La Mage lui tournait le dos, son attention concentrée sur la porte en train de brûler. Parric, saisissant sa chance, leva son épée pour assommer Aurian avec la poignée.

Une main se referma autour du poignet du maître de cavalerie.

— Non, dit Chiamh d'une voix très douce mais avec une expression sévère que Parric ne lui avait encore jamais vue.

Puis ses yeux d'ambre virèrent à l'argent, et Parric sentit son épée se transformer en glace dans sa main. Poussant un horrible juron, il laissa tomber la lame qui tomba dans un fracas de métal sur l'escalier en pierre.

— Silence ! gronda Aurian sans se retourner.

Chiamh ramassa l'épée et la rendit au maître de cavalerie.

— Tu devrais avoir honte, lui dit-il à voix basse. Tu n'as pas le droit de prendre cette décision pour elle. Va-t'en si on ne peut pas te faire confiance. Je veillerai sur elle.

Parric regarda l'Œil-du-Vent et secoua la tête.

— Non, répondit-il, les dents serrées. Je vais envoyer Sangra et Iscalda en lieu sûr, mais, moi, je reste. Si vous êtes assez bêtes pour persister dans cette folie, vous allez avoir besoin de toute l'aide qu'on pourra vous apporter.

— Très bien – mais plus de trahison, insista Chiamh d'une voix toujours glaciale.

Parric ravala une réplique pleine de colère. Serrant très fort la poignée de son épée au point qu'il en avait les jointures blanches, il regarda par-dessus l'épaule de l'Œil-du-Vent pour voir comment Aurian s'en sortait.

La Mage n'avait rien vu ni entendu de cet échange musclé, car elle avait déjà pas mal de problèmes de son côté. Pour elle, rien n'était plus simple que de contrôler les boules de feu qu'elle faisait elle-même apparaître par magie. Mais il s'agissait ici d'un feu sauvage, une force naturelle indisciplinée et indomptable. Aurian se pencha aussi près que possible de la surface en combustion, malgré la chaleur et la fumée âcre qui lui piquaient les yeux et envahissaient sa gorge et ses poumons en la faisant tousser. La Mage essaya d'utiliser ses pouvoirs pour absorber l'énergie des flammes, leur voler leur chaleur et les réduire, mais elle s'aperçut bientôt, le cœur lourd, que l'incendie était déjà trop avancé pour cela. Il devait y avoir un autre moyen. Si la porte se consumait entièrement, plus rien ne pourrait empêcher les Xandims d'attaquer. De toute façon, si Anvar revenait maintenant en compagnie de Schiannath et de Yazour, un mur de feu se dresserait entre eux et la sécurité de leurs logements.

— *Où sont-ils à présent ?* demanda-t-elle à Basileus qui la tenait régulièrement informée de la progression de ses compagnons manquants.

— *Ils arrivent. Ils devraient bientôt être là.* (Le Moldan hésita.) *Que feras-tu quand ils atteindront cet endroit ?*

— *Je ne sais pas,* reconnut la Mage d'une voix mentale teintée de désespoir. *N'y a-t-il rien que vous puissiez faire pour nous aider ?*

— *Hélas, on dirait que non. J'ai déjà essayé de créer un courant d'air pour éteindre les flammes, mais ça n'a fait qu'aggraver les choses.*

— *Oui, évidemment. Mais attendez une minute !* (Les paroles du Moldan venaient de donner à Aurian l'ébauche d'une idée.) Chiamh ! s'écria-t-elle. Viens ici, vite !

— Je suis déjà là, fit une voix juste derrière l'épaule de la Mage, ce qui la fit sursauter.

Aurian trouva que l'Œil-du-Vent avait l'air un peu tendu, mais elle était trop absorbée par son plan pour y prêter attention.

— Chiamh, tu es un expert dans le domaine du vent. Crois-tu pouvoir trouver un moyen d'empêcher l'air d'atteindre les flammes de l'autre côté de la porte ?

Chiamh écarquilla les yeux d'un air surpris, puis un lent sourire de compréhension éclaira son visage.

— Ah, très malin, mon amie. Laisse-moi voir ce que je peux faire.

Aurian s'écarta pour lui laisser de la place. L'Œil-du-Vent s'agenouilla à côté d'elle près de la porte. En dépit de la chaleur, il frissonna légèrement lorsque ses yeux se couvrirent de leur mystérieux voile argenté et miroitant et que sa vision se brouilla et se modifia pour adopter l'aspect translucide et cristallin de son Autre Vue. Il projeta alors sa conscience de l'autre côté de la porte en feu et sentit vaguement la Mage tendre la main pour soutenir son corps qui s'affaissait. Les fils argentés de l'air étaient troubles à cause de la chaleur et turbulents comme un ruisseau dévalant une montagne ; ils s'élevaient et retombaient en tourbillonnant autour de l'incendie en formant des appels d'air et des courants qui nourrissaient les flammes avides. L'Autre Vue de Chiamh les distinguait à peine, elles apparaissaient comme de faibles spectres scintillants. Les assaillants impatients qui encombraient le couloir à distance respectable du feu ressemblaient pour leur part à des fantômes luisants ; l'aura qui les entourait brillait d'une lueur cramoisie, celle de la soif du sang et de la cupidité. L'Œil-du-Vent frémit en sachant que, tôt ou tard, il faudrait s'occuper d'eux. Mais d'abord, il fallait éteindre le feu.

Tendu dans sa concentration, Chiamh essaya d'agripper les fils aériens et de les pousser à l'écart des flammes dévorantes. Mais, comme son esprit se trouvait hors de son corps et utilisait de l'énergie pour rester dans cet état surnaturel, ses pouvoirs manquaient de force. Chiamh n'avait plus que la puissance de son esprit pour saisir et modeler les fils argentés. La turbulence de l'incendie ne faisait qu'ajouter à ses difficultés, donnant à l'air plus de force et de puissance pour mieux le défier. Néanmoins, Chiamh persévéra, même si détourner les puissants courants d'air était l'une des choses les plus difficiles qu'il ait jamais faites. Il ne pouvait pas éteindre les flammes, mais il pouvait au moins ralentir la progression de l'incendie et donner à Anvar les minutes supplémentaires dont ce dernier avait besoin.

Les choses empiraient dans la cage d'escalier. L'humidité du bois s'était complètement évaporée à présent, et les flammes étaient reparties de plus belle. Les craquements du feu devinrent plus bruyants, et la Mage fut obligée d'aider Chiamh, et Parric qui attendait, accroupi, le regard noir, trois ou quatre marches plus haut, en créant un bouclier autour d'eux pour éloigner la fumée.

Aurian, qui veillait sur le corps de l'Œil-du-Vent, savait que celui-ci avait des ennuis. Elle voyait les ravages du combat mental qu'il livrait se refléter sur son visage. Des rides d'effort s'étaient creusées tout autour de ses yeux et de sa bouche, et ses longs cheveux bruns, trempés de sueur, pendaient en mèches qu'elle ne cessait de repousser loin de ses étranges yeux argent. Même si elle commençait à redouter qu'il se fasse du mal, elle avait peur de briser sa transe et d'aggraver les choses. Cependant, elle savait, d'après sa propre expérience, que Chiamh courait le risque de se perdre dans sa propre magie, en nourrissant tellement ses pouvoirs de sa propre énergie qu'il n'aurait plus aucune chance de réintégrer son corps.

— *Anvar, où es-tu ?* demanda-t-elle dans un cri mental désespéré, en espérant qu'il était suffisamment proche pour l'entendre. *On ne pourra pas tenir beaucoup plus longtemps ici.*

— *On y est presque,* répondit Anvar d'une voix faible et épuisée. *Nous avons eu des ennuis une ou deux fois, mais jusqu'ici on a réussi à passer – sûrement parce que la plupart des Xandims sont massés devant notre porte.*

— *Dieux merci, tu vas bien.* (Le seul fait de l'entendre ragaillardit Aurian.) *Préviens-moi quand tu arriveras en vue de nos agresseurs.*

— *C'est quand tu veux,* répondit Anvar avec ironie. *Nous venons d'atteindre le couloir qui relie la tour au reste de la forteresse.*

— *Bien. Je te dirai quand avancer.*

Aurian se tourna vers Chiamh et fut soulagée de constater que, bien qu'il soit très pâle, il semblait réveillé et conscient et que ses yeux avaient retrouvé leur couleur normale.

— Je vous ai entendus discuter, dit-il à la Mage. Je suis prêt.

Aurian sortit Coronach de son fourreau.

— Quand je te donnerai le signal, nous sortirons d'ici pour aider Anvar, expliqua-t-elle à Parric.

Puis, sans lui laisser l'occasion de protester de nouveau, elle se tourna de nouveau vers la porte qui, privée du secours de Chiamh, était entièrement la proie des flammes à présent.

— Maintenant ! cria-t-elle à la fois à voix haute et par télépathie.

Au même moment, elle explosa les restes de la porte avec une décharge d'énergie qui projeta les débris enflammés parmi la foule de Xandims qui attendait dans le couloir. Ces derniers s'éparpillèrent en hurlant tout en essayant de chasser les éclats de bois brûlants et les étincelles logés dans leurs vêtements et leur chevelure. Aurian jaillit dans le couloir en poussant un cri de guerre, Parric et Chiamh sur ses talons. Comme une meute de loups, ils se jetèrent sur le groupe de Xandims désorganisés.

Shia avait envoyé Khanu en éclaireur pour escorter Wolf et ses parents nourriciers jusqu'à la vallée de Chiamh. Puis, comme Aurian le lui avait demandé, elle était retournée sur les hauteurs près de la forteresse. Elle suivait à présent les étroites corniches qui bordaient l'arrière de l'imposant bâtiment à la recherche de Bohan. Même si elle refusait de l'admettre – comme si, de manière irrationnelle, cette admission transformerait son inquiétude en réalité –, elle se faisait de plus en plus de souci au sujet de l'eunuque.

— *Pourquoi n'a-t-il pas réussi à nous suivre ?* se demanda la panthère. *Ce gros balourd s'est probablement emmêlé les pattes.*

À cette idée, Shia s'arrêta en frissonnant. Sur cette vieille paroi friable, la moindre erreur risquait de s'avérer fatale. La panthère approchait de la forteresse lorsqu'un hurlement déchira la nuit.

Un hurlement ? Shia replia les oreilles en arrière. C'était impossible, et pourtant... Dans un grondement, elle dévala le flanc de la montagne en bondissant de corniche en corniche comme si elle avait une meute de démons à ses trousses. Il était impossible de courir sur ces étroites saillies rocheuses, mais Shia, fulminante de frustration, n'en adopta pas moins une vitesse périlleuse en sortant ses griffes pour se donner une meilleure prise. Lorsqu'elle arriva au bord du gouffre étroit où la montagne se rapprochait de la forteresse, elle sentit son cœur se glacer dans sa poitrine. Bohan, les yeux exorbités au sein de son visage gris de terreur, s'accrochait des deux mains au dernier éperon friable de la corniche qui s'était presque effondrée sous le poids de son grand corps. En tombant, il avait réussi à agripper le rebord et il se trouvait suspendu là au-dessus du vide.

Tandis qu'elle découvrait la scène, horrifiée, la panthère vit les doigts de l'eunuque glisser un peu plus loin encore du rebord. Elle s'élança et enfonça ses crocs dans le dos de la tunique de Bohan tout en plantant ses griffes dans la roche pour ne pas glisser. Le poids de l'eunuque l'entraînait, tirant sur les muscles de ses mâchoires et de son cou, mais elle tint bon, en essayant de soulager la tension qui s'exerçait sur les bras et les jambes de son ami. C'était tout ce qu'elle pouvait faire pour l'aider. De son côté, Bohan allait devoir trouver une meilleure prise et se hisser hors du vide. Mais il semblait paralysé par la terreur, incapable de prendre le risque de perdre le peu de prise qui lui restait, même dans le but de grimper en lieu sûr.

Shia repensa à ce qui s'était passé dans les tunnels sous Dhiammara, lorsqu'elle avait failli tomber dans l'abîme en luttant contre la créature-araignée. Bohan lui avait alors rendu le même service et sauvé la vie. Il était devenu un compagnon muet mais loyal depuis le jour où elle était sortie du cirque khazalim et partageait sa liberté depuis lors. Il était son ami. Elle ne pouvait pas le laisser tomber. *Bouge, espèce de lourdaud,* pensa-t-elle avec désespoir. *Hisse-toi. Je ne tiendrai pas comme ça éternellement.*

Serrant les mâchoires autour du bout de tissu, elle recula un tout petit peu, tout en reconnaissant qu'il était vain de vouloir hisser l'eunuque à elle seule. Mais elle n'avait pas d'autre choix que d'essayer. Le petit bruit sec d'un tissu qui se déchire sembla fendre la nuit et résonner aussi fort qu'un coup de tonnerre aux oreilles de Shia.

— *Bohan !*

L'eunuque la regarda droit dans les yeux et lui dit d'une voix tout à fait claire :

— Shia, mon amie.

Ses doigts grattèrent vainement le rebord de la corniche tandis que la tunique finissait de se déchirer. Puis il disparut. Shia entendit le bruit sourd d'un corps qui heurtait les rochers loin en contrebas.

Puis il n'y eut plus que le silence, à l'exception des lamentations du vent.

Shia s'assit et feula son chagrin face aux montagnes impassibles.

Le monde d'Anvar était devenu un cauchemar de fumée, de sang et de lames étincelantes. Bien qu'Aurian lui ait appris à se servir d'une épée au cours de leur périple, c'était sa première vraie bataille, et il découvrit en se jetant dans la mêlée que toutes les leçons patiemment apprises avaient disparu de son esprit. Il ne pouvait que répondre aux défis de l'instant : l'ennemi qui se présentait, l'épée qui se levait contre lui. Du sang chaud coulait d'une coupure peu profonde qu'il avait reçue à l'avant-bras, mais, dans le feu du combat, il n'éprouvait aucune douleur. Il bloqua un coup, rata une ouverture et jura. Puis il tourna sa lame pour parer d'un revers la riposte qui s'ensuivit. Cette fois, il ne rata pas sa cible. L'entraînement d'Aurian lui servit en guidant son instinct et lui permit de glisser son épée sous la garde de son adversaire pour lui ouvrir le ventre. Le Xandim tomba mais fut immédiatement remplacé par un autre.

L'épée d'Anvar semblait douée d'une existence propre, elle taillait, transperçait, parait et bloquait, et le Mage n'avait plus conscience de rien à part des ennemis qui l'entouraient et des silhouettes obscures de Schiannath et de Yazour de chaque côté de lui. Il était vaguement conscient du fait qu'ils mettaient à profit leur expérience de guerriers pour l'aider à se défendre, mais ce n'était pas le moment de leur montrer sa gratitude. Il avait l'esprit fixé sur sa survie. Pourtant, quelque part, à la limite de sa conscience, il ne perdait pas le contact avec la grande jeune femme rousse qu'il s'efforçait d'atteindre de l'autre côté de cette meute paniquée.

Aurian se rapprochait de lui – ou lui se rapprochait d'elle. Plus les minutes passaient et moins il restait d'ennemis entre eux. La Mage se débarrassa d'un nouvel adversaire et leva les yeux, croisant le regard d'Anvar. Tandis que tous les amis se retrouvaient, Anvar sentit le champ de force du bouclier magique qu'elle avait édifié autour d'eux et vit les agresseurs xandims reculer loin de la barrière sur laquelle crépitaient des étincelles. Soulagé que le combat se termine enfin, il ajouta ses pouvoirs à ceux de son âme sœur pour étendre et renforcer le bouclier.

— Retournons à la tour, cria Aurian d'une voix qui n'avait rien à envier aux rugissements de Forral sur un champ de bataille.

Mais, alors même que les Mages se retrouvaient au milieu du combat, tout partit horriblement de travers. Anvar vit Sangra et Iscalda dévaler les marches en criant quelque chose au sujet d'une corniche brisée et il se demanda à quoi diable elles pouvaient bien jouer. Aurian, en raison du lien étroit qu'elle partageait avec Shia, reçut le message de la panthère un instant plus tôt que lui. Anvar vit sa compagne vaciller, le regard vide, le visage d'une pâleur de craie. L'ennemi se pressa autour d'eux en voyant le bouclier commencer à faiblir.

— Non !

Alors même que ce cri de chagrin à vif s'échappait de la gorge d'Aurian, l'esprit d'Anvar trembla sous l'impact de l'émotion de Shia – et celle qu'elle fit naître en lui. Bohan était mort ?

— Attention, imbécile ! rugit une voix à l'oreille d'Anvar.

Une épée passa devant lui en un éclair pour bloquer la lame qui s'abattait en sifflant dans sa direction et une pluie d'étincelles lui brûla le visage, manquant de peu ses yeux. Anvar reprit ses esprits et plongea son épée dans la poitrine de son agresseur, fit volte-face et vit Yazour se retourner pour affronter un autre ennemi qui arrivait sur sa droite. Derrière eux, Schiannath protégeait Aurian d'une façon similaire, avec Chiamh qui combattait à leurs côtés, et Parric, flanqué de Sangra et d'Iscalda, qui défendait la porte de la tour.

— Aurian ! hurla Anvar.

Il fut soulagé de voir le regard de sa compagne reprendre vie et étinceler de colère. Grondant un juron, elle fit réapparaître le bouclier avec tant de force qu'elle projeta plusieurs Xandims au bout du couloir. Anvar se précipita vers elle et la prit par la main pour l'entraîner à l'abri, de peur que, dans sa rage, elle décide d'affronter les Xandims à elle seule. Même en cet instant de désespoir, chacun puisa du réconfort dans ce contact, d'autant qu'Aurian était trop intelligente pour prolonger un combat où elle était largement dépassée par le nombre d'adversaires. Profitant de la terreur et de la consternation de leurs ennemis, les fugitifs coururent vers l'escalier de la tour. Lorsque tout le monde se retrouva en sécurité au deuxième étage, Aurian se retourna, le regard brûlant, et lança un éclair cramoisi en direction de la cage d'escalier. L'esprit d'Anvar fut alors ravagé par le cri de douleur indigné de Basileus lorsque le palier s'effondra dans une avalanche de poussière et de gravats.

15

ET DE L'AIR

— Je suis désolé, ma chérie. Je ne peux pas aller plus loin. Je dois me reposer un peu.

La voix de Vannor chevrotait de fatigue et de douleur. Zanna sentit le corps de son père trembler contre son épaule tandis qu'elle l'aidait à avancer dans le tunnel.

— D'accord, papa. Si tu peux tenir encore un tout petit peu plus longtemps, on trouvera une pièce pour se reposer, comme on l'a déjà fait, dit la jeune fille en se forçant à mettre une note de gaieté dans sa voix.

Pour le bien de son père, elle essayait de masquer son propre épuisement, ainsi que les peurs et les soucis qui lui rongeaient l'esprit. Tous les deux étaient complètement perdus dans le labyrinthe de tunnels froids et humides ; ils n'allaient pas tarder à tomber à court de nourriture et à bout de forces. Or, blessé comme il l'était, son père avait déjà suffisamment de difficultés à surmonter. Après chacune de leurs haltes, il lui fallait toujours plus de temps pour se remettre en route, et il avait de plus en plus souvent besoin de repos. Zanna n'avait pas eu l'occasion de jeter un coup d'œil à sa blessure, il refusait de parler de ce que les Mages lui avaient fait ou de la laisser défaire les bandages autour de sa main. Mais la jeune fille savait que c'était terrible. Il avait besoin de repos, de soins appropriés et d'un médecin. Mais ce n'était qu'une question de temps avant qu'il ne soit plus en état d'aller chercher l'aide dont il avait si désespérément besoin.

Zanna leva plus haut sa chandelle et regarda le long du couloir à la recherche de la prochaine ouverture. Les très vieilles archives sous la bibliothèque formaient un dédale d'alcôves, de niches et de pièces de toutes tailles. Certaines étaient tellement vastes que les bougies des fugitifs ne suffisaient pas à les éclairer en entier, et d'autres étaient si petites que Vannor et sa fille pouvaient à peine y tenir debout parmi les très vieux livres et les piles poussiéreuses de parchemins friables. En vérité, Zanna préférait largement ces dernières pièces. Elles étaient certes étriquées et inconfortables, et il fallait prendre d'extrêmes précautions avec la bougie pour ne pas déclencher un incendie, mais il y faisait plus chaud, il y avait moins de courants d'air et l'on s'y sentait davantage en sécurité. Elle n'avait pas à redouter ce qui rôdait peut-être dans le noir au-delà du petit cercle rassurant mais tremblotant de la lueur de sa bougie. Elle avait entendu Eliseth se plaindre que les sorts lancés par Finbarr, l'ancien archiviste, pour éloigner les rongeurs, les cafards et autres créatures nuisibles commençaient à disparaître faute d'entretien. Cependant, ce n'étaient pas les petites bêtes qui inquiétaient Zanna, mais bien l'inébranlable conviction qu'il y avait quelque chose dans ces tunnels avec elle et son père, une chose invisible, inconnue et surtout extrêmement maléfique.

— Oh, pour l'amour du ciel, marmonna Zanna dans sa barbe. Ne sois pas stupide. Si tu commences à laisser ton imagination vagabonder, c'est clair que ton père et toi allez avoir des ennuis.

Passant un bras autour de son père, elle le guida en direction du trou noir le plus proche sur le côté du tunnel.

Mais, à sa grande irritation, l'ouverture obscure s'avéra être une alcôve, pas une porte. Marmonnant l'un des jurons préférés de Vannor, elle s'apprêtait à revenir sur ses pas lorsque sa bougie fit scintiller quelque chose en bas de son champ de vision – l'éclat pâle et froid du fer. La jeune fille confia son panier à Vannor et le laissa adossé à la paroi pendant qu'elle s'en allait voir ça de plus près. Ce faisant, elle faillit dévaler tête la première trois grandes marches. Au bas de celles-ci, dans un coin de l'alcôve et non au centre comme on aurait pu le penser, se trouvait une étroite porte en bois.

Elle était fermée, bien sûr. Puisque, de toute évidence, il s'agissait d'une entrée secrète, Zanna n'en attendait pas moins. Malgré tout, cela la mit en rage. Parce qu'on lui en refusait l'accès, elle avait l'impression qu'elle devait absolument voir ce qui se trouvait à l'intérieur. Il ne lui vint pas à l'esprit que la porte, dans ces sinistres profondeurs, devait être verrouillée pour une bonne raison, peut-être pour interdire la sortie autant que l'entrée. C'était irrationnel, Zanna le savait, mais brusquement cette porte fermée représentait tous les mauvais traitements, les privations et les insultes que les Mages lui avaient fait subir depuis son arrivée à l'Académie. C'était le symbole du pouvoir qu'ils avaient sur elle, de ce qu'ils avaient infligé à son père et de tout ce qu'ils refusaient aux Mortels. Fermement campée sur ses jambes, la jeune fille posa son épaule contre la porte et poussa énergiquement. Personne ne fut plus surpris qu'elle lorsque le battant s'ouvrit en grinçant et qu'elle plongea tête la première dans les ténèbres qui s'étendaient au-delà.

La bougie s'éteignit, bien entendu. Elle échappa à Zanna et roula quelque part dans l'obscurité. La jeune fille resta étendue par terre, choquée, meurtrie et le souffle coupé. Sa juste colère fut brusquement remplacée par un frisson de peur. Qu'avait-elle fait ?

Mais, après les événements vécus cette nuit-là, elle continuait à découvrir en elle une force qu'elle ne soupçonnait même pas. *Ne sois pas ridicule. Combien de pièces verrouillées et oubliées doit-il y avoir dans ce très vieux labyrinthe sous l'Académie ?* La serrure était ancienne, elle avait rouillé, voilà tout, jusqu'à ce que le peu de force physique que possédait Zanna soit suffisante pour la faire sauter. *Quoi qu'il en soit, Zanna, sois pragmatique. C'est un bon endroit pour se reposer.*

— Zanna ?

C'était la voix grincheuse d'un vieillard, et cela effraya davantage la jeune fille que sa chute dans le noir. Son papa avait toujours été si vigoureux. Elle n'avait jamais imaginé qu'un jour, il vieillirait…

— Ne t'inquiète pas, je suis là. J'ai raté la marche, c'est tout.

Zanna se remit péniblement debout, mais elle ne savait absolument pas quelle direction prendre tant il régnait une obscurité absolue. Elle était heureuse de devoir s'occuper de son père, sinon elle se serait peut-être laissé submerger par la peur insidieuse qui montait en elle. La jeune fille était sur le point de lui demander d'allumer une nouvelle bougie lorsqu'elle se rappela qu'avec sa main blessée il en serait incapable. Zanna prit une profonde inspiration.

— Papa, je vais bien, mais j'ai perdu la bougie. Peux-tu continuer à me parler ou à m'appeler pour me guider jusqu'à toi ?

— Bien sûr, fillette. (Au grand soulagement de la jeune fille, il ressemblait de nouveau à l'homme indomptable qu'elle connaissait.) N'aie pas peur. Tu n'as qu'à suivre le son de ma voix...

Même s'il s'exprimait d'une voix tendue en raison de la douleur atroce que lui infligeait sa blessure, Vannor se ressaisit pour le bien de sa fille. Zanna se réjouit de cette nouvelle confiance en lui qu'il affichait brusquement.

— Est-ce que je t'ai déjà raconté comment j'ai rencontré Leynard et conclu mon premier marché avec les Nightrunners ? Voilà comment ça s'est passé...

En d'autres circonstances, Zanna aurait été captivée par cette histoire. Mais, pour le moment, elle fixait son attention tout entière sur la voix de son père. Suivant ce qu'elle espérait de tout cœur être la bonne direction, elle avança en titubant, les mains tendues à l'aveuglette devant elle. Ce ne fut pas facile. Elle commit plusieurs erreurs au début, jusqu'à ce que l'éloignement des paroles de Vannor lui prouve qu'elle s'était trompée de chemin. Au bout de quelque temps, cependant, son ouïe parut acquérir une efficacité surnaturelle, comme pour remplacer sa vision déficiente. D'autres sens entrèrent également en jeu, comme la froide caresse du courant d'air venu de la porte ou l'odeur métallique du sang sur la main de son père.

— Et donc, on était tous là, revêtus de nos plus beaux atours pour le solstice, à l'exception de Forral et de dame Aurian, qui venaient de s'entraîner à l'épée, tu peux croire ça, un jour de fête comme celui-là ? Les fous. Eh bien, ta belle-mère n'était pas de très bonne humeur, tu peux me croire, et, quand l'un des soldats est venu taper à la porte en disant qu'ils avaient retrouvé un fugitif…

Zanna écoutait l'histoire d'une oreille distraite. Elle ne l'avait encore jamais entendue, et cela concernait la dame Aurian, mais pour l'instant cela lui servait simplement de guide.

— Le pauvre diable, ils disaient qu'il s'agissait d'un serf, mais ils auraient aussi bien pu le qualifier d'esclave. La dame l'a protégé, soigné et l'a pris à son service. En fin de compte, ce fut une bonne chose, parce qu'Anvar a fini par lui sauver…

Zanna jura en trébuchant sur une marche. Elle s'écorcha les mains, qui étaient déjà bien abîmées, et se cogna douloureusement le genou.

— Papa ?

— Je suis là, ma chérie.

Sa voix lui parut merveilleusement proche, tout comme la main qui saisit la sienne à tâtons moins d'une minute plus tard.

Zanna n'osa pas laisser transparaître son soulagement de peur qu'il se rende compte à quel point elle avait été angoissée.

— Peux-tu me donner le panier ? demanda-t-elle.

Lorsqu'elle l'eut entre les mains, elle fouilla dedans à la recherche des bougies et du briquet à amadou. Elle eut l'impression que plusieurs minutes interminables s'écoulèrent encore avant qu'elle arrive à allumer une autre bougie, mais elle ne tarda pas à découvrir que celle-ci ne lui était pas d'un grand secours, puisqu'ils se trouvaient à nouveau devant une vaste salle. Mais ce n'était pas une surprise pour Zanna, qui avait remarqué la façon dont la voix de Vannor résonnait en écho pendant qu'elle essayait de sortir de la pièce à l'aveuglette. Simplement, elle puisa un certain réconfort dans le fait d'être capable de se servir à nouveau de ses yeux et, surtout, de revoir son père.

— Viens, papa, on va se reposer un peu.

Zanna guida son père sur les marches et à l'intérieur de la vaste caverne. Juste après avoir franchi le seuil, elle fit faire à Vannor quelques pas sur le côté, de manière à éviter le courant d'air de l'entrée tout en restant suffisamment proche de celle-ci pour sortir rapidement en cas de besoin. Puis elle l'aida à s'asseoir, le dos contre la paroi.

Vannor soupira.

— Voilà qui est mieux.

Il prit la bouteille qu'elle lui tendait et but une gorgée d'eau, tandis que Zanna fouillait dans le panier pour lui trouver un peu de pain et de fromage. Mais, lorsqu'elle se tourna de nouveau vers son père, il dormait profondément.

Zanna lui écarta gentiment les doigts pour prendre la bouteille et boire à son tour. Puis elle grignota goulûment et s'installa pour veiller sur le sommeil du marchand. Elle se sentait incroyablement seule, comme ça, éveillée dans le noir, mais, en dépit de sa propre fatigue, elle avait l'impression que quelqu'un devait monter la garde. De plus, l'atmosphère perturbante des catacombes l'empêchait de s'endormir. Si seulement elle pouvait se débarrasser de l'impression qu'elle n'était pas seule et que quelqu'un – ou quelque chose – rôdait dans les ténèbres non loin d'elle et de son père !

— Je ne sais pas de quoi il s'agit, mais j'espère qu'en tout cas il connaît la sortie, parce qu'on va avoir besoin de toute l'aide qu'on peut trouver, maugréa-t-elle vaillamment en essayant de renforcer son courage et son bon sens.

Mais cela ne servit à rien. Plus le temps passa et plus cette impression grandit en elle, jusqu'à ce qu'elle ne puisse plus supporter l'idée de rester assise là à attendre que quelque chose d'innommable se jette sur elle. Pour aggraver les choses, elle éprouvait de plus en plus le besoin de se soulager. *Merde,* songea Zanna en regrettant d'avoir bu toute cette eau. *Il fallait que ça arrive maintenant.* Mais où pouvait-elle aller ? Elle aurait l'impression de commettre un sacrilège impardonnable en urinant dans une pièce pleine de livres anciens et sûrement inestimables. Cependant, il n'était pas non plus question qu'elle aille dans ce corridor ouvert à tous les courants d'air et qu'elle perde de vue son père. Elle allait devoir faire de son mieux pour dégager un espace dans un coin.

Prenant une autre bougie dans ses réserves qui diminuaient vite, elle l'alluma à l'aide de la première et la colla sur la roche nue près des pieds de Vannor. Avec cette faible source de lumière comme unique guide de retour, Zanna s'éloigna en suivant à tâtons la paroi de la salle. Elle n'était pas allée bien loin que, déjà, elle commençait à regretter sa témérité. L'immense obscurité se pressait autour d'elle, et de minuscules bruissements et petits bruits de pas à la périphérie de son cercle de clarté ne cessaient de la faire sursauter, au point de lui mettre les nerfs à vif. Une fois, elle trébucha sur une pile de livres renversée et faillit perdre sa chandelle.

Ça suffit, se dit Zanna. C'était stupide, de toute façon, de vouloir se balader comme ça dans le noir alors qu'elle aurait dû se reposer et veiller sur son père. Au même moment, elle fut saisie d'une horrible pensée. Et si, en son absence, quelque chose d'horrible se faufilait près de Vannor pendant que ce dernier dormait ? Regardant par-dessus son épaule, elle aperçut le minuscule point de lumière qui brillait à côté de son père et se sentit quelque peu rassurée. Néanmoins, elle l'avait suffisamment laissé seul. Rapidement, elle trouva un endroit où la paroi décrivait un angle aigu donnant sur une autre alcôve qui semblait dépourvue de livres. La jeune fille s'accroupit pour se soulager. En se relevant, elle se retourna à moitié en tenant bien haut sa chandelle, si bien que la lumière inonda les profondeurs de la niche et dévoila la haute et mince silhouette d'un homme imposant dont le visage n'était qu'un horrible masque grondant et dont les yeux vitreux réfléchissaient l'éclat de la flamme.

Les Mages et leurs compagnons s'éloignèrent du nuage de poussière étouffante qui envahit le palier et se réfugièrent à l'abri des chambres du deuxième étage. Là, ils firent une pause, certains prenant le temps de s'asseoir, d'autres s'appuyant avec lassitude contre leurs compagnons. Tous avaient le souffle haletant à cause de la peur et de la fatigue du combat. Personne n'avait été sérieusement blessé, mais aucun n'était sorti indemne de la bataille. Au bout d'un moment, Iscalda trouva une bouteille d'eau dans un des sacs et commença à déchirer une vieille chemise pour faire des pansements, car il était évident que la Mage était trop épuisée, pour le moment, pour essayer de guérir les blessures par magie. Aurian et Anvar, les seuls à savoir que Bohan était mort, s'accrochèrent brièvement l'un à l'autre, à la fois soulagés de se retrouver sains et saufs et éplorés par la mort de leur ami. Trop tôt, Aurian releva la tête, renonçant au réconfort de l'épaule d'Anvar. Ce dernier l'entendit d'ailleurs dire au Moldan :

— *Pardonnez-moi, Basileus. J'espère que je ne vous ai pas fait trop mal, mais je n'avais pas le choix.*

— *Je comprends,* fit l'Élémentaire d'une voix sombre. *Ce n'était pas une blessure importante pour un être aussi vaste que moi. Mais elle m'a désagréablement rappelé les pouvoirs que votre race est capable de manipuler. Encore maintenant, les Xandims sont en train de s'attaquer à mes os afin d'ouvrir un chemin vers l'endroit où vous vous trouvez. C'est à eux que j'en veux et non à vous, dans cette histoire. Néanmoins, le moment est clairement venu pour vous, Sorciers, de quitter cet endroit – pour le bien de tous.*

— *Je suis désolée,* soupira Aurian. *Vous avez raison.*

Anvar sentit un changement s'opérer dans l'esprit de sa compagne lorsqu'elle tourna ses pensées vers Shia. D'ailleurs, Aurian dut faire appel à tout son courage pour poser sa question, car elle redoutait de connaître déjà la réponse.

— *Shia, comment va Wolf ? Est-ce qu'il… ?*

— *Non, il va très bien. Khanu est en train de conduire le petit et ses gardiens à la tour de Chiamh.*

Le soulagement submergea Aurian sous forme d'une vague étourdissante. Mais elle se sentit presque coupable de se réjouir ainsi alors que l'eunuque était mort.

— *Qu'est-il arrivé à Bohan ?* demanda-t-elle doucement.

— *Il est tombé,* répondit la panthère d'une voix mentale lourde de chagrin. *Je crois que la corniche s'est effondrée sous son poids. J'ai essayé de le sauver mais…*

De toute évidence, elle était trop bouleversée pour en dire plus.

— Et c'est moi qui l'ai envoyé là-bas.

La Mage venait de s'exprimer à voix haute, cette fois, mais il ne s'agissait guère plus que d'un murmure. Brusquement, elle laissa échapper un hoquet de stupeur, jura, s'arracha à l'étreinte d'Anvar et courut jusqu'à la fenêtre.

— *Shia, qu'en est-il de la corniche ?*

— Il en manque une bonne partie qui est tombée dans le gouffre, tout comme votre pont. Vous ne pouvez plus vous échapper par là.

Tous les compagnons vinrent se presser autour d'Aurian tandis qu'elle se penchait par la fenêtre.

— C'est ce qu'on a essayé de te dire, expliqua Iscalda. La planche a disparu…

Ils se pressaient tellement autour d'elle que la Mage connut un instant de panique et crut qu'elle allait tomber à son tour.

— Reculez ! cria-t-elle en s'écartant du gouffre terrifiant, tremblante à la pensée du plongeon fatal de Bohan vers les rochers en contrebas.

Non sans efforts, elle détourna ses pensées de cette horrible vision. Il lui fallait maintenant se concentrer pour survivre à la crise qu'ils traversaient.

— Que chacun prenne ce dont il a besoin, ordonna-t-elle.

Courant jusqu'au lit et au tas de bagages empilés à côté, elle coinça le Bâton de la Terre dans sa ceinture et commença à fouiller dans l'un des sacs à la recherche du sifflet qui lui permettrait d'appeler les Ailés.

— Tiens, utilise le mien.

Anvar, la Harpe solidement sanglée en travers de ses épaules, l'avait devancée de quelques instants.

— Non, toi, fais-leur signe, lui demanda Aurian qui ne voulait pas se pencher de nouveau à la fenêtre, surtout si elle pouvait l'éviter.

Tandis qu'elle fourrait de nouveau ses affaires dans le sac, elle entendit le premier sifflement strident résonner dans le noir. Elle espérait seulement que, pour une fois dans leur vie, ces maudits hommes du Ciel allaient se dépêcher.

— *Combien de temps avons-nous ?* demanda-t-elle à Basileus.

— *Suffisamment, si vous vous dépêchez.*

— Oh, ça, c'est d'un grand réconfort, marmonna la Mage d'un ton irrité tout en veillant à ne pas lui transmettre cette pensée.

— *N'y a-t-il pas moyen que je vous aide ?* demanda la voix de Shia dans son esprit. *C'est un sacré saut, surtout dans le noir, mais je crois pouvoir atteindre la fenêtre...*

— *Non ! Surtout pas !* (Aurian ne pouvait supporter l'idée de perdre un autre ami sur les rochers déchiquetés qui jonchaient le fond du gouffre.) *Ne t'inquiète pas, les Ailés vont arriver.*

— *Ça m'étonnerait,* répondit Shia d'un ton aigre et dégoûté. *Il est vrai qu'à ce moment-là je fuyais pour sauver ma peau, mais j'ai vu ces traîtres à plume s'envoler dès que les Xandims ont lancé leur attaque.*

— *Quoi ?*

Aurian cracha un juron si violent que même Parric haussa les sourcils d'un aïr surpris.

— Quoi encore ? demanda-t-il.

— Ces maudits Ailés nous ont abandonnés, expliqua sèchement Aurian.

Parric lui lança un regard entendu qui lui donna envie de l'étrangler sur place.

— Eh bien, viens pas dire que j't'ai pas prévenue, après la façon dont tu leur as parlé l'autre jour. Il faut que tu apprennes à composer avec les gens si tu veux devenir un leader. Tu peux pas simplement...

— Voilà un drôle de conseil, Parric, de la part d'un homme qui a si bien composé avec les Xandims qu'ils nous ont attaqués, répliqua la Mage.

Furieuse, elle lui tourna le dos et rejoignit Anvar dans l'embrasure de la fenêtre. Le problème, c'était que le maître de cavalerie avait raison. Sans Raven pour les contrôler, l'escorte ailée que la jeune reine avait assignée aux Mages était devenue de plus en plus agitée et rétive. Plus les hommes du Ciel s'éloignaient de leur montagne et plus ils s'étaient montrés ouvertement réticents au sujet de leur mission. Néanmoins, cette désertion de lâches, au moment où Aurian avait justement le plus besoin d'eux, lui portait un coup terrible. Elle regrettait amèrement, à présent, les paroles cinglantes qu'elle avait eues au lendemain de l'enlèvement de Wolf. Sur le moment, elle avait été tellement folle de rage devant leur manque de soutien qu'elle avait laissé son mauvais caractère prendre le dessus. Cependant, même s'ils avaient semblé furieux et sans le moindre remords, elle s'était dit qu'elle pourrait combler la brèche, avec le temps. Malheureusement, entre la mort d'Elewin et l'attaque des Xandims, elle n'en avait pas eu la possibilité.

— Que va-t-on faire ? demanda Iscalda.

La Xandim avait les traits pâles et tirés de quelqu'un qui venait d'atteindre les limites de son courage. Heureusement pour Aurian, qui ne savait pas quoi lui dire, Schiannath répondit à sa place :

— Si les choses en arrivent là, on se battra.

Il sortit son épée du fourreau et vint se camper à côté de la Mage. Celle-ci se sentit réconfortée par le courage dont il faisait preuve, ainsi que par la main rassurante qu'il posa sur son épaule. Cependant, ce serait si bête de mourir en terre étrangère comme des rats pris au piège ! *Dans ce cas, ne meurs pas,* se dit-elle. *Il doit bien y avoir un moyen de sortir de là.*

Anvar, de son côté, ne renonçait pas. Toujours penché à la fenêtre, il continuait à siffler à s'en faire éclater les poumons.

— Allez, venez, espèces de bâtards à plume, l'entendit haleter Aurian entre deux respirations.

— *Vous feriez mieux de vous dépêcher.* (La voix du Moldan résonna, sinistre comme le fer, dans l'esprit de la Mage.) *Ils sont dans la cage d'escalier et n'ont plus qu'à dégager l'éboulis...*

— *Oh, vraiment ?* répliqua Aurian d'un air tout aussi sinistre. *Eh bien, j'espère que vous avez de la roche en trop, Basileus, parce que, s'ils dégagent cet éboulis, j'en provoquerai un autre.*

— *Sorcière, je te préviens, je ne te laisserai pas m'infliger une autre blessure.*

C'était la première fois que le Moldan paraissait en colère.

— *Tu as dit que ça ne te ferait pas trop mal et tu sais que je ne te blesserais pas si j'avais le choix,* l'interrompit Aurian qui, tout en plaidant sa cause, partait d'un pas décidé vers la porte.

Le cri triomphant d'Anvar la figea sur place.

— Aurian, ils sont là ! Ils sont venus !

La Mage fit volte-face et courut vers la fenêtre dont les lourds rideaux se soulevaient vers l'intérieur à cause du courant d'air provoqué par les battements tonitruants de grandes paires d'ailes. Soulagée, elle serra son âme sœur contre elle.

— Bien joué, Anvar. Si tu n'avais pas insisté à ce point… Dépêchez-vous, tout le monde. On doit sortir, il n'y a pas de temps à perdre…

— En effet, si vous voulez qu'on vous aide à vous échapper. Il ne reste plus que nous deux, les autres sont retournés en Aerillia.

Aurian se retourna et découvrit un guerrier ailé perché en équilibre précaire sur le rebord de la fenêtre. Derrière lui planait une autre silhouette – une seule. La Mage sentit son cœur sombrer. Cependant, s'ils se dépêchaient, ils avaient peut-être le temps de tous s'enfuir – à condition de pouvoir faire confiance à ces Ailés.

— Je vous serai éternellement reconnaissante de votre loyauté, dit-elle au guerrier. Mais pourquoi… ?

— Pourquoi sommes-nous restés ? demanda-t-il en haussant les sourcils. Parce que nous sommes fidèles à la reine Raven et que l'on considère le fait d'avoir accepté cette mission comme un serment sacré.

— De plus, ajouta l'autre guerrier – une femelle – par-dessus son épaule, nous avons une dette envers vous, Sorciers. Vous avez tué Serre-Noire, mis fin à l'hiver et, surtout, vous avez sauvé notre reine.

Aux yeux d'Aurian, c'était suffisant pour leur faire confiance. Il ne fallut qu'une seconde à Iscalda pour se mettre en position sur le rebord de la fenêtre. Les Ailés ne pouvaient l'emmener plus loin qu'un endroit sûr à flanc de montagne au-delà des périlleuses corniches, car normalement il ne fallait pas moins de quatre hommes du Ciel pour pouvoir transporter un fardeau aussi lourd qu'un humain.

Mais c'était déjà bien. Chaque Ailé la prit par un bras, puis ils l'emportèrent en battant rapidement des ailes pour gagner de la hauteur en dépit de ce poids inhabituel.

Après leur départ, les autres humains du groupe tirèrent à la courte paille pour savoir qui partirait ensuite, afin d'éviter toute querelle. Aurian et Anvar insistèrent pour rester les derniers parce que, grâce à leurs pouvoirs, ils avaient la possibilité de se défendre au cas où les Xandims parviendraient à franchir l'éboulis. Cependant, personne ne voulait les abandonner. Le sort désigna Chiamh pour le départ suivant. Il se laissa convaincre uniquement parce qu'il pouvait défendre les autres et les conduire en lieu sûr si un malheur arrivait aux Mages. Parric suivit l'Œil-du-Vent en fulminant, puis vinrent Yazour, Sangra et Schiannath. À présent, l'on pouvait clairement entendre les Xandims déblayer les gravats.

Il ne restait plus que les Mages. En attendant le retour des Ailés, Anvar se tourna vers Aurian.

— C'est toi qui pars la première et je ne tolérerai aucune discussion.

Aurian ouvrit la bouche pour protester, mais il la devança.

— Je vois trois raisons à cela. Premièrement, tout ceci a commencé comme étant ton combat contre Miathan. Non seulement, tu dois aller jusqu'au bout, mais, si ce que le Dragon a dit est vrai, tu es la seule qui puisse réussir, car personne d'autre ne peut brandir l'Épée. Deuxièmement, Wolf a besoin de sa mère. Et troisièmement – il sourit d'un air malicieux –, si vraiment nos ennemis débarquaient ici, je pourrais toujours les arrêter en les figeant hors du temps grâce à la Harpe.

— Seulement quelques-uns et pour un laps de temps limité, répliqua Aurian. Même avec la Harpe, tes pouvoirs n'y suffiront pas.

— Je peux me débrouiller pendant un petit moment et, avec un peu de chance, c'est tout ce dont nous aurons besoin. Si tu es destinée à brandir l'Épée de Feu, Aurian, alors tu dois vivre, tu sais que j'ai raison.

La Mage fit la grimace.

— Merde, je déteste quand tu dis vrai.

Trop vite, les battements d'ailes annoncèrent le retour des Ailés. Tandis qu'ils attendaient en planant à côté de la fenêtre, Aurian remarqua qu'ils avaient le visage hagard et livide à cause de la fatigue et de l'effort. Elle ne pouvait qu'espérer qu'ils auraient la force d'effectuer deux voyages supplémentaires. Se tournant de nouveau vers Anvar, elle le serra très fort contre elle en se demandant comment elle allait trouver la force de le lâcher. Elle regarda tout au fond de ses yeux bleus qui brillaient intensément au cœur du masque noir de suie et de fumée qui maculait son visage, puis elle l'embrassa passionnément.

— Prends soin de toi, lui dit-elle d'un ton bourru, sinon tu auras des comptes à me rendre.

Anvar lui fit un sourire en coin.

— Ne t'inquiète pas. Après t'avoir attendue tout ce temps, je ne vais pas te perdre maintenant.

Il l'aida à grimper sur le rebord de la fenêtre. Les mains puissantes des Ailés se refermèrent sur les poignets de la Mage.

— Faites très attention à elle, elle est précieuse, les implora Anvar.

— On n'a encore laissé tomber personne, répondit l'Ailée en pouffant.

Aurian n'eut pas le temps de répondre par une remarque acerbe que déjà ses porteurs s'élançaient dans un grand bruissement d'ailes. Suspendue par les mains au-dessus d'un abîme insondable, avec Anvar loin derrière elle, la Mage sentit le contenu de son estomac remonter dans sa gorge.

C'était pire que le filet. Au moins, dans ce dernier, elle s'était sentie relativement protégée, avec un soutien entre elle et le vide. Cette fois-ci, il n'y avait que le néant sous ses pieds ballants, et les muscles de ses bras protestaient à grands cris d'avoir à supporter tout son poids. Qu'est-ce que cela devait être pour les deux Ailés qui avaient vaillamment accompli ce vol plusieurs fois ! Aurian n'osait l'imaginer. Ils devaient être au supplice et probablement à bout de forces. Elle essaya de ne pas penser à ce qui se passerait si justement ils n'y tenaient plus. Un vent froid lui soufflait au visage, faisant larmoyer ses yeux et plaquant des mèches de cheveux en travers de ses joues. Bien entendu, elle n'avait aucun moyen de les repousser ou d'essuyer ses larmes. *Où vont-ils ?* se demanda-t-elle, affolée. Elle le leur aurait bien demandé, mais elle n'osait pas les distraire. *On ne doit sûrement plus être loin !* Alors même qu'elle se languissait d'arriver au bout de cet incroyable périple, elle n'avait qu'une hâte : qu'ils retournent chercher Anvar.

Puis ce fut terminé.

— C'est ici, cria une voix stridente pour couvrir les rugissements du vent et le battement des ailes.

Brusquement, Aurian sentit qu'on la lâchait et qu'elle tombait… pour atterrir douloureusement à quatre pattes sur une étendue d'herbe mouillée, après une chute de moins d'un mètre.

— Aurian, tout va bien ?

C'était la voix de Chiamh. En un instant, il fut à ses côtés pour essayer de la relever. Mais Aurian s'arracha à cette main tendue.

— Lâche-moi, marmonna-t-elle avec ingratitude avant d'enfouir son visage dans l'herbe humide qui embaumait l'aube et la rosée.

Pour le moment, elle voulait rester autant en contact que possible avec la terre ferme. Pendant quelques minutes, elle s'accorda le luxe de rester là, à s'étirer, jusqu'à ce que ses inquiétudes la poussent finalement à se relever. Tous ses compagnons l'entouraient, elle distinguait clairement leurs traits tirés et maculés de suie. À sa grande surprise, car elle avait gardé les yeux bien fermés pendant toute la durée du vol, elle vit que le ciel s'éclaircissait à l'est. Déjà, une infime trace cuivrée colorait les Griffes d'Acier, donnant aux pics torturés un aspect étrange et surnaturel contrastant avec le ciel saphir.

Puis, toutes ces pensées s'envolèrent de l'esprit d'Aurian lorsqu'une énorme silhouette noire se jeta sur elle et la renversa de nouveau sur l'herbe, mais sur le dos cette fois. Shia planta ses puissantes pattes autour du corps de son amie et frotta son museau aux poils raides contre le visage d'Aurian avec des ronronnements propres à rompre l'équilibre de cette aube fragile.

— *Tu es saine et sauve ! J'ai cru que j'allais te perdre toi aussi !* (Shia recula et lui lança un regard noir, ses pupilles dorées flamboyantes.) *Ne me refais jamais un coup pareil ! Me tenir à l'écart alors que tu étais en danger !*

— *Je ferai de mon mieux*, promit Aurian, hors d'haleine, tout en se disant qu'elle proférait sûrement un mensonge. (Luttant pour s'asseoir, elle passa ses bras autour du cou de la panthère.) *Je suis si heureuse de te revoir !*

Le grand félin se pressa contre elle. Aurian comprit que son amie cherchait du réconfort à cause du chagrin que lui inspirait la mort de Bohan.

— *Il était le premier*, expliqua doucement Shia. *À part Anvar, vous étiez tous les deux les derniers compagnons à avoir retrouvé la liberté en même temps que moi.*

— *Et il était ton ami*, reprit Aurian. *Je sais combien vous étiez proches. C'était aussi mon ami, Shia, et, quand nous le pourrons, nous le pleurerons comme il se doit.*

Mais, pour le moment, elle s'inquiétait davantage du sort d'Anvar. Elle ne pouvait plus rien pour Bohan, mais tant qu'il restait un espoir que son âme sœur soit encore en vie…

Et de fait, il était sain et sauf. Trop préoccupée par Shia, Aurian n'avait pas entendu les premiers battements d'ailes, ce qui n'était plus le cas à présent. Elle apercevait même un point noir qui se rapprochait dans le ciel. Un instant plus tard, les Ailés laissèrent tomber Anvar à ses pieds. Il paraissait pâle et hagard, mais indemne, et bien vivant. Remerciant tous les dieux, Aurian lâcha la panthère et se jeta sur son compagnon de la même façon que Shia lui avait sauté dessus.

— Tu es là ! (Elle savait combien cela devait paraître ridicule, mais elle s'en fichait.) Tu vas bien, n'est-ce pas ? Les Xandims n'ont pas réussi à passer ?

— Non, mais il s'en est fallu de peu. (Puis la tension s'effaça du visage d'Anvar, remplacée par un sourire.) J'aurais aimé voir leurs têtes quand ils sont entrés dans une pièce vide.

— Nous allons les laisser deviner ce qui s'est passé, intervint Chiamh. Nous, de notre côté, il faut qu'on reparte. Quand ils découvriront mon absence, ma vallée est le premier endroit où ils penseront à venir me chercher.

— Mais je croyais qu'ils avaient peur de s'aventurer au-delà des pierres levées, protesta Aurian.

— C'est vrai, mais, s'ils le peuvent, ils essaieront de m'empêcher d'aller aussi loin.

— Il a raison. (Aurian leva les yeux et découvrit l'un des Ailés debout à ses côtés.) Déjà, en terminant notre dernier trajet, nous avons vu des hommes et des chevaux se rassembler et se diriger vers le chemin de la montagne.

— Qu'ils soient maudits ! s'exclama Aurian. N'y aura-t-il donc jamais de fin à ce conflit ?

— Pas encore, répondit doucement Chiamh. Pas avant demain matin à l'aube, lorsqu'un nouveau défi aura lieu et qu'un nouveau seigneur de la Horde sera choisi. Ils doivent respecter cette tradition, Aurian, et ils le feront, tant que le vainqueur est l'un des nôtres. Jusque-là, nous n'avons à nous préoccuper que de notre survie, en espérant que le vainqueur sera un ami.

Il n'y avait plus de temps à perdre. Ils allaient devoir se hâter à présent pour atteindre la vallée des Morts avant que les Xandims leur en bloquent l'accès. Chiamh, Iscalda et Schiannath proposèrent de se transformer en chevaux ; il fut alors décidé qu'Iscalda porterait Yazour, que Chiamh ferait de même avec sa vieille amie Sangra et que Schiannath, plus fort et plus grand que l'Œil-du-Vent, porterait les deux Mages. Cela ne laissait plus que Parric. Aurian en avait le cœur qui saignait pour lui à l'idée qu'un maître cavalier, le seigneur de la Horde xandim, soit obligé de voler avec les Ailés pendant que ses compagnons montaient à cheval. Cependant, ce n'était pas l'heure de s'inquiéter des sentiments de chacun. Ce genre de considération devait être mis de côté au profit d'une seule nécessité : leur survie à tous. Malgré tout, même si Aurian savait que Parric, en bon soldat, était capable de le comprendre, l'expression sur le visage du maître de cavalerie la fit frissonner de malaise. Elle acquit alors la certitude qu'elle n'avait pas fini d'entendre parler de cette histoire.

Alors même qu'Aurian s'inquiétait ainsi, les Ailés s'envolèrent avec Parric. Chiamh et Iscalda s'étaient déjà transformés. Un étalon bai et une jument blanche se tenaient à leur place et attendaient impatiemment leurs cavaliers. Schiannath regarda la Mage et ses dents étincelèrent lorsqu'il sourit.

— Tenez-vous prête, ma dame, je vous promets la chevauchée de votre vie.

Il se transforma sous les yeux d'Aurian. Ses contours se brouillèrent, miroitèrent puis se modifièrent pour laisser la place à un grand et fier cheval de guerre à la robe tachetée, couleur gris anthracite, avec des jambes, une crinière et une queue noires. Schiannath redressa son grand cou musclé et arqué et secoua les nuages noirs de sa crinière. Aurian prit cela comme un appel. Elle sauta en travers du large dos de la bête et sentit Anvar grimper tant bien que mal derrière elle. Les autres étaient déjà sur le dos de leurs montures.

D'un bond, ils s'élancèrent, Shia courant à leurs côtés comme une ombre supplémentaire qui les suivait sans effort. Le soleil apparut à l'horizon et inonda le plateau d'un océan de lumière ambrée et brumeuse. Sur la crête de cette vague, ils chevauchèrent, au rythme du fracas des sabots, qui firent jaillir de l'herbe étincelante, couleur émeraude, des gouttes de rosée semblables à des diamants, avec en toile de fond les flèches argentées des montagnes qui trônaient, imposantes, comme pour couronner ce jour qui se levait.

16

HORS DU TEMPS

Zanna se mit à hurler et lâcha la bougie. Puis elle tomba à genoux en se recroquevillant comme le lièvre sous l'ombre du faucon, toutes pensées annihilées par la terreur. Pendant un laps de temps qui lui parut une éternité, elle resta ainsi à trembler, les yeux clos, en attendant le coup de grâce. Mais, lorsqu'elle sentit une main se poser sur son épaule, un instinct de survie profondément enfoui en elle la poussa à combattre. Elle se leva d'un bond en hurlant et se mit à donner des coups de poing à l'aveuglette à son agresseur.

— Arrête ça, idiote ! C'est moi ! Zanna, arrête !

Tardivement, la jeune fille reconnut cette voix.

— Papa ? croassa-t-elle.

— Tout va bien, ma chérie, je suis là.

La pièce était à nouveau plongée dans le noir, mais la jeune fille sentit son père l'entourer de ses bras. Elle se laissa aller contre son épaule en tremblant de manière incontrôlable et en luttant contre le besoin d'éclater en sanglots hystériques. Pendant ce temps, Vannor lui caressa le dos de sa main valide en la consolant comme il le faisait lorsque, petite fille, elle s'éveillait en criant de ses cauchemars d'enfant.

— Que s'est-il passé, chérie ? lui demanda-t-il gentiment. Qu'est-ce que tu as vu qui t'a fait peur à ce point-là ?

Zanna s'accrocha à son père en sentant revenir sa terreur au galop.

— Papa, il y avait un homme dans l'alcôve. Je l'ai vu…

— Chut, fillette. Il n'y a personne d'autre ici que nous. S'il y avait vraiment eu quelqu'un, tu ne crois pas qu'on l'aurait entendu ? Et s'il nous voulait du mal, on le saurait déjà. Je parie que tu as vu une statue ou quelque chose dans ce genre, c'est tout. Je ne suis pas surpris que ça t'ait fait un choc. Si j'avais été à ta place, je serais encore en train de courir.

Il pouffa, si bien que Zanna sentit ses peurs commencer à se dissiper.

— Viens, lui dit Vannor. Tu as toujours le briquet dans ta poche ? Tu as fait tomber ma chandelle, mais elle doit se trouver quelque part sur le sol. Faisons un peu de lumière pour jeter un coup d'œil à ce bonhomme qui t'a fait si peur.

Lâchant sa fille, Vannor se baissa pour chercher à tâtons la bougie perdue tandis que Zanna sortait le briquet de sa poche. Après quelques minutes de recherches infructueuses et un ou deux jurons proférés par le marchand, ils réussirent à rallumer la bougie. Zanna battit des paupières lorsque la pièce réapparut autour d'elle au sein d'un cercle de lumière dorée éblouissante.

— Allez, viens. Voyons cette statue.

Maladroitement, de la main gauche, Vannor sortit du fourreau l'épée qu'il avait prise sur le cadavre du garde dans la tour des Mages. (Il avait haussé les sourcils en découvrant les deux corps et avait dévisagé Zanna d'un long regard pensif. Mais pour le moment, dieux merci, il avait remis à plus tard toutes questions embarrassantes concernant la façon dont les deux gardes s'étaient retrouvés dans cet état.)

— Je suis désolé, ma chérie, mais il va falloir que tu tiennes la bougie pour moi, lui dit-il.

Zanna prit la chandelle à contrecœur et la leva bien haut pendant que son père se tournait vers l'alcôve obscure. Même si elle fut obligée de suivre Vannor de près avec la lumière, elle veilla à ce que ce dernier reste toujours entre elle et la chose ou la personne qui se dissimulait peut-être dans la niche. Même si son bon sens acceptait l'explication de son père, le souvenir de sa récente terreur était encore trop frais dans sa mémoire pour que Zanna retrouve son courage.

Puis elle heurta le dos de son père lorsque celui-ci se figea brusquement comme si on l'avait transformé en pierre.

— Putains de démons ! s'écria-t-il. C'est impossible !

Zanna stabilisa la bougie qui oscillait dangereusement dans sa main tandis que son père reculait en titubant, les yeux écarquillés par le choc.

— Qu'y a-t-il, papa ? souffla-t-elle. On dirait que tu viens de voir un fantôme.

— C'est le cas – enfin, presque. Putain de merde !

Dans sa détresse, Vannor semblait avoir oublié qu'il s'adressait à sa fille. Il remit son épée au fourreau et se frotta les yeux d'une main qui tremblait.

— Je n'arrive pas à le croire, ajouta-t-il en secouant la tête. Mais à quoi diable joue ce salopard ?

— Qui ça ? demanda Zanna.

— L'Archimage, répondit Vannor sur un ton plein de colère. (Brusquement, son regard se posa sur Zanna. Le marchand parut alors se ressaisir.) Désolé, ma chérie, soupira-t-il. C'est juste que ça m'a fait un tel choc. J'en ai oublié que tu ne savais pas…

— Que je ne savais pas quoi ? (Zanna se mit presque à crier.) Papa, qu'est-ce qui se passe ? Qu'as-tu vu là-dedans ?

— Tu ferais bien de jeter un coup d'œil par toi-même. (Vannor prit la main de sa fille pour la faire avancer.) N'aie pas peur, le pauvre diable ne peut pas te faire du mal…

Le reste de ses paroles se perdit dans le cri d'horreur que poussa Zanna. Une haute silhouette se tenait dans la niche, raide et dépourvue de vie comme une statue, mais indéniablement celle d'un homme.

— Tout va bien, petite.

La ferme étreinte de la main de Vannor procura du réconfort à Zanna, même si la tension dans la voix de son père démentait ses paroles.

— Qui… qui est-ce ? chuchota Zanna.

Au même moment, elle découvrit ce que le choc l'avait empêchée de remarquer la première fois : cet homme étrange était entouré d'un faible halo miroitant, dans des tons bleus argentés, qui ne pouvait être qu'un sortilège. Des filaments d'un bleu plus soutenu, comme de minuscules éclairs, formaient un réseau crépitant autour de son corps et de sa longue crinière de cheveux bruns parsemés d'argent. Zanna contempla ce visage, tordu en un horrible rictus de terreur, et crut distinguer, dans la structure osseuse délicatement sculptée et la brillance de ce regard bleu-gris couvert d'un voile vitreux, certaines caractéristiques des Mages.

— C'est Finbarr. Pauvre Finbarr. Bien sûr, tu ne l'as jamais rencontré, n'est-ce pas ? Aurian et moi plaisantions constamment en disant qu'on ne pouvait jamais le faire sortir de ses archives. (Son père avait la voix étranglée par ce qui ressemblait fortement à des larmes. Pourtant, quand Zanna lui lança un regard à la dérobée, elle vit qu'il avait les yeux secs.) Il nous a sauvé la vie quand les Spectres ont attaqué et il nous a donné le temps de nous enfuir, mais… (Il fronça les sourcils d'un air perplexe.) Aurian a dit qu'il avait été tué, qu'elle l'avait senti mourir. Alors pourquoi Miathan gaspillerait-il sa magie en préservant le corps de Finbarr de cette façon ? Ça n'a pas de sens, sauf si Aurian s'est trompée et qu'il n'est pas mort… (Brusquement, Vannor se tourna vers sa fille.) Enfin, quoi qu'il en soit, il n'y a rien que nous puissions faire. Mais dame Aurian devra en être avertie aussi vite que possible.

— Veux-tu que j'essaie de la contacter à nouveau ? proposa Zanna en sortant le précieux cristal de sa poche.

— Pas maintenant, ma chérie. Nous ne nous sommes déjà que trop attardés. Je crois qu'on ferait mieux de sortir de ces tunnels pendant que j'en ai encore la force. (Il gémit.) Oh, qu'est-ce que je ne donnerais pas pour un lit bien chaud, un bon feu de bois et une bonne bouteille de vin…

Zanna le prit par le bras.

— Tu auras tout ça, papa, je te le promets, dès qu'on sera sortis d'ici.

— Oui, en supposant qu'on en sorte, marmonna Vannor dans sa barbe d'un air sinistre.

Ces mots firent frissonner Zanna, qui éprouva un sentiment d'angoisse mêlée de colère parce qu'il osait l'effrayer ainsi. Elle n'en fut que plus déterminée à réussir. Bon sang, contre toute attente, elle avait réussi à libérer son père et à l'amener jusque-là. Zanna serra les dents. *Je trouverai un moyen de sortir d'ici même si c'est la dernière chose que je fais en ce bas monde*, se dit-elle farouchement. Mais elle savait que son père n'avait pas prononcé ces mots à son intention, elle fit donc semblant, pour son bien à lui, de n'avoir rien entendu.

Tristement, ils dirent un dernier adieu muet à Finbarr. Même si elle ne le connaissait pas et ignorait si l'archiviste était vivant ou mort sous le sortilège, Zanna eut le cœur déchiré à l'idée de le laisser. Bizarrement, cela lui paraissait mal d'abandonner une fois de plus le Mage à son obscure solitude.

Des heures plus tard, Zanna n'avait plus de sympathie à gaspiller envers quiconque, excepté elle et son père. Affamée, épuisée et les pieds douloureux, elle commençait à avoir l'impression d'avoir passé toute son existence à errer dans ces couloirs froids, humides et interminables et d'être condamnée à continuer ainsi jusqu'à sa mort. Quant à son père, il avait depuis longtemps atteint les limites de son endurance et ne continuait à avancer que par pur entêtement et à force de volonté. Depuis un long moment déjà, le râle grinçant et pénible de la respiration du marchand angoissait sa fille, tout comme ses petits pas traînants et hésitants.

Vannor essaya de rassembler ses forces défaillantes, en dépit de la douleur atroce et lancinante qui provenait de sa main blessée et de la faiblesse qui l'étourdissait, due au choc et au sang perdu. Zanna s'était montrée courageuse, mais il voyait bien que sa confiance en elle commençait à vaciller et il savait que la fatigue et la faim n'étaient pas seules en cause. Rien qu'à voir l'expression figée de son visage, cet air résolument joyeux que venait démentir la fine ridule sur son front, comme dessinée au crayon entre ses sourcils, le marchand savait que le courage de la jeune fille commençait à reculer devant l'inquiétude que lui inspirait l'état de son père. Pauvre enfant, ce n'était pas juste. Elle venait de traverser tant de choses pour lui, elle avait montré tellement plus de courage et de cran qu'il s'y serait attendu, même chez un fils ! À en juger par les corps qu'il avait découverts au sortir de sa prison dans la tour des Mages, elle avait même tué pour lui, elle qui n'était guère plus qu'une enfant, choyée et surprotégée par-dessus le marché. Il se devait de continuer, ne fût-ce que pour récompenser la bravoure et la loyauté de sa fille.

Zanna n'avait plus à la main qu'un bout de chandelle dégoulinant qui lui brûlait les doigts avec sa cire chaude. Vannor vit sa fille frémir et secouer les doigts pour se débarrasser des gouttes qui durcissaient très vite, mais elle se mordit la lèvre et ne souffla mot. Jusque-là, il avait été à la fois amusé et choqué par les vaines tentatives qu'elle faisait pour surveiller son langage, mais cela l'inquiétait davantage à présent de voir qu'elle n'avait même plus la force de jurer.

— Juste une minute, papa.

Posant son panier, qui paraissait de plus en plus léger, elle fouilla rapidement son contenu à la recherche d'une autre bougie, le tout à la lueur de plus en plus faible de celle qu'elle tenait. Brusquement, la jeune fille se tourna vers son père, les yeux écarquillés par la consternation et la stupeur.

— C'est la dernière, expliqua-t-elle.

Soudain, Vannor eut une vision effroyable de sa fille et de lui errant perdus dans les ténèbres étouffantes jusqu'à ce que ces satanés tunnels deviennent leur tombeau. Visiblement, Zanna pensait la même chose, car sa voix se brisa dans un sanglot de frustration.

— Ô dieux, gémit-elle, on ne sortira jamais d'ici.

— Là, Zanna, donne-la-moi.

Rapidement, avant que la lumière s'éteigne tout à fait, Vannor prit le bout de chandelle des mains de sa fille qui le lui abandonna sans résistance.

— Maintenant, petite, prends la nouvelle, moi je n'y arriverai pas, d'une seule main.

Zanna, que les dieux la bénissent, avait fait preuve jusque-là d'une résistance stupéfiante. Vannor savait qu'en lui donnant quelque chose à faire il l'aiderait à contrôler son imminente crise d'hystérie. Il avait raison. Le temps qu'il allume la nouvelle bougie, sa fille avait réussi à se calmer et à ravaler ses larmes, même si elle frissonnait encore en réprimant sa peur.

Vannor colla la chandelle sur une étroite saillie de la paroi grossièrement taillée dans la roche et prit Zanna dans ses bras.

— Ne perds pas courage maintenant, ma chérie. Regarde combien ces tunnels sont grossièrement taillés. Cela fait des heures que nous descendons, nous devons être dans la partie la plus ancienne des catacombes à présent. Viens, maintenant, essayons de continuer. On doit sûrement être au bout du chemin.

Zanna se remit debout péniblement, avec un soupir, mais ses jambes fatiguées peinèrent à supporter son poids, si bien qu'elle tituba et se rattrapa à une autre saillie rocheuse qui dépassait de la paroi. Elle marqua une pause, le temps de reprendre sa respiration, et se mit à tousser et à suffoquer. D'une étroite fissure dans l'ombre de la saillie lui parvint un courant d'air froid et bruyant.

— Papa ? fit Zanna d'une voix tremblante d'excitation. Papa, viens voir ça !

Après des heures de recherches, ils venaient enfin de trouver l'étroite fissure qui donnait sur les égouts.

Cette découverte leur redonna du cœur à l'ouvrage. Ils s'organisèrent rapidement, abandonnant le panier désormais inutile pour n'emporter avec eux que la bougie, le briquet à amadou et la bouteille d'eau dont le contenu ne cessait de diminuer. La crevasse était si étroite que Zanna fut obligée de se mettre de côté pour se glisser dedans. À en croire son père, le conduit au-delà était plus étroit encore. Même si elle ne voulait pas, Vannor avait insisté pour qu'elle passe la première. Elle avait compris, avec un sentiment d'angoisse oppressant, que son père avait peur de rester coincé et de bloquer le passage.

— Écoute, petite, sois raisonnable, lui avait-il dit quand elle avait essayé de protester. Si les choses empirent, tu seras au moins capable d'aller chercher de l'eau.

Zanna n'avait pu que le dévisager sans prononcer un mot. S'il se retrouvait coincé, comment trouverait-elle la sortie des égouts ? De plus, qui, en ville, pourrait, ou accepterait, de venir rechercher son père, en supposant qu'elle soit capable de le retrouver ? Vannor, cependant, ne voulut rien entendre. La jeune fille n'eut donc pas d'autre choix que de se glisser dans l'étroite crevasse en retenant son souffle à cause de la puanteur qui provenait des égouts.

Le trajet dans le conduit incliné s'avéra être un cauchemar dépassant les pires craintes de Zanna. Il était si étroit que l'innommable dépôt visqueux qui recouvrait l'intérieur se transforma en véritable bénédiction dans la mesure où cela lui permit d'avancer, même si elle ne réussit à progresser centimètre par centimètre qu'en s'aidant de ses ongles et de ses orteils. Pour couronner le tout, il régnait un noir d'encre à l'intérieur, car il y avait bien trop d'humidité et de courants d'air pour garder une bougie allumée. À l'endroit où l'étroit tuyau formait un coude, Zanna eut envie de poser sa tête sur ses bras tendus et de hurler sa frustration, mais elle serra les dents et se souvint que, lorsque son père se cachait dans les égouts avec les rebelles, Parric, le maître de cavalerie, avait régulièrement utilisé cette route. Elle serra les dents, se pencha jusqu'à avoir l'impression qu'elle allait se briser la colonne vertébrale, déjà mise à rude épreuve, puis elle poussa…

Brusquement, elle sentit qu'elle glissait de plus en plus vite, puis elle jaillit hors de la conduite d'égout en s'éraflant les coudes et les mollets sur le rebord du tuyau. Elle resta ensuite étendue un moment, à bout de souffle, avant d'éclater en sanglots de soulagement qui disparurent aussi vite qu'ils étaient arrivés dès qu'elle pensa à son père. Maintenant qu'elle venait d'accomplir la terrible descente, elle comprenait à quel point l'épreuve allait être difficile pour Vannor, corpulent comme il l'était. Cependant, il avait perdu beaucoup de poids pendant son emprisonnement entre les mains des Mages, ce qui lui donnait une petite chance de réussir à passer. Le problème était qu'il n'avait qu'une seule main pour s'aider. Il n'y arriverait jamais… C'était sûrement impossible. Le cœur battant à tout rompre à cause de la peur, Zanna retrouva l'ouverture du conduit en tâtonnant fiévreusement dans les ténèbres. Puis elle tendit l'oreille. Résonnant au sein du boyau, on entendait des grognements et des jurons étouffés. Pendant un moment, Zanna écouta en silence, comprenant les difficultés que rencontrait son père et préférant éviter de le distraire. Mais au bout du compte elle ne parvint plus à supporter l'attente. Il aurait dû sortir à présent. Quelque chose n'allait pas. Quand les jurons cessèrent, la jeune fille n'y tint plus.

— Papa ? l'appela-t-elle d'une voix hésitante et tremblante, au bord de la panique. Tu vas bien ?

— Bien sûr que non, putain ! (Vannor parut ensuite se ressaisir.) Désolée, petite. C'est que j'ai un problème, ici, à l'endroit où le conduit forme un angle…

Même s'il essayait de paraître optimiste, Zanna perçut la tension dans la sécheresse de sa voix. Néanmoins, elle trouva que sa réponse n'était pas entièrement décourageante. Tant qu'il avait encore l'énergie de jurer, tout n'était pas perdu.

— Écoute, papa, tu as fait le plus dur ; après ce dernier obstacle, c'est facile. Si tu pouvais juste te tourner pour franchir le virage…

— Si les souhaits étaient des diamants, répliqua sèchement Vannor, tu serais la plus riche héritière de Nexis. On dirait que je n'arrive à trouver aucune prise sur les parois à cause de cette maudite vase.

Pour rien au monde, Zanna ne serait retournée dans ce conduit – même pour tous les diamants de Nexis. Mais elle aimait son père.

— Ne bouge pas, papa. J'arrive.

Sans hésiter, Zanna se tortilla pour entrer dans le tuyau.

— Jamais de la vie, fillette. Bon sang, ne sois pas si stupide ! Sors d'ici, putain ! Sauve-toi !

Zanna le laissa protester en vain – à dire vrai, elle ne voulait pas gaspiller son souffle avec une réponse. Il était bien plus difficile de remonter la partie inclinée du conduit que de se laisser glisser. À plusieurs reprises, elle perdit prise à cause de la fatigue et glissa de nouveau jusqu'en bas. Chaque fois, elle se releva en proférant des jurons bien sentis avant de recommencer à grimper. Enfin, le miracle se produisit. Ses doigts rencontrèrent la chair froide et moite d'une main tendue qui remua faiblement.

Vannor avait depuis longtemps cessé de protester. Zanna espérait qu'il allait bien, mais elle n'avait plus assez de souffle pour le lui demander.

— Quand je te le dirai, haleta-t-elle, essaie de te contorsionner pour franchir le tournant.

— Quoi… Qu'est-ce que…

— Maintenant ! cria Zanna.

Attrapant à deux mains le poignet de son père, elle cessa délibérément de prendre appui sur ses bras et ses jambes et se laissa aller en pesant de tout son poids sur le bras de son père. Celui-ci laissa échapper un cri de surprise, puis Zanna se retrouva brusquement en train de glisser de plus en plus vite à l'intérieur du conduit, dévalant la pente plus rapidement encore que la toute première fois. Elle jaillit du tuyau comme un bouchon de champagne et son père fit de même en battant des bras et des jambes et en poussant des cris à réveiller les morts. Il atterrit directement sur sa fille et lui coupa le souffle à cause de son poids. Il faisait noir comme dans un four à l'intérieur de ces tunnels, et pourtant Zanna en vit trente-six chandelles avant de perdre conscience.

— Par tous les démons, fillette, ne me refais jamais un tour pareil ! Tu aurais pu te casser le cou !

Ce furent les premières paroles qui pénétrèrent les ténèbres intérieures de Zanna. Elle sentit que Vannor la berçait dans ses bras.

— Mais c'est pas le cas, pas vrai ? répliqua-t-elle avec impertinence pour effacer de la voix de son père l'empreinte rauque de la peur.

— Effectivement, maugréa Vannor, mais, la prochaine fois que tu me files une frousse pareille, petite misérable, je te flanque une raclée. (Puis il se mit à rire et serra sa fille contre lui.) Tu vas bien, fillette ? Par les dieux, Dulsina avait raison, c'est à moi que tu ressembles. Tes méthodes sont peut-être un peu extrêmes, mais tu m'as sauvé la vie, pas de doute là-dessus ! Je croyais bien rester coincé dans ce conduit pour de bon.

Au bout d'un moment, ils reprirent leurs esprits et réussirent à retrouver la bougie. Elle avait beaucoup souffert dans la chute, mais elle était encore tout à fait utilisable. À la lueur de la flamme bourgeonnante, Vannor et sa fille se regardèrent et eurent du mal à se reconnaître, tant ils étaient couverts de crasse. La bougie éclaira également les barreaux rouillés de l'échelle d'inspection qui représentait le nouveau défi à relever. Père et fille échangèrent encore un regard, soupirèrent, puis se remirent péniblement debout.

Même si Vannor fut obligé de grimper en s'aidant d'une seule main, ce qui occasionna plusieurs épisodes dangereux, l'échelle s'avéra finalement moins difficile à négocier que le conduit. Rapidement, ils se glissèrent dans un autre conduit – heureusement, celui-là était court – et se retrouvèrent pour de bon dans les égouts. La familiarité même de son ancien repaire parut rendre à Vannor son énergie et sa bonne humeur, même si, comme sa fille, il titubait de fatigue. Il s'avança au bord de l'étroit trottoir glissant qui surplombait le courant nauséabond et respira à pleins poumons en contemplant le tunnel sordide, froid, humide et infesté de rats comme un propriétaire balayant du regard son domaine. Zanna s'émerveilla de le voir faire, en se demandant comment il pouvait inspirer comme ça alors que l'odeur était si épouvantable. Pour la première fois depuis le début de leur évasion, il parut réellement joyeux.

— Enfin, soupira-t-il. Un abri. Maintenant, tout ira bien.

Zanna était heureuse qu'au moins l'un d'entre eux se sente en confiance.

— Comment ça, il a disparu ? s'époumona l'Archimage. Comment est-ce arrivé ?

Il abattit ses deux poings sur la table, et les gemmes qui remplaçaient ses yeux brillèrent d'un éclat cramoisi. L'atmosphère dans la pièce parut s'enflammer et vibrer sous le coup de sa fureur. Le capitaine de la garde de l'Académie, un homme pourtant imposant et aguerri, pâlit et se mit à trembler. Quant au misérable petit balafré qui gardait la chambre de Vannor la nuit précédente, il ne ressemblait plus du tout à un tueur, à présent. Frissonnant de peur, il essayait, mais en vain, de se tapir derrière la silhouette impassible de la Mage du Climat.

Celle-ci était d'ailleurs la seule à ne pas s'émouvoir de la colère de Miathan – sans doute, se dit le capitaine avec aigreur, parce que cette garce malfaisante avait bien l'intention de lui laisser endosser toute la responsabilité de l'affaire.

— Oh, inutile de me regarder, dit froidement Eliseth. J'ai laissé Vannor sous bonne garde la nuit dernière, comme toujours, même si franchement, quand j'en ai eu fini avec lui, il n'était pas en état d'organiser sa propre évasion et encore moins d'aller bien loin. Toute cette affaire sent le complot à plein nez.

Elle lança au capitaine de la garde un regard venimeux sous ses cils baissés.

— Moi aussi, je l'ai fait surveiller comme d'habitude, messire, s'empressa d'ajouter l'intéressé en décidant qu'après tout l'exemple d'Eliseth était bon à suivre. Les deux portails étaient tous deux bien gardés et j'avais une patrouille sur la route qui mène ici. Comment quiconque aurait pu franchir cet obstacle, cela me dépasse. (Il se tourna pour dévisager d'un œil noir le garde balafré.) Il y était, lui. Pourquoi ne pas lui demander comment ces deux abrutis ont pu se faire prendre en embuscade ?

— Nous allons voir ça, répondit Miathan d'une voix d'acier enveloppée dans de la soie.

Il tourna son regard sinistre et dépourvu de passion vers l'infortuné garde. Trop heureux d'être ainsi congédié, le capitaine se hâta de descendre l'escalier de la tour. Il ne fut pas assez rapide, cependant, pour éviter d'entendre les hurlements de douleur atroces qui s'échappèrent des appartements de l'Archimage. Plaquant ses mains sur ses oreilles pour ne plus entendre les cris déchirants, il abandonna toute dignité et s'enfuit.

— C'est ma servante qui a fait le coup ?

Pour une fois, le visage d'Eliseth trahit le choc qu'elle venait de recevoir.

— D'après ce que j'ai arraché de l'esprit du garde, répondit l'Archimage en contemplant avec mépris le corps tordu sur le sol, cela ne fait aucun doute.

— Mais ce n'était qu'une fille de cuisine, à peine plus qu'une enfant, elle ne possédait sans doute pas l'intelligence nécessaire pour…

— Elle était suffisamment maligne en tout cas pour planifier et mener à bien l'évasion de l'homme le plus recherché de Nexis – tout cela grâce à toi ! ajouta-t-il sèchement.

En dépit de la gravité de la crise, il ne put s'empêcher de savourer la déconfiture de la Mage.

— Mais qui lui a confié la mission de s'occuper de Vannor ? répliqua Eliseth en ricanant. Pas moi. C'était ton idée, Archimage, et c'est toi qui as mis la petite misérable en parfaite position pour mener à bien son plan.

Le peu de plaisir que Miathan prenait dans la situation disparut brusquement. Il se vit brièvement en train d'étrangler Eliseth, puis il se ressaisit.

— Il suffit ! aboya-t-il. Je l'admets, elle nous a trompés tous les deux. Mais la question demeure la même : qui est-elle ? Fait-elle partie des rebelles de Vannor ? A-t-il d'autres espions au sein de l'Académie ?

Il s'agissait là d'une pensée désagréable, l'idée que le sanctuaire des Mages puisse ne plus être inviolable. Il se souvint du traître Elewin et il serra les poings.

— Je le découvrirai bientôt, promit Eliseth d'un air sinistre, même si pour cela je dois détruire le cerveau de tous nos domestiques. Il a bien fallu qu'elle trouve de l'aide quelque part, Miathan. Comment un tout petit bout de bonne femme aurait pu tuer à la fois Janok et un guerrier aguerri faisant trois fois sa taille ?

— Ce n'est pas le seul mystère qui me préoccupe, répondit l'Archimage, les sourcils froncés. Comment a-t-elle réussi à faire sortir Vannor de l'Académie sans qu'on les voie ? Et où se trouvent-ils à présent ? Si tu as blessé Vannor aussi grièvement que tu me l'as décrit, ajouta-t-il en lui lançant un regard noir pour lui montrer son mécontentement, il n'a pas pu aller bien loin.

— Tu crois qu'ils se cachent toujours quelque part au sein de l'Académie ? suggéra Eliseth.

— Ça paraîtrait le plus probable. Mais, si c'est le cas, les dieux eux-mêmes ne seront pas capables de leur venir en aide. Nous allons sceller les lieux, plus personne n'entre ni ne sort, quelle qu'en soit la raison. Ensuite, nous organiserons des fouilles de fond en comble.

— Mais s'ils ne sont plus là ? demanda la Mage du Climat. On ne peut pas fouiller la cité tout entière, nous n'avons pas assez d'hommes. Et on ne peut pas non plus offrir une récompense pour la capture de Vannor, parce qu'il faudrait bien reconnaître alors devant les Mortels qu'il est toujours en vie.

— Non, mais on peut en revanche offrir une récompense pour la fille. (Les yeux de Miathan étincelèrent.) Nous n'avons qu'à dire qu'elle a volé quelque chose de valeur appartenant aux Mages – ce qui est assez proche de la vérité, ajouta-t-il sèchement. La distribution de nos provisions hier a tourné à notre avantage, comme je l'espérais. Il y en a quelques-uns à Nexis qui bénissent déjà mon nom. Nous pourrions offrir une grosse récompense, à la fois en vivres et en or, à quiconque susceptible de nous mener jusqu'à la fille. Soit Vannor sera avec elle, soit nous lui arracherons les informations nécessaires à sa capture. (Il sourit avec une avide cruauté.) J'ai bien l'intention de récupérer Vannor, peu importent le temps et les efforts que ça demandera. Et, quand ce sera fait, je lui ferai regretter d'être né, comme à cette petite misérable d'ailleurs.

Perdu parmi les passants tombés du lit de bonne heure, Benziorn marchait d'un pas pressé dans les rues de Nexis en se félicitant d'avoir une fois de plus échappé à ses gardiens. Yanis, le jeune chef des Nightrunners, se remettait peu à peu de ses blessures grâce aux soins et au talent du médecin qui lui avait permis de conserver son bras ainsi que l'usage de celui-ci. Pourtant, malgré cet exploit, il devenait de plus en plus difficile pour Benziorn de tromper la vigilance de Tarnal et d'Hebba, qui réagissaient de façon tout à fait déraisonnable à l'idée qu'un homme puisse boire un petit verre une fois de temps en temps. Benziorn haussa les épaules. Eh bien, tant pis pour eux. Certes, il appréciait le confort de la maison d'Hebba – en fait, il admettait volontiers qu'après les privations dont il avait souffert il savourait le luxe d'avoir un toit au-dessus de sa tête et une cheminée auprès de laquelle se réchauffer, sans parler de la cuisine d'Hebba, quand bien sûr il y avait quelque chose à cuisiner. Mais qu'il soit pendu s'il allait laisser cette femme lui dicter sa conduite en ce qui concernait la boisson. Un médecin n'avait-il plus droit à un peu de respect ces jours-ci à Nexis ?

Heureusement, Hebba avait beau lui interdire d'apporter ne serait-ce qu'une bouteille dans sa maison, Benziorn disposait toujours de sa cachette de liqueurs dans l'ancienne teinturerie. Il s'agissait d'un paiement en nature de la part d'un homme qui gardait l'entrepôt d'un négociant en vins, un mercenaire souffrant des inévitables conséquences de trop de nuits passées en compagnie des putains du port. Malgré tous leurs efforts, Hebba et Tarnal n'avaient pas réussi à découvrir l'emplacement de sa réserve secrète de boissons.

Malheureusement, Tarnal avait également pris l'habitude de suivre Benziorn dans l'espoir de la découvrir, cette cachette. Le médecin pouffa de rire. Le gamin avait encore du chemin à faire. Hebba était partie ce matin-là à l'Académie afin de prendre place dans une interminable file d'attente pour avoir sa part des rations que l'Archimage, pour une raison connue de lui seul, avait jugé bon de distribuer. Le jeune contrebandier, par la force des choses, avait accompagné la brave femme afin de protéger les précieuses provisions lorsqu'elle rentrerait chez elle. De son côté, Yanis dormait, ce qui avait donné à son médecin une occasion parfaite pour s'éclipser.

Le temps que le soleil arrive à son zénith, Benziorn se sentait d'humeur tout à fait sereine, sans compter qu'il avait encore le reste de la journée devant lui. Compte tenu du nombre de gens affamés qui vivaient à Nexis, la distribution des vivres allait sûrement durer encore un bon moment. Les rayons d'un soleil printanier filtraient à travers les barreaux poussiéreux qui obstruaient les hautes fenêtres noircies de l'ancienne teinturerie. Ils réchauffaient l'air et faisaient pâlir au point de les rendre presque invisibles les flammes du petit feu de camp que le médecin avait allumé pour son confort personnel. Assis sur sa cape, le dos confortablement appuyé contre l'une des grandes cuves à teinture, avec une bouteille à la main, Benziorn avait presque envie de chanter. Mais, au fait, pourquoi pas ? Cela faisait un petit bout de temps qu'il n'avait pas profité d'un répit, loin de toutes responsabilités. Il avait un peu l'impression d'être en vacances…

Il se réveilla brusquement en frissonnant et s'aperçut que le crépuscule étirait ses doigts d'ombre à travers les ruines du vieux bâtiment. Benziorn grogna en se frottant les yeux. Il commençait à éprouver un mal de tête lancinant et il avait l'impression qu'on lui avait rempli la bouche avec le limon du fleuve. Il se souvenait de s'être mis à chanter, mais il ne se rappelait pas s'être endormi. Il se demanda alors, le regard trouble, ce qui l'avait réveillé en sursaut. Puis il l'entendit à nouveau. Un grincement aigu, comme du métal frottant la pierre, suffisamment bruyant pour déclencher une nouvelle tempête douloureuse sous le crâne du médecin.

Que diable… ? Jurant dans sa barbe, Benziorn se remit rapidement debout et donna un coup de pied dans la poussière pour achever d'éteindre les braises rougeoyantes de son feu. Puis, se fondant parmi les ombres, il trouva un trou dans la maçonnerie qui lui permit de se hisser pour s'allonger à plat ventre sur le large rebord de la cuve – un point d'observation duquel il apercevait pratiquement tout l'intérieur de l'ancienne teinturerie. De nouveau, il entendit un grincement, puis une voix masculine proférer des jurons étouffés, lesquels furent suivis par un bruit de chute, comme si quelque chose de lourd était tombé. Ce son lui paraissait vaguement familier. Choqué, le médecin identifia ce souvenir un peu tardif en repensant à la nuit où le bastion de Jarvas avait été attaqué, lorsque les Nightrunners avaient surgi du trou d'évacuation dans le sol de la teinturerie.

Pouvait-il s'agir d'une personne à la recherche de Yanis ? Benziorn changea légèrement de position et se tordit le cou pour essayer de voir ce qui se passait derrière l'un des piliers soutenant le bâtiment. Quelques instants plus tard, deux silhouettes titubantes apparurent ; elles se découpaient en noir sur la lumière déclinante en provenance de l'entrée. Toutes deux chancelaient, vacillaient et se soutenaient l'une l'autre comme si c'étaient elles qui avaient bu. Très vite, elles se laissèrent tomber sur le sol de la teinturerie.

Benziorn attendit la suite, méfiant et tendu, mais les intrus ne firent pas mine de bouger. Tandis que la luminosité continuait à décroître, il se demanda s'il arriverait à s'échapper en se glissant au sein des ombres. Yanis avait peut-être besoin de lui et Tarnal devait sûrement être à sa recherche. Silencieux comme un fantôme, il se laissa glisser du haut de la cuve – enfin, c'était l'idée de départ. En réalité, le médecin subissait encore les conséquences de la quantité de liqueur qu'il avait ingurgitée. Il perdit l'équilibre et tomba avant d'atterrir violemment, en grognant, sur l'une de ses bouteilles vides. Celle-ci roula et alla se briser contre la cuve dans un fracas qui résonna de manière assourdissante dans le silence crépusculaire du bâtiment abandonné. Jurant dans sa barbe, Benziorn se figea. Il entendit de petits bruissements, comme si quelqu'un bougeait de l'autre côté de la cuve.

— Papa ? Tu as entendu ça ?

— Chut.

Puis vint le sifflement d'une épée que l'on sort du fourreau le plus silencieusement possible. Mais Benziorn avait déjà compris que la première voix appartenait à une jeune fille, ce qui, ajouté à l'alcool qu'il avait encore dans le sang, lui donna du courage. Le fait même que ces gens semblaient avoir peur et se cacher eux aussi impliquait qu'ils ne devaient guère représenter une menace.

— Qui est là ? appela-t-il. Qui que vous soyez, inutile d'avoir peur. Je ne vous veux aucun ma…

Il s'interrompit dans un croassement étranglé lorsque le tranchant glacé d'une lame d'acier acérée se posa en travers de sa gorge.

— Si vous bougez le petit doigt, vous mourrez. Si vous criez, votre premier mot sera aussi le dernier. Compris ?

— Oui, chuchota le médecin en tremblant.

Il fut alors assailli par le besoin désespéré de se retourner pour voir le visage de son agresseur, même s'il savait qu'il lui serait impossible de l'identifier dans l'obscurité grandissante, sans compter qu'une telle folie signerait certainement son arrêt de mort. Il eut également l'impression que ses genoux allaient céder sous son poids à cause de la terreur, mais, si c'était le cas, alors l'épée lui trancherait la gorge. Un filet de sueur dégoulina le long de son échine. Benziorn demeura très raide en se concentrant de toutes ses forces pour rester debout, le visage tourné vers l'avant.

— Qui êtes-vous ? lui demanda la voix bourrue.

— B... Benziorn. Un médecin... enfin, un ancien médecin.

— Quoi ?

— Je ne vous veux aucun mal. Je ne suis pas votre ennemi. Écoutez, si vous voulez, je m'en irai sans me retourner. Je me moque de savoir qui vous êtes. Je ne souhaite de mal à personne et je ne prends pas parti. Je vous en prie, mon bon monsieur...

Même au milieu de ce discours bredouillant qui manquait de dignité, Benziorn éprouva un sursaut de fierté outragée. *Comment as-tu pu sombrer si bas ?* lui demanda une petite voix dans sa tête. Mais, puisque sa vie était en jeu, il comprit qu'il s'abaisserait autant que nécessaire. Depuis la mort de sa femme et de ses enfants, il s'était souvent juré qu'il se moquait de vivre ou de mourir. Pourtant, maintenant que l'heure était venue de tenir sa promesse, il découvrait avec stupeur qu'en réalité il ne s'en moquait pas du tout. La vie, qui lui était apparue comme un fardeau pendant si longtemps, était devenue, en l'espace d'un instant, le plus précieux de tous les cadeaux – un cadeau suspendu au fil d'une épée.

— Benziorn ? répéta la voix. Dieux, ce nom me semble familier. Attendez une minute, ce n'est pas vous l'homme qui a assisté ma femme en couches lorsque la Mage guérisseuse a refusé de se déplacer ?

La terreur noua les entrailles du médecin. Le propriétaire de cette épée ne pouvait être qu'un seul individu – le seul Mortel dans toute la ville qui pouvait prétendre faire appel aux services de Meiriel. Paniqué, il eut envie de temporiser davantage, et même de mentir, mais cette idée ne fit que lui traverser l'esprit et mourut aussitôt – comme la femme de Vannor était morte, elle aussi.

— Au moins, j'ai sauvé l'enfant, chuchota-t-il. J'aurais sauvé sa mère aussi, si j'avais pu…

— Soyez maudit.

L'épée trembla le long de la gorge du médecin, et une fine coulée de sang chaud tomba dans le col de sa tunique.

— Papa. (La voix de la jeune fille, à nouveau, pressante, suppliante.) Papa, ne fais pas ça. Dulsina m'a dit que le médecin avait fait de son mieux. Ce n'est pas sa faute si dame Meiriel a refusé de venir. Quoi que tu fasses, ça ne ramènera pas maman. Après tout ce qu'on vient de vivre, comment peux-tu le rendre responsable des actes des Mages ? Si tu dois blâmer quelqu'un pour le fait que maman n'a pas survécu à la naissance d'Antor, alors il faut t'en prendre à dame Meiriel, mais maintenant qu'elle est morte…

— Elle est morte ?

Benziorn sentit l'épée s'écarter de sa gorge. Alors, en gémissant, il s'affaissa contre la paroi de la cuve, trop défait pour seulement songer à s'enfuir.

— Je n'ai pas eu le temps de te le dire, mais ils le savaient, à l'Académie…

Vannor hoqueta.

— Mais Parric était avec elle, et Elewin aussi, s'écria-t-il avec angoisse. Que leur est-il arrivé ? Sont-ils morts eux aussi ?

Au même moment, les ombres sautèrent au plafond de la teinturerie lorsque la lumière safranée d'une torche apparut sur le seuil. Pour la première fois, le médecin aperçut distinctement le visage de ses agresseurs et se demanda comment il avait pu avoir peur d'eux. En même temps, une voix familière l'appela :

— Benziorn ? Benziorn, espèce d'ivrogne stupide ! Vous êtes là ?

— Tarnal ! s'écria la jeune fille. Dieux merci, c'est bien toi !

Au grand étonnement de Benziorn, elle se jeta dans les bras du Nightrunner. Le médecin dévisagea rapidement ce dernier et comprit avec amusement que le jeune contrebandier n'y voyait aucune objection.

17

LA VISION

Aurian se réveilla fatiguée, le corps raide et douloureux, avec Wolf qui gémissait dans ses bras. Aussitôt, elle apaisa le petit tout en ouvrant les yeux sur un spectacle peu familier, une voûte de roche veinée d'argent, bien plus sombre et grossièrement taillée que celle de la forteresse. *S'agit-il d'une caverne ?* se demanda-t-elle, encore à moitié endormie. *Où diable suis-je donc ?* Envahie par une soudaine angoisse, elle se retourna et découvrit Anvar endormi à côté d'elle, les traces de fumée sur son visage accentuant sa pâleur, tout comme les cernes noirs qui entouraient ses yeux. Rassurée, Aurian était sur le point de se blottir à nouveau dans la chaleur des fourrures qui l'entouraient lorsque, soudain, le souvenir revint la frapper de plein fouet.

Bohan. Encore un ami perdu dans cette lutte insensée. Elle avait promis de l'aider à retrouver sa voix mais n'en avait jamais trouvé le temps. Un souvenir lui revint des heures précédentes, celles qui avaient suivi leur évasion de la forteresse. Elle se rappela la lumière dansante du feu sur les parois de cette même caverne, la boisson chaude qu'elle tenait alors à la main, et les paroles de Shia, en grande détresse, qui lui avait expliqué que l'eunuque avait bel et bien crié en tombant :

— Shia. Mon amie.

La Mage ferma les yeux pour contenir sa douleur. Shia avait toujours été l'amie de Bohan, une meilleure amie sans doute qu'Aurian, qui l'avait envoyé à la mort.

— Non, c'est faux. Tu as essayé de le sauver.

La personne à qui appartenait cette voix avait lu cette pensée dans l'esprit de la Mage, mais venait de s'exprimer tout haut. Aurian se retourna et aperçut l'Œil-du-Vent assis en tailleur près du feu, non loin de la niche rocheuse où la Mage avait fait son lit. Chiamh paraissait en pire état encore qu'Anvar – *tout comme moi, sans doute*, songea Aurian. Il avait les traits tellement tirés à cause de la fatigue qu'il paraissait avoir vieilli en une nuit. Aurian laissa Wolf dans son nid de fourrures à côté d'Anvar et sortit en soupirant de la chaleur de ce refuge. Elle avait beau être fatiguée et déprimée, il y avait trop à faire pour rester au lit. Elle rejoignit l'Œil-du-Vent près du feu en essayant vainement de défroisser ses vêtements chiffonnés. Elle s'assit près de Chiamh et accepta volontiers une tasse de tisane fumante qui embaumait.

— Je sais que tu as raison au sujet de Bohan, soupira-t-elle. Mais c'est dur de ne pas se sentir responsable. (Elle sentit sa gorge se serrer à cause des larmes qui ne voulaient pas couler.) Nous n'avons même pas eu la possibilité de l'enterrer…

Chiamh couvrit la main de la Mage avec la sienne.

— Si tu dois jeter le blâme sur quelqu'un, Aurian, prends-t'en aux Xandims qui nous ont attaqués. Si seulement ils m'avaient fait confiance... Si seulement ils avaient attendu un peu plus longtemps, la question de la succession aurait été résolue dans tous les cas. (Il soupira.) Peut-être que c'est de ma faute. Si j'avais essayé plus tôt de gagner leur respect, comme je le méritais en tant qu'Œil-du-Vent... (Il secoua la tête, et Aurian sentit sa main serrer plus fort la sienne.) Quoi qu'il en soit, Bohan a eu droit à des funérailles. J'ai demandé à Basileus...

— Et j'ai déclenché un éboulement de rochers pour recouvrir le corps de votre ami disparu. N'aie pas peur, Sorcière. Personne ne viendra violer sa sépulture.

Aurian fronça les sourcils.

— Basileus ? Comment se fait-il que nous puissions vous entendre ici ?

— Vous vous trouvez au rez-de-chaussée de la tour de l'Œil-du-Vent, mais vous êtes toujours sur le Wyndveil, n'est-ce pas ? (Le Moldan gloussa.) *La montagne tout entière est mon corps, et la Chambre des Vents de Chiamh a été arrachée à mes os.*

— Dans ce cas, pourquoi n'avez-vous pas aidé Bohan ? demanda Aurian, incapable de masquer son ressentiment.

De toute façon, cela n'amènerait rien de bon, au bout du compte, si elle dissimulait ses sentiments au Moldan. Autant crever l'abcès dès maintenant, car plus tard elle aurait bien d'autres sujets d'inquiétude.

— Peut-être aurais-je pu l'aider, Sorcière, si mon attention n'avait pas été retenue ailleurs, répliqua

vivement Basileus. *Mais tu étais en danger, toi aussi, tout comme l'Œil-du-Vent et ton âme sœur. Il y a des limites aux prouesses que je puis accomplir.*

— Je suis désolée. Je suis sûre que vous auriez aidé Bohan si vous aviez pu. C'est juste qu'il est si difficile de perdre un ami.

— Tu crois que je ne le sais pas ?

Aurian songea au sort de Ghabal, le Moldan emprisonné sous l'Académie. Elle repensa à la silhouette torturée et sinistre des Griffes d'Acier et se souvint du récit qu'Anvar avait fait concernant la mort de la Moldan d'Aerillia. Oui, effectivement, elle comprenait les pertes qu'avait subies Basileus. Mais à présent sa survie et celle de ses amis étaient en jeu.

— Qu'est-ce qui va se passer maintenant ? demanda-t-elle à l'Œil-du-Vent.

Chiamh haussa les épaules.

— Il est midi passé d'une heure ou deux, répondit-il. Les Xandims campent devant les pierres levées, à l'entrée de la vallée. Khanu les surveille. Comme je le pensais, ils ont peur de venir plus près. Ils attendent l'aube de demain et le défi qui doit désigner le nouveau seigneur de la Horde.

Aurian soupira.

— Nous ferions mieux d'aller parler à Schiannath, dans ce cas. (Elle fit la grimace d'un air de regret.) Nous étions si occupés à échafauder notre plan que nous n'avons jamais pensé à lui demander son avis.

Et s'il refusait de faire ce qu'ils allaient lui demander ? fit une petite voix insistante dans l'esprit de la Mage.

— Mais Aurian, dit Chiamh d'un air hésitant, et la vision ?

— La quoi ? répéta Aurian en fronçant les sourcils.

— Tu te souviens, le lendemain de l'enlèvement de ton enfant. Nous sommes venus discuter ici, et je t'ai promis une vision…

— Oh, bien sûr.

Les événements des deux derniers jours avaient chassé cette conversation de l'esprit de la Mage. Chiamh avait promis de chevaucher les vents pour voir s'il pouvait découvrir l'emplacement de l'Épée de Feu…

— Si tu veux faire une vision, elle doit être accomplie avant le défi, lui expliqua l'Œil-du-Vent d'une voix pressante. Qui sait ce qui arrivera ce soir ou demain à l'aube ? Si Phalihas gagne, ma vie ne se comptera plus qu'en minutes tout au plus.

— Si Phalihas veut s'en prendre à toi, il lui faudra d'abord se débarrasser d'Anvar et de moi, jura Aurian. Néanmoins, je crois que tu as raison. Nous devrions provoquer cette vision aussi vite que possible. Je dois retrouver l'Épée, c'est vital. Nous nous sommes trop attardés dans le Sud, les dieux seuls savent ce que Miathan fabrique à Nexis. (Non sans effort, elle repoussa cette pensée. Autant prendre les soucis un par un. Elle se tourna vers l'Œil-du-Vent en souriant.) Merci, Chiamh, merci pour tout. Sans toi, je ne sais pas comment nous aurions réussi à survivre ces jours derniers.

Il n'était pas le seul qu'elle devait remercier, songea Aurian. Il ne fallait pas oublier les deux Ailés qui étaient restés par loyauté et qui les avaient sauvés d'une mort certaine, elle et ses compagnons. Elle demanda à Basileus où ils étaient et découvrit qu'ils dormaient à poings fermés, perchés dans une niche de la grande flèche rocheuse.

Le fait de s'inquiéter pour les Ailés lui fit également se demander où se trouvaient ses autres compagnons, mais un rapide coup d'œil au sein de la caverne lui prouva qu'ils étaient tous arrivés sains et saufs. Tout le monde avait réussi à rejoindre la protection du refuge de l'Œil-du-Vent, sauf Bohan. Shia dormait au pied du lit qu'Aurian avait partagé avec Anvar. Les parents nourriciers de Wolf étaient étendus non loin de là, si étroitement serrés l'un contre l'autre qu'il était presque impossible de les différencier. Schiannath dormait à l'intérieur d'un tas de couvertures en laine à même le sol tandis que Yazour et Iscalda fouillaient les réserves de Chiamh afin de préparer un repas rudimentaire pour le groupe. Sangra était étendue sur l'autre lit rocheux, sous une masse de fourrures, le bras tendu en travers d'un emplacement vide… Aurian fronça les sourcils. Où était Parric ?

— Il est sorti, répondit Chiamh, les sourcils froncés. Pour une raison que j'ignore, il semble mécontent et en colère à cause de ce qui s'est passé la nuit dernière, quand tu as refusé de partir avant le retour d'Anvar.

— Oh, sûrement pas, protesta Aurian.

Elle retrouva le maître de cavalerie non loin de la grande flèche de pierre, à l'endroit où une cascade étroite se déversait dans un bruit de tonnerre dans un bassin où prenait naissance le ruisseau qui baignait la vallée. Lorsqu'elle s'approcha de lui, le petit homme la dévisagea d'un air sombre.

— Qu'est-ce qui ne va pas ? demanda Aurian en s'asseyant à côté de lui.

Le maître de cavalerie se rembrunit.

— Forral était mon ami, expliqua-t-il en refusant de la regarder dans les yeux. T'as donc aucun respect pour sa mémoire en lui trouvant un remplaçant aussi vite ? marmonna-t-il avec ressentiment. Tu pouvais même pas attendre un laps de temps décent ?

— Attendre quoi ? s'énerva Aurian en sentant la colère s'allumer en elle. Au train où vont les choses, je ne sais même pas s'il me reste un laps de temps décent à vivre ! Tu ne comprends donc pas ce que j'ai vécu quand Forral est mort ? Tu ne sais donc pas à quel point je l'ai pleuré ? Forral lui-même m'avait prévenue, voilà déjà longtemps, qu'en tant que Mage je lui survivrais, même si aucun de nous ne pensait que la fin arriverait si vite. Il m'a demandé de trouver quelqu'un d'autre et d'être heureuse. (Elle se frotta les yeux.) J'ai résisté à l'amour d'Anvar, au début, expliqua-t-elle doucement, mais au bout du compte il a bien fallu que j'admette que je l'aimais aussi.

Elle lui lança un regard noir avant de poursuivre :

— Parric, ça fait longtemps maintenant que nous sommes amis, mais, si tu n'arrives pas à digérer ça, c'est ton problème, pas le mien. J'ai mis un certain temps à accepter la mort de Forral et, si ce laps de temps n'est pas le même que le tien, alors j'en suis désolée, mais c'est ma vie, pas la tienne. Cela n'a rien à voir avec toi, ni personne d'autre d'ailleurs, ça ne concerne qu'Anvar et moi.

— Et si tu t'inquiétais vraiment pour Aurian, tu te réjouirais de la voir à nouveau heureuse, fit une nouvelle voix derrière eux.

Aurian fit volte-face, surprise, et vit du coin de l'œil Parric se lever d'un bond. Anvar les avait rejoints sans bruit.

— Pour autant qu'on le sache, tu es le plus vieil ami d'Aurian encore en vie, ajouta-t-il d'une voix douce. Quoi que tu puisses penser de moi, le temps est venu pour toi de prouver ton amitié.

— Reste en dehors de ça, gronda Parric. Ça n'a rien à voir avec toi.

— Tu te trompes, répliqua Anvar sur un ton égal, sans jamais quitter des yeux le soldat plus âgé que lui. Le bonheur d'Aurian me tient à cœur, plus tôt tu t'y habitueras et mieux ce sera pour nous tous.

Pendant un moment, il régna entre eux une atmosphère lourde de tensions, puis Parric laissa exploser sa colère.

— J'ai pas à recevoir ce genre de conseils de la part d'un ancien serviteur des Mages ! (Il poussa brutalement Anvar d'un coup de coude.) Ôte-toi de mon chemin !

Anvar lui attrapa le bras, ses yeux couleur de glace lançant des éclairs.

— Non, mais c'est le genre de conseil que peut et doit te donner un vrai Mage, qui se trouve être l'âme sœur d'Aurian par-dessus le marché.

Parric se libéra en poussant un cri de colère incohérent avant de porter la main à la poignée de son épée.

— Arrêtez cette folie, tous les deux ! (Aurian bondit pour s'interposer, puis elle dévisagea froidement le maître de cavalerie qui fulminait.) Tu devrais avoir honte, Parric, lui dit-elle d'une voix douce mais ferme. Qu'en penserait Forral, à ton avis ? Je suis sûre que ça l'attristerait plus que tout ce qui s'est passé depuis que Miathan a commencé à répandre le mal autour de lui. (La Mage tendit les mains au maître de cavalerie, et l'expression de son visage s'adoucit.) En dehors de Forral, Maya et toi êtes les premiers amis mortels que j'aie jamais eus. En tant que guerrier, tu sais ce que c'est que de perdre des êtres chers au combat, mais tu sais aussi que la vie doit continuer, et c'est ce qu'elle fait. (Elle prit une profonde inspiration.) Si tu te soucies un tant soit peu de moi, tu devrais remercier Anvar et non l'accabler, car sans lui je ne serais plus là aujourd'hui. Non seulement il m'a sauvé la vie à d'innombrables reprises, mais en plus c'est lui qui m'a redonné l'envie de vivre après la mort de Forral. (Elle se tourna vers son âme sœur avec un sourire en coin.) En fait, il s'est même montré terriblement insistant et agaçant sur ce point, dès cette première nuit où nous avons fui par le fleuve et où il m'a empêchée de nous noyer tous les deux dans le barrage.

Parric lâcha la poignée de son épée.

— Tu voulais te suicider ? (Il regarda le Mage d'un air accusateur.) C'est vrai ?

Anvar haussa les épaules.

— Elle a essayé, en tout cas, reconnut-il. Et, honnêtement, ça n'a pas été sa seule tentative.

Il adressa un petit sourire d'excuse à sa bien-aimée, mais celle-ci hocha la tête pour lui signifier son soutien.

— La moitié du temps, je n'avais même pas conscience de ce qu'impliquait mon attitude plus que téméraire, expliqua-t-elle, mais Anvar a toujours pris soin de moi. Il me connaît mieux que moi-même.

Parric contempla les deux Mages pendant un long moment, le visage dépourvu de toute expression. Mais Aurian fut soulagée de constater que la vilaine rougeur de sa colère avait quitté ses joues. Puis il se passa la main sur les yeux, haussa les épaules, soupira, et prit dans les siennes les mains tendues de la Mage.

— Je suis désolé, fillette. Je savais pas à quel point ça a été dur pour toi. Est-ce que tu peux pardonner à un vieux salopard comme moi ?

— Oh, Parric ! (Aurian l'attira contre elle pour le serrer dans ses bras.) Ne sois pas si injuste envers toi-même. Tu n'es pas vieux ! ajouta-t-elle avec un petit gloussement ironique.

L'éclat de rire du maître de cavalerie acheva de dissiper la tension qui régnait entre eux.

— Voilà au moins quelque chose qui a pas changé chez toi, renifla-t-il. Tu as toujours une langue de vipère.

— Je ne pense pas avoir tant changé que ça, protesta Aurian. Enfin, je crois. Et toi, tu ne trouves pas ?

Parric secoua la tête.

— Non, au fond de toi, tu es restée la même, fillette, même s'il m'a fallu un bon bout de temps pour m'en apercevoir – je suis pas très malin, l'oublie pas. Tu as mûri, c'est tout, et tu as acquis une telle puissance que ça m'a fait peur, je suppose, même si j'avais du mal à le reconnaître. C'était plus facile de me mettre en colère et de blâmer Anvar.

J'aurais jamais cru, jusqu'à ce que tu me le dises, qu'il t'ait permis de t'accrocher à la vie après le meurtre de Forral. Avec tout ce qui s'est passé, t'as pas eu le temps de me raconter toute l'histoire.

— Peut-être qu'il vaudrait mieux que ce soit moi qui la raconte, intervint Anvar en souriant. Certaines de ses escapades risquent de te faire dresser les cheveux sur la tête.

— Tu déconnes ? explosa le maître de cavalerie. Foutus Mages ! Tu es aussi cinglé qu'elle ! (Il tendit la main à Anvar.) Je suis désolé pour ce que je t'ai dit, fiston. Vu la façon dont les autres se sont comportés, surtout cette folle de Meiriel, je crois que je me suis méfié en me retrouvant brusquement avec un autre Mage sur les bras. Mais j'ai été impressionné par la façon dont tu m'as tenu tête. J'ai jamais vraiment appris à te connaître à Nexis, mais Forral a toujours dit que t'étais un bon garçon. J'aurais dû faire confiance à son jugement – et à celui d'Aurian.

— Oui, tu aurais dû, approuva Aurian. Mais nous avons tous traversé beaucoup d'épreuves ces derniers mois, Parric. Je peux bien te laisser t'en tirer avec une seule erreur, ajouta-t-elle avec condescendance.

— M'en tirer avec… ? Comment ça, espèce de…, bredouilla Parric d'un air indigné.

Puis il la vit sourire, ravie de l'avoir piégé si facilement, un écho du jeu auquel ils se livraient voilà si longtemps, à la garnison de Nexis. Aurian haussa les sourcils d'un air moqueur.

— Je t'ai eu, Parric. Tu me dois une bière.

— Pas cette fois, gémit Parric. Il va falloir me faire crédit jusqu'à ce qu'on rentre à Nexis – si j'ai pas ramené le score à égalité d'ici là, menaça-t-il avant d'éclater de rire avec les Mages.

En les voyant revenir tous les trois ensemble vers sa tour, Chiamh fut soulagé de constater qu'ils semblaient avoir réglé leur différend, quel qu'il ait pu être. Parfois, les manières bizarres de ces étrangers le stupéfiaient, mais au fond il s'était très vite attaché à eux.

— Hé, Chiamh, appela Parric, il reste un peu de ce sacré hydromel que tu fais toi-même ? Je crois qu'il faut fêter ça avec un verre ou deux.

Aurian posa une main sur le bras du maître de cavalerie en redevenant brusquement sérieuse.

— Pas maintenant, lui dit-elle. Nous n'avons pas de temps à gaspiller en buvant car nous sommes toujours face à des ennuis considérables. Anvar et moi avons quelque chose à faire avec Chiamh. Ensuite, vous devrez vous rendre tous les deux à l'entrée de la vallée pour annoncer notre décision aux Anciens.

— Ce n'est que trop vrai, hélas, soupira Chiamh. Pire encore, je dois autoriser Phalihas à reprendre force humaine, afin qu'il puisse veiller cette nuit comme l'exige la tradition. Le risque de trahison sera très grand à ce moment-là. (Il frissonna.) Dès que Phalihas sera redevenu humain, les Xandims n'auront plus besoin de me garder en vie. Œil-du-Vent ou pas, je pourrai m'estimer heureux si j'en réchappe.

— Tout ira bien, assura Anvar d'un ton ferme. Aurian et moi, nous te protégerons.

— Et comment, renchérit Aurian. Mais avant toute chose, nous devons obtenir l'accord de

Schiannath. Supposons qu'il refuse de devenir le seigneur de la Horde ?

— Je crois qu'on n'a rien à craindre de ce côté-là, répliqua Chiamh avec ironie. Néanmoins, il est temps de lui poser la question.

— Vous voulez que je fasse quoi ?

Schiannath dévisagea les quatre personnes plantées devant lui – Aurian, Anvar, Chiamh et Parric – et s'aperçut qu'il avait la bouche encore ouverte sous le coup de la stupeur. Il s'empressa de la fermer, mais la sensation de vertige qu'il éprouvait ne disparut pas pour autant.

— Vous voulez vraiment me donner une autre occasion de devenir seigneur de la Horde ? répéta-t-il, incapable d'assimiler toutes les incroyables implications d'une telle opportunité. Est-ce vraiment possible ? Les Xandims l'accepteront-ils ?

— Si tu relèves le défi en tant que champion choisi par l'actuel seigneur de la Horde, alors oui, cela n'enfreint pas la loi, affirma Chiamh. Ils devront l'accepter, même s'ils n'aimeront pas cette idée.

— On s'en tape qu'ils apprécient ou pas, répliqua brutalement Aurian. Je veux juste m'assurer que Schiannath est content de cette décision. Je ne veux pas lui mettre la pression. (Elle se tourna vers le guerrier xandim.) Schiannath, es-tu absolument certain de vouloir relever le défi ? As-tu songé aux risques que tu encours ? Chiamh m'a dit que la dernière fois…

— Je vous en prie, dame, ne me jugez pas sur ce qui s'est passé la dernière fois, l'interrompit Schiannath, la détermination gravée sur le visage.

J'ai beaucoup souffert depuis, mais j'ai également beaucoup appris. Cette fois, les choses seront différentes. La dernière fois, j'étais poussé par la haine. Demain, je me battrai par amour.

Ces paroles rappelèrent à la Mage un discours que Forral lui avait tenu voilà bien longtemps, lorsqu'il lui apprenait à se battre : « Alors que les autres facteurs sont plus ou moins les mêmes pour tous, un guerrier qui se bat pour une cause juste en laquelle il croit vaincra toujours celui qui est animé par des motifs destructeurs. Sa passion lui donnera l'intense concentration dont il a besoin pour triompher. »

Aurian hocha la tête pour montrer qu'elle comprenait.

— Tu as raison, Schiannath. Très bien, c'est entendu, donc. (Elle lui serra la main.) Je te souhaite bonne chance du fond du cœur, mon ami.

— Schiannath, non ! Comment as-tu pu les laisser te convaincre de faire une chose pareille ?

Les yeux d'Iscalda brillaient de colère. Schiannath frémit en voyant l'expression blessée et trahie de sa sœur.

— Ma chère Iscalda, écoute…

Il essaya de l'apaiser en passant un bras autour de ses épaules, mais elle le repoussa en jurant.

— Comment peux-tu t'infliger ça – et m'infliger ça à moi aussi par la même occasion ? N'as-tu donc rien appris de ce qui est arrivé la dernière fois ? Phalihas ne te renverra pas en exil, idiot. Cette fois, il te tuera.

— Non, il ne le fera pas. (Schiannath s'efforça de rester calme.) Cette fois, ce sera différent, Iscalda. Il ne gagnera pas.

— Comment peux-tu en être aussi sûr ? s'insurgea la jeune femme. Tu vas risquer ta vie…

— Oui, pour un enjeu qui en vaut la peine.

— Quel enjeu ? Le pouvoir ? La gloire ? (Iscalda cracha avec mépris sur le sol.) C'est bien d'un homme, ça, de vouloir…

— Veux-tu bien te calmer et m'écouter, à la fin ? (Schiannath attrapa sa sœur par les épaules et serra assez fort pour mettre fin à son flot de paroles furieuses.) Écoute-moi, maintenant, répéta-t-il avant de prendre une profonde inspiration. Je reconnais que, la première fois que je l'ai défié, je l'ai fait pour toutes les raisons que tu décries si justement. J'étais jeune, rebelle et stupide. En vérité, j'ai même eu de la chance d'en sortir vivant. Mais je me soucie bien davantage d'avoir également mis ta vie en danger et je regrette les souffrances que tu as connues par ma faute. Oui, aujourd'hui, contre toute attente, Parric vient de me donner une seconde chance de vaincre Phalihas – mais le pouvoir et la gloire sont bien le cadet de mes soucis, à présent. (Il marqua une pause et regarda sa sœur droit dans les yeux.)

» La dernière fois, je me suis battu pour moi, Iscalda. Demain, je le ferai pour toi. Si quelqu'un ne neutralise pas Phalihas pour de bon, celui-ci aura tous les droits de faire valoir vos fiançailles et de t'épouser.

Iscalda laissa échapper un hoquet de stupeur et pâlit.

— Eh oui, fit Schiannath en hochant la tête. Et je suis sûr qu'il te fera payer la haine qu'il éprouve vis-à-vis de moi. C'est pour ça que je dois le combattre une dernière fois – pour ta sécurité, et notre avenir.

Les larmes jaillirent des yeux d'Iscalda, mais la façon bornée dont elle serrait les mâchoires demeura inchangée.

— Je m'en moque, chuchota-t-elle. Je préfère que Phalihas me fasse subir toutes sortes de choses indignes plutôt que de le voir te tuer.

Schiannath passa un bras en travers des épaules de sa sœur.

— Avec un peu de chance, il ne fera ni l'un ni l'autre. J'ai bien l'intention d'y veiller.

— Faut-il vraiment grimper là-haut ? gémit Aurian. Tu ne pouvais pas avoir ta vision dans la vallée, tout bêtement ?

Elle se tenait au pied du sentier qui menait au sommet de la flèche et à la Chambre des Vents de Chiamh (si on pouvait qualifier de sentier cette étroite et dangereuse corniche, presque un défaut à l'endroit où les strates de la roche avaient glissé et s'étaient superposées).

L'Œil-du-Vent secoua la tête.

— Il n'y a pas assez de vent ici dans la vallée. Et puis, plus je m'élève et meilleure est la vision. Je peux voir bien plus loin et avec bien plus de précision depuis le sommet de la flèche où l'air est si pur et libre de ses mouvements.

Aurian contempla la paroi rocheuse et frémit. Sans le vouloir, elle visualisa la chute mortelle de Bohan – image horrible s'il en était. Le monde se mit à tourner autour de la Mage qui se surprit à trembler. Paniquée, elle attrapa la main d'Anvar.

— Je ne peux pas, chuchota-t-elle. Je n'arriverai jamais à monter là-haut.

— Allons, ce n'est sûrement pas la hauteur qui te gêne, l'encouragea Anvar. La falaise de Taibeth était bien plus haute que celle-ci, tout comme la tour du peuple dragon à Dhiammara. Tu as réussi à gravir les deux sans difficulté. (Il passa un bras rassurant en travers des épaules de sa compagne.) C'est la mort de Bohan qui te bouleverse autant ?

La Mage hocha la tête avec réticence, soulagée de pouvoir regarder son âme sœur plutôt que de contempler la paroi friable. Elle était également reconnaissante à Anvar de lire ainsi dans ses pensées.

— Tu as raison, le problème, c'est l'ascension elle-même. Nous n'avons jamais gravi un sentier aussi précaire ni aussi difficile que celui-là, et c'est vrai que, vu ce qui est arrivé à Bohan la nuit dernière… (Brusquement, elle s'arrêta, laissa échapper un hoquet de stupeur, puis étreignit son amant en riant de soulagement.) Mais bien sûr ! s'écria-t-elle. Oh, Anvar, tu viens juste de m'aider à trouver la solution. Inutile de grimper !

Fouillant dans la poche de sa tunique, elle en sortit le mince sifflet d'os qui permettait d'appeler les Ailés. Un cri strident retentit au-dessus des Mages pour les prévenir qu'on avait entendu leur appel. Puis ce cri fut suivi du bruit tonitruant des battements d'ailes. Les Ailés s'élancèrent de leur perchoir situé très haut dans les niches de la flèche et descendirent en spirale pour atterrir dans une bourrasque de vent en face d'Aurian.

Celle-ci avait découvert lors de leur aventure, la nuit précédente, qu'il s'agissait d'un couple. Ibis, le mâle, était grand et dégingandé pour un Ailé, avec un plumage blanc lisse bordé de noir et un air sérieux et réfléchi. Crécerelle, sa compagne, était petite, possédait un regard vif et brillant et un plumage tacheté dans divers tons de marron. Même si elle souriait plus souvent que son compagnon et paraissait plus joueuse que lui, la féroce intensité de ses manières avait quelque chose d'intimidant. En atterrissant, tous deux se mirent à parler en même temps.

— J'espère qu'il ne s'agit pas de nouveaux ennuis, fit remarquer Ibis avec un froncement de sourcils inquiet.

— Vous avez besoin d'aide ? s'enquit Crécerelle.

— Rien de crucial, mais je serais vraiment ravie si vous pouviez m'aider, en effet, leur dit la Mage avant de montrer du doigt le haut de la flèche rocheuse. Pouvez-vous m'emmener là-haut ?

Ils le pouvaient et ils le firent, en la soulevant par les poignets comme ils l'avaient fait la nuit précédente. Ils la conduisirent dans la Chambre des Vents de Chiamh, ce qui leur demanda peu d'efforts vu la courte distance, et la déposèrent aussi délicatement qu'une plume sur la plate-forme rocheuse balayée par les vents.

L'Œil-du-Vent, qui effectuait pour sa part le trajet normal avec l'aisance d'une longue pratique, se trouvait déjà à mi-hauteur et ne tarderait pas à la rejoindre. Pendant que les Ailés descendaient chercher Anvar, qui avait choisi lui aussi la facilité, Aurian, veillant à rester aussi près que possible du centre de la plate-forme, loin du périlleux rebord, balaya la structure étrange d'un regard curieux.

La première chose qu'elle remarqua, parce que c'était impossible de l'ignorer, ce fut le vent, qui soufflait bien plus fort ici sur ce promontoire entre ciel et terre. Il gémissait et émettait des sifflements stridents en jaillissant du nord comme une rivière tumultueuse. Repoussant les cheveux d'Aurian loin de son visage, il était si froid qu'il lui fit mal aux oreilles et aux mâchoires tout en s'enroulant autour de son corps et en faisant voler sa cape pour s'insinuer jusque dans ses os. Il la souffleta et la nargua au point qu'elle eut l'impression d'être attaquée par une créature vivante dotée d'une force impitoyable et inexorable. Aurian frissonna. Qui était Chiamh pour parvenir ainsi à dompter une sauvagerie aussi élémentaire ?

Ennuyée d'avoir laissé quelque chose d'aussi simple que de l'air en mouvement la perturber, Aurian se rappela à l'ordre avec beaucoup de fermeté.

— On n'a jamais vu un Mage succomber à des vapeurs, marmonna-t-elle avant de pouffer de rire à cause de ce mauvais jeu de mots involontaire.

Pour ne plus penser à toutes ces bêtises, elle se concentra sur son environnement. De style typiquement moldan, l'édifice paraissait avoir poussé de lui-même plutôt que d'avoir été construit. Le sol de la plate-forme circulaire était plat et lisse, presque lustré, et quatre robustes piliers se dressaient à intervalle régulier tout autour de la structure afin de supporter le toit voûté qui formait le sommet de la flèche. La vue était renversante, sauf au sud où elle était bloquée par les montagnes et le sommet du

Wyndveil. À l'ouest et à l'est s'étendaient les longs flancs boisés qui ressemblaient un peu à des bras berçant la vallée de Chiamh, avec au-delà les pics enneigés d'autres montagnes. Aurian, qui regardait justement vers l'ouest, se détourna en frissonnant pour ne plus voir le sommet déchiqueté des Griffes d'Acier. Elle jeta plutôt un coup d'œil vers le nord, direction dans laquelle s'étendaient la vallée et le plateau au-delà. Mais la vue lui procura encore moins de réconfort. Des points de couleur éparpillés jonchaient la prairie au sortir de la vallée. Les Xandims étaient venus en force. Aurian frissonna de nouveau, brusquement inquiète du sort de Schiannath et de Chiamh qui allaient devoir affronter ces gens, leur propre peuple, le lendemain. Elle était si absorbée par ses pensées qu'elle n'entendit pas les battements d'ailes derrière elle. Puis elle sentit le contact rassurant de la main d'Anvar. Elle la serra très fort, puis se retourna pour faire face à son compagnon avec une grimace contrite.

— Je sais, soupira-t-elle. D'une manière ou d'une autre, on va y arriver.

— Mais bien sûr. Pas seulement nous deux, mais aussi tous nos alliés. Maintenant que Parric est à nouveau de notre côté…

Le sourire d'Anvar trahissait son soulagement, mais Aurian détecta quelques rides de tension autour des yeux de son amant. Anvar avait souffert de ce rejet.

— Il était la dernière personne que je m'attendais à voir réagir comme ça…

— J'aurais dû deviner depuis longtemps que quelque chose le troublait, l'interrompit la Mage.

Forral et lui étaient si proches, il avait seulement besoin de temps pour accepter tous ces changements. Tout ira bien maintenant.

L'arrivée de l'Œil-du-Vent mit un terme à leur conversation. Chiamh était haletant à cause de la pénible ascension. Il hésita en voyant les Mages si proches l'un de l'autre, car il eut l'impression de jouer les intrus maladroits. Ils semblaient si absorbés par leur conversation qu'il redouta de les interrompre.

Cependant, Aurian se retourna en l'entendant respirer avec peine.

— Ça te servira de leçon. Tu aurais dû choisir la facilité, comme nous, le taquina-t-elle avec un sourire moqueur.

— Non merci. (Chiamh frémit.) Si la déesse avait voulu que je vole, elle m'aurait donné des ailes.

— Et si elle avait voulu que je grimpe, elle m'aurait donné des pieds agiles comme les mouches, répliqua vivement la Mage.

— Je ne sais pas si les mouches ont des pieds, intervint Anvar en se joignant à cette conversation sans queue ni tête, mais elles ont des ailes, en tout cas, alors où cela nous mène-t-il ?

Chiamh n'avait pas envie de mettre un terme à ce moment de camaraderie et de bonne humeur qui lui procurait un réel soulagement après les terribles événements de la nuit précédente. Mais il voulait aussi en finir avec cette histoire de vision le plus vite possible. Comme toujours, il savait que l'exercice allait l'épuiser, or de nombreuses autres épreuves l'attendaient dans les prochaines heures.

— Peut-être qu'on ferait mieux d'oublier ces histoires d'ailes et d'ascension pour se concentrer sur le vent.

Aurian acquiesça d'un air grave.

— Que veux-tu que nous fassions ?

— Pas grand-chose, j'imagine, répondit Chiamh. Je ne sais pas du tout si vos pouvoirs de Mages vous permettent d'accéder à ce type de magie. Avec un peu de chance, vous serez capables de partager ma vision, sinon restez en retrait, écoutez et... soyez témoins. (Il sourit d'un air contrit.) En vérité, votre présence et votre soutien me sont extrêmement précieux. Pour moi, une vision a toujours été une expérience très solitaire et terrifiante.

— Un peu comme quand tu chevauchais les vents auparavant, lui rappela doucement Aurian.

Chiamh se souvint de cette nuit à la tour d'Incondor où elle s'était jointe à lui pour chevaucher les vents jusqu'en Aerillia. Puisqu'il n'était plus seul, il avait découvert un sentiment de gloire et de joie qu'il n'avait encore jamais expérimenté. Sa vie avait changé cette nuit-là et il fut reconnaissant à la Mage de lui rappeler ce souvenir encourageant en un moment où il en avait bien besoin. Leurs regards se croisèrent, pleins de compréhension mutuelle.

— Peut-être que ce sera pareil cette fois-ci, lui dit-il. Quoi qu'il en soit, nous le saurons bientôt.

Chiamh ferma les yeux et se concentra très fort pour invoquer les pouvoirs étranges et mystérieux de l'Œil-du-Vent. Puis il hoqueta, comme s'il venait de plonger dans de l'eau glacée. Le frisson glacial de son Autre Vue s'empara de son corps, brouilla sa vision et transforma la couleur de ses yeux en argent miroitant. Puis sa vision s'éclaircit de nouveau. Chiamh prit le contrôle de ses pouvoirs et jeta un coup d'œil à cet autre monde désormais visible.

De jour, sous la lumière du soleil, les images de son Autre Vue différaient quelque peu de ce qu'il pouvait voir de nuit. Les courants aériens perdaient de leur éclat argenté et luisaient davantage comme des pierres de lune étincelantes, des opales flamboyantes et des ors liquides. La roche des montagnes environnantes et de sa Chambre des Vents brillait comme de l'améthyste, et l'aura des Mages à ses côtés avait l'éclat aveuglant de deux joyaux aux couleurs de l'arc-en-ciel. Serrant les dents, Chiamh s'arracha à la dangereuse transe que provoquait toute cette beauté. Il se calma en prenant de longues respirations, puis il tendit les mains, qui brillaient elles aussi d'un éclat qui leur était propre. Plissant les yeux pour se protéger de la lumière irradiant de son être intérieur, Chiamh se tendit et agrippa deux poignées de courants aériens en formulant dans son esprit la question qu'il voulait poser.

Puis il étira les filaments d'air vivant entre ses doigts et les modela sous forme d'un large disque réfléchissant qui scintilla comme une toile d'araignée tourbillonnante et opalescente entre ses mains. Il y plongea son regard en renonçant au contrôle de lui-même pour se soumettre au pouvoir de la vision, puis il se sentit aspiré au sein du maelström de lumière, de plus en plus loin, jusqu'à ce qu'il abandonne son être loin derrière lui pour mieux se lancer de l'autre côté du miroir à la poursuite des réponses qu'il cherchait.

Chiamh revint à lui en sursaut et sentit immédiatement la différence. Ça fonctionnait ! Son cœur bondit de joie. Le miroir d'air s'était transformé en une chose vivante entre ses mains. Il lui avait donné une partie de lui-même et maintenant, à son tour, le vent lui abandonnait ses pouvoirs de connaissance. L'Œil-du-Vent regarda dans le miroir et écarquilla les yeux en contemplant les images qui commençaient à se former dans ses profondeurs éblouissantes.

Deux grands étalons, l'un noir, l'autre gris foncé, se battaient en duel à l'aube sur un plateau balayé par les vents. L'un trébucha, puis tomba. De grands sabots s'abattirent et une giclée de sang cramoisi jaillit, obscurcissant la vision. Chiamh retint son souffle. Lequel était tombé ? Lequel ?

Mais, lorsque le sang disparut, la vision avait changé. Le miroir devint d'un noir si profond que l'Œil-du-Vent crut avoir perdu la vision. Puis un éclair de lumière actinique déchira le ciel, et Chiamh vit bouillonner une mer déchaînée, en pleine tempête, et les moutons blancs des vagues s'écraser sur les rochers déchiquetés d'un promontoire… L'éclair suivant lui permit de percer le noir d'encre de l'eau et d'apercevoir des silhouettes monstrueuses et terrifiantes qui nageaient sous la surface, visiblement en attente de quelque chose… Puis tout devint obscur de nouveau jusqu'à ce qu'un nouvel éclair montre la Mage, debout sur les rochers au bord de l'eau. Elle plongea en décrivant un arc tel un saumon et se jeta tout droit dans la gueule des vagues affamées…

Chiamh suffoqua, horrifié. Involontairement, il ferma les yeux. Lorsqu'il les rouvrit, il découvrit une scène d'une beauté si époustouflante qu'il en oublia l'horrible vision précédente. Il s'agissait d'une licorne, une créature éthérée et translucide faite de différentes sortes de lumière. Elle tourna vers lui sa tête exquise et agita sa crinière, qui ressemblait à un lever de soleil sur un banc de brume matinale. Puis, projetant des rayons de soleil sous ses sabots argentés, elle s'éloigna au galop dans les ténèbres en le guidant grâce à l'éclat lunaire de sa robe et à la lumière étoilée qui ruisselait de sa corne en spirale et scintillait comme une queue de comète.

Chiamh la suivit et déboucha dans une clairière inondée de soleil, nichée au cœur d'une vallée tapissée d'arbres bien verts. La vision miroitait, comme entraperçue à travers une brume de chaleur, sous l'effet de l'enchantement le plus puissant que l'Œil-du-Vent ait jamais vu. En dépit de la beauté surnaturelle de cette vision, Chiamh éprouva une peur atroce, comme si on enfonçait une épée dans ses entrailles. Il fut obligé de se calmer et de se raidir pour ne pas fuir, terrorisé. Il contemplait le paysage de haut, comme un aigle, et il vit que la licorne se tenait près d'un mince pont de bois conduisant à une île au centre d'un lac paisible. Sur l'île se trouvait un joyau, massif, imposant, couleur rouge sang, au sein duquel se dessinait, obscure, la silhouette d'une épée. La lame acérée, enfermée dans la lumière vibrante au cœur du cristal cramoisi, paraissait avoir été trempée dans le sang. Elle se mit à bourdonner, évoquant un pouvoir en sommeil, et à chanter des hymnes de victoire et de sacrifice qui prirent forme et jaillirent tels des éclairs carmin en direction des cieux. Semblables à des doigts ensanglantés, ils s'emparèrent de l'Œil-du-Vent qui découvrit, au cœur de leur étreinte, le destin qu'il redoutait tant : la fin des Xandims.

Avec un cri d'angoisse qui lui parut venir des profondeurs mêmes de son âme, Chiamh s'enfuit, terrifié, sans savoir où il allait ni comment. Il voulait seulement s'éloigner de l'Épée et du sort à double tranchant qu'elle réservait. Les ténèbres l'environnèrent et il plongea volontiers en leur sein pour se cacher et trouver de l'aide…

— Chiamh… Chiamh ! Réveille-toi, bon sang ! Reviens-nous, je t'en prie…

Quelqu'un lui donna une gifle. Puis des doigts s'enfoncèrent brutalement dans ses épaules et le secouèrent… L'Œil-du-Vent sentit la pression d'un esprit – non, de deux esprits qui s'accrochèrent à sa conscience, le soutinrent et le réconfortèrent avant de le ramener, petit à petit mais avec fermeté, vers la lumière saine et normale du jour. Pendant quelques instants, il continua à lutter contre eux dans un accès de panique aveugle, puis il retrouva la mémoire et reconnut le contact familier des Mages. Il se rendit alors volontiers, en toute confiance, et les laissa le ramener dans son corps.

18

SONNERIE DE COR ET LEVER DE SOLEIL

Chiamh avait la bouche sèche lorsqu'il arriva près des deux grandes pierres levées que les Xandims surnommaient les portes de la vallée de la Mort. Au-delà, dans le goulot étroit à l'embouchure de la vallée, on pouvait apercevoir les tentes colorées des Xandims, venus camper en nombre sur la verte prairie de part et d'autre des portes, afin de laisser la vaste étendue du plateau libre pour le défi du lendemain. Devant les grandes pierres, comme pour se moquer des teintes joyeuses des habitations de toile, la lumière rouge du soleil déclinant étincelait comme le sang et le feu sur la sinistre forêt de pointes de lances et d'épées.

L'Œil-du-Vent se trouvait encore loin, mais son peuple l'avait déjà repéré. Un murmure de colère s'éleva parmi la foule hostile. Ce bruit terrible, comme le bourdonnement belliqueux d'un essaim de guêpes dont le nid aurait été détruit, résonna entre les flancs étroits et laids de la vallée et remonta en direction de Chiamh telle une vague de ressentiment et de haine balayant tout sur son passage. L'Œil-du-Vent s'arrêta sous le piètre abri du dernier bosquet d'arbres et lutta contre la réticence qu'il éprouvait à l'idée de se rapprocher de ce mur de haine palpable et vibrante, de cette foule assoiffée de sang. Brusquement, il se sentit extrêmement soulagé d'avoir les Mages à ses côtés, ainsi que l'amie d'Aurian, la grande panthère imposante (dont le compagnon mâle était resté dans la vallée avec les deux Ailés pour protéger Wolf et ses parents nourriciers). Il n'oubliait pas non plus ses autres camarades, Xandims et étrangers. Il n'avait jamais eu autant besoin de leur soutien, mais il doutait que même sa mamie, une légende parmi son peuple, aurait pu gérer seule une crise telle que celle-là, d'autant que lui était déjà extrêmement fatigué après les efforts épuisants et les terreurs cauchemardesques de la vision qu'il avait eue pour Aurian.

S'il n'y avait eu la veillée et le défi, la Mage ne lui aurait pas permis de venir. En fait, à présent qu'elle savait ce qu'une vision impliquait, elle était furieuse qu'il ait pris un tel risque, même si, de façon perverse, elle s'en voulait encore davantage de l'avoir laissé faire, bien qu'il lui ait délibérément caché les dangers qu'il encourait. Heureusement, les Mages avaient été incapables de suivre sa vision avec leurs propres pouvoirs et ils avaient été obligés de se contenter de son récit. Chiamh avait donc pu leur dissimuler cette horrible dernière image. Il aurait seulement souhaité pouvoir l'effacer aussi facilement de sa mémoire.

Alors même qu'il faisait route vers le lieu du défi, l'impact de sa découverte commençait tout juste à lui apparaître, si bien qu'il se retrouva de nouveau confronté à un angoissant dilemme, déchiré entre deux loyautés. Désormais, il ne pouvait plus prétendre l'ignorance ; le sort des Xandims reposait entre ses mains. Comme il serait facile de trahir ses nouveaux amis et de les abandonner à la horde en colère. En lançant sur Schiannath le même sortilège qu'il avait infligé à Phalihas, Chiamh augmenterait grandement la possibilité que l'Épée de Feu ne soit jamais retrouvée. Son peuple serait sauvé. Les Mages et leurs compagnons étrangers seraient sûrement tués, mais s'agissait-il vraiment d'un trop grand sacrifice, comparé à celui d'une tribu tout entière ?

Mais as-tu déjà oublié les Puissances Maléfiques ? se demanda-t-il. *Sans Aurian et l'Épée, elles triompheront à coup sûr, et qu'adviendra-t-il des Xandims alors ?* Cependant, il ne connaissait pas bien ces Puissances Maléfiques, très lointaines, alors qu'il avait de ses yeux vu la menace directe et immédiate que représentait l'Épée.

— Chiamh ? Tu vas bien ?

L'Œil-du-Vent sortit de sa rêverie en sursaut et vit qu'Aurian le regardait en fronçant les sourcils.

— Je savais que tu aurais dû te reposer plus longtemps, ajouta-t-elle en glissant une main sous le coude du jeune homme pour le soutenir. Tu as une mine affreuse. Si seulement tu m'avais laissée te rendre un peu de l'énergie que tu as perdue en invoquant cette vision. Tu n'es pas en état d'affronter ce qui t'attend et tu le sais. (L'inquiétude assombrissait son regard, mais, avec son courage habituel, elle essaya d'alléger l'atmosphère.) On ne veut pas te perdre, tu sais. J'ai plané avec toi au-dessus des montagnes et chevauché les vents à travers le plateau. Je comptais bien pouvoir renouveler ces expériences.

Elle lui sourit, de ce sourire ironique et expressif qui n'appartenait qu'à elle et qui contenait tout l'amour qu'elle éprouvait pour lui, son ami.

Chiamh fut incapable de soutenir son regard. *Et tu veux la trahir ?* insista la petite voix dans sa tête. *Tu veux la voir morte ? Combien de véritables amis as-tu eus dans ta vie, à l'exception de ceux qui se trouvent en ce moment à tes côtés ?* Chiamh regarda Anvar, qui paraissait tout aussi inquiet, et Sangra, qui l'avait aidé à surmonter ses peurs lorsqu'ils étaient descendus ensemble de la montagne au cœur de la tempête. Il vit également Parric qui avait risqué sa vie plus d'une fois pour aider les autres, et Schiannath et Iscalda, qu'il avait déjà trahis une fois, sur les ordres du seigneur de la Horde. Il ne pouvait pas recommencer.

L'Œil-du-Vent redressa les épaules et prit la main d'Aurian.

— Je vais m'en sortir, assura-t-il non sans effort. C'est un moment de lourd fardeau pour nous tous. Je me reposerai cette nuit, je le jure, même si je ne devrais pas, à cause de la veillée.

— Au diable la veillée, gronda Aurian. Je ne laisserai pas Phalihas et ses hommes se rendre compte que tu dors, mais tu dormiras, mon ami, j'y veillerai. Tu le mérites et tu en as besoin.

— Tant que tu ne ronfles pas, le menaça Parric avec un sourire malicieux.

— Quoi ? (Chiamh haussa les sourcils d'un air faussement horrifié.) Sache que le puissant Œil-du-Vent des Xandims ne ronfle jamais !

Même si c'était à lui de porter seul son fardeau, il eut l'impression d'avoir le cœur incroyablement plus léger à présent que sa décision était prise. Il répondit par une bourrade à la tape amicale que Parric lui donna sur l'épaule, puis tourna le dos à contrecœur à la chaleur de ses amis pour affronter l'hostilité de ses ennemis.

— Nous devons nous remettre en route, dit-il à ses compagnons. Le soleil est presque couché et il ne nous reste pas beaucoup de temps pour faire ce qui doit l'être.

On aurait dit qu'une ligne invisible avait été tracée entre les pierres levées, en travers de l'entrée de la vallée, d'un sinistre monolithe à l'autre. Au-delà de cette impénétrable frontière de peur et de superstition se tenaient les Anciens. Derrière eux, alignés, se trouvaient les chefs des clans nomades de chasseurs et ceux des petites communautés familiales de pêcheurs, de sauniers et de ramasseurs de coquillages qui résidaient la majeure partie de l'année sur la côte et venaient vendre leurs produits lors de rencontres régulières avec les clans de l'intérieur des terres. Phalihas était également parmi eux, toujours pris au piège de sa forme équine, celle d'un grand étalon noir. En voyant Chiamh, l'ancien seigneur de la Horde se raidit de rage, aplatit ses oreilles contre son crâne et frappa le sol de son énorme sabot en écrasant l'herbe.

Ysalla, la chef des Anciens, s'avança, grande et maigre et sèche comme un vieux pin. Il y avait désormais plus de gris que de marron dans sa chevelure auburn, et l'âge avait creusé des rides sur son visage tanné, mais ce fut d'une manière toujours aussi hautaine et impérieuse qu'elle s'adressa à l'Œil-du-Vent :

— Eh bien, magicien ? Nous voilà à la nouvelle lune. Qu'as-tu à nous dire, en cette nuit de défi ? Ce mécréant d'étranger que tu as porté au pouvoir a-t-il l'intention de tenir parole cette fois ? Vas-tu libérer Phalihas ? Car nous avons délibéré et décidé, au regard de nos lois très anciennes, qu'il a été injustement défié et qu'il peut donc combattre de nouveau s'il le souhaite – mais pas en étant encore prisonnier du sortilège d'un traître immonde.

Même si, intérieurement, il tremblait, Chiamh soutint son regard froid sans broncher.

— Fidèle à ma parole, je vais libérer Phalihas. (Il marqua une pause pour permettre aux murmures et aux cris de l'assemblée de se calmer.) Et pour l'affronter, je vous amène un nouveau concurrent qui veut le défier. L'actuel seigneur de la Horde tient parole, il ne se battra pas de nouveau, mais la loi l'autorise à nommer un champion qui se battra à sa place…

— Un Xandim ! exigea aussitôt Ysalla d'une voix sèche.

— Oui, un Xandim.

L'expression calme et impassible de Chiamh ne vacilla pas tandis qu'il faisait signe à Schiannath de le rejoindre. Cependant, il fut presque submergé par les cris de colère et d'indignation qui éclatèrent tout autour de lui.

— Traître !

— Injustice !

— C'est interdit !

— Il voudrait nous imposer un hors-la-loi !

— Schiannath a déjà échoué !

— Il ne peut combattre à nouveau !

Chiamh leva la main, et une bourrasque de vent hurlant emporta toutes ces protestations. Dans le silence stupéfait et plein de ressentiment qui s'ensuivit, il prit de nouveau la parole.

— Dois-je vous rappeler que Phalihas a lui aussi perdu un défi ? Et pourtant, vous en appelez à la loi pour le laisser combattre à nouveau. Le seigneur de la Horde, Parric, est prêt à renoncer à son titre. Mais la loi autorise un seigneur de la Horde démissionnaire à désigner un champion – n'importe quelle personne de son choix, tant qu'il s'agit d'un Xandim – pour prendre sa place. Vous ne pouvez le nier.

Pendant un long moment, Ysalla hésita, visiblement désespérée de ne pouvoir réfuter ce qu'il venait de dire. Enfin, elle baissa les yeux pour ne plus croiser le regard implacable de Chiamh.

— Cela est vrai, admit-elle, les dents serrées, comme si chaque mot lui avait été arraché de force et venait des tréfonds de son âme. Si tu rends sa forme humaine à Phalihas, alors Schiannath pourra combattre, et nous, les Xandims, nous soumettrons au résultat du défi. Mais entends-moi bien, Œil-du-Vent. (Ses yeux étincelèrent de l'intensité de sa haine.) Si Phalihas l'emporte, alors l'aube de demain sera la dernière que toi et tes maudits compagnons étrangers vous verrez jamais. Par la lumière de la déesse, je le jure.

— Avant de faire une promesse aussi insensée, tu devrais d'abord t'assurer que tu es capable de la tenir, répliqua l'Œil-du-Vent d'un ton égal. Moi, au moins, je sais tenir les miennes.

Sur ce, il leva les mains, attrapa l'air qui miroitait autour de Phalihas et le tordit. La forme équine se brouilla et se modifia, puis elle laissa la place à la haute silhouette musclée de l'ancien seigneur de la Horde.

Phalihas se jeta sur Chiamh, les mains tendues. Il lutta contre les Xandims qui le retinrent tout en crachant de vilains épithètes et en grondant comme un animal enragé. L'Œil-du-Vent resta immobile, sans jamais quitter du regard l'homme qui voulait le tuer.

Ysalla mit un terme à la scène.

— Assez, imbécile ! rugit-elle. Veux-tu donc tout gâcher ? Si tu entres dans la vallée de la Mort, ou si tu verses le sang à la veille du défi, alors tu seras maudit et tu ne pourras plus combattre demain !

Phalihas se calma immédiatement, même si ses yeux brûlaient encore d'une rage insatisfaite.

— Compte bien les heures, Chiamh, prévint-il. Il ne t'en reste pas beaucoup.

Chiamh haussa les épaules, un geste délibéré destiné à entretenir la colère et le malaise de Phalihas toute la nuit durant.

— C'est le cas pour l'un de nous deux, c'est certain, répliqua-t-il.

Puis il tourna les talons et s'en fut, sous le regard d'Aurian qui se rengorgeait presque de fierté.

Le soleil s'apprêtait à sombrer derrière le sommet déchiqueté des Griffes d'Acier, laissant des traînées cramoisies sur les monolithes effilés mais imposants. Les partisans des deux concurrents s'installèrent près des pierres en vue de la difficile veillée qui les attendait. Il ne restait plus beaucoup de temps pour parler avant que la nuit tombe et que le silence soit de mise. Parric se dépêcha donc d'aller trouver l'Œil-du-Vent pour lui parler seul à seul pendant qu'Aurian et Anvar allumaient un feu. De leur côté, les autres s'affairèrent à monter leur camp de fortune et se répartirent les tours de garde afin qu'il y en ait toujours deux pour veiller sur Schiannath et un troisième pour nourrir le feu et tenir discrètement le concurrent éveillé si jamais il faisait mine de s'endormir. Chiamh s'efforçait de convaincre un Schiannath réticent et nerveux de prendre un dernier repas avant le défi, mais, lorsqu'il sentit la main du maître de cavalerie se poser sur son épaule, l'Œil-du-Vent se retourna rapidement.

Parric le conduisit à l'ombre d'une des grandes pierres levées.

— Écoute, lui dit-il d'une voix bourrue, j'suis qu'un soldat, et j'suis pas très doué pour les grands discours, mais si je t'ai pas encore remercié pour tout ce que tu as fait pour nous, eh bien, je tenais à le faire maintenant. Et puis je voulais aussi te remercier pour ce que tu as fait l'autre soir. Quand j'ai tort, je le reconnais, et j'admets que tu m'as empêché de faire une des plus grosses conneries de ma vie quand tu m'as empêché d'entraîner Aurian de force en abandonnant Anvar dans la forteresse. J'suis désolé pour ce que j'ai essayé de faire, et j'ai une dette envers toi, parce que tu as pas dit à Aurian quel sacré idiot je suis. Tu m'as sauvé en évitant que j'embrouille la situation, et tu as probablement sauvé la vie d'Anvar au passage. Alors, voilà, je voulais te dire que je t'en suis vraiment reconnaissant.

Au même moment, les derniers rayons du soleil disparurent et la plainte solitaire d'un cor résonna à travers le plateau pour indiquer que les heures de veille silencieuse venaient de débuter. Chiamh ne put donc pas répondre, mais il sourit et serra fortement la main de Parric pour lui manifester à la fois son amitié et son approbation. Ensemble, ils revinrent vers le feu.

Même si tous s'étaient arrangés pour organiser des tours de garde, aucun des compagnons de Schiannath ne dormit cette nuit-là, à l'exception de l'Œil-du-Vent qui, vexé, prétendit par la suite avec insistance qu'Aurian l'avait ensorcelé. Sangra et Yazour, par exemple, s'abîmèrent dans des réflexions étrangement similaires en dépit de leurs passés si différents. Chacun d'eux avait la nostalgie de son foyer. Sangra se mit à songer avec regret aux rues boueuses et encombrées de Nexis, aux tavernes, aux entraînements et à la camaraderie brutale et bruyante qui existait au sein de la garnison. Yazour, lui, tremblait sous son épais manteau, et songeait avec envie à la chaleur bouillante et miroitante de son pays, aux coassements rythmés des grenouilles au bord du fleuve qui rendaient les nuits moins calmes et moins solitaires, aux sons de sa langue natale et à l'horizon infini et scintillant du désert.

De son côté, Parric avait matière à réfléchir depuis que les révélations d'Aurian l'avaient conduit à voir l'attachement qu'elle éprouvait pour Anvar sous un jour différent. Il n'était cependant pas très porté sur ce genre d'introspection, si bien que son esprit revint bien vite se concentrer sur un problème plus immédiat : Schiannath. Le maître de cavalerie se sentait plein de sympathie pour le guerrier xandim qui était assis de l'autre côté du feu.

Pâle et visiblement mal à l'aise, il allait être obligé de se livrer pendant toute la nuit à une guerre des nerfs avec Phalihas – un adversaire aguerri et rusé, comme Parric l'avait découvert à ses dépens. Ayant subi lui aussi ce rituel éprouvant, il n'enviait pas du tout le jeune homme et ne pouvait s'empêcher d'éprouver un soupçon d'inquiétude. Il ne connaissait pas grand-chose de Schiannath, à part le fait qu'il avait déjà été vaincu une fois par l'ancien seigneur de la Horde, ce qui n'augurait rien de bon aux yeux du maître de cavalerie. Il espérait seulement que le jeune Xandim se montrerait à la hauteur.

Tendue, Aurian continuait à suivre les conseils de Forral en ne regardant jamais le feu pendant qu'elle montait la garde la nuit. Elle tremblait légèrement à cause de la fatigue et du froid humide de cette soirée en montagne et scrutait les ombres au-delà des imposantes pierres levées. Comment aurait-elle pu dormir ? Elle avait beaucoup de choses à l'esprit depuis les révélations de la vision de Chiamh, car comment expliquer que cette fichue Épée se soit retrouvée dans le Val de sa mère ? De tous les endroits au monde, c'était bien le dernier où elle s'attendait à trouver l'Artefact. On aurait dit que le destin se moquait d'elle. Mais c'était loin d'être son unique sujet de préoccupation. La journée du lendemain serait tout aussi importante pour elle que pour Schiannath et le peuple xandim. Tout son avenir en dépendait. Compte tenu de l'issue du duel, soit elle commencerait à planifier son retour dans le Nord pour récupérer l'Épée et affronter enfin Miathan, soit il lui faudrait se battre pour sauver sa vie et celle de ses compagnons bien-aimés, qu'elle risquait probablement de perdre dans la bataille.

En réponse à la douleur qui l'envahit lorsqu'elle se rappela malgré elle la mort de Bohan, Aurian sentit la main d'Anvar serrer la sienne.

— *Je ne m'appesantis pas là-dessus, je le jure*, expliqua-t-elle par télépathie, un mode de communication qui était de plus en plus facile pour eux maintenant qu'ils étaient amants. *Je sais que cela ne servirait à rien. En plus, nous ne pouvons nous payer le luxe de pleurer, pas en ce moment.*

— *Tu as raison*, répondit Anvar dans son esprit. (Aurian bénit le fait qu'ils pouvaient parler ainsi une nuit où ils étaient obligés de garder le silence.) *Mais ça n'amoindrit pas notre amour pour Bohan*, ajouta son âme sœur, *et un jour, si tout va bien, nous trouverons une façon de lui rendre hommage.*

— *C'est une idée généreuse – et appropriée*, intervint Shia.

En écho à ces paroles, Aurian perçut l'approbation muette de la panthère dont les yeux brillaient comme des pierres précieuses à la lueur du feu. Shia aussi montait la garde ce soir-là, même si elle s'inquiétait davantage pour les deux Mages que pour le guerrier xandim. Aurian posa la main sur la grosse tête lisse de la panthère et appuya sa tête sur l'épaule d'Anvar en savourant la proximité de ses deux compagnons les plus chers.

— *Vous non plus, vous ne pouvez pas dormir ?*

— *Certainement pas. Je veille sur vous deux*, répliqua Shia d'un ton ferme.

— *Aucune chance*, répondit Anvar de son côté avec une pointe de regret. *Il y a trop de choses en jeu. Tu crois que Schiannath peut y arriver ?*

— *Il vaudrait mieux*, répondit Aurian avec ferveur, *sinon nous serons vraiment dans de beaux draps*. (Elle s'étira en soupirant.) *Le pire, je trouve que c'est cette attente interminable.*

— *Tu veux que je fasse pour toi ce que tu as fait pour Chiamh ?* demanda Anvar d'un air malicieux en désignant l'Œil-du-Vent endormi.

— *Surtout pas ! Il va me tuer quand il se réveillera, mais c'est mieux comme ça. Le pauvre était épuisé après ce qu'il a fait pour nous aujourd'hui. Il a désespérément besoin de sommeil.*

— *Et il le mérite. J'ai été très impressionné par la façon dont il a tenu tête aux Anciens.* (Il pouffa de rire mentalement, puis redevint sérieux, et Aurian perçut son hésitation.) *Mais, Aurian… Tu n'as pas eu l'impression qu'il nous cachait quelque chose après sa vision ?*

— *Toi aussi, tu as eu ce sentiment-là ?* (Aurian fronça les sourcils.) *J'espérais qu'il s'agissait juste de mon imagination. Mais je lui fais confiance, Anvar. Je suis convaincue que Chiamh ne peut pas nous trahir. Et toi, tu en doutes ?*

— *Non. Mais que nous cache-t-il alors ?*

— *Je ne sais pas, mais il m'est apparu que, de quoi qu'il s'agisse, ça le terrifie.* (Aurian se tut en passant en revue les différentes possibilités.) *Je crois*, ajouta-t-elle lentement, *que, si nous étions en danger, il nous aurait sûrement prévenus. Le danger doit donc le concerner, lui – et ça m'inquiète plus que je ne saurais le dire.* (Elle frissonna.) *Je ne supporterais pas qu'il lui arrive quoi que ce soit. Je suis très attachée à lui.*

— *Tu veux dire que j'ai un rival ?* protesta Anvar, faussement alarmé.

— *Mais non, idiot !* répliqua Aurian en essayant comme lui d'alléger l'atmosphère – il avait raison, ce n'était pas l'heure de se livrer à des spéculations sinistres et nébuleuses. *Tu n'as aucun rival,* lui promit-elle, *et, si nous n'avions pas autant de gens autour de nous, je te le prouverais.*

Schiannath, pour sa part, était privé du réconfort de la communication télépathique. Obligé de veiller en silence, il passait une nuit difficile à cause de Phalihas qui ne se trouvait qu'à deux jets de lance de là et qui le regardait d'un air furieux, avec une haine bien plus intense que l'animosité habituellement destinée à déstabiliser l'adversaire. Schiannath frissonna et sentit le doute germer en lui. Il baissa les yeux pour ne plus croiser le regard noir de l'ancien seigneur de la Horde et comprit, honteux, qu'il avait déjà perdu le premier round. *Et si je n'y arrivais pas ?* se demanda-t-il, éperdu. *Si je devais mourir demain, qu'adviendrait-il de ma pauvre sœur ?*

Il leva les yeux et vit que Phalihas contemplait avidement, non plus son adversaire, mais Iscalda. Son visage ricanant reflétait un tel mélange de convoitise, de calcul et d'arrogance que Schiannath se surprit à serrer les dents pour contenir sa fureur. L'ancien seigneur de la Horde s'arrangeait pour montrer que lui, au moins, n'avait aucun doute concernant l'issue de ce duel.

Les doutes de Schiannath disparurent dans une bouffée de rage brûlante qui se transforma tout aussi rapidement en résolution glaciale. *Jamais !* se jura-t-il. *Jamais Phalihas ne posera la main sur ma sœur, parce que c'est moi qui vais le vaincre.* Redressant crânement le menton, il chercha de nouveau le regard de son adversaire. Et cette fois, la force de sa résolution désespérée était telle que ce fut Phalihas qui flancha et détourna le regard. Pas une fois après cela, Schiannath ne lâcha du regard le seigneur de la Horde ; il maintint la pression sur lui tout au long de cette très longue nuit.

Iscalda, remplie d'appréhension, était assise à côté de son frère et gardait sa main droite étroitement serrée dans la sienne. L'échange de regards entre les deux concurrents lui échappa complètement, car elle ne les regardait pas, pour mieux éviter de trahir ce qu'elle pensait. Si Schiannath était vaincu le lendemain, non seulement elle perdrait le frère auquel elle tenait plus qu'à la vie, mais elle-même subirait alors un sort impensable entre les mains de Phalihas. De ses doigts libres, elle caressa sa dague dans son fourreau et se jura que, si Schiannath mourait, elle le suivrait dans les bras de la déesse.

Le cor lança une seule note d'avertissement stridente à travers le plateau. Plongée dans ses pensées, dans ces limbes incertains entre le sommeil et l'état de veille, Aurian n'avait pas remarqué que le ciel s'éclaircissait. La sonnerie du cor la rappela à l'ordre et la fit sursauter en la ramenant dans un corps frissonnant et engourdi. Elle se retint juste à temps de proférer un juron bien senti.

— Tout va bien. Entre la sonnerie du cor et le lever du soleil, on peut parler.

Cette voix appartenait à l'Œil-du-Vent, qui se débarrassa tant bien que mal de la couverture qu'elle avait drapée sur lui et qui lui lança un regard noir.

— Est-ce donc là ta vengeance, Aurian, en réponse à la fois où j'ai mis du somnifère dans ton vin ?

— Tu avais besoin de repos, répondit Aurian sans l'ombre d'un remords, même si elle fut soulagée qu'il n'eût pas l'occasion de lui répondre.

Les compagnons se rassemblèrent tous autour de Schiannath, qui piétinait et balançait ses bras pour rétablir la circulation du sang dans ses membres engourdis par le froid. Le guerrier xandim paraissait terriblement pâle dans la lumière crépusculaire, mais une expression déterminée recouvrait ses traits fatigués. Chiamh lui tendit la gourde d'eau, et Schiannath but une rapide gorgée avant de verser le reste sur son visage et sa tête. Il n'y avait pas assez de temps pour d'autres préparatifs ; déjà, une auréole d'or pâle apparaissait au-dessus des montagnes orientées à l'est. Il devait se mettre en position avant que les premiers rayons du soleil atteignent le plateau, sinon, il serait déclaré forfait.

Rapidement, Iscalda étreignit son frère bien-aimé.

— Puisse la déesse te protéger, chuchota-t-elle.

Puis elle se sépara de lui avant que son fragile masque de courage ne se brise.

— Et puisse-t-elle te protéger aussi, ma sœur. (Schiannath déglutit péniblement, avança et s'arrêta pour poser la main sur l'épaule de la Mage qu'il regarda d'un air suppliant :) Si... S'il devait m'arriver quoi que ce soit, expliqua-t-il très vite, je vous en prie, protégez-la de Phalihas.

— Je le ferai, je te le promets, assura Aurian.

Puis Schiannath s'en fut.

Le silence le plus complet se fit en cet instant, juste avant l'aube, où les deux concurrents s'avancèrent sur le plateau. Puis, à l'endroit où deux hommes se défiaient du regard dans l'atmosphère tendue qui précède un duel…

Aurian laissa échapper un hoquet de stupeur. Deux puissants étalons, l'un noir de jais et l'autre gris anthracite et pommelé, se faisaient désormais face sur l'étendue de prairie encore plongée dans l'obscurité. Le vent balaya leur queue et leur crinière, et les animaux soulevèrent fièrement leur tête délicatement sculptée et fléchirent leur grand cou arqué. Une puissance fluide animait les muscles de leur large poitrail et de leurs fortes hanches tandis qu'ils raclaient le sol de leurs terribles sabots.

La troisième sonnerie de cor retentit alors, cri triomphant qui salua le lever du soleil. Les rayons de l'astre diurne flamboyèrent sur l'horizon, et l'herbe grise de la prairie devint d'un vert éblouissant, sauf à l'endroit où l'ombre tout en longueur de Phalihas s'étirait pour avaler son adversaire dans un linceul d'obscurité. Schiannath hennit, un son strident plein de défi, puis se cabra et agita ses antérieurs dans le vide en se soulevant très haut dans la lumière, au-dessus de la tache noire que formait l'ombre de son ennemi. La rosée étincelante se transforma en giclées flamboyantes sous les sabots au galop lorsque les étalons hennirent et chargèrent.

Tandis que les deux grands chevaux se précipitaient l'un vers l'autre, Schiannath perdit tout vestige de conscience humaine au profit de l'extase chauffée à blanc que provoquait la rage animale pure et simple. Dans un bruit de tonnerre, il se précipita sur Phalihas dans l'intention d'esquiver puis de s'écraser contre lui en le prenant de côté. Mais son adversaire avait eu la même idée. Les deux bêtes virèrent dans la même direction, mais Phalihas, plus vieux, réagit plus rapidement face à ce nouveau développement. Faisant volte-face sur ses puissantes hanches, il se jeta sur l'étalon gris en faisant claquer ses dents et enfonça sa tête dans le ventre de Schiannath, lui coupant le souffle et le projetant à terre.

Avec une agilité inattendue, Schiannath roula sur lui-même et se releva tant bien que mal, tremblant encore de la panique qui l'avait envahi à l'instant où ses sabots avaient quitté le sol. Ceux de Phalihas s'abattirent précisément à l'endroit où venait de tomber son adversaire mais ratèrent leur cible d'un cheveu. Schiannath avança la tête, vif comme l'éclair, et l'étalon noir hennit de douleur et d'indignation lorsqu'une ligne de feu blanc s'ouvrit dans son flanc à l'endroit où les dents de l'autre bête venaient de le mordre. Il s'écarta d'un bond, brutalement ramené à la raison par le choc de cette blessure, car il ne s'attendait pas à ce que Schiannath fasse couler le premier sang.

Ce dernier l'attaqua de nouveau en ruant. Ses sabots acérés passèrent dangereusement près du crâne de Phalihas. Celui-ci plongea sous les antérieurs de son adversaire en s'efforçant de l'atteindre à la gorge, mais il manqua sa cible. L'un des sabots de Schiannath frappa douloureusement Phalihas à l'épaule tandis que ce dernier enfonçait ses dents dans le poitrail musclé de son ennemi et en arrachait un bout de chair. Cette fois, ce fut au tour de Schiannath de hurler et de reculer en titubant avec une blessure qui saignait. Ses yeux, qui roulaient dans leurs orbites, contenaient un nouveau respect vis-à-vis de son adversaire, mais aussi l'éclat d'acier de sa détermination. Il avait bien l'intention de vaincre son ennemi, coûte que coûte.

Les étalons chargèrent, encore et encore, plongeant et mordant, donnant des coups de sabots et de dents. Le sang tachait l'herbe piétinée et l'air résonnait de leurs hennissements de rage et de douleur lorsque l'un parvenait à passer sous la garde de l'autre et vice-versa. Leurs forces et leurs faiblesses s'équilibraient, Phalihas étant un peu plus lourd mais Schiannath légèrement plus grand. L'endurance du plus jeune compensait la ruse et l'expérience du plus vieux. Tous deux étaient blessés et saignaient, tous deux avaient le corps recouvert d'un voile de sueur blanc et titubaient de fatigue. Cependant aucun ne voulait céder du terrain ni déclarer forfait.

Pour les amis de Schiannath, qui se serraient les uns contre les autres à l'ombre des pierres levées, le combat représentait un supplice insoutenable. Iscalda ne s'était jamais sentie aussi impuissante. Elle pouvait à peine supporter de voir son frère se faire ainsi malmener sous ses yeux et pourtant elle était obligée de regarder, même si sa vision se brouillait de temps à autre à cause de larmes qu'elle essuyait d'un geste impatient. En esprit, elle se trouvait avec Schiannath sur cette prairie ensanglantée, elle ressentait la douleur de chaque blessure, et son cœur saignait autant que la chair ravagée de son frère. Tandis que la bataille entraînait les deux étalons de plus en plus loin de l'endroit où se tenait la jeune femme, elle s'efforça malgré tout de les suivre du regard en plissant les yeux pour mieux combler la distance qui les séparait. Si les regarder avait été une torture, ne plus les voir était encore pire. Elle sentit une main agripper la sienne et s'y accrocha volontiers, reconnaissante du soutien qu'on lui offrait, mais incapable de détacher son regard du combat ne serait-ce qu'un instant pour voir qui essayait ainsi de l'aider.

Il fallait que ça se termine bientôt, il le fallait ! Schiannath réussit presque à esquiver une attaque de Phalihas, mais ne fut pas assez rapide. Les dents de son adversaire se refermèrent en claquant sur son oreille et une douleur lancinante lui parcourut la tête. Il se libéra d'une secousse en couinant et s'écarta en titubant, du sang dégoulinant de sa blessure jusque dans ses yeux. Ses mouvements et ses réactions se faisaient plus lents à présent, et la douleur obscurcissait et émoussait son jugement. Il haletait, épuisé, et de la bave mêlée de sang dégoulinait de ses mâchoires ouvertes. Surprenant son ennemi du coin de l'œil, Schiannath réussit à faire adroitement volte-face et rua. Ses postérieurs s'enfoncèrent dans les côtes de son adversaire avec un bruit sourd qui couvrit presque le craquement des os. Phalihas chancela et faillit tomber, la respiration réduite à un sifflement atroce, mais Schiannath trébucha à son tour, déséquilibré par sa ruade. Une douleur déchirante envahit son antérieur gauche.

Il se reprit en appuyant tout son poids sur l'autre, incapable de poser le sabot de sa jambe blessée sur le sol.

Le combat cessa alors tandis que les deux étalons se faisaient face, tête basse, chacun essayant de trouver la force d'achever l'autre. Aucun spectateur xandim n'interviendrait, cette bataille devait être livrée jusqu'au bout pour régler cette histoire de succession. Le dernier concurrent debout deviendrait le seigneur de la Horde, l'autre mourrait.

Schiannath savait qu'il avait atteint les limites de son endurance. Estropié comme il l'était à cause de son antérieur, il avait perdu sa mobilité. Pire encore, il ne pouvait plus ruer ni donner de coups de sabot. Cette blessure le privait d'une arme majeure. Ce n'était plus qu'une question de temps, à présent, avant que Phalihas l'achève. Schiannath sentit son cœur sombrer sous le poids d'un profond désespoir. Il avait essayé, mais il avait perdu…

Puis, à travers le brouillard gris de la perte de sang et de la fatigue, son ouïe ultra-développée de cheval entendit des pleurs étouffés. Iscalda ! En sursaut, il se rappela sa sœur, dame Aurian et ses compagnons qui l'avaient sauvé d'un terrible exil. Leur vie à tous dépendait de sa réussite. Sans parler d'Iscalda ; c'était pour elle qu'il se battait, et non pour lui. Quel droit avait-il d'abandonner ainsi, aussi facilement ? Une pensée lui traversa l'esprit, accompagnant cette détermination nouvelle : si lui se trouvait dans cet état pitoyable, alors son adversaire devait être encore plus mal. Cette étincelle d'espoir, aussi faible soit-elle, lui redonna du courage, et il sentit ses dernières réserves d'énergie se déverser dans ses membres épuisés. Secouant la tête pour éclaircir sa vision, il regarda réellement son adversaire pour la première fois depuis une éternité. Phalihas tremblait de tous ses membres, la respiration sifflante, et s'étranglait régulièrement en essayant de faire entrer l'air dans ses poumons. Du sang coulait de sa bouche et de ses naseaux, et il avait le regard terne et vitreux.

Schiannath se raidit dans un frisson d'espoir. À cause de la douleur de sa propre blessure, il avait oublié le dernier coup de sabot porté dans les côtes de Phalihas. Avait-il provoqué plus de dégâts qu'il le croyait ? Il n'existait qu'un seul moyen de le découvrir – mais, pour cela, il devait lui-même s'exposer. Si Phalihas ne faisait que feindre son état et se rendait compte que son adversaire boitait…

Serrant les dents pour contenir à la fois sa douleur et sa peur, Schiannath avança en boitillant et fit un pas hésitant, puis un autre… Son ennemi releva brusquement la tête et un feu nouveau s'alluma dans la profondeur de ses yeux éteints. Schiannath se figea, le cœur battant. Phalihas se ramassa sur lui-même et chargea. C'était exactement ce qu'attendait son adversaire. Lorsque l'étalon noir accourut vers lui pesamment, Schiannath fit un pas de côté, maladroitement, et se cabra en poussant un hennissement de triomphe strident qui se changea en cri de terreur étranglé lorsque Phalihas tourna brusquement la tête et referma les dents autour de sa gorge. Schiannath se sentit basculer, poussé à terre sous le poids de son adversaire. À la dernière seconde, il donna un coup de sabot, dans une dernière tentative désespérée. Son antérieur valide s'abattit sur le crâne de Phalihas et tous deux s'enfoncèrent ensemble dans les ténèbres.

Iscalda hurla en voyant les deux étalons tomber. Elle s'élança en échappant aux mains puissantes qui tentaient de la retenir. Ce faisant, elle s'aperçut du coin de l'œil que d'autres commençaient à la suivre et se déployaient derrière elle en poussant des cris excités ou inquiets. Mais l'angoisse qu'elle éprouvait pour son frère lui donna des ailes et, grâce à l'avance qu'elle avait prise, elle réussit facilement à distancer tout le monde. Non sans effort, elle ravala ses sanglots afin d'économiser son souffle pour courir. En revanche, elle garda le regard fixé, à travers ses larmes, sur les deux corps qui gisaient si désespérément immobiles sur le sol gorgé de sang. Les derniers assauts de la bataille avaient entraîné les deux étalons loin au milieu du plateau. Iscalda n'en continua pas moins à courir, la sueur dégoulinant sur son front et piquant ses yeux, mais elle s'efforça d'ignorer son point au côté et son souffle court.

— Schiannath !

Même si elle n'avait plus la force de parler, ce cri de douleur s'échappa de ses lèvres, venu du fond du cœur. Ne parviendrait-elle donc jamais à le rejoindre ? C'était comme essayer de courir dans l'eau, comme dans ses cauchemars d'enfant, lorsqu'elle fuyait, terrorisée, pour échapper à ses poursuivants, mais qu'en dépit de tous ses efforts elle ne bougeait pas d'un pouce.

Devant elle, l'une des formes noires bougea légèrement. Iscalda trébucha, puis regarda de nouveau. Avait-elle imaginé ce mouvement ? Le soleil bas et oblique l'éblouissait, obscurcissant tout détail. Non ! Elle ne s'était pas trompée ! L'un des deux étalons essayait faiblement de se relever. Haletante, Iscalda redoubla de vitesse. L'un d'eux était encore vivant, mais lequel ?

Puis elle l'entendit, brut et strident à travers le plateau, le hennissement de victoire d'un étalon. Iscalda aurait reconnu cette voix n'importe où. Schiannath ! Ivre de soulagement, elle sentit ses jambes céder sous elle et elle se laissa tomber sur l'herbe fraîche en pleurant de gratitude.

Malgré tout, elle fut l'une des premières à rejoindre le vainqueur. Juste au moment où elle essayait de se relever, elle vit Aurian arriver au galop sur le dos de Chiamh, avec Shia qui courait à leurs côtés. L'Œil-du-Vent avait gardé ses esprits et pris le temps de se changer en cheval.

— Viens, Iscalda, vite !

La Mage tendit la main et hissa la jeune fille épuisée derrière elle. Puis ils s'élancèrent de nouveau à une telle vitesse qu'en moins d'une minute ils arrivèrent auprès de Schiannath. Mais l'étalon était dans un trop grand état de détresse pour reconnaître ses amis. Il s'efforçait de se remettre debout, mais il ne cessait de glisser dans une mare de boue mêlée de sang, si bien qu'il se débattait en vain. Ses flancs gris anthracite étaient méconnaissables sous une épaisse couche de sang et de glaise, et ses yeux bordés de blanc exprimaient la douleur et la panique.

Marmonnant une imprécation choquée, Aurian se jeta à bas du dos de Chiamh et courut vers l'étalon en compagnie d'Iscalda.

— Dépêche-toi ! cria la Mage. Il est si terrifié qu'il ne sait pas ce qu'il fait. Il faut qu'on essaie de le remettre debout avant que ces idiots arrivent.

Mais il refusa de les laisser approcher, en dépit du fait que la grande panthère restait bien en retrait pour qu'il ne la voie pas. Chaque fois que les deux femmes essayèrent de s'avancer, il fit claquer ses dents de manière éperdue et essaya de donner un coup de sabot, mais l'un de ses antérieurs était visiblement blessé.

— Schiannath, c'est moi, Iscalda ! cria sa sœur, mais ses paroles se perdirent, noyées dans les hennissements de colère de l'étalon.

Si seulement elle pouvait l'obliger à la regarder… Elle se tourna vers la Mage.

— Aurian, si vous pouviez le distraire, je vais essayer d'atteindre sa tête.

Aurian acquiesça.

— Soyez prudente, recommanda-t-elle brièvement.

Puis elle courut vers le cheval en attirant son attention sur le côté et en agitant les bras tout en poussant des hurlements de sorcière. Schiannath aplatit les oreilles et se tourna vers elle. Vive comme l'éclair, Iscalda se précipita et lui attrapa les naseaux avant qu'il puisse la mordre. Déjà, elle sentait que les Xandims commençaient à arriver. Si elle ne réussissait pas à l'atteindre bientôt, elle n'y arriverait jamais avec une foule de gens réunis autour d'eux. Il plongea pour essayer de la faire lâcher, mais elle tint bon, refusant de céder. Rapprochant sa bouche de l'oreille de l'étalon, elle hurla :

— Schiannath, Schiannath ! C'est Iscalda ! Tout va bien, tu es sain et sauf maintenant. Reviens-nous, je t'en prie. Tu as gagné, tu es sauvé...

Lorsque cette litanie apaisante pénétra la conscience terrifiée du cheval, celui-ci cessa de se débattre. Encouragés par un signe d'Aurian, leurs autres amis arrivèrent, haletants, et aidèrent la bête épuisée à se relever, tandis que Chiamh et Yazour tenaient la foule en respect avec l'aide d'une Shia tous crocs dehors. Une fois debout, Schiannath se mit à trembler de fatigue, la tête basse. Puis, peu à peu, au grand soulagement d'Iscalda, une lueur d'intelligence apparut de nouveau dans son regard.

Entre-temps, Aurian en avait profité pour examiner Schiannath avec son sens de guérisseuse. Lorsqu'elle eut fini, elle s'adressa rapidement à lui :

— Schiannath, écoute-moi. Tout ira bien, je vais t'aider – mais n'essaie pas de te transformer tout de suite. Tu es trop fatigué. Tu comprends ? Laisse-moi d'abord te guérir, ensuite, tu pourras envisager de redevenir humain.

De son côté, Chiamh s'adressa à la foule :

— Ô Xandims, voici votre nouveau seigneur de la Horde, Schiannath, le vainqueur du défi. Que la déesse lui accorde un règne plein de bonté et de sagesse et puisse-t-elle maudire sur-le-champ quiconque lui contestera le droit de gouverner, car il l'a acquis honnêtement au regard de nos lois.

Il n'y eut pas beaucoup de vivats. À en juger par l'expression des Xandims, certains déçus, d'autres en colère, Aurian comprit qu'ils avaient tous espéré la défaite de Schiannath. Elle eut envie de leur cracher au visage. Ysalla s'avança au nom des Anciens, le visage de marbre.

— Et quelle est la volonté du seigneur de la Horde ? demanda-t-elle d'une voix sauvagement moqueuse qui claqua comme un coup de fouet.

Dans son esprit, Aurian entendit Chiamh s'adresser à elle avec angoisse :

— *Peux-tu l'aider ? Schiannath doit s'adresser bientôt à son peuple, sinon, ça ira mal pour nous.*

— *Je peux, mais ça prendra un moment*, répondit la Mage de la même manière.

— *Je doute que nous ayons un moment devant nous*, expliqua l'Œil-du-Vent d'une voix suppliante.

Déjà, des murmures agités commençaient à se répandre dans la foule.

Aurian perçut la puissance brute de leur colère et de leur hostilité et prit rapidement une décision.

— *D'accord. Anvar, protège nos amis du mieux que tu peux. Cette maudite foule a de l'énergie à perdre, je vais lui en prendre une partie.*

— *Aurian, tu ne peux pas faire ça ! Le Code des Mages…*

— *Au diable le Code, pour une fois ! C'est pour une bonne cause. J'ai déjà fait ça, lors des émeutes de Nexis et dans l'arène khazalim. Ils ne souffriront même pas.*

Tout en le rassurant, elle commença à se préparer. Discrètement, elle s'empara du Bâton de la Terre qui était, comme toujours, coincé dans sa ceinture. Posant l'autre main sur la tête baissée de Schiannath, elle tendit sa volonté vers l'aura de rage brûlante qui planait au-dessus de la foule et puisa dedans, ouvrant un canal à travers lequel l'énergie dérobée pouvait être transmise à l'étalon gris foncé. Comme elle l'avait promis à Anvar, elle n'en prit que très peu, d'autant que la foule avait de la colère à revendre. L'échange eut également un avantage inattendu : tandis qu'elle drainait l'énergie qui alimentait leur colère, Aurian remarqua qu'un changement se produisit au sein de l'assemblée. Les Xandims lui parurent plus détendus, moins incertains, moins mécontents et, surtout, beaucoup moins hostiles. Brièvement, elle se demanda si l'heureuse issue de l'émeute de Nexis était entièrement due à l'arrivée de la pluie, puis elle écarta ce sujet de réflexion en se disant qu'elle y reviendrait plus tard.

Lorsque le transfert toucha à sa fin, Aurian sentit Schiannath arrêter de trembler. Sous sa main tendue, il releva la tête d'un geste alerte. Même si Aurian avait encore à le guérir, Schiannath redressa les oreilles, balaya d'un regard brillant la foule de Xandims et s'ébroua sèchement.

— D'accord, lui dit Aurian à voix basse. Maintenant que tu en as l'énergie, tu peux te transformer. Allez, seigneur de la Horde. Nous sommes tous si fiers de toi.

Aurian recula un peu pour lui laisser la place de se transformer. Le grand étalon gris se raidit et ses yeux noirs s'assombrirent encore davantage sous l'effet de la concentration. Puis sa silhouette parut trembler et se rapetisser jusqu'à ce que, à sa place, apparaisse Schiannath le guerrier. Son bras gauche pendait, inerte, le long de son corps. Le jeune homme était livide et contusionné de partout, ses vêtements en lambeaux, sans parler des nombreuses blessures ensanglantées qui le recouvraient. Cependant, il affichait une espèce de dignité majestueuse et de puissance qui faisaient de lui, indiscutablement, le seigneur de la Horde. Soulevant la tête avec une fierté épuisée, il prit une profonde inspiration avant de s'adresser à son peuple, se demandant, pendant un instant de panique, ce qu'il allait lui dire. Puis, lorsqu'il posa les yeux sur Iscalda et leurs nouveaux amis, il trouva la réponse.

— L'année dernière, un jeune homme particulièrement sauvage, rebelle et stupide a perdu un défi sur ce plateau et a été banni dans les montagnes en tant que hors-la-loi. Vous connaissez tous ce misérable, hélas, car vous vous souvenez tous de ses erreurs et de ses escapades.

Il esquissa une grimace ironique, et de timides gloussements résonnèrent dans les rangs des Xandims. Schiannath croisa alors le regard d'Iscalda.

— Cet homme est mort. (Sur ce, les rires s'éteignirent brusquement. Schiannath poursuivit d'un ton plus tranquille mais aussi plus clair :) Le Schiannath que vous connaissiez est mort dans ces montagnes aussi sûrement que s'il était tombé au fond d'un précipice ou que s'il avait fini dévoré par les Noirs Fantômes.

Il inclina la tête pour s'excuser auprès de Shia, qui grondait farouchement, et entendit la foule hoqueter de stupeur lorsque les grondements cessèrent aussitôt. Schiannath profita aussitôt du fait qu'il avait impressionné ses compatriotes.

— C'est bien moi qui ai vaincu Phalihas aujourd'hui, mais je ne suis plus ce jeune homme égaré et capricieux qui fut exilé loin de sa tribu.

Votre nouveau seigneur de la Horde a appris la dure leçon de la patience et du courage. Il sait ce que veulent dire honneur, amour et responsabilité. Je demande juste la chance de vous le prouver, tout comme les Xandims au complet ont quelque chose à prouver en ces temps particulièrement difficiles et périlleux. Sous mon règne, nous ne craindrons plus nos voisins, les Noirs Fantômes et les Ailés. Il y aura la paix entre nous, afin que nos peuples respectifs puissent prospérer et se soutenir mutuellement face au mal – car le mal approche. Pendant trop longtemps, nous sommes restés à l'écart du monde en protégeant notre secret. Mais voilà que le monde vient à nous, et, à moins de le combattre, le mal nous submergera. Dans le Nord, une grande tempête se lève, un mal terrible que mes compagnons étrangers ont fui. En ce moment même, il se dirige vers nous et, sans les avertissements de notre brave et fidèle Œil-du-Vent, nous aurions été pris par surprise. Mais, pour notre bien à tous, nous devons nous préparer. Il ne doit plus y avoir de divisions entre nous désormais. Une nouvelle ère s'ouvre à vous, et voilà que l'on vous donne un nouveau seigneur de la Horde, un homme dont la nature a été forgée à neuf dans le feu de la douleur et de l'adversité. Autrefois, je ne savais que prendre à ma tribu. Maintenant, je ne souhaite que donner à mon peuple et le servir. Ô Xandims, m'acceptez-vous ?

Il y eut un instant de silence pendant lequel chacun retint son souffle, puis Schiannath fut submergé sous les applaudissements et les vivats. Tapant des pieds et frappant leur bouclier avec leur épée, ils crièrent son nom encore et encore en venant tous se regrouper autour de lui. Iscalda courut rejoindre son frère, le visage illuminé comme le soleil par le soulagement et la fierté.

— Que je sois pendu, marmonna Parric à l'intention de la Mage. J'aurais bien aimé faire un discours comme ça, moi aussi.

— Tu l'aurais fait si on t'avait donné suffisamment d'hydromel avant, gloussa Aurian. (Reprenant son sérieux, elle se tourna vers Anvar.) Eh bien, n'était-ce pas stupéfiant ? Je suis si fière de Schiannath.

Son âme sœur acquiesça.

— C'est un sacré bonhomme. Quelle journée ! On dirait qu'il n'y a plus d'obstacle à nos plans désormais.

— Tu as raison.

En prononçant ces mots, Aurian éprouva brusquement une sensation de malaise prémonitoire. Regardant autour d'elle, elle s'aperçut que quelqu'un manquait parmi les amis en liesse. Chiamh se tenait à l'écart ; le visage gris et tordu par une expression de désespoir, il regardait les Xandims fêter leur nouveau seigneur de la Horde. Ce que voyant, Aurian frémit.

— Du moins je l'espère, ajouta-t-elle si bas que personne ne l'entendit.

19

L'ESPION

Hebba pâlit et laissa échapper un petit cri.

— Que les dieux nous sauvent ! C'est le maître !

Prise d'un accès de faiblesse, elle se laissa tomber dans le fauteuil près du feu et s'éventa avec son tablier. Zanna, reconnaissant l'une des légendaires attaques de vapeurs d'Hebba, courut réconforter sa vieille amie la cuisinière. C'était presque comme si elle était de retour à la maison.

Quelque part au fond de lui, Vannor trouva la force de pouffer.

— Tout va bien, Hebba, je ne suis pas un fantôme.

— Non, mais, avec tout le respect que je vous dois, messire, vous avez une tête de déterré. (Glissant son épaule sous le bras du marchand, Tarnal le guida jusqu'à l'autre fauteuil en le soutenant comme il l'avait fait tout au long du trajet épuisant et éprouvant pour les nerfs à travers toute la cité.) Ressaisissez-vous, Hebba, ajouta sèchement le jeune Nightrunner tandis que Vannor se laissait tomber et fermait les yeux avec un soupir de soulagement. Arrêtez de paniquer et donnez ce fauteuil à la pauvre Zanna, elle en a plus besoin que vous.

Nous allons avoir besoin d'eau chaude. Est-ce qu'il vous reste du taillin, aussi ? Il faut dégriser cet idiot de Benziorn aussi vite que possible. Vannor est blessé.

— Le maître est blessé ? Et à moitié mort de faim, aussi, à ce que je vois. Et cette pauvre petite n'est pas en meilleur état.

Cela suffit pour que la vieille cuisinière retrouve ses esprits. Se levant d'un bond comme si le fauteuil était brusquement devenu brûlant, elle aida Zanna à y prendre place et lui posa une couverture en crochet sur les genoux avant d'aller en chercher une autre pour Vannor. Puis elle commença à s'affairer dans la cuisine en mettant de l'eau à bouillir et en fouillant les placards à la recherche de vivres, d'ustensiles et de tissu pour faire des bandages, le tout sans jamais cesser de caqueter comme une vieille poule pour masquer son inquiétude.

— Ah, ce Benziorn. Quel bon à rien ! Pourquoi je lui fournis un abri, je vous le demande ? C'est vrai, ce misérable n'est pas plus utile qu'un chapeau dans un ouragan !

Elle se retourna pour lancer un regard noir au médecin qui s'attardait, penaud, sur le seuil, car il n'était pas très sûr d'être le bienvenu, à juste titre.

— Ne restez pas planté là, entrez, si c'est votre intention, lui dit-elle sèchement en posant brutalement une casserole sur la table pour donner du poids à ses paroles. Et fermez-moi cette porte, le maître est en plein courant d'air. Vous parlez d'un médecin ! Vous devriez pourtant savoir que ce n'est pas bon pour lui.

Vannor se détendit et laissa la cuisinière jacasser, préférant se concentrer pour sa part sur la délicieuse chaleur du feu qui s'insinuait jusque dans ses os glacés. Même s'il était sale, assoiffé, affamé, épuisé et s'il avait mal partout, même si la douleur lancinante de sa main blessée devint insupportable lorsque ses membres retrouvèrent peu à peu des sensations, le marchand fut submergé par un incroyable sentiment d'euphorie et de gratitude si intense qu'il en eut les larmes aux yeux. Libre, il était libre. Quel luxe indescriptible et inespéré de se retrouver, Zanna et lui, sains et saufs en compagnie d'amis.

Zanna, elle aussi, avait l'impression de se retrouver dans un rêve. D'abord, ce cher Tarnal et maintenant Hebba. Et puis, elle avait sauvé son père. Même si le bon sens lui dictait que cet interlude béni devait forcément être court, car les Mages allaient traquer son père, elle écarta fermement ce genre de pensées. Cela pouvait attendre le lendemain. Bon sang, elle l'avait bien gagné, ce répit, et elle avait bien l'intention d'en profiter.

Hebba vint la trouver avec une tasse de taillin à la main.

— Tiens, ma chérie, ça va te faire du bien en attendant que la soupe que je prépare soit prête…

Zanna goûta le chaud breuvage d'un air appréciateur et eut l'impression qu'elle n'avait jamais rien bu d'aussi bon. La cuisinière n'avait pas lésiné sur le miel et Zanna sentit la chaleur du liquide descendre tout droit jusqu'à son estomac douloureusement vide. Lorsqu'elle jeta un coup d'œil à travers la fumée qui embaumait, elle vit que son père tenait lui aussi une tasse. Il lui fit un clin d'œil et souleva le taillin en guise de toast silencieux mais venu du fond du cœur.

Tarnal, de son côté, faisait faire les cent pas à un Benziorn titubant tout en marmonnant des imprécations dans sa barbe. Il avait posé une tasse sur la table et une autre sur l'étagère près de la porte et il faisait boire du taillin noir au médecin bredouillant à chaque traversée de la pièce. Zanna sourit en l'observant comme ça, si concentré et tellement en colère, les sourcils froncés au-dessus de ses yeux gris, la mine rembrunie face à l'attitude de Benziorn. À la lueur de la lampe, sa chevelure étincelait comme de l'or poli. Le jeune homme croisa son regard et son expression se transforma en sourire rassurant.

— Ne t'inquiète pas, Zanna. Ce propre à rien sera bientôt dégrisé. C'est un bon médecin quand il ne boit pas, et il va soigner ton papa en un rien de temps, tu verras.

C'était si bon de le revoir. Même s'ils n'avaient perdu le contact que depuis quelques mois, il semblait avoir mûri en son absence, et ce de manière frappante. *Je me demande s'il pense la même chose de moi ? Si je le rencontrais pour la première fois, je le considérerais comme un homme et non plus comme un gamin.* Zanna remarqua qu'il était suffisamment grand et fort pour traîner le médecin à travers toute la pièce, en dépit de la résistance de ce dernier. Brusquement, elle se demanda ce que le jeune homme faisait à Nexis. Ils n'avaient pas eu le temps de discuter ni de se donner mutuellement des explications pendant qu'ils traversaient la ville, poussés par l'urgence de trouver un refuge pour Vannor. Et où était Yanis ? Que faisait-il en ce moment même ? En pensant au beau brun qui dirigeait les Nightrunners, Zanna se perdit dans un rêve éveillé…

Elle avait dû somnoler, parce que, l'instant d'après, de délicieux effluves avaient envahi la cuisine, son estomac grondait et Hebba lui secouait gentiment l'épaule.

— Allons, fillette, je sais que tu as besoin de sommeil, mais tu ne dormiras que mieux avec le ventre plein d'une bonne soupe chaude. Benziorn est parti examiner ton papa, alors tu n'as qu'à manger et ensuite on te préparera un lit, même si les dieux savent que je ne sais pas où ni comment…

Comme elle l'avait si souvent fait à la maison, Zanna cessa de prêter attention aux jacasseries d'Hebba et se concentra plutôt sur le fait de remplir son estomac vide avec la merveilleuse soupe – jusqu'à ce que le nom de Yanis lui fasse l'effet d'un coup de tonnerre.

— Quoi ?

Comme par perversité, la vieille cuisinière s'arrêta aussitôt de parler.

— Qu'est-ce que tu as dit au sujet de Yanis ? demanda prudemment Zanna.

Hebba la regarda comme si elle venait de tomber du ciel.

— Eh bien, sa fièvre est remontée, le pauvre garçon, à cause de ce bon à rien de médecin qui a disparu toute la journée…

— Attends une minute, l'interrompit sèchement Zanna. Tu veux dire que Yanis est ici ?

— Eh bien, oui, dans la chambre d'amis, juste à côté, le pauvre agneau, et…

Cette fois, ce furent le fracas de la vaisselle brisée et le claquement de la porte qui interrompirent Hebba. La vieille cuisinière contempla les débris de son plus joli bol au milieu de la flaque de soupe qui s'étendait vers l'âtre, puis elle planta ses poings sur ses larges hanches.

— Eh bien, fit-elle en s'adressant à la pièce vide autour d'elle, cette petite a pris les manières de ces contrebandiers, pas de doute là-dessus.

Les yeux écarquillés, Yanis dévisagea Zanna sans la reconnaître. Ses cheveux noirs humides collaient à son visage rouge et couvert de sueur, et les draps étaient entortillés autour de son corps à cause de ses mouvements agités. Le bandage souillé qui entourait le bras du jeune homme livra à Zanna la raison de sa fièvre. La jeune fille frissonna. Elle ne pouvait pas le perdre, pas Yanis ! Puis la colère remplaça abruptement la peur. Tarnal avait pourtant dit que Benziorn était un bon médecin ? Si c'était le cas, comment avait-il pu laisser son patient dans cet état ? Et cette espèce d'ivrogne, de brute épaisse, était en train de soigner son père en ce moment même ? Le sang de Zanna se glaça à cette idée, et elle dut se retenir pour ne pas se précipiter et demander des comptes à Benziorn.

Calme-toi, se dit-elle fermement. *Réfléchis. Vous êtes des fugitifs, maintenant, et ton père a besoin d'aide de toute urgence. Bon ou pas, Benziorn est le seul médecin qu'on ait. On a de la chance de l'avoir, qui plus est.* Après avoir réfléchi, Zanna reconnut que, si Yanis avait été négligé si longtemps, c'était uniquement à cause d'elle et de son père. Même Hebba avait été trop occupée pour s'inquiéter du confort du contrebandier. Eh bien, Zanna pouvait au moins remédier à cela.

Soigneusement, elle défroissa les draps du Nightrunner et remit en place ses oreillers en essayant de le déranger le moins possible. Au passage, elle s'efforça de garder fermement sous contrôle son désir, enfin rendu possible, de le tenir dans ses bras et de lui caresser le visage et les cheveux. Elle trouva de l'eau dans une cruche sur la table à côté du lit et un linge pour lui humecter le visage. Elle versa de l'eau dans une tasse et réussit à lui en faire boire un peu, même si la plus grande partie du liquide coula sur le menton du jeune homme. Puis elle fit repartir le feu, remit de l'huile dans la lampe dont elle régla la flamme au minimum. Elle se dit alors qu'elle ne pouvait faire plus pour lui pour le moment. En tout cas, il semblait se reposer plus confortablement à présent. Alors, dans un sursaut coupable, Zanna se souvint de son père. Benziorn devait en avoir fini avec lui. Elle devrait aller voir comment il se portait. Elle se dirigeait justement vers la porte lorsque Yanis commença à murmurer. Zanna se retourna, le cœur plein d'espoir. Sortait-il de son délire ?

Apparemment pas. Yanis s'agitait de nouveau, roulant d'un bord à l'autre du lit, réduisant à néant les efforts de Zanna concernant la literie, sans jamais cesser de marmonner d'une voix inarticulée et inintelligible. Elle ne réussit pas à le calmer ni à le rassurer, si bien qu'elle commença à prendre peur. Elle était sur le point d'aller chercher Benziorn ou Hebba lorsque, à son grand soulagement, il parut se calmer de nouveau. Son discours devint plus clair, si bien que Zanna se pencha pour écouter ce qu'il disait.

Brusquement, Yanis ouvrit les yeux et dévisagea Zanna sans la reconnaître.

— Emmie ? appela-t-il faiblement. Le feu, il faut descendre… Bon voyage, belle et triste Emmie…

Zanna se redressa d'un bond. Qui diable était cette fichue Emmie ? Une femme, de toute évidence. Peut-être s'agissait-il seulement d'une vieille grand-mère qu'il avait aidée à descendre dans les cuisines, près du feu, à moins que ce ne soit l'une des Nightrunners. Mais non. Zanna savait très bien qu'aucune des femmes ou des filles de contrebandier ne portait ce nom-là. Et il avait dit qu'elle était belle. Brusquement, Zanna sentit son sang se glacer, puis elle rougit furieusement sous le coup de l'humiliation et de la colère. Qu'est-ce que cet idiot avait bien pu fabriquer en son absence ? Il n'avait même pas l'intelligence d'un nouveau-né. Bah, se dit-elle fermement, elle était bien trop maligne pour se préoccuper des escapades d'un stupide contrebandier. Elle avait plus important à faire, comme veiller sur son papa, d'autant qu'elle était prête à parier que cette Emmie, qui qu'elle puisse être, n'aurait pas pu secourir Vannor à elle seule, au nez et à la barbe des Mages !

Yanis se taisait à présent, mais il s'agitait toujours sous ses couvertures, transformant son lit bien fait en une masse de draps emmêlés. Zanna contempla froidement les dégâts et leur responsable. Que cette Emmie vienne lui refaire son lit, si elle était si merveilleuse que ça ! Zanna, pour sa part, avait perdu assez de temps avec Yanis. Elle lui tourna le dos et s'obligea à s'en aller sans se retourner. Elle avait besoin de repos – elle venait juste de s'apercevoir à quel point elle était lasse – et elle voulait voir son père. Lui au moins avait besoin d'elle. Ce ne fut que lorsqu'elle ne parvint pas à trouver la poignée de la porte qu'elle consentit enfin à s'essuyer les yeux.

— Le feu doit produire trop de fumée, marmonna-t-elle avant de quitter la pièce en refermant la porte derrière elle.

Benziorn et Tarnal l'attendaient dans la cuisine. Il suffit à Zanna d'un regard pour oublier complètement Yanis, tant tous les deux affichaient un air grave.

— Papa ? chuchota-t-elle.

Tarnal, le regard assombri par l'inquiétude, se leva et la prit par le bras pour la conduire gentiment jusqu'au fauteuil. Bizarrement, Zanna eut envie de le frapper. Elle arracha son bras à son étreinte et se releva d'un bond.

— Qu'y a-t-il ? cria-t-elle. Qu'est-ce qui ne va pas ?

Tarnal ouvrit la bouche, puis la referma en haussant les épaules d'un air impuissant. Pour la première fois, Zanna vit des larmes briller dans ses yeux. Il se tourna vers le médecin, attendant visiblement que ce dernier prenne la parole.

Benziorn se pencha pour prendre la main de Zanna.

— Ton papa m'a raconté comment tu l'as fait sortir de l'Académie, lui dit-il sur le ton de la conversation.

Zanna le dévisagea d'un air incrédule. Quelque chose de terrible était arrivé à Vannor, elle le sentait, et ce dingue lui faisait perdre son temps avec ses bavardages idiots ? Cependant, pour être honnête, il ne ressemblait plus tellement à un idiot, maintenant qu'il avait dessoûlé. Il paraissait intelligent et paternel, comme s'il la respectait, comme si elle pouvait lui faire confiance.

— Qu'est-ce qui ne va pas chez mon papa ? demanda-t-elle entre ses dents serrées.

— J'ai été stupéfait, poursuivit le médecin comme s'il ne l'avait pas entendue, qu'une fille aussi jeune ait le courage d'accomplir tant de choses pour son père quand il en a eu besoin. Mais ce n'est pas encore fini, Zanna. Vannor a de nouveau besoin de ton courage et de ton assistance. (La jeune fille sentit les doigts puissants du médecin serrer les siens.) Sa main est trop abîmée pour que je puisse la sauver, lui expliqua-t-il brutalement. Il va falloir la couper.

— Non ! protesta Zanna, suffoquée. (Son père, si fort, si vigoureux, estropié, handicapé ? C'était impensable. Même si les larmes lui brûlaient les yeux, elle réussit à répondre d'une voix calme :) Vous êtes vraiment sûr ? Il n'y a rien que vous puissiez faire pour lui laisser une chance ?

— Je suis désolé, lui dit Benziorn. Je sais ce que tu penses, tu crois que je ne suis qu'un indécrottable ivrogne, tu te demandes ce que j'en sais vraiment. Tu penses peut-être que quelqu'un qui sait ce qu'il fait pourrait sauver cette main. Mais tu te trompes. Quoi que je puisse être par ailleurs, petite, je suis un sacré bon médecin qui a réussi à sauver le bras de ton ami le contrebandier. Demande à Tarnal. J'étais le guérisseur mortel le plus réputé de Nexis, avant que les Spectres tuent ma famille et que je me réfugie dans la bouteille. Tu n'es pas le genre de fille qui se laisse convaincre par de belles paroles. Toi, tu préfères la vérité, afin de savoir à quoi tu as affaire. Et c'est exactement ce que je te donne. Cette main n'est plus qu'une masse de chair broyée. Les os ont été brisés et réduits en éclats, les muscles ont été tellement abîmés qu'il n'y en a plus, et seuls les dieux savent où sont les tendons. Après votre petite balade dans les égouts, l'infection s'est installée et s'étend rapidement. Vannor devait prendre une décision et choisir entre sa main et sa vie, et il a eu le bon sens de ne pas en faire un drame. On n'attendait plus que toi pour commencer. Vannor a besoin de toi dans cette chambre, à ses côtés, petite, il a demandé à ce que tu sois là. Mais, si tu penses ne pas pouvoir affronter ça, si tu crois que tu vas être malade, t'évanouir ou nous faire une crise d'hystérie, alors tu ferais mieux de rester là. Ton père a besoin que tu sois forte. (Benziorn haussa les sourcils d'un air interrogateur.) Alors, que décides-tu ?

— Je viens, bien sûr, répliqua Zanna sans hésiter. Dites-moi simplement ce que je dois faire.

De nuit, la lande était un endroit froid et sinistre. Les bas sommets arrondis, stériles et noirs des collines s'étiraient à l'infini dans toutes les directions, et rien ne venait briser la force du petit vent froid gémissant qui balayait la pente. Bern frissonna et ramena sa capuche sur son visage pour ne plus voir les vastes espaces qui l'entouraient. Cette maudite nature sauvage n'était pas un endroit fait pour un citadin comme lui. Le boulanger, qui ne s'était jamais intéressé à l'équitation, regrettait à présent d'avoir laissé dans sa jeunesse son grand frère effectuer toutes les commissions impliquant la présence d'un cheval. Mal à l'aise, il bougea sur sa selle en s'efforçant de trouver une partie de son derrière qui ne soit pas encore à vif. Il aurait également aimé savoir où il se trouvait. Lorsqu'il avait quitté la route, il avait pris l'habitude de camper la nuit, mais cette fois, alors que le soleil se couchait, il avait cru apercevoir une tache obscure au sommet d'une crête lointaine. Ça ressemblait aux arbres dont dame Eliseth lui avait parlé. Stupidement, il s'était dit qu'il pourrait y arriver avant la tombée de la nuit. Il avait eu tort.

Une fois de plus, Bern regretta d'avoir accepté la mission de la Mage, jusqu'à ce qu'il se souvienne du cellier de sa boulangerie, rempli à craquer avec toutes ces merveilleuses céréales. Il sourit. La pensée des hommes et des femmes qu'il s'apprêtait à trahir ne le dérangeait pas du tout. Il lui suffisait d'en finir avec cette histoire et, quand il rentrerait, il serait le seul boulanger capable de travailler dans tout Nexis. C'est vrai, il pourrait demander le prix qu'il voulait pour son pain, personne ne pourrait objecter. Penser à la richesse qui serait la sienne à son retour l'aida à reprendre courage. De plus, il ne devait plus être très loin de sa destination à présent. Grâce au cheval que lui avait fourni la dame, et en suivant ses instructions, Bern avait voyagé vite. S'il faisait demi-tour maintenant, il aurait une longue distance à couvrir pour rentrer et rien à montrer à l'arrivée. Or, même s'il mourrait plutôt que de le reconnaître, la simple idée de contrarier la Mage aux yeux froids lui glaçait le sang.

C'était quoi, ça ? La plainte lointaine, basse et sinistre, lui donna la chair de poule et le fit repenser à ces histoires qu'on lui racontait enfant et qui parlaient de fantômes et de démons hantant la lande. Bern serra plus fort les rênes. Puis le bruit se répéta, beaucoup plus près, et brusquement les fantômes lui parurent presque séduisants. Des loups ! Cette fois, Bern n'eut aucun mal à reconnaître leur hurlement, pas plus que son cheval d'ailleurs. Poussant un hennissement apeuré et strident, la bête s'élança d'un bond, manquant au passage de désarçonner son cavalier inexpérimenté.

Le boulanger, trop occupé à essayer de rester en selle, en oublia les loups. Il s'accrocha désespérément à la crinière du cheval et fut ainsi entraîné, impuissant, ballotté à chaque foulée de l'animal qui galopait aveuglément à une vitesse effroyable sur un terrain accidenté. La capuche de Bern retomba en arrière et le froid transperça ses vêtements tandis que les pans de sa cape volaient au vent derrière lui. Il rassembla tout son courage pour lâcher la crinière et tira désespérément sur les rênes jusqu'à avoir l'impression qu'il allait avoir les bras arrachés, mais cela n'eut pas le moindre effet apaisant sur sa monture terrifiée. Il perdit un étrier, puis l'autre, et commença à glisser inexorablement de côté. Brusquement, le cheval rencontra un obstacle invisible et bascula cul par-dessus tête. Bern fut projeté hors de sa selle et atterrit durement avant de perdre conscience.

Lorsqu'il ouvrit les yeux, il fut ébloui par la lumière du jour. Pendant un moment, il se demanda où il était. Glacé jusqu'aux os, trempé de rosée, il avait mal partout et, surtout, il souffrait d'une migraine abominable. Un autre que lui se serait demandé ce qu'il avait bu la nuit précédente, mais Bern serrait trop les cordons de sa bourse pour gaspiller son argent dans la bière comme l'avait fait son père, sans compter qu'il était bien trop revêche et accroché à son travail pour rechercher la camaraderie et la convivialité d'un bar. De plus, il n'avait pas d'amis, considérant cela comme un luxe inutile.

Avec un gémissement, il roula sur le ventre, et la première chose qu'il vit, ce fut le corps du cheval qui gisait à proximité, raide et froid, le cou tordu à un angle si grotesque que le boulanger en eut la nausée. Ce fut à ce moment-là seulement qu'il se rappela la nuit précédente et les hurlements des loups. Les loups ! Paniqué, il essaya de se relever, puis il comprit que, s'ils ne l'avaient pas attaqué la nuit dernière, pendant qu'ils chassaient et que lui-même était inconscient, alors il ne courait guère de danger à présent.

Même cet effort bref mais paniqué l'avait épuisé. Bern s'assit un moment, les yeux clos, jusqu'à ce que sa tête arrête de tourner. Puis il rouvrit les yeux et regarda autour de lui. À sa grande surprise, il s'aperçut alors qu'il avait presque atteint la forêt, en fin de compte. Elle s'étendait là, devant lui, au sommet de la colline voisine. Il ne savait pas si les chevaux pouvaient voir dans le noir – à l'évidence, ce n'était pas le cas du sien, songea-t-il avec aigreur en lançant un regard sombre à sa monture défunte –, mais la bête avait probablement senti les arbres et se dirigeait vers leur abri discutable lorsqu'il était tombé.

Eh bien, au moins, cette stupide créature l'avait pratiquement amené là où il voulait. Bern se remit debout avec raideur et se rendit en boitant auprès du corps pour récupérer sa couverture et son sac, qu'il eut du mal à détacher de la selle à cause de ses doigts gourds. Il jeta la couverture en travers de ses épaules en guise de cape supplémentaire, puis fouilla dans son sac jusqu'à trouver un peu de fromage et un morceau de pain dur et rassis. Il fit descendre ce petit déjeuner infâme avec l'eau de sa gourde en songeant avec envie à un bon porridge avec du bacon, même si on n'avait plus vu de charcuterie à Nexis depuis un long, très long moment. Cependant, ces maudits rebelles devaient bien avoir de quoi se nourrir, et plus tôt il les trouverait, plus tôt il mangerait. Refermant son sac, il le passa en travers de son épaule et se mit en route, non sans avoir donné avec humeur un coup de pied dans le cadavre du cheval.

Trois heures plus tard, il se trouvait encore à l'extérieur de la forêt. Contusionné, sale et saignant de plusieurs entailles, Bern se laissa tomber sur un monticule en tournant le dos à cet impénétrable mur d'arbres et jura horriblement pendant plusieurs minutes. Que diable se passait-il ? Au début, il avait simplement essayé de se frayer un passage dans le sous-bois très dense, mais les branches entremêlées, toutes visiblement armées d'épines pointues, lui avaient bloqué le chemin. Lorsqu'il avait essayé de s'ouvrir une voie à coups d'épée, elles lui avaient sauté au visage, visant ses yeux. Une fois, une lourde branche était même tombée, manquant de peu sa tête. En désespoir de cause, le boulanger avait essayé le feu, mais à peine avait-il allumé une petite flambée qu'une monstrueuse bourrasque de vent l'avait éteinte en lui envoyant la fumée et les étincelles dans les yeux. À présent, Bern ne savait plus quoi faire. Mais que se passait-il, à la fin ? On aurait cru que cette satanée forêt était vivante !

Tout d'un coup, une flèche fendit l'air en sifflant. Effleurant les cheveux de Bern, elle se planta dans l'herbe au-delà du monticule.

— Holà, étranger ! fit une voix. Que viens-tu faire ici ? Lève-toi et retourne-toi lentement – et garde bien tes mains en vue, loin de ton épée.

Tremblant de tous ses membres, Bern fit ce qu'on lui demandait. À son grand étonnement, le sous-bois inextricable avait disparu et un étroit chemin couronné d'une voûte de feuilles s'était ouvert parmi les arbres. (Mais d'où venaient toutes ces feuilles ? C'était encore trop tôt, et on n'en voyait pas une seule de l'extérieur de la forêt.) Dans l'ouverture se tenait un grand jeune homme barbu vêtu de vert et de brun qui tenait un arc presque aussi grand que lui. Il avait encoché une autre flèche et la pointait sur Bern, prêt à tirer de nouveau.

— Je t'ai demandé ce que tu venais faire ici, cria l'archer avec impatience.

Bern se ressaisit.

— Je viens de Nexis, balbutia-t-il. J'apporte des nouvelles de Vannor.

La pointe de la flèche s'inclina et trembla un instant. Fional la redressa rapidement et plissa les yeux pour examiner l'étranger qui se trouvait dans sa ligne de mire. Son cœur avait bondi à l'énoncé du nom de Vannor, mais le jeune archer s'efforça de garder ses émotions sous contrôle. Il pouvait s'agir d'une embuscade, ou d'un piège.

— Qui es-tu et que sais-tu de Vannor ? demanda-t-il.

— Il est vivant, mais il court un terrible danger. Je m'appelle Bern, je suis domestique à l'Académie et, dès que j'ai appris ce qui s'était passé, je suis venu vous avertir. Les Mages ont bien failli me tuer, c'est à peine si j'ai pu leur échapper… Je vous en prie, laissez-moi entrer. Ils savent qui je suis maintenant, et je n'ose plus retourner à Nexis.

Fional fronça les sourcils. Le bonhomme paraissait sincèrement terrifié, mais…

— Comment savais-tu où nous trouver ?

L'étranger transpirait, c'était visible à présent.

— Toute la ville parle des mercenaires d'Angos qui sont partis pour le Val de la Dame du Lac et n'en sont jamais revenus. Je me suis dit qu'il devait s'agir de vous. Qui d'autre, sinon ?

L'archer jura doucement. Voilà qui ne présageait rien de bon. Mais, si cet homme connaissait le lieu de résidence des rebelles, alors il était plus sûr dans tous les cas de le garder à l'œil. Quant à ses nouvelles, elles paraissaient urgentes. Dulsina devenait folle d'inquiétude depuis que Vannor n'était pas rentré, avec ou sans sa fille.

Fional prit sa décision.

— Dépose tes armes en bordure des arbres et suis-moi, dit-il à l'étranger. Pour le moment, jusqu'à ce que tu nous prouves qu'on peut te faire confiance, tu dois te considérer comme mon prisonnier.

Cependant, même si le bonhomme était à présent désarmé, l'archer n'était pas assez stupide pour lui faire complètement confiance. Il siffla une note haute et stridente, et une douzaine de loups surgirent des ombres de la forêt. Grondant d'un air menaçant, ils entourèrent le captif.

— Un seul faux pas, le prévint Fional, et ils te tailleront en pièces.

L'étranger pâlit et frissonna.

— Je ne ferai rien, je le jure.

— Après toi.

L'archer lui fit signe de marcher avec son arc, et le bonhomme s'avança avec obéissance, entouré par sa garde de loups, sur le chemin qui s'ouvrait devant lui entre ses arbres. Fional le suivit en le tenant toujours en joue avec sa flèche.

— Mais que fait cet idiot ? marmonna D'arvan à l'intention de Maya.

Sous l'abri des arbres, il avait regardé l'étranger approcher et il n'avait pas mis longtemps à se dire qu'il n'aimait pas du tout l'allure de ce type. Le Mage avait utilisé tous les sorts qu'il connaissait pour interdire l'accès de la forêt à cet homme et avait presque réussi à le décourager suffisamment pour le pousser à repartir lorsque Fional était arrivé et avait tout gâché.

D'arvan soupira.

— L'ennui, expliqua-t-il à la licorne, c'est que je ne peux plus l'empêcher d'entrer sans le tuer, maintenant. Et ce ne serait pas très sage, surtout s'il sait vraiment ce qui est arrivé à Vannor. En plus, il n'a encore rien fait de mal.

La licorne agita la tête comme pour dire qu'elle approuvait, puis elle hennit doucement. D'arvan regretta qu'elle ne puisse pas lui parler. Non seulement Maya lui manquait désespérément, mais il aurait bien eu besoin de faire appel à son bon sens dans les circonstances présentes. C'était la première fois depuis qu'il était le gardien de la forêt qu'il se retrouvait pris au dépourvu, et cela l'inquiétait. Jusque-là, il avait réussi à reconnaître sans mal ses amis et ses ennemis, mais cet homme restait une énigme.

D'arvan passa un bras en travers de l'encolure de la licorne.

— Je n'aime pas ça du tout, lui dit-il. Il y a quelque chose chez cet homme… (Il secoua la tête.) Il va falloir le surveiller de près.

Sur ce, il joignit le geste à la parole et prit la direction du camp rebelle, la licorne sur ses talons.

20

L'APPRENTISSAGE D'UNE REINE

— Comment ça, ils ont décidé de rentrer ? s'écria sèchement Raven d'une voix qui résonna sous la voûte de la grande salle du trône. Qui leur en a donné la permission ? Comment osent-ils ? Et que sont devenus les Mages ?

Cygnus fit la grimace et il ne fut pas le seul. Les membres du conseil de la reine paraissaient tous décidément mal à l'aise, voire carrément nerveux – tous, à l'exception d'Elster, qui semblait toujours aussi calme qu'à son habitude, et d'Aguila, le capitaine de la garde royale, dont le visage impassible trahissait rarement ses émotions.

— Votre Majesté, je suis sûr que vous vous inquiétez inutilement, intervint Plume-de-Soleil d'un air suave que démentait la rapidité de ses paroles. En tant que Maréchal-Ailé de la Syntagma, j'ai pris l'initiative d'interroger moi-même les messagers à leur retour, et…

— Oh, vraiment ? (La reine Raven lui lança un regard noir.) Dans ce cas, c'était une initiative de trop. Où sont les messagers ? Pourquoi ne les a-t-on pas conduits auprès de moi immédiatement ?

— Ma… ma dame, je ne souhaitais pas vous déranger à cause d'une broutille…

Pour une fois, Plume-de-Soleil avait l'air complètement dépassé par la situation. Depuis le départ des Sorciers, la reine lui avait paru bien plus malléable, et il était devenu de plus en plus sûr du pouvoir qu'il croyait détenir sur elle. Il croyait l'avoir charmée avec son physique agréable et ses manières de courtisan, mais il éprouvait brusquement la désagréable impression de s'être trompé.

— Il ne s'agit pas d'une broutille ! s'emporta Raven en tapant du poing sur la table. Amenez-les-moi immédiatement !

— Mais, Majesté, ils se reposent de leur long voyage…

— J'ai dit immédiatement !

La reine soutint le regard de Plume-de-Soleil, et ce ne fut pas elle qui détourna les yeux la première.

— Très bien, Majesté. Si tel est votre souhait, je vais demander qu'on aille les chercher, répliqua le maréchal avec une dignité glaciale.

— Non, Plume-de-Soleil, reprit Raven sans élever la voix cette fois, mais d'un ton très dur. Je vous ai demandé d'aller les chercher. Le conseil attendra votre retour – en compagnie des messagers.

Plume-de-Soleil ouvrit la bouche comme s'il avait l'intention de protester, mais la referma aussitôt lorsque Aguila fit mine de se lever, la main sur la poignée de son épée. Même si son expression demeurait aussi impassible que jamais, les yeux du capitaine de la garde royale brillaient d'un amusement malicieux.

Fulminant de colère, les lèvres pincées, Plume-de-Soleil sortit de la salle à grands pas. Dans le silence gêné qui s'installa après son départ, Elster fit signe à une servante de remplir à nouveau les verres. Lorsque la jeune fille eut fini et s'en alla, Aguila se tourna vers le Haut-Prêtre remplaçant :

— Étiez-vous au courant de cette affaire ?

Skua haussa les épaules.

— Plume-de-Soleil a mentionné le retour des messagers, mais j'étais trop occupé à superviser la reconstruction du temple, alors je l'ai laissé gérer la situation comme il l'entendait. Même en tant que remplaçant, ajouta-t-il en lançant un regard plein de ressentiment à Raven et en insistant bien sur le mot « remplaçant », j'ai des responsabilités. Mon temps ne m'appartient pas…

— Vraiment, fit Aguila d'une voix traînante. Moi, je l'ai appris juste avant cette réunion, lorsque j'ai demandé à Plume-de-Soleil s'il savait pourquoi Sa Majesté nous avait convoqués. Et vous, Cygnus ? Vous êtes l'ami du maréchal. Vous a-t-il également tenu dans l'ignorance ?

Raven le regarda d'un air noir. C'était typique de lui – et des autres aussi d'ailleurs – de commencer à parler devant elle et à prendre la réunion en main comme si elle n'était même pas là.

— Ce n'est pas le problème, les interrompit-elle afin de reprendre le contrôle. Ce que je veux savoir, c'est si…

Elle fut interrompue à son tour par deux choses : un coup de pied dans la cheville de la part d'Elster et le retour de Plume-de-Soleil avec les quatre messagers ailés.

Raven se leva.

— Eh bien ? demanda-t-elle d'un air sévère. Qu'avez-vous à dire pour votre défense ? Pourquoi avez-vous désobéi à mes ordres en abandonnant les Mages et leurs compagnons ?

Les coupables s'agitèrent d'un air gêné devant la dureté de son regard. Raven serra les dents.

— Commencez donc par me dire ce qui est arrivé aux Mages depuis leur départ d'Aerillia jusqu'au moment où vous les avez abandonnés.

Les messagers échangèrent un regard, puis l'un d'eux, un homme, s'avança.

— Au-delà des frontières de nos montagnes, le monde est un endroit effrayant et hostile, Votre Majesté. Vous feriez bien de prêter l'oreille à ce que nous avons à en dire…

Raven l'écouta tandis qu'il racontait ce qui s'était passé depuis le départ des Mages. Au fur et à mesure que le messager avançait dans son récit, la reine sentit son cœur s'alourdir et son sang se glacer d'effroi pour ses anciens compagnons, jusqu'à ce qu'elle ait l'impression d'avoir un terrible poids sur les épaules. Quand l'Ailé termina par l'attaque dans la forteresse xandim, elle eut du mal à croire que c'était tout.

— Et vous les avez abandonnés, comme ça, sans rien dire ? Vous ne savez même pas s'ils ont survécu ? Vous ne leur avez offert aucune aide, en dépit des ordres que vous aviez reçus ?

Les messagers ailés s'abîmèrent dans la contemplation du sol.

— Parlez ! aboya Aguila. La reine vous a posé une question.

Cette fois, ce fut une femme qui s'exprima d'un air maussade.

— Vous savez, Votre Majesté, personne ne nous a donné d'ordres quand nous sommes partis avec les sans-ailes. Nous avions cru comprendre que nous étions des volontaires.

— C'est vrai, renchérit un autre homme. Et personne ne nous a dit, quand on s'est porté volontaire, qu'on devrait se battre aux côtés des grandes panthères, nos ennemies jurées, ni qu'on se retrouverait au milieu d'un combat de sorcellerie. Personne ne nous a prévenus non plus qu'on risquerait notre vie parce que les seigneurs du Cheval allaient tenter de renverser leur chef. Avec tout le respect qu'on vous doit, ce ne sont pas les affaires des Ailés. Quant à se faire invectiver par ce démon femelle, cette Sorcière... Vous voyez, Votre Majesté, c'en était trop.

— Je constate surtout que ça n'a pas été le cas pour vos deux fidèles compagnons qui ont choisi de rester là-bas, eux, gronda Aguila. Le sang des hommes du Ciel s'est décidément appauvri, si c'est là toute l'étendue de votre courage.

— Capitaine, ce n'est pas juste, protesta la femme. Nous sommes de bons guerriers de la Syntagma. Mais, quand nous nous sommes portés volontaires, le Maréchal-Ailé Plume-de-Soleil nous a dit que, si jamais on voulait rentrer chez nous, il nous autorisait à le faire...

— Il vous a dit que vous aviez la permission de quitter les Mages quand vous le souhaitiez ? répéta Raven, furieuse. C'était contraire à mes ordres !

— Sur mon honneur, Majesté, je ne leur ai jamais dit une chose pareille, protesta bruyamment Plume-de-Soleil. Je savais très bien quelles étaient vos exigences. Ces lâches ont dû volontairement mal comprendre.

— Peut-être ne leur avez-vous pas expliqué les choses assez clairement, répliqua Aguila d'une voix traînante. Êtes-vous sûr d'avoir vous-même bien compris les ordres de Sa Majesté ?

Plume-de-Soleil devint écarlate.

— Bien sûr que j'avais compris..., commença-t-il avec rage, avant de s'interrompre brusquement en comprenant avec quelle subtilité Aguila l'avait piégé.

— Tout cela est bien beau, intervint Cygnus en venant à la rescousse de Plume-de-Soleil, mais ça ne nous dit pas comment ces mécréants doivent être punis.

— Oh, vous voulez punir les messagers ? (Aguila haussa les sourcils d'un air sardonique.) Puisque la confusion paraît venir des ordres du Maréchal-Ailé, peut-être devrait-il, en toute justice, partager leur sort.

Plume-de-Soleil porta la main à son épée.

— Allons-nous agir sur la foi d'un tas de merde issu du bas peuple et qui s'est élevé bien au-dessus de sa condition naturelle ? gronda-t-il. Votre Majesté, je vous demande la permission de faire payer ses insultes à Aguila en faisant couler son sang indigne.

Aguila esquissa un sourire sans joie.

— Quand vous voulez, si vous pensez être à la hauteur.

— Silence, tous les deux ! s'énerva Raven. Comment osez-vous échanger des insultes dans ma salle du trône comme deux oisillons qui se querellent !

Juste après cet éclat, elle s'aperçut que tout le monde la regardait comme s'ils attendaient quelque chose, et elle se surprit à rougir brusquement, prise au dépourvu. Skua saisit l'occasion pour intervenir.

— Dame ? Puis-je faire une suggestion ? Pourquoi ne pas obliger ces messagers à faire amende honorable en les mettant au service de Yinze lui-même ? Tant de gens parmi notre peuple ont été obligés d'aller travailler dans les champs, j'ai désespérément besoin de main-d'œuvre pour reconstruire le temple…

Raven sauta sur l'occasion pour sortir de cet imbroglio interminable. Elle avait le cœur en miettes et la vue de ses conseillers lui donnait la nausée. Elle ne pensait qu'à une chose, savoir si Aurian et ses compagnons allaient bien. Au moins, Skua lui permettait de prendre une décision, même si sa conscience lui dictait que ce n'était pas la bonne.

— Oui, oui, dit-elle en hâte. Je remercie le Haut-Prêtre remplaçant pour ses paroles de sagesse. Il en sera fait comme il nous le conseille. Je lui remets ces mécréants, et, lorsque le nouveau temple sera fini, ils pourront réintégrer la Syntagma. Entre-temps, ils devront bien se conduire s'ils veulent récupérer leur grade à leur retour. Telle est ma décision.

Poussant un soupir de soulagement, elle se laissa de nouveau tomber sur son siège.

Aguila, dont la bouche pincée ne se réduisait plus qu'à une mince ligne dure, la dévisagea avec tant de colère que Raven détourna les yeux, incapable de supporter son regard accusateur. Derrière sa main, Plume-de-Soleil ricanait. Raven se mordit la lèvre. De toute évidence, elle s'était complètement plantée, mais de quelle façon ?

Cygnus fut soulagé de voir son ami échapper à un blâme pour son rôle dans cette histoire. Qui aurait cru que Raven s'avérerait si difficile ? Yinze soit loué, elle manquait trop d'expérience pour comprendre ce qui se passait réellement. Quant à Aguila, il commençait à trop remuer la boue. L'heure ne tarderait pas à arriver où il faudrait remettre le capitaine de la garde royale à sa place.

Puis Cygnus sortit en sursaut de ses réflexions lorsqu'il s'aperçut que la reine avait repris la parole.

— Quoi que vous puissiez penser de mon alliance avec les Mages, j'ai fait une promesse que je dois tenir, disait Raven. Nous devons donc envoyer quelqu'un d'autre s'assurer que dame Aurian est saine et sauve, et l'aider s'il le peut. Quelqu'un à qui l'on puisse faire confiance, qui enverra des messages et ne désertera pas son poste au premier signe de troubles. L'un d'entre vous pourrait-il me suggérer un candidat approprié ?

Le cœur de Cygnus fit un bond dans sa poitrine. Enfin, contre tout espoir, il tenait sa chance ! Il avait été vert de rage quand la reine avait fait de lui son goûteur, ruinant pour de bon toute possibilité qu'il obtienne la position de Haut-Prêtre. Depuis, il s'était remis à penser avec convoitise à la Harpe des Vents. Si seulement l'Artefact lui appartenait…

— Votre Majesté, par amour et loyauté envers vous, j'irai.

Les mots quittèrent sa bouche avant même qu'il comprenne ce qu'il faisait. Pendant un instant, Cygnus paniqua. Mais son instinct ne l'avait pas trompé.

Le visage de Raven s'illumina d'un sourire, puis elle parut hésiter. Il vit ses lèvres trembler et comprit qu'elle se détestait pour cet instant d'indécision.

— Fidèle Cygnus, tu es un si bon ami pour moi. Mais es-tu sûr de vouloir y aller ? J'ai besoin de toi ici.

Cygnus inclina sa tête blanche.

— Majesté, ce serait un privilège pour moi. De plus, je connais déjà les Mages et suis presque ami avec eux. Vous ne trouverez pas meilleur candidat que moi.

La reine du peuple du Ciel acquiesça.

— Tu as ma reconnaissance éternelle. Quand tu reviendras de ta mission, tu recevras la récompense que tu mérites.

En effet, songea Cygnus, mais pas celle que vous imaginez, si tout va bien…

Quand la réunion prit fin et que les hommes ailés furent partis, Elster s'attarda un moment.

— Votre Majesté, puis-je m'entretenir en privé avec vous ? demanda-t-elle d'un air grave.

Sans attendre une réponse, le médecin-chef attrapa Raven par le poignet et la fit pratiquement sortir de force de la salle. Au lieu de se rendre sur le vaste porche et de voler jusqu'aux appartements de la reine, ce qu'elles faisaient d'ordinaire car il s'agissait du trajet le plus rapide, Elster traîna sa jeune pupille à travers le labyrinthe de couloirs très peu utilisés sans jamais lui lâcher le bras.

Lorsque, enfin, elles se retrouvèrent seules dans les somptueux appartements de Raven, après qu'un domestique leur eut versé du vin à toutes les deux et qu'il fut sorti en laissant la bouteille à la demande d'Elster, la jeune reine se tourna vers son mentor.

— D'accord, marmonna-t-elle. Je vois bien à l'expression de votre visage que vous avez quelque chose à dire.

Elster but une longue gorgée de vin, secoua la tête et soupira.

— Que vais-je faire de vous ?

— Que voulez-vous dire ? demanda Raven. Qu'ai-je encore fait de travers ?

— Vous voulez dire que vous ne le savez vraiment pas ? (Le médecin haussa les sourcils.) Stupide petite fille, fallait-il vraiment vous mettre Plume-de-Soleil à dos de cette manière ?

Des éclaboussures de vin se répandirent sur la surface marquetée de la table en ébène lorsque Raven reposa violemment son verre dans un geste de mauvaise humeur.

— Et qu'étais-je censée faire au juste ? explosa-t-elle. Rester docilement assise et sourire face à son insolence à peine voilée ? Que Yinze l'emporte, Elster, comment suis-je censée gouverner si je ne peux pas contrarier Plume-de-Soleil, sans parler des autres brutes arrogantes et suffisantes du conseil ?

— Essuyez ce vin, Votre Majesté, dit doucement Elster, si vous ne voulez pas que la table s'abîme. Je ne dis pas que vous ne devez jamais vous opposer à eux, ce qui compte, c'est la manière dont vous le faites. Vous aviez raison de remettre Plume-de-Soleil à sa place car il essayait de vous cacher une information importante, et c'est quelque chose que vous ne devez jamais tolérer. Mais vous n'aviez pas besoin de l'humilier au passage. Il suffisait d'être ferme et de lui faire comprendre que vous ne le laisseriez pas s'en tirer avec des tactiques pareilles. Il n'aurait pas apprécié la chose, mais il aurait respecté votre réponse. En revanche, envoyer le Maréchal-Ailé de la Syntagma chercher les messagers comme un vulgaire domestique est inexcusable. Croyez-moi, Raven, si vous continuez à inquiéter le conseil avec une attitude aussi autoritaire, vous aurez le règne le plus court de l'histoire du peuple du Ciel.

Raven dévisagea le vieux médecin en silence, la bouche barrée d'un pli obstiné.

— Ce n'est pas juste, finit-elle par maugréer. À voir la façon dont ils agissent envers moi, personne ne croirait que je suis la reine – et vous ne valez pas mieux qu'eux. Vous me traitez comme un bébé, dit-elle, les yeux étincelants de colère.

— Si vous agissez comme tel, alors c'est tout ce que vous méritez, répliqua vivement Elster. Écoutez-moi bien, Raven. Jusqu'à aujourd'hui, Plume-de-Soleil et les autres vous considéraient uniquement comme une enfant gâtée qu'ils pouvaient manipuler à leur guise. Là résidait votre force. Quand les hommes ne sont plus sur leurs gardes, ils peuvent d'ordinaire être battus à leur propre jeu sans même comprendre ce qui s'est passé, du moins pas avant qu'il soit trop tard. Vous feriez bien de suivre l'exemple d'Aguila au lieu de l'asticoter tout le temps. Celui-là au moins est plein de bons sens.

La reine laissa échapper un petit bruit de dérision.

— Aguila ? Plein de bon sens ? Allons, ce n'est qu'un rustre de basse extraction…

— C'est exactement ce que je disais. (Elster se pencha par-dessus la table, interrompant la jeune fille au beau milieu de sa tirade.) Vous voyez ?

ajouta-t-elle tranquillement. Il vous a dupée comme il a dupé les autres.

Bouche bée, Raven dévisagea Elster.

— Fermez la bouche, ma chère. Les reines ne peuvent certainement pas afficher une expression pareille. (Elster but une gorgée de vin.) Maintenant, au lieu de rester assise là à me foudroyer du regard, repensez à ce qui s'est passé pendant la réunion après que vous avez envoyé Plume-de-Soleil au loin. À l'aide d'une question simple et apparemment innocente, Aguila a réussi à la fois à établir sa propre innocence dans cette affaire et à mettre Skua dans une position très inconfortable – du moins, il aurait réussi si vous y aviez prêté attention. Si vous ne l'aviez pas interrompu, il aurait également découvert pour vous si Cygnus faisait lui aussi partie du complot destiné à vous dissimuler la vérité.

— Oh. (Raven devint cramoisie.) Je n'y ai pas songé…

— Mais vous devez le faire, si vous voulez gouverner. (Le médecin tapota la table avec le pied de son verre pour souligner ses paroles, puis tendit la main vers la bouteille pour le remplir à nouveau.) L'ennui, songea-t-elle à voix haute tout en versant le breuvage, c'est que vous avez besoin de temps pour apprendre à régner, mais que, justement, ce temps, vous ne l'avez pas, à cause de tous ces vautours qui tournent autour de vous. Vous avez besoin de vous appuyer sur quelqu'un de fort et de sage, disposant de l'autorité nécessaire pour vous soutenir jusqu'à ce que vous puissiez vous débrouiller seule. Yinze tout-puissant ! Regardez ce que j'ai fait !

Elle posa la bouteille en marmonnant un autre juron, car elle avait continué à verser et fait déborder son verre.

— Vous devriez essuyer ce vin avant qu'il tache la table, lui fit remarquer Raven avec un sourire insolent.

Elster pouffa.

— Vous voyez, vous savez être incisive quand vous le voulez. Ça se voit rien qu'à la façon dont vous continuez à agir comme une petite fille étourdie afin d'empêcher Skua de prendre officiellement le titre de Haut-Prêtre. (Sortant un mouchoir d'une poche de sa robe, elle commença à éponger le vin.) Tant qu'il n'est que remplaçant, vous le maintenez joliment en votre pouvoir.

— Oh, c'est Aguila qui m'a conseillé de faire ça.

Le médecin releva brusquement la tête.

— Vraiment ? (Elle fronça les sourcils d'un air songeur.) Quoi qu'il en soit, fillette, arrêtez de m'interrompre tout le temps. Comme je le disais, ajouta-t-elle en regardant Raven avec sérieux, vous ne pouvez pas continuer seule comme ça. En dehors de toute autre considération, vous allez avoir besoin d'un héritier, vous savez. Vous devez arrêter de tergiverser et prendre un prince consort.

— Comment ? s'écria Raven. Comment osez-vous suggérer une chose pareille, Elster ? Après ce qui s'est passé avec Harihn…

Sa voix s'éteignit sur une note de détresse. Elster se pencha par-dessus la table et prit la main de la jeune reine.

— Vous devez laisser cette terrible histoire derrière vous, Raven, lui dit-elle fermement. Vous êtes encore jeune…

— Comment pourrais-je prendre un époux à présent, vieille folle ? Les Ailés s'unissent pour la vie ! Je suis perdue…

— Sottises ! répliqua vivement Elster. Sur ce point, au moins, Serre-Noire avait raison. Les sans-ailes ne comptent pas… À moins que vous souhaitiez gâcher votre vie et perdre votre royaume à cause d'une seule et stupide erreur ?

Les larmes jaillirent des yeux de Raven et dévalèrent sur ses joues.

— Mais je ne pourrai jamais aimer à nouveau, chuchota-t-elle d'un air tragique.

Le médecin soupira et leva les yeux au ciel.

— Ah, les jeunes ! Qui vous parle d'aimer ? Trouvez-vous quelqu'un que vous saurez apprécier et respecter et avec qui vous pourrez travailler. C'est tout ce qui compte. Les reines ne doivent jamais penser à l'amour.

— Voilà de belles paroles, de la part de quelqu'un qui n'a jamais pris de compagnon, ricana Raven. Alors, dites-moi, qui avez-vous choisi pour moi ? J'imagine que vous aviez quelqu'un en tête avant même de commencer cette conversation. Quelqu'un qui pourra, sans aucun doute, me manipuler, même si vous resterez la marionnettiste en chef…

— Si vous avez le moindre sou de bon sens, vous choisirez Aguila.

Ces paroles firent l'effet d'une claque à la jeune reine. Elle dévisagea le médecin, les yeux écarquillés de stupeur, trop abasourdie pour seulement songer à protester. Elster poussa son avantage.

— Réfléchissez. Vous l'aimez bien, vous me l'avez dit vous-même à plusieurs reprises. Il vous aime beaucoup et, qui plus est, il est fidèle et a su s'attirer la loyauté et le respect de la garde royale. Il est intelligent et il n'acceptera pas la moindre bêtise de la part de tous ces vautours qui vous conseillent mais qui sont prêts à vous poignarder dans le dos à la moindre occasion. Ils ne pourront plus rien faire, une fois qu'il sera prince consort et les surpassera par son rang.

Raven éclata de rire.

— Elster, vous n'êtes pas sérieuse. C'est une plaisanterie, allez-y, dites-le. Voyons, ce n'est qu'un roturier, un guerrier de basse extraction. Et puis, il est si vieux !

Le médecin haussa les sourcils.

— Aguila, vieux ? Moi, je suis vieille, petite sotte. Lui, ma fille, n'a que quelques années de plus que vous, et ça n'en fait pas un vieillard cacochyme. Quant à sa naissance, eh bien, quelqu'un qui a su partir d'aussi bas et devenir capitaine de la garde royale est digne de respect. Vous ne pourriez rêver mieux à vos côtés. D'ailleurs, vous pourrez lui faire confiance, il y sera toujours, de votre côté. (Elle dévisagea la jeune reine d'un air grave.)

» Écoutez, Raven, puisque nous parlons d'âge, je dois vous rappeler que je ne serai pas toujours là pour vous aider et vous conseiller. Le métier de reine est le plus solitaire du monde, mon enfant, et, tant que je suis encore là pour vous empoisonner l'existence, je tiens à m'assurer que vous aurez quelqu'un sur qui vous appuyer quand je ne serai plus là. (Devant le visage ravagé de chagrin de Raven, elle sourit pour alléger un peu son discours.) De plus, ajouta-t-elle d'un air malicieux, je n'ai pas eu de petits. Quelle trace laisserai-je dans l'histoire si vous ne donnez pas mon nom à une petite princesse ?

— Oh, Elster ! (Raven se jeta au cou du vieux médecin en sanglotant.) Vous n'allez pas mourir.

— Pas avant un bon moment, je l'espère, à moins que vous appreniez à mieux viser lorsque vous jetez un verre dans vos accès de colère, quand je vous dis des choses que vous ne voulez pas entendre, pouffa Elster. Non, mon enfant, sérieusement, faites ce que je vous dis. Prenez Aguila pour consort. Ce sera la meilleure décision que vous prendrez jamais. Vous ne le regretterez pas, je vous le promets.

— Mais, Elster… (Raven se mordilla la lèvre.) Après cette histoire avec Harihn… Et si Aguila ne voulait pas m'épouser ?

Le médecin éclata de rire.

— Oh, ma chère enfant, mais bien sûr qu'il acceptera de vous épouser ! Allons, n'importe lequel de vos vipères de conseillers se couperait les ailes pour vous épouser. Parmi eux, cependant, Aguila est le seul qui vous aime.

Quand Elster finit par s'en aller, elle laissa à Raven de nombreux sujets de réflexion. La jeune Ailée se rendit à la fenêtre et resta là à contempler sans la voir la cité qu'elle gouvernait. Devrait-elle suivre les conseils du médecin ? Après la trahison d'Harihn, elle avait abandonné l'idée de prendre un jour un consort. Elle avait eu trop de choses à l'esprit au cours des premiers jours difficiles de son règne pour seulement songer à la question d'un héritier. Mais Elster, comme toujours, avait parlé avec sagesse. Raven se mordit la lèvre en luttant contre ses sentiments. Tout cela était bel et bon, mais, après Harihn, comment pourrait-elle supporter la présence d'un autre homme à ses côtés – et dans son lit ? Les paroles que sa mère, Aile-de-Feu, avait prononcées voilà si longtemps dans un moment de colère lui revinrent en mémoire : « Tu as été élevée pour admettre tes responsabilités envers ton peuple et envers le trône. L'une d'entre elles étant que tu dois te marier par devoir. »

La souveraine du peuple du Ciel soupira. Elster aussi lui avait dit que les reines ne devaient pas penser à l'amour. Eh bien, soit. Toutes deux avaient raison, sa mère et sa conseillère, et il était temps qu'elle grandisse et qu'elle affronte la vérité. Cela aurait pu être pire, se rappela Raven. Il n'y avait pas si longtemps, elle n'avait pour seule et impensable perspective que le fait d'épouser le cruel Serre-Noire. Elle n'avait pas le choix, alors, mais cette fois, c'était différent. Aguila s'était toujours montré gentil avec elle, remontant le moral de la jeune reine solitaire presque autant qu'Elster au cours de ces dernières semaines difficiles... Elster avait même dit qu'il l'aimait, ce qui lui avait fait un choc, mais Raven n'était pas encore prête à penser à cela. Cependant, il était sûrement le seul qui ne souhaitait pas la manipuler.

Raven s'aperçut alors brusquement qu'elle avait pris sa décision. Elle allait le faire. Tout aussi soudainement, elle songea à la réaction de Plume-de-Soleil et de Skua quand ils apprendraient la nouvelle, et un sourire malicieux apparut sur son visage. Ces deux-là allaient en être malades... Elle pouffa toute seule en se sentant plus joyeuse, ce qui n'avait pas été le cas depuis des jours. Comme toujours, Elster avait raison.

21

EXACTEMENT COMME AU BON VIEUX TEMPS...

Loin au sud, dans une cité très différente, une autre reine réfléchissait à son avenir.

Sara se réveilla en sursaut, tirée de son cauchemar par ses propres hurlements. Ses yeux s'ouvrirent brusquement sans rien voir de ce qui l'entourait pendant un moment, à part les scènes finales de son rêve, encore imprimées dans son esprit. Lorsqu'elle reprit pleinement conscience, elle s'aperçut qu'elle regardait à travers de fins rideaux de gaze blancs qui pendaient mollement dans la chaleur étouffante. Ils faisaient obstacle aux puissants rayons de ce soleil d'après-midi qui envahissait la chambre à travers les volets à claire-voie. Sara roula sur le vaste lit et faillit pleurer de soulagement en serrant contre elle les draps de soie emmêlés pour plus de sécurité. Elle était chez elle. Tout allait bien. Ce n'était qu'un rêve.

Elle repoussa le léger couvre-lit et attrapa l'ample robe de soie blanche rebrodée d'or qui gisait au pied du lit. Enfilant le vêtement par la tête, Sara lissa le tissu qui collait à sa peau en sueur puis s'assit au bord du lit bas en savourant la fraîcheur des dalles bleues et blanches sous ses pieds nus. Luttant pour se frayer un chemin à travers les diverses couches de gaze blanche suspendues au baldaquin, elle émergea dans la pénombre étouffante de la chambre close.

Se tenant sur la pointe des pieds, Sara leva les bras au-dessus de la tête et s'étira jusqu'à ce que ses articulations protestent en craquant. Ah, elle se sentait mieux. Elle tordit sa lourde et épaisse chevelure en un chignon grossier sur sa nuque et tira sur sa robe pour la décoller de ses épaules en sueur avant de trottiner jusqu'à la table basse. Comme toujours, elle y trouva de l'eau et une carafe de jus de fruits qui était encore frais lorsqu'elle était allée dormir. En effet, comme les Khazalims, elle avait appris qu'il valait mieux ne pas boire de vin ni d'alcool durant la chaleur du jour. Cette fois-ci, cependant, Sara éprouvait le besoin de boire quelque chose de plus fort. Elle prit une bouteille dans un meuble voisin et remplit un verre à ras bord avec du vin avant de traverser la pièce jusqu'aux grandes fenêtres qui montaient du sol jusqu'au plafond et occupaient la moitié du mur.

Lorsqu'elle replia les volets, l'éblouissante lumière du soleil inonda la chambre comme un flot d'or en fusion. Sara battit des paupières et s'abrita les yeux jusqu'à ce qu'ils s'adaptent à la luminosité. L'air qui entra dans la pièce n'était pas plus frais, il était même plus chaud qu'à l'intérieur, mais elle s'y était habituée à présent. Éprouvant un besoin d'espace, comme si les quatre murs de sa chambre renfermaient encore les échos de son cauchemar, Sara sortit sur le balcon et s'appuya contre le rebord arrondi de la balustrade en marbre.

Le labyrinthe de bâtiments blancs, de cours, de jardins et de petites tours qui constituait le sérail du Khisu Xiang gisait immobile et désert dans la chaleur oppressante de l'après-midi. Seuls le doux murmure cristallin des fontaines, le chant rythmique des cigales et le pépiement d'un oiseau somnolent venaient rompre le lourd silence. Au-delà des murs de l'immense palais de Xiang, qui s'enfonçait, terrasses après terrasses, dans l'ombre du grand canyon rouge du fleuve, s'étendait la cité de Taibeth, dont Sara était désormais la Khisihn – la reine. *Tu parles d'une reine,* songea-t-elle avec amertume. *C'est vrai, j'ai beau être la royale épouse du Khisu, je n'en suis pas moins aussi prisonnière ici que...* Son regard revint se poser dans la chambre obscure où ses pinsons aux couleurs vives somnolaient dans leur cage dorée.

Ne sois pas stupide ! Brusquement, Sara maudit sa propre faiblesse. Elle pensa à ses vêtements, à ses bijoux, au pouvoir qu'elle détenait au sein de ce petit monde de femmes restreint et contre nature, dissimulé derrière de hauts murs blancs. *Préférerais-tu être encore à Nexis, vêtue de haillons, à coudre, à nettoyer et à te rendre au marché pour ton père ?* se demanda-t-elle avec mépris. *Préférerais-tu être encore mariée à ce lourdaud de Vannor, qui ne cessait de vouloir partager ton lit ? Aurais-tu oublié sa sale petite espionne de fille ? Préférerais-tu avoir épousé Anvar ?*

Un frisson lui parcourut l'échine. Serrant son verre à deux mains, elle but une longue gorgée de vin pour empêcher ses doigts de trembler. Elle avait rêvé d'Anvar et cela fut suffisant pour la perturber de nouveau. Depuis longtemps, Sara avait réussi à le chasser de son esprit, depuis le jour où lui et cette harpie rousse avaient volé le féroce Noir Démon du cirque du Khisu, s'étaient liés d'amitié avec le fils rebelle de Xiang, le prince Harihn, et avaient plongé la cité de Taibeth dans le chaos avant de fuir dans le désert. Pourquoi revenait-il la hanter maintenant, juste au moment où elle avait besoin de tous ses esprits pour survivre aux prochains mois ?

Frissonnante, elle s'obligea à se remémorer son rêve, dans l'espoir qu'après l'avoir affronté elle pourrait le chasser de son esprit. Elle se trouvait à Nexis, avec Anvar, dans la boulangerie de Torl dans les Grandes Arcades. Elle avait revécu les événements qui avaient conduit à la mort par le feu de Ria, la mère d'Anvar – sauf que cette fois-ci c'était Sara elle-même qui avait été la victime des flammes. Elle se rappelait avoir hurlé et hurlé encore tandis que les flammes jaillissaient autour d'elle et s'emparaient avidement de ses vêtements et de ses cheveux. Au lieu de l'éteindre, c'était Anvar qui avait déclenché l'incendie, c'était Anvar qui la faisait brûler. Il la toisait d'un air jubilatoire, une boule de feu magique à la main.

— Maintenant, tu n'auras jamais d'enfant…

Sara poussa un cri angoissé et enfouit son visage dans ses mains. Au même moment, une voix aiguë et flûtée interrompit sa méditation d'un ton sec et plein d'inquiétude :

— Au nom du Faucheur, ma dame, que faites-vous ? Rentrez immédiatement ! Les vents du désert auraient-ils emporté votre esprit ? Cela expliquerait en tout cas pourquoi vous vous tenez là au vu et au su de tout le monde !

Sara se retourna, suffoquée, mais c'était le son de cette voix qui l'avait surprise et non l'identité de son propriétaire.

Impossible en effet de ne pas reconnaître le ton haut perché et le zézaiement de Zalid, le chef des eunuques du sérail, celui qui procurait des femmes au Khisu – la seule personne, dans cet endroit, en qui Sara pouvait avoir confiance. Jamais elle n'avait été aussi contente de le voir, mais il ne partageait visiblement pas ce sentiment. Les arabesques dorées peintes sur son crâne chauve avaient tendance à couler sur les côtés à cause de la chaleur et ses nombreux colliers étincelants tressautaient autour de son cou, signe de son agitation. Enfin, l'expression renfrognée de son visage poupin trahissait son angoisse.

— Rentrez immédiatement, ma dame, la réprimanda-t-il. Où est votre voile ? Avez-vous déjà oublié combien le soleil vous a rendue malade la dernière fois ? Aussi, quelle honte, de vous présenter effrontément le visage nu à la face du monde, telle une catin à son balcon ! Est-ce là l'attitude d'une reine ?

Lorsque Sara se tourna vers lui, il laissa échapper un petit cri de stupeur et son agitation grandit au point qu'il renonça à feindre la courtoisie :

— Et le rembourrage ! Petite sotte, comment avez-vous pu l'oublier ? Votre insouciance risque de nous coûter la vie à tous.

— Oh, du calme, Zalid ! répliqua sèchement Sara. On croirait entendre une vieille femme ! Je n'ai pas encore besoin du rembourrage. Et puis, qui pourrait me voir, idiot ? Tout le sérail dort.

La gifle que lui donna Zalid prit la jeune femme complètement au dépourvu. Sa main jaillit comme un éclair et la frappa si violemment que Sara recula en titubant contre la balustrade en marbre. L'eunuque profita de ce qu'elle avait perdu l'équilibre pour lui attraper le bras et la jeter dans la chambre. Sara tomba et seul un réflexe de dernière minute l'empêcha de heurter les dalles du sol avec son visage. Elle se releva en tremblant, encore étourdie par la force de cette gifle, et répliqua avec colère en s'efforçant d'ignorer la peur froide et vibrante qui venait de s'insinuer en elle :

— Comment oses-tu frapper ta Khisihn ? protesta-t-elle. Quand Xiang reviendra…

— Quand Xiang reviendra et que les espions qui infestent ce palais lui diront qu'ils vous ont vue sur votre balcon, il vous fera enfermer dans un sac et jeter dans le fleuve pour nourrir les grands lézards.

La froideur implacable de ce discours mit fin aux protestations de Sara aussi sûrement que si l'eunuque l'avait frappée de nouveau. Zalid s'avança droit sur elle, son visage noir pâle de colère.

— Ce n'est pas parce que le Khisu est loin que vous pouvez vous permettre la moindre imprudence, même pour un instant. Ce complot était votre idée. Je vous ai prévenue, avant de nous lancer dedans, des difficultés et des contraintes que cela impliquerait. Mais, maintenant que nous avons commencé, il n'est plus possible de revenir en arrière. Je n'ai pas l'intention de perdre la vie à cause de votre stupidité. Vous ne pourrez plus dormir nue désormais, ni vous promener dans le plus simple appareil à travers ces appartements comme une putain du Nord sans pudeur. Vous devez vous habituer au rembourrage maintenant, avant qu'il devienne essentiel. Vous le porterez en permanence, peu importe à quel point cela vous énerve et vous encombre. Maintenant, allez le mettre, immédiatement.

En voyant Sara hésiter, il avança de nouveau sur elle d'un air menaçant et cracha les mots suivants dans sa colère :

— Vous devriez garder à l'esprit que vous avez beau être la reine, c'est moi qui ai la charge de ses femmes en l'absence du roi. Il existe de nombreuses façons d'infliger une correction sans laisser la moindre cicatrice. Quant aux marques, elles auront disparu bien avant le retour de Xiang. Maintenant, faites ce que je vous dis, et si jamais je vous revois sur ce balcon dans une tenue indécente, sans rembourrage ni voile, je vous punirai à tel point qu'on entendra vos hurlements jusque dans ce trou de païens d'où vous venez.

Sara le dévisagea d'un air horrifié. Il pensait vraiment ce qu'il disait. En fait, elle comprit, le cœur lourd et l'estomac noué par la peur, qu'il la battrait de toute manière si elle lui fournissait la moindre excuse. C'était elle qui avait entraîné Zalid dans cette machination, et, maintenant qu'il trempait dedans jusqu'au cou, il était terrifié et voulait se venger sur elle. Tremblante de peur, elle se précipita dans la pièce qui contenait sa garde-robe et ramassa les sangles emmêlées qui permettaient d'attacher solidement le sac légèrement rembourré autour de son ventre. Elle le mit en place en haïssant déjà l'inconfort de la chose et essaya de ne pas penser aux cinq prochains mois durant lesquels il faudrait accroître de manière visible le poids et le rembourrage du sac. Dès que celui-ci fut caché sous son ample robe, elle contempla sa silhouette dans le haut miroir en argent poli et se rembrunit en se demandant comment, par tous les dieux, elle avait bien pu croire qu'elle s'en sortirait avec un stratagème pareil. *Et cependant, quel autre choix me restait-il ?* se demanda-t-elle avec désespoir.

Lorsqu'elle avait manœuvré et comploté pour devenir reine, elle n'avait pas songé un seul instant au fait qu'elle ne pouvait pas avoir d'enfant. C'était compter sans le désir désespéré du Khisu d'avoir un second fils, un autre héritier pour remplacer l'infortuné Harihn, tant méprisé. Plus les mois passaient sans l'annonce de cette grossesse tant attendue et plus Xiang était devenu froid envers Sara, moins patient, plus insouciant et plus cruel. Quand il avait commencé à la négliger et à se tourner de nouveau vers les beautés de son harem, Sara avait compris qu'elle devait agir rapidement pour préserver sa position. Or Zalid, de par son pouvoir et son influence au sein du harem, était le seul qui pouvait l'aider. Heureusement, c'était également lui qui l'avait présentée à Xiang, son sort était donc lié de très près à celui de Sara. Le fait d'avoir découvert la nouvelle reine lui avait apporté richesse et prestige, mais Xiang n'avait que faire de ceux qui échouaient ou qui le décevaient, et, s'il s'avérait que la reine était stérile, Zalid risquait de perdre non seulement son travail, mais aussi la vie.

Sara et l'eunuque avaient graduellement mis leur machination au point. Zalid avait trouvé à la reine son propre médecin, un individu extrêmement facile à soudoyer, à qui il était obligé de donner son or et les bijoux de Sara. Cependant, l'eunuque se consolait en sachant que le bonhomme n'en profiterait que pendant quelques mois – le temps qui lui restait à vivre. Sara n'eut qu'à prétendre des sautes d'humeur, comme souvent chez les femmes enceintes, pour que Xiang accepte volontiers de remplacer ses domestiques par une seule esclave muette. L'étrange coutume qui voulait que, dans ce pays, l'on séquestre les femmes durant leur grossesse avait bien aidé les deux comploteurs, tout comme une série d'événements inattendus.

Xiang avait été transporté de joie en apprenant la prétendue grossesse de Sara. Mais le fait de savoir son autre héritier encore en vie était rapidement venu ternir ce premier moment de triomphe. Même si Harihn avait juré de ne plus jamais revenir, le Khisu n'avait cessé de se morfondre en pensant à son fils aîné dont l'existence représentait une menace pour le prince à venir – car, bien entendu, comme tous ceux qui avaient l'habitude d'obtenir ce qu'ils veulent, le Khisu était convaincu que l'enfant serait un garçon. Suffisamment de temps s'était écoulé pour que Xiang oublie la peur qu'Aurian lui avait instillée. Pendant des jours, après le départ de la Mage, la cité avait connu un véritable bain de sang, le temps que les soldats viennent à bout de la révolte des esclaves qu'Aurian avait libérés. Puis, une fois revenu à l'ordre établi sans aucune des terribles répercussions annoncées par la Mage, Xiang n'avait plus considéré cette dernière comme une menace. Lorsque les tempêtes de sable avaient brusquement pris fin dans le désert, libérant la route du Nord, le Khisu avait décidé d'emmener son armée afin de mettre un terme à l'existence d'Harihn une fois pour toutes.

La reine et son conspirateur avaient accueilli le départ de Xiang avec un soulagement considérable. Aman, le vizir qui gouvernait en l'absence du Khisu, savait ce qui était bon pour lui et restait donc à l'écart du sérail. Quand il s'agissait de ses femmes, Xiang avait, à juste titre, une réputation de jaloux. Son départ laissait Sara et Zalid libres d'agir. Le subterfuge était ainsi bien plus facile à poursuivre. L'eunuque disposait d'agents parmi les pauvres des bas quartiers de la cité, qui gardaient à l'œil plusieurs filles censées donner naissance au bon moment. Dès que l'une d'elles mettrait au monde un fils... Sara sourit à l'idée que le prochain souverain des Khazalims serait le gamin d'une mendiante. Par les dieux, si cela réussissait, alors, tous ces efforts en valaient la peine !

Rassérénée, elle se lava le visage et se ressaisit avant de retourner dans l'autre pièce affronter l'eunuque. Elle ne devait pas lui laisser voir à quel point il lui avait fait peur. En passant devant le miroir, elle entraperçut l'ecchymose qui noircissait déjà sa joue et elle se rembrunit. Un jour, Zalid paierait pour ça. Le fait de devenir la mère bien-aimée de l'héritier de Xiang lui donnerait bien plus de pouvoir qu'elle n'en possédait pour le moment. En attendant... Sara grimaça. Zalid avait trouvé un moyen efficace pour l'obliger à porter ce maudit voile.

La chambre paraissait bien plus agréable à présent que la fraîcheur du soir descendait peu à peu. L'eunuque se tenait sur ce même balcon qu'il avait interdit à Sara d'utiliser. La colère acheva de dissiper la peur de la jeune femme, qui se redressa de toute sa hauteur et le dévisagea froidement.

— N'as-tu donc pas des devoirs qui t'attendent ? demanda-t-elle sèchement. Je veux du vin frais et un repas léger, et ordonne à mon esclave de me faire couler mon bain…

Zalid se tourna vers elle et s'inclina avec tellement d'insolence que cela ne méritait même pas le nom de révérence.

— Vos désirs sont des ordres, ma reine. Mais ne souhaitez-vous pas connaître les nouvelles que je suis venu vous apporter, des nouvelles de votre Khisu bien-aimé ?

Il souriait d'un air moqueur, car il ne se faisait aucune illusion quant à l'opinion que Sara avait de son royal époux. La jeune femme, pour sa part, sentit son cœur faire un bond dans sa poitrine.

— Des nouvelles ? Quelles sont-elles ? Pourquoi ne me l'as-tu pas dit plus tôt ?

— Ma dame, je vous en conjure, ne vous agitez pas ainsi, pas dans votre état.

Il faisait preuve de manières si mielleuses qu'elle eut envie de le frapper.

— Allez, dis-moi tout ! cria-t-elle.

— Comme vous voulez. Un pigeon voyageur est arrivé aujourd'hui, porteur d'un message annonçant que Xiang a fini de traverser le désert. Non seulement ils ont trouvé des traces prouvant qu'Harihn a séjourné à Dhiammara, mais ils ont également découvert des indices à l'orée de la forêt, montrant que le prince et ses compagnons ont survécu à la traversée. C'est pourquoi le Khisu a l'intention de suivre sa piste en poussant plus loin vers le nord. (L'eunuque s'inclina de nouveau sans prendre la peine de masquer son sourire.) Hélas, ma dame, il semblerait que nous devions nous armer de patience, car l'absence de notre bien-aimé seigneur va se prolonger.

Sara s'assit au bord du lit, les jambes coupées par le soulagement. Peu importait l'attitude abusive de Zalid, visiblement, les dieux considéraient toujours son stratagème d'un œil favorable. L'eunuque avait parlé des compagnons du prince. Cela signifiait que, lorsque Xiang rattraperait le prince en fuite, il lui faudrait affronter Aurian. Sara se demanda ce qui la servirait le mieux : que Xiang revienne et la couvre de présents pour lui avoir donné un héritier, ou qu'il meure et qu'elle devienne la mère du nouveau Khisu des Khazalims, avec tout le pouvoir qui allait avec une telle position. Quoi qu'il arrive, elle gagnait sur tous les plans. Sara sourit. De fait, les prochaines semaines s'annonçaient très intéressantes.

La forêt mettait les nerfs de Xiang à vif. Jamais il n'avait connu un endroit pareil, lui qui était habitué aux vastes espaces et à l'horizon illimité de sa terre stérile, là où on n'entendait que le chant des cigales et le murmure du vent du désert. Ici, les arbres se pressaient autour de lui, le plongeant dans la pénombre et le privant de la chaleur du soleil. Des ombres mouvantes l'environnaient de toutes parts, effrayant les chevaux et faisant sursauter le Khisu qui se retournait parfois, la main sur la poignée de son épée, pour affronter une menace qui s'avérait n'être rien de plus qu'une branche agitée par le vent.

Celui-ci produisait en passant entre les arbres un son semblable au lointain murmure du ressac et créait un bruit de fond permanent qui noyait tous les autres sons susceptibles d'avertir d'un danger imminent. Le gloussement peu familier des torrents n'était pas pour arranger la chose, sans parler des étranges bêtes et oiseaux qui bruissaient dans la végétation ou poussaient des cris stridents au sommet des arbres. Le terreau étouffait le bruit des sabots des chevaux et masquait les trous hasardeux, les racines et les branches abattues. Des troncs d'arbres tombés, des glissements de terrain ou d'impénétrables buissons épineux bloquaient parfois le chemin, si bien qu'à plusieurs reprises la troupe de guerriers khazalims fut obligée de prendre une autre direction que celle de départ. Il ne fallut pas longtemps pour qu'ils perdent leur sens de l'orientation et se retrouvent à errer aveuglément dans cette épaisse jungle verte.

Le Khisu s'inquiétait. L'éprouvante traversée du désert avait épuisé ses hommes, qui étaient aussi troublés que lui par cet endroit inconnu. De temps en temps, il était convaincu d'entendre des cris et des hurlements lointains venant d'autres parties de la forêt. Cela faisait trois fois à présent qu'il envoyait des messagers localiser le reste de ses troupes. Aucun n'était revenu. Nourrissant des regrets qui ne faisaient que grandir d'heure en heure, Xiang continua obstinément son chemin, même s'il n'était plus entouré que par une poignée d'hommes. Sur les deux cents soldats qu'il avait emmenés avec lui, ceux-là étaient les seuls encore visibles à travers l'écran de feuilles bruissantes. Le Khisu réprima un frisson. Jamais encore il ne s'était senti aussi seul, aussi oppressé et en même temps aussi vulnérable.

Les troupes khazalims se trouvaient loin au cœur de la forêt à présent. Elles avaient depuis longtemps laissé derrière elles les vastes étendues du désert.

Lorsqu'il atteignit enfin une grande clairière, Xiang se détendit un peu. Comme il était bon de revoir le soleil et de retrouver un peu d'espace autour de lui ! Cependant, sans prévenir, une flèche surgit en vrombissant d'entre les arbres et vint se planter avec une précision mortelle dans l'œil du garde qui chevauchait à côté de lui.

— À terre !

Les échos de son cri d'avertissement n'eurent pas le temps de s'éteindre que, déjà, Xiang était à bas de son cheval et s'allongeait à plat ventre dans l'humus de la forêt. Pendant quelques instants, tout ne fut plus que chaos, entre les hommes désorientés qui criaient et les chevaux terrifiés qui s'enfuirent dans toutes les directions. Les bêtes piétinèrent au passage les guerriers impuissants qui essayaient en vain de s'abriter des terribles carreaux pleuvant des arbres. Les hurlements des mourants ne tardèrent pas à étouffer les bruits de la forêt et l'humus rougit du sang des blessés.

Xiang, ramassé sur lui-même, la bouche pleine de terre, était fou de peur et de colère. Jamais encore au cours de son existence quelqu'un n'avait osé lui faire ça. Personne ! (À part bien sûr cette satanée bonne femme, mais ce n'était pas une pensée sur laquelle il aimait s'appesantir, et surtout pas maintenant.) Une flèche se ficha dans le sol avec un bruit sourd, à quelques centimètres à peine de son visage. Le choc et l'indignation lui rendirent alors ses esprits. Rapidement, il défit la broche qui fermait la cape somptueuse le distinguant de ses soldats et il se débarrassa du dangereux vêtement. Puis, priant pour ne pas être vu dans la mêlée de chevaux en fuite et d'hommes à terre, il roula sur lui-même en direction de la bordure de la clairière, avec ses épais buissons. En s'enfonçant dans l'ombre des fourrés, il bénit cette végétation qu'il maudissait encore quelques minutes plus tôt.

Eliizar était content. La journée se déroulait bien. La tactique élaborée au cours de très nombreuses nuits d'insomnie semblait fonctionner parfaitement, et il était infiniment reconnaissant à Anvar de l'avoir prévenu. Sa petite communauté, composée des guerriers survivants d'Harihn et des domestiques que le prince avait abandonnés dans la forêt, s'était bien préparée et organisée en vue de défendre son nouveau foyer. Même s'il n'avait pas été facile pour Eliizar d'assigner certains hommes à d'autres missions que celles, extrêmement importantes, de construire les nouvelles habitations et de défricher et cultiver des bouts de terrain dissimulés dans la forêt, les événements de ce jour lui prouvaient que ce sacrifice n'avait pas été vain. Des sentinelles l'avaient averti suffisamment à l'avance lorsque le Khisu avait quitté le désert. Quand Xiang et ses hommes étaient entrés dans la forêt dense, il avait été facile pour les colons de diviser les forces des envahisseurs, les attirant par petits groupes de plus en plus loin sous le labyrinthe des arbres. Alors, les intrus étaient rapidement passés du statut de prédateurs à celui de proies.

De petits groupes de guerriers avaient été dissimulés sous des camouflages de branches entrelacées, afin de pouvoir surgir sous les pieds des soldats de Xiang et profiter de l'inestimable avantage de la surprise. Quelques fossés avaient également été creusés puis recouverts, mais ils nécessitaient un dur labeur et Eliizar souhaitait en épargner autant que possible à sa petite communauté. D'autres colons s'étaient postés dans les ramures des arbres avec des filets remplis de pierres destinées aux cavaliers, et de minces cordes avaient été tendues entre les arbres à hauteur de cou des cavaliers et de tendons pour les chevaux. Enfin, Eliizar avait lui-même choisi les plus doués des archers pour les poster aux endroits stratégiques.

Même les femmes avaient leur rôle à jouer dans la défense de la forêt. Eliizar, impressionné par le courage et la force d'âme de Nereni, dont il avait été victime à ses dépens, avait retenu la leçon. Non seulement elles avaient aidé ceux qui creusaient les fosses en emportant la terre excavée et en déguisant les alentours des pièges avec des feuilles, mais elles avaient également tissé des cordes et des filets et fabriqué les tenues de camouflage des guerriers. Les plus jeunes, plus souples que les autres et rendues plus agiles encore par les mois passés à chercher leur nourriture dans les bois pendant que leurs hommes se trouvaient à la tour d'Incondor, figuraient parmi ceux qui attendaient dans les arbres avec leurs filets et leurs cordes.

Un groupe de femmes plus âgées, conduit par Nereni, se dissimulait au sein de la végétation avec des sarbacanes ; leurs dards étaient destinés à rendre fous les chevaux pour qu'ils fassent tomber leurs cavaliers, les laissant à la merci des guerriers d'Eliizar. Nereni avait appris à fabriquer des sarbacanes grâce à Pinson et Pétrel, les deux guerriers ailés que Raven avait envoyés vivre avec la petite bande de colons. C'étaient les deux mêmes hommes du Ciel qui avaient emmené Nereni en Aerillia et qui s'étaient si bien habitués à sa cuisine et à ses soins qu'ils étaient prêts à faire n'importe quoi pour elle. Enfin, un troisième groupe de femmes plus timides, qui n'avaient pas le cœur à se battre, se trouvait au camp pour faire bouillir de l'eau et préparer des onguents et des bandages en prévision du retour des blessés.

Non pas qu'ils seraient nombreux, espérait Eliizar avec ferveur. Dans l'état actuel des choses, le nombre de colons était ridiculement bas pour fonder une nouvelle communauté, mais c'était pourtant ce qu'il avait l'intention de faire. Il en avait assez de la cruauté des tyrans, de la traîtrise des princes et de la magie de ses ennemis. Il voulait finir sa vie en paix et ceux qui s'étaient joints à lui éprouvaient la même chose. Si, pour gagner cette liberté-là, il leur fallait se battre, alors soit. C'était une bataille qu'Eliizar avait bien l'intention de remporter.

Bien qu'inférieurs en nombre, les colons possédaient plusieurs avantages sur les envahisseurs khazalims. Ils avaient été avertis et s'étaient préparés à leur venue, ils n'allaient pas se battre au sortir d'un long voyage, contrairement à leurs ennemis, et ils connaissaient le terrain, lequel favorisait les embuscades et les pièges. Ils se battaient pour leur terre et leur liberté et ils comptaient un avantage supplémentaire que les Khazalims ne soupçonnaient même pas : les deux messagers ailés. Ces derniers avaient refusé de prendre part au combat, mais ils planaient au-dessus de la forêt pour repérer la position des envahisseurs et rapporter des nouvelles de la bataille à Eliizar. Ainsi, grâce à eux, le chef des colons fut capable de localiser le roi, aisément reconnaissable à sa cape pourpre qui se détachait si bien sur le vert de la forêt. Lorsque les Ailés lui apprirent que l'escorte de Xiang était tombée dans une embuscade, Eliizar se raidit.

— Et le Khisu ? demanda-t-il.

Pinson secoua la tête.

— Nous ne l'avons pas vu. Nous n'avons trouvé que sa cape, abandonnée dans la clairière.

Eliizar jura. Si Xiang réussissait à s'échapper, alors la communauté serait détruite tôt ou tard. Le Khisu ne connaîtrait plus de repos tant qu'il n'aurait pas éliminé chaque homme et chaque femme de la colonie.

— Vous feriez mieux de m'emmener sur place immédiatement.

Le temps que les messagers ailés atterrissent avec Eliizar, la bataille était finie dans la clairière. Les corps jonchaient le tapis d'aiguilles de pin, certains encore vivants et gémissant à cause de leurs blessures, d'autres immobiles et tordus, qui ne bougeraient plus jamais. Les archers d'Eliizar, conduits par Jharav, se déplaçaient parmi eux pour ramasser les armes et distinguer les morts des vivants. Le maître d'armes borgne fronça les sourcils. En planifiant tout cela, il n'avait pas pensé que certains des hommes de Xiang survivraient inévitablement à la bataille. Il supposait qu'il fallait donner aux survivants la possibilité de se joindre aux colons – mais que faire de ceux qui refuseraient ? On ne pouvait certainement pas leur permettre de rentrer chez eux. Eliizar frémit. L'idée de devoir exécuter ses compatriotes et camarades soldats de sang-froid n'avait rien d'agréable. Enfin, il aurait tout le loisir de s'inquiéter de cela plus tard. Pour le moment, il lui fallait impérativement retrouver Xiang.

Jharav se tenait en bordure de la clairière, la cape pourpre du Khisu à la main, et scrutait l'humus à la recherche de traces ou d'indices quant à l'endroit où avait disparu son ennemi. Son air renfrogné rivalisait avec celui d'Eliizar, car il faisait partie des anciens soldats d'Harihn, et Xiang avait été son ennemi bien avant qu'il se joigne aux colons. Lorsque le maître d'armes vint le trouver, le guerrier grisonnant leva les yeux.

— Je suis chagriné d'avoir laissé cette vipère s'échapper. Il semble avoir profité de la confusion pour s'enfuir dans la végétation.

— Nous allons le retrouver, le rassura Eliizar. Les hommes doivent chercher…

Il fut interrompu par le retour des hommes du Ciel.

— Eliizar ! s'écria Pinson avant même d'atterrir. Il y a besoin de renforts. Un grand nombre d'envahisseurs ont réussi à franchir nos défenses à l'est et se dirigent vers la colonie !

— Par la malédiction du Faucheur ! jura Eliizar. Les femmes sont sans défense, là-bas. Que tout le monde abandonne les blessés et retourne à la colonie !

En un instant, la clairière fut de nouveau déserte tandis que les colons s'en retournaient en hâte vers leur foyer. Eliizar attrapa une monture khazalim et bondit sur son dos. L'animal protesta et fit un écart, terrifié par les Ailés, mais le maître d'armes lui fit brutalement tourner la tête et le retint d'une main ferme.

— Pétrel, Pinson, rassemblez nos autres guerriers et renvoyez-les à la colonie. Veillez à ce qu'ils ramènent toutes les femmes avec eux !

Puis il lâcha la bride à sa monture paniquée et s'en fut comme une flèche à travers les arbres.

Pour le moment, la colonie méritait à peine ce nom. Il ne s'agissait guère plus que d'un rassemblement d'abris de fortune réunis dans une vaste clairière au bord d'un ruisseau, avec d'autres habitations en bois, plus robustes celles-là, à divers stades de construction. Jusqu'ici, seul un bâtiment permanent avait été achevé, et on l'utilisait comme lieu de réunion et de repli en cas de mauvais temps. Ce jour-là, il faisait également office d'infirmerie.

Les femmes qui étaient restées sur place prenaient soin des premiers blessés que l'on venait d'amener. Celles qui se trouvaient à l'extérieur pour s'occuper du feu levèrent les yeux avec surprise et consternation lorsque Eliizar arriva au galop dans la clairière en compagnie de Jharav et d'une poignée d'autres cavaliers. Le maître d'armes sauta à bas de sa monture couverte d'écume et lança les rênes au colon le plus proche :

— Il faut cacher les chevaux ! (Puis il se tourna vers le groupe de femmes stupéfaites.) L'ennemi arrive. Prenez ce dont vous avez besoin et entrez dans la salle de réunion. Peu importe ce qui se passera, je veux que tout le monde à l'intérieur garde le silence. Faites taire les blessés comme vous le pourrez. Maintenant, partez !

Les femmes s'empressèrent de lui obéir.

Pendant ce temps, les groupes de guerriers et de femmes qui avaient pris part à la bataille arrivaient en courant dans la clairière, prévenus par les hommes du Ciel. Eliizar rassembla tout son monde autour de lui. Durant sa course folle à travers la forêt, il avait réfléchi rapidement. Convoquant Jharav à ses côtés, il commença à expliquer son plan. Le temps qu'il termine, la plupart de ses guerriers étaient de retour. Il les regarda rapidement les uns après les autres, s'attendant à des questions, mais il n'y en eut aucune. Le cœur du maître d'armes se gonfla de fierté. Chacun d'entre eux était plus que prêt à sacrifier sa vie pour… Brusquement, Eliizar s'aperçut qu'un visage familier et adoré manquait à l'appel. Alors son sang se glaça.

— Nereni ! s'écria-t-il, suffoqué. Il faut la retrouver !

Jharav lui prit le bras.

— Il est trop tard, Eliizar, nous devons nous mettre en position. Déjà, l'ennemi approche.

Nereni et ses compagnons – trois femmes et deux jeunes soldats censés les protéger toutes – s'étaient si bien cachés parmi la végétation près de l'un des sentiers qu'on ne les avait pas vus dans la panique générale. Ils étaient donc restés en position, suivant les ordres et attendant la venue d'autres victimes ou l'ordre de dispersion. Au début, il fut facile d'attendre, car ils étaient encouragés par leur succès et légitimement fiers du rôle qu'ils avaient joué dans la défense de leur colonie.

Le mélange de plantes et de résine avec lequel ils avaient imbibé leurs dards avait parfaitement fonctionné, provoquant des démangeaisons et des brûlures qui avaient rendu fous les chevaux des envahisseurs. Ces derniers avaient désarçonné leurs cavaliers avant de les piétiner ou de les entraîner impuissants auprès des guerriers qui attendaient un peu plus loin sur la piste. Même si les jeunes femmes, qui n'avaient jusque-là occupé leurs journées qu'avec des tâches délicates et typiquement féminines au service du prince Harihn, avaient pâli et eu la nausée à la vue du massacre, elles avaient vite surmonté leur répulsion en se disant qu'elles défendaient leurs hommes et leur foyer. Nereni, qui compatissait avec leur détresse mais qui avait vu bien pire au cours de son périple avec les deux Mages, était fière du courage dont ses compatriotes avaient fait preuve.

Cependant, à mesure que le temps passait, les femmes devinrent de plus en plus agitées. Un long moment s'était écoulé depuis le passage du dernier envahisseur, et pourtant aucun des leurs ne s'était montré. Les aurait-on oubliées ? Que devaient-elles faire à présent ? Les deux jeunes soldats, qui ne possédaient qu'une piètre expérience de la guerre, ne leur furent pas d'un grand secours. En fin de compte, à l'issue d'une longue discussion animée à voix basse, tous décidèrent qu'on les avait oubliés et qu'ils devraient rentrer à la colonie. Après tout, cela faisait une éternité qu'il n'y avait plus le moindre signe de vie dans cette partie de la forêt. Ils pouvaient donc quitter leur cachette en toute sécurité, non ?

Au début, tout se passa bien. Les premiers temps, nerveux, ils se frayèrent un chemin avec une certaine difficulté dans les fourrés qui bordaient la piste. De minces branches couvertes d'épines s'accrochaient à eux, leur déchiraient la peau et se prenaient dans leurs cheveux et leurs vêtements. Le terrain sous leurs pieds était un vrai cauchemar, fait d'orties et de ronces, de racines, de monticules et de creux inattendus à cause desquels l'on pouvait facilement se tordre une cheville. Bientôt, le petit groupe en eut assez. Après tout, ils n'avaient rien vu sur le sentier qui puisse les alarmer. Sales, en sueur et couverts d'égratignures, ils abandonnèrent les fourrés avec soulagement pour sortir à découvert sur le chemin. Nereni commença à se détendre, persuadée d'avoir pris la bonne décision. Au début, elle avait été inquiète à l'idée de désobéir aux ordres, et elle s'était retrouvée un peu perdue sans le soutien et l'expérience de ses anciens compagnons de route. Comme ils lui manquaient, surtout maintenant ! Malgré tout, il semblait qu'elle pouvait aussi se débrouiller toute seule, finalement…

Mais, au détour d'un virage en épingle à cheveux, à la croisée de deux chemins, le groupe tomba nez à nez avec une dizaine de guerriers khazalims. Il aurait été difficile de dire laquelle des deux troupes reçut le plus gros choc. Pendant un instant, elles se dévisagèrent, incapables de bouger, Nereni et les siens pétrifiés d'horreur, les envahisseurs soupçonnant de leur côté une espèce de ruse. Puis les Khazalims comprirent qu'ils n'avaient réellement affaire qu'à deux soldats novices et quelques femmes. Alors, ils attaquèrent.

Les femmes se dispersèrent en hurlant dans les fourrés qui bordaient le chemin alors même que l'un des jeunes soldats se faisait abattre sur place. Les chevaux des envahisseurs ne pouvaient pénétrer dans les buissons, ce qui fit perdre un temps précieux aux Khazalims qui furent obligés de mettre pied à terre.

Le cœur battant à tout rompre à cause de la panique, Nereni s'enfonça dans les fourrés sans prendre garde à présent aux épines et aux branches qui la fouettaient, tout en traînant derrière elle Ustila qui, à quinze ans à peine, était la plus jeune du groupe. Le soldat survivant les suivait de près. Des cris perçants résonnèrent quelque part sur leur gauche et Nereni en eut l'estomac noué par la terreur et la révulsion. Au moins une de ses compagnes avait été capturée. Ustila éclata en sanglots et trébucha, mais son aînée la remit debout sans ménagement.

— Tu veux connaître le même sort qu'elles ? Allez, viens !

Les bruits de poursuite ne cessaient de résonner de plus en plus fort derrière eux. La petite traînait la jambe, épuisée, et Nereni n'était pas en meilleur état. Elle continua à courir à l'aveuglette, mais elle n'avait même plus l'énergie de repousser les mèches humides de sueur qui lui tombaient dans les yeux. Elle avait les jambes douloureuses et en coton, et son visage et ses membres saignaient abondamment en raison de multiples égratignures. Chaque respiration était un tourment. Mais, à moins de vouloir connaître le même sort que son infortunée compagne, elle n'avait pas d'autre choix que de fuir, et c'est ce qu'elle fit. Elle avait appris au moins une chose aux côtés d'Aurian : continuer à aller de l'avant, quoi qu'il en coûte.

Brusquement, la terre se déroba sous ses pieds. Agitant les bras dans sa panique, Nereni se retrouva en train de dévaler un talus escarpé, d'abord sur les fesses, puis en roulant sur elle-même. Elle entendit Ustila crier et comprit que ses deux compagnons étaient tombés eux aussi derrière elle. Puis quelque chose la heurta violemment, et elle s'aperçut que la jeune fille et le soldat avaient atterri sur elle. Luttant pour reprendre son souffle, Nereni s'efforça tant bien que mal de sortir de sous cet enchevêtrement de corps. Un morceau d'écorce brut lui érafla l'épaule. Nereni leva les yeux et contempla les branches imposantes de l'immense vieil arbre qui avait amorti sa chute. Ses compagnons commençaient eux aussi à se relever, elle réussit donc à se libérer enfin et s'aida d'une branche basse pour se mettre debout. Elle découvrit alors qu'ils se trouvaient au fond d'une large cuvette aux parois escarpées – un véritable piège.

— Dépêche-toi !

Elle se pencha pour aider la petite, mais elle se figea en entendant résonner des cris triomphants au-dessus de sa tête. Pendant qu'elle se redressait, quatre guerriers khazalims dévalèrent le talus en glissant. Nereni proféra un juron qu'elle tenait d'Aurian et recula contre l'arbre en attirant Ustila à ses côtés. Puis elle sortit le couteau qu'elle avait à la ceinture et le dissimula dans un pli de sa jupe. Le jeune soldat, envers qui allaient toutes ses pensées, mais dont elle ne parvenait pas, en ce terrible instant, à se rappeler le nom, se releva tant bien que mal et tira l'épée avant de s'interposer entre les deux femmes et leurs ennemis – un geste futile, mais courageux. Nereni entendit son hurlement d'agonie mais ne le vit pas tomber car les autres Khazalims la cernaient déjà.

Les guerriers du Khisu s'arrêtèrent net au bord de la grande clairière et contemplèrent la colonie avec stupéfaction. Ils s'attendaient à tout dans cette forêt sauf à tomber sur ce rassemblement de huttes, ce groupe de femmes qui travaillaient autour du feu et tous ces signes de l'installation d'une communauté récente mais en pleine expansion. Le vétéran rusé et couturé de cicatrices qui était le bras droit de Xiang depuis des années tira sur les rênes de son cheval, leva la main et fit un signe. Aussitôt, les quelque quarante soldats qu'il avait réussi à réunir se replièrent dans la forêt en attendant qu'il donne l'ordre d'attaquer. Cependant, quelque chose le faisait hésiter. Il n'avait pas survécu et gardé son commandement pendant tant d'années en se précipitant aveuglément dans n'importe quelle situation.

Il fronça les sourcils en jouant distraitement avec sa longue moustache, comme toujours lorsqu'il réfléchissait. Que diable se passait-il ici ? Au cours des nombreuses années où il s'était aventuré au nord pour mener des raids chez les seigneurs du Cheval, il avait toujours trouvé la forêt déserte. Il avait donc été stupéfait de découvrir que cet enfant gâté d'Harihn avait décidé de s'installer ici, entre tous les autres endroits maudits par le Faucheur ! Cependant, les hommes qui avaient tendu une embuscade à ses soldats – et qui s'en étaient très bien sortis, il devait le reconnaître – étaient bel et bien des Khazalims.

Mais, dans toutes ces embuscades, personne n'avait aperçu le prince. Ce poltron se cachait probablement ici en laissant comme toujours ses hommes prendre tous les risques, songea le guerrier avec mépris. Pendant un long moment, il observa les femmes, convenablement voilées comme l'exigeait la tradition khazalim, qui s'affairaient calmement à leurs tâches quotidiennes avec pour seule protection deux hommes à l'air endormi qui se tenaient, l'épée au clair, sur les marches du plus grand bâtiment en bois. Visiblement, Harihn ne s'attendait pas à ce que l'ennemi pénètre si loin dans la forêt. Cet imbécile se montrait extrêmement confiant. Le capitaine sourit sans joie. Eh bien, le prince était bon pour recevoir une sacrée surprise. Baissant la main, il donna l'ordre d'attaquer et éperonna sa monture, chargeant la clairière avec sa horde de soldats sur les talons.

En un éclair, les femmes près du feu arrachèrent leurs jupes et leurs voiles. En réalité, il s'agissait d'hommes, et de guerriers par-dessus le marché. Alors même que leurs épées étincelaient dans la lumière du soleil, une pluie de flèches surgit des petits abris et s'abattit sur les envahisseurs à découvert. Ceux qui survécurent à cette mortelle averse se retrouvèrent bientôt séparés les uns des autres face à des groupes de guerriers au visage sévère qui étaient autrefois leurs compatriotes. Le cheval du capitaine s'effondra en hennissant, une flèche dans le cou. Le vétéran fit un roulé-boulé pour se libérer de sa monture agitée par les soubresauts de l'agonie, puis il se releva péniblement, son sabre à la main, pour se retrouver nez à nez avec un fantôme du passé : Eliizar, le maître d'armes borgne qui était autrefois son commandant.

— Vous ! s'exclama le capitaine, suffoqué.

Eliizar acquiesça.

— Ravi de voir que tu ne m'as pas oublié, répliqua-t-il d'un air sombre.

Son épée s'abattit en un éclair, à tel point que le vétéran eut à peine le temps de se défendre. Il para maladroitement l'attaque et recula, manquant trébucher, dans sa hâte, par-dessus un corps à terre. Eliizar le suivit en le harcelant avec des attaques si rapides qu'on ne voyait même plus son épée. L'autre se défendait uniquement avec l'énergie du désespoir. À sa grande consternation, il se rendait bien compte que le maître d'armes, en dépit de la perte d'un œil, n'avait rien perdu de ses talents. Une douleur atroce envahit le ventre du vétéran, qui sentit alors la faiblesse le submerger. À travers un brouillard qui ne cessait de s'assombrir, il vit un liquide cramoisi dégouliner de l'épée d'Eliizar. Le vétéran tituba mais réussit à rester debout.

Eliizar recula.

— Ce n'est pas une blessure mortelle et il n'est pas nécessaire d'en arriver là. Tu as toujours été l'un des meilleurs, et nous avons besoin d'hommes comme toi dans cette nouvelle colonie que nous bâtissons. Rends-toi, et je t'épargnerai. Joins-toi à nous, ici, dans la forêt.

Le vétéran lui cracha au visage, puis leva son épée d'une main tremblante, car il était bien déterminé à vendre chèrement sa vie.

— Trahir le Khisu ? Jamais !

Eliizar secoua tristement la tête. Son épée s'abattit de nouveau, et le capitaine ne vit plus rien.

Brièvement, le maître d'armes s'appuya, haletant, sur la garde de son épée. *Je ne suis plus aussi jeune qu'avant,* songea-t-il à regret. Puis, ayant repris son souffle, il se retourna pour voir comment se déroulait la bataille. Il s'aperçut alors que tout était terminé. De nombreux corps jonchaient la clairière, mais la plupart portaient l'uniforme du Khisu. Un groupe de survivants avait été réuni par les colons sous la menace des épées, et les femmes commençaient à sortir prudemment du lieu de réunion pour s'occuper des blessés qui gémissaient. L'une d'elles se pencha sur un corps immobile et se raidit sous l'effet du choc.

— Eliizar, appela-t-elle d'une voix pressante.

Le blessé n'était autre que Jharav. Il avait le visage gris, la respiration sifflante et de l'écume sanglante au bord des lèvres. Le devant de sa tunique en cuir était également taché de cramoisi. Lorsque Eliizar se pencha au-dessus de lui, il ouvrit les yeux.

— C'était un beau combat, chuchota-t-il. Exactement comme au bon vieux temps…

Eliizar jura dans sa barbe. Jharav avait besoin d'aide et vite. Il avait besoin de Nereni… Le maître d'armes se figea. Où était-elle ?

Ils ne s'attendaient pas à ce qu'une femme leur résiste. Le premier Khazalim qui posa les mains sur Nereni reçut le couteau en pleine poitrine, entre les côtes, mais les deux autres, dont l'un avait les bras rougis jusqu'au coude du sang du jeune soldat, s'emparèrent d'elle et la poussèrent à terre en faisant pleuvoir des coups sur elle et en déchirant ses vêtements. L'autre guerrier avait dû attraper Ustila car, tout en résistant à ses agresseurs, Nereni entendit la petite crier. Ces cris déchirants lui donnèrent le courage de lutter encore plus violemment. Aurian avait eu le temps de lui apprendre une ou deux choses durant la période où elles étaient restées emprisonnées ensemble. Nereni réussit à libérer l'un de ses bras et enfonça ses doigts tendus dans les yeux de l'un de ses agresseurs. De la bile remonta dans sa gorge lorsqu'elle sentit les globes oculaires se crever sous ses ongles. Le soldat recula en hurlant, les mains plaquées sur son visage, tandis que du liquide sanglant coulait entre ses doigts. Fou de rage, son compagnon donna à Nereni un coup de poing à la mâchoire, et la malheureuse s'étouffa avec le sang qui envahit sa bouche. Comme il était obligé de la maintenir à terre, il était trop près d'elle pour sortir son épée, mais un couteau étincela brusquement dans sa main.

Dès le début, Nereni avait compris que c'était sans espoir. Même s'ils l'avaient violée, ils l'auraient tuée ensuite. Au moins, elle s'était épargné cette humiliation. Eliizar aurait été fier d'elle…

Le couteau se leva et étincela d'une lueur sanglante dans la lumière du couchant… puis la main qui le tenait convulsa et s'ouvrit, le laissant s'échapper. Le Khazalim s'étouffait, les yeux exorbités, en griffant vainement la fine cordelette qui enserrait sa gorge. Alors même qu'on l'éloignait brutalement d'elle, Nereni vit une main maigre et nerveuse se tendre vers elle pour l'aider à se relever. Elle se retrouva alors nez à nez avec Pétrel et son regard d'orage, juste avant de se plier en deux pour vomir et recracher du sang et une dent arrachée par le poing de son agresseur. Lorsqu'elle se redressa en essuyant ses yeux larmoyants avec un pan de tissu arraché à sa jupe en lambeaux, elle vit Pinson retirer son pied du dos du Khazalim tout en enroulant de nouveau la corde ensanglantée. Ustila, ses vêtements déchirés, pleurait blottie entre les racines du grand arbre. Son agresseur gisait à côté d'elle, une dague du Ciel, reconnaissable à sa garde sculptée dans un os, jaillissant de son dos. Non loin de là, l'homme que Nereni avait aveuglé gisait mort, le crâne fracassé par une grosse pierre. Pétrel étendit ses larges ailes, dissimulant ces horreurs à la vue de Nereni.

— Venez, courageuse dame, lui dit-il gentiment. Le pire est passé. Nous allons vous ramener chez vous.

Eliizar, paniqué, organisait des équipes de recherche lorsqu'il entendit des battements d'ailes dans le lointain et vit les Ailés fondre sur la clairière en frôlant dangereusement les arbres à cause du poids de leurs fardeaux humains. Lorsque Pétrel atterrit avec Nereni, le maître d'armes se précipita et sentit son cœur se glacer à la vue de ses vêtements déchirés et tachés de sang et de son visage enflé et couvert d'ecchymoses.

— Nereni !

Il la sentit trembler en la prenant dans ses bras, mais elle leva fièrement le menton et essuya ses larmes avec sa manche d'un geste impatient qui lui fit étrangement penser à Aurian.

— Je vais bien, dit-elle d'une voix pâteuse entre ses lèvres enflées. Les Ailés nous ont sauvées juste à temps… (Par-dessus l'épaule de son mari, elle aperçut Jharav.) Eliizar, non ! Il n'est pas…

— Non, mais il est grièvement blessé, lui expliqua gentiment Eliizar.

— Il faut que je l'aide !

Balayant les protestations de son époux, qui lui rappela en vain qu'elle aussi avait besoin de soins, Nereni se précipita au chevet du blessé.

De son côté, le maître d'armes se tourna vers les Ailés.

— Je ne sais pas comment vous remercier, commença-t-il.

Mais Pétrel l'interrompit.

— N'y pensez plus. Aujourd'hui, pour la première fois depuis des siècles, les hommes du Ciel ont joué un rôle actif dans les affaires d'une race terrestre. Pinson et moi nous sommes aperçus que nous sommes capables de nous soucier et de nous battre pour quelqu'un qui n'est pas de notre race, et ça nous a fait du bien. Si vous le voulez bien, nous allons amener nos compagnes ici, et tous ceux que nous réussirons à convaincre de nous accompagner, afin de nous installer dans la montagne en bordure de la forêt, d'être vos amis et de participer à vos efforts de colonisation. Les deux communautés, celle du ciel et celle de la terre, pourront s'aider et se soutenir mutuellement.

Eliizar en resta bouche bée. Non seulement il s'agissait du plus long discours qu'il ait jamais entendu venant d'un homme du Ciel, mais en plus ces paroles le surprenaient et le ravissaient. En souriant, il tendit les mains aux deux guerriers ailés.

— Soyez les bienvenus parmi nous, leur dit-il. Je ne saurais imaginer quelque chose qui me fasse plus plaisir.

Une heure plus tard, il régnait une atmosphère totalement différente au sein de la clairière, car les colons épuisés s'étaient empressés d'effacer toutes traces de la bataille, à la fois dans leur foyer et dans leur vie. Le repas cuisait sur plusieurs feux et des odeurs savoureuses commençaient à s'élever dans l'air nocturne. Les blessés avaient été installés dans le lieu de réunion sous la surveillance dévouée des femmes, et Nereni avait annoncé que Jharav continuait à s'accrocher à la vie.

— S'il passe la nuit, avait-elle expliqué à Eliizar, je crois qu'il aura des chances de s'en sortir. Le Faucheur sait que ce vieux brigand est suffisamment costaud et têtu pour y arriver.

En revanche, les autres activités de la soirée avaient rendu le maître d'armes beaucoup moins heureux. Des volutes de fumée noire s'élevaient d'une clairière voisine, où les corps de leurs amis et de leurs ennemis étaient incinérés sur deux bûchers distincts. En dépit de ses réticences quant à la sagesse d'une telle proposition, il avait également offert aux prisonniers captifs une chance de se joindre aux colons. Mais il n'aurait pas dû s'inquiéter. Tous étaient restés fidèles à Xiang et avaient refusé de trahir leur vœu d'allégeance au Khisu. Jusqu'au dernier d'entre eux, ils avaient choisi la seule solution honorable qui leur restait pour sortir de la crise en s'empalant sur leur propre épée. Eliizar avait été dévasté par la perte de tant d'hommes valeureux. Une fois encore, il avait béni Aurian de lui avoir donné la possibilité de quitter le pays responsable de tant d'atrocités. Les événements de ce jour-là risquaient bien de le hanter jusqu'à ses derniers jours.

Mais ce n'était pas le genre de pensées qui convenait à un soir de victoire. Le maître d'armes s'était donc éloigné de son peuple, en bordure de la clairière, dans l'espoir que la solitude l'aiderait à apaiser son esprit tourmenté lorsque, à son grand soulagement, il entendit le bruit des Ailés qui rentraient. Ils avaient proposé de survoler une dernière fois la forêt avant qu'il fasse nuit noire afin de s'assurer qu'aucun envahisseur n'avait échappé aux mailles du filet. Mais ils étaient restés absents bien plus longtemps que nécessaire et Eliizar avait commencé à s'inquiéter depuis la tombée de la nuit.

— Bonne nouvelle, cria Pinson, le plus impatient des deux, en prenant comme toujours la parole avant même d'avoir atteint le sol. Nous avons localisé votre roi !

— Enfin, c'est ce que nous pensons, ajouta Pétrel, plus prudent, en atterrissant. Si cet idiot avait été moins impatient et avait attendu jusqu'à ce que la lune se couche, nous ne l'aurions jamais retrouvé. Mais nous l'avons aperçu à la lueur des joyaux scintillants, galopant dans le désert comme s'il avait des démons à ses trousses.

Eliizar se raidit.

— Est-il loin déjà ? Pouvez-vous me conduire jusqu'à lui ?

— Bien sûr, répondit Pétrel.

Pinson, moins robuste, fléchit ses ailes en soupirant.

— Pour vous, nous le ferons, mais il vaudrait mieux que ce soit la dernière course de la journée. Je pourrais dormir plusieurs saisons durant jusqu'à ce que le printemps revienne de nouveau.

Vu du ciel, le Désert Scintillant offrait un spectacle époustouflant. La lune croissante qui venait juste d'apparaître allumait des étincelles au sein de cette mer ondulante de poussière de gemme et faisait étinceler les rubis, les saphirs, les émeraudes et les diamants dont elle était composée. Des rais de lumière éblouissante se réfractaient dans les airs pour atténuer la gloire des cieux. Eliizar, suspendu bringuebalant entre les Ailés qui ployaient sous l'effort, réussit à distinguer au loin sur le sable un petit point noir qui avançait à vive allure. Grâce à leur vision de rapaces, les hommes du Ciel l'avaient déjà repéré. Le maître d'armes sentit le changement de pression se manifester, notamment au niveau de ses oreilles, lorsque ses porteurs fondirent sur leur proie.

Xiang, tout à son évasion, n'eut pas l'idée de regarder en l'air. Eliizar attendit d'être positionné juste au-dessus du Khisu, les Ailés épuisés fournissant un dernier et vaillant effort pour aller à la même vitesse que leur victime. Puis le maître d'armes prit son couteau, trancha le fond du filet et se laissa tomber sur le roi en fuite qu'il désarçonna.

Tous deux tombèrent durement au sol, mais Eliizar s'y attendait et avait déjà sa dague à la main. Il ne perdit pas de temps à engager le duel contre Xiang. Contre un adversaire de cette trempe, c'était le premier coup, et lui seul, qui importait. Le Khisu était un tueur-né, sans oublier qu'Eliizar avait vu suffisamment de morts en une journée pour ne pas jouer inutilement les héros. Au moment où ils heurtèrent le sol tous les deux, il visa la gorge de Xiang avec sa dague en espérant porter un coup mortel. Mais la chute dévia son bras et la lame manqua sa cible. Eliizar jura et se releva d'un bond en faisant jaillir son épée du fourreau avant même de s'être complètement remis debout.

Xiang écarquilla les yeux en reconnaissant son adversaire. Vif comme un serpent, il se releva lui aussi dans une gerbe de sable incandescent et rugit :

— J'aurais dû te tuer quand j'en avais l'occasion !

Il fut presque aussi rapide qu'Eliizar – presque, mais pas tout à fait. Son épée n'était pas encore sortie du fourreau lorsque celle d'Eliizar lui trancha le cou. Sa tête s'en alla rouler dans la poussière de gemme quelques mètres plus loin.

Eliizar s'appuya sur son épée et secoua la tête en contemplant le corps de son roi vaincu.

— Je vous ai toujours dit de ne pas perdre votre temps en paroles au cours d'un combat, marmonna-t-il.

Dans un bruit de tonnerre, Pétrel et Pinson atterrirent à côté de lui en soulevant avec leurs battements d'ailes un tourbillon de sable étincelant qui, en retombant, couvrit le corps du Khisu.

— Yinze soit loué, c'est terminé, commenta l'incorrigible Pinson. On peut rentrer maintenant ?

Pétrel lui lança un regard noir et porta la main à son front pour saluer Eliizar.

— Tout va bien, ô maître des Terres de la Forêt. Nous avons remporté la bataille pour notre nouveau foyer.

Eliizar contempla la dépouille de Xiang le Tyran.

— Oui, approuva-t-il avec un sourire sinistre. Maintenant, nous avons vraiment gagné.

22

ÉVASION PAR LE FLEUVE

Depuis que Benziorn l'avait amputé, Vannor passait ses journées dans un labyrinthe de douleur et d'anxiété dont il ne parvenait pas à sortir. Le pire, c'était de sentir sa main comme si elle existait encore, même s'il voyait parfaitement l'horrible moignon bandé qui reposait sur les draps. Lorsqu'il fermait les yeux ou qu'il détournait le regard, il pouvait sentir ses doigts se crisper ou s'ouvrir. Or, pour quelque chose qui n'était plus là, ça faisait un mal de chien, en dépit des concoctions destinées à atténuer la douleur que Benziorn lui donnait.

Même s'il savait très bien que la blessure physique guérirait avec le temps, Vannor avait l'esprit dévasté par la perte de sa main. Finis, ses jours en tant que chef des rebelles. À quoi allait-il pouvoir servir maintenant, estropié et handicapé comme il l'était ? Comment continuer à se battre contre les Mages quand il ne pouvait même plus manier une épée ?

Pourquoi moi ? Telle était la litanie qu'il se répétait sans cesse dans sa tête. *Pourquoi a-t-il fallu que ça m'arrive à moi ? Pourquoi pas un assassin ou l'un de ces déchets humains qui vivent au bord du fleuve ? Ou, mieux encore, pourquoi pas les Mages eux-mêmes ?* Vannor ne supportait plus de voir quelqu'un, y compris sa chère Zanna, même si elle insistait malgré tout pour passer un moment en sa compagnie. La peine qu'il lisait dans son regard lorsqu'il s'emportait contre elle lui déchirait le cœur, mais il ne pouvait s'en empêcher. Il ne voulait pas que quiconque, et particulièrement sa fille chérie, le voie ainsi. Il n'arrivait plus à se représenter le moindre avenir, il n'y avait que les ténèbres. Il ne trouvait du répit que dans le sommeil, mais celui-ci était lent à venir, en dépit des somnifères que Benziorn lui donnait. En toute honnêteté, ce que Vannor souhaitait vraiment, c'était mourir, mais l'entêtement qui composait une grande partie de sa nature ne le laissait pas aller au-devant de la mort.

Par une journée semblable aux autres, il gisait donc là, sur son lit, incapable de dormir à cause de la douleur de sa main fantôme et du tourment plus grand encore qui régnait dans ses pensées. Il ne cessait de s'apitoyer sur son sort et de se demander si cette souffrance disparaîtrait un jour. Depuis un long moment maintenant, le marchand entendait vaguement les murmures d'une conversation à voix basse dans la cuisine, en dessous de sa chambre, mais brusquement les voix s'élevèrent, querelleuses, et Vannor commença à y prêter attention malgré lui.

— Quitter la ville ? criait Zanna. Vous n'êtes pas sérieux ! Mon père n'est pas en état de faire un voyage pareil !

Benziorn poussa un soupir patient.

— Je suis son docteur, fillette, tu crois que je ne le sais pas ? Si j'avais le choix, je refuserais aussi de le déplacer dans cet état, mais nous ne sommes plus en sécurité, ici. As-tu envie que ton père soit de nouveau capturé par les Mages ?

— Soyez maudit ! répliqua violemment Zanna. Ce n'est pas juste, je ne sais pas quoi répondre à ça et vous le savez bien. Écoutez, ça fait à peine trois semaines que vous l'avez amputé, reprit-elle d'un ton suppliant. Il a encore besoin de repos et de temps… Comment diable voulez-vous qu'il aille se balader dans les égouts avec une seule main ?

— La petite demoiselle a raison, intervint Hebba d'un ton orageux. Le pauvre maître, que les dieux le bénissent, est encore malade et alité. Comment pouvez-vous envisager de l'envoyer dans ces conduits d'évacuation sales et puants ?

Vannor esquissa un faible sourire – le premier depuis des jours. De toute évidence, les autres avaient dû dire à la cuisinière qu'elle devait les accompagner, pour sa propre sécurité. Or il était impossible que cette femme timide et nerveuse accepte de bon cœur un voyage à travers les égouts.

— Nous l'aiderons, répondit Yanis. Ne vous inquiétez pas, Hebba, il y arrivera. Nous y arriverons tous. C'est vrai, même si mon bras est tout juste guéri…

— Alors comment pourrais-tu aider quelqu'un d'autre, espèce d'idiot ? s'écria Zanna, exaspérée.

— Tout ira bien, Zanna, tu verras.

C'était la voix de Tarnal. Vannor n'eut aucun mal à visualiser le jeune homme sérieux et plein de sollicitude posant une main réconfortante sur le bras de sa fille.

— Je l'aiderai, expliqua-t-il d'un ton plus calme. Nous l'aiderons tous les deux. Si nous rencontrons le moindre problème en chemin, toi et moi nous aiderons Vannor, et Benziorn s'occupera de Yanis. Mais Benziorn a raison. On ne peut plus courir le risque de rester à Nexis. Ton père et toi, vous êtes des fugitifs recherchés de tous. Chaque jour qui passe, les mailles du filet de Miathan se resserrent un peu plus autour de vous. Déjà, les soldats fouillent les maisons à la moindre excuse, et nous savons qu'ils ont mis ta tête à prix. Les voisins d'Hebba ont dû s'apercevoir depuis le temps qu'elle ne vit plus seule. Combien de temps va s'écouler, à ton avis, avant que la rumeur se répande et que les gens commencent à avoir des soupçons ?

— Mais as-tu pensé aux risques d'infection ? plaida Zanna. Dans les égouts…

— Zanna, le moment est venu d'être francs les uns envers les autres, dit Benziorn d'une voix que l'inquiétude adoucissait. Reconnais-le, ce n'est pas le corps de Vannor qui t'inquiète, c'est son esprit. Nous aurons beau faire de notre mieux pour l'aider, dans une certaine mesure, il devra coopérer, mais pour le moment il est tellement occupé à s'apitoyer sur…

Il fut interrompu par le bruit sec d'une gifle.

— Comment osez-vous dire ça de mon papa ! hurla Zanna. Voyons, c'est l'homme le plus courageux que je connaisse. Personne d'autre que lui n'aurait pu traverser les catacombes et les égouts dans le même état que lui et en sortir vivant. Il ira bien, il a juste besoin de temps…

Ses paroles s'achevèrent dans un sanglot. Une porte claqua, puis Vannor entendit un bruit de pas gravissant l'escalier en courant. Ensuite des pleurs déchirants résonnèrent dans la pièce voisine.

Brusquement, le marchand se sentit envahi par une grande honte. Durant tout ce temps, il n'avait pensé qu'à lui, sans se demander à quel point il devait inquiéter Zanna. Pauvre petite, déjà qu'elle avait perdu sa mère, voilà que son père ne lui servait plus à rien. Alors, Vannor eut comme une révélation. Non, il n'était pas si inutile que ça après tout. Quelqu'un avait encore besoin de lui, quelqu'un qui comptait sur sa force et son courage et qui croyait toujours en lui, avec une foi aveugle et absolue.

— Lève-toi, espèce de vieil idiot égoïste, marmonna Vannor d'un ton plein de colère. Ce n'est pas le moment de rester allongé là à te lamenter sur la dureté de la vie. Ta fille a besoin de toi.

Sortir du lit fut plus compliqué encore que l'avait imaginé le marchand. L'éprouvant périple sous terre pour échapper aux Mages n'était rien, comparé au simple problème de se mettre debout sur des jambes qui s'étaient transformées, semblait-il, en deux baguettes molles. De plus, la pièce tournait autour de lui, ce qui lui donnait le vertige. Intérieurement, Vannor maudit sa faiblesse et découvrit que, non seulement la colère le poussait vers son objectif, mais qu'en plus elle chassait nombre des doutes et des peurs qui l'avaient tant handicapé au cours de ces derniers jours effroyables.

Vannor s'accrocha à l'aide de sa main valide au montant du lit à baldaquin et jura comme un charretier en se demandant s'il allait pouvoir le lâcher sans s'effondrer. Comment diable allait-il réussir à se rendre jusqu'à la pièce voisine ? En traînant les pieds, il s'éloigna autant que possible sans lâcher le lit. Brusquement, la porte ne lui parut plus si éloignée que ça. Prenant une profonde inspiration, il lâcha le montant et traversa la pièce en titubant. Seul son élan vacillant lui permit de ne pas s'étaler face contre terre. Haletant, le front couvert de sueur, il arriva près de la porte juste à temps et s'appuya contre le panneau de bois solide en s'accrochant à la poignée comme un homme qui se noie.

Eh bien, par tous les dieux, il avait déjà fait pratiquement la moitié du chemin. Il n'avait plus qu'à traverser le minuscule palier... Brusquement, Vannor s'aperçut que sa main fantôme ne le troublait plus du tout.

Dans la pénombre de la petite chambre à coucher, Zanna gisait sur le lit et étouffait le son de ses pleurs dans son oreiller. Elle avait atteint les limites de son endurance. Elle s'était montrée courageuse pendant si longtemps, pour le bien de son père, mais visiblement, elle n'y arrivait plus. *Qu'est-ce qu'on va faire maintenant ?* se demanda-t-elle avec désespoir. *Oh, si seulement, je pouvais trouver un moyen de l'aider.* Soudain, elle entendit la porte s'ouvrir derrière elle.

— Allez-vous-en ! ordonna-t-elle sèchement sans lever la tête de l'oreiller. Vous ne pouvez pas me laisser tranquille ?

Elle sentit quelqu'un s'asseoir lourdement au bord du lit, puis une main douce et familière lui caressa les cheveux.

— C'est moi, ma chérie. Ne pleure plus.

— Papa !

Zanna se redressa d'un bond et se jeta à son cou. Vannor la serra contre lui d'une seule main.

— Tout ira bien, petite, ne t'inquiète pas. Donne-moi juste un jour ou deux pour que je me remette en jambes, et puis on s'en ira.

Ce ne fut pas facile de sortir de Nexis. Les patrouilles avaient été renforcées depuis l'évasion de Vannor, surtout la nuit, et l'on avait fait circuler la description de Zanna dans toute la ville, en offrant pour sa capture une si grosse récompense que les gens devaient sûrement dévisager attentivement toutes les filles de son âge. Pour ce problème, au moins, ce fut Yanis qui, contre toute attente, trouva la solution.

— Dans ce cas, pourquoi faut-il qu'elle reste une fille ? Pourquoi ne pas la déguiser en garçon ?

— Comment ? se récria Hebba d'un air scandalisé. Et couper tous ses jolis cheveux ? Quelle idée, voyons !

— Eh bien, intervint Benziorn en adressant un sourire d'excuse à Zanna, il semblerait que ce soit la seule solution.

— Ne t'inquiète pas, Hebba, dit bravement Zanna. Les cheveux, ça repousse.

Mais plus tard, lorsque son épaisse crinière se retrouva sur le sol de la cuisine et que la jeune fille contempla son reflet dans le tout petit miroir d'Hebba, elle se sentit beaucoup moins courageuse. Pour tout dire, elle fut même carrément horrifiée. *Dieux tout-puissants !* songea-t-elle. *Ça ne peut pas être moi. Je ressemble à un épouvantail.* Elle avait depuis longtemps cessé de s'inquiéter de son apparence – l'attitude réflexe d'une jeune fille qui savait depuis toujours qu'elle n'était pas jolie. Mais, à présent que ses cheveux avaient été – mal – coupés par Hebba, la banalité de ses traits lui semblait plus prononcée que jamais. Qu'est-ce que Yanis allait penser d'elle maintenant, lui qui était si beau ? Allait-il la comparer à cette Emmie, cette inconnue qu'il avait appelée dans son sommeil et qu'il disait si belle…

Hebba ne lui fut pas d'un grand secours, car elle ne cessait de lui tourner autour en babillant d'un air consterné.

— Pauvre petite, qu'est-ce qu'on t'a fait ? Tes beaux cheveux ! C'est terrible, surtout à ton âge. C'est vrai, quel jeune homme va vouloir te regarder maintenant ? Tu ressembles à un garçon, pas de doute là-dessus. Comment le maître a-t-il pu permettre une chose pareille… Je le lui ai dit, pourtant. Oh, si seulement il m'avait écouté.

Brusquement, Zanna fut incapable d'en supporter plus.

— La ferme, espèce de vieille folle ! C'était nécessaire. Ça vaut mieux que de retomber entre les mains des Mages.

— Ben, je suis désolée, ça, c'est sûr, répliqua sèchement Hebba. Enfin, c'est normal que tu sois bouleversée, je suppose.

Elle sortit de la cuisine d'un air vexé en claquant la porte derrière elle. Le terrible reflet dans le miroir se brouilla brusquement et Zanna sentit sa gorge se serrer à cause des larmes. Elle déglutit péniblement, refusant de trahir son émotion devant les hommes qui n'allaient pas tarder à revenir dans la cuisine. *Folle !* se dit-elle avec colère.

Ce que tu as dit à Hebba était juste, c'était nécessaire. Quelle idée de s'en faire pour une si petite chose après tout ce que tu as traversé ces dernières semaines ! Si ton visage n'est pas assez joli pour le soi-disant chef des Nightrunners, alors, tant pis pour lui. Mais le bon sens lui fut d'un piètre réconfort. Elle redoutait la réaction de ses compagnons quand ils reviendraient.

Vannor fut le premier à entrer et, rien qu'à voir la façon dont il passa prudemment la tête dans l'entrebâillement de la porte, Zanna comprit qu'Hebba avait parlé. Cette seule idée la fit bondir.

— Eh bien ? dit-elle sèchement. Vas-y, ne te gêne pas, rigole et n'en parlons plus.

Vannor secoua la tête d'un air grave.

— Je ne vois pas ce qu'il y a de drôle. Je n'ai jamais pu comprendre pourquoi tu ne te trouvais pas jolie. La beauté, ce n'est pas seulement un physique éblouissant comme celui de ta sœur ou de Sara… (Il se rembrunit légèrement au souvenir de sa jeune épouse disparue.) Quoi qu'il en soit, ne laisse pas Hebba t'ennuyer ainsi. Elle a un cœur gros comme ça mais la cervelle d'un moineau, comme disait Dulsina. Tu es très bien comme ça, ma chérie. Et si ça t'embête vraiment, dis-toi que tes cheveux repousseront en un rien de temps…

La voix du marchand se brisa. Non sans une certaine culpabilité, Zanna posa les yeux sur son moignon bandé. Même s'il essayait de le lui cacher, elle savait que son père souffrait encore cruellement de sa blessure. Cela renforça sa résolution, ce qui l'aida beaucoup lorsqu'elle vit la bouche de Yanis trembler – il n'arrivait pas à masquer son amusement. La réaction de Tarnal, en revanche, lui remonta un peu le moral.

— Ça alors, avec tous ces cheveux, je n'avais jamais remarqué quels jolis yeux tu as ! s'exclama-t-il.

Pour un peu, Zanna l'aurait embrassé.

Il était prévu qu'ils quittent Nexis le lendemain, si bien que les fugitifs restèrent assis très tard ce soir-là autour de la cheminée de la cuisine pour affiner leur plan. Hebba, Zanna dans son déguisement de garçon et Tarnal – qui avait insisté pour accompagner les femmes au cas où il y aurait des problèmes – partiraient tôt le matin, à l'heure où les habitants sortaient à la recherche de vivres et où les rues étaient bondées. Ils espéraient ainsi se fondre parmi la foule. Tarnal devait ensuite conduire les femmes en sécurité dans l'ancienne teinturerie et les cacher dans les égouts où elles attendraient jusqu'à la tombée de la nuit que Benziorn les rejoigne avec Yanis et Vannor. Pendant ce temps-là, Tarnal sortirait de la cité par les égouts pour se rendre dans les quelques demeures de marchands qui avaient été construites trop loin de Nexis pour se retrouver enfermées derrière la grande muraille de Miathan. Une fois là-bas, il fouillerait les hangars à bateaux à la recherche d'une embarcation de plaisance qu'il pourrait voler.

— Espérons qu'il en trouvera une, commenta Vannor, parce que, sinon, ça va faire une putain de longue marche jusqu'à Wyvernesse.

À contrecœur, il avait accepté ce que lui conseillaient les autres, à savoir se rendre au repaire des contrebandiers plutôt qu'au camp rebelle parce qu'on pouvait s'y rendre par le fleuve, lui épargnant ainsi l'épreuve d'une longue marche à travers la lande. C'était la seule solution raisonnable, mais ça ne signifiait pas pour autant qu'elle lui plaisait. Non seulement il voulait retourner auprès des siens, mais la pensée de ce qui pouvait arriver à une petite embarcation en pleine mer, même s'ils longeaient la côte, lui glaçait le sang.

Zanna ne répondit pas à sa remarque. Elle était trop occupée à se faire du souci pour Tarnal. C'était lui qui allait, et de loin, jouer le rôle le plus dangereux dans leur fuite, car il lui faudrait s'introduire furtivement dans l'enceinte de demeures bien gardées – en plein jour, qui plus est.

Cependant, le lendemain matin, lorsque Vannor la réveilla dans l'obscurité totale qui précède l'aube, Zanna était bien trop fatiguée pour s'inquiéter de quoi que ce soit. Tremblante, elle enfila à contrecœur les vêtements de garçon dépareillés qu'Hebba avait été capable de lui trouver. Cela lui parut bizarre de ne plus sentir ses jupes tourbillonner autour de ses jambes – elle avait l'impression d'être à la fois plus libre et étrangement contrainte. Elle se banda étroitement les seins avec un morceau de tissu et passa par-dessus une ample tunique rapiécée pour dissimuler encore davantage sa féminité, tout en songeant avec une certaine ironie que c'était une chance, pour une fois, de ne pas avoir grand-chose à cacher à cet endroit.

Lorsqu'elle quitta l'étroite petite chambre qu'elle avait partagée avec la cuisinière et qu'elle descendit au rez-de-chaussée, les autres étaient déjà réunis dans la cuisine et buvaient du taillin, blottis autour du feu en parlant à voix basse. Hebba, qui s'affairait partout en essayant de préparer le petit déjeuner, ne cessait de fondre en larmes à l'idée de quitter sa chère maison. Cependant, Vannor s'était montré très ferme sur ce point. Si jamais les Mages découvraient qu'elle avait abrité les fugitifs, ils la tueraient sans hésiter. Il était bien décidé à lui sauver la vie, qu'elle le veuille ou non.

Quand il vit sa fille, Vannor haussa les sourcils d'un air surpris.

— Par les dieux, petite, je ne t'aurais pas reconnue. (Il la serra contre lui dans une étreinte un peu bourrue.) Tu sais, lui dit-il doucement à l'oreille pour qu'elle seule entende, quand toi et ta sœur vous êtes nées, j'étais assez jeune et bête à l'époque pour désirer un fils. Mais je peux te dire aujourd'hui que tu es bien plus courageuse, plus intelligente et plus précieuse à mes yeux que pourrait l'être un fils. Je suis extrêmement fier de toi.

Ces paroles allèrent droit au cœur de Zanna et l'aidèrent à se montrer courageuse lorsque, pour la première fois depuis trois semaines, elle franchit le seuil de la maison d'Hebba et s'aventura dans les rues dangereuses et hostiles. Brusquement, elle se sentait toute nue, et pas seulement à cause de sa tenue inhabituelle. Elle était persuadée que chaque passant savait à quoi elle pensait et voyait clair dans son jeu. Puis Tarnal lui fit un clin d'œil.

— Tu es un garçon, n'oublie pas. Et tu es très convaincant dans ton rôle, même si je te préfère de loin en fille.

Zanna lui sourit et se concentra effectivement sur son rôle tandis qu'ils traversaient la ville. Elle était un garçon, de sortie avec son frère – Tarnal – pour accompagner leur grand-mère au marché. Avec sollicitude, elle prit le lourd panier d'Hebba et glissa son bras sous celui de la vieille cuisinière. Sous sa cape, cette dernière tremblait, si bien que Zanna se réjouit brusquement de la présence du châle qui couvrait la tête de sa compagne, dissimulant son visage dans l'ombre. Ils l'avaient obligée à le mettre pour masquer ses yeux rouges à force de pleurer, même si les dieux étaient témoins que les veuves éplorées étaient un spectacle familier ces temps-ci dans les rues de Nexis. Néanmoins, la fille de Vannor comprit que son père avait eu raison d'insister pour qu'Hebba porte le châle. Non seulement on ne voyait plus ses yeux injectés de sang, mais en plus on ne distinguait pas non plus l'expression de terreur qu'elle devait afficher en cet instant.

Zanna était tellement perdue dans ses pensées qu'au début elle n'entendit pas le martèlement de pieds bottés, jusqu'à ce que Tarnal lui donne un coup de coude brutal.

— Des soldats ! siffla-t-il à son oreille. Agis normalement, rappelle-toi que le garçon n'a rien à craindre.

Elle lui fut reconnaissante de cet avertissement qui tomba à point nommé et lui laissa tout juste le temps de composer ses traits en une expression de stupidité aimable – du moins elle l'espérait. Bouche bée, Zanna contempla la patrouille d'un air admiratif, comme si elle souhaitait, comme tous les garçons de son âge, devenir soldat et porter une belle épée brillante.

Lorsque les soldats se furent éloignés, elle regretta de ne pas porter ses jupes, car elle aurait pu laisser ses genoux trembler sans que quiconque s'en aperçoive. Tarnal lui fit un sourire réconfortant.

— Bien joué, lui dit-il. Ils ne se sont doutés de rien.

Ils croisèrent deux autres patrouilles avant d'arriver au bord du fleuve. Zanna, ravie du succès de son déguisement, commençait à se réjouir sincèrement de ne pas avoir laissé la vanité l'empêcher de couper ses cheveux. Mais, lorsqu'ils arrivèrent à la teinturerie et que Tarnal souleva la grille pour faire descendre ses deux compagnes dans les conduits d'évacuation nauséabonds, dégoulinants et couverts d'immondices, la joie de Zanna disparut abruptement à l'idée de se trouver de nouveau dans les égouts. Le souvenir de son périple cauchemardesque à travers les tunnels étroits et puants en traînant son père derrière elle était encore trop récent. Cependant, comme elle dut faire face aux peurs et aux hésitations d'Hebba, elle en oublia les siennes. Ils ne furent pas trop de deux pour réussir à faire descendre la vieille cuisinière corpulente dans le tunnel, Hebba ne cessant de pleurer, de brailler et de protester au point de donner à Zanna envie de la gifler.

Puis, trop vite, le moment vint où le jeune Nightrunner fut obligé de les quitter. Zanna l'accompagna aussi loin que la lumière qui filtrait à travers la grille le permettait, puis, lorsqu'il fut temps pour Tarnal de la quitter, l'inquiétude que la jeune fille éprouvait à son sujet revint la submerger. Alors, impulsivement, elle se jeta à son cou et le serra très fort contre elle.

— Sois prudent, lui dit-elle d'un ton farouche.

Tarnal sourit en l'étreignant à son tour.

— Ne t'inquiète pas, je ferai attention. On se voit ce soir.

Sur ce, il s'en alla, non sans l'avoir embrassée sur le front. Caressant d'un air absent l'endroit où elle pouvait encore sentir l'empreinte de ses lèvres, Zanna regarda la lumière du jeune homme jusqu'à ce qu'elle disparaisse au détour du tunnel, puis retourna à contrecœur, d'un pas traînant, auprès d'Hebba qu'il fallait réconforter.

En inspirant à pleins poumons de grandes bouffées d'air pur et doux, Tarnal sortit enfin des égouts par le déversoir situé non loin en aval de la grande arche grillagée qui s'ouvrait dans la muraille nouvellement construite par Miathan pour interdire l'accès de Nexis par le fleuve. Le jeune homme dévala aussi rapidement qu'il le put la rive escarpée et disparut dans les ombres tachetées de lumière qui régnaient sous les roseaux trempant dans l'eau. À partir de là, il longea rapidement le fleuve en s'arrêtant juste assez longtemps pour laver la saleté qui maculait ses bottes.

Même s'il s'inquiétait pour ses compagnons et n'était que trop conscient des dangers qui le guettaient, Tarnal avait le cœur incroyablement léger à l'idée d'être enfin libre hors des murs de la cité, loin de la crasse, de la fumée et de la foule, avec la possibilité de contempler les reflets scintillants du soleil sur l'eau et d'entendre les oiseaux s'appeler pardessus les joyeux clapotis du fleuve. Certes, ce n'était pas encore la haute mer, qui lui manquait si fort qu'il en rêvait, mais il s'agissait au moins d'eau en mouvement – c'était déjà quelque chose !

Tarnal continua à avancer prudemment, sans se laisser distraire de sa mission par les joies de l'air libre. Cependant, à mesure que les heures passèrent, il commença à perdre courage. Le premier hangar qu'il trouva donnait sur le fleuve, certes, mais il était vide. Lorsque Tarnal jeta un coup d'œil prudent par-dessus le muret de pierre qui bordait la seconde propriété, il aperçut un jardinier qui s'affairait non loin du hangar à bateaux, taillant les haies ornementales de façon irrégulière. Vu sa lenteur et le peu de travail déjà accompli, le fainéant risquait de rester là toute la journée. Courbé en deux pour rester caché derrière le muret, le Nightrunner poursuivit son chemin en se demandant si cette interminable quête allait porter ses fruits, surtout lorsque le troisième hangar s'avéra également vide, alors que, pour l'atteindre, le jeune homme avait escaladé un mur presque impossible à franchir avant de passer une heure éprouvante à en forcer la porte.

Restant bien dissimulé sous les arbres qui bordaient le fleuve, Tarnal se remit en route en essayant de ne pas prêter attention à son cœur qui se faisait de plus en plus lourd et à son ventre qui criait famine. Puis il aperçut entre les fourrés en haut de la rive un haut mur de brique surmonté de piques en fer qui protégeait la dernière demeure des voleurs dans son genre. En dépit de la fatigue et de la faim, le Nightrunner sourit. Les maîtres des lieux avaient peur des cambriolages ? Il allait s'occuper de leur donner raison. De telles précautions étaient généralement un bon présage, car elles signifiaient qu'il y avait quelque chose de valeur à dérober. Tarnal courut le long de la rive en suivant le mur jusqu'à ce que, comme il s'y attendait, celui-ci descende en travers de son chemin jusqu'au fleuve lui-même, où il laissait la place à une haute grille en fer barrant l'accès d'une série de marches peu élevées. Elles menaient à une petite jetée en bois à l'autre bout de laquelle se dressait un hangar à bateaux à l'architecture ostentatoire, construit sans nul doute dans la même pierre que la maison et avec des portes en fer forgé qui rappelaient la grille.

Merde ! Il allait devoir courir le risque de traverser à découvert puisque cette satanée construction se trouvait à l'autre bout de la jetée. Tarnal soupira. Personne n'avait dit que ça serait facile. Il se débarrassa de sa cape et du reste de ses vêtements et de son équipement, y compris ses bottes et son épée, et les cacha prudemment entre les racines d'un arbre, assez haut pour que la terre ne soit pas mouillée à cet endroit. Tremblant un peu à cause de la fraîcheur printanière du vent, il contempla de nouveau d'un air dubitatif l'étendue dégagée qui longeait la grille et regretta de ne pouvoir attendre jusqu'à la nuit tombée. Mais Vannor l'avait prévenu que la plupart des marchands possédaient d'énormes chiens de garde presque sauvages que l'on lâchait au crépuscule pour qu'ils patrouillent la propriété pendant la nuit. Non, aussi risqué que ce soit, il allait devoir voler le bateau de jour ou pas du tout.

Silencieux et furtif comme une loutre, le Nightrunner descendit de la rive et se glissa dans le fleuve, uniquement vêtu de son caleçon et d'une cordelette autour du cou à laquelle était accroché un mince crochet à serrure. L'eau lui parut glaciale sur sa peau nue et le courant voulut l'entraîner au loin, mais Tarnal avait vécu toute sa vie au bord de la mer. Il était un excellent nageur habitué à l'eau froide. Nageant sous la surface, il laissa le courant l'entraîner le long de la rive grillagée jusqu'à apercevoir les piliers en bois de la jetée au travers de l'eau boueuse. Alors il revint à l'air libre, haletant mais dissimulé aux regards hostiles, et prit quelques inspirations avant de plonger à nouveau pour continuer en direction du hangar à bateaux.

Tarnal ne s'attendait pas à ce que le courant soit si rapide, si bien qu'il faillit rater sa cible. Au tout dernier moment, il repéra les barreaux en fer des grilles du hangar et tendit la main pour en attraper un, manquant de se noyer au passage. Finalement, il réussit à s'accrocher de son autre main et à se hisser jusqu'à sortir la tête de l'eau. Accroché à la grille comme un naufragé à une planche, il resta ainsi un moment à s'étrangler et à recracher de l'eau tout en essayant désespérément de ne pas faire trop de bruit. Enfin, il retrouva une respiration normale et frotta son visage contre son bras pour écarter de ses yeux ses cheveux ruisselants.

Puis, entre les barreaux, il scruta la pénombre qui régnait à l'intérieur du hangar et proféra un juron bien senti. L'endroit était vide. Tous ces efforts pour rien ! En gémissant, il se laissa retomber dans l'eau de toute la longueur de ses bras douloureux. Maintenant, il allait devoir refaire le trajet inverse à la nage et retourner mouillé et épuisé jusqu'aux égouts dans la fraîcheur du crépuscule. Comment annoncer aux autres, et surtout à Zanna, qu'il avait échoué ? Pire encore, comment réussiraient-ils à conduire Vannor et Hebba jusqu'à Wyvernesse, maintenant ?

Pendant un long moment de désespoir, Tarnal resta simplement suspendu là, la tête appuyée sur les bras, car il n'avait pas le cœur à repartir, même si l'eau glacée sapait rapidement le peu d'énergie qui lui restait. Le soleil déclinait à l'horizon et venait de passer derrière les arbres, transformant le fleuve en un ruban ondulant de cuivre martelé. Rongé par la défaite, le Nightrunner resta aveugle à la beauté du soir, même si le bon sens finit par triompher de sa mauvaise humeur en lui disant qu'il ferait mieux de sortir de l'eau – et vite. En levant la tête, il s'aperçut que le reflet du soleil sur le fleuve projetait un rai de lumière à l'intérieur du hangar. Tarnal battit des paupières, incapable d'en croire ses yeux. Là, tout au fond du bâtiment, se trouvait une chaloupe qui reposait à l'envers sur des tréteaux, fraîchement calfatée et repeinte. On l'avait sortie de l'eau pour l'hiver, mais elle était prête à être remise à flot à présent.

— Dieux, merci, oh merci, chuchota le Nightrunner.

Pleurant presque de soulagement, il leva la main pour forcer le robuste verrou qui fermait le portail du hangar. Il se réjouit à plusieurs reprises que son passe-partout soit accroché à la cordelette autour de son cou, car l'outil s'échappa plusieurs fois de ses doigts gourds. Le jeune homme jura pour exprimer sa frustration. Finalement, cependant, sa persévérance fut récompensée. La chaîne et le verrou tombèrent dans l'eau en soulevant quelques éclaboussures et les grilles s'ouvrirent silencieusement grâce à leurs charnières bien huilées.

D'une seule main, il fut difficile de mettre le bateau à l'eau, mais Tarnal procéda avec la rapidité du désespoir. Le crépuscule tombait, et les chiens allaient être lâchés d'une minute à l'autre. Même s'ils ne pouvaient entrer dans le hangar par voie de terre, ils découvriraient certainement sa présence à l'intérieur. Dès que la petite embarcation fut à flot, avec les rames à l'intérieur, Tarnal regarda tout autour de lui et trouva un rouleau de corde et une vieille toile goudronnée qui pourraient s'avérer utiles. Peut-être qu'à l'aide d'une des rames, ils pourraient fabriquer une petite voile lorsqu'ils arriveraient en haute mer…

Oubliant sa fatigue grâce à ce regain d'espoir, Tarnal sortit discrètement du hangar à la rame dans l'obscurité naissante. Dès qu'il retrouva la protection des arbres de l'autre côté de la jetée, il échoua la chaloupe et l'attacha solidement avant de gravir péniblement la rive pour récupérer ses habits à tâtons. Enfiler les vêtements chauds et secs lui procura un plaisir proche de l'extase. Cela lui donna les dernières forces dont il avait besoin pour remonter le fleuve à la rame jusqu'au point de rendez-vous avec ses amis.

Pour Zanna, les heures traînèrent en longueur dans le froid et l'inconfort des égouts humides et nauséabonds. L'attente lui parut interminable. Au bout d'un certain temps, la faim et la soif se firent sentir, mais, bien qu'Hebba ait emporté plein de victuailles dans son panier, la simple idée de manger dans cet endroit épouvantable suffit à lui donner la nausée. Folle d'inquiétude quant au périlleux trajet que son père devait accomplir dans les rues de Nexis, si dangereuses la nuit, et aux risques qu'encourait Tarnal en essayant de voler un bateau en plein jour, elle ne tarda pas à en avoir assez des gémissements d'Hebba qui ne cessait de se répandre en prédictions toutes plus sinistres les unes que les autres. Finalement, Zanna se dit que le seul moyen de faire taire cette maudite bonne femme était de feindre le sommeil.

— Hebba, je suis désolée, mais je n'arrive plus à garder les yeux ouverts, dit-elle au beau milieu d'une tirade plaintive de sa compagne. Tu devrais essayer de te reposer un peu toi aussi. Une longue nuit nous attend.

Elle bâilla pour être plus convaincante, puis se blottit du mieux qu'elle put dans sa cape et posa sa tête sur ses bras. Mais, dès qu'elle ferma les yeux, le fait de s'être couchée tard et levée très tôt transforma sa ruse en réalité.

Elle fut réveillée en sursaut par Hebba qui lui enfonça douloureusement ses doigts dans l'épaule. *Dieux*, se dit-elle, l'esprit embrumé. *Combien de temps ai-je dormi ?*

— Écoute, siffla Hebba qui tremblait violemment. Quelqu'un vient !

Parfaitement réveillée à présent, la jeune fille entendit des bruits de pas traînants au-dessus de sa tête.

— Ce doit être papa et les autres, répliqua Zanna.

Néanmoins, elle sortit le couteau que Tarnal lui avait laissé, en se félicitant qu'Hebba ne puisse pas voir son geste dans le noir. La cuisinière était déjà bien assez effrayée comme ça. Plus loin dans le tunnel, elle entendit le grincement torturé de la grille que l'on soulevait.

— Zanna, c'est nous ! chuchota une voix rauque.

Alors la jeune fille se sentit extrêmement bête de s'être laissé contaminer par les peurs d'Hebba.

— Papa ! murmura-t-elle gaiement. Nous sommes là-dessous, à quelque distance de la grille.

— Allume la lanterne, chérie, tu veux ? On n'ose pas en allumer une ici et on n'y voit rien, même pas l'échelle. Il fait plus noir que dans le cœur de Miathan, dans ces maudits tunnels, et je ne peux pas descendre avec une seule main dans l'obscurité.

Même avec la lumière et l'aide de Benziorn en dessous de lui et de Yanis au-dessus, Vannor eut beaucoup de mal à descendre l'échelle. Au bout du compte, il finit par abandonner et se laissa tomber sur le dernier mètre, jurant lorsque l'impact résonna douloureusement dans son moignon. Zanna remarqua qu'il portait les gants en cuir qu'ils avaient spécialement préparés pour lui, celui de droite étant solidement attaché à son poignet et bourré de chiffons pour pallier l'absence de sa main. C'était une idée de Benziorn pour protéger la blessure de Vannor des infections qu'il pourrait attraper dans les égouts et dissimuler aux regards curieux le fait qu'il lui manquait une main. Si les Mages avaient eu vent de sa présence dans les rues, les conséquences auraient été terribles.

— Écartez-vous ! ordonna Yanis à voix basse, interrompant la rêverie de Zanna qui eut à peine le temps de reculer avant que deux sacs très lourds tombent de là-haut et soient rattrapés par Benziorn

– Vannor avait demandé à en porter un, mais on le lui avait refusé, à sa grande indignation.

Le chef des Nightrunners se glissa à son tour dans l'ouverture et referma la grille avant de descendre l'échelle avec agilité.

— C'est fait ! s'exclama-t-il gaiement. Ce n'était pas si dur d'arriver jusqu'ici après tout, même si je dois reconnaître que mon cœur a bien failli s'arrêter de battre lorsqu'on a croisé cette patrouille, que vous avez fait semblant d'être ivre, Vannor, et qu'on leur a fait croire qu'on vous ramenait chez vous.

Zanna vit Yanis sourire à la lueur de la lampe et sentit une certaine irritation la gagner. Comment cet idiot pouvait-il se montrer aussi content de lui ? Il leur fallait encore traverser les égouts, sans compter que, pendant ce temps, le pauvre Tarnal risquait sa vie là-dehors. Et s'il n'avait pas réussi à trouver un bateau ? Et s'il gisait quelque part dans les ténèbres, blessé ou même mort ? Frissonnante, Zanna chassa ces pensés macabres de son esprit. *Il va bien,* se dit-elle fermement. *Tarnal est malin, lui, au moins.*

Fatigué comme il l'était à cause de son long périple dans les rues de la cité, Vannor n'avait aucune envie de s'attarder dans les égouts plus que nécessaire. Ils poursuivirent donc leur chemin, Zanna donnant le bras à Hebba et portant son panier tandis que Benziorn soutenait le marchand. Yanis, pour qui les lieux étaient familiers, prit les deux gros sacs et s'en alla devant avec la lanterne.

Comme Zanna détestait ces tunnels humides et dégoulinants ! Même si ce second voyage dans les entrailles de la cité s'avérait moins éprouvant que le premier, elle n'en avait pas moins du mal à supporter la puanteur, la saleté et les couinements des rats, sans oublier les réactions hystériques d'Hebba face aux rongeurs, ce qui faillit plusieurs fois les précipiter toutes deux dans le canal rempli d'immondices. Puisqu'ils se trouvaient déjà au niveau du fleuve, ils n'avaient pas à remonter, mais ils durent emprunter quelques passages difficiles aux endroits où la chaussée qui bordait le canal se rétrécissait à l'intersection de deux tunnels. Zanna trouvait qu'ils avançaient à une allure extrêmement lente et pénible, mais Vannor arrivait au bout de ses limites et devait faire des pauses de plus en plus fréquentes.

Juste au moment où elle commençait à abandonner l'idée de revoir un jour la lumière du soleil, elle aspira brusquement une bouffée d'air frais et piquant qui embaumait l'herbe mouillée et l'ail sauvage. Bien que fatigué, le cœur de Zanna fit un bond dans sa poitrine. Enfin, ils allaient sortir de ce terrible endroit. À peine quelques minutes plus tard, ils arrivèrent au déversoir. Zanna eut juste le temps d'inspirer une grande bouffée d'air pur et d'entrapercevoir les étoiles qui brillaient comme des diamants à travers l'obscur écran du feuillage des arbres. Puis Yanis lui fit rapidement dévaler la rive pour se mettre à l'abri des saules. Dans la pénombre qui régnait sous les arbres, elle entendit son père jurer à voix basse d'un air inquiet. Aussitôt, Zanna comprit ce qui se passait et sentit son sang se glacer. Tarnal n'était pas là.

Yanis prit la parole :

— Bon, ce n'est pas prudent de rester aussi près des remparts de la cité. Ah, on peut faire confiance à Tarnal pour tout gâcher. J'aurais dû y aller moi-même. Vannor, est-ce que vous pouvez marcher encore un peu ? Peut-être que, si on va jusqu'à Norberth à pied, en procédant par petites étapes, on pourra voler un bateau dans le port…

Déjà, sa voix s'éloignait tandis qu'il ouvrait le chemin en suivant la rive glissante dans la pénombre. Les autres lui emboîtèrent rapidement le pas. Même Hebba trottinait docilement derrière lui, trop fatiguée à présent pour se plaindre. Zanna serra les dents et suivit le groupe en fulminant intérieurement. Comment Yanis pouvait-il manquer à ce point de cœur ? Mais l'inquiétude de la jeune fille ne lui avait pas permis de percevoir la note d'anxiété dans la voix du Nightrunner, anxiété qu'il avait dissimulée derrière de la colère. *C'est une bonne chose que ce salaud se trouve si loin devant,* songea Zanna avec ressentiment. *Sinon, pour un peu, je le pousserais dans le fleuve.*

Perdue dans sa colère, elle suivit aveuglément. Il faut dire qu'il s'agissait d'un chemin difficile, avec beaucoup de touffes d'herbes et de racines sur lesquelles on risquait de trébucher dans le noir, sans parler des plaques de boue glissante. Très vite, Zanna eut les genoux écorchés et couverts de bleus et les mains barbouillées de boue noire et dégoulinante à force de tomber si souvent. Quant à ses pieds, ils étaient trempés à force de s'aventurer trop près du bord du fleuve. Mais elle s'en moquait, elle s'angoissait trop au sujet de Tarnal pour s'embarrasser de telles broutilles.

Puis, dans la pénombre, elle entendit Yanis pousser un cri de joie à voix basse.

— Par tous les dieux, il y a un bateau sous les arbres !

La lune se levait à présent. Tout en pressant le pas, Zanna vit la silhouette du chef des Nightrunners se détacher sur l'eau argentée lorsqu'il tendit la main pour tirer sur la corde qui amarrait la petite embarcation. Brusquement, une forme noire apparut à la proue. Yanis laissa tomber la corde en poussant un cri d'alarme et porta la main à son épée.

— Yanis ? C'est toi ?

Cette voix endormie fit bondir de joie le cœur de Zanna, car c'était celle de Tarnal. Moins d'une minute plus tard, de joyeuses retrouvailles prenaient place sur la rive. Enfin, Zanna au moins était ravie. Pour les autres…

— Comment ça, tu t'es endormi ? protesta Yanis d'un air indigné. C'est quoi, ces bêtises ? Tu nous as obligés à nous taper tout ce chemin dans le noir pendant que toi, tu restais là à ronfler comme un porc… Et t'as rien trouvé de mieux que cette baignoire ? Tu ne crois tout de même pas que je vais rentrer à Wyvernesse à la rame !

Les yeux gris de Tarnal brillèrent d'un éclat dangereux au clair de lune. Sans mot dire, il attrapa Yanis par le devant de sa chemise et le précipita tête la première dans le fleuve.

— Alors tu n'as qu'à nager, dans ce cas, espèce de salopard ingrat ! répliqua-t-il à l'adresse de son chef qui surgit la tête hors de l'eau en recrachant ce qu'il avait avalé.

Puis le jeune homme tendit la main pour aider un Yanis dégoulinant à remonter sur la rive. Zanna fut obligée de mordre un bout de sa cape pour étouffer ses rires.

Après cela, les choses se déroulèrent un peu plus facilement, même s'ils eurent du mal à porter leur embarcation sur l'étroit chemin de portage qui longeait le barrage.

— Je parie que maintenant tu te réjouis que j'aie pas trouvé de bateau plus gros, fit remarquer Tarnal à Yanis tandis qu'ils titubaient tous les deux en haletant sous le poids de la chaloupe.

Ils réussirent à traverser le port de Norberth avant le lever du soleil et passèrent la journée dissimulés dans l'une des petites criques qui bordaient la côte. Même s'ils avaient faim et en dépit de leurs vêtements humides, ils préférèrent ne pas allumer de feu. De toute façon, ils étaient tous bien trop épuisés pour prêter une grande attention à l'inconfort. De plus, le temps était incroyablement chaud pour la saison. Enroulés dans leurs couvertures dans un creux à l'abri des dunes, ils dormirent la plus grande partie de la journée en montant la garde à tour de rôle. Puis ils se remirent en route par une soirée étouffante dans la lumière déclinante d'un coucher de soleil criard.

Par chance, jusque-là, le courant le long de la côte leur avait été favorable et la mer était restée suffisamment calme pour ne pas submerger la petite embarcation, même si Hebba, terrifiée, était restée raide comme la justice pendant tout le voyage. Cependant, alors qu'ils s'apprêtaient à quitter la crique, Zanna surprit Yanis et Tarnal en train de contempler la mer les sourcils froncés. Puis ils se penchèrent l'un vers l'autre pour parler à voix basse d'un ton inquiet.

— Qu'est-ce qui ne va pas ? leur demanda-t-elle en regardant l'océan avec perplexité, car tout lui paraissait normal. Voyez comme c'est calme, on dirait une mer d'huile, vous ne trouvez pas ?

— Oui, pour l'instant, marmonna Yanis. Mais ça va se transformer en une putain de tempête avant la fin de la nuit. La question est de savoir si on prend le risque de partir maintenant, en espérant arriver à destination avant que l'orage nous tombe dessus, ou est-ce qu'on reste ici en attendant que ça se termine ? Le problème, c'est qu'à voir la mer et le ciel, ça va être un sacré grain. Même quand le plus gros sera passé, la mer pourrait mettre des jours avant de se calmer.

Zanna eut presque envie de pleurer. Pas maintenant, alors qu'ils touchaient au but ! À ce moment, Vannor rejoignit les trois jeunes gens.

— Je me fais des idées ou le ciel a particulièrement une sale tête ?

Yanis acquiesça.

— Oui, il va y avoir une tempête. Que fait-on ? On reste ici ou on prend le risque de partir quand même ?

— Tarnal et toi vous êtes les marins du groupe. (Vannor haussa les épaules.) On suivra votre décision. Mais, si on reste ici, on n'aura pas de vivres et pas d'abri. Je pense qu'il vaut mieux s'en aller maintenant et essayer d'atteindre Wyvernesse avant l'arrivée de la tempête. Après tout, on peut toujours accoster un peu plus loin si les choses deviennent trop dangereuses et on n'en sera que plus proches de notre destination.

Rapidement, ils montèrent à bord de la chaloupe et repartirent en faisant de leur mieux pour dissimuler leur inquiétude à Hebba. Pour gagner en vitesse, les valides se répartirent en groupes de deux pour ramer : Benziorn avec Yanis et Zanna avec Tarnal. La jeune fille, qui était devenue experte dans l'art de la navigation durant son séjour parmi les Nightrunners, éprouva un élan de pitié pour son père, obligé de rester à la barre. Rien qu'à voir son air orageux et son expression distraite, elle savait que son incapacité à aider les rameurs ne faisait que lui rappeler cruellement son handicap. Même si cela lui donnait mal au dos et aux bras et même si l'air lourd et étouffant la faisait transpirer et haleter, elle fut contente lorsque arriva son tour de ramer. De cette façon, elle n'avait pas à contempler la masse menaçante de nuages noirs qui s'amoncelaient à l'ouest.

Le premier signe de changement fut le rafraîchissement du vent. Même s'il était plus confortable de ramer à présent, Zanna sentit un frisson de terreur remonter le long de son dos. La mer ne tarda pas à devenir de plus en plus agitée et, bientôt, la chaloupe commença à tanguer en raison de la forte houle, rendant le fait de ramer difficile. Tous les passagers éprouvaient un début de nausée, à l'exception de Tarnal et de Yanis, les deux marins aguerris. Les deux hommes s'emparèrent des avirons car ils savaient mieux que le médecin et la jeune fille comment diriger l'embarcation qui ne cessait de se soulever. Hebba commença à gémir. Zanna lui tendit le seau pour écoper, de sorte que la vieille cuisinière se retrouva bientôt trop occupée à vider l'eau qui s'accumulait au fond du bateau pour songer à se plaindre.

Le vent ne cessait de forcir. Dans l'obscurité soudaine, ils avaient du mal à se voir les uns les autres car les nuages avaient envahi tout le ciel, masquant les étoiles. Dans le lointain, ils entendirent les premiers grondements du tonnerre. Vannor tira sur le bras de Yanis.

— Tu ne crois pas qu'on ferait mieux d'accoster ?

Yanis secoua la tête.

— On a attendu trop longtemps. Il n'y a plus que des récifs à proximité, et nulle part où accoster. (Il jeta un bref regard par-dessus son épaule.) Voilà le dernier cap, là-haut – tu vois la pierre levée ? haleta-t-il. Si on arrive à le contourner, tout ira bien.

— Confiez la barre à Zanna maintenant, demanda Tarnal à Vannor d'une voix saccadée par l'effort de ramer. Elle a plus l'habitude que vous et elle connaît bien ces eaux. Elle sait quel chemin il faut prendre entre les rochers. Par contre, posez votre main sur la sienne, voilà, comme ça. Elle va avoir besoin de votre force pour manœuvrer.

Zanna bénit Tarnal pour sa dernière suggestion. Elle avait entendu son père retenir brusquement son souffle lorsque le jeune homme avait suggéré qu'il abandonne la barre ; elle savait qu'il devait se sentir plus inutile que jamais. Cependant, malgré la difficulté de la situation, le Nightrunner n'avait pas oublié de ménager la fierté de Vannor.

Ils réussirent à contourner le cap avant que la tempête s'abatte sur eux de toutes ses forces, même s'ils se débattirent pendant un long moment dans les vagues immenses qui venaient se fracasser sur la pointe rocheuse. Zanna s'accrocha désespérément à la barre lorsque la petite embarcation se souleva au-dessus d'un gigantesque brisant et elle se blottit contre son père, ravie de pouvoir compter sur lui pour l'aider à garder la même trajectoire. Le cri d'Hebba se noya dans le sifflement du vent lorsqu'ils retombèrent de l'autre côté et heurtèrent la surface de l'eau dans une grande gerbe d'écume. D'immenses vagues soulevèrent à plusieurs reprises la fragile coquille qui était leur seule protection contre l'océan déchaîné. Yanis et Tarnal, le visage tordu par l'effort, pesèrent de tout leur poids sur les rames pour empêcher la chaloupe de s'échouer sur les rochers déchiquetés.

Puis, avec une soudaineté choquante, ils dépassèrent le cap et se retrouvèrent dans des eaux plus calmes où la houle était beaucoup moins forte. Zanna essuya l'eau de mer qui lui piquait les yeux et manœuvra comme elle ne l'avait encore jamais fait à travers le dangereux labyrinthe de récifs qui protégeait et masquait l'entrée de la caverne des Nightrunners. Elle se creusa les méninges pour se rappeler la position exacte des rochers devant la caverne et scruta la pénombre pour repérer les moutons d'écume blanche qui marquaient l'emplacement des pièges en question. Une fois, elle se maudit en entendant la quille frotter contre la roche. Puis, alors qu'ils y étaient presque, la chaloupe s'arrêta dans une secousse brutale qui précipita tous les passagers les uns contre les autres. L'on entendit le bruit sec et brutal du bois qui se brise, et Zanna sentit en se relevant l'eau glacée envahir l'embarcation sous ses pieds.

— Continue à barrer, cria Tarnal en éloignant le bateau du rocher à l'aide de sa rame. On y est presque. On va y arriver.

Et de fait, la suite lui donna raison. Lorsque les voyageurs épuisés entrèrent dans la caverne à bord de leur chaloupe qui prenait l'eau, la communauté des contrebandiers au grand complet, avec Remana qui pleurait de joie de voir son fils revenir sain et sauf, se réunit sur la plage argentée pour les accueillir au sein de l'immense grotte pleine d'échos. Des bras se tendirent volontiers pour tirer le bateau au sec sur le rivage et accueillir les naufragés.

Yanis avait les yeux fixés sur la belle inconnue aux cheveux de lin qui se tenait près de Remana, avec un immense chien blanc à ses côtés, mais Zanna ne le remarqua pas. Elle était trop occupée à regarder Tarnal.

— Tu as fait un sacré bon boulot, lui dit-il. Dans le noir, et par une mer aussi démontée, je n'aurais pas fait mieux. Maintenant, tu mérites vraiment le nom de Nightrunner.

Zanna sourit d'un air joyeux, le cœur gonflé de fierté.

— C'est bon de revenir chez soi, dit-elle doucement.

Tarnal sourit et lui tendit la main pour l'aider à débarquer.

23

AU CŒUR DE LA TEMPÊTE

Les éléments étaient déchaînés. On ne voyait même plus les rochers noirs et glissants de la côte xandim, perdus entre les crocs blancs des brisants. D'énormes vagues d'un gris acier se précipitaient sur les pointes inflexibles du rivage. Les gémissements stridents du vent répondaient au fracas du ressac et aux rugissements des vagues sifflantes et vaincues. L'écume salée soulevée par le vent venait déposer un voile humide sur la peau d'Aurian et piquait le visage glacé d'Anvar alors qu'ils scrutaient tous deux la pénombre. La Mage sentit le goût de la mer en s'humectant les lèvres et rabattit sa capuche sur ses oreilles.

— *Je suppose qu'il fallait bien que ça arrive tôt ou tard*, cria-t-elle en répétant ces mots par télépathie de façon à ce qu'Anvar puisse l'entendre par-dessus les hurlements de la tempête.

Les deux Mages s'étaient éloignés de Chiamh et des deux panthères pour discuter de ce nouveau problème.

— *Il fallait s'y attendre, Eliseth a imposé son hiver au monde pendant trop longtemps. Ensuite, nous avons créé un printemps tout aussi peu naturel… Les éléments vont mettre un moment avant de se calmer.*

— J'espère qu'on n'a pas fait trop de dégâts. C'est une sacrée tempête. Elle souffle déjà depuis deux jours et deux nuits.

Les sourcils froncés, Anvar se mordit la lèvre en contemplant l'océan en furie. Il se demandait comment son âme sœur pouvait rester aussi calme.

Aurian haussa les épaules.

— C'est Eliseth qui a commencé. Je doute que nous ayons pu faire davantage de dégâts en essayant de corriger ce qu'elle a fait. Au bout du compte, l'univers est bien plus vaste que nous ne saurions l'appréhender, même avec notre magie. Le climat est simplement en train de revenir à son cycle naturel. Seulement j'aurais préféré qu'il attende un peu. Cela ne pouvait tomber à un plus mauvais moment.

Elle jeta un coup d'œil par-dessus son épaule en direction de la foule de Xandims qui s'alignaient derrière eux. Trempés et glacés jusqu'aux os, ils avaient été incapables d'ériger leurs tentes à cause des bourrasques de vent. Anvar comprenait l'inquiétude de sa compagne. Les derniers jours n'avaient été faciles pour personne. En tant que seigneur de la Horde, Schiannath avait convaincu un grand nombre des siens de les accompagner, Chiamh et lui, pour aider Aurian dans sa quête, mais de nombreuses autres voix s'étaient élevées pour protester. S'ils tardaient trop à trouver un moyen de traverser la mer, même les volontaires risquaient de changer d'avis.

— Tu veux que je nous en débarrasse ?

Anvar glissa furtivement la main sous sa cape pour caresser la Harpe des Vents, attachée dans son dos au moyen de sangles en cuir habilement façonnées par les maroquiniers xandims. Lorsqu'il effleura le cadre cristallin de l'instrument, l'écho d'un chant étoilé au fond de son esprit lui procura des frissons de plaisir ; le Mage dut serrer les dents pour résister à son appel. Il n'avait pas encore, pour le moment, complètement dompté les pouvoirs de l'Artefact, si bien que la Harpe essayait toujours de le tenter avec sa musique de sirène pour qu'il déchaîne sa magie sur le monde.

— *Anvar, attends !*

Aurian prit la main de son compagnon. Elle savait, au vu de ses premières expériences avec le Bâton de la Terre, à quel point il était difficile pour lui de contrôler la Harpe, si bien qu'elle l'avait énormément aidé ces derniers temps. Elle l'entendit soupirer et lui serra la main en signe de compréhension.

— *Ne t'inquiète pas, tu auras bientôt l'occasion de l'utiliser. Mais cette maudite tempête souffle déjà depuis deux jours entiers, alors qui sait combien de temps elle va encore durer ? Si on arrive à prévenir les amis nightrunners de Parric de nous envoyer leurs navires, nous aurons peut-être besoin que tu apaises l'océan afin qu'ils puissent traverser. Mais, si nous touchons au climat maintenant, nous risquons plus tard de faire face à des problèmes encore plus graves.*

— *Mais comment vas-tu faire pour contacter le Léviathan ?* protesta Anvar, qui avait le sentiment que la réponse n'allait pas lui plaire.

— *Je vais aller à sa rencontre maintenant,* répondit Aurian d'un ton qui ne souffrait aucune réplique.

(Déjà, elle levait la main pour défaire sa cape.) *Que je sois pendue si j'attends plus longtemps.*

— *Aurian, ne sois pas stupide !* (Anvar, submergé de nouveau par son ancienne peur de l'eau, lui attrapa les mains.) *Tu vas te tuer.*

— *Mais non.* (Doucement, Aurian repoussa les mains de son compagnon.) *Si je le pensais, je n'envisagerais même pas une chose pareille, crois-moi, surtout maintenant que je vous ai, toi et Wolf.* (Elle adoucit sa voix mentale d'un sourire.) *Un Mage ne peut pas se noyer, tu te rappelles ? En plus, la tempête que nous avons essuyée la nuit du naufrage était pire que celle-là, et nous y avons tous les deux survécu avec l'aide du Léviathan. Tout ce que j'ai à faire, c'est éviter que les vagues me fracassent sur les rochers. Or, si tu regardes là-bas, à l'est de la pointe rocheuse, tu verras une espèce de crique où l'eau tourbillonne. Si j'entre dans la mer au bon endroit, le courant devrait m'entraîner à l'écart des récifs.*

— *Quoi ?* s'exclama Anvar. *Tu as perdu la tête ?*

— *Non, juste ma patience,* répliqua Aurian en écartant ses cheveux mouillés de ses yeux pour la centième fois au moins car le vent ne cessait de les lui rabattre en pleine figure. *Si j'en crois ma dernière rencontre avec les Léviathans, ils risquent de mettre un moment avant de prendre la décision de nous aider. Si je peux prendre contact dès maintenant et plaider notre cause, nous pourrons tous retourner au village de pêcheurs pour attendre plus confortablement et, si tout va bien, les messagers pourront partir dès que la tempête se calmera.*

Anvar soupira. Il connaissait bien cette lueur obstinée dans le regard de son âme sœur et il savait que, quels que soient ses efforts pour essayer de l'en dissuader, le résultat serait le même en fin de compte. Tout le monde gagnerait du temps s'il s'inclinait simplement face à l'inévitable, faisait confiance au jugement de sa compagne et la laissait aller jusqu'au bout de son projet.

— *Fais-le, dans ce cas. Mais pour l'amour des dieux, sois prudente.*

Aurian l'embrassa.

— *Pour l'amour de Wolf et de toi, je le serai.*

Puis elle partit, dévalant l'étroit chemin tracé par les pêcheurs xandims à flanc de falaise. Le temps qu'Anvar, retardé par les questions perplexes de Chiamh et de Shia, la rattrape, elle se déshabillait déjà sur le rivage rocailleux de la crique.

— *Aïe, aïe, aïe,* marmonna-t-elle en claquant des dents. *Moi et mes brillantes idées !*

— *Que ça te serve de leçon,* répliqua Anvar sans afficher la moindre compassion.

Il prit la cape de sa compagne, ainsi que sa chemise en lin, son pantalon et sa tunique en cuir, avant que les vêtements, tous fabriqués par les Xandims, puissent s'envoler. Il les fixa au sol en posant par-dessus l'épée et les bottes d'Aurian. Puis il fourra dans sa ceinture le Bâton de la Terre, qu'elle lui remit avec précaution. La proximité de la Harpe fit que les deux Artefacts entremêlèrent leurs énergies et scintillèrent joyeusement. Leurs pouvoirs respectifs s'en trouvèrent augmentés et l'air se mit à vibrer.

— *Arrêtez ça !* ordonna Anvar avec irritation, car il désirait se concentrer uniquement sur Aurian.

Lorsqu'il étendit sa volonté pour atténuer la puissance des deux Artefacts, l'éclat incandescent blanc-vert mourut, laissant la place à un bourdonnement doux mais plein de défi. Cependant, lorsqu'il leva les yeux, Aurian n'était déjà plus qu'une silhouette pâle et lointaine. Les pieds nus, elle se frayait un chemin avec précaution sur les arêtes saillantes des rochers qui s'avançaient dans la petite baie.

— *Tu aurais pu attendre,* protesta mentalement Anvar d'un air blessé.

— *Pourquoi ? Pour mourir de froid ?* répondit distraitement la Mage. *Je peux aussi bien te parler d'ici... Aïe ! Ces putains de rochers sont pointus !*

Puis elle disparut, plongeant dans les vagues bouillonnantes. Anvar soupira et s'assit sur une grosse pierre voisine pour attendre le retour de sa compagne. Elle avait raison, se dit-il en s'efforçant de trouver une place confortable. Ces maudits rochers étaient effectivement très pointus. Au bout d'un moment, Chiamh et Shia le rejoignirent, après avoir pris la peine de renvoyer les autres au village de pêcheurs dont avait parlé Aurian. Tandis que le ciel plombé s'obscurcissait avec la venue de la nuit, ils attendirent ensemble sur la plage balayée par les vents.

En avançant, frissonnante, sur les rochers coupants comme des rasoirs, Aurian s'était demandé comment elle allait trouver le courage d'aspirer dans ses poumons l'eau qui lui permettrait ensuite d'adapter sa respiration pour survivre dans les profondeurs – elle ne se souvenait que trop bien de la douleur atroce que provoquait le phénomène. Mais elle n'aurait pas dû s'inquiéter. Lorsqu'elle entra dans l'eau, la mer était si froide qu'Aurian ouvrit involontairement la bouche. Ensuite, après un moment de panique où elle se débattit douloureusement, elle réussit à respirer tout à fait naturellement sous l'océan.

Une chance pour elle que le temps d'adaptation ait été court. Déjà, le courant se modifiait et essayait de repousser la Mage pour la fracasser contre les cruels récifs. Restant sous l'eau, hors de portée des vagues, Aurian commença à nager vers la haute mer en luttant de toutes ses forces contre le courant. Comme elle n'avait pas à faire surface au cœur de la tempête, cela lui parut plus facile qu'elle s'y attendait, si bien qu'elle ne tarda pas à adopter une allure régulière. Sans l'obscurité profonde de l'eau, brouillée par le sable remué par la tempête, et le froid implacable de l'océan nordique, elle aurait même apprécié la baignade.

Quand la Mage se fut éloignée davantage du rivage, elle s'aperçut que l'eau était beaucoup plus claire et que les courants conflictuels ne la tiraient plus à hue et à dia. Elle pouvait plonger plus profondément, vers des eaux plus calmes où la fureur de la tempête n'était guère plus qu'un lointain souvenir. Enfin, elle décida qu'elle était allée suffisamment loin et s'installa pour appeler les Léviathans.

Usant de sa voix et de son esprit, Aurian commença à chanter la chanson poignante, retentissante et tourbillonnante qui porterait sur des kilomètres à travers les eaux agitées pour prévenir le peuple baleine dans ses lointaines errances. Elle s'adressa en particulier à Ithalasa, le vieil ami qui l'avait sauvée du naufrage et lui avait donné de précieux conseils pleins de sagesse.

Pendant un long moment, elle chanta, puis elle tendit l'oreille dans l'espoir d'entendre une réponse lointaine. Mais il n'y avait que le silence. Aurian réprima un accès d'impatience en se rappelant que les émotions farouches des terriens déplaisaient aux Léviathans. Mais c'était si dur d'attendre. Elle avait beau savoir que le fait de pouvoir respirer sous l'eau lui permettait de survivre dans cette mer glaciale plus longtemps qu'elle aurait pu le faire autrement, il n'en existait pas moins une limite au temps qu'elle pouvait passer en ces lieux avant que le froid lui coûte la vie. Enfin, elle n'avait pas seulement besoin une fois de plus de l'aide d'Ithalasa, elle se languissait également de le revoir. Elle avait tant à lui dire concernant la découverte du Bâton et de la Harpe et de sa quête de l'Épée de Feu.

Aurian se reposa un peu, car le chant des baleines, haut perché et plaintif, l'avait épuisée à la fois physiquement et émotionnellement. Puis elle recommença à les appeler en reprenant au début du très long cycle de chansons. Cette fois, elle en était à peu près au milieu du cycle lorsqu'elle reçut une réponse.

L'appel lointain était si faible que, pour le moment, elle ne l'entendait qu'en esprit, et non avec ses oreilles. Aurian attendit que le chanteur se rapproche, puis changea de chanson pour lui souhaiter la bienvenue. Bientôt, la voix se fit plus distincte.

— *Mage ? Ô Mage ?*

C'était Ithalasa.

— *Ithalasa ! Comme je suis contente de t'entendre à nouveau !* s'écria joyeusement Aurian. *Quelle chance incroyable que ce soit toi qui aies répondu !*

— *Non, ça ne doit rien à la chance, Mage, mais ça explique pourquoi tu as dû attendre longtemps avant que nous te répondions,* répondit le Léviathan. *Certaines de mes sœurs ont entendu ton appel loin dans l'océan et ont décidé que, une fois de plus, je devais représenter notre race, parce que j'avais déjà parlé avec toi. Elles m'ont appelé, et me voici.*

En quelques minutes, il la rejoignit et il remonta brièvement à la surface pour souffler une gerbe d'écume et prendre une nouvelle inspiration avant de replonger auprès d'Aurian. Son corps imposant et lisse s'immobilisa au sein du courant à l'exception de ses nageoires incurvées qui continuèrent à bouger. Il était si gros que la Mage paraissait toute petite en nageant comme ça sur place à côté de lui, sous son regard profond, sage et malicieux.

— *Maintenant, dis-moi,* fit Ithalasa avec bonne humeur, *qu'est-ce qui te préoccupe cette fois-ci, petite ? Je ne vois aucun naufrage.*

— *Parce qu'il n'y en a pas. J'ai nagé depuis la côte des Xandims pour te trouver,* expliqua Aurian.

— *Vraiment ? Dans cette tempête ?* s'exclama le Léviathan, surpris et visiblement impressionné. *Dans ce cas, la situation doit vraiment être grave.*

— *Elle l'est, mais pour l'heure j'ai surtout besoin de sortir de l'eau avant de mourir de froid.*

Aurian ne voyait plus son ami que grâce à sa nyctalopie de Mage, car les eaux s'étaient déjà obscurcies à l'approche de la nuit. Elle avait les mains et les pieds blancs et engourdis et elle sentait le cours de ses pensées se ralentir et s'embrouiller.

— Je ne crois pas pouvoir rester ici plus longtemps, Ithalasa. Voudrais-tu me ramener sur le rivage, afin que je puisse discuter avec toi depuis la terre ?

— Ce sera un plaisir pour moi. Je me réjouis de nager de nouveau avec toi, petite fille. (Prévenant, le Léviathan étendit l'une de ses grandes nageoires incurvées.) *Peux-tu grimper sur mon dos comme tu l'as déjà fait autrefois ?*

Affaiblie comme elle l'était par le froid, Aurian aurait eu du mal à réussir ce qu'elle avait accompli si facilement autrefois si elle n'avait été portée par l'eau. Prenant de l'élan en s'appuyant sur la nageoire, elle nagea jusqu'à avoir le grand dos gris de la baleine sous elle. Le Léviathan remonta alors lentement à la surface afin que le corps de la Mage puisse s'adapter en douceur aux changements de pression. Enfin, il jaillit à l'air libre, et la Mage se retrouva étendue sur le dos de son compagnon, s'étranglant, vomissant et toussant de l'eau tandis que ses poumons se remettaient à respirer de l'air.

Maintenant, je sais ce que doit ressentir un rat qui se noie, songea Aurian en restant étendue sans bouger. Elle n'avait même plus la force de haleter ou de trembler car, de toute façon, le vent froid lui paraissait plus chaud que la mer. Les vagues l'assaillirent tandis qu'Ithalasa fendait la houle pour regagner la terre. À plusieurs reprises, la Mage faillit retomber dans l'océan, car elle n'avait aucune prise sur le vaste dos couvert de bernaches, à l'exception du mince aileron dorsal qui était si prononcé chez d'autres clans de la race léviathan.

Par considération pour l'état lamentable de la Mage, Ithalasa s'abstint de poser la moindre question tandis qu'il la ramenait vers le rivage, même si Aurian perçut la curiosité de son ami qui bouillonnait sous la surface calme de ses pensées. Bientôt, même si elle aurait souhaité que cela soit encore plus tôt, un immense éclair illumina la mer sur des kilomètres à la ronde et Aurian aperçut la masse noire de la côte xandim qui se découpait nettement sur l'horizon. Lors de l'éclair suivant, la terre lui parut plus proche encore.

L'eau était suffisamment profonde pour permettre à Ithalasa d'entrer en partie dans la crique, si bien qu'Aurian n'eut que quelques mètres à parcourir à la nage pour atteindre le récif d'où elle avait plongé. Anvar, qui attendait au bout des rochers, lui attrapa le bras d'une main puissante et la hissa hors de l'eau. Sans son aide, Aurian n'y serait jamais parvenue. Elle entendit vaguement la voix de son compagnon résonner dans son esprit lorsqu'il salua le Léviathan. Puis une merveilleuse chaleur envahit la Mage lorsque Anvar drapa sa cape autour d'elle. Ensuite, il la souleva dans ses bras pour traverser les rochers glissants et acérés et la déposa sur la plage, où Aurian retrouva Shia, Chiamh et – pour son plus grand bonheur – un grand feu de joie qui brûlait bravement au cœur de la tempête grâce à la magie d'Anvar.

Ce dernier la déposa près du feu et commença à la sécher du mieux qu'il put à l'aide du manteau, ce qui permit de restaurer la circulation dans les membres exsangues de la jeune femme. Puis Anvar l'enveloppa dans sa propre cape, plus sèche et plus chaude. La joie d'Aurian fut tout à fait complète lorsque l'Œil-du-Vent lui tendit une tasse fumante remplie de sa fameuse tisane, à laquelle il avait ajouté du miel et une liqueur xandim très forte. Anvar prit les mains de sa compagne pour l'aider à boire car elle tremblait et claquait des dents. Aurian se força à desserrer les lèvres et avala une gorgée du breuvage dont elle sentit la chaleur se répandre à travers tout son corps glacé. Au bout de quelques minutes, elle se sentait bien mieux, quoiqu'un peu somnolente, et elle se demanda si elle aurait de nouveau chaud un jour.

Cependant, le sommeil allait devoir attendre, car elle avait suffisamment abusé de la patience du Léviathan. Avec l'aide d'Anvar, elle remit tant bien que mal ses vêtements et elle ne protesta pas quand l'assistance du jeune homme se transforma en une rapide étreinte.

— Je suis si contente de te revoir, murmura-t-elle, et si reconnaissante que tu ne m'aies pas dit « Je t'avais prévenue ».

— Eh bien, tu as réussi, alors j'ai décidé de te laisser t'en tirer pour cette fois. (Il lui sourit.) Tu te sens mieux maintenant ?

Aurian acquiesça.

— Il est temps d'aller parler à Ithalasa.

— *Je suis ravi de te voir réunie avec ton compagnon, après toutes vos querelles et les épreuves que vous avez traversées dans le Sud,* commenta le Léviathan en guise de préambule.

Il écouta les deux jeunes gens raconter comment ils s'étaient trouvés et ne parut pas du tout surpris d'apprendre qu'Anvar était également un Mage. Il se réjouit qu'elle ait mis son bébé au monde, lequel enfant se trouvait actuellement dans le village de pêcheurs avec ses protecteurs loups. (Sangra avait été laissée là-bas pour garder un œil sur eux et elle avait protesté qu'elle était une guerrière, pas une putain de nourrice.)

Puisque Shia et Chiamh étaient tous les deux adeptes de la télépathie, les Mages n'eurent aucun mal à présenter leurs deux compagnons au Léviathan qui les salua avec beaucoup de grâce et tout autant de curiosité – surtout en ce qui concernait la nature inhabituelle des pouvoirs de l'Œil-du-Vent. Mais, lorsque Aurian et Anvar, debout sur les rochers assaillis par la tempête, lui racontèrent comment ils avaient obtenu le Bâton de la Terre et la Harpe des Vents, toutes les autres considérations passèrent au second plan. Ils perçurent son excitation grandissante, teintée néanmoins d'une inquiétude sous-jacente.

— *Je pensais bien avoir perçu la Haute Magie à l'œuvre !* s'exclama-t-il. *Et qu'en est-il de l'Épée de Feu ?*

— *C'est pour ça que nous avons besoin de ton aide.*

Rapidement, Aurian expliqua leur problème.

— *Je vois…,* fit Ithalasa. *Vous devez donc faire passer un message à vos amis de l'autre côté de l'océan nordique afin qu'ils puissent envoyer des navires vous chercher ?*

— *C'est exact,* approuva Anvar. *Vous ne pourriez pas tous nous emmener, pas avec les panthères et tous les Xandims. Et Wolf est bien trop petit pour un voyage pareil.*

— *Mais comment puis-je convoyer un message ? Je ne peux communiquer qu'avec vous, les Mages.*

— *Eh bien, nous espérions que tu pourrais emmener un ou deux d'entre nous jusqu'à Wyvernesse, afin qu'ils puissent parler aux Nightrunners.*

Immédiatement, Aurian sentit l'hésitation du Léviathan et en eut le cœur lourd, même si elle s'attendait à une réaction de ce genre.

— *Oui, petite fille,* résonna la puissante voix dans son esprit. *Comme tu l'as deviné, un tel acte de ma part constituera une nouvelle interférence des Léviathans dans des guerres de pouvoir. Après le Cataclysme, nous nous sommes juré de ne plus jamais nous impliquer dans les affaires des Mages. Or, c'est déjà trop tard, car, sans notre aide, vous n'auriez jamais retrouvé les deux premiers Artefacts. Avant que je te conduise sur le chemin de l'Épée, je dois de nouveau consulter mon peuple.*

— *C'est ce que je pensais,* soupira Aurian. *Mais, Ithalasa, es-tu sûr, en ce qui te concerne, d'avoir envie d'être de nouveau impliqué dans cette histoire ?*

— *J'en suis sûr, petite fille. Pour ma part, je te fais confiance, je sais que tu sauras utiliser les Armes avec discernement. Reste à voir ce que feront mes frères...* (Il hésita, puis reprit la parole sur un ton décisif.) *Non, je sais déjà quelle sera leur réponse. La dernière fois, ils m'ont permis de t'aider parce qu'ils ne croyaient pas que tu pourrais réellement retrouver les Artefacts perdus. Cette fois, ce sera différent, car vous avez déjà la Harpe et le Bâton, et les dangers d'un nouveau Cataclysme sont de plus en plus grands. Ils ne me laisseront pas intervenir de nouveau, c'est pourquoi ils ne doivent rien savoir.*

Reviens ici dès que la tempête sera finie et j'emporterai ton messager.

— *Attends,* protesta Aurian. *Ne vont-ils pas te punir quand ils découvriront ce que tu as fait ? Ithalasa, je ne peux pas te laisser courir ce genre de risques pour nous !*

— *Tu as raison,* reconnut le Léviathan. *S'ils le découvrent, il faudra sûrement que j'en paie le prix, mais c'est à moi de décider de prendre le risque ou non. Allons, petite fille, quel choix as-tu, sinon celui d'accepter ? Comment traverseras-tu l'océan autrement ?*

Aurian savait qu'il avait raison, qu'elle n'avait pas le choix, mais elle ne se sentait pas mieux pour autant. Néanmoins, elle accepta son offre courageuse avec toute la gratitude que cela méritait. Puis ils se dirent au revoir. À travers le rideau de pluie, les Mages virent le Léviathan sauter gracieusement hors de l'eau et bondir très haut dans les airs. Puis il retomba dans une immense gerbe d'écume dont le fracas alla jusqu'à couvrir les lamentations du vent. Ensuite, il disparut, filant vers la haute mer.

Les deux Mages étaient tous deux trempés et frissonnants, et Aurian accepta volontiers lorsque Chiamh proposa de se transformer pour les ramener au village de pêcheurs. Ces derniers accueillirent les amis de leur seigneur de la Horde en leur offrant un généreux repas chaud et un bon feu pour se réchauffer. On leur laissa l'usage de la plus grande habitation, car le père de Schiannath était né au sein de ce clan côtier, et sa victoire lors du défi était aussi la leur. Lorsque les Mages réussirent enfin à échapper à l'hospitalité chaleureuse des pêcheurs,

Aurian fut plus que ravie de grimper dans un lit chaud et moelleux en compagnie d'Anvar. Cependant, elle ne dormit pas de la nuit, tant elle s'inquiétait pour le Léviathan et le risque qu'il acceptait de courir pour les aider dans leur quête.

La tempête continua à faire rage durant toute la journée du lendemain ainsi que la nuit suivante. Le vent s'engouffrait en sifflant dans le chaume trempé et martelait les robustes habitations en pierre des pêcheurs xandims. Comme ils vivaient sur la côte, soumis aux caprices du climat, ces derniers ne préféraient habiter sous la tente qu'en été – ce dont Aurian leur était extrêmement reconnaissante. Même si elle trépignait à l'idée de devoir encore attendre, ce délai lui permit de mettre ses compagnons au courant de ce qui était ressorti de la conversation avec Ithalasa. Chiamh, Shia, Khanu et les Mages, avec Wolf sur les genoux d'Aurian, se réunirent avec Parric, Sangra, Yazour, le seigneur de la Horde et sa sœur autour du grand foyer central qui réchauffait l'espace de vie commune de la grande maison. Tout en se partageant une bouteille d'hydromel, ils commencèrent à mettre au point un plan.

Puisque les Xandims n'allaient pas pouvoir tout de suite être emmenés de l'autre côté de l'océan, Aurian et Anvar étaient réticents à l'idée de retourner trop tôt dans le Nord, de peur que Miathan et Eliseth découvrent la présence des Artefacts et attaquent les Mages pendant que leurs compagnons se trouvaient encore au loin. Même s'ils regrettaient de devoir manquer la traversée sur le dos d'Ithalasa, ils décidèrent que Parric et Sangra s'en iraient à leur place, car ils avaient déjà séjourné chez les Nightrunners, qu'ils comptaient parmi leurs amis. Chiamh les accompagnerait afin de pouvoir communiquer avec le Léviathan. De plus, ses pouvoirs d'Œil-du-Vent s'avéreraient peut-être nécessaires si le temps se gâtait durant la traversée.

Quand tout le monde aurait débarqué dans le Nord, le but était de gagner le val d'Eilin aussi vite que possible. Aurian voulait récupérer l'Épée sans perdre de temps. Ce qui se passerait ensuite restait cependant ouvert à conjectures. Ils discutèrent des nombreuses possibilités jusque tard dans la nuit, avant de décider en fin de compte qu'il valait mieux laisser l'avenir tranquille pour le moment.

Le lendemain matin, au réveil, les compagnons s'aperçurent que la tempête s'était enfin calmée. Au sortir de la maison, ils furent accueillis par un paysage de dune et d'oyats qui avaient été impitoyablement harcelés par les vents en furie. Après un petit déjeuner rapide, ils descendirent jusqu'à la pointe rocheuse sous un soleil frais et brumeux fréquemment obscurci par une fine couche nuageuse qui traversait le ciel à toute allure. L'Œil-du-Vent leva les yeux en fronçant les sourcils.

— Je crains que le mauvais temps n'en ait pas encore fini avec nous. Mais, tant que le Léviathan nage aussi vite que tu le prétends, Aurian, nous devrions avoir le temps de traverser avant la prochaine tempête.

— Je l'espère, répondit la Mage en frissonnant.

— Si ça recommence à souffler avant que vous arriviez à Wyvernesse, essaie de nous contacter, proposa Anvar. Je ferai de mon mieux pour retenir la tempête à l'aide de la Harpe jusqu'à ce que vous soyez arrivés sains et saufs de l'autre côté.

En arrivant près de la baie, ils s'aperçurent que les énormes brisants avaient disparu. Mais la mer était encore agitée et chacune des vagues tumultueuses était couronnée d'une crinière d'écume.

— Tempête ou pas, on dirait qu'on est bon pour se mouiller, répliqua Parric d'un air sombre. (Puis il se tut en apercevant pour la première fois la longue silhouette noire d'Ithalasa qui attendait patiemment dans l'eau scintillante au-delà de la pointe rocheuse.) Par les couilles de Chathak ! marmonna le petit homme. J'pensais pas qu'il serait aussi grand !

Sangra aussi avait pâli brusquement, si bien qu'Aurian pouffa devant leur mine déconfite.

— Ne vous inquiétez pas, il ne mord pas – il n'a pas de dents, les rassura-t-elle.

— Pas besoin de mordre, rétorqua Sangra. Il pourrait nous avaler tout entiers.

Aurian soupira et laissa tomber le sujet. Certaines personnes ne comprendraient jamais qu'Ithalasa, en dépit de son immensité et de son apparence étrange, était un être intelligent, doux et sage. Tristement, elle songea au sacrifice que faisait le Léviathan pour aider ces terriens ingrats. Elle remercia les dieux que Chiamh ait bien voulu entreprendre le voyage avec les guerriers. S'ils pouvaient converser avec Ithalasa, elle était persuadée que Parric et Sangra oublieraient bientôt leurs peurs.

— *Petite fille, tes compagnons sont-ils prêts ?* demanda gentiment Ithalasa.

Brusquement, Aurian comprit qu'il était aussi impatient que Parric et Sangra d'en avoir fini avec ce voyage.

— *Ils le sont,* répondit-elle.

Les pêcheurs leur avaient fourni un petit canot en bois pour amener les voyageurs à la rame auprès du Léviathan, afin qu'au moins ils partent avec des vêtements secs. Cela n'empêcha nullement Aurian de nager avec Ithalasa une dernière fois avant son départ. Même Anvar ne sut pas ce qui se passa entre eux au cours de ces derniers instants, mais, lorsque la Mage sortit de l'océan pour agiter la main en direction de ses amis, il se dit que les yeux rouges de sa compagne n'étaient pas dus qu'à l'eau salée. Ramassant sa cape sur les rochers à l'endroit où elle l'avait laissée, il drapa le vêtement autour des épaules frissonnantes d'Aurian et la serra très fort contre lui.

— Tu sais, si tu continues comme ça, tu vas attraper la mort, lui dit-il gentiment.

Aurian contempla d'un air de regret la silhouette du Léviathan qui s'éloignait.

— Ça en vaudrait la peine, répondit-elle doucement.

24

UNE HISTOIRE DE GAUCHERS

Zanna renoua d'anciennes amitiés et se réhabitua très vite à la vie routinière des Nightrunners, comme si ses longs mois d'absence n'avaient jamais existé. Au début, Remana se montra très froide envers elle, mais sa colère était surtout due à l'inquiétude que lui avait inspirée la fugue de la jeune fille. Lorsque la matriarche des contrebandiers découvrit quel rôle Zanna avait joué dans le sauvetage de Vannor, elle renonça aussitôt à son attitude glaciale et se remit à la traiter comme la fille qu'elle n'avait jamais eue. Il y avait bien d'autres amitiés à renouer, même si rien ne vint surpasser le bonheur de ses retrouvailles avec son poney, Piper. Pour le moment, tous les poneys des contrebandiers se trouvaient dans la caverne, à l'abri du mauvais temps, si bien que Zanna n'avait eu que quelques pas à faire pour retrouver son animal favori.

Elle passa beaucoup de temps avec lui quand elle n'était pas auprès de son père, dont la guérison avait été compromise par leur terrible traversée dans la tempête. Il avait pris froid à cause de la douche glacée qu'il avait reçue, mais, choyé par Remana et soigné par Benziorn et la jeune femme blonde, Emmie, il recouvrait peu à peu ses forces. Zanna espérait donc accepter bientôt l'offre de Tarnal et s'en aller faire une promenade à cheval avec lui dès que le temps le permettrait.

Au moins, cela l'éloignerait de Yanis. Il la rendait folle à force de traîner dans la chambre de Vannor toute la journée pour faire les yeux doux à Emmie – laquelle, pour être honnête, ne semblait pas du tout se rendre compte de son manège. Zanna éprouvait des sentiments curieusement mitigés vis-à-vis de la jeune femme sérieuse au regard triste qui, d'après Remana, était plus vieille qu'elle en avait l'air et avait perdu à la fois son mari et ses deux enfants à cause des méfaits de Miathan. Zanna ne pouvait que se sentir désolée pour elle, sans compter qu'elle appréciait énormément ce que faisait Emmie pour son père. Malgré tout, elle savait qu'elle aurait dû lui en vouloir d'être si belle et de détourner ainsi l'attention de Yanis.

Cependant, au cours des semaines qu'ils avaient passées ensemble enfermés dans la maison d'Hebba, l'attitude indélicate et égocentrique du chef des Nightrunners n'avait cessé d'irriter de plus en plus Zanna. En plus, il n'était pas très malin. Cela, elle le savait déjà, mais jusqu'alors ça ne l'ennuyait pas. Ce n'était plus le cas. Zanna rougit en se rappelant comment elle avait calmement annoncé à son père, bien des mois auparavant, qu'elle avait l'intention d'épouser Yanis, comme si c'était la chose la plus naturelle du monde. Quelle idiote elle avait été ! Mais, en l'absence de sa mère, il n'y avait personne pour lui expliquer qu'elle grandissait, tout simplement, avec toutes les épreuves et les contradictions que ça impliquait. Zanna restait seule pour résoudre ses difficultés.

Au sein de toute cette confusion, Tarnal était devenu le point d'ancrage de son existence. Il avait le don d'être toujours là quand elle avait le plus besoin d'un ami, et elle se réjouissait chaque fois de le voir. De plus, le jeune contrebandier se montrait très prévenant envers Vannor, qu'il tenait en haute estime, et cela comptait beaucoup pour Zanna. Lasse de l'atmosphère gênée qui régnait entre Emmie et le chef des Nightrunners, Zanna attendait avec impatience le changement de temps afin de pouvoir passer un moment en tête à tête avec Tarnal et oublier la stupidité de Yanis. C'est pourquoi, le lendemain du jour où la tempête s'arrêta, elle fut ravie d'accepter son invitation à aller se promener à cheval sur les falaises.

Chaudement emmitouflée pour se protéger du vent mordant qui piquait ses joues rouges et ébouriffait ses cheveux courts, Zanna lança son poney au galop au sommet de la falaise et fit la course avec Tarnal jusqu'au lointain repaire de la pierre levée solitaire. Oh, qu'il était merveilleux de se retrouver de nouveau à l'air libre ! Piper semblait d'accord avec elle sur ce point. Plein d'énergie après son long confinement dans les cavernes, il avait bien besoin de cette course pour se calmer. Zanna eut l'impression que cela lui faisait le même effet. Lorsqu'elle arriva au pied du tertre sur lequel se dressait la grande pierre – que l'on ne pouvait approcher de plus près car les poneys avaient peur du sinistre mégalithe –, la jeune fille se sentait bien plus heureuse et plus libre qu'elle l'avait été pendant des mois.

En riant, elle se tourna vers Tarnal qui arrivait au galop derrière elle.

— J'ai gagné ! croassa-t-elle. Le gros escargot qui te sert de poney va devoir se bouger s'il veut battre mon Piper…

Zanna s'interrompit, distraite par la vision d'une longue silhouette noire et peu familière en haute mer. Il ne s'agissait certainement pas d'un navire, bien que ce soit aussi gros qu'un bâtiment, et cela paraissait vivant, vu la façon dont ça se déplaçait.

— Tarnal, qu'est-ce que c'est que ça ? demanda-t-elle en pointant du doigt.

— On dirait une baleine, répondit le Nightrunner, les sourcils froncés en signe de perplexité. Mais elles ne viennent jamais dans ces eaux-là. Que diable fait-elle par ici ? Et pourquoi reste-t-elle en permanence à la surface ? Tu crois qu'elle est malade ?

Ensemble, ils attendirent au sommet de la falaise et mirent pied à terre afin de laisser leurs poneys manger de l'herbe pendant qu'eux-mêmes regardaient le monstre s'approcher. À un moment donné, Zanna s'aperçut que Tarnal lui avait pris la main, mais c'était si agréable qu'elle n'essaya même pas de la lui enlever. Brusquement, elle sentit les doigts du jeune homme se resserrer autour des siens.

— Zanna…, fit-il d'une voix rauque à peine plus haute qu'un chuchotement. Dis-moi que je ne suis pas en train de rêver, parce que j'ai l'impression de voir des gens sur le dos de cette baleine.

Il avait une meilleure vue que la sienne, mais au bout de quelques minutes Zanna les distingua à son tour.

— Mais oui, ce sont des gens ! Qui pourrait commander ainsi une créature des profondeurs ? (Brusquement paniquée, elle se tourna vers le Nightrunner.) Tarnal, tu crois qu'il s'agit de l'Archimage ? Et s'il nous avait retrouvés ?

En jurant, Tarnal l'aida à se remettre debout.

— Vite, nous devons retourner à la caverne. Nous devons prévenir les nôtres !

Zanna se jeta sur le dos de Piper en tirant violemment sur ses rênes, au point que le poney se cabra, surpris. Puis les deux jeunes gens regagnèrent au grand galop la cachette des Nightrunners, en espérant qu'ils arriveraient à temps, avant que le Léviathan qui avait pris de la vitesse atteigne le rivage.

C'était au tour de Sangra de jouer les vigies. Ce fut donc elle qui aperçut la première, au sommet de la falaise, la silhouette familière du mégalithe marquant l'emplacement du repaire des contrebandiers pour les quelques privilégiés qui en connaissaient l'existence.

— Nous y sommes ! s'écria-t-elle.

Parric s'éveilla, le regard trouble, et roula sur le dos, manquant de faire une chute le long du dos incurvé du Léviathan. Sangra tendit la main pour le stabiliser et l'aida à remonter péniblement en sûreté, ce qu'il fit en marmonnant des épithètes peu flatteuses, avant de s'asseoir pour regarder dans la direction que sa compagne indiquait.

— Tu as raison ! s'exclama-t-il. Qui aurait cru que cette bête pouvait nager si vite ? De quoi rabattre le caquet de ce misérable salopard d'Idris, qui nous a emmenés dans le Sud à bord de cette vieille baignoire trouée qu'il qualifie de navire !

Il se retourna et secoua l'Œil-du-Vent pour le réveiller, ce qui lui prit un moment, car Chiamh avait passé la plus grande partie de la nuit plongé dans une discussion réjouissante avec Ithalasa.

— Chiamh ? Chiamh ! Réveille-toi, idiot ! On est arrivé.

— Quoi ? Déjà ? marmonna l'intéressé d'un air déçu.

Parric ignora sa réaction. L'Œil-du-Vent était un bon petit gars, d'agréable compagnie qui plus est, mais il agissait parfois de manière étrange. En ce qui le concernait, le maître de cavalerie avait hâte que cette maudite traversée humide, inconfortable et ennuyeuse se termine. Brusquement, il se rappela où il se trouvait et couvrit ses pensées d'un voile de culpabilité, de peur que le Léviathan lise dans son esprit. Parric craignait encore beaucoup l'immense créature.

— Peux-tu demander à notre ami de mettre le cap sur cette pierre levée, là-haut, sur les falaises ? demanda-t-il rapidement à l'Œil-du-Vent, avec une politesse inattendue.

— Quelles falaises ? demanda Chiamh en louchant.

Parric soupira. Voilà un problème auquel il n'avait pas songé.

— Tu sais, lui dit gentiment Sangra, car elle aimait beaucoup l'Œil-du-Vent, tu devrais demander à dame Aurian si elle ne pourrait pas utiliser ses pouvoirs afin de guérir ta vue.

— Le fait est qu'on en a parlé, répondit Chiamh, et qu'elle me l'a proposé, mais j'ai peur de perdre mon Autre Vue si je retrouve une vision normale. Je n'ose courir ce risque.

— Pour l'instant, dans tous les cas, on s'en fiche, les interrompit Parric impatiemment car, déjà, le Léviathan déviait de leur trajectoire. Comment on va faire pour rejoindre les Nightrunners ?

— Eh bien, puisque ni le Léviathan ni moi ne sommes capables de voir votre pierre, il va falloir nous guider, répondit Chiamh avec bonne humeur. Dis-moi simplement quand nous devrons aller à droite ou à gauche, ou tout droit, et je passerai le message à Ithalasa.

Ce n'était pas une solution parfaite, mais elle fonctionna. Peu de temps après, Parric aperçut la profonde baie qui s'ouvrait entre les falaises, avec ses gardiens éparpillés, les récifs, qui protégeaient les cavernes des Nightrunners des regards curieux.

— Les dieux soient loués, nous voilà enfin de retour à la maison, dit-il avec émotion. C'est pas que j'aime pas les terres méridionales, ajouta-t-il rapidement à l'intention de l'Œil-du-Vent, mais enfin, ici, c'est chez nous, si tu vois ce que je veux dire.

Chiamh soupira. Rejeté par les siens, il n'avait jamais vraiment eu l'impression d'appartenir à un lieu quelconque, du moins jusqu'à ce que ses nouveaux compagnons arrivent du Nord. Brusquement, il se demanda ce qui se passerait si Aurian vainquait ses ennemis et achevait sa quête. Que ferait-il alors ? Aucun retour en arrière n'était possible. Pour l'Œil-du-Vent, l'avenir s'annonçait insupportablement solitaire. Soudain, la voix d'Ithalasa, empreinte de gentillesse, vint mettre un terme à ces noires pensées.

— *Tu t'en sortiras,* dit-il à Chiamh. *Qui sait ce que l'avenir te réserve ? Mais, quoi qu'il arrive, et où que tu ailles, tu seras toujours le bienvenu auprès d'Aurian et d'Anvar. En plus,* gloussa le Léviathan, *grâce à de monstrueux accouplements dans le passé, tu sembles détenir certains des pouvoirs des Mages. Or, lorsque cette triste histoire sera finie, il restera bien peu de représentants de cette race. Ne sera-t-il pas alors de ton devoir de trouver une compagne et d'engendrer des enfants, afin de transmettre ces pouvoirs à des générations futures ?*

Puis, abruptement, Ithalasa changea de sujet, ce qui valait mieux, car cette suggestion inattendue donnait le vertige à Chiamh.

— *Œil-du-Vent, je ne peux pas franchir ces récifs qui protègent votre destination. Peux-tu demander aux humains ce qu'ils veulent que je fasse ?*

Parric jura lorsque Chiamh lui transmit le message.

— On dirait qu'il va falloir qu'on rentre à la nage.

— Peu importe, on est déjà trempé, répliqua Sangra. Un bain de plus ou de moins ne fera pas une grande différence.

— Je sais, mais arriver dans la caverne des Nightrunners comme un bout de débris rejeté par la mer, ça ressemble pas exactement au retour triomphal que j'avais en tête, grommela le maître de cavalerie. En plus, il va me falloir des jours pour faire sécher mon équipement. Cette maudite eau de mer fait des ravages sur tous mes couteaux.

Chiamh dit tristement au revoir à Ithalasa et lui transmit les adieux et les remerciements de ses compagnons. Puis il se laissa glisser une dernière fois le long des flancs incurvés du Léviathan et rejoignit Parric et Sangra dans l'eau glacée. Dès qu'ils se furent éloignés de lui, Ithalasa fit demi-tour et reprit la direction de la haute mer en plongeant avec agilité avant de frapper la surface avec son élégante queue incurvée en guise d'adieu. L'Œil-du-Vent regarda le Léviathan s'éloigner jusqu'à ce qu'il disparaisse complètement sous les vagues. Il espérait seulement que le peuple d'Ithalasa ne lui tiendrait pas rigueur d'avoir porté assistance à Aurian et à ses compagnons. Cependant, Chiamh n'eut guère le loisir de réfléchir à tout cela car, dès que les voyageurs épuisés entreprirent de traverser à la nage le labyrinthe de rochers qui remplissait la petite baie, ils furent accueillis par une pluie de flèches qui s'abattit sur eux depuis les falaises. La précision des tirs ne cessait d'augmenter.

— Dieux ! s'écria Sangra avant de plonger sous l'eau.

Parric vit Chiamh, paniqué, battre vainement des bras avant de boire la tasse. Alors, gardant ses esprits, le maître de cavalerie se jeta dans un espace étroit entre deux rochers pour se protéger des traits mortels qui pleuvaient de toutes parts. Imprudemment, il sortit la tête hors de son abri et sentit une flèche frôler son oreille d'un peu trop près à son goût. Les archers commençaient à bien évaluer la portée.

— Ça suffit ! rugit-il en faisant de son mieux pour imiter le ton qu'il employait autrefois sur le terrain de manœuvres. Ne tirez pas, bande d'imbéciles ! C'est moi, Parric !

L'averse de flèches diminua, puis s'arrêta tout à fait. Le maître de cavalerie poussa un soupir de soulagement et regarda autour de lui avec anxiété. Ses compagnons semblaient se porter comme un charme, sauf que Sangra maintenait la tête de Chiamh à la surface pendant qu'il recrachait de l'eau en toussant. Ensuite, Parric entendit le craquement des avirons et vit un petit bateau émerger de l'étroite entrée de la caverne plongée dans l'ombre. À la barre se trouvait un jeune contrebandier blond qu'il reconnut vaguement. En revanche, il fut ravi de s'apercevoir que c'était la fille de Vannor, ses cheveux coupés court comme ceux d'un garçon, qui maniait les avirons avec des mains d'expert.

Concentrant toute son attention sur sa tâche, la jeune fille maintint la petite embarcation sur place pendant que son compagnon tendait le bras pour aider Chiamh et Sangra à grimper à bord. Parric nagea vers eux en sachant qu'il y avait très peu de place pour que le canot puisse manœuvrer entre les récifs submergés, puis il se hissa à son tour avec précaution.

Alors seulement Zanna donna les rames à son compagnon.

— Parric ! s'exclama-t-elle d'un air ravi en se tortillant pour pouvoir serrer le maître de cavalerie contre elle. Je suis si heureuse que tu sois de retour sain et sauf !

— Moi aussi, je suis content de te revoir, fillette. (Il lui ébouriffa les cheveux avec tendresse.) Je vois que tu es devenue une guerrière, c'est ce que tu as toujours voulu, non ? Beaucoup de femmes se coupent les cheveux pendant les campagnes, c'est la marque des vraies professionnelles. (Il pouffa en entendant Sangra pousser une exclamation indignée.) Ça évite pas mal de désagréments, ajouta-t-il d'un ton allègre. Par les dieux, fillette, mais tu es un régal pour les yeux, moi qui ai dû me contenter de Sangra et d'un tas d'étrangers pendant des mois. (Il regarda ses compagnons d'un air malicieux.) Zanna, voici Chiamh, mais je te le présenterai en bonne et due forme quand on débarquera. (Il se rembrunit lorsqu'ils entrèrent dans l'étroit tunnel plein d'échos qui menait à la caverne.) Dis-moi, où diable se cache cet idiot de Yanis ?

— Il attend sur la plage, lui répondit Zanna. Il a dit qu'il voulait te réserver un accueil de chef.

— Ben moi, je lui en réserve un, d'accueil, qu'il est pas près d'oublier, gronda Parric. Est-ce que cet imbécile a oublié comment on se sert de ses yeux ?

Zanna pouffa tandis qu'ils émergeaient dans l'immensité de la caverne.

— J'ai bien peur que ce soit notre faute. (Elle regarda le jeune contrebandier avec dans l'œil une lueur qui fit s'interroger Parric.) Nous étions en train de nous promener à cheval sur la falaise quand on vous a aperçus tous les trois sur la baleine. En fait, on a eu peur qu'il s'agisse de l'Archimage

Sa voix se réduisit à un murmure hanté, et l'ombre de la terreur traversa ses yeux, ce que Parric ne put s'expliquer. Cependant, il n'eut pas le temps de poser d'autres questions car, au même moment, une voix familière résonna sur le rivage :

— Parric, espèce de vieux salopard ! Les méridionaux en ont eu assez de toi, à ce que je vois ?

— Mais c'est Vannor ! (Le maître de cavalerie écarquilla les yeux d'un air stupéfait.) Qu'est-ce que tu fais là, vieux grippe-sou ? beugla-t-il par-dessus l'étendue d'eau qui les séparait.

Puis il s'aperçut qu'il manquait une main au marchand, et il en resta sans voix.

— Parric, fais attention, je t'en prie, chuchota Zanna d'une voix pressante. Il n'arrive toujours pas à l'accepter. Il se sent si inutile, maintenant !

— Par tous les dieux, gronda Parric, les yeux brillants de colère et de douleur. Qui lui a fait ça ? Je jure de pendre ce salopard par ses entrailles.

— Je ne crois pas, répondit Zanna sur un ton sinistre. C'était Eliseth.

Lorsque le canot s'échoua en crissant sur le sable plein de coquillages, Parric sauta à terre et écarta le chef des Nightrunners qui s'était avancé pour le saluer. Il alla tout droit jusqu'à Vannor et le serra contre lui dans une étreinte virile en lui tapant dans le dos jusqu'à ce que le marchand proteste.

— J'aurais jamais cru que je serais aussi content de revoir un jour ta vilaine bouille, commenta le maître de cavalerie. (Il recula et posa délibérément les yeux sur le bras droit de son ami.) Eh ben, t'as un sacré culot, toi quand même, grommela-t-il d'un ton vexé. Tout ça parce que je suis gaucher, brusquement tout le monde veut faire pareil. Je parie que, dans une seconde, tu vas me demander de t'apprendre à te battre de la main gauche.

Dans le silence horrifié qui s'ensuivit, le visage de Vannor afficha d'abord un mélange de choc et de rage. Puis, brusquement, il s'illumina d'un sourire.

— Eh bien, puisque j'ai eu le culot de t'imiter, espèce d'avorton mal embouché, peut-être que tu feras bien, en effet, de m'apprendre quelques petits trucs – enfin, si tu en connais, bien sûr.

— Oh, t'inquiète pas, j'en connais un rayon, lui promit Parric. Les combines les plus tordues, on les enseigne jamais dans les livres. Et je te les apprendrai toutes, mon ami, mais ça attendra qu'on ait descendu un paquet de bières !

Passant son bras autour des épaules de Vannor, il était sur le point de sortir de la caverne en sa compagnie quand Sangra le rappela :

— Attends un peu, Parric. Moi aussi, je suis pour descendre un paquet de bières, c'est une bonne idée, mais il faut d'abord qu'on parle à Yanis.

— Merde alors ! marmonna Parric en faisant demi-tour. Tu vois, c'est pour ça que je suis jamais passé commandant. Pendant un instant, j'ai oublié pourquoi on était revenu.

25

LE CHAUDRON

Le cap paraissait très différent sous le soleil, songea Aurian. Comme chaque jour depuis le départ de Parric, elle était venue là attendre qu'une voile apparaisse à l'horizon. Au bout d'un moment, Shia monta la rejoindre.

— *Tu sais que c'est stupide,* lui fit remarquer la panthère. *Tu dois leur laisser le temps de revenir ici, mon amie. Pourquoi ne descends-tu pas nous rejoindre au village ? Wolf a besoin de toi et même Anvar s'est lassé de cette longue veille.*

Aurian soupira.

— *Je suppose que tu as raison,* admit-elle à contrecœur. *C'est juste que je déteste cette interminable attente. Je veux retourner dans le Nord…*

— *Et tu t'inquiètes au sujet d'Ithalasa,* ajouta Shia avec son intuition habituelle. *Mais tout allait bien pour lui quand il est revenu te dire qu'il avait amené tes amis à bon port. Or, en restant là à t'inquiéter, tu ne lui rends pas service. Jusqu'ici, il a réussi à garder sa mission secrète, mais, si un autre Léviathan venait à passer au large et à capter tes pensées…*

— *D'accord, d'accord,* marmonna Aurian avec résignation. *Retournons au village.*

Alors même qu'elle tournait le dos à la mer, un bruit tonitruant de battements d'ailes résonna dans l'air et un cri de salut retentit dans les cieux au-dessus de sa tête. Aurian leva les yeux, surprise. Depuis que Schiannath était devenu seigneur de la Horde, elle avait renvoyé les deux messagers ailés auprès de Raven avec sa bénédiction et ses remerciements. Traverser l'océan pour s'aventurer sur une terre étrangère, c'était trop leur demander. Elle avait perçu leur réticence et les avait tristement laissés partir. Ils avaient déjà fait beaucoup pour elle, même si elle n'aurait pas refusé leur aide là où elle allait.

Elle fut donc stupéfaite de voir Cygnus atterrir à ses côtés dans un tourbillon de plumes blanches.

— Salut, ô Mage. Je viens, de la part de la reine, vous proposer de vous accompagner dans le Nord si vous voulez bien de moi.

— Comment ? Mais je serais ravie que tu te joignes à nous, lui répondit Aurian, dont l'humeur s'en trouva grandement améliorée.

Peut-être que les choses tournaient à son avantage, pour une fois.

Elle le pensait toujours, deux jours plus tard, lorsque trois minces vaisseaux nightrunners apparurent à l'horizon, leurs voiles étincelant bravement dans la lumière déclinante du coucher de soleil. Aurian observa leur lente approche avec une impatience fiévreuse en songeant que, bientôt, ces navires les emmèneraient, elle, ses compagnons et les Xandims, dans le Nord. Pour ajouter au bonheur de cet instant, elle reconnut les pensées de Chiamh qui traversèrent l'étendue qui les séparait pour la saluer.

Lorsque les trois navires jetèrent l'ancre au crépuscule, la Mage courut avec Anvar à la rencontre de l'Œil-du-Vent, qui les présenta à Yanis, le chef des Nightrunners.

— Tu nous as manqué, expliqua Aurian à Chiamh après l'avoir serré contre elle. Mais il n'était pas nécessaire de refaire tout ce chemin pour nous chercher.

— Si, ça l'était, répondit Chiamh en souriant. Vous autres Mages, vous me manquiez, et il fallait quelqu'un pour guider les navires. Parric et Sangra ont dit qu'ils avaient assez vu la mer jusqu'à la fin de leur vie – bien entendu, je préfère ne pas répéter les jurons qui allaient avec leurs paroles, ajouta-t-il d'un air malicieux. Mais il y a quelqu'un ici qui voulait m'accompagner pour te voir.

Aurian fut surprise de voir la fille de Vannor descendre du navire voisin et gagner le rivage à la rame en compagnie d'un jeune Nightrunner blond.

— Oh, Zanna !

La Mage descendit la plage en courant pour aller à la rencontre du canot en s'émerveillant de la maturité et de l'indépendance que la jeune fille semblait avoir acquises depuis leur dernière rencontre lors du marché du Solstice à Nexis.

— Qu'est-il arrivé à ton cristal ? demanda Aurian en aidant à tirer le canot au sec sur le sable. Depuis qu'on s'est parlé cette nuit-là, je n'ai cessé de me demander si tu étais parvenue à échapper aux Mages.

— Je l'ai perdu dans les catacombes, s'excusa Zanna en sortant de l'embarcation avec l'aisance de l'habitude.

Comme elle avait été impatiente de revoir la Mage ! En voyant qu'Aurian aussi avait coupé ses cheveux – sa crinière flamboyante repoussait mais n'arrivait encore qu'au-dessous de ses épaules –, la jeune fille en resta bouche bée, stupéfaite et ravie. Plus besoin de s'inquiéter de sa courte chevelure, quand elle se trouvait en si honorable compagnie !

Les navires devaient repartir avec la marée du matin, mais personne ne dormit cette nuit-là. La salle de réunion des pêcheurs résonna de nombreux bavardages tandis que l'équipage de Yanis conversait avec les Xandims (Aurian eut d'ailleurs le sentiment que le Nightrunner prenait de nouveaux contacts et reviendrait bientôt.) De leur côté, les Mages racontèrent leur histoire et furent mis au courant des dernières nouvelles du Nord.

Lorsque, enfin, les navires levèrent l'ancre dans la douce lumière bleutée de l'aube, Aurian se trouvait à la proue en compagnie d'Anvar.

— Tu te souviens, la dernière fois que nous avons traversé la mer ensemble ? demanda doucement Anvar. On ne savait pas alors, en fuyant Nexis, qu'il nous arriverait des choses aussi incroyables.

— Ni qu'on rencontrerait d'aussi merveilleux amis.

Aurian regarda l'Œil-du-Vent qui, en dépit de sa myopie, se tenait à la poupe pour regarder la côte xandim s'éloigner, et Shia et Khanu, endormis non loin de là sur une toile goudronnée en compagnie de Wolf et de ses parents nourriciers. La Mage remarqua, non sans amusement, qu'en dépit de ce qu'elle leur avait dit les marins nightrunners prenaient soin d'éviter cette partie du navire.

— J'espère que nous aurons l'occasion de revenir un jour, poursuivit-elle, surtout pour voir Hreeza. Mais, pour le moment, je suis contente de rentrer à la maison.

— Ce n'est pas encore fini, lui rappela Anvar, les sourcils froncés.

— Non, mais au moins j'ai l'impression qu'on avance. Ensuite, quand on aura l'Épée, qui sait ce qui se passera ?

Bien que prononcés en toute innocence, ces mots donnèrent le frisson à Anvar, comme s'il s'agissait d'une prémonition.

Eliseth jeta son cristal à l'autre bout de la pièce en lançant des injures.

— Elle est de retour ! Je n'y crois pas !

Mais cela ne faisait aucun doute. Elle l'avait vu dans le cristal, dont les visions devenaient de plus en plus précises ces derniers temps, grâce à une longue pratique. La Mage du Climat se mit à faire les cent pas dans la chambre en réfléchissant. Elle avait déjà été assez humiliée quand Vannor et sa fille lui avaient échappé. Son visage portait d'ailleurs les stigmates de dix années supplémentaires – la marque de la colère de Miathan. Elle avait bien l'intention de le lui faire payer un jour. Mais, maintenant qu'Aurian était de retour, le temps commençait à jouer contre elle.

Eliseth avait perdu toute confiance en l'efficacité de Miathan dans son rôle d'Archimage. Il avait eu plus d'une occasion parfaite pour tuer Aurian, mais il s'y était toujours refusé. Et regardez ce qui était arrivé. Cette maudite traîtresse et cet abominable sang-mêlé qu'elle avait pris pour amant étaient pratiquement à la porte de la tour des Mages !

Si seulement j'avais le Chaudron en ma possession, songea désespérément Eliseth. Après sa terrible erreur, qui avait conduit à la Nuit des Spectres, Miathan avait toujours eu peur d'utiliser à nouveau l'Artefact, alors que, s'il avait appris à le contrôler, comme elle l'aurait fait si le Chaudron avait été à elle… Si seulement il avait pris la peine de passer autant d'heures qu'elle dans les archives poussiéreuses et glaciales, penché sur d'anciens manuscrits presque indéchiffrables, pour se renseigner sur les pouvoirs du Chaudron… Brusquement, la Mage du Climat s'immobilisa. *Et pourquoi pas ?* se dit-elle. *Pourquoi ne devrait-il pas me revenir ? Ne l'ai-je pas mérité ? N'en ferais-je pas un meilleur usage ? Il ne sert à rien entre les mains de ce vieil imbécile.*

Mais, à ce moment, le bon sens reprit le dessus. L'imbécile en question n'était pas faible et croulant au point de ne plus pouvoir souffler sa vie comme une bougie si Eliseth essayait de s'opposer à lui. Elle se remit à faire les cent pas. Au bout d'un moment, son regard s'arrêta sur la pile de parchemins qu'elle avait remontés de la bibliothèque pour poursuivre ses recherches dans des conditions plus confortables. L'ébauche d'un plan commença à voir le jour dans son esprit…

Miathan leva les yeux, quelque peu surpris et ennuyé de voir la Mage du Climat débarquer dans ses appartements sans frapper. À quoi diable pensait-elle ? Il était encore beaucoup trop tôt. En fait, l'Archimage ne s'était même pas encore couché car, comme à son habitude ces temps-ci, il avait passé la nuit à réfléchir dans la solitude apaisante de son jardin. De retour chez lui, il songeait justement à se mettre au lit et voilà qu'elle venait le déranger.

— Quoi ? fit-il d'un ton irrité. Que diable veux-tu à cette heure-ci, Eliseth ?

— Je suis désolée de te déranger, Archimage... (Couvant sous son vernis de politesse, il perçut l'excitation mal contenue de la Mage.) C'est ce vieux document, poursuivit-elle en agitant un rouleau de parchemin sous son nez. Je l'ai trouvé hier soir dans la bibliothèque et j'ai passé toute la nuit dessus pour essayer de le déchiffrer. C'est lié au Chaudron et cela devrait pouvoir t'aider à contrôler ses pouvoirs tout en l'utilisant en toute sécurité.

— Comment ? s'exclama Miathan, bien réveillé tout à coup. Fais-moi voir ça !

— Bien sûr.

La Mage du Climat lui tendit le parchemin, mais, en le déroulant, l'Archimage s'aperçut qu'il était écrit dans une langue si ancienne, avec une encre si effacée, qu'il pouvait à peine en déchiffrer un mot. Il ne se doutait guère qu'Eliseth avait veillé à ce qu'il ne puisse rien y comprendre.

— Ne t'inquiète pas, lui dit-elle en lui prenant le document. Moi-même, je ne suis arrivée à le comprendre que parce que j'ai beaucoup étudié les notes de Finbarr ces derniers mois en essayant de trouver un moyen de t'aider...

Ben voyons ! se dit Miathan. Comme si elle avait jamais eu l'intention de l'aider. Malgré tout, elle lui avait apporté le parchemin…

— Le document prétend qu'il existe une inscription cachée sur le côté du Chaudron qui décrit les sortilèges nécessaires pour contrôler l'Artefact…

— Tout ça m'a l'air d'un ramassis de sottises ! Des sortilèges cachés, tu parles !

— Si tu allais chercher l'Artefact, rétorqua Eliseth, je pourrais essayer d'utiliser le parchemin pour faire apparaître l'inscription secrète. Ça vaut bien le coup d'essayer, non ?

— Attends un peu. (Cette fois, Miathan commençait vraiment à avoir des soupçons, c'est pourquoi il décida de temporiser.) Pourquoi ne m'en fais-tu pas une traduction ? Comme ça, je verrais si ça fonctionne.

— Ça te ressemble bien, s'énerva Eliseth en perdant totalement patience. Tu ne me fais jamais confiance, tu veux toujours me garder à l'écart de tout ! C'est grâce à mon dur labeur que j'ai trouvé le parchemin, ce sont mes yeux qui se sont abîmés pour déchiffrer ce maudit papier. Et maintenant, tu veux juste que je te le donne sans même me dire « s'il te plaît » ni « merci ». Eh bien, tu peux aller te faire voir, Miathan. Si tu ne me laisses pas y prendre part, tu peux dire adieu au parchemin et aux précieuses connaissances qu'il contient.

Prenant le rouleau friable à deux mains, elle fit mine de le déchirer.

— Attends, attends ! s'écria Miathan en hâte. D'accord, faisons les choses à ta manière.

Il s'en alla dans la pièce voisine. Eliseth l'entendit bouger un meuble, puis perçut un déclic étouffé mais bien distinct. Elle haussa les sourcils. L'Archimage possédait donc un panneau secret dans le mur, n'est-ce pas ? Eh bien, elle y jetterait un coup d'œil plus tard. Qui pouvait savoir quels autres secrets cette cachette détenait ? Puis la Mage chassa cette pensée de son esprit en voyant Miathan revenir dans la pièce avec la coupe noircie et terne.

Lorsqu'il le déposa sur la table, entre eux deux, Eliseth sentit la puissance qui émanait de l'Artefact, démentant son aspect lamentable. Sans le toucher, elle l'examina de près.

— Tu n'aurais pas pu le nettoyer un peu ? se plaignit-elle.

— J'ai essayé, soupira Miathan. J'ai essayé de nombreuses fois, mais depuis cette nuit-là il reste noir comme de la suie.

— Bon, à première vue, il n'y a pas la moindre inscription secrète, mais en même temps ça ne peut pas être visible à l'œil nu. Voyons ce que dit notre document…

Eliseth se détourna comme si elle cherchait le parchemin, puis elle fit brusquement volte-face, les doigts pointés sur Miathan, et mit tous ses pouvoirs dans le sort destiné à le figer hors du temps.

Miathan s'attendait à une attaque sur le Chaudron et non sur sa personne, si bien qu'il avait préparé ses défenses en conséquence, comme Eliseth l'avait espéré. Lorsque l'Archimage se figea, prisonnier du sortilège, la coupe s'illumina d'une brève lueur blanche puis redevint noire. Eliseth tendit alors prudemment la main vers l'Artefact, tous les sens en éveil au cas où elle percevrait la moindre trace d'une magie défensive. Mais il n'en émanait rien d'autre que sa puissance bourdonnante.

Lorsqu'elle prit enfin conscience de ce qu'elle venait de faire, Eliseth éclata d'un rire triomphant.

— Quant à toi, dit-elle à l'Archimage immobile, je vais te descendre dans les catacombes pour tenir compagnie à Finbarr jusqu'à ce que je sache quoi faire de toi.

Elle savait, avec une certitude glaçante, qu'il ne faudrait jamais libérer Miathan de ce sortilège. Sa vie en dépendait.

Mais il y avait encore du travail à faire. Les prochains jours allaient être bien remplis, car elle devait surveiller l'approche de son ennemie à l'aide du cristal tout en étudiant l'Artefact afin d'apprendre à manipuler ses pouvoirs. Eliseth sourit. Elle attendait ça avec impatience.

Les journées suivantes furent également bien remplies pour Aurian. Maintenant qu'elle était de retour, elle avait bien l'intention de se lancer activement à la recherche de l'Épée sans perdre de temps. Grâce à la générosité des Nightrunners, elle obtint de quoi équiper sa petite armée en vue de la traversée des landes. En revanche, elle eut moins de succès avec Vannor, qui insista pour l'accompagner et refusa absolument de se laisser dissuader.

— Je vais bien maintenant, dit-il en guise d'argument. Je recouvre mes forces de jour en jour et Parric m'apprend à me battre de la main gauche. Je ne serai pas un fardeau pour toi, ajouta-t-il d'une voix presque suppliante.

Elle comprit alors qu'il s'agissait de sa plus grande peur, maintenant qu'il avait perdu une main. Il y avait davantage en jeu que sa sécurité – il avait désespérément besoin de se prouver qu'il en était capable. Elle céda avec un soupir en espérant qu'elle prenait la bonne décision, même si Parric la réconforta beaucoup en promettant de ne jamais quitter le marchand d'une semelle. Après ça, évidemment, Zanna voulut venir aussi, mais cette fois la Mage s'y opposa catégoriquement, tout comme le père de la jeune fille.

— Comment ? le taquina Aurian par la suite. Vous avez voulu l'empêcher de faire la même bêtise que vous ?

Yanis, Tarnal et une douzaine d'autres contrebandiers se portèrent volontaires pour l'accompagner également, mais Aurian leur expliqua que, si vraiment l'Épée se trouvait dans le Val, augmenter le nombre de ses partisans ne l'aiderait pas forcément à l'obtenir. Les Xandims lui suffisaient. De plus, si les choses tournaient mal, il était vital que certains des adversaires de Miathan survivent. Enfin, elle tenait en particulier à ce que Tarnal reste à Wyvernesse puisque, de toute évidence, il était le mieux placé pour consoler Zanna.

Après ce qui lui parut d'interminables discussions et débats, Aurian et sa bande furent prêts à laisser les Nightrunners. La Mage dit adieu à son fils, car Wolf et ses parents nourriciers devaient rester en lieu sûr parmi les contrebandiers, même si les loups étaient visiblement mal à l'aise dans ces cavernes remplies d'étranges humains. Remana promit d'essayer de leur trouver un endroit plus tranquille et de garder un œil sur eux.

Enfin s'annonça l'heure du départ.

En s'engageant sur la lande noire et froide, Aurian se sentit incroyablement soulagée de bouger enfin. Elle aurait été bien moins contente, quelques heures plus tard, si elle avait pu voir ce qui se passait dans le refuge des Nightrunners. Dans le silence qui précède l'aube, deux loups gris, l'un portant un louveteau dans sa gueule, sortirent furtivement de l'entrée secrète de la caverne des poneys. Après avoir reniflé l'air pendant un moment pour retrouver une odeur en particulier, ils s'élancèrent en bondissant à travers les bruyères en suivant la piste de la Mage.

D'autres yeux, hostiles ceux-là, observèrent le départ d'Aurian pour le Val. Dans la tour des Mages, à Nexis, Eliseth posa son cristal d'un air songeur puis convoqua le capitaine des mercenaires, afin qu'il prépare les troupes au départ.

26

LES FOUDRES D'ELISETH

L'aube ourlait d'or les feuilles des jeunes fougères vertes, et les alouettes faisaient des spirales vertigineuses dans les cieux pour inonder la terre de leurs chants. Le soleil matinal brillait sans rival et défiait de sa splendeur la lourdeur de l'air, inhabituelle au printemps, et les nuages noirs et menaçants qui se massaient à l'ouest. Lorsque Aurian parvint au sommet de la dernière élévation de la lande vallonnée et contempla, au-delà des derniers kilomètres, le foyer de son enfance, Schiannath, qui la portait sous sa forme de cheval, hésita en haut de la crête et s'arrêta, incertain, en sentant le corps de sa cavalière se raidir à cause du doute et de la stupéfaction.

— *Qu'est-ce qui ne va pas ?* demanda Shia.

Khanu, qui courait également aux côtés de la Mage, leva vers elle un regard interrogateur.

Aurian, pour sa part, contemplait avec incrédulité l'enchevêtrement d'arbres noirs et impénétrables qui entourait le Val et tapissait jusqu'en son cœur le grand cratère d'obsidienne.

— Je n'en crois pas mes yeux, j'ai bien failli ne pas reconnaître l'endroit. Anvar, que s'est-il passé ici ? Tout a l'air si différent !

La Mage se tourna vers son âme sœur, qui chevauchait à côté d'elle sur le dos d'Esselnath, un guerrier xandim qui s'était porté volontaire pour lui servir de monture. Sous sa forme équine, il avait l'air d'un magnifique étalon dont la robe noisette brillait comme du feu dans la lumière dorée de l'aube et rappelait un peu la chevelure d'or roux d'Aurian.

Anvar frotta ses yeux brûlants à cause d'une longue nuit sans sommeil passée sur le dos du cheval.

— Ce sont les Phées qui ont fait apparaître ces bois sauvages pour protéger le Val de ta mère. Je me souviens de t'en avoir parlé, il y a une éternité, après qu'Hellorin et Eilin m'avaient sauvé des griffes du Moldan d'Aerillia et m'avaient envoyé trouver la Harpe. (Il se rembrunit.) Tu sais, ils ont aussi précisé que D'arvan et Maya ont été laissés ici comme gardiens. J'ai cru qu'ils voulaient parler du Val, mais pourquoi diable ne m'ont-ils pas dit qu'il s'agissait de l'Épée ? Pense à tous les ennuis qui nous auraient été épargnés si nous l'avions su.

— J'imagine qu'ils n'avaient pas le droit de nous le dire et que je devais découvrir par moi-même la cachette de l'Épée, répondit Aurian d'un air songeur. En plus, nous aurions quand même été obligés de traverser les terres des Xandims. (Elle regarda prudemment autour d'elle pour s'assurer que Cygnus était hors de portée de voix.) Tu te rappelles la façon dont les Ailés se sont comportés envers nous. Ils n'auraient pas été capables de nous porter au-delà de la mer dans tous les cas ; cependant, même si ça avait été possible, ils s'y seraient refusés.

— Je suppose que tu as raison, admit Anvar. Au moins, si D'arvan et Maya en sont bien les gardiens, nous ne devrions avoir aucune difficulté à traverser la forêt.

— Je l'espère, mais... (Un frisson parcourut l'échine d'Aurian qui serra involontairement les doigts autour de la crinière noir de jais de Schiannath jusqu'à ce que ce dernier proteste en secouant la tête.) Mais Anvar, que ferons-nous si D'arvan et Maya ont été postés là pour protéger l'Épée elle-même ? Je ne supporterai pas d'avoir à combattre mes amis !

Anvar prit un air grave, puis serra les mâchoires avec détermination.

— Il n'existe qu'une seule façon de s'en assurer.

— *Parfaitement,* intervint Shia d'un ton acerbe, *et ce n'est pas en restant là à découvert en plein jour comme une bande d'idiots. Viens, Aurian, l'heure n'est plus à l'hésitation...*

Elle s'interrompit, distraite par un bruit d'ailes au-dessus de sa tête. Cygnus, qui jouait les éclairs, descendit en piqué du ciel.

— Ne restez pas là ! cria l'Ailé. Courez ! Une armée approche, conduite par une femme aux cheveux d'argent. Elle se dirige par ici au galop en contournant la forêt par le sud. Si vous ne vous dépêchez pas, elle va vous couper la route.

— Merde ! s'exclama Aurian. C'est Eliseth ! Venez !

D'un bond, Schiannath s'élança dans la descente à une allure vertigineuse, Anvar et Esselnath juste derrière lui. Ensemble, les deux Mages galopèrent en direction de l'abri de la forêt, leurs chevelures roux flamboyant et blond cendré flottant derrière eux telles des bannières dans la lumière matinale. Ensuite venaient leurs compagnons et les Xandims, tandis que Cygnus choisit de tourner au-dessus d'eux comme un vautour. Déjà, débouchant à découvert au-delà de la masse noire des arbres, Aurian pouvait voir l'armée d'Eliseth se précipiter vers eux telle une vague de ténèbres, la tempête sur les talons.

Comme à l'accoutumée, D'arvan et Maya regardaient le soleil se lever sur le lac, chacun puisant du réconfort dans la compagnie de l'autre et dans l'atmosphère paisible de cette nouvelle matinée. Dernièrement, ils avaient pris l'habitude d'éviter le camp rebelle car ils étaient incapables de supporter le chagrin des amis de Vannor depuis l'annonce faite par Bern de la capture du marchand. D'arvan soupira en regrettant que ses soucis fassent irruption durant ce moment magique de la journée. Il avait l'impression que les rebelles avaient perdu la foi quand ils avaient appris que leur chef était aux mains des Mages. Le jeune homme aurait voulu les aider, mais comment ? Ils ne pouvaient ni le voir ni l'entendre. De plus, même s'il avait pu parler avec eux, qu'aurait-il pu dire pour alléger leur peine ?

Brusquement, la licorne se raidit et pencha ses oreilles argentées. Au même moment, D'arvan entendit des murmures agités se répandre parmi les arbres derrière lui. La rumeur circulait dans la forêt qu'une troupe armée et montée contournait les bois sauvages par l'ouest. Quelques instants plus tard lui parvint la rumeur d'une autre vague d'envahisseurs chevauchant comme le vent, mais en provenance de l'est cette fois.

— De l'est ? s'étonna le Mage en s'adressant à Maya d'un air perplexe. Mais il n'y a que des villages de pêcheurs par là-bas. Je me demande d'où ils peuvent bien provenir et qui ils sont. (Il éprouvait une certaine angoisse car Eliseth et l'Archimage s'étaient tenus tranquilles bien trop longtemps. Cela faisait déjà un moment que D'arvan s'attendait plus ou moins à une telle annonce.) Il doit s'agir d'une ruse.

Laissant la licorne garder le pont, puisque telle était sa mission, il se hâta en direction du flanc oriental du Val.

Brusquement, les deux seigneurs du Cheval qui portaient les Mages s'immobilisèrent pratiquement sous les frondaisons mêmes de la forêt, tandis que leurs congénères arrivaient au galop derrière eux. Tout le monde connut un moment d'hésitation. Il n'existait aucune entrée visible à travers la végétation dense et enchevêtrée, et il émanait de l'obscurité sinistre des lieux une menace presque palpable. Anvar regarda Aurian.

— Qu'est-ce qu'on fait maintenant ?

La Mage n'osait pas encore utiliser le Bâton de la Terre, de peur de révéler à Eliseth qu'elle possédait l'Artefact. Elle haussa donc les épaules d'un air impuissant.

— C'est toi qui as rencontré le seigneur de la Forêt. J'espérais que tu le saurais.

Ils entendirent le fracas des sabots résonner de plus en plus fort à mesure que l'ennemi s'approchait. Déjà, l'armée était suffisamment proche pour permettre aux Mages de distinguer les reflets du soleil sur l'acier nu et de reconnaître la haute silhouette qui chevauchait à la tête des soldats, sa longue chevelure argentée flottant derrière elle au vent.

Vannor se fraya un chemin pour passer devant la foule de Xandims.

— Ne vous inquiétez pas. Si la forêt se souvient de moi, je suis sûr qu'elle nous laissera entrer. En tout cas, ça vaudrait mieux. (Il s'avança.) Hé ! cria-t-il, ce qui fit s'envoler à tire-d'aile plusieurs oiseaux surpris qui poussèrent des cris stridents. C'est moi, Vannor. Laissez-moi entrer !

Alors même qu'il se hâtait en direction de l'orée des bois, D'arvan s'arrêta, choqué et pris de vertige en entendant la voix de Vannor. Mais le marchand était prisonnier – enfin, peut-être. Le Mage nourrissait des soupçons au sujet de Bern depuis l'arrivée du bonhomme. Ce misérable avait-il menti depuis le début ? Ou s'agissait-il simplement d'une ruse de l'Archimage afin d'entrer dans le Val et s'emparer de l'Épée ? D'arvan se mit à courir. Il fallait en avoir le cœur net, et vite.

Les compagnons aux abois se tenaient aux abords de la forêt lorsque Eliseth et ses sbires arrivèrent droit sur eux. Parric bondit à bas de sa monture et se campa à la droite de Vannor, son côté vulnérable. La moitié des Xandims, qui pour la plupart voyageaient sous leur forme équine afin d'aller plus vite, recouvrèrent rapidement forme humaine et prirent leurs arcs et leurs épées dans les sacoches sanglées jusque-là en travers de leur dos. Le visage sévère, ils bondirent sur le dos de leurs compagnons restés sous leur forme animale et firent face à l'ennemi. Iscalda, qui était restée jument pour porter Yazour, prit position près de son frère et d'Aurian. Shia gronda et sortit ses griffes en se postant devant les Mages. Aurian, sur le dos de Schiannath énervé, sortit son épée du fourreau.

— N'utilisons pas les Artefacts tant que nous n'aurons pas d'autre choix, dit-elle à Anvar. Je ne sais pas où se trouve Miathan, mais mieux vaut qu'il ne sache pas que nous les avons trouvés. (Elle se tourna vers le marchand.) Vannor, quoi qu'il arrive, restez là. Continuez à essayer de nous faire entrer dans la forêt.

L'Œil-du-Vent, qui portait Sangra, poussa un hennissement strident et secoua la tête. La guerrière se laissa glisser à bas de son dos, ce qui lui permit de reprendre forme humaine.

— Aurian, laisse-moi…

Se plaçant en travers du chemin des mercenaires d'Eliseth, il bougea rapidement ses mains en l'air. Les chevaux de tête se cabrèrent en hennissant et délogèrent leurs cavaliers terrifiés en voyant apparaître le démon de Chiamh devant eux. La charge se désintégra et laissa place à une véritable déroute à mesure que les bêtes se bousculaient et que les hommes fuyaient en hurlant de terreur.

Seule Eliseth ne fut pas émue par cette vision.

— Revenez, bande d'imbéciles, cria-t-elle en tirant violemment sur le mors de sa monture paniquée au point qu'elle lui déchira la bouche et fit couler le sang. Il n'y a rien, rien du tout. C'est juste une illusion !

Brusquement, son regard porta au-delà de Chiamh et s'arrêta sur Vannor. La Mage du Climat devint alors livide de rage.

— Comment ? siffla-t-elle. Comment as-tu réussi à m'échapper, Mortel ? En tout cas, ça ne se reproduira pas !

Levant la main, elle fit appel aux nuages qui s'amoncelaient et fit descendre des cieux un éclair crépitant en direction de l'Œil-du-Vent. Aurian, réagissant plus rapidement qu'elle ne l'avait encore jamais fait, dressa un bouclier autour de son ami, si bien que la foudre se désintégra dans une pluie d'étincelles crachotantes au contact de la barrière magique. Mais celle-ci bloquait également les pouvoirs de Chiamh, si bien que son démon disparut brusquement et que les assaillants commencèrent à retrouver leur courage.

Pendant ce temps, Anvar avait lui aussi lancé un trait de magie sur Eliseth, l'obligeant ainsi à abandonner son attaque pour se protéger à l'aide d'un bouclier. De son côté, le capitaine des mercenaires se releva, prit son arc attaché dans son dos et tira flèche après flèche dans les rangs de ses adversaires aux abois, acculés contre les bois impénétrables. Deux, trois, puis quatre Xandims tombèrent en hurlant. Encouragées par leur commandant qui aboyait ses ordres, les troupes d'Eliseth suivirent son exemple. Quelques instants plus tard, une véritable pluie de flèches s'abattit sur les Xandims, obligeant les Mages à étendre leur bouclier pour protéger tous leurs compagnons.

À présent qu'Aurian et Anvar étaient tous deux sur la défensive, Eliseth se retrouvait à nouveau libre d'agir. Encore et encore, elle lança ses éclairs mortels à l'assaut du fragile bouclier, tandis que les flèches continuaient à pleuvoir. Schiannath et Esselnath firent preuve d'un remarquable courage en ne bronchant pas et en gardant les Mages sur leur dos, même s'ils roulaient des yeux et tremblaient devant ce barrage magique qui les effrayait tant sous leur forme équine. Iscalda la jument blanche, exemplaire comme toujours, resta sans bouger elle aussi à côté de son frère.

Aurian avait le cœur lourd, même si elle admirait le courage de ses amis, car, en dépit du fait qu'ils étaient deux contre Eliseth, Anvar et elle étaient handicapés par le besoin de protéger tout ce monde. Ils étaient obligés d'étendre leurs pouvoirs si loin pour mettre tous les Xandims à l'abri que leur barrière magique commençait à trembler et à se dissiper sous les assauts répétés de leur ennemie.

Avec détermination, Aurian et Anvar tinrent bon jusqu'à ce que, à leur grande horreur, ils se rendent compte qu'Eliseth puisait davantage et davantage d'énergie pour les affronter. D'où tenait-elle toutes ces réserves ? se demanda Aurian, au désespoir. Puis elle reconnut la puissance à peine contrôlable de la Haute Magie.

— Anvar, chuchota-t-elle d'une voix horrifiée, elle a le Chaudron !

— Pourquoi n'abandonnez-vous pas la partie ? railla Eliseth, les yeux brillants de triomphe et les traits tordus par la jubilation. Bande de lâches pathétiques ! Votre cœur tendre vous perdra. Vous ne pouvez continuer comme ça plus longtemps. Si vous vous rendez maintenant, je promets d'épargner les misérables existences de ces manants qui vous suivent. Miathan a toujours besoin de davantage d'esclaves mortels.

— *Mange de la merde, espèce de sac d'os puant !* gronda Shia en projetant sa voix mentale en direction de la Mage du Climat. *Que les vers dévorent ce qui te sert de cerveau !*

Eliseth sursauta lorsque les insultes de la panthère résonnèrent de façon inattendue sous son crâne. Son attaque magique faiblit quelques instants pendant qu'elle balayait d'un regard perplexe les rangs de ses ennemis, à la recherche de l'auteur de ce message. Aurian, trop occupée à maintenir le bouclier en place pour trouver elle-même une réponse appropriée, jeta un coup d'œil à Shia.

— *Bien joué,* lui dit-elle. *Je n'aurais pas dit mieux.*

Ce fut tout ce qu'elle eut le temps de dire avant qu'Eliseth, livide et furieuse d'avoir été insultée, renouvelle son attaque en redoublant de puissance. Des vagues d'énergie blanche se heurtèrent en ondulant à la barrière magique qui commençait à fumer et à crépiter.

Anvar, le visage tordu par l'effort, se tourna vers Aurian.

— On ne pourra pas continuer longtemps comme ça, pas contre le Chaudron, dit-il entre ses dents serrées. Bientôt, on sera obligé d'utiliser les Artefacts.

— Je sais, répondit Aurian sans savoir comment elle réussit à prononcer ces mots. Mais pas avant que le bouclier s'effondre.

Le problème, c'était qu'il commençait déjà à donner des signes de faiblesse. Le cœur lourd, Aurian comprit qu'ils ne disposaient plus que de quelques minutes…

En arrivant à l'orée des bois, D'arvan entendit le sifflement des flèches dans le ciel et faillit tomber à la renverse lorsque la puanteur de la magie noire assaillit ses narines. Il suffoqua presque en découvrant la scène qui s'offrait à lui. Aurian était de retour et elle avait ramené avec elle Anvar et Parric… Et là, par tous les dieux, se tenait Vannor. C'était bien le marchand, et non une illusion quelconque. Bien vivant, il ne cessait de hurler des insultes à l'intention de la forêt impassible qui refusait de le laisser entrer. Mais qui étaient ces étrangers avec eux ? Peu importe. Le regard du Mage se posa sur Eliseth, dont les yeux brillaient de haine et de triomphe en mettant à mal le fragile bouclier d'Aurian…

D'arvan réagit rapidement en faisant appel à la forêt. Les arbres, indécis à cause de la bataille qui faisait rage à leurs pieds, lui résistèrent. Empoignant fermement le bâton de dame Eilin, le Mage fit appel à toute sa puissance jusqu'à ce que, lentement, à contrecœur, la forêt cède devant sa volonté.

Incrédule, Vannor vit une trouée apparaître au sein des arbres. Son cœur fit un bond dans sa poitrine.

— Venez ! s'écria-t-il à l'intention des Xandims aux abois. Par ici, vite !

Ils n'eurent pas besoin de se le faire dire deux fois. Vannor fut même obligé de sauter sur le côté car ils faillirent le bousculer en se précipitant sous le couvert de la forêt. Bientôt, il ne resta plus que Parric, les félins, Chiamh, Yazour et Iscalda. Le visage d'Eliseth s'enlaidit lorsqu'elle vit ses plans contrariés. Stimulés par sa colère, ses éclairs se firent de plus en plus puissants à l'assaut du bouclier qui se désintégrait. Vannor, comprenant que les Mages et leurs deux montures xandims ne pouvaient se replier tant que les autres n'étaient pas à l'abri, poussa ses derniers compagnons à rejoindre les autres seigneurs du Cheval en fuite.

— Restez pas plantés là, bande d'idiots ! rugit-il. Vous retardez tout le monde ! Fuyez !

Heureusement, ils se rendirent compte qu'il avait raison et lui obéirent à contrecœur. Shia s'arrêta à côté de Vannor pour attendre Aurian et lança au marchand un regard noir qui lui glaça le sang. Chiamh aussi attendit.

— Quand je me transformerai, lui dit-il, sautez vite sur mon dos. Je vous emmènerai rapidement loin de nos ennemis.

Dès que tous les autres furent en sécurité, Vannor monta sur le dos de Chiamh, qui se tourna vers l'orée des bois.

— Anvar, Aurian, venez ! cria le marchand. Tout le monde est sain et sauf ! Sortez de là !

Schiannath et Esselnath firent demi-tour en même temps et se précipitèrent au galop vers l'abri qu'offrait la forêt. Derrière eux, le bouclier s'effondra dans une pluie d'étincelles et un éclair déchira et brûla la terre derrière leurs sabots. Eliseth hurla de rage en voyant ses proies lui échapper et éperonna sa monture pour les suivre en lançant éclairs et insultes, mais il était déjà trop tard. La trouée au sein des arbres se referma sous le nez de la Mage, les branches s'entremêlèrent et une barrière de ronces hérissées d'épines se dressa autour d'elles. Jurant, la Mage du Climat fit demi-tour et ne vit pas les deux loups qui passèrent à quelques pas de l'endroit où elle se tenait et se réfugièrent sous la protection d'un fourré d'ajoncs. Un très jeune louveteau était suspendu dans la gueule de la femelle qui le tenait par la peau du cou. Sans bruit, les animaux se glissèrent dans la forêt en suivant la piste d'Aurian. Furtivement, les arbres s'écartèrent pour les laisser passer, puis se refermèrent derrière eux.

Tremblants encore d'être passés si près de la catastrophe, les compagnons d'Aurian s'enfoncèrent dans les profondeurs obscures de la forêt sauvage. Trop épuisés pour parler, ils n'osaient pas s'arrêter et suivirent le chemin qui s'était ouvert devant eux. Au bord du Val proprement dit, à l'endroit où un ruisseau venu de la lande se frayait un chemin entre les arbres avant de dévaler les noires parois du cratère sous forme d'une cascade miroitante, D'arvan créa une clairière pour que les fugitifs puissent se regrouper et se reposer un peu avant d'entamer la dernière partie de leur voyage : la descente au cœur de la vallée. Invisible et dévoré par la curiosité, il resta au bord de l'espace dégagé et regarda les Xandims se rassembler tout en attendant avec impatience l'arrivée des Mages.

Lorsque ces derniers arrivèrent dans la clairière, ils mirent rapidement pied à terre pour laisser

Schiannath et Esselnath, qui titubaient de fatigue, reprendre forme humaine.

— Louée soit la déesse ! (Schiannath écarta une mèche de cheveux noire et bouclée de son front en sueur.) Je dois avouer qu'à un moment donné, là-bas, j'ai cru que je mourrais avant de pouvoir reprendre forme humaine.

— Seigneur de la Horde, tu as été un vrai héros. (Aurian le serra contre elle.) Si toi et Esselnath n'aviez pas tenu bon en dépit de tout ce qu'Eliseth nous lançait dessus, Anvar et moi n'aurions jamais pu maintenir le bouclier en place, et nous serions tous morts. Nous vous devons la vie sauve.

— Tout comme nous vous devons la même chose, dame, car, sans votre bouclier, nous n'aurions pas eu la moindre chance de nous en sortir, répliqua Schiannath d'un air grave. Ne connaissant qu'Anvar et vous, sans oublier l'Œil-du-Vent, je ne m'étais jamais aperçu à quel point la magie pouvait être dangereuse quand elle est pratiquée à des fins maléfiques. Je vous ai offert mon aide de mon plein gré, mais aujourd'hui c'est la première fois que je comprends pleinement à quel point notre quête est vitale pour le destin du monde.

Tandis que les seigneurs du Cheval s'en allaient boire au ruisseau, Aurian et Anvar se serrèrent l'un contre l'autre pour exprimer en silence leur soulagement. Mais ils savaient que ce répit ne pouvait qu'être temporaire.

— Combien de temps on a, à ton avis ? demanda Anvar à la Mage.

Celle-ci haussa les épaules.

— Qui peut le dire ? La forêt semble bien décidée à l'empêcher de passer, mais, connaissant Eliseth, je dirais que les bois ne lui résisteront pas longtemps, surtout maintenant qu'elle a le Chaudron.

— C'est ce qui m'intrigue, marmonna Anvar en fronçant les sourcils. Si Eliseth a le Chaudron, qu'est devenu Miathan ? Il ne lui aurait sûrement pas confié une telle puissance de son plein gré, alors qu'a-t-elle fait de lui ? Et comment y est-elle parvenue ? Il doit encore être en vie, puisque nous ne l'avons pas senti trépasser. (Il fit la grimace.) Ce serait quand même le comble de l'ironie si on finissait par tirer l'Archimage des griffes d'Eliseth.

— Si ça se produisait, répliqua son âme sœur d'un air sombre, Miathan ferait mieux de prier pour que quelqu'un vienne le tirer de nos griffes à nous.

Rapidement, Aurian guérit les blessés qui avaient été atteints par la première volée de flèches ennemies et elle songea avec tristesse aux trois Xandims qui avaient perdu la vie. Mais ce n'était pas le moment de s'appesantir sur des pensées aussi sombres. Dès qu'elle se fut occupée de tous ceux qui en avaient besoin, elle rassembla tout le monde avec l'aide d'Anvar.

— Le temps presse et nous ne pouvons rester ici plus longtemps, expliqua la Mage en élevant la voix pour couvrir le chœur de jurons et de gémissements que provoqua sa remarque. Vannor, Parric et Sangra, prenez la moitié de nos troupes et conduisez-les au camp des rebelles. Rassemblez ces derniers aussi vite que vous le pourrez et rendez-vous au lac – nous vous retrouverons là-bas. Si Eliseth réussit à entrer dans la forêt, nous ne voulons pas qu'elle puisse s'approcher de l'Épée, surtout au moment où j'essaierai de m'en emparer. Anvar et moi irons directement sur l'île avec Chiamh, Yazour, les félins et les autres seigneurs du Cheval. Cygnus, je veux que tu survoles la forêt pour nous donner des nouvelles de l'ennemi et permettre aux deux groupes de communiquer au cas où l'un d'eux aurait des ennuis. Maintenant, répartissez-vous rapidement et finissons-en.

Parric, à qui chaque mot qu'elle avait prononcé avait rappelé Forral, croisa le regard de Vannor et échangea un sourire avec ce dernier tandis qu'ils s'en allaient choisir les troupes qui les accompagneraient.

D'arvan, qui observait la scène dans l'ombre des arbres, sentit son cœur faire un bond lorsque Aurian mentionna l'Épée de Feu. Dieux tout-puissants, dans ce cas, ce devait être elle l'Élue ! Mais, si elle voulait s'emparer de l'Artefact, elle allait devoir combattre Maya qui, sous la forme d'une licorne invisible, était obligée, à cause du sort lancé par Hellorin, de défendre l'île et le pont contre quiconque s'en approcherait. Or, le jeune homme n'avait aucun moyen de prévenir Aurian de l'identité de son adversaire !

Le Mage de la Forêt se mit à trembler. C'était terrible de penser que deux amies aussi proches se retrouvaient dans une situation aussi périlleuse au nom de l'Épée. Pour la première fois, il prit conscience de la nature à double tranchant de ce terrible Artefact et il fut pris d'un terrible soupçon en se disant que celui-ci n'avait pas encore livré tous ses secrets. En revanche, il se demanda pour la énième fois s'il n'aurait pas mieux valu que l'Épée ne réapparaisse jamais.

Au moins, il pouvait être présent aux côtés des deux femmes. Comme ça, quand le duel commencerait, il trouverait peut-être le moyen d'intervenir. Il s'apprêtait à suivre Aurian et ses compagnons, lesquels venaient d'entamer avec précaution la descente des parois escarpées du cratère, lorsqu'il entendit les premiers grondements de tonnerre sinistres et perçut l'agitation grandissante des arbres voisins. En s'ouvrant à leur douleur et à leur colère, D'arvan, horrifié, sentit son sang se glacer. Eliseth avait trouvé le moyen de s'introduire dans la forêt sauvage ! L'aide du Mage était requise à l'est des bois pour éviter que tout soit perdu. Pendant quelques secondes, D'arvan hésita, déchiré par un dilemme impossible : devait-il aider Maya et Aurian ou se précipiter pour défendre la forêt sauvage ? Cependant, il s'aperçut bien vite qu'il n'avait pas réellement le choix. Il doutait de pouvoir intervenir concernant l'Épée. Les événements se dérouleraient là-bas comme ils se devaient. En revanche, il ne fallait pas qu'Eliseth puisse s'interposer. Jurant dans sa barbe, D'arvan tourna le dos au drame qui allait se jouer au sein du cratère et se précipita au secours de la frontière orientale de son domaine.

Fulminant de frustration à l'idée qu'Aurian et cette maudite forêt avaient contrecarré ses plans, Eliseth avait d'abord réagi en passant ses nerfs sur ses combattants, jurant et criant des insultes à leur adresse pendant qu'ils tentaient vainement d'ouvrir à grands coups d'épée un chemin dans la végétation pleine d'épines. Elle ne cessait de les pousser à redoubler d'efforts, mais elle ne tarda pas à comprendre que ses cris et ses injures ne faisaient rien d'autre que liguer ses partisans contre elle. Elle se calma donc un peu et commença à réfléchir.

De toute évidence, une force magique dissimulée au sein du Val devait protéger ces arbres, car les haches et les épées ne pouvaient rien contre eux. Elle avait déjà perdu plusieurs hommes, certains étranglés ou énucléés par les ronces, d'autres assommés par de mystérieuses chutes de branches, sans parler du guerrier qui avait essayé d'allumer un feu contre l'écorce sèche d'un vieux hêtre mourant et qui était mort écrasé lorsque l'arbre avait paru se déraciner tout seul pour lui tomber dessus. Eliseth croyait avoir deviné l'identité du protecteur de la forêt : Eilin, la mère d'Aurian. Cette satanée Mage de la Terre qui avait tourné le dos à son peuple depuis si longtemps devait naturellement faire de son mieux pour protéger sa fille.

— Maudite soit-elle ! gronda la Mage du Climat. (Brusquement, cette bataille prenait une tournure personnelle, car c'était sûrement Eilin qui avait tué Davorshan, l'amant d'Eliseth.) Je vais lui montrer de quoi je suis capable. Reculez, ordonna-t-elle aux mercenaires. J'ai bien l'intention d'entrer dans cette saloperie de forêt, même si je dois réduire chaque arbre en cendres !

Un murmure de colère agita les branches du bois sauvage, comme si les arbres avaient entendu son défi et acceptaient de le relever. Tant pis pour eux, songea Eliseth avec une sinistre détermination. Elle n'avait pas l'intention de s'en laisser conter par ce tas de petit bois ! Reculant prudemment loin de l'orée de la forêt, la Mage fit appel aux têtes d'orage qui s'amoncelaient dans le ciel au-dessus de sa tête. Le grondement sourd mais retentissant du tonnerre commença à résonner autour de la vallée. Dans un cri de triomphe, Eliseth replia ses doigts comme des serres et fit tomber la foudre des cieux.

Les éclairs frappèrent la terre en crépitant et firent exploser les premières rangées d'arbres en les transformant en torches rugissantes. Grâce à sa magie, Eliseth capta leurs cris de douleur aigus lorsque le feu commença à se répandre de tronc en tronc. Avec un sourire froid qui n'en reflétait pas moins une grande satisfaction, elle continua à arracher des cieux torturés les éclairs les uns après les autres, puis, comme si elle était auprès de la cheminée de sa chambre, elle tendit les mains vers la chaleur miroitante des flammes. Comme elle n'avait pas ressenti les soubresauts de l'agonie d'un Mage, Eliseth savait qu'Aurian avait échappé à l'incendie, mais cela importait peu. Très vite, elle entrerait dans le Val. Alors, viendrait le moment de régler de vieilles dettes.

27

L'ÉPÉE DE FEU

Retrouver le camp rebelle fut un jeu d'enfant pour Vannor. Comme ils l'avaient fait lors de son dernier séjour en ces lieux, les arbres lui ouvrirent tout simplement un chemin dans la direction qu'il souhaitait prendre. Le chef des rebelles balaya les environs du regard et se sentit brusquement heureux, en dépit du danger qui les guettait et des grondements menaçants de l'orage au-dessus de sa tête. Il n'était pas si inutile que ça, en fin de compte, et sa vie n'était pas terminée, contrairement à ce qu'il avait cru quand il avait perdu sa main. Parric lui avait appris à se battre comme un gaucher, même si le marchand savait qu'il ne devait pas encore risquer sa vie en misant sur ces techniques nouvellement apprises. Il était sorti de sa première bataille sans se couvrir de déshonneur et en un seul morceau. Quant à l'expression de rage impuissante qui était apparue sur le visage d'Eliseth lorsqu'elle l'avait aperçu, elle valait à elle seule le détour.

De plus, Vannor se réjouissait également d'être de retour dans le Val, qui représentait un véritable refuge pour lui et sa petite troupe de rebelles.

Comme il était impatient de les revoir tous, et surtout Dulsina, qui devait se ronger les sangs à son propos. Sans doute devrait-il se préparer à recevoir de la part de sa gouvernante un sermon comme il n'en avait encore jamais connu. Vannor sourit d'un air malicieux. Il la laisserait faire, puis il la serrerait si fort contre lui qu'il lui couperait le souffle et qu'elle ne pourrait pas le réprimander davantage.

Les yeux brillants d'impatience, le chef des rebelles se tourna vers Parric, qui avait choisi de chevaucher à ses côtés en insistant pour rester à la droite du marchand, son côté vulnérable.

— Quel dommage que tu aies tout manqué en choisissant de partir dans le Sud ! Alors, qu'est-ce que tu penses de notre forêt ?

Le maître de cavalerie se rembrunit.

— Pour être honnête, elle me plaît pas du tout, répliqua-t-il, à la grande surprise de Vannor. Je déteste ces saloperies d'arbres, ils me filent les jetons. Les arbres devraient rester à leur place, si tu veux mon avis, au lieu de s'en aller faire tomber des branches sur les gens, même si ça nous a sauvé la mise tout à l'heure. Qui se cache derrière tout ça ? Tu te l'es déjà demandé ? Et comment être sûr qu'ils resteront de notre côté ?

— Oh, allons, Parric, protesta Vannor. Bien sûr que la forêt est de notre côté, ça a toujours été le cas depuis que j'ai amené les rebelles ici et que les loups et les arbres ont tué Angos et ses mercenaires.

— Ben, même si c'est vrai, on a aucune garantie qu'elle peut nous protéger contre Eliseth, s'entêta le maître de cavalerie. Si tu me crois pas, pourquoi tu jettes pas un coup d'œil derrière toi ?

Vannor obéit et lança un regard par-dessus son épaule. Loin, à l'est, une épaisse colonne de fumée noire venait se mêler aux nuages menaçants des cieux en colère.

— Que Thara l'emporte ! Qu'est-ce que cette salope d'Eliseth est en train de faire à mon pauvre Val ?

Eilin était assise à l'intérieur de l'étrange palais du seigneur de la Forêt, au cœur du royaume des Phées, le visage collé contre la mystérieuse fenêtre qui permettait de contempler le monde des Mortels. Cependant, un bruit de pas rapides détourna son attention des événements effroyables qui se déroulaient dans le cratère.

— Vous avez demandé à me voir, ma dame ? demanda Hellorin d'une voix légèrement irritée.

Il n'était sans doute pas habitué à être convoqué de façon si péremptoire en son propre domaine. Cependant, Eilin ne se laissa pas impressionner, car son tempérament de Mage était suffisamment colérique pour égaler la pire des fureurs de son hôte. Elle courut le prendre par le bras et le traîna en haut des marches jusqu'à la grande fenêtre circulaire.

— Regardez-moi ça ! lui dit-elle d'une voix brisée par la colère et le chagrin. Regardez ce qui se passe là-bas ! Après toutes mes années d'efforts pour que la vallée redevienne fertile, voilà qu'Eliseth détruit la forêt ! Oh, les hurlements des arbres ! Je les ai entendus crier leur douleur jusque dans mes rêves, alors je me suis réveillée et je suis venue jeter un coup d'œil… Mais où est D'arvan ? Pourquoi est-ce qu'il la laisse faire une chose pareille ? Mon seigneur, il faut l'arrêter !

— Courage, ma dame. (Hellorin lui serra l'épaule en s'exprimant d'une voix sinistre.) Il n'y a rien que nous puissions faire pour l'arrêter. Nous les Phées sommes emprisonnés ici, impuissants, à moins que… (Brusquement, une étrange lueur sauvage s'alluma au sein des profondeurs insondables de son regard.) Pourquoi cette Mage renégate attaque-t-elle la forêt ? Ma dame, avez-vous songé à y chercher votre fille ?

— Aurian serait dans le Val ? s'écria Eilin en faisant volte-face vers la fenêtre.

Elle concentra toute sa volonté sur la pensée de sa fille, et l'image de la forêt en feu se brouilla puis disparut dans la brume. Lorsque celle-ci s'éclaircit, la fenêtre lui montra…

— Dieux tout-puissants, elle est là ! Elle se dirige vers mon île en compagnie d'Anvar et de nombreux étrangers.

Sans crier gare, Hellorin repoussa brutalement Eilin et écrasa son visage contre le panneau en cristal en poussant un rugissement ravi.

— Les chevaux ! Oh, peuple des Phées, en cette heure de joie, nos montures sont revenues ! (Il se tourna vers la Mage, les yeux brillants et le visage illuminé par l'excitation mêlée à une joie sauvage.) Eilin, cela ne peut signifier qu'une seule chose. Votre fille est venue prendre l'Épée de Feu, comme il a été prédit, et, lorsqu'elle la brandira, enfin les Phées seront libres !

— Si elle arrive à la brandir, vous voulez dire, murmura Eilin, trop bas pour qu'il puisse l'entendre.

Elle se détourna d'Hellorin afin qu'il ne puisse pas la voir froncer les sourcils, car elle songeait, non pas aux Phées, mais aux pauvres seigneurs du

Cheval qui redeviendraient soudain de simples bêtes si Aurian s'emparait de l'Épée. Plus encore, elle s'inquiétait pour D'arvan, qui soutenait le siège de la forêt assaillie. Hellorin avait-il oublié son propre fils ? Et qu'en était-il de Maya, qui allait devoir combattre Aurian, alors que les deux femmes étaient les meilleures amies du monde ? Enfin, pardessus tout, le cœur d'Eilin était rempli de peur pour sa fille, qui allait devoir entreprendre la périlleuse conquête de l'Épée de Feu. Sourde aux cris de joie des Phées, Eilin se tourna de nouveau vers la fenêtre et se mit à prier.

D'arvan traversa le fond du cratère en courant dans le sous-bois obscurci par l'orage en direction de la colonne de fumée qui s'élevait à l'est du Val. Les hurlements d'agonie de la forêt retentissaient à ses oreilles et il savait déjà qu'il arriverait trop tard, ce qui l'emplissait d'amertume. Son père et la dame Eilin lui avaient fait confiance, mais lui, D'arvan, avait échoué à protéger les lieux. Pour semer une telle destruction, Eliseth devait posséder un pouvoir bien plus grand que le sien. Aurian avait raison, la Mage du Climat avait dû réussir à voler le Chaudron de la Réincarnation à Miathan. *Comment vais-je faire,* se demanda le jeune homme, éperdu, *pour contrer l'un des antiques Artefacts de la Haute Magie ?*

Il savait qu'il n'était pas de taille à lutter. Son seul espoir, c'était qu'Aurian réussisse à conquérir l'Épée de Feu. Il devait tout de suite retourner sur l'île, il aurait dû s'y rendre au lieu de vouloir défendre la forêt. Visiblement, une mauvaise étoile guidait ses pas ce jour-là, car il ne prenait que de mauvaises décisions. Il jura en jetant un dernier regard désespéré en direction de la bordure du Val en feu, puis il se tourna vers le lac. Alors il se figea, un cri d'horreur sur les lèvres. L'incendie avait atteint le bord du cratère, là où D'arvan espérait que les parois rocheuses escarpées stopperaient net sa progression. Sous ses yeux, les arbres qui se consumaient commencèrent à s'incliner, puis basculèrent par-dessus le précipice comme des comètes à queues de feu. De nouveaux rubans de fumée vinrent noircir le ciel tandis que les arbres à flanc de cratère s'enflammaient à leur tour. Alors une nouvelle horreur s'imposa à la conscience ravagée de D'arvan, car le Val abritait de nombreuses créatures sauvages.

L'air lui-même parut gémir lorsque d'innombrables oiseaux s'envolèrent brusquement en pépiant de manière pitoyable et en se heurtant les uns aux autres tant ils étaient désorientés. La végétation s'anima et retentit de nombreux bruissements lorsque souris et campagnols se précipitèrent à l'abri en trottinant. De leur côté, les serpents jaillirent à découvert en dardant leur langue fourchue pour tester le goût de la fumée. Les écureuils passèrent de branche en branche en criant d'une voix aiguë au-dessus de la tête du Mage, qui vit les premiers animaux terrifiés passer en masse autour de lui pour fuir l'incendie qui gagnait du terrain. Les cerfs au regard fou descendirent en bondissant les sentiers forestiers tout en agitant leur queue blanche en signe d'alarme. Les loups les suivirent tel un ruisseau d'argent déferlant entre les arbres. Les blaireaux endormis, désorientés par cette nuit inattendue, s'aventurèrent maladroitement à travers les fourrés. Les lièvres et les lapins bondirent entre les arbres sans trop craindre pour leur vie, car leurs prédateurs habituels, les hermines et les belettes longilignes et les élégants renards roux, étaient eux aussi trop occupés à fuir. D'arvan se ressaisit et lança un appel aux créatures terrifiées.

— *Dirigez-vous vers le lac, ô habitants de la forêt ! Cherchez l'eau, vous y serez en sécurité !*

Il s'apprêtait à faire demi-tour en hâte pour suivre son propre conseil lorsqu'il entendit un gémissement pitoyable en provenance des fourrés voisins. D'arvan courut à travers la fumée qui s'épaississait en direction du bruit de plus en plus faible. Plongeant la main dans un buisson de ronces sans même réfléchir, il chercha à tâtons, sentit de la fourrure et en sortit un jeune louveteau, qui ne paraissait pas avoir plus de deux lunes. Il avait déjà dû approcher le feu, visiblement, car par endroits sa fourrure gris foncé avait été brûlée par les étincelles.

— Comment es-tu arrivé là ? s'étonna D'arvan. Tes parents auraient-ils pris peur du feu au point de t'oublier ?

Mais il n'avait pas le temps de s'appesantir sur la question. Fourrant le louveteau dans la poche de sa robe, le Mage s'enfuit en direction du lac.

Tandis qu'Aurian et ses compagnons se frayaient un chemin avec précaution jusqu'au fond du cratère, la Mage eut l'impression que sa vie venait de décrire un cercle complet ; elle repensa au jour où, sous les traits d'une gamine aux cheveux en bataille et aux genoux sales, elle avait guidé les premiers pas de Forral dans le Val. Étrangement, elle le sentait très près d'elle en cette journée sombre.

Aurian secoua la tête avec impatience. *Si vraiment il était là, la première chose qu'il te dirait, c'est d'arrêter de rêvasser !* Il y avait trop de choses en jeu pour se le permettre. Aurian jeta un coup d'œil inquiet derrière elle, en direction de la bordure orientale du cratère et du nuage de fumée qui planait au-dessus.

— Dépêchons-nous ! dit-elle d'une voix basse et pressante. On dirait qu'Eliseth gagne du terrain.

Schiannath accéléra volontiers l'allure, mais il n'existait pas de sentier clairement défini entre les arbres enchevêtrés, et la végétation trop dense et les racines tordues trop nombreuses empêchaient les chevaux de galoper. Aurian jura. Visiblement, les arbres étaient trop perturbés à présent pour ouvrir un chemin décent devant elle et ses compagnons. Réfléchissant rapidement, elle posa une main sur le Bâton de la Terre et tendit sa volonté vers la forêt sauvage.

Mais à peine eut-elle touché le Bâton qu'elle faillit tomber du dos de Schiannath, car la rage et la douleur des arbres envahirent en force son esprit. Le Val lui-même brûlait ! Frénétiquement, elle usa de ses pouvoirs pour apaiser la forêt en suppliant les arbres de lui dégager la voie afin de la laisser passer.

— *Ne combattez pas la méchante,* leur dit-elle. *Protégez-vous. Si vous fuyez vos frères en flammes et si vous vous réunissez dans un espace nu et dégagé, le feu ne pourra plus vous faire de mal.*

Laissez Eliseth venir jusqu'au lac s'il le faut. Ouvrez-lui le chemin si ça peut vous sauver la vie – mais faites en sorte qu'elle fasse un long détour. (Brusquement, Aurian sourit.) *Elle ne connaît pas le Val. Guidez-la par des chemins détournés et retardez-la aussi longtemps que vous pourrez. Mais, dès qu'elle s'impatientera, conduisez-la directement au lac. Je m'occuperai d'elle là-bas. Nombre d'entre vous étiez mes compagnons d'enfance. J'ai joué entre vos troncs et je me suis abritée sous vos branches. Je refuse de vous perdre aujourd'hui.*

Un murmure d'approbation sembla monter des arbres, comme le passage d'une douce brise entre les branches. La Mage entendit ses compagnons hoqueter de stupeur lorsqu'un vaste chemin apparut devant eux. Quand Aurian s'y engagea à la tête de sa petite colonne, les arbres du Val inclinèrent leurs branches en hommage et en signe de remerciements.

— Suivez-moi ! cria Aurian. Droit au lac !

Schiannath poussa un hennissement strident et se cabra, puis s'élança au triple galop en direction du cœur du Val.

Le camp rebelle était plongé dans le chaos et la panique la plus totale. Ses habitants couraient partout pour empaqueter leurs maigres possessions et se préparer à fuir la vallée en feu. Dulsina avait l'impression qu'on avait besoin d'elle partout à la fois, pour calmer, pour aider, pour organiser et pour conseiller. Fional et Hargorn l'assistaient dans ce processus d'évacuation – du moins le jeune archer faisait-il de son mieux, même si elle avait surtout l'impression de l'avoir dans les jambes, songea impatiemment la gouvernante. Hargorn, en revanche, beuglait des ordres avec une aisance acquise au cours des batailles et s'avérait extrêmement utile. Dulsina était donc ravie que le vétéran ait quitté les Nightrunners dès la guérison de sa blessure, conduisant dans la forêt les fugitifs nexiens qui avaient choisi de se joindre aux rebelles.

Vannor entendit les cris de loin et se précipita entre les arbres à la tête de ses guerriers xandims.

— Mais je connais cette voix ! s'exclama-t-il. Ma parole, c'est…

— C'est Hargorn ! s'écria Parric d'un air ravi en essayant d'éperonner sa monture, avant de se rappeler, un peu tard, qu'il chevauchait l'un des Xandims. Désolé, s'empressa-t-il de s'excuser.

Le cheval hennit et secoua la tête d'un air irrité, mais il eut néanmoins l'obligeance de presser le pas.

Quand ils arrivèrent en bordure de la clairière, ils s'aperçurent que le camp rebelle était rempli de gens paniqués qui couraient partout en soulevant, en poussant ou en faisant tomber leurs affaires parce qu'ils essayaient de tout faire en même temps. Il était quasiment impossible de repérer quelqu'un au milieu de cette foule compacte en mouvement, mais le regard de Vannor s'arrêta sans se tromper sur la haute silhouette aux cheveux noirs de sa gouvernante.

— Dulsina ! appela-t-il en souriant. Je suis de retour !

Le résultat fut pour le moins inattendu. Un silence de mort s'abattit sur la clairière lorsque tout le monde se retourna pour le dévisager, bouche bée. Quant à Dulsina, cette femme courageuse et pleine de bon sens, elle fit volte-face, le visage d'une pâleur de craie.

— Vannor, chuchota-t-elle avant de s'effondrer, inconsciente.

— Ne restez pas plantés là, rugit Vannor. Aidez-la !

Sautant à bas de son cheval, il courut au chevet de Dulsina, Parric sur les talons. Lorsqu'il arriva auprès d'elle, elle ouvrait déjà les yeux. Hargorn l'aida à se redresser en position assise. Mais il n'avait d'yeux que pour Vannor, et son regard paraissait bizarrement humide.

— Je te croyais mort, souffla-t-il. Bern a dit que les Mages avaient l'intention de te tuer.

— Espèce d'idiot sans cervelle ! l'interrompit Dulsina en s'adressant à Vannor avec fureur, les yeux étincelants de colère. As-tu seulement réussi à retrouver Zanna ? Où diable étais-tu pendant tous ces derniers mois ? Tu ne t'es donc pas soucié de l'angoisse dans laquelle tu nous as plongés ?

Brusquement, Vannor décida de se passer de son sermon en fin de compte. Il entoura Dulsina de ses bras et la serra très fort contre lui jusqu'à ce qu'elle proteste.

— Oui, j'ai retrouvé la petite. Enfin, c'est plutôt elle qui m'a retrouvé, d'ailleurs. Elle est en sécurité auprès de ta sœur désormais. (Il lâcha sa gouvernante à contrecœur et se tourna vers les rebelles qui attendaient.) Venez, leur dit-il. Les explications devront attendre. Il faut qu'on se rende au lac le plus vite possible. Prenez simplement toutes les armes que vous pourrez porter et laissez le reste de vos affaires ici. Allez chercher les chevaux. Ceux qui n'en ont pas monteront à deux. Ne restez pas là bouche bée, bougez-vous !

Tandis qu'ils s'empressaient de lui obéir, les paroles d'Hargorn revinrent en mémoire à Vannor. Il attrapa le vétéran par le bras et le retint un instant.

— Hargorn, qui diable est ce Bern ?

L'autre haussa les épaules.

— Juste un fugitif de Nexis qui nous a rejoints il y a quelque temps. Il a dit que tu l'avais envoyé nous délivrer un message et qu'il pensait que les Mages avaient l'intention de te tuer.

Il fronça les sourcils en comprenant à quel point les rebelles avaient été dupés.

— Maintenant que j'y pense, ajouta Dulsina d'une voix pleine de colère, je ne l'ai pas vu depuis le début de l'incendie.

— Ce n'est pas surprenant, répondit Vannor.

Mais il avait la désagréable impression que, qui que puisse être Bern, ils n'avaient pas fini d'entendre parler de lui.

La licorne attendait à côté du pont. Pour ceux qui pouvaient la voir, elle brillait d'un éclat plus vif encore que l'étoile du soir elle-même dans l'ombre du Val assiégé. Mais personne n'était capable de contempler sa beauté à l'exception de D'arvan et elle sentait sa présence loin d'elle, même s'il s'efforçait de revenir rapidement. Plus rapide encore était l'approche d'une autre personne, cet Élu au destin duquel son sort était si étroitement mêlé. La licorne dressa ses oreilles et tourna sa jolie tête vers l'est en secouant sa crinière argentée. Dans le lointain, de l'autre côté du lac, elle vit un groupe de cavaliers surgir des arbres. Deux personnes chevauchaient en tête, toutes deux irradiant une sensation de pouvoir. Maya les aurait reconnues, mais la licorne ne vit que des intrus qui avaient pénétré sans autorisation sur une terre interdite qu'elle devait défendre. Cependant, il n'aurait pas dû y avoir deux Puissances, se dit-elle en raclant le sol d'un air perplexe, faisant apparaître de véritables rayons de lumière sous ses sabots étincelants. Laquelle se trouvait être l'Élu qui, en s'emparant de l'Épée, la libérerait enfin ou l'enverrait à la mort ? Jusqu'à ce qu'elle puisse le savoir, elle allait devoir les combattre toutes les deux.

Aurian sentit son cœur se serrer lorsque, au sortir de la forêt, elle s'engagea sur la prairie qui bordait le lac et découvrit que l'île n'abritait plus la tour où elle avait passé ses jeunes années en compagnie de sa mère et de Forral. Elle se tourna vers Anvar, qui chevauchait à ses côtés.

— La tour ! s'écria-t-elle. Elle n'est plus là. Pourquoi Chiamh ne m'en a-t-il rien dit après sa vision ?

Elle savait qu'elle se montrait irrationnelle, mais elle avait l'impression que quelqu'un venait de lui voler son enfance. Même si elle était rarement venue en visite à la tour ces dernières années, elle s'était toujours sentie réconfortée à l'idée de la savoir là.

Anvar jeta un coup d'œil par-dessus son épaule en direction de l'Œil-du-Vent, qui avait gardé forme humaine et avait pour monture Iscalda, laquelle avait refusé d'être séparée de son frère.

— Comment aurait-il pu te prévenir alors qu'il ne connaissait même pas l'existence de la tour ? lui demanda-t-il en faisant appel à son bon sens. Hellorin me l'avait dit, mais j'ai oublié, ajouta-t-il en s'excusant. Elle a été détruite quand Davorshan est venu tuer ta mère. La dame Eilin est au courant, ajouta-t-il en essayant de réconforter sa compagne, mais elle ne m'a pas paru bouleversée.

Aurian ne répondit pas, trop occupée à fixer la petite île privée de sa tour.

— Je ne vois aucune trace de l'Épée, murmura-t-elle d'un air inquiet.

Cependant, à mesure qu'ils s'approchaient de leur destination, Anvar vit sa compagne écarquiller les yeux et son regard se faire intense.

— Anvar, chuchota-t-elle d'une voix que l'excitation fit monter dans les aigus. Elle est là. Chiamh avait raison, l'Épée est bien sur l'île ! Ne sens-tu pas sa présence ?

— Je ne sens rien du tout, répondit Anvar en fronçant les sourcils. Peut-être que toi, tu la sens parce que tu es l'Élue pour qui elle a été forgée.

Il étouffa avec fermeté le petit serpent vert de la jalousie qui commençait à s'éveiller au fond de son cerveau. Ils ne pouvaient tous deux brandir l'Artefact, après tout, et il s'agissait depuis le début de la quête d'Aurian. En plus, de la façon dont Hellorin en avait parlé, l'Épée semblait représenter un fardeau plutôt qu'une bénédiction, encore plus que n'importe quel autre Artefact.

Tout en parlant, ils avaient fait le tour du lac. Ils arrivèrent enfin en vue de l'étroit pont de bois.

— Je suis heureuse que le pont soit encore là, dans tous les cas, déclara Aurian en faisant de nouveau preuve de pragmatisme. Sans lui, nous aurions eu des difficultés pour traverser, le lac est très profond à cet endroit.

Soudain, un bruit tonitruant, comme celui d'un cheval au galop, couvrit ses paroles. Aurian regarda tout autour d'elle d'un air éperdu car elle ne voyait personne. Cependant, le bruit des sabots ne cessait de se rapprocher.

— Attention ! cria Aurian en sortant le Bâton de la Terre de sa ceinture.

Mais il était déjà trop tard. Brusquement, Schiannath trébucha comme s'il avait été poussé de côté par une force invisible. Aurian se jeta de tout son poids en arrière sur la selle pour l'aider à garder l'équilibre. Mais, alors qu'il se ressaisissait, elle entendit un hurlement, celui d'un cheval à l'agonie. Esselnath, le Xandim qui portait Anvar, se roulait de douleur sur le sol, sa robe noisette recouverte du rouge plus profond de son sang et ses entrailles jaillissant d'une longue blessure dans son ventre qui paraissait avoir été ouvert par une épée.

Anvar, qui avait dégagé à temps ses pieds des étriers, était tout juste en train de se relever lorsqu'ils entendirent à nouveau les bruits de sabots se rapprocher.

— Schiannath ! hurla Aurian.

Le grand étalon fit volte-face et galopa vers le compagnon de sa cavalière. Celle-ci attrapa Anvar par le poignet et le hissa derrière elle tandis qu'une créature invisible passait en coup de vent à côté d'eux. Le déplacement d'air fit voler les cheveux d'Aurian qui se retourna en osant à peine regarder. Mais Anvar était sain et sauf sur le dos de Schiannath et contemplait d'un air stupéfait la déchirure apparue sur sa manche.

— Dieux ! s'écria-t-il. Qu'est-ce que c'est ?

Quelle que soit sa nature, la créature revenait vers eux. Les autres Xandims se dispersèrent dans toutes les directions. L'un d'eux tomba, la poitrine transpercée, et son cavalier ne se releva pas non plus. Shia bondit en direction du bruit des sabots mais feula lorsqu'elle fut brutalement repoussée. Khanu courut la rejoindre en grondant férocement et fut soulagé de voir la grande panthère se relever sur des pattes mal assurées. Chiamh galopa vers les Mages sur le dos d'Iscalda. Ses yeux avaient l'éclat argenté de son Autre Vue.

Lorsque le bruit de galopade se fit plus fort, Schiannath attendit jusqu'à la toute dernière seconde, puis se précipita de côté. Mais le poids de ses deux cavaliers le ralentit, et il hennit de douleur lorsqu'une fine ligne de sang rouge apparut sur son épaule. Les bruits de sabots parurent hésiter, se tournèrent dans la direction de l'Œil-du-Vent, puis...

— Je la vois ! s'exclama Chiamh. Je la vois, c'est une licorne !

Alors, brusquement, on n'entendit plus de bruit de sabots ; il n'y eut plus que le corps mince et vêtu de cuir de Maya qui se tenait hébétée sur l'herbe.

Aurian poussa un cri de joie et se jeta à bas du dos de Schiannath.

— Attends ! (Anvar se pencha pour lui attraper le bras.) C'est peut-être un piège.

— Ça n'en est pas un, répliqua Maya d'une voix incertaine. J'étais la gardienne de l'Épée. (Elle plissa le front tant il lui fallait faire un effort pour s'en souvenir.) Sous la forme de la licorne, je ne vous ai pas reconnus. (Elle contempla d'un air de regret les corps des Xandims qui gisaient sur l'herbe, ainsi que Shia qui s'arrêta de lécher son flanc contusionné pour lui lancer un regard noir.) Je suis vraiment désolée pour tout ça, mais je n'ai pas pu l'éviter. Je n'avais pas d'autre choix que de vous attaquer. Hellorin a dit que je devais défendre l'Épée, mais que, si quelqu'un d'autre que D'arvan parvenait à me voir, ma mission serait terminée et je reprendrais forme humaine. Il a dit que l'Élu trouverait le moyen de me voir. (Elle se tourna vers Chiamh.) C'est vous l'Élu ?

— Certainement pas, répliqua l'Œil-du-Vent sur un ton décisif. C'est Aurian, le Dragon le lui a dit. Je n'étais que le moyen par lequel elle a réussi à vous voir.

— Mais comment avez-vous fait ? s'étonna Maya. Personne ne pouvait me voir.

Aurian se posait la même question.

— Oh, je vois toutes sortes de choses grâce à mon Autre Vue, répondit gaiement l'Œil-du-Vent. Si je peux percevoir le vent lui-même, alors une licorne de lumière ne devrait pas présenter trop de problèmes. Si seulement je n'étais pas aussi myope, je vous aurais vue plus tôt et cela nous aurait épargné bien des soucis. (Il soupira avec une certaine nostalgie.) Je suis désolé que les autres n'aient pas pu vous voir, cependant. Vous étiez si belle…

— Ce qui signifie que je ne le suis plus, j'imagine, répliqua sèchement Maya. Eh bien, les choses reviennent bel et bien à la normale, à ce que je constate. (Elle tendit les mains à Aurian.) Mais je suis si heureuse de te revoir.

Aurian courut embrasser son amie.

— Il est encore loin, ce maudit lac ? marmonna Eliseth avec irritation.

Depuis qu'elle était parvenue à y entrer, elle avait l'impression d'errer dans cette saloperie de forêt depuis une éternité. Sa stupide escorte semblait s'être perdue, elle aussi, mais cela n'avait plus d'importance à présent. Les mercenaires avaient rempli leur rôle et, après sa victoire sur le bois sauvage, la Mage du Climat se sentait pratiquement invincible. Grâce au Chaudron, elle disposait d'une telle puissance…

Eliseth sortit le calice terni de la poche de sa robe et le contempla d'un air songeur. Qui aurait cru qu'une chose aussi petite pouvait contenir autant de pouvoirs ? Et voilà que quelque chose l'appelait, l'attirait vers le lac. Se pouvait-il qu'un autre Artefact soit caché en ces lieux ? Cela expliquerait certainement pourquoi cette misérable Eilin avait pu assassiner Davorshan. Eliseth se rembrunit. Bientôt, elle en aurait le cœur net. Elle s'était approprié l'un des Artefacts, il ne devrait donc pas être très difficile d'en voler un deuxième, surtout si son propriétaire s'appelait Eilin. Enfin, ce serait le cas si elle parvenait à trouver ce maudit lac…

Elle n'avait pas fait beaucoup plus de chemin sur l'étroit sentier en lacet lorsqu'elle entendit des appels à l'aide. Éperonnant sa monture déjà couverte d'écume, elle franchit un détour du chemin et découvrit un visage familier, dont le corps était suspendu entre les branches d'un arbre, lesquelles semblaient se resserrer autour de lui.

— Bern ! s'exclama sèchement la Mage du Climat. Que diable fais-tu ici ? Tu étais censé rester avec les rebelles.

— C'est ce que j'ai fait, gémit Bern. Mais, quand ils ont aperçu l'incendie, ils ont commencé à lever le camp. Moi, je savais que ça devait être vous, alors je suis venu à votre rencontre. Je vous en prie, faites-moi descendre, ma dame.

— Tu aurais dû t'en aller avec eux, imbécile, répliqua Eliseth. Comment je peux savoir la direction qu'ils ont prise, maintenant ? (Néanmoins, elle se tourna vers l'arbre et leva la main d'un air menaçant.) Libère-le ! gronda-t-elle. Sinon…

Un bruit sourd retentit lorsque Bern s'écrasa sur le sol en pleurant presque de soulagement.

— Oh, merci, ma dame ! (Il se releva et parut brusquement perdu.) Qu'est-ce qu'on fait maintenant ?

— En ce qui me concerne, je me rends au bord du lac, misérable Mortel, lui dit Eliseth. Tu peux m'accompagner, à condition de ne pas me retarder, car je ne t'attendrai pas. J'en ai assez d'errer dans cette maudite forêt. (Elle fronça les sourcils.) Si les arbres refusent de me laisser passer, je les brûlerai, comme leurs congénères.

— Mais ce ne sera pas nécessaire, ma dame, protesta Bern. Regardez, le chemin est juste ici.

La Mage du Climat se tourna dans la direction indiquée et proféra un juron.

— Ce chemin n'était pas là il y a quelques minutes. Tu es sûr que c'est le bon ?

— En tout cas, il va dans la bonne direction, ma dame. Si vous voulez bien me suivre, je vous montrerai.

Eliseth haussa les épaules. C'était toujours mieux que de tourner en rond comme elle avait eu l'impression de le faire.

— Très bien, vas-y, dit-elle à Bern, mais presse-toi. Et souviens-toi, si tu me mènes en bateau, je te ferai regretter le jour de ta naissance.

— Ne vous inquiétez pas, ma dame, je connais le chemin.

Sur ce, il s'engagea sur le sentier forestier. Eliseth haussa de nouveau les épaules et le suivit.

Aurian avait entrepris de traverser le pont, et ses pas lents produisaient un son creux sur les planches en bois. D'arvan l'aperçut depuis la rive du lac, où il venait de déposer le petit loup en sécurité. Son cœur fit un bond de soulagement dans sa poitrine lorsqu'il aperçut également, parmi les quelques personnes rassemblées sur la berge, sa Maya, saine et sauve et de nouveau humaine. Jusqu'ici, Aurian avait donc réussi. Il aurait dû le deviner. Mais la prochaine étape, la conquête de l'Épée, s'annonçait plus difficile. Anxieusement, il pressa le pas pour rejoindre les spectateurs… et se rappela brusquement que ces derniers devaient être capables de le voir à présent. Dieux, cela faisait si longtemps… Étouffant un cri de joie, il se mit à courir en oubliant complètement le louveteau, qui s'était éloigné pour explorer les fourrés.

Cygnus, qui planait au-dessus du lac, aperçut un petit rassemblement d'humains près du pont. Sur celui-ci se trouvait Aurian, qui traversait seule en direction de l'île. Un peu à l'écart des autres, tout au bord de l'étendue de bois, Cygnus aperçut Anvar, qui avait les yeux fixés sur la silhouette de la Mage qui s'éloignait. L'Ailé sourit. Il tenait enfin l'occasion de s'emparer de la Harpe des Vents ! Décrivant un virage abrupt, il fondit sur sa proie qui ne se doutait de rien.

Au sortir de la forêt, Vannor, à la tête des rebelles, découvrit la scène qui se déroulait près du pont, au bord du lac. Que diable fabriquaient donc les Mages ? L'Épée serait-elle cachée sur l'île ? Puis Parric lui donna un coup de coude dans les côtes.

— Vannor, regarde là-bas !

Le marchand regarda par-delà le lac et vit Eliseth surgir des arbres du côté opposé. Elle semblait aussi loin que lui du pont. Il ne servait à rien de crier pour prévenir ses compagnons, ces derniers ne l'entendraient sûrement pas à cette distance, et de plus il était peut-être dangereux de briser la concentration d'Aurian.

— Vite, il faut prévenir Anvar, dit-il au Xandim qu'il chevauchait.

Celui-ci s'élança et l'emporta au galop, suivi par les rebelles. De l'autre côté du lac, Eliseth venait de les apercevoir et elle éperonna elle aussi sa monture. Qui arriverait en premier ?

Sur le pont, Aurian n'avait pas conscience des drames qui se nouaient autour d'elle. L'Épée de Feu l'appelait et retenait toute son attention désormais. Mais elle savait qu'il ne serait pas facile de la conquérir. Il y aurait sûrement une épreuve, ou à tout le moins une espèce de test, comme cela avait été le cas pour les autres Artefacts. Brusquement, elle se réjouit d'avoir obligé Anvar à rester sur la rive, en dépit de ses protestations. Cela pouvait devenir dangereux et elle allait avoir besoin de toute sa concentration.

Au sortir du pont, Aurian aperçut un grand rocher gris à l'endroit où se tenait autrefois la tour. Elle fronça les sourcils. D'où venait-il ? Elle ne l'avait encore jamais vu. Le granite dont il était composé différait totalement du basalte noir de la vallée, à partir duquel avaient été construites les fondations de la tour d'Eilin. La Mage s'en approcha avec prudence tandis que le chant de guerre de l'Épée retentissait dans son esprit. Avec précaution, elle tendit la main pour toucher l'énorme roche et elle vit celle-ci se transformer sous ses doigts en un cristal géant qui palpitait d'une lumière cramoisie comme du sang. Au sein des facettes qui brillaient d'un faible éclat, la Mage distingua les contours d'une épée, forgée pour sa seule main, une épée qui l'appelait d'une voix âpre et métallique en lui demandant de la libérer de sa prison.

Aurian sourit, mais une petite voix s'éleva au fond de son esprit. Cela ne pouvait tout de même pas être aussi facile ? La conquête du Bâton avait été si compliquée…

Néanmoins, la Mage posa les mains sur le cristal en cherchant, avec son sens de guérisseuse, les faiblesses au sein de la roche, comme elle l'avait fait, voilà si longtemps, dans les tunnels sous Dhiammara.

Rapidement, elle trouva le point faible et s'y attaqua avec toute sa puissance, brisant la structure cristalline. Dans un soupir, la grande gemme se réduisit à un tas de poussière étincelante et l'Épée de Feu jaillit dans la main d'Aurian.

La jeune femme tomba à genoux, submergée par une vague de pouvoir féroce qui la fit se consumer dans une douleur exquise. Le monde disparut sous un brouillard cramoisi et palpitant tandis que le chant de l'Épée retentissait dans son esprit.

— *Tu es l'Élue, comme il l'a été prédit, et tu m'as trouvée. Mais, avant de pouvoir utiliser mes pouvoirs, tu dois d'abord me conquérir, comme tu l'as fait avec le Bâton de la Terre. Un lien de sang doit être forgé entre nous, Guerrière, un sacrifice doit être commis. Le premier sang que je boirai doit être celui d'un être qui t'est cher. Alors seulement, je serai à tes ordres.*

Le monde réapparut brutalement autour d'Aurian tandis que celle-ci reculait en sursaut, horrifiée.

— Comment ? s'exclama-t-elle par réflexe. Je ne ferai jamais une chose pareille ! (L'avertissement du Léviathan lui revint en mémoire.) Comment pourrai-je te brandir au nom du bien si la première chose que je te fais faire est un acte abominable ?

— *Dans ce cas, je n'appartiens à personne, et tu as échoué.*

Alors, brutalement, tout partit de travers.

Dans un bruit de tonnerre, les Phées au grand complet apparurent sur les rives du lac, avec à leur tête l'imposant Hellorin, le seigneur de la Forêt.

— Libres ! s'écria-t-il. Après tant de siècles, nous voici enfin libres ! L'Élue n'a pas réussi à conquérir l'Épée, c'est pourquoi nous n'avons plus besoin de lui faire allégeance. Venez, mes amis, une chevauchée nous attend !

À ses côtés, Eilin protesta dans un cri, mais il l'ignora.

Sous les yeux horrifiés d'Aurian, les Xandims qui l'avaient si fidèlement suivie se transformèrent en chevaux et leurs hennissements de terreur retentirent aux oreilles de la Mage. Un par un, les Phées s'emparèrent d'eux, à l'exception de Schiannath et de l'Œil-du-Vent, qui étaient les plus proches du pont. Au risque de se rompre le cou, ils le traversèrent au grand galop en sachant que, de l'autre côté de cette étendue d'eau, ils seraient à l'abri des pouvoirs du seigneur des Phées.

— Non ! s'écria D'arvan d'une voix brisée par l'angoisse. Laissez-les tranquilles, père !

Hellorin poussa un hurlement de rage, puis se hissa brutalement sur le dos d'Iscalda, laquelle semblait avoir pris des proportions gigantesques, identiques à celles de son cavalier.

— En route ! cria-t-il. Que le monde se mette à trembler, car voici de nouveau la chevauchée des Phées !

Puis ils s'en furent, disparaissant à vive allure au sein des nuages menaçants, ne laissant derrière eux que le bruit des pleurs d'Eilin.

Alors même qu'Aurian, horrifiée, était prise de vertiges, Cygnus descendit des cieux en piqué et s'abattit sur Anvar en tranchant les liens qui retenaient la Harpe des Vents dans le dos du Mage. Aurian poussa un cri de colère et traversa le pont en courant pour aider son âme sœur. Elle leva l'Épée pour tuer l'Ailé, puis la laissa aussitôt retomber, horrifiée, en se rendant compte de ce qu'elle avait failli faire. Sortant sa propre lame, elle frappa la silhouette aux ailes blanches qui tomba loin de sa victime et agonisa en tachant de son sang l'herbe autour de la Harpe des Vents.

Aurian se précipita au chevet d'Anvar, qui gisait inconscient sur le sol, un vilain hématome sur le front. Mais Eliseth la devança en serrant triomphalement dans sa main l'Épée de Feu. Pourtant, elle avait le visage tordu par un rictus de douleur, et ses doigts noircissaient en fumant.

— Je ne pourrai peut-être pas la manier, hurla-t-elle, mais tu ne le pourras pas non plus !

Le flamboiement de l'Épée obligea Aurian à reculer. Debout à côté d'Anvar, Eliseth sortit le Chaudron et rapprocha les deux Grandes Armes dans un fracas retentissant.

— Tuez-la, ô Puissances, cria-t-elle.

Mais elle n'exerçait qu'un contrôle limité sur chacun des Artefacts, et son geste ne produisit pas le résultat escompté. Aurian eut juste le temps d'entrapercevoir le visage horrifié de son ennemie au moment où, dans une explosion silencieuse, une grande faille s'ouvrit dans la texture du temps lui-même, comme si le monde avait été peint sur un pan de tissu que l'on aurait brusquement déchiré. Eliseth fut aspirée en hurlant dans le trou, et Anvar disparut avec elle.

Dans un cri d'angoisse, Aurian attrapa la Harpe des Vents et se précipita au sein de la faille qui se refermait, les deux grands félins sur les talons. Chiamh et Schiannath suivirent en poussant des hennissements stridents. Maya et D'arvan sortirent alors de leur transe horrifiée et échangèrent un unique regard. Puis ils se prirent par la main et coururent vers la faille temporelle de plus en plus petite. Ils disparurent à l'intérieur juste avant que celle-ci se referme brusquement.

Vannor et Parric s'arrêtèrent en haletant auprès de Yazour, qui était arrivé trop tard pour suivre ses compagnons, et d'Eilin qui ne bougeait plus, horrifiée. Pendant un moment, ils restèrent ainsi en silence, hébétés devant l'énormité des événements qui venaient d'avoir lieu.

— Bon, finit par dire le marchand, au moins, elle n'est pas partie toute seule.

— Quel bien cela va-t-il lui faire ? s'énerva Eilin. Nous ne savons même pas s'ils ont survécu pour réapparaître à une autre époque.

— Aurian va s'en tirer, répliqua Vannor d'un ton ferme. Je suis prêt à le parier. Et puisque nous le saurions déjà si elle était réapparue dans le passé, cela signifie qu'elle ne peut que revenir dans le futur. (Avec un petit sourire ironique, il regarda l'endroit où Aurian avait disparu :) J'espère seulement que je serai toujours en vie pour voir ça.

9158

Composition Nord Compo
Achevé d'imprimer en France (La Flèche)
par CPI Brodard et Taupin
le 10 janvier 2010. 56150
Dépôt légal janvier 2010.
EAN 9782290016213

Éditions J'ai lu
87, quai Panhard-et-Levassor, 75013 Paris
Diffusion France et étranger : Flammarion